GOLDMANN

Autor

David Gemmell, geboren 1948, ist seit Mitte der achtziger Jahre der bestverkaufte britische Fantasy-Autor. Mit sechzehn Jahren von der Schule verwiesen, schlug er sich zunächst als Hilfsarbeiter durch, um schließlich ins Journalistenfach zu wechseln und bis zum Chefredakteur einer Gruppe von Regionalzeitungen aufzusteigen. 1984 schaffte er mit seinem Debut »Legende« auf Anhieb den Durchbruch. David Gemmell gilt heute neben dem Amerikaner David Eddings als wichtigster zeitgenössischer High-Fantasy-Autor.

DAVID GEMMELL

RITTER DUNKLEN RUFES

ROMAN

Aus dem Englischen
von Irmhild Hübner

GOLDMANN VERLAG

Die Originalausgabe erschien 1989
unter dem Titel »Knights of Dark Renown«
bei Century Hutchinson, London

Umwelthinweis:
Alle bedruckten Materialien dieses Taschenbuches
sind chlorfrei und umweltschonend.
Das Papier enthält Recycling-Anteile.

Der Goldmann Verlag
ist ein Unternehmen der Verlagsgruppe Bertelsmann

Genehmigte Taschenbuchausgabe

Umschlaggestaltung: Design Team München
Umschlagillustration: Ferenc B. Regös
Zeichnungen im Innenteil: Johann Peterka, Wien
Druck: Elsnerdruck, Berlin
Verlagsnummer: 42365
SN · Lektorat: Thomas M. Loock
Herstellung: Peter Papenbrok
Made in Germany
ISBN 3-442-42365-7

1 3 5 7 9 10 8 6 4 2

Wahre Freunde sind selten,
aber ohne sie hätte das Leben keinen Wert.
»Ritter dunklen Rufes« widme ich
Val und Mike Adams,
guten Nachbarn und guten Freunden.

Dramatis Personae

Ahak .... König über die neun Herzogtümer
Arian .... eine begehrte junge Frau
Cairbre .... ein Roter Ritter
Cartain .... ein hilfsbereiter Händler
Der Dagda .... der Wächter der Farben
Dianu .... Errins Herzensdame
Elodan .... einstiger Streiter des Königs
Errin, Graf von Laene .... Zeremonienmeister des Herzogs
Grunzer .... ein Mörder und Dieb
Gwydion .... ein Heiler
Lámfhada .... Ruads Schüler
Llaw Gyffes .... ein Gesetzloser
Lug .... ein Sklavenjunge
Manannan .... ein Einstiger Ritter der Gabala
Morrigan .... eine verwandelte Frau
Nuada .... ein Sagendichter
Okessa .... ein ehrgeiziger Seher
Ollathair .... fünfzehnter Waffenmeister der Gabala
Paulus .... ein Mitglied im Ältestenrat der Vyre
Roem, Herzog von Mactha .... ein Lehnsmann des Königs
Ruad Ro-fhessa .... mehr als ein Handwerker
Samildanach ...... Erster Ritter der verschwundenen Gabala
Sheera .... ein Mädchen, das seine Schwester rächen will
Ubadai .... Fährtenleser und Diener des Grafen Errin

Prolog

Er war neun Jahre alt und schwankte zwischen Kummer und Freude, und er flog unter den Sternen über das in Mondschein getauchte Land. Es war ein Traum. Auch wenn er erst neun Jahre alt war, wußte er, daß Menschen nicht wirklich fliegen konnten. Und trotzdem, in diesem Moment war er, Traum oder nicht Traum, allein und frei.

Niemand, der ihn züchtigte, weil er einen Honigkuchen gestohlen hatte, niemand, der ihn wegen eines übersehenen Fingerabdrucks auf dem Silber schlug, das er stundenlang geputzt hatte.

Irgendwo - wenn er auch nicht genau wußte, wo - lag seine Mutter kalt und tot, und der Kummer darüber wühlte wie glühende Messer in seiner Seele. Doch wie Kinder es nun einmal können, verdrängte er seinen Schmerz und betrachtete die funkelnden Diamanten der Sterne. Sie schienen so nah zu sein, und er versuchte, weiter zu ihnen emporzusteigen. Doch sie blieben, kalt und glitzernd, stets außerhalb seiner Reichweite. Er verlangsamte seinen Flug und blickte hinab.

Das Land der Gabala war jetzt so klein und die Welt so groß. Der Wald am Meer lag unter ihm wie ein Wolfsfell, die Berge wirkten nurmehr wie die Runzeln eines alten Mannes. Er sank tief, ließ sich fallen, wirbelte dem Boden entgegen und schrie vor Furcht auf, als die Berge, zerklüftet und drohend, ihm entgegenjagten. Sein schwindelnder Fall verlangsamte sich, und er begann wieder zu schweben. Auf dem Meer jenseits von Pertia konnte er die großen Triremen mit ihren quadratischen Segeln erkennen, die Ruder eingezogen - und an Land die Lichter der Städte und Dörfer. Vier riesige Kohlebecken waren auf den Mauern der Festung Mactha entzündet worden und glitzerten wie Kerzen auf einem Kuchen. Er flog von den Lichtern fort zu den fernen Bergen.

Er wünschte, er müßte nie mehr nach Hause, wünschte, er könnte für immer so weiterschweben, in Sicherheit vor den unzähligen Qualen der Sklaverei. Als seine Mutter noch lebte, hatte es jemanden gegeben, der sich um ihn sorgte, nicht um den Sklavenjungen, sondern um Lug, das Kind, Fleisch von ihrem Fleisch. Ihre Arme waren immer für ihn offen gewesen.

Wieder überkamen ihn Kummer und Schmerz. Als sie krank wurde, hatte man Lug erzählt, sie brauche Ruhe ... aber das hatte nicht geholfen. Sie hatten nach dem Heiler geschickt, Gwydion, doch der war weit weg in Furbolg. Lug hatte gesehen, wie die Züge seiner Mutter immer ausgezehrter wurden, hatte gesehen, wie sie von einer lebendigen, liebenden Frau zu einem skelettdünnen Wesen geworden war, dessen Augen ihn ohne Erkennen anblickten, dessen Arme nicht mehr die Kraft hatten, sich ihm zu öffnen.

Und dann war sie gestorben - während er schlief. Er hatte ihr einen Gute-Nacht-Kuß gegeben und wurde in einen Raum gebracht, in dem er jetzt mit fünf anderen Jungen schlief. Am Morgen hatte er seine Arbeiten erledigt und war dann zu ihrem Zimmer gelaufen, um sie dort von einem Leinenlaken bedeckt vorzufinden. Er zog es von ihrem Gesicht. Die Augen waren geschlossen, der Mund geöffnet. Er konnte keine Spur von Atem oder Regung erkennen.

Der ältere Haussklave Patricaeus hatte ihn dort gefunden und ihn in sein eigenes Zimmer getragen. Lug hatte den alten Mann zwar wahrgenommen, war jedoch nicht in der Lage, sich zu rühren. Er war starr vor Schock. Er spürte, wie er in Patricaeus' Bett gepackt wurde, die warmen Decken um seine Schultern, aber er konnte nicht einmal die Augen schließen. Der alte Mann strich ihm über sein Gesicht und drückte sanft die Lider herab.

Lug hatte lange geschlafen. Dann rastete etwas in ihm ein - und sein Geist war befreit in die Nacht geschwebt.

Er schauderte, obwohl er keine Kälte verspürte, und wünschte, er könnte seine Mutter zurückholen. In diesem Moment wurde sein Blick von einer Bewegung weit unter ihm gefesselt. Eine Reihe von Reitern, neun an der Zahl, ritten hinaus in die Nacht, auf großen, weißen Pferden. Lug ließ sich fallen und sah, daß es Ritter waren, in silbernen Rüstungen und weißen Umhängen, die an den Sätteln befestigt waren. Sie zogen in einer Reihe über die Wiesen, weißer Nebel wogte wie ein geisterhaftes Meer um die Hufe der Pferde. Auf einem hohen Hügel sah Lug einen Mann, dessen Gesicht teilweise von der dunklen Kapuze seines Samtmantels verborgen war. Der Mann sang, doch der Junge verstand die Sprache nicht. Die Ritter saßen schweigend auf ihren Pferden, während der Nebel dichter wurde.

Lug kam näher, umging den singenden Mann und ließ sich auf einem nahen Hügel bei ein paar Bäumen nieder. Als er auf den Boden traf, sank er in ihn hinein, in einem Anflug von Panik stieg er wieder empor und wünschte, er wäre wieder körperlich. Der Wunsch ging in Erfüllung, und er setzte sich ins Gras. Der Nebel hatte die oberen Hänge des Hügels noch nicht erreicht, und Lug ließ sich nieder, um die Ritter zu beobachten.

Die Rüstungen schimmerten im Mondlicht, runde Helme unter hohen, schwarzen Federbüschen, silberne Nackenschützer, die mit den runden Schulterstücken verbunden waren, verzierte Brustplatten, Oberschenkelschützer und Beinschienen. Aber sie trugen keine Schilde.

Neun Reiter auf neun weißen Hengsten ... Lug erinnerte sich an die Geschichte, die Patricaeus bei der Sonnenwendfeier in der Sklavenhalle erzählt hatte - und dann wußte er, wen er da beobachtete.

Die legendären Ritter der Gabala.

Lug kannte ihre Namen nicht - außer daß der Erste Ritter Samildanach war, der größte Schwertkämpfer des Reiches. Der Junge beobachtete die Gruppe. Dort in der Mitte, größer als die anderen, den Helm mit schimmernden, silbernen Rabenflügeln geschmückt, war Samildanach, der schweigend wartete.

Doch worauf?

Lug blickte zu dem singenden Mann hinüber, und plötzlich begannen die Pferde, vor Angst zu wiehern. Die Ritter hielten sie im Zaum, und Lug blieb der Mund offen stehen, denn die Sterne verschwanden vom Himmel, als sich ein großes, schwarzes Tor vor den Reitern auftat. Ein silbergrauer Spalt bildete sich in dem schwarzen Rechteck, und ein bitterkalter Wind heulte durch die Öffnung. Dann hob sich der Nebel, um die Ritter wie eine gewaltige Woge zu verschlingen, und unirdische Schreie erklangen jenseits des Schwarzen Tores.

»Folgt dem Schwert!« ertönte ein Ruf, und Lug sah Samildanachs Klinge strahlen wie eine Laterne, hörte das Donnern der Hufe, als die Reiter vorwärts stürmten.

Dann kehrte Stille ein, die Dunkelheit schwand, und die Sterne schienen erneut.

Lug blickte zu dem anderen Hügel hinüber, doch der singende Mann war verschwunden.

Der Nebel sammelte sich und floß den Hügel hinauf, und Lug stand auf und versuchte zu fliegen. Doch er konnte es nicht. Sein Körper war fest und erdgebunden. Der kalte Wind zerrte an ihm, er erschauerte.

Der Traum war nun nicht mehr tröstlich, und er wünschte sich verzweifelt, nach Hause zurückzukehren. Doch wo lag Zuhause? Wie weit war er geflogen?

Ein Laut drang durch den Nebel - ein schabender, rasselnder Laut. Er fuhr herum und versuchte, etwas zu erkennen, doch der graue Nebel war überall. Lug rannte mit klopfendem Herzen weiter den Hügel hinauf, glitt jedoch aus und stürzte in das schlammige Gras. Er rollte sich auf den Rücken. Ein schwarzer Schatten ragte drohend über ihm auf, und scharfe Klauen stießen auf seinen Körper herab. Verzweifelt rollte er sich auf die Seite, als sie die Haut auf seiner Brust aufrissen.

»Nein!« schrie er, als das geifernde Maul des Ungeheuers auf ihn herabstieß. Er warf seinen Arm hoch. Ein gleißender Strahl aus goldenem Licht entsprang seinen Fingern, hüllte das Wesen ein, und mit einem Schmerzensschrei verschwand es, als Lug zurück ins Gras sank. Ein weiterer Schatten fiel auf ihn, und er kauerte sich zusammen.

»Hab keine Angst«, sagte eine Stimme. Lug blickte auf und erkannte die Umrisse eines Mannes. Der Mond schien dem Fremden über die Schulter, so daß sein Gesicht nur eine Silhouette war, die seine Züge nicht erkennen ließ.

»Ich habe aber Angst«, sagte Lug. »Ich will nach Hause.«

»Das sollst du auch, mein Junge. Und dann ... wirst du diesen Traum ... vergessen.«

»Was war das für ein Ungeheuer?«

»Es kam von jenseits des Tores. Aber es ist tot. Du hast es

vernichtet, mein Junge - das wußte ich - denn in dir ist die Macht. Leb wohl. Wir werden uns wieder begegnen.«

»Wer bist du?«

»Ich bin der Dagda. Schlaf jetzt - und kehre nach Hause zurück.«

Lug hatte die Augen geschlosen und verlor das Bewußtsein. Als er sie wieder öffnete, lag er in Patricaeus' Bett, der alte Mann saß dösend auf einem Stuhl neben dem Bett.

Lug drehte sich um. Das Bett knarrte, und der alte Mann wachte auf.

»Wie fühlst du dich, Lug?«

»Was mache ich hier, Herr? Wo ist meine Mutter?«

»Sie ist tot, mein Junge«, sagte Patricaeus traurig. »Wir haben sie heute nachmittag begraben.« Die Decke glitt hinab, als der Junge sich aufsetzte.

»Bei allen Göttern«, flüsterte Patricaeus, »was hast du gemacht?« Lug blickte an sich herab: Über seine Brust verliefen vier flache Schnitte, die heftig geblutet und das Laken unter der Decke durchtränkt hatten. Als Patricaeus das Bettzeug beiseite schob, sah er, daß die Beine des Jungen mit getrocknetem Schlamm bedeckt waren.

»Erklär mir das, Lug. Wo warst du, während ich geschlafen habe?«

»Ich weiß es nicht«, antwortete Lug. »Ich weiß überhaupt nichts. Ich will zu meiner Mutter! Bitte!« Der alte Mann setzte sich neben den weinenden Jungen und legte die Arme um ihn.

»Es tut mir leid, Lug. Wirklich.«

- 1 -

Auf dem Paß hielt der Reiter inne, der Wind tobte und heulte um die Berggipfel. Weit unter ihm erstreckte sich grün das Land der Gabala, gewundene Ströme und schimmernde Flüsse, Hügel und Täler, Wälder - alles war so,wie er es in Erinnerung hatte, wie es in seinen Träumen erschien, als riefe es ihm zu, er solle zurückkehren.

»Nach Hause, Kuan«, flüsterte er, doch der Wind trug seine Worte davon, und der große, graue Hengst hörte ihn nicht. Der Reiter drückte leicht die Fersen in die Flanken des Pferdes und lehnte sich zurück, als es den langen Abstieg begann. Der Wind ließ nach, als sie sich der verlassenen Grenzfestung näherten, die Tore aus Eiche und Bronze hingen an geborstenen Angeln. Der Gabala-Adler war abgeschlagen worden - nur eine Flügelspitze war noch auf dem faulenden Holz zu sehen, von einer braungrünen Patina überzogen, so daß man sie kaum von dem Holz unterscheiden konnte.

Hier stieg der Ritter ab. Er war hochgewachsen und trug einen langen Umhang mit Kapuze, ein schwerer Schal war um sein Gesicht geschlungen und hielt die Kapuze an ihrem Platz. Er führte den Hengst in die verfallene Festung und blieb vor der Statue von Manannan stehen. Der linke Arm war abgebrochen und lag auf den Pflastersteinen. Jemand hatte eine Axt oder einen Hammer genommen und auf das Gesicht eingeschlagen, das Kinn war zerschmettert, die Nase gespalten.

»Wie schnell sie vergessen«, sagte der Neuankömmling. Als er seine Stimme hörte, kam der Hengst heran und schnupperte an seinem Rücken. Der Mann drehte sich um, streifte die dicken wollenen Handschuhe ab und streichelte den Hals des Pferdes. Hier unten war es wärmer, und so wickelte er den Schal ab und wand ihn um den Sattelknauf. Als er die Kapuze zurückschob, blitzte ein Sonnenstrahl auf dem silbernen Helm auf, den er trug.

»Wir wollen sehen, wo wir etwas zu trinken für dich finden, Kuan«, sagte er und ging auf den Brunnen in der Mitte des Hofes zu. Der Eimer hatte sich in der Sonne verzogen, tiefe Risse zeigten sich unter den Eisenringen. Das Seil war zundertrocken, doch mit Vorsicht noch zu gebrauchen. Er durchsuchte die verlassenen Nebengebäude und kehrte mit einem irdenen Krug und einem tiefen Teller zurück, stellte den Krug in den Eimer und ließ diesen in den Brunnen hinab. Als er den Eimer behutsam wieder hochzog, strömte Wasser aus den Ritzen, doch der Krug war gefüllt, und er nahm ihn und trank in tiefen Zügen. Dann stellte er den Teller auf den Boden und füllte ihn. Der Hengst senkte den Kopf und trank. Der Reiter löste den Sattelgurt und goß noch mehr Wasser in den Teller, dann stieg er die Stufen des Schutzwalls hoch und setzte sich in die Sonne.

Dies war das Ende des Reiches, das wußte er. Nicht die blutgetränkten Schlachtfelder, die kreischenden Horden, das unmelodische Klirren von Stahl auf Stahl. Nur der Staub, der über das Pflaster wehte, Statuen ohne Gliedmaßen, geborstene Eimer und Grabesstille.

»Du hättest es gehaßt, Samildanach«, sagte er. »Es hätte dir das Herz gebrochen.«

Er versuchte festzustellen, ob er Kummer über den Untergang der Gabala verspürte. Aber da war kein Platz mehr ... sein ganzer Kummer galt ihm selbst, als er auf seine Statue hinabblickte.

Manannan, Ritter der Gabala. Einer der Neun. Größer als Fürsten, mehr als Menschen. Er griff in seine Hüfttasche, zog einen silbernen Spiegel hervor und hielt ihn vor sein Gesicht.

Der Einstige Ritter blickte in seine tiefblauen Augen, in das kantige Gesicht und auf den silbernen Stahl, der es umgab. Der Federbusch zierte seinen Helm schon lange nicht mehr, er war in einem Scharmützel irgendwo im Norden abgeschlagen worden; das Visier, jetzt hochgeklappt, war von einer Axt im Fomorischen Krieg eingebeult worden. Die Runenzahl, die einst an der Seite hing, hatte es in einer Schlacht im Ostenabgerissen. Er konnte sich an den Hieb nicht erinnern; es war nur einer von vielen, die er in den sechs einsamen Jahren erlitten hatte, seit sich das Tor geschlossen hatte. Sein Blick fiel auf die Panzerringe, die seinen Hals umschlossen, und er malte sich aus, wie sein Bart darunter wuchs - langsam - ganz langsam, um ihn allmählich zu ersticken.

Welch ein Tod für einen Ritter der Gabala, eingeschlossen in seinen Helm, erwürgt von seinem eigenen Bart. Das war der Preis für Verrat, sagte Manannan sich. Das war die Strafe für Feigheit.

Feigheit? Er dachte über das Wort nach. Während der letzten, einsamen Jahre zielloser Wanderschaft hatte er seinen körperlichen Mut wieder und wieder unter Beweis gestellt, im Schwertkampf, beim Angriff und bei dem langen Warten auf einen Angriff. Doch es war auch nicht sein Körper, der ihn in jener Nacht vor sechs Jahren im Stich gelassen hatte, als das Schwarze Tor sich drohend vor ihm öffnete und die Sterne erstarben. Es war eine ganz andere Feigheit, die ihm die Kraft geraubt hatte, sich zu bewegen.

Nicht so die anderen. Aber Samildanach hätte auch mit einer Handvoll Schnee gegen alle Feuer der Hölle angekämpft. Und auch die anderen: Pateus, Edrin ... sie alle.

»Verdammt seist du, Ollathair«, zischte der Einstige Ritter. »Verdammt sei dein Hochmut!«

Manannan steckte den Spiegel wieder in den Beutel.

Er ruhte sich noch eine Stunde aus und stieg dann wieder in den Sattel. Die Zitadelle lag noch drei Tagesritte westwärts. Er umging Städte und Siedlungen, kaufte sich seine Nahrung auf abgelegenen Bauernhöfen und schlief auf den Wiesen. Am Morgen des vierten Tages näherte er sich der Zitadelle.

Manannan lenkte seinen Hengst durch die Bäume in das, was einst der Rosengarten gewesen war. Jetzt war er überwuchert, doch hier und da kämpfte noch eine einzelne Blüte gegen das erstickende Unkraut. Der gepflasterte Pfad war weitgehend von Gras und kleinen blauen Blumen überwachsen. Das war alles nur natürlich, dachte der Einstige Ritter.

Sechs Jahre lang hatte der Wind Staub und Erde über die sorgfältig ausgelegten Steine geweht. Das Ausfalltor stand offen, und er ritt in den Hof hinein. Hier und dort hatte sich Gras in den Rissen des Pflasters angesiedelt, bewässert von dem Springbrunnen, der über die Marmorbrüstung floß.

Er stieg ab, seine silberne Rüstung quietschte, seine Bewegungen waren langsam. Der Hengst blieb reglos stehen.

»Anders als in deiner Erinnerung, Kuan«, flüsterte der Ritter, zog den Handschuh aus und klopfte den Hals des Pferdes. »Sie sind alle fort.« Er führte das Pferd an das Wasserbekken und wartete, während es trank. Ein hölzerner Laden in der Nähe wurde vom Wind erfaßt und schlug gegen den Fensterrahmen. Das Pferd hob den Kopf, die Ohren spitz aufgerichtet.

»Schon gut, mein Junge«, beruhigte Manannan es. »Hier droht keine Gefahr.«

Während der Hengst trank, löste er den Sattelgurt und nahm das Bündel von seinem Rücken. Er warf es sich über die Schulter, stieg die Treppe zu den Doppeltüren empor und betrat die Empfangshalle. Hier hatte sich überall Staub gesammelt, und der große Teppich strömte einen Geruch nach Motten und Fäulnis aus. Die Statuen starrten ihn aus blicklosen Augen an.

Er spürte, wie die Bürde seiner Schuld noch schwerer auf ihm lastete, und eilte an den Figuren vorbei zu der Kapelle an der Rückseite des Gebäudes. Die Angeln ächzten, als er die blattförmige Tür gewaltsam aufdrückte. Kein Staub störte an diesem Ort mit dem niedrigen Altar, doch die goldenen Kerzenhalter waren verschwunden - ebenso wie der silberne Kelch und die Seidenbehänge. Doch noch immer strahlte die Kapelle Frieden aus. Er legte sein Bündel nieder und löste die Lederriemen. Dann ging er zum Altar, nahm Wehrgehänge und Scheide ab, schnallte die Brustplatte los und schob sie unter die vorstehenden Schulterstücke. Sorgfältig legte er die Rüstung auf den Altar. Schulterstücke und Panzerhemd folgten. Das ärmellose Kettenhemd würde er vermissen, es hatte ihm mehr als einmal das Leben gerettet. Hüftschutz, Oberschenkel- und Beinschienen legte er auf den Stein, auf die Brustplatte kamen die schwarzsilbernen Handschuhe.

»Laß es vorbei sein«, sagte er und griff nach seinem Helm, doch seine Finger erstarrten, als die Furcht ihn übermannte. In diesem Raum hatte Ollathair vor sechs Jahren den Bann verhängt - aber würde der Frieden dieses Ortes ohne den Zauberer ausreichen, ihn wieder von ihm zu nehmen? Manannan beruhigte sich mühsam wieder. Seine Finger berührten das Federschloß, doch der Riegel rührte sich nicht. Er drückte fester, dann sank seine Hand kraftlos herab. Seine Angst wich nun Wut. »Was willst du noch von mir?« schrie er. Er sank auf die Knie und betete um Erlösung, aber obgleich er seine Gedanken aussandte, spürte er nicht, daß sie ihr Ziel erreichten. Erschöpft erhob er sich - ein Ritter ohne Rüstung. Aus seinem Bündel nahm er Wollhosen und eine Ledertunika und zog sich an. Er schob das Wehrgehänge über die Schulter, so daß Schwert und Scheide an seiner Seite hingen. Schließlich schlüpfte er in ein Paar weiche Reitstiefel aus Hirschleder und nahm seine Decke an sich. Das Bündel ließ er liegen.

Draußen am anderen Ende des Hofes graste der Hengst. Der Mann, der einst ein Ritter gewesen war, ging an dem Tier vorbei in die Schmiede. Auch sie lag unter einer dicken Staubschicht, die Werkzeuge waren verrostet und nutzlos, die großen Blasebälge zerrissen und gesprungen, der Schmelzofen offen - ein Paradies für Ratten.

Manannan nahm ein rostiges Sägeblatt. Auch wenn es schimmernd neu gewesen wäre, für ihn wäre es nutzlos gewesen. Der silberne Stahl war schon von sich aus sehr hart, aber verstärkt durch die Kraft von Ollathairs Zauber war ihm nur noch durch Hitze beizukommen. Er hatte schon einmal zwei Stunden voller Pein durchgestanden, als ein Schmied versuchte, den Riegel abzuschmelzen. Schließlich war der Schmied geschlagen vor ihm niedergekniet.

»Ich könnte es schaffen, Herr, aber es würde nichts nützen. Die notwendige Hitze würde Euer Fleisch schmelzen und Euer Hirn verdampfen. Ihr braucht einen Zauberer, keinen Schmied.«

Und er hatte Zauberer gefunden, und Möchte-Gern-Magier, Seher und Hexen. Doch niemand konnte den Bann des Waffenmeisters aufheben.

»Ich brauche dich, Ollathair«, sagte der Einstige Ritter. »Ich brauche deine Zauberkünste und deine Fertigkeiten. Aber wo bist du?«

Ollathair war vor allem anderen Patriot gewesen. Er hätte das Reich nur unter Zwang verlassen. Und wer hätte schon den Waffenmeister der Gabala-Ritter zwingen können?

Manannan saß still zwischen den rostigen Überbleibseln von Ollathairs Werkstatt und versuchte, sich längst vergangener Gespräche zu erinnern.

In Anbetracht der Größe des Reiches, das sie einst beherrschte, waren die Länder der Gabala nicht groß. Von den Grenzen Fomorias im Süden zu den Küstenstraßen von Cithaeron war es eine Reise von knapp anderthalbtausend Kilometern. Von Osten nach Westen, von den Steppen der Nomaden zum westlichen Meer und Asripur waren es lediglich tausend. Eines war sicher - Ollathair würde Städte meiden, er hatte die marmorne Scheußlichkeit Fulborgs stets gehaßt.

Wo dann? Und in welcher Richtung? Ollathair war lediglich der Name gewesen, den der Waffenmeister für sich gewählt hatte, aber er führte noch einen anderen Namen, den er benutzte, wenn er allein und unerkannt reisen wollte. Manannan hatte dies vor zehn Jahren durch Zufall während eines Besuchs im nördlichsten der neun Herzogtümer herausgefunden. Er hatte an einer Herberge Halt gemacht und dort gesehen, wie der Besitzer mit einem kleinen Vogel aus schimmernder Bronze prahlte, der in vier Sprachen sang. Als der Mann die Hand hob, flog der Vogel einmal durch den Raum, und ein süßer Duft erfüllte die Luft.

Manannan war auf den Mann zugegangen, der sich tief verbeugte, als er die Rüstung der Gabala erkannte.

»Woher hast du den Vogel?« hatte Manannan gefragt.

»Er ist nicht gestohlen, Herr. Das versichere ich Euch. Beim Leben meiner Kinder.«

»Ich bin nicht hier, um über dich zu richten, Mann. Es war nur eine Frage.«

»Es war ein Reisender, Herr, vor zwei Tagen. Ein untersetzter Mann, häßlich wie die Sünde. Er hatte kein Geld für ein Zimmer und hat hiermit bezahlt. Darf ich es behalten?«

»Behalt es oder verkauf es, das kümmert mich nicht. Wohin ist dieser Reisende gegangen?«

»Nach Süden, Herr. Über die Königsstraße.«

»Hat er dir seinen Namen genannt?«

»Ja, Herr, wie das Gesetz es verlangt. Und er hat sich in das Register eingetragen. Hier.« Er nahm ein ledergebundenes Buch und zeigte es dem Ritter.

Manannan holte Ollathair am nächsten Nachmittag auf einem langen, offenen Straßenstück ein. Der Waffenmeister ritt ein dickes Pony.

»Hat man denn nirgends Frieden?« fragte Ollathair. »Was ist dein Problem?«

»Es gibt kein Problem, von dem ich wüßte«, erwiderte Manannan. »Dies ist eine zufällige Begegnung. Ich sah deine Arbeit in der Herberge, etwas übertrieben für ein Nachtquartier, findest du nicht?«

»Es ist nicht makellos, es wird die Woche nicht überstehen. Nun reite weiter und laß mir meine Ruhe. Ich sehe dich in einer Woche in der Zitadelle.«

Nun, da sich Manannan umschaute und die Spinnweben und den Verfall sah, erschauerte er.

Vielleicht hatte Ollathair einen anderen Namen gewählt. Vielleicht war er tot.

Doch ohne andere Hinweise hatte der Einstige Ritter keine Chance. Er würde gen Norden reiten und versuchen, Neuigkeiten über einen Handwerker namens Ruad Ro-fhessa in Erfahrung zu bringen.

Der Junge ergriff die Pinzette, hob das winzige Bronzeplättchen hoch und holte tief Luft. Er fuhr sich mit der Zunge über die Lippen, während er sich mit zitternder Hand über die Werkbank beugte.

»Ganz ruhig jetzt«, sagte der Mann, der neben ihm saß. »Bleib ganz ruhig und atme gleichmäßig. Du bist zu angespannt.« Der Junge nickte und bewegte die Schultern, um die angespannten Muskeln zu lockern. Seine Hand wurde ruhiger, und das Bronzeplättchen glitt an seinen Platz auf dem Rücken der Figur. »Na also!« sagte der Mann triumphierend und begutachtete mit seinem guten Auge den metallenen Falken. »Jetzt nimm den Flügel und heb ihn an - vorsichtig!«

Der Junge tat wie ihm geheißen, und der Flügel breitete sich mühelos aus, die Bronzefedern schimmerten. »Laß los.« Der Flügel legte sich wieder an seinen Platz an dem geschuppten Körper.

»Ich habe es geschafft, Ruad! Ich habe es geschafft!« rief der Junge, in die Hände klatschend.

»Allerdings, das hast du«, gab der alte Mann zu. Ein breites Grinsen entblößte seine schiefen Zähne. »In einem Jahr hast du gelernt, wofür ich drei brauchte, als ich so alt war wie du. Aber du hattest auch einen besseren Lehrer als ich damals!«

»Wird er fliegen?« fragte der Junge. Ruad Ro-fhessa fuhr dem Jungen durch das dichtgelockte, blonde Haar. Er zuckte die gewaltigen Schultern, stand auf und reckte sich.

»Das hängt von deiner Fähigkeit ab, die Luftmagie zu rufen. Komm, wir wollen uns eine Weile hinsetzen.« Ruad ging durch die Werkstatt in einen großen Raum, in dem zwei tiefe Sessel vor einem Kamin standen, in dem ein Holzfeuer flakkerte. Der Feuerschein spiegelte sich in der Bronzeklappe, die sein linkes Auge bedeckte, und betonte die silbernen Strähnen in dem lichter werdenden schwarzen Haar. Der Junge gesellte sich zu ihm; er war groß für sein Alter und aus seiner knielangen Hose fast herausgewachsen.

»Du hast es gut gemacht, Lug«, lobte Ruad. »Eines Tages wirst du ein Meister deines Faches sein. Ich bin sehr zufrieden mit dir.« Lug errötete und schaute weg. Ein Lob von Ruad war selten, und noch nie zuvor war er eingeladen worden, mit am Feuer zu sitzen.

»Wird er fliegen?«

»Spürst du die Magie in der Luft?« fragte Ruad zurück.

»Nein.«

»Schließ die Augen und lehne den Kopf zurück.« Ruad nahm einen schweren Schürhaken, schürte das Feuer und legte drei frische Scheite nach.

»Es gibt viele magische Ströme, die Farben sind tief und manchmal überraschend. Du mußt mit den Farben beginnen. Denk an Weiß, das bedeutet Frieden, Harmonie. Stell dir die Farbe vor, fliege mit ihr. Siehst du sie?«

»Ja«, wisperte Lug.

»Für Zorn oder Haß oder Schmerzen, die nicht die des Fleisches sind, ist Weiß die Antwort. Rufe es. Blau ist der Himmel, die Macht der Luft, der Traum von allem, was fliegt. Das Blau ruft sie auf unsicheren Flügeln. Kannst du das Blau sehen?«

»Ich kann, Meister.«

»Dann suche das Blau.« Ruad schloß sein gesundes Auge und half dem Jungen bei seiner Suche. »Hast du es, Lug?«

»Ja, Meister.«

»Und was fühlst du?«

»Ich spüre, wie der Himmel mich ruft. Ich wünschte ich würde Flügel zu haben.«

Ruad lächelte. »Dann wollen wir zu dem Falken zurückkehren. Halte dies Gefühl fest.«

Die beiden Handwerker gingen zurück in die Werkstatt, wo der Junge ein kleines Messer zur Hand nahm. »Bin ich bereit?« fragte er.

»Wir werden sehen«, antwortete Ruad. »Laß die Magie des Blau frei.«

Lug ritzte die Haut an seinem rechten Handgelenk und hielt die Hand dann über den metallenen Kopf des Vogels. Ein einziger Blutstropfen fiel auf dessen Schnabel.

»Jetzt die Flügel«, befahl Ruad. »Behutsam.«

Lug folgte den Anweisungen und trat dann einen Schritt zurück. »Leg deinen Finger auf den Schnitt, damit es aufhört zu bluten.« Lug gehorchte, aber sein Blick blieb auf den Vogel gerichtet. Zuerst konnte man keine Bewegung wahrnehmen, doch dann fuhr der goldene Kopf herum, daß die Plättchen knirschten. Langsam breitete der Falke die Flügel aus und erhob sich von der Bank, flog aus dem offenen Fenster hinaus auf der Suche nach dem Himmel. Der Mann und der Knabe liefen hinaus auf den Berghang, um zuzusehen, wie der goldene Vogel höher und höher stieg. Plötzlich schwankte er, und Lug sah, wie eine bronzene Feder herabschwebte, dann noch eine … und noch eine. Der Flug war jetzt unsicher.

»Nein!« schrie Lug, hob eine schlanke Hand und deutete auf den sich abmühenden Vogel. Ruad beobachtete voll Erstaunen, wie zwei zarte Bronzefedern, die der Vogel verloren hatte, ihren Fall umkehrten und sich wieder an die Flügel hefteten. Für einige Sekunden wurde der Flug des Falken wieder gleichmäßiger. Dann klappten die Flügel zusammen, und er fiel zu Boden, leblos, zerstört. Lug rannte zu ihm, sammelte die Federn ein und barg den verbogenen Körper in den Händen.

Ruad Ro-fhessa kam schweigend hinzu und legte dem

Lug sah, wie eine bronzene Feder herabschwebte, dann noch eine ... und noch eine.

Jungen eine Hand auf die Schulter. »Sei nicht zu traurig darüber, Lug. Mein erster Vogel schaffte es nicht einmal bis zum Fenster. Es war schon ein großer Erfolg.«

»Aber ich wollte, daß er lebt«, protestierte Lug.

»Ich weiß. Und er hat gelebt, er hat den Himmel gefunden. Beim nächsten Mal werden wir die Gelenke am Hals gründlicher prüfen.«

»Beim nächsten Mal?« wiederholte Lug traurig. »Nächste Woche erreiche ich die Mündigkeit. Für mich gibt es im Haus keinen Platz, man wird mich verkaufen.«

»Das ist nächste Woche. Viele Dinge können bis dahin geschehen«, sagte Ruad. »Bring den Vogel wieder in die Schmiede, damit wir sehen können,was zu retten ist.«

»Ich glaube, ich werde weglaufen. Ich schließe mich Llaw Gyffes an.«

»Starkhand ist wahrscheinlich ein Mann, dem man leicht folgen kann, aber darüber sprechen wir ein andermal. Vertrau mir, Lug. Und jetzt wollen wir uns den Vogel ansehen.«

Ruad beobachtete, wie der Knabe über den Hügel ging und Metallstücke aufsammelte. Die Federn waren abgefallen - und hatten dann ihren Flug umgekehrt - wenn auch nur für wenige Sekunden. Und doch hatte Lug nur das Gelb erreicht, die geringste der Farben.

Wieder in der Werkstatt, ließen sie die Bronzestücke erst einmal liegen und setzten sich ans Feuer. Lug war still und bekümmert.

»Sag mir«, fragte Ruad sanft, »was hast du empfunden, als du zum Himmel hinaufgerufen hast?«

Der Knabe blickte auf. »Verzweiflung«, antwortete er schlicht.

»Nein, ich meine genau in dem Moment, als du geschrieen hast.«

Lug zuckte mit den Schultern. »Ich weiß nicht, was du meinst, Herr. Ich wollte ... daß er fliegt.«

»Hast du gemerkt, was geschah, als du ihn angerufen hast?«

»Nein. Er fiel.«

»Nicht sofort«, widersprach Ruad. »Er hat versucht, sich wieder zusammenzusetzen, in gewisser Weise war er noch immer mit dir verbunden. Aber du hast gesagt, du hättest nichts gespürt. Welche Farbe hast du gespürt? Das Blau?«

Lug versuchte, sich zu erinnern. »Nein, es war das Gelb. Die anderen Farben kann ich nur durch dich erreichen, Meister.«

»Egal, Lug. Ich werde darüber nachdenken. Es ist fast Zeit für dich zu gehen. Deine freie Zeit endet mit der Dämmerung, nicht wahr?«

»Ich habe noch ein bißchen Zeit«, antwortete der Junge. »Marshin sagt, die Familie kommt nicht vor morgen aus Furbolg zurück. Sie bringen Gäste für die Auktion mit.«

»Vielleicht ist es nicht so schlimm, wie du glaubst«, meinte Ruad. »Es gibt viele gute Häuser. Vielleicht braucht die Dame Dianu einen Hausdiener - oder Graf Errin. Beide sind dafür bekannt, daß sie Sklaven gut behandeln.«

»»Warum sollte ich wohl ein Sklave sein?« fuhr Lug ihn an. »Warum? Das Reich besteht nicht mehr. Das ganze Land wird jetzt von Leuten beherrscht, die früher selbst Sklaven waren. Warum sollte gerade ich übrigbleiben? Das ist nicht gerecht.«

»Das Leben neigt nun einmal dazu, ungerecht zu sein, Lug. Der fomorische Krieg war der letzte, und du bist eines seiner Opfer. Aber du wirst Gelegenheit haben, dir deine Freiheit zu erkaufen; so übel ist das Leben nicht.«

»Warst du jemals Sklave, Herr?«

»Nur meines Berufs«, gab Ruad zu. »Aber das zählt nicht, nicht wahr? Du wurdest vor ... fünf Jahren geraubt? Wie alt warst du damals? Zehn? Elf? So ist es nun einmal, Lug. Kriege kosten Geld, und das wird durch Plünderei und Sklaverei wieder eingebracht. Die Gabala hat diesen Krieg aus Nationalstolz geführt, für das Recht, ihr Reich wegzugeben, statt es sich nehmen zu lassen. Du warst eins seiner letzten Opfer. Ich weiß, daß es nicht gerecht ist, aber ein Mann, der durchs Leben geht und sich über mangelnde Gerechtigkeit beklagt, wird nichts aus sich machen. Vertrau mir, Junge. Es gibt drei Sorten von Männern: Gewinner, Verlierer und Kämpfer. Die Gewinner sind von den Farben gesegnet, gleich, was sie auch tun, das Leben behandelt sie wie Götter. Die Verlierer vergeuden ihre Kraft damit, zu jammern wie gescholtene Kinder, sie erreichen nichts. Die Kämpfer schärfen stets ihre

Schwerter und halten ihre Schilde hoch, sie erwarten nichts, ohne dafür kämpfen zu müssen, aber sie kämpfen, bis sie umfallen.«

»Ich will kein Krieger sein«, sagte Lug.

»Hör mir gut zu, Bursche«, fuhr Ruad ihn an. »Und zwar mit deinem ganzen Verstand. Ich spreche nicht von Schwertkämpfern, ich spreche vom Leben. Dein Verstand ist sowohl Schwert als auch Schild, das ist eine Sache des Blickwinkels. Wenn du etwas willst, dann mach Pläne dafür. Bedenke alles, was schiefgehen könnte, und stell dir alles vor, was zu tun ist, damit es nicht schiefgeht. Und dann tue es. Rede nicht endlos darüber. Tu es! Widme deinen ganzen Verstand dieser Aufgabe. Du hast ein gutes Herz und ein großes Talent. Ich weiß nicht, wie du diesen Vogel in der Luft gehalten hast, aber in dir ist eine Macht. Also suche danach. Baue darauf. Und lasse nie zu, daß Verzweiflung dein Herz regiert. Verstehst du mich?«

»Ich werde es versuchen, Herr.«

»Die Antwort ist für den Moment gut genug. Jetzt geh nach Hause, und ich werde den Vogel untersuchen.«

Lug stand auf und lächelte. »Du bist sehr gut zu mir gewesen, Herr. Warum nimmst du dir soviel Zeit für mich?«

»Warum sollte ich nicht?«

»Ich weiß nicht. In Mactha sagen sie, du wärst ein Einsiedler, der die Gesellschaft von Menschen nicht mag. Sie sagen, du wärst ... rüde und mürrisch, launisch und ungeduldig. Aber ich habe nie gefunden, daß du so bist.«

Ruad erhob sich und legte seine große Hand auf die Schulter des Jungen. »Ich bin, wie sie sagen, Lug. Täusche dich da nicht. Ich mag Menschen nicht, ich mochte sie noch nie. Gierig, raffsüchtig, selbstsüchtig. Doch ich kann mit einem Talent umgehen, mein Junge. Ich kann es zum Erblühen bringen - wie ein Gärtner die Blumen. Erinnerst du dich an den Tag, an dem ich dich erwischte, wie du dich in den Büschen hinter der Werkstatt versteckt hattest?«

»Ja«, antwortete Lug grinsend. »Ich dachte, du würdest mich umbringen.«

»Seit sieben Wochen hattest du dich an jedem Tiernstag dort versteckt und mich bei der Arbeit beobachtet. Du hast

Geduld gezeigt, und das ist bei jungen Menschen selten. So beschloß ich, dich ein wenig über die Farben zu lehren. Und du warst ein guter Schüler. Und wenn die Quelle will, wirst du das auch weiterhin sein. Und jetzt ab mit dir!«

Nachdem der Junge gegangen war, sammelte Ruad die Überreste des metallenen Vogels ein und untersuchte die Stellen unterhalb des Genicks, die nachgegeben hatten. Die Schwingen waren um eine Spur zu schmal. Lug hatte gute Hände und ein sicheres Auge, doch noch war seine Seele nicht auf die Magie des Himmels eingestimmt. Aber, wie Ruad wußte, die Magie war auf Harmonie aufgebaut, und ein Sklavenjunge, der mündig wurde, würde sie wohl kaum finden können. Er konnte an einen Schiffskapitän verkauft werden und sein Leben unter Deck verbringen, oder an einen Prinzen und kastriert werden, um in einem Harem zu dienen. Und es gab noch andere, noch weniger angenehme Möglichkeiten für einen Jungen mit seinem Aussehen. Doch diese Gefahren waren nicht allzu groß. Die überwiegende Mehrzahl von klugen, jungen Sklaven wurde von guten Herrn gekauft, die sie bei ihren Geschäften gut einsetzten und ihnen die Möglichkeit gaben, sich mit dreißig Jahren freizukaufen.

Trotzdem, wer wollte den Jungen dafür tadeln, daß er das Schlimmste fürchtete?

Ruad verschloß die Vordertür und sattelte seine alte braune Stute. Er ritt nur selten nach Mactha, aber er brauchte Vorräte - Salz und Zucker, getrocknetes Fleisch und Kräuter, und vor allem, mehr Bronze- und Goldbarren.

Bronze war ein gutes Metall für Lehrlinge, aber es verband sich nicht so gut mit Magie wie Gold. Hätte Lugs Vogel aus fomorischem Gold bestanden, wäre er über den höchsten Berg geflogen und auf einen Gedanken hin wieder zurückgekehrt. Aber Gold war seltener als eine tugendsame Frau.

Ruad hievte sich in den Sattel und lenkte die alte Stute den Pfad zwischen den Kiefern hinab. Der Ritt dauerte zwei Stunden, und der Anlick der weißen, steinernen Gebäude von Mactha bereitete ihm kein Vergnügen. Er winkte den Wachposten am Nordtor zu und ritt weiter zu dem Mietstall, der Hyam gehörte. Der alte Mann saß am Zaun der Koppel und verhandelte vehement mit einem nomadischen Händler.

Ruad sattelte die Stute ab und führte sie an die Heuschütte. Dann striegelte er ihr den Rücken und kehrte zum Zaun zurück, wo die Debatte immer hitziger wurde.

»Warte! Warte«, sagte Hyam und fuchtelte mit seinen schmalen Fingern vor dem Gesicht des Nomaden herum. »Wir wollen es diesem Reisenden überlassen.« Er wandte sich Ruad zu und winkte. »Werter Herr, seid so freundlich und begutachtet diese beiden Pferde dort am Zaun und sagt mir Eure ehrliche Meinung, was sie wert sind. Was immer Ihr auch sagt, ich werde mich daran halten.«

Ruad warf einen Blick auf Hyams Finger, die sich rasch in der alten Zeichensprache bewegten. Der untersetzte Handwerker schlenderte zu dem ersten Tier hinüber, einem nußbraunen, siebzehn Handbreit hohen Hengst, der etwa acht Jahre alt war. Er fuhr mit den Händen über die starken Beine und die Flanken und wandte sich dann dem Wallach zu. Dieser war etwa sechzehn Handbreit groß und vielleicht fünf Jahre älter als der Hengst. Er wies verschiedene Anzeichen für einen schwachen Rücken auf. Hyam hatte vierzig halbe Silberstücke für beide zusammen signalisiert.

»Ich würde sagen, achtunddreißig halbe Silberstücke«, erklärte Ruad.

»Ihr ruiniert mich!« quiekte Hyam, auf der Stelle hüpfend. »Wie kann so etwas einem ehrlichen Mann nur passieren?«

»Ihr habt Euch einverstanden erklärt, Euch nach der Entscheidung dieses Mannes zu richten«, erinnerte der Nomade ihn. Und obwohl es fünf Halbstücke mehr sind, als ich angeboten habe, akzeptiere ich.«

»Der Himmel hat sich gegen mich verschworen«, meinte Hyam kopfschüttelnd. »Aber ich habe mich durch meine eigene Dummheit selbst in die Falle gelockt. Ich dachte, dieser Mann verstünde etwas von Pferden. Nehmt sie, Ihr habt ein besseres Geschäft gemacht, als Ihr Euch träumen laßt.«

Der Mann grinste und zählte das Geld ab, dann führte er die Pferde aus der Koppel. Hyam steckte das Silber in seine Gürtelbörse und setzte sich grinsend.

»Du bist ein Schuft«, erklärte Ruad. »Der Hengst hat eine Sehnenentzündung, er kann übermorgen anfangen zu lahmen. Und der Wallach? Er hat überhaupt kein Feuer in sich.«

»Das ist auch nicht verwunderlich«, antwortete der alte Mann leise. »Er stammt aus dem Stall des Herzogs, und der behandelt seine Pferde nicht gut.«

»Wie ist das Leben für dich, Hyam?«

»Es könnte immer besser sein«, erwiderte Hyam und fuhr sich mit der Hand durch das dünner werdende weiße Haar. »Aber es kommen schlimme Zeiten.«

»Nach deiner Ansicht - und der aller Pferdehändler - sind die Zeiten immer schlecht«, meinte Ruad lächelnd.

»Das kann ich nicht leugnen, Ruad, mein Freund. Aber diesmal ist es anders, glaub mir. Die Zahl der Bettler ist seit deinem letzten Besuch gestiegen. Und die Huren? Die ganze Stadt wimmelt vor Huren. Vor zehn Jahren hätte ich mich nicht darüber beklagt, aber jetzt? Jetzt sehe ich das anders. Viele davon sind gute Frauen, die ihren Mann oder ihr Heim verloren haben. Geh die Straßen der Händler entlang und sieh dir die geschlossenen Geschäfte und die verrammelten Fenster an. Und der Preis für Sklaven fällt - das ist nie ein gutes Zeichen. Die Bettler kämpfen um die besten Plätze, und die Zahl der Einbrüche hat sich seit letztem Jahr verdoppelt.«

»Unternimmt der Herzog denn nichts dagegen?«

Hyam räusperte sich und spie aus. »Was kümmert ihn Mactha? Ich höre Neuigkeiten aus dem ganzen Reich des Herzogs. Er hat fast überall die Steuern verdoppelt. Die Bauern müssen ihm zwei Zehnt ihrer Ernte abgeben oder von ihren Jährlingen. Und da die meisten Bauern ihr Land von den Adeligen gepachtet haben, bleiben ihnen noch ungefähr ein Zehnt, um ihre Familien zu ernähren und für das nächste Jahr vorzusorgen.«

Einige Männer hatten sich eingefunden, um die Pferde zu begutachten. Hyam gab Ruad ein Zeichen zu schweigen, und sie setzen ihr Gespräch in der Zeichensprache fort.

»Irrsinn liegt in der Luft, mein Freund. Der Herzog hat letzten Monat drei Männer pfählen lassen. Was sie verbrochen hatten? Sie haben an den König geschrieben und um Gerechtigkeit wegen der erhöhten Steuern gebeten. Der König hat Graf Tollibor geschickt, den Vetter des Herzogs. Jetzt richtet sich die Gerechtigkeit gegen die drei Männer, die um sie gebeten hatten. Darin liegt eine Art dunkler Poesie.«

»Pfählen ist vor mehr als zwanzig Jahren für ungesetzlich erklärt worden«, warf Ruad ein.

»Aber in jenen Tagen zogen die Ritter durch das Land, und der alte König herrschte. Sieh nicht zurück, Ruad. Die Vergangenheit ist tot - verschwunden wie die Ritter.«

»Es können doch nicht alle Ratgeber tot sein«, protestierte Ruad. »Was ist mit Kalib?«

»Vergiftet, heißt es.«

»Rulic?«

»Bei einem Jagdunfall getötet. Du solltest Vorräte für den Winter anlegen, Ruad, es liegt etwas Böses in der Luft.«

»Paß auf die Stute auf«, sagte Ruad laut. Er ging durch die Menge, die sich zur Versteigerung der Pferde sammelte, und hinaus in die Straßen der Händler. Wie Hyam gesagt hatte, hatten viele Händler ihre Läden geschlossen. Das war kein gutes Zeichen.

Eine junge Frau näherte sich ihm. »Zu Diensten, Herr?«

Er lächelte sie an. »Das Geschäft muß schlecht laufen, wenn du so einen häßlichen Kerl wie mich ansprichtst.«

Sie erwiderte sein Lächeln nicht. »Nur drei Viertelkupferstücke«, sagte sie, ohne ihn anzusehen.

Er nahm ihre Hände und drehte sie um. Sie waren sauber, die Nägel gebürstet. »Warum nicht?« sagte er und folgte ihr durch ein Labyrinth von Gassen zu einem fast verfallenen Haus mit geborstener Tür. Darin war es sauber, doch ärmlich; auf einem Stapel Decken an der gegenüberliegenden Wand schlief ein Säugling.

Sie führte ihn zu einem schmalen Bett, legte sich rasch hin und zog ihr wollenes Kleid über die Hüften hoch. Ruad wollte gerade seinen Gürtel lösen, als er hinter sich eine Bewegung wahrnahm und zur Seite sprang, so daß die Keule harmlos an seiner Schulter vorbeipfiff. Sich umdrehend, versetzte er seinem Angreifer einen Schlag in die Magengrube, worauf dieser zusammenklappte, dann ließ er seine Handkante gegen den Hals des Mannes sausen. Er war bewußtlos, noch ehe er auf dem Boden aufschlug.

Die Frau setzte sich auf, die Hände vor den Mund geschlagen.

»Wir brauchten Geld«, sagte sie. »Er ist nicht tot, oder?«

»Nein«, antwortete Ruad, »und du bekommst dein Geld, sobald du es dir verdient hast.«

Er loste seinen Gürtel.

Ruad trat aus dem dunklen Haus in die gleißend helle Straße hinaus und kniff sein gesundes Auge zusammen, seine Sinne waren hellwach. Die Frau war eine Enttäuschung gewesen und in Tränen ausgebrochen, kaum, daß er sich ihr näherte. Sie hatte ihn wütend gemacht, und im Gegensatz zu manchen anderen Männern, ließ Wut seine Leidenschaft abkühlen. Er hatte sich wieder angezogen und war gegangen.

Er fand den Weg zurück zur Hauptstraße, wobei er mehrfach Bettler beiseiteschieben mußte. Hyam hatte Recht, Macha wurde zu einem üblen Ort.

Die Straße des Erzes war nahezu verlassen, und Ruad war überrascht, als er sah, daß Bretter vor die Fenster von Cartains Haus genagelt wurden. Die Vordertür stand offen, und so trat er ein. Der ehemalige Nomade überwachte das Packen mehrerer großer Kisten, erblickte jedoch Ruad und winkte ihn ins Hinterzimmer durch.

Cartain gesellte sich zu ihm und goß einen Krug Apfelsaft ein, den er dem verblüfften Handwerker reichte.

»Auch du verläßt die Stadt?« fragte Ruad. »Warum?«

Der hochgewachsene, eckig gebaute Händler ließ sich an seinem Schreibtisch nieder, die dunklen, schrägstehenden Augen fixierten Ruad. »Du weißt, weshalb ich reich bin?« fragte er, sich über seine Adlernase streichend.

»Ich konnte es noch nie leiden, wenn ich auf meine Fragen nur Gegenfragen zu hören bekomme«, begehrte Ruad auf.

Cartain grinste und entblößte dabei einen Goldzahn. »Ich mag dich, Ruad - aber trotzdem, beantworte meine Frage.«

»Du kaufst billig und verkaufst teuer. Also, warum verläßt du die Stadt?«

»Ich bin reich«, sagte der Händler, über Ruads wachsende Verärgerung lächelnd, »weil ich den Wind lesen kann. Wenn er frisch bläst, ist Geld zu machen, wenn ihm ein übler Geruch anhaftet, ist Geld zu machen. Aber wenn sich kein Wind regt, ist es an der Zeit, weiterzuziehen.“

»Du kannst einen ärgern«, sagte Ruad, »aber ich werde

dich trotzdem vermissen. Wer soll denn nun meine Spielzeuge kaufen?«

»Ich werde jemanden zu dir schicken. Deine Arbeiten sind noch immer sehr gefragt. Hast du etwas für mich?«

»Vielleicht. Aber ich brauche Goldbarren und noch mehr Bronze - und auch etwas von diesem Öl aus dem Osten.«

»Wieviel Gold?« fragte Cartain, lehnte sich zurück und wandte den Blick ab.

»Du wirst 300 Raq an meinem kleinen Sänger verdienen. Ich nehme den Gegenwert von 100.«

»Zeig ihn mir.«

Ruad öffnete den Lederbeutel an seiner Hüfte und entnahm ihm einen kleinen goldenen Vogel mit Smaragdaugen. Er strich über dessen Rücken und setzte ihn auf eine Handfläche. Dann hob er ihn an die Lippen und flüsterte ein Wort. Die metallenen Flügel des Vogels breiteten sich aus, und er stieg von der Hand empor und kreiste durch das Zimmer. Leise Musik strömte aus seinem Schnabel, ein berauschender Duft erfüllte die Luft.

»Schön«, sagte Cartain. »Einfach herrlich. Wie lange wird die Magie anhalten?«

»Drei Jahre. Vier.« Ruad hob die Hand, und der Vogel ließ sich auf seiner Handfläche nieder. Er gab ihn Cartain.

»Und das Befehlswort?«

»Der Name seines Schöpfers.«

»Vollkommen. Du bist wahrlich ein Meister. Weit im Osten gibt es einen König, der sich einen riesigen Adler wünscht, um sich von ihm in den Himmel hinauftragen zu lassen. Er würde in kopfgroßen Diamanten bezahlen.«

»Das ist nicht möglich«, sagte Ruad.

»Das kann nicht wahr sein, geschätzter Partner. Alles ist möglich.«

Ruad schüttelte den Kopf. »Du verstehst die Grenzen nicht. Magie ist eine eingeschränkte Macht. Vor langer Zeit versuchte Zinazar, diese Grenzen zu erweitern, er benutzte dazu das Blut von Unschuldigen. Es hat damals nicht funktioniert und wird es heute auch nicht.«

»Aber angenommen, tausend Menschen wären bereit, ihr Blut zu geben?«

»Es gibt auf der ganzen Welt keine tausend Leute, die die Farben trinken können. Vergiß die Diamanten, Cartain. Wie reich kann ein einzelner Mann sein?«

Cartain kicherte. »Er kann allen Reichtum der Welt besitzen - und noch ein Kupferstück darüber hinaus.«

Ruad trank seinen Apfelsaft. »Jetzt erzähl mir, weshalb du wirklich gehst - und kein Wort über den Wind, wenn ich bitten darf.«

Cartains Lächeln erstarb. »Es kommen schlechte Zeiten, und ich will sie nicht miterleben. Meine Boten berichten mir von üblen Vorgängen in der Hauptstadt. Dies allein wäre für einen Nomaden wie mich ohne Auswirkungen, aber König Ahaks Mißwirtschaft hat dazu geführt, daß sein Staatsschatz bedenklich geschrumpft ist. Mehrere Nomadenhändler sind gefangengenommen, des Verrats beschuldigt und zu Tode gefoltert worden. Ihr Vermögen wurde dem König zugesprochen. Der alte Cartain hat nicht vor, die Schatztruhen dieses Geiers aufzufüllen.«

»Ich hatte auch meine Probleme mit dem König«, sagte Ruad. »Er ist arrogant und dickköpfig, aber kein Despot.«

»Er hat sich verändert, mein Freund«, entgegnete Cartain. »Er hat sich mit schlechten Männern umgeben - er hat sogar Männer zu einer Gruppe zusammengeschart, die er die Ritter der Neuen Gabala nennt - und sie sind furchtbar. Es heißt, er war schwer krank, und ein Zauberer hätte ihn geheilt, aber seine Seele sei gestorben. Ich weiß es nicht. Es gibt zahlreiche solcher Geschichten. Aber die Menschen reden immer über Könige. Was ich jedoch weiß, ist, daß das Klima nicht gut für Nomaden ist - oder für Menschen mit nomadischer Herkunft. Ich habe diese Dinge schon gesehen - in anderen Ländern. Daraus entsteht nichts Gutes.«

»Wo wirst du hingehen?«

»Über das Innere Meer nach Cithaeron. Ich habe Verwandte dort ... und eine junge Frau.«

»Du hast doch eine Frau hier ... wenn ich mich recht erinnere?«

»Ein reicher Mann kann nicht zuviele Frauen haben! Warum kommst du nicht mit mir? Wir könnten ein Vermögen machen.«

»Ich brauche kein Vermögen«, lehnte Ruad ab. »Laß meine Waren morgen in die Berge schicken.«

»Das werde ich. Paß auf dich auf, Handwerker. Alle Geheimnisse neigen dazu, bekannt zu werden, und deines, fürchte ich, bildet da keine Ausnahme. Und diesmal wirst du mehr verlieren als ein Auge.«

Ruad verließ den Händler und wanderte zurück zu dem Mietstall. Auf dem Weg dorthin aß er in einem Gasthaus.

Cartains geplante Abreise beunruhigte ihn, machte ihn nervös. Verschlagen wie der Händler war, konnte man ihm dennoch trauen. Es gab nur wenige wie ihn, und Ruad brauchte ihn. Er beendete seine Mahlzeit und starrte zu den dichter werdenden Wolken empor.

Alle Geheimnisse werden bekannt.

Darin lag Wahrheit, aber das Problem mußte er zunächst verschieben. Er bezahlte den Wirt und kehrte mit einem Sack voller Vorräte zum Stall zurück. Hyam war nicht mehr da, aber Hyams jüngster Sohn sattelte Ruads Stute. Der Junge hatte scharfe Augen und lächelte Ruad strahlend an.

»Du solltest ein neues Pferd kaufen«, erklärte der Bursche. »Die hier ist ausgelaugt.«

Ruad stieg auf und lächelte auf ihn hinunter. »Dieses Tier hat dein Vater mir vor zwei Monaten verkauft und bei der Seele seiner Söhne geschworen, daß es ewig laufen würde.«

»Ja, ja«, erwiderte der Junge, »Vater ist auch nicht mehr so jung, wie er mal war. Aber ich habe hier einen Wallach, der von Buesecus abstammt, und selbst ein Mann deiner Größe könnte ihn den ganzen Tag reiten, ohne auch nur einen Schweißtropfen auf ihm zu finden.«

»Zeig ihn mir«, sagte Ruad und folgte dem Jungen in die Koppel. Der schwarze Wallach war fast siebzehn Handbreit hoch, hatte einen starken Rücken und gute Beine.

Ruad glitt aus dem Sattel. »Stimmt das?« fragte er das Pferd, »Daß Buesecus dein Vater war?«

Der Wallach schüttelte den Kopf. »Nein«, antwortete er. »Der Junge ist genauso ein Lügner wie sein Vater.«

Der Bursche wich mit weit aufgerissenen Augen zurück.

Ruad schüttelte den Kopf. »Und dabei siehst du so unschuldig aus.«

»Seid Ihr ein Zauberer?« wisperte der Junge.

»Das bin ich allerdings. Und du hast mich beleidigt«, antwortete Ruad und fixierte den Knaben mit finsterem Blick.

»Es tut mir leid, Herr. Wirklich. Bitte verzeiht mir.«

Ruad wandte sich ab und bestieg wieder seine Stute. »Dein Vater ist vielleicht alt, mein Junge, aber er war nie dumm.« Er drückte der Stute die Fersen in die Flanken und hielt auf die Berge zu. Der Bursche war leichtgläubig und verdiente es, hinters Licht geführt zu werden. Selbst als Kind hätte Hyam den Unterschied zwischen Magie und einem simplen Trick sofort erkannt.

Alle Geheimnisse werden bekannt.

Er beruhigte sich und griff nach den Farben. Es dauerte eine Zeit, bis er das Weiß gefunden hatte, und seine Ängste schwanden. Auf dem Kamm eines Hügels drehte er sich im Sattel um und warf einen Blick zurück auf Mactha. Die Sonne ging hinter den Bergen unter, so daß die Stadt in rotes Licht getaucht war.

Ruad schauderte, und bevor er sich dagegen wappnen konnte, erschütterte ihn eine Vision. Acht Ritter in roter Rüstung, mit geisterhaft bleichen Gesichtern, die Augen blutgefüllt, ritten mit dunklen Schwertern in den Händen über den Himmel.

Mit großer Mühe riß sich Ruad von der Vision los. Er wischte sich den Schweiß vom Gesicht und trieb die Stute zu einem Galopp an.

- 2 -

Die sechs Soldaten lagen tot am Boden neben der Kutsche, die beiden Frauen standen nebeneinander den Angreifern gegenüber. Grunzer wartete, seine Männer hinter sich, und betrachtete die Frauen anerkennend.

Daß sie Schwestern waren, war ebenso offensichtlich wie die Tatsache, daß sie aus einem Patrizierhaus stammten. Die größere der beiden, gekleidet in einen weiten Rock aus grüner Seide und eine hochgeschlossene, weiße Bluse, hielt ein kurzes Schwert, das sie rasch aufgehoben hatte. Die andere stand neben ihr, ihre großen, grauen Augen verrieten keinerlei Zeichen von Furcht. Beide waren schön. Das Mädchen mit dem Kurzschwert hatte kurzes, lockiges Haar, dunkel und glänzend wie ein Biberfell. Ihre Schwester trug das rabenschwarze Haar lang, so daß es ihr lockig über die Schultern herabfiel. Sie trug ein fließendes Gewand aus dunkelgrauer Seide, das in der Taille von einem goldverzierten Gürtel zusammengehalten wurde.

Grunzer spürte, wie Erregung ihn durchflutete. Er hatte noch nie Schwestern genossen - und diese hier würden kämpfen, kratzen und schlagen. Er schluckte schwer. Welche von beiden zuerst? Die große Stolze oder die kleinere Wohlgerundete mit den hochmütigen, grauen Augen?

Einer seiner Männer sprang nach vorn, und das Schwert der größeren Frau holte sofort in einem wütenden Rückhandschlag aus. Im letzten Moment warf der Mann sich zur Seite, so daß die Klinge nur sein braunes Lederwams aufschlitzte. Er kroch auf allen vieren unter dem Gelächter seiner Kameraden rückwärts. Ja, dachte Grunzer, die Schwertkämpferin soll die erste sein.

Er hörte das Getrappel eines trabenden Pferdes näherkommen und fuhr herum. Er erblickte einen Reiter, der in die Senke kam. Es handelte sich um einen großen Mann auf einem großen Pferd, und obwohl er Tunika und enganliegende Hosen trug, hatte er einen silbernen Helm auf, dessen Visier hochgeklappt war. Er brachte seinen grauen Hengst etwa zehn Schritte vor den zwölf Gesetzlosen zum Stehen.

»Guten Morgen, meine Damen«, sagte er. »Benötigt Ihr Hilfe?«

Grunzer trat vor. »Verschwinde«, zischte er, »oder wir zerren dich vom Sattel und überlassen dich dann den Krähen.«

»Ich habe nicht mit dir gesprochen, Bauer«, sagte der Reiter sanft. »Wo bleiben deine Manieren?«

Grunzer wurde rot und zog seine beiden Kurzschwerter, während die elf Geächteten sich zu einem Kreis formierten.

Der Reiter glitt aus dem Sattel und zog ein Langschwert, das im Sonnenlicht glitzerte. Er hielt es in beiden Händen.

In dem Moment erfüllte das Donnern von Hufen die Lichtung.

»Zurück!« schrie Grunzer, und die Geächteten rannten ins Unterholz, als ein Trupp von Soldaten herankam.

Manannan steckte sein Schwert in die Scheide und ging zu den beiden Frauen hinüber. Er verbeugte sich.

»Seid Ihr verletzt?« fragte er.

»Nein, Herr«, erwiderte die kleinere der beiden. »Unseren Dank für Eure Ritterlichkeit. Ich bin Dianu, und das ist meine jüngere Schwester Sheera.«

Manannan wandte sich dieser zu. »Mein Kompliment für Eure Schwertkünste, meine Dame. Ihr habt eine gute Hand.«

Ein schlanker, hellhaariger Mann trat zu ihnen, er war glattrasiert und ohne Schwert, trug jedoch einen schönen Hornbogen. Seine Kleidung bestand aus weichem, gegerbtem Leder und war, wenn auch ohne Zierat, von vollkommenem Zuschnitt. Seine Augen waren braun mit goldenen Sprenkeln, so daß sie gelblich wirkten wie die einer großen Katze. Er nahm Dianu in die Arme und küßte sie auf die Wange, dann wandte er sich an Manannan. Sein Lächeln war warm und freundlich, der Blick offen und ehrlich.

»Ich danke Euch, Herr. Euer Mut ehrt Euch.«

»Und Euch Euer Sinn für den richtigen Zeitpunkt«, erwiderte Manannan und reichte ihm die Hand.

»Ich wünschte, er wäre besser gewesen - dann wären diese loyalen Männer noch am Leben. Ich bin Graf Errin von Laene«, sagte er.

»Ihr seid gewachsen, seit ich Euch das letzte Mal sah. Wart Ihr nicht der Page des Herzogs von Mactha?«

»Das war ich in der Tat - in dem Jahr, als er die Silberne Lanze gewann. Es tut mir leid, aber ich erinnere mich nicht an Euch, Herr.«

»Ich heiße Manannan. Ich war damals etwas anders gekleidet und trug keinen Bart. Aber wenn Ihr mich jetzt entschuldigen wollt, ich muß weiter.«

»Das ist nicht Euer Ernst« sagte Dianu. »Ihr könnt nicht allein durch diesen Wald reiten. Dieser Räuber war Grunzer, er beobachtet uns bestimmt sogar jetzt noch. Ihr wärt in großer Gefahr.«

»Er auch, meine Dame, wenn er noch einmal meinen Weg kreuzt! Aber fürchtet nicht um mich. Ich besitze keine Reichtümer, und Kuan trägt mich weit - und sehr schnell.«

»Ihr seid herzlich willkommen, mit uns zu reiten, Herr Ritter«, fiel Errin ein. »Meine Güter liegen nur einen halben Tagesritt entfernt. Ein Bett für die Nacht und eine gute Mahlzeit?«

»Ich danke Euch, doch nein. Ich muß einen Mann finden.« Manannan verbeugte sich vor den Frauen und ging zu seinem Pferd.

Dianu beobachtete, wie er davonritt. »Ein seltsamer Mann«, meinte sie. »Er hätte sie nicht alle überwinden können - und doch war er bereit, es mit allen aufzunehmen.«

»Ich kann mich nicht an ihn erinnern«, überlegte Errin. »Vielleicht war er einer der Wächter oder der diensthabenden Soldaten.«

»Er war bestimmt mehr als das«, sagte Sheera. »Er bewegt sich wie ein Fürst.«

»Nun, denn, ich fürchte, er wird ein Geheimnis bleiben«, sagte Errin. »Kommt, wir wollen diesen verfluchten Wald hinter uns bringen, ehe Grunzer mit noch mehr Halsabschneidern zurückkommt.«

Ruad blieb eine Woche in der Hütte, die seine Werkstatt bildete - schmolz seine Barren, stellte Gold- und Silberdraht her, zarte Blätter und seltsame Ringe. In der achten Nacht erwachte er aus einem leichten Schlaf von dem Geräusch galoppierender Hufe. Er schwang sich aus dem Bett, reckte sich, legte einen Mantel um die Schultern und ging auf den Hof hinaus.

Sechs Reiter hatten sich vor seinem Haus versammelt.

»Wen sucht ihr?« fragte Ruad und bemühte sich, die Männer zu erkennen.

»Wer sagt, daß wir jemanden suchen?« fragte einer der Reiter, sich im Sattel vorbeugend.

»Es ist etwas spät, um zu jagen«, meinte Ruad, »und ich bin müde, also sagt, was ihr wollt.«

»Er ist hier«, zischte der Reiter. »Wo sollte er sonst sein? Ich werde die Hütte durchsuchen.« Er schwang sich aus dem Sattel und ging über den Hof. Ruad trat beiseite, doch als der Mann auf gleicher Höhe mit ihm war, holte er mit seiner linken Hand blitzschnell aus und umklammerte die Kehle des Mannes. Dann hob er ihn hoch.

»Ich habe nicht gehört, daß du um Erlaubnis gebeten hast«, sagte Ruad sanft. Der Mann strampelte schwach mit den Beinen, seine Finger versuchten, Ruads stählernen Griff zu lösen.

»Laß ihn los!« befahl ein anderer und trieb sein Pferd vorwärts. In dem Augenblick brach der Mond durch die Wolken, und Ruad erkannte den Sprecher.

»Ich hätte nicht erwartet, daß ein Mann von Eurem Stand mit solchem Pack reitet, Graf Errin«, sagte Ruad und warf sein Opfer beiseite. Der Mann fiel nach Luft schnappend zu Boden.

»Es tut mir leid, dich zu stören, Handwerker, aber ein Sklave ist heute nach der Auktion entwischt, und es heißt, daß er dich oft besucht. Wir dachten, er könnte hier sein.«

»Hat dieser Sklave auch einen Namen, Graf Errin?«

»Ich glaube, er heißt Lug - ein häßlicher Name für einen so gutaussehenden Burschen.«

»Habt Ihr ihn gekauft?«

»Ja, er sollte ein Geschenk für den Herzog sein. Leider taugt er jetzt nicht mehr als Geschenk. Es wird notwendig sein, seinen Kopf zu brandmarken und vielleicht, ihm die Kniesehnen durchzuschneiden.«

»Das ist allerdings eine harte Behandlung«, sagte Ruad,

»doch verdient. Bitte durchsucht meine Hütte und gestattet mir dann, wieder zu Bett zu gehen.«

»Ich würde dein Wort nicht anzweifeln, Handwerker. Wenn du mir versicherst, daß er nicht hier ist, werden wir dich in Frieden lassen.«

»Seid versichert, Graf Errin. Ich habe den Jungen seit dem letzten Tiernstag nicht mehr gesehen. Und jetzt wünsche ich gute Nacht.«

Ruad ging zu dem am Boden liegenden Mann, der sich bemühte, wieder auf die Beine zu kommen, hob ihn an den Haaren hoch, schleifte ihn zu seinem Pferd und warf ihn in den Sattel. Graf Errin grinste, zog an den Zügeln seines Hengstes und galoppierte davon.

Der Mann mit der gequetschten Kehle blieb zurück und ritt auf Ruad zu.

»Ich ...«, begann er, wurde aber von Ruad unterbrochen.

»Bitte«, sagte er mit ausgebreiteten Händen, »versprich mir nicht, daß wir uns noch einmal begegnen werden. Beleidigungen machen mich zornig, aber Drohungen langweilen mich. Und wenn ich gelangweilt bin, neige ich zur Gewalt. Und das will doch keiner von uns, kleiner Mann.« Der Reiter zog wütend an seinen Zügeln und ließ das Pferd in leichten Galopp fallen.

Nachdem er schließlich fort war, schlenderte Ruad zum Brunnen hinüber, zog einen Eimer des kühlen Wassers herauf und setzte sich auf die Holzbank. Er trank und betrachtete die Sterne.

Lug hatte recht gehabt, sich zu fürchten. Der Herzog wäre ein schlechter Sklavenhalter gewesen. Der Handwerker schloß die Augen und suchte in den Farben. Der Junge mußte verängstigt sein, seine Gefühle aufgewühlt. Ruad hatte nie gern das Rot benutzt, denn es führte immer zu Wegen, die das Böse beschritt. Aber das Rot war stark, und es kannte die Furcht. Er fand den Strom und konzentrierte sich auf Lug. Innerhalb weniger Sekunden hatte er ihn gefunden und kehrte um.

»Komm heraus, Junge«, rief er, und die Tür des Holzschuppens öffnete sich, und Lug trat ins Mondlicht hinaus. »Du hast fast einen Lügner aus mir gemacht.«

»Ich wußte nicht, wohin sonst, Meister. Aber morgen werde ich Llaw Gyffes suchen und mich ihm anschließen - wenn er mich haben will.«

»Komm herein«, sagte Ruad sanft. »Ich habe hier ein paar Spielzeuge, die dir auf deinem Weg vielleicht nützlich sein können.«

Drinnen fachte Ruad das Feuer neu an und hing die alte flache Eisenpfanne über die Flammen. Er gab etwas Fett hinein, und als es zu zischen begann, schlug er vier Eier hinein.

»Ich nehme an, du hast Hunger, Jung-Lug?«

»Ja, Meister. Danke. Aber, bei allem Respekt, ich bin gestern mündig geworden. Ich bin nicht mehr Lug, ich bin ein Mann und kann nicht länger einen Kindernamen tragen.«

»Da hast du allerdings Recht«, pflichtete Ruad ihm bei. »Welchen Namen hast du dir gewählt?«

»Lámfhada, Meister. Ich habe mir diesen Namen schon lange gewünscht.«

»Langarm. Ja, das ist ein guter Name. Der erste Ritter der Gabala hieß Lámfhada. Wenn du auch nur einen Bruchteil seines Ruhmes erlangst, hast du wohl getan.«

»Ich werde mein Bestes tun, Meister. Aber ich bin kein Held.«

Ruad ließ die Eier aus der Pfanne auf einen Holzteller gleiten. Dann schnitt er einige Scheiben von dem dunklen Brot ab, das er am Vortage gebacken hatte und reichte die Mahlzeit dem frischbenannten Lámfhada.

»Du darfst dich noch nicht zu hart beurteilen. Ich kenne keinen Ritter, der in voller Rüstung zur Welt kam. Alle waren einst Grünschnäbel.«

»Hast du viele Ritter gekannt?« fragte Lámfhada.

»Viele«, gab Ruad zu, während er Wasser in einen Krug goß und sich selbst auch eine Scheibe Brot abschnitt.

»Warum sind sie fortgegangen, Meister?«

»Du steckst voller Fragen, junger Mann. Und hör auf, mich Meister zu nennen - ein Mann wie du kann mich jetzt Handwerker nennen. Oder du kannst auch Ruad zu mir sagen, wie du es getan hast, als du den Vogel vollendet hattest.«

»Du erlaubst mir, dich bei deinem richtigen Namen zu nennen?« wisperte der Junge.

»Das ist nicht mein richtiger Name«, antwortete Ruad, »aber es würde mich freuen, wenn du ihn gebrauchen würdest.« Der Junge nickte und beendete seine Mahlzeit, indem er mit einem Stück Brot die letzten Reste Eidotter auftunkte.

»Ich hoffe, du hast keinen Ärger, weil ich hergekommen bin. Sie werden Okessa, den Seher, einsetzen, um mich zu finden, er wird wissen, daß ich hier war.«

»Nein«, entgegnete Ruad und entblößte in einem breiten Grinsen seine schiefen Zähne. »Sie haben keinen Seher, der gut genug ist, um meine Geheimnisse zu durchdringen - nicht einmal Okessa. Fürchte nicht um mich. Jetzt möchte ich dir ein Geschenk geben. Komm mit.« Er führte den Ausreißer in die Werkstatt, wo er eine Eichentruhe an der rückwärtigen Wand öffnete. Daraus entnahm er ein Paar Hirschlederstiefel, die mit einem silbernen Faden eingefaßt waren. »Zieh sie an«, befahl er.

Lámfhada zog seine Sandalen aus und schlüpfte in die Stiefel. »Sie sind etwas zu groß.«

Ruad drückte prüfend die Stiefelspitzen. »Mit dicken Socken werden sie bequemer sein, und du kannst noch in sie hineinwachsen.«

»Sind sie magisch, Ruad?«

»Natürlich sind sie magisch«, fuhr der Handwerker ihn an. »Sehe ich aus wie ein Flickschuster?«

»Was können sie?«

»Es gibt ein Wort, das ich für dich aufschreiben werde, und wenn du dieses Wort aussprichst, werden die Stiefel dir Kraft und Schnelligkeit verleihen. Du kannst damit schneller laufen als jeder andere Mensch und bist in unebenem Gelände sogar schneller als ein Reiter.«

»Ich weiß nicht, wie ich dir danken soll. Sie müssen ein Vermögen wert sein.«

»Leider sind sie nicht makellos. Ja, selbst ich versage manchmal, junger Lámfhada. Sie werden die Magie nicht beibehalten. Sie geben dir eine Stunde, vielleicht zwei, danach sind es einfach nur Stiefel. Aber es sind gute Stiefel.«

»Kann ich die Magie nicht wiederherstellen?« fragte der Junge.

Ruad grinste. »Wenn du es versuchst, wird es wenigstens

eine gute Übung für dich sein. Du brauchst dafür die Macht des Schwarz, die Erdmagie. Aber das Schwarz ist unberechenbar und nicht leicht zu rufen ... und du kannst es nur nachts tun, bei Mondschein. Ich habe Goldfaden verwendet, und es gibt kein Metall, das besser auf die Ströme der Farben eingestellt ist. Die Schwierigkeit liegt in der Kontrolle. Zuviel Gold, und die Macht ist so groß, daß kein Mensch die Stiefel tragen und dabei sein Gleichgewicht halten könnte; ein Sprung würde dich so hoch schnellen, daß du an den Folgen des anschließenden Falls sterben würdest. Etwas zu wenig, und die Kraft ist innerhalb einer Stunde erschöpft. Das Problem beschäftigt mich seit zehn Jahren.«

»Und das Wort?« fragte Lámfhada.

Ruad nahm ein Stück Holzkohle und schrieb damit etwas auf die Tischplatte. »Weißt du, wie man es ausspricht? Aber tu's nicht!«

»Ich weiß«, sagte der junge Ausreißer, die blauen Augen gebannt auf Ruads Gesicht gerichtet. »Das ist dein richtiger Name, nicht wahr?«

»Das ist er, mein Junge, und niemand darf ihn erfahren. Deswegen durftest du nie von deiner Arbeit hier sprechen.«

»Du hast großes Vertrauen in mich gesetzt, Ruad. Ich werde es nicht enttäuschen. Wie kommt es, daß alle glauben, du wärest tot? Und warum willst du, daß sie es glauben?«

»Du und ich, wir unterscheiden uns nur wenig, mein Junge«, antwortete Ruad. »Alle Menschen sind Sklaven. Meine Freude ist es, daß ich die Magie besser verstehe als die meisten anderen Menschen. Ich stelle gern schöne Dinge her. Die Ritter der Gabala waren schön - in ihren unvergleichlichen Rüstungen, mit Herzen so rein, wie die Herzen von Menschen nur sein können. Aber sie sind in der Welt anderer Mächte, die auf das Rot ausgerichtet und mit dem Dunkellicht verbunden sind. Jene Mächte versuchten, an meine Arbeit heranzukommen, und sie tun es noch. Aber das verstehst du nicht, nicht wahr? Warum solltest du auch?«

»Deine Kunst wurde von bösen Menschen begehrt«, sagte Lámfhada. »Das habe ich begriffen.«

»Vor fünf Jahren wurde ich von Männern des Königs gefangengenommen und nach Furbolg gebracht. Dort haben sie mir das Auge herausgebrannt. Der König wollte magische Waffen, aber ich wollte ihm keine geben.«

»Wie bist du entkommen?«

»Indem ich gestorben bin. Meine Leiche wurde in eine Grube jenseits der Schloßmauer geworfen.«

Lámfhada schlug das Zeichen des Schützenden Horns und schauderte, doch Ruad kicherte. »Indem ich so tat, als wäre ich tot! Kein Herzschlag. Keine Atmung. Sie haben mich - dankenswerterweise - in ein flaches Grab gelegt. Ich habe mich ausgegraben und bin zum Haus eines Freundes gestolpert. Er hat mich acht Tage lang gepflegt, dann hat er mich aus der Stadt geschmuggelt, und ich habe mich auf den Weg hierher gemacht.«

»Eines Tages werden sie dich finden, Meister. Warum kommst du nicht mit mir zu Llaw Gyffes?“

»Weil ich noch nicht bereit bin. Und ich fürchte, es gibt etwas, das ich ungeschehen machen muß. Aber du gehst. Lebe dein Leben. Sei frei - so frei, wie ein Mensch sein kann.«

»Wenn nur die Ritter noch hier wären«, sagte Lámfhada mit trauriger Stimme.

»Es ist kindisch, einen Traum zu träumen, der nie wahr werden kann«, flüsterte Ruad. »Jetzt ist es Zeit für dich zu gehen.« Er zog eine Schublade unter der Bank auf und entnahm ihr ein langes Messer aus rasiermesserscharfem Stahl. »Hier, du wirst es vielleicht brauchen.«

»Ist es auch magisch?«

»Es hat die schlimmste Magie, die es gibt. Mit einem einzigen Stoß kannst du ein Leben voller Träume und Hoffnungen zerstören.«

Llaw Gyffes stand allein auf dem Kamm eines bewaldeten Hügels am Waldrand, eine Hand ruhte auf dem mächtigen Stamm einer knorrigen Eiche, die andere hatte er in seinen breiten Ledergürtel gehakt. Es hatte angefangen zu regnen, aber der große Mann schien dies nicht zu bemerken. Sein Blick war starr auf die zerklüftete Ebene jenseits des Waldes gerichtet, wo mehrere Hirsche in der Nähe einer Gruppe von Dickhornschafen grasten. In der Ferne bahnten sich sechs Reiter langsam einen Weg durch die Felsen, und Llaw beobachtete sie eine Weile. Offensichtlich suchten sie Spuren und waren nicht auf der Jagd, denn sie mußten die kleine Herde deutlich sehen können, zeigten jedoch keinerlei Interesse an ihr. Es war noch zu früh im Jahr, um Wölfe zu jagen; die großen Tiere des Waldes waren noch hoch in den Bergen. Also blieb nur eine Menschenjagd.

Der Himmel verdunkelte sich, Regen prasselte hernieder, rann an seinem gewachsten Lederhemd herab und durchnäßte seine grünen, wollenen Beinkleider. Er reckte sich, ergriff einen dicken Ast, zog sich gewandt in den Schutz des Baumes zurück und kletterte geschickt in die obersten Zweige hinauf, in denen eine rohe Holzplattform befestigt worden war, über der die Zweige zu einem dichten Dach miteinander verflochten waren. Er setzte sich und bog die Zweige auseinander, so daß er die Reiter weiterhin beobachten konnte. Sie waren jetzt näher, doch er konnte noch immer keinen von ihnen erkennen.

Er strich sich das blonde Haar aus den Augen und lehnte sich zurück, um sich zu entspannen. Warum sollte es ihn kümmern, wen sie jagten? Hatte es irgend jemanden gekümmert, als man Llaw Gyffes ergriffen hatte? War irgend jemand vorgetreten, um zu seiner Verteidigung zu sprechen? Er fühlte, wie sein Zorn aufflackerte und schluckte ihn rasch hinunter. Welchen Sinn hätte es gehabt? Du kannst sie nicht tadeln, Llaw. Die Entscheidung war in dem Moment gefallen, als er dem Bastard den Schädel einschlug!

Ein Augenblick reichte aus, um ein ganzes Leben zu verändern. In einem einzigen Herzschlag war aus dem Hufschmied der Gesetzlose geworden.

Die Soldaten des Herzogs waren auf der Suche nach einem nomadischen Händler gewesen, der des Verrats beschuldigt wurde, und hatten schon mehrere Häuser durchwühlt - und dabei mitgenommen, was ihnen gefiel - als sie auf Lydia stießen. Der Offizier, der die Suchaktion leitete, hatte seinen Männern befohlen, hinauszugehen, blieb aber selbst drinnen. Sekunden später hörten zahlreiche Nachbarn Lydias Schrei, aber niemand unternahm etwas. Nur ein junger Sklavenbursche hatte den Mut, zur Schmiede zu laufen. Llaw hatte seine Werkzeuge fallengelassen und war durch die engen Gassen nach Hause gerannt. Zwei Soldaten standen vor seiner Tür, doch ehe sie ihre Schwerter ziehen konnten, war er über sie hergefallen, und seine riesigen Fäuste hämmerten sie bewußtlos. Einem brach er den Kiefer, der andere trug drei Rippenbrüche davon. Als der Schmied die Tür eintrat, wobei er die bronzenen Angeln zerschmetterte, lag Lydia quer über dem Bett, mit leblosen Augen. Der Offizier machte gerade seinen Gürtel zu.

Als Llaw Gyffes in den Raum stürmte, zog der Offizier sein Schwert und sprang vor. Die Klinge mit der flachen Hand beiseiteschlagend, landete Llaw einen wütenden Hieb in das Gesicht des Mannes, und der Offizier ging in die Knie, das Schwert entglitt seinen Händen. Llaw ging zum Leichnam seiner Frau hinüber und sah die dunkelroten Flecken an ihrem Hals. Dann entrang sich ihm ein Schrei des Entsetzens, und er wandte sich dem bewußtlosen Mörder zu. Einen Schlag nach dem anderen ließ er auf den Mann niederregnen, bis der gemarterte Schädel schießlich barst und Llaw zu sich kam, wie er vor etwas Undefinierbarem kniete. Er kam mühsam auf die Füße, die Hände besudelt von Blut und Hirn, und stolperte aus dem Haus - in einen frischen Trupp Soldaten hinein. Llaw machte keinen Versuch, sich zur Wehr zu setzen, und so schleppten sie ihn ins Gefängnis von Mactha.

Zwei Monate blieb er, an eine Wand gekettet, in einem fensterlosen Verlies. Man brachte ihm nur schimmliges Brot und schales Wasser und ließ ihn in seinem eigenen Unrat sitzen. In diesem Zustand zerrte man ihn dann vor Gericht.

Das Verfahren wurde in der Halle des Herzogs abgehalten, und Llaw erkannte viele der Gesichter auf den Galerien sowie links und rechts von ihm: Freunde, Nachbarn, Bekannte. Der Herzog saß auf einer Empore, flankiert von seinen Rittern, und der Ankläger stellte die Situation dar. Llaws Zorn flammte auf, als er die entstellte Version des vorgefallenen hörte: Im Hause des Schmieds hatte es Unruhe gegeben, und ein Trupp Soldaten, angeführt vom Neffen des Herzogs, hatte das Haus betreten. Dort stellten sie fest, daß der Hufschmied, Llaw Gyffes, seine Frau ermordet hatte. Maradin hatte beherzt versucht, den Mann zu überwältigen, doch der Schmied besaß ungeheure Kräfte und hatte gekämpft wie ein

Dämon und so Maradin getötet und zwei weitere Soldaten schwer verletzt.

Der Herzog lehnte sich vor, die Augen starr auf Llaw gerichtet. »Was sagst du dazu?« fragte er.

»Ich glaube nicht, daß es eine Rolle spielt, was ich zu sagen habe«, erwiderte Llaw. »Hier sind lauter Männer, die die Wahrheit kennen. Dieser ... Maradin ... hat meine Lydia vergewaltigt und getötet - und er hat dafür bezahlt. Das ist alles.«

»Dann ruf diese Männer vor, daß sie Zeugnis ablegen für dich«, sagte der Herzog. »Wo sind sie?«

Llaw sah hoch und ließ seinen Blick über die Galerien schweifen. Niemand sah ihm in die Augen.

»Das zeigt, was für ein Lügner du bist«, erklärte der Herzog. »Morgen früh wirst du gevierteilt und gepfählt. Schafft den Hund fort.«

Zurück in seinem Verlies, wurde Llaw wieder an die Mauer gekettet. Doch jetzt wich die Niedergeschlagenheit, die ihn während seiner Gefangenschaft nicht losgelassen hatte, einem brennenden Haß. Er hakte die Hände um die Ketten und riß daran, um eine Schwachstelle zu entdecken. Die Kette an seiner rechten Seite gab ein wenig nach. Er riß mit aller Kraft daran, dann entspannte er seine Muskeln wieder. Er stemmte den Rücken fest gegen die Wand und ergriff den Ring, an dem die Kette in der Wand befestigt war. Er schien lose zu sein, und er konnte rostige Stellen an den Bolzen fühlen.

Noch dreimal versuchte er, ihn loszubekommen. Der Ring war fast U-förmig verbogen, aber er hielt noch. Er probierte die linke Seite, aber dort rührte sich gar nichts. Tief und gleichmäßig atmend, sammelte er seine Kräfte und ergriff noch einmal mit der Rechten die Kette. Die Muskeln an seiner Schulter traten stark hervor, als er versuchte, den Arm durchzudrücken ... das Metall ächzte, und quälend langsam glitten die Bolzen aus dem Mörtel, der sie hielt, die Kette kam frei. Llaw drehte sich um und konnte nun die linke Kette mit beiden Händen fassen. Er stemmte einen Fuß gegen die Wand und riß auch diese Halterung los.

Nun war er zwar nicht mehr an die Wand gekettet, doch noch immer hinter Schloß und Riegel. Er nahm seine Ketten, ging zur Tür seiner Zelle und lauschte. Aus dem Gang dahinter drang kein Laut.

Er ging wieder zu der Wand zurück und hängte die Halterungen lose an ihren Platz.

»Wache!« brüllte er. »Wache!« Er hörte Schritte.

»Was ist los? Weshalb schreist du so?«

»Wache!«

»Verdammt noch mal, sei still!«

Doch Llaw brüllte weiter, so laut er konnte, bis sich das Gitter in der Tür öffnete und der Wächter hereinschaute und sah, daß der riesige Gefangene noch immer angekettet war.

»Still, du Hurensohn, sonst komme ich und schneide dir die Zunge heraus!«

»Dazu hast du nicht die Nerven«, zischte Llaw. »Du feiger Sack Kuhscheiße!«

Das Gitter wurde zugeknallt, und Llaw hörte, wie der Riegel zurückgeschoben wurde. Dann ging die Tür auf, und er mußte blinzeln, als ihn so plötzlich das Licht der Fackeln auf dem Gang traf.

»Ich weiß, was du willst«, flüsterte der Mann. »Du willst, daß ich dich töte. Du kannst den Gedanken nicht ertragen, daß man dir die Glieder abreißen wird, du willst nicht daran denken, wie der spitze Pfahl durch deinen Körper fährt und dich zerreißt. Aber ich werde dich nicht töten! Ich werde nur dafür sorgen, daß du wünschst, du wärst tot.«

Er zog eine Peitsche mit Ledergriff aus dem Gürtel.

Llaw warf sich nach vorn, sein Körper traf den verblüfften Wächter wie eine Kanonenkugel. Sie gingen zu Boden, Llaws Hände schlossen sich um die Kehle des Wächters und drückten immer fester zu, bis dessen Genick brach und sein Körper sich einmal aufbäumte. Llaw stand auf und starrte auf den Toten nieder. Er empfand kein Bedauern, Lydias Tod und die Ungerechtigkeit seiner Verhandlung hatten die Seele des Schmieds verändert. Er sammelte seine Ketten ein und ging auf den Gang hinaus. Etwa fünf Meter zu seiner Linken befanden sich Tisch und Stuhl, an dem der Wächter auf seinem Posten gesessen hatte, und an einem Haken an der Wand hingen die Schlüssel zu seinen Ketten. Llaw schloß die Handschellen auf und ließ die Ketten auf dem Tisch liegen.

Doch noch war er nicht frei. Er kannte weder den Grundriß des Verlieses, noch hatte er eine Ahnung, wie er entkommen könnte. Er wußte, daß er in der vierten unterirdischen Ebene war, und daß die eine Treppe zur Großen Halle führte. Auf diesem Weg gelangte er auf keinen Fall in die Freiheit. Aber er wußte nicht, wohin die anderen Treppen führten. Er setzte sich auf den Tisch, um nachzudenken. So weit zu kommen und noch immer gefangen zu sein, war ausgesprochen ärgerlich. Er ging in seine Zelle zurück und zog dem toten Wächter die livrierte Tunika aus. Am Gürtel des Toten hing ein Messer mit sehr scharfer Klinge. Langsam und unter Schmerzen schabte Llaw seinen rotblonden Bart ab und ließ nur den Schnurrbart stehen. Dann streifte er die Tunika des Toten über und kehrte an den Tisch zurück. Der Gang war etwa achtzehn Meter lang, auf jeder Seite befanden sich sechs verriegelte Türen. Rasch öffnete Llaw alle, ließ die Gefangenen frei und löste ihre Fesseln.

Sie stolperten auf den Gang. Alle waren schmutzverkrustet, und viele hatten nässende Wunden an ihren skelettdürren Gliedern.

»Ihr habt eine Chance freizukommen«, wisperte Llaw. »Aber seid leise und folgt mir.«

Er lief die Treppen hinauf, ohne sich umzusehen, während die Gefangenen hinter ihm herschlurften. Auf der nächsten Ebene saß ein Wächter an einem Tisch und spielte gelangweilt mit Würfeln. Llaw winkte die Gefangenen zurück und näherte sich kühn dem Mann, der einen Blick auf eine markierte Kerze warf.

»Du bist früh dran«, sagte er grinsend, »aber ich will mich nicht beklagen.« Er nahm seine Würfel und erhob sich - direkt in eine geballte Faust - und sank wieder auf seinen Stuhl, sein Kopf schlug auf die Tischplatte. Wieder öffnete Llaw die Zellentüren und befreite die Gefangenen. Er wußte nicht, welche Verbrechen sie begangen hatten, und es kümmerte ihn auch nicht, nur seine eigene Flucht zählte.

»Jetzt macht, was ihr wollt«, sagte er zu den Gefangenen.

»Aber wie kommen wir raus?« fragte ein untersetzter Mann mit Bart, der eine zackige Narbe auf der rechten Wange hatte.

»Nimm die Treppen und befrei die anderen. Es sind noch zwei Ebenen«, erwiderte Llaw.

»Was ist mit dir?«

»Ich habe noch etwas zu erledigen.«

»Wer bist du?« fragte ein anderer.

»Llaw Gyffes«, antwortete er.

»Starkhand? Das werde ich nicht vergessen, Freund«, versprach der Bärtige.

Llaw nickte und verschwand in den Schatten. Er stieg eine schmale Treppe hinauf, die in einen mit Teppichen ausgelegten Gang führte, an dessen Fenstern Vorhänge hingen. Er zog die Vorhänge beiseite und blickte auf einen Hof hinaus, der keine drei Meter unter ihm lag. Die großen Tore waren offen, und zwei Wachtposten standen schwatzend in den Schatten. Auf den Mauern zählte er fünf Bogenschützen. Jenseits der Tore konnte er die Lichter von Mactha sehen und die fernen Berge, die im Mondschein schimmerten. Er schob sich durch das Fenster und ließ sich lautlos auf das Pflaster fallen.

Ein plötzlicher Ausruf ließ ihn erstarren, aber er kam aus dem Schloß.

»Die Gefangenen sind frei!« rief jemand, als Llaw auf das Tor zulief.

»Was ist passiert?« fragte einer der Wachtposten.

»Die Gefangenen sind ausgebrochen«, erklärte Llaw. »Rasch, lauft zur Halle und bewacht die Treppen!«

Die beiden Wächter rannten zu den Türen, und Llaw sah zu den Männern auf der Brustwehr empor. »Helft ihnen!« rief er. »Bewacht die Halle!«

Die Bogenschützen liefen, um ihren Kameraden zu helfen, und Llaw ging langsam aus der Festung, umging Mactha und hielt dann auf die weit entfernten Berge zu.

Später erfuhr er, daß die dreiundzwanzig Männer, die er befreit hatte, noch vierzig weiteren die Tür geöffnet hatten. Dreißig der Gefangenen starben bei dem Handgemenge im Schloß, zweiundzwanzig weitere wurden in den ersten drei Tagen erwischt, aber elf waren entkommen.

Jetzt, sieben Monate später, als Llaw in seinem Baumversteck saß, suchten die Jäger erneut nach einem Flüchtigen.

Llaw hoffte, daß sie ihn erwischten. Er wollte nicht, daß bewaffnete Männer durch seinen Wald ritten, das Wild aufscheuchten und ihn selbst in Gefahr brachten.

Lámfhada duckte sich hinter zwei große Felsbrocken und beobachtete die Reiter. Der Regen rann ihnen in die Augen, aber sie kamen immer näher, angeführt von ihrem Fährtensucher, einem alten Nomaden mit schrägstehenden Augen. Lámfhada war sicher, daß der Nomade ein Mann der Magie war. Wie sonst konnte er ihm über Felsen und Geröll folgen?

Der Junge warf einen Blick zurück auf die Berge und den Waldrand. Dort lag Sicherheit - aber bis dahin waren es noch mindestens anderthalb Kilometer, und das bergauf. Der heftige Regen ließ ihn frieren, und sein leerer Bauch knurrte. Hier an diesem elenden Ort fragte er sich, ob sein Entschluß zu fliehen, vernünftig gewesen war, und er verfluchte sich für seine Dummheit. War der Dienst bei dem Herzog denn so schlimm, verglichen mit dem hier? Er war ... und das wußte er nur zu gut. Der Herzog ließ seine Sklaven oft auspeitschen, und bei der Wintersonnenwende hatte er einem älteren Sklaven wegen einer Indiskretion bei lebendigem Leibe die Haut abziehen lassen. Nein, dachte Lámfhada, dann lieber Flucht.

Der nomadische Spurenleser blieb etwa zweihundert Schritt von den Felsen entfernt stehen und deutete plötzlich in seine Richtung. Lámfhada fuhr zusammen, als die Reiter ihre Pferde in Galopp fallen ließen. Der Junge sprang aus seinem Versteck und spurtete auf die Berge zu, wobei er auf dem Schlamm und den glitschigen Steinen oft ausglitt. Die Pferde donnerten hinter ihm her, und er konnte die Rufe der Reiter hören.

In Panik schrie Lámfhada den magischen Namen, und augenblicklich fühlte er, wie sein Gewicht nachließ, seine Schritte länger wurden. Er schwebte geradezu über die Felsen. Er wich nach links aus, sprang drei Meter hoch auf einen Felsbrocken und dann wieder nach rechts auf einen schmalen Pfad, der auf die Bäume zuführte. Die Reiter konnten ihm nicht direkt folgen und mußten den Felsen umgehen, so daß sich der Abstand zwischen ihnen und dem Flüchtling vergrößerte. Wieder einmal war die Jagd aufgenommen.

Graf Errin gab seinem riesigen schwarzen Wallach die Sporen, so daß er in schnellen Galopp fiel und stürmte hinter dem Flüchtling her. Er konnte kaum glauben, mit welcher Geschwindigkeit sich der junge Mann bewegte. Hätte er gewußt, wie schnell er war, hätte er nicht im Traum daran gedacht, ihn dem Herzog zum Geschenk zu machen, sondern ihn behalten und mit zu den Rennen nach Furbolg genommen. Zu spät, dachte Errin, während er aufholte.

Als er das Hufgeklapper hörte, wandte sich Lámfhada nach links, erklomm einen Geröllhang und kletterte auf allen vieren über die scharfkantigen Felsen. Errin fluchte und lenkte den Wallach auf den trügerischen Hügel, doch das Pferd glitt aus und setzte sich auf die Hinterhand. Ein anderer Reiter kam heran.

»Gib mir deinen Bogen«, schrie Errin, ergriff die Waffe und legte einen Pfeil auf die Sehne. Lámfhada war fast in Sicherheit, als Errin die Sehne spannte, tief Luft holte, ausatmete und mit angehaltenem Atem den Pfeil losschickte. Der Pfeil schnellte auf sein Ziel zu und traf den Jungen hoch im Rücken. Er stolperte, stürzte jedoch nicht und erreichte die Zuflucht unter den Bäumen.

»Sollen wir ihm folgen, Herr?« fragte der Nomade.

»Nein, wir sind nicht zahlreich genug, um es mit den Rebellen aufzunehmen. Jedenfalls ist der Pfeil tief eingedrungen, er wird es nicht überleben.« Errin warf dem Reiter den Bogen zu und führte den Wallach den Hügel hinab. »Was hat der Junge da gerufen?« fragte er.

Der Nomade zuckte die Achseln. »Es klang wie ein Name, Herr: Ollathair.«

»Das habe ich auch verstanden. Aber warum gebraucht ein Flüchtling den Namen eines toten Zauberers? Und warum ist er so unglaublich schnell geworden?« Wiederum zuckte der Nomade mit den Schultern, und Errin lächelte. »Das interessiert dich nicht, was, Ubadai?«

»Nein, Herr«, gab der Nomade zu. »Ich folge nur seiner Spur. Und das mache ich sehr gründlich.«

»Das machst du tatsächlich. Aber mich interessiert es sehr, ich werde Okessa danach fragen, wenn wir heimkommen.« Der Nomade räusperte sich und spie aus. Errin kicherte. »Er kann dich auch nicht leiden, mein Freund. Aber sei vorsichtig, er ist ein mächtiger Mann, den man sich nicht zum Feind machen sollte.«

»Man kann einen Mann nach seinen Feinden beurteilen, Herr. Und zwar eher nach den starken als nach den schwachen, denke ich.«

Errin grinste ihn an und führte die Gruppe zurück in die Sicherheit Macthas.

Unmittelbar hinter den ersten Bäumen blieb Lámfhada stolpernd stehen, eine große Müdigkeit überfiel ihn. Er versuchte weiterzugehen, aber er konnte nicht mehr klar sehen, und die Bäume schienen zu schwanken und sich zu bewegen. Der Erdboden kam ihm plötzlich entgegen, und seine Augen fielen zu.

Ein schlanker Mann trat hinter einer dicken Kiefer hervor und näherte sich dem gestürzten Jungen. Er trug ein Hemd aus himmelblauer Seide, lederne Beinkleider und silberbeschlagene Schuhe, um seine Schultern lag ein schöner Umhang aus Schaffell. Im Nacken wurde sein langes Haar von einem silbernen Band zusammengehalten. Seine Augen waren violett. Er kniete neben Lámfhada nieder, sah das Blut aus der Pfeilwunde sickern und wandte sich ab.

»Nun, wirst du ihn herausziehen?« fragte eine Stimme. Der Mann fuhr herum, sprang auf und sah den Neuankömmling, einen hochgewachsenen, breitschultrigen Krieger mit blondem Haar und rotgoldenem Bart.

»Ich verstehe nichts von Wunden. Vielleicht ist er tot.«

Llaw Gyffes grinste. »Dein Gesicht ist so grau wie der Winterhimmel.« Er ging an dem Mann vorbei auf den am Boden liegenden Jungen zu und riß dessen Hemd auf. Der Pfeil war tief eingedrungen und steckte unter dem Schulterblatt, das Fleisch um die Wunde herum war bereits geschwollen. Llaw ergriff den Pfeilschaft.

»Warte!«, sagte der andere. »Wenn er Widerhaken hat, wird es ihn in Stücke reißen.«

»Dann bete; daß er keine hat«, erwiderte Llaw und zog den Pfeil mit einem Ruck heraus. Lámfhada stöhnte, wachte aber nicht auf. Llaw hielt den Pfeil hoch, die Spitze trug keinen Widerhaken. Blut strömte jetzt aus der Wunde, und Llaw brachte es mit einem Fetzen des zerrissenen Hemdes zum Stillstand. Er nahm den Jungen hoch, legte ihn sich über die rechte Schulter und verschwand in den tiefen Schatten des Waldes.

Der andere Mann kam ihm nach. »Wohin gehen wir?« fragte er.

»Etwa eine Stunde von hier liegt eine Siedlung. Sie haben dort einen Kräuterkundigen und eine Heilerin«, erklärte Llaw.

»Ich heiße Nuada.«

Llaw ging weiter, ohne darauf einzugehen.

Die Sonne ging hinter den Bergen unter, als sie einen flachen Hügel oberhalb des Dorfes erreichten. Es bestand aus sieben Hütten und einer größeren am südlichen Ende, während sich am nördlichen Ende eine Koppel mit fünf Ponies befand.

Llaw wandte sich an seinen Begleiter. »Sieh nach, ob der Junge noch lebt«, befahl er.

Zaghaft ergriff Nuada Lámfhadas Arm und suchte den Puls. »Ja«, sagte er, »aber sein Herz schlägt unregelmäßig.«

Llaw gab keine Antwort, sondern begann den langen Abstieg zum Dorf hinunter. Als sie näherkamen, traten zwei Männer aus den nächstgelegenen Hütten, beide waren mit Langbögen bewaffnet und trugen Messer im Gürtel. Llaw winkte ihnen zu, und als sie ihn erkannten, steckten sie die Pfeile zurück in die Köcher.

Llaw brachte Lámfhada zu der letzten Hütte, stieg die Stufen zu der grobgezimmerten Veranda empor und klopfte an die Tür, die von einer Frau mittleren Alters geöffnet wurde. Als sie seine Last sah, trat sie beiseite. Er trat ein und ging ohne Umschweife auf das schmale Bett zu, das unter dem Ostfenster stand.

Die Frau half ihm, den Jungen auf das Bett zu legen, und zog den blutgetränkten Lappen von der Wunde. Das Blut begann wieder zu fließen, und sie beobachtete es sorgfältig. »Er hat die Lunge nicht durchbohrt«, sagte sie. »Laßt ihn hier. Ich werde mich um ihn kümmern.«

Llaw sagte nichts. Er stand auf, streckte sich und bemerkte dann Nuada, der in der Tür stand.

»Was willst du hier?« fragte er.

»Eine Mahlzeit wäre jetzt recht angenehm«, erwiderte Nuada.

»Kannst du dafür bezahlen?«

»Im allgemeinen singe ich für mein Abendessen«, erklärte Nuada. »Ich bin ein Sagendichter.«

Llaw schüttelte den Kopf, schob Nuada beiseite und ging in die zunehmende Dunkelheit hinaus. Nuada schloß sich ihm an. »Ich bin ein guter Dichter. Man hat mich im Palast in Furbolg willkommen geheißen, und in Mactha habe ich vor dem Herzog gesungen. Und im Osten war ich auch.«

»Gute Dichter sind reiche Dichter«, sagte Llaw. »Das liegt in der Natur der Sache. Aber es spielt keine Rolle, ich nehme an, die Dörfler werden sich über ein Lied freuen. Kennst du die Geschichte von Petric?«

»Natürlich, obwohl ich mehr zu den zeitgenössischen neige. Deswegen bin ich hier - um Material zu sammeln.«

»Nimm meinen Rat an - gib ihnen Petric«, empfahl Llaw und entfernte sich in Richtung des Langhauses.

Nuada fiel in Laufschritt, um ihn einzuholen. »Du bist nicht sehr gesellig, mein Freund.«

»Ich habe keine Freunde«, erwiderte Llaw, »und ich brauche auch keine.«

Die Halle war etwa zwanzig Meter lang, in der Mitte beider Seiten befanden sich zwei steinerne Feuerstellen. Etwa ein Dutzend Tische standen hier, und an einem Ende eine lange, aufgebockte Platte, hinter der mehrere Fässer lagen. Llaw kämpfte sich mit dem Ellbogen einen Weg durch die Menge und nahm einen Krug von einem Haken an der Wand. Diesen füllte er aus einem kleinen Faß, das auf dem Tisch stand, mit Bier. Nuada sah, daß er nicht dafür bezahlte, und nahm sich auch einen Krug.

»Was tust du da eigentlich?« fragte ein dunkler Mann und stieß Nuada seinen Finger in die Brust.

»Ich nehme mir etwas zu trinken«, antwortete der Dichter.

»Aber nicht aus meinem Becher, mein Bester«, sagte der Mann und entriß Nuada den Krug.

»Ich bitte um Verzeihung«, sagte Nuada. Er drehte sich um und sah den blonden Krieger mit einem Mann in der Nähe sprechen. Der Mann - untersetzt, mit einem vorstehenden Bauch - schwang herum und starrte den Dichter an, dann grinste er und bahnte sich einen Weg zu ihm.

»Du bist ein Geschichtenerzähler?« fragte der Mann.

»Das bin ich in der Tat, mein Herr.«

»Bist du weit gereist?«

»Ich komme aus Furbolg. Ich habe bei Hofe vorgetragen.«

»Gut. Dann hast du Neuigkeiten. Ich werde dich vorstellen. Wie heißt du?«

»Nuada. Manchmal nennt man mich auch Silberhand - wenn ich die Harfe spiele.«

»Wir haben keine Harfen - aber du kannst eine Mahlzeit und ein Bett haben, wenn du uns erzählst, was in der Welt vor sich geht. Nicht zu blumig«, warnte er. »Mach es schön schlicht.«

Llaw Gyffes ließ sich auf einer Bank an der Wand nieder und streckte die langen Beine aus. Er grinste, als er für einen Augenblick Mitgefühl für den Dichter empfand. Dies hier war nicht Furbolg, nicht einmal Mactha. Der höfische Geschichtenerzähler stand vor der Aufgabe, seine Kunst vor einer Gruppe von hartgesottenen Burschen auszuüben, Männern, die den Unterschied zwischen Romantik und Wirklichkeit kannten. Er beobachtete, wie Nuada auf einen Tisch kletterte, dann bat der Wirt um Ruhe und stellte den Dichter vor. Für einen Moment hörten alle Gespräche auf, wurden aber wieder aufgenommen, als Nuada zu reden begann. Die Männer wandten sich ab, und ein Witz, am anderen Ende der Halle erzählt, erzeugte dröhnendes Gelächter.

Plötzlich erhob sich Nuadas Stimme über den Lärm, voll und klingend.

»Wenn ein Held stirbt«, sagte er, »geben die Götter ihm ein Geschenk. Aber es hat zwei Seiten. Du!« donnerte er und zeigte auf einen kräftigen Mann in einer Weste aus Wolfspelz. »Kennst du das Geschenk? Ja, du, das Schwein im Wolfspelz!« Gelächter brandete auf, und der Mann wurde rot und griff nach dem Dolch in seinem Gürtel. Nuada wirbelte herum und deutete auf einen anderen Mann. »Was ist mit dir? Kennst du das Geschenk?« Der Mann schüttelte den Kopf. »Dann werde ich davon erzählen. Wenn ein Held stirbt, geht seine Seele auf

Wanderschaft, wird von Geschichtenerzählern und Dichtern hierhin und dorthin gerufen. Wenn sie vor einer Menschenmenge - selbst vor einem solchen Haufen armseliger Gestalten, wie sie hier versammelt sind - sprechen, dann erscheint seine Seele in ihrer Mitte. Das ist Magie! Das ist eine Art von Zauber, die kein Hexenmeister hervorbringen kann. Und warum hat dieses Geschenk zwei Seiten?

Weil dieser Held mitten unter euch steht und sehen muß, daß euch seine Taten nicht kümmern. Sie sind weniger als Schatten.

Dort beim Feuer steht Petric, der größte aller Krieger und edelste aller Männer. Er hat gegen das Böse gekämpft und stand für etwas, das größer war als Ruhm. Und was sieht er nun, wenn er sich umschaut? Kichernde Nichtstuer, Ausreißer und Wüstlinge. Ein solcher Mann hat weit Besseres verdient.«

Llaw Gyffes blickte nervös zum Feuer hinüber, konnte außer den tanzenden Flammen jedoch nichts sehen. Doch in der Halle herrschte jetzt Stille, und der Dichter ließ diese Stille für einige Augenblicke im Raum stehen, dann sprach er mit leiserer Stimme weiter.

»Es war an der Schwelle zu einem anderen Zeitalter«, bagann Nuada, »als Petric den Wald verließ. Er war hochgewachsen ... «

Llaw lauschte, als die vertraute Sage sich vor ihm entfaltete. Kein Laut unterbrach die Erzählung, und Nuada wob mit seiner Magie einen Bann um sie alle. Als sich die Geschichte ihrem Ende näherte, als er von Verrat sprach und von seiner Tapferkeit, als Petric am Paß der Seelen erschlagen wurde, ruhten aller Augen auf dem Dichter. Doch er beendete die Sage noch nicht dort, wo die geflügelten Dämonen sich um den Leichnam scharen. Er sprach davon, wie sich Petrics Kriegerseele aus dem erschlagenen Körper erhob und ihren Kampf an einem geisterhaften Himmel fortsetzte - ihr Schwert eine Klinge aus Mondschein, ihre Augen zwei funkelnde Sterne. Als Nuadas Stimme schließlich verebbte, erhob sich donnernder Beifall.

Eine Stunde lang erzählte er von alten Helden, und er endete mit der Geschichte von den Rittern der Gabala und ihrer

Reise, um das Wesen des Bösen zu überwältigen. Gegen seinen Willen spürte Llaw, wie sein Zynismus angesichts der Beredsamkeit des Dichters schwand, und er klatschte genauso laut wie die anderen, als die Geschichten endeten.

Der Wirt brachte Nuada einen Krug Bier, den er auf einen Zug leerte. Dann bat er um einen Stuhl und setzte sich an den Tisch, um auf die Fragen zu warten.

Die Männer scharten sich um ihn und fragten nach den Geschehnissen draußen in der Welt. Er erzählte ihnen von den Säuberungsaktionen in der Hauptstadt, daß die nomadischen Händler gejagt würden wie Ratten, von steigenden Preisen und Nahrungsmittelknappheit im Norden. Er sprach von dem Großen Rennen und dem Hengst Ulan, einem riesigen Grauen, der die besten Pferde des Reiches besiegt hatte.

Schließlich verließ er den Tisch und gesellte sich wieder zu Llaw Gyffes.

»Du hast Talent«, meinte der Gesetzlose. »War Petric wirklich hier?«

Nuada lächelte. »Er war hier, wenn du seine Gegenwart gespürt hast.«

»Wie kommt es, daß ein Mann mit deinen Fähigkeiten an einem Ort wie diesem zu finden ist? Du solltest reich sein und in einem Palast leben.«

Nuada zuckte die Schultern, seine violetten Augen wurden schmal. »Ich habe in einem Palast gelebt. Ich habe von goldenen Tellern gegessen.« Er berührte sein blaues Seidenhemd. »Einst hätte ich dieses Hemd nur einen Tag getragen und es danach einem Sklaven geschenkt oder es ins Feuer geworfen.«

Llaw grinste. »Willst du mir jetzt erzählen, daß all dies nichts war im Vergleich zu dem freien Leben im Wald?«

»Ganz bestimmt nicht. Sieh mich an! Was siehst du?«

»Du siehst ganz gut aus, mit den langen, dunklen Haaren und diesen komischen Augen. Was gibt es noch zu sehen?«

»Ich bin Nomade. Mein Vater war einer der reichsten Kaufleute in Furbolg.«

Llaw nickte. »Ich verstehe. Man hat dir alles genommen.«

»Schlimmer als das. Meine Familie wurde umgebracht. Ich war nicht zu Hause, als die Soldaten kamen, sondern war bei ... einer Freundin. Sie hat mich aus der Stadt hinausgeschmuggelt.«

»Es sind schlimme Zeiten, das ist wohl wahr. Warum hast du dir diesen Wald ausgesucht?«

»Ich hörte, daß es hier einen Aufstand gebe, angeführt von einem Helden, und ich kam her, um seine Geschichte zu hören. Dann werde ich nach Osten reisen, in Reiche, wo noch die Vernunft regiert.«

»Du wirst hier keine Rebellen finden. Vielleicht Gesetzlose und Diebe, aber keine Helden.«

Nuada schwieg einen Moment, dann beugte er sich dicht zu dem Gesetzlosen vor.

»In Furbolg und vielen anderen Städten erzählt man sich eine neue Geschichte. Sie handelt von einem Helden, der sowohl dem Herzog als auch dem König getrotzt hat. Er hat den Neffen des Herzogs erschlagen und wurde zum Tode verurteilt, doch er entkam aus den Kerkern von Mactha und hat alle Gefangenen freigelassen. Im ganzen Land ist sein Name gleichbedeutend mit dem Kampf gegen die Tyrannei.«

Llaw kicherte. »Dem Kampf gegen die Tyrannei? Was ist das für ein Unsinn, Dichter? Gegen Tyrannen zu kämpfen, ist wie gegen einen Sturm anzuspucken.«

»Da hast du Unrecht. Es gibt diesen Mann, und ich werde ihn finden.«

»Hat er auch einen Namen, dieser Tugendbold?«

»Er heißt Starkhand. Llaw Gyffes.« Nuadas Augen glitzerten, als er den Namen nannte.

»Viel Glück bei deiner Suche, Dichter.«

»Dann kennst du ihn also nicht?«

»Nein, ich kenne den Mann nicht, von dem du sprichst. Komm, wir wollen essen.«

- 3 -

Der Einstige Ritter ritt über die schmalen Pfade weitab aller Siedlungen. Er lebte von dem, was er mit seinem Langbogen erlegte und von Kräutern, die er auf Lichtungen in Wäldern und auf den Wiesen fand. Die Zeit wurde für ihn allmählich knapp, der Druck auf seine Kehle wurde immer größer. Doch nirgendwo hatte er von einem Handwerker mit besonderen Fähigkeiten gehört, und der Name Ruad Ro-fhessa war unbekannt. Im Norden blieb nur noch die große Stadt Mactha, und dorthin wollte er nicht reisen, denn der Herzog würde ihn wiedererkennen - auch wenn sein Page es nicht getan hatte.

Es war fünfzehn Tage her, seit er zuletzt in einer Stadt Halt gemacht hatte, um Salz, einen versiegelten Krug Branntwein und einen Sack Hafer für seinen Hengst zu kaufen. Es gab reichlich Gras, aber ein Pferd, das mit Getreide gefüttert wurde, war schneller als jedes wilde Tier. Der Ort war nur klein gewesen - etwa sechzehn Häuser, eine Schmiede und ein Laden - und der Preis für seine Vorräte mehr als doppelt so hoch, als er erwartet hatte. Doch er hatte den Preis gezahlt und dann sein Lager auf einer Waldwiese außerhalb der Stadt an einem Fluß aufgeschlagen.

Es war heiß, und der Schweiß rann ihm unter dem erstikkenden Helm über die Kopfhaut. Als er den Branntweinkrug öffnete und einen tiefen Zug nahm, wanderten seine Gedanken zu dem schlimmsten Moment des Grauens in seiner Kindheit zurück. Er war auf einen abgestorbenen Baum geklettert und wollte von einer Seite auf die andere, als ein trockener Ast unter ihm nachgab, und er durch die Zweige in das verrottete Herz des Baumes stürzte, wobei seine Füße ein Ameisennest zertrampelten. Seine Arme waren fest an seine Seite gepreßt, der Stamm umgab ihn wie ein aufrecht stehender Sarg. Er hatte geschrien, aber er war weit weg von Zuhause, und er hatte niemandem erzählt, wo er hinging. Ameisen begannen, über seine Haut zu krabbeln ... über sein Gesicht, seine Augenlider, in seine Ohren. Er schrie und schrie, aber dann krabbelten sie in seinen Mund. Da seine Arme fest an seinen Körper gepreßt waren, konnte er nicht hinausklettern, und er mußte Stunden um Stunden unter Qualen warten, bis schließlich ein Waldarbeiter seine schwachen Schreie hörte. Sechs Männer arbeiteten eine Stunde lang, um ihn freizuschneiden, und von jenem Tag an mied er geschlossene Räume. Selbst als er erwachsen wurde, blieb ihm dieses Grauen erhalten.

Und als das Schwarze Tor sich öffnete, hatte ihn dieser Alptraum aus seinen Erinnerungen heimgesucht, und eine riesige Flutwelle der Angst schlug über ihm zusammen.

Und nun saß er wieder in einer Falle, diesmal in einem glänzenden Zylinder, der an den Nackenplatten seiner Gabala-Rüstung festsaß. Er konnte den Schweiß, der über sein Gesicht rann, nicht fortwischen ... es fühlte sich an wie krabbelnde Ameisen. Er trank noch mehr von dem Branntwein.

Wo war Ollathair? Manannan hatte oft das Schwert-Juwel befragt, aber bislang hatte es ihm nie Anlaß zur Hoffnung gegeben. Aber der Waffenmeister mußte sich dazu auch im Umkreis von einem Tagesritt um den Träger befinden.

»Verdammter Zauberer! Wo bist du?« Während der sechs Jahre seines selbstgewählten Exils hatte Manannan begierig allen Neuigkeiten von Zuhause gelauscht, aber die meisten betrafen den neuen König, Ahak, seit seinem Sieg im letzten Fomorischen Krieg. Er hatte über die Auflösung des Reiches mit einer seltenen Brillanz verhandelt und Verträge mit allen Gebieten, über die die Gabala einst geherrscht hatte, ausgehandelt. Doch die Ritter waren zu einer Legende geworden, und von dem Waffenmeister hörte man kein Sterbenswort. Hatte er seine Meinung geändert und war doch mit Samildanach geritten? In jener schrecklichen Nacht hatte es einen dichten, feinen Nebel gegeben, deshalb war es Manannan ja auch gelungen, sich unbemerkt davonzustehlen.

Aber nein ... Ollathair hatte gesagt, daß er bleiben mußte, um das Tor wieder zu öffnen, nachdem das Böse besiegt war. Fünf Tage, hatte er gesagt, würde er warten. Wo konnte er also nach sechs Jahren sein?

Manannan setzte sich mit dem Rücken an eine ausladende Eiche und trank weiter. Nach einer Weile begann er ein derbes Lied zu singen, das er als Söldner weit im Osten gelernt hatte. Es war ein schönes Lied, über ein Mädchen, dessen Mann und deren zwei Liebhaber und die verschiedenen Tricks, die es anwandte, um sie alle voneinander fernzuhalten. Die letzte Strophe fiel ihm nicht mehr ein. Der Hengst trottete davon, um am Ufer des Flusses zu grasen.

»Es macht keinen Spaß, allein zu singen, Kuan. Selbst an einem so schönen Fleckchen nicht«, sagte der Einstige Ritter. »Komm, bleib bei mir, dann gebe ich dir Hafer. Komm her!«

Der Hengst hob seinen großen grauen Kopf und starrte ihn an.

»Ich bin nicht betrunken, ich bin glücklich. Das ist ein Unterschied, wenn ich auch nicht erwarte, daß ein Pferd ihn versteht.«

Er kam mühsam auf die Füße, stolperte aber über die Schwertscheide. Er löste sie vom Gürtel, ließ sie ins Gras fallen und stand auf. »Siehst du, ich kann noch stehen.«

»Guckt euch das an, Freunde. Er kann sogar stehen!«

Der Einstige Ritter drehte sich um und starrte die Neuankömmlinge an. Es waren vier Männer, drei bärtige und ein Junge von etwa fünfzehn Jahren. »Willkommen, die Herren, darf ich Euch einen Schluck anbieten?«

»Oh, Ihr könnt noch mehr für uns tun, Herr. Wir brauchen Geld und ein gutes Pferd.«

Der Einstige Ritter sank zu Boden und kicherte. »Ich habe nur das eine Pferd, und das steht nicht zum Verkauf.«

»Aber«, sagte der erste Mann, ein breitschultriger Kerl mit einem dunklen, gegabelten Bart, »wir hatten auch nicht vor, es zu kaufen, Herr.«

»Ich verstehe«, sagte der Einstige Ritter langsam. »Aber es ist auch nicht zu stehlen. Und jetzt verschwindet!«

»Das ist aber nicht sehr freundlich, Herr, und Ihr geht mit solcher Haltung ein großes Risiko ein. Seht Euch um - wir sind vier - bewaffnet und keiner betrunken.«

»Ich habe Euch den Krug angeboten«, erklärte der Einstige Ritter. Er zog sein Schwert aus der Scheide und sich selbst am Stamm der Eiche auf die Beine. »Nun seid gewarnt«, sagte er etwas undeutlich, »ich bin ein Ritter der Gabala. Sich mir im Kampf zu stellen, heißt zu sterben.«

»Also, Jungs«, spottete der erste, »hier haben wir einen interessanten Anblick - einen echten Ritter, gar einen Ritter der Gabala. Merkwürdig, daß er keine Rüstung trägt außer diesem verbeulten Helm. Noch seltsamer, daß er betrunken ist. Ich möchte Euer Wort ja nicht anzweifeln, Herr, aber waren starke Getränke bei Eurem Orden nicht verpönt?«

»Waren sie«, gab der Einstige Ritter zu. »Wir waren ...«, er suchte nach dem richtigen Wort.

»Rein?« half der Mann.

»Das ist es! Rein. Edle Ritter.« Er lachte. »Edel wie Götter! Und stolz. Stolz. Jawohl. Jetzt sind alle weg. Weggegangen«, sagte er, mit der Hand durch die Luft wedelnd. »Weg, um gegen den Herrn der Dämonen zu kämpfen.«

»Aber Ihr seid nicht mit Ihnen gegangen, Herr?«

»Nein. Ich hatte ... Angst. Das Schwarze Tor. Ollathair beschwor es, und ich konnte nicht hindurch. Ich konnte nicht. Irgend etwas in mir ist einfach ... eingerastet. Wir waren alle zu Pferde und bereit - und das Tor öffnete sich. Die anderen, Edrin, Pateus ... alle ritten hinein. Nur ich nicht. Ich nicht!«

»Also seid Ihr - und ich bitte wegen meiner unverblümten Ausdrucksweise um Verzeihung - ein Feigling, Herr?«

»Ja, ja. Das bin ich: Der feige Ritter. Und doch schmerzt die Wahrheit nicht mehr so wie einst. Wollt Ihr nicht doch den Krug mit mir teilen?«

»Danke, nein. Wir werden Euch jedoch um Euer Pferd und Eure Börse erleichtern.«

»Ich wünschte, Ihr würdet das nicht versuchen. Wir kennen uns zwar erst kurze Zeit, aber ich mag Euch.«

»Tötet ihn«, sagte der Mann, und die anderen drei zogen ihre Messer und stürmten vor, während ihr Anführer auf den Hengst zuging. Der Einstige Ritter holte aus dem Handgelenk aus, das Langschwert sang, als es auffuhr, Sonnenlicht funkelte auf der Klinge. Der erste versuchte, in seinem Angriff innezuhalten, aber es war zu spät, das Schwert schlitzte ihm die Kehle auf, ehe es sein Schulterblatt zerschmetterte und eine große Wunde bis hinunter zu seinen Lungen öffnete. Er war tot, noch ehe er auf dem Boden aufschlug. Die Klinge kam frei und fuhr zurück in einem Hieb, der den Bauch des zweiten Mannes bis zum Rückgrat durchdrang, nur er hatte noch Zeit zu schreien. Der Junge hatte den Ritter umkreist und sprang jetzt mit gezücktem Messer nach vorn. Ohne sich umzudrehen, fiel der Einstige Ritter auf ein Knie und drehte dabei sein Schwert so, daß die Klinge sich zwischen seinem rechten Arm und seiner Seite befand. Der Junge sah die Gefahr erst, als er schon fast auf dem knienden Mann war, und das Schwert drang in seine Brust und durchstach sein Herz.

Der Einstige Ritter zog sein Schwert heraus und stand auf. In den wenigen Sekunden, die der Kampf gedauert hatte, war der Anführer der Räuber zu Kuan gegangen und hatte nach den Zügeln gegriffen. Der Hengst stieg auf die Hinterhand, seine Vorderhufe krachten in das Gesicht des Diebes, so daß er zurücktaumelte und schwer stürzte. Ein Schatten fiel auf ihn, und er blickte auf.

»Das war dumm, und deine Freunde haben dafür bezahlt.«

Der Mann rollte sich auf die Knie, die Augen ungläubig aufgerissen, als er die Toten sah.

»Mein Sohn!« schrie er und kroch auf den Jungen zu. »Du hast meinen Sohn umgebracht!« Einige Sekunden lang wiegte er den Toten, dann stand er auf und zog sein Messer. Der Einstige Ritter sagte nichts, denn er wußte, daß Worte ihn nicht von seinem Vorhaben abbringen konnten. Mit einem durchdringenden Schrei stürzte der Räuber sich auf ihn.

Das Langschwert sang ...

Wieder nüchtern, kletterte der Einstige Ritter in den Sattel. »Komm, Kuan, hier ist es nicht mehr schön.«

Seit jenem Tag hatte er Städte gemieden, Siedlungen und selbst einsame Gehöfte, bis er das Herzogtum Mactha erreicht hatte. Wenn Ollathair irgendwo war, dann hier, in seiner Heimat. Der Einstige Ritter zog sein Schwert und betrachtete den Rubin im Schwertknauf. »Ollathair«, flüsterte er. Das Juwel schimmerte auf und verdunkelte sich, in seinem Innern formte sich ein Bild: Dort, an einem Brunnen, stand der Waffenmeister. Entsetzt sah er, daß bewaffnete Männer auf ihn zukamen, ihre Schwerter funkelten hell im Sonnenlicht.

»Nein!« schrie der Einstige Ritter. Doch das Bild verblaßte vor seinen Augen.

Der Einstige Ritter holte aus dem Handgelenk aus,
das Langschwert sang, als es auffuhr,
Sonnenlicht funkelte auf der Klinge.

Errin kletterte aus dem Bad und wickelte sich in das dicke Gewand, das Ubadai für ihn bereithielt. Sein Körper glühte von dem heißen Wasser, und so ging er ans Fenster, um die frische Nachtluft zu spüren. Ubadai schenkte ihm einen Kelch mit Wasser verdünnten Weines ein und reichte ihn seinem Herrn, doch Errin winkte ab.

»Heute abend trinke ich nicht«, sagte er.

»Etwas beunruhigt dich, Herr?«

»Warum bleibst du in meinem Dienst, Ubadai? Ich habe dich vor zwei Jahren freigelassen, und du kannst gehen, wohin du willst - zurück in die Steppen, über das Meer nach Cithaeron oder nach Osten. Warum bleibst du?«

Ubadai zuckte die Achseln, seine dunklen, schrägstehenden Augen verrieten nichts über seine Gefühle. »Du soltest trinken. Sehr viel trinken. Vielleicht bis zum umfallen.«

»Ich glaube nicht. Geh. Laß mich allein.«

Errin sah zu, wie der Nomade auf dem Absatz kehrtmachte und den Raum verließ. Er blickte auf den Wein hinunter und erschauerte. Nachdem er das Fenster geschlossen hatte, ging er zur anderen Seite des Raums hinüber, wo in einem steinernen Kamin ein Holzfeuer prasselte. Er zog sich einen schweren Stuhl ans Feuer, setzte sich und starrte in die Flammen.

Die Begegnung mit dem Hohen Seher, Okessa, verfolgte ihn - sie kehrte immer wieder zwanghaft in seine Gedanken zurück. Er hatte den Mann nie gemocht, der mit dem rasierten Schädel und der krummen Nase an einen Geier erinnerte. Seine Augen schienen immer boshaft zu funkeln. Nein, Errin mochte Okessa nicht.

»Es kommt selten vor, daß Ihr Euch die Zeit nehmt, mich aufzusuchen«, hatte der Seher bemerkt, als Errin sein Studierzimmer betrat.

»Unsere Pfade kreuzen sich nicht oft«, erwiderte Errin mit einem Blick auf die Regale und die darin gesammelten Bücher. »Ihr habt einige interessante Bücher. Würdet Ihr mir vielleicht ein paar leihen?«

»Selbstverständlich, Graf. Ich wußte nicht, daß Ihr Euch mit toten Sprachen auskennt.«

»Das tue ich auch nicht.«

»Dann sind die Bücher für Euch leider wertlos. Vielleicht kann ich Euch helfen?«

Errin setzte sich in einen hochlehnigen Sessel gegenüber dem Hohen Seher, der seinen Federkiel auf den Schreibtisch legte und das Buch, an dem er gerade gearbeitet hatte, beiseite schob.

»Ich bin gekommen, um Euren Rat einzuholen. Ein Jugendlicher - ein Ausreißer - hat ein Wort gerufen. Ich glaube, es war eine Art Zauberspruch, denn er rannte danach erheblich schneller. Ich habe ihn verwundet, doch er entkam in den Großen Wald.«

»Und das Wort?«

»Ollathair.«

»Seid Ihr sicher?«

»Mein Diener Ubadai hörte es auch. Was bedeutet es?«

Okessa lehnte sich zurück und fuhr sich mit dem Zeigefinger der rechten Hand über die lange Nase, die blassen Augen fixierten Errin.

»Ein toter Zauberer - er hat den Namen eines toten Zauberers gerufen. Und Ihr seid ganz sicher, daß seine Schnelligkeit zunahm? Könnte es nicht sein, daß die Angst ihn angespornt hat?«

»Es ist natürlich möglich, aber nur schwerlich. Ich habe nie einen Mann schneller laufen gesehen, und wie Ihr wißt, war ich letzten Herbst in Furbolg Meister der Spiele. Nein, ich glaube, es war ein Wort der Macht. Ist das möglich?«

»Alles ist möglich, Graf Errin. Manche ... Artefakte ... Ollathairs gibt es immer noch, wie ich glaube. Der König jenseits von Cithaeron besitzt einen goldenen Falken, und König Ahak ist im Besitz eines gabalanischen Schwertes, das alles durchdringt, selbst Stahl. Aber diese Dinge sind überaus kostbar. Wie sollte ein entlaufener Sklave an einen solchen Gegenstand gelangen?«

Okessa stand auf, ging zu den Regalen hinüber und zog einen ledergebundenen Band heraus. Er kehrte zu seinem Sessel zurück, öffnete das Buch und blätterte behutsam die Seiten um.

»Ollathair«, sagte er schließlich. »Ja, hier ist es. Der Sohn Calibals, fünfzehnter Waffenmeister der Ritter der Gabala.

1157 ging Ollathair im Alter von dreizehn Jahren bei seinem Vater in die Lehre. 1170 folgte er seinem Vater nach, da war er also sechsundzwanzig. 1190 verschwanden die Ritter aus der Geschichte, und wir haben nichts weiter als Legenden, von denen die dauerhafteste lautet, daß sie in die Hölle ritten, um das Wesen allen Übels zu vernichten. Ollathair wurde im Jahr darauf als Verräter gefangengenommen und in den Kerkern von Furbolg hingerichtet. Hier ist auch eine kurze Beschreibung seiner Verhandlung. Nein, ich glaube nicht, daß Ihr den Jungen richtig verstanden habt.«

»Könnte es denn noch einen anderen Ollathair geben?« fragte Errin.

»Wenn das der Fall wäre, Graf, seid versichert, daß ich davon gehört hätte. Sonst noch etwas?«

»Nein, Hoher Seher, aber ich danke Euch für Eure Zeit und Mühe«, antwortete Errin, sich erhebend.

»Bitte, geht noch nicht so bald, es gibt noch eine Angelegenheit, die ich gern mit Euch besprechen möchte.« Errin setzte sich wieder. »Es geht um Euren Haushalt, Graf. Ihr habt sechs Nomaden-Diener, ist das richtig?«

»Ja, und alle sind loyal, sowohl mir als auch der Krone gegenüber.«

»Die Krone sieht das anders. Der König wird bald ein Edikt erlassen, daß alle Nomaden in Gewahrsam genommen und nach Gar-aden geschickt werden.«

»Das ist eine Wüste!«

»Ihr stellt die Wünsche Eures Königs in Frage?« fragte Okessa sanft.

»Es steht mir nicht zu, die Entscheidungen meines Souveräns in Frage zu stellen; das war lediglich eine Feststellung. Trotzdem, die Nomaden in meinem Haushalt sind keine Sklaven und können gehen, wohin sie wollen.«

»O nein«, erwiderte Okessa lächelnd. »Kein Nomade genießt mehr Bürgerrechte, alle stehen unter dem ausdrücklichen Befehl des Königs, sich in Gar-aden zu sammeln. Wer nicht gehorcht, wird gejagt und erschlagen, ihre gesamte Habe wird von der Krone oder ihren Agenten beschlagnahmt. In Mactha wird dieser Agent natürlich der Herzog sein.«

»Und wie, wenn ich fragen darf, sollen wir entscheiden,

wer ein Nomade ist? Sie leben seit Jahrhunderten unter uns, es heißt, daß in vielen vornehmen Familien Nomadenblut fließt.«

»Kennt Ihr solche Familien?« fragte Okessa mit glitzernden Augen und beugte sich vor.

»Nicht mit Gewißheit.«

»Dann seid vorsichtig mit dem, was Ihr sagt. Laut Erlaß sind Nomaden ein unreines Volk, das aus dem Königreich entfernt werden muß.«

»Ich danke Euch für diese Vorabinformation«, sagte Errin mit gezwungenem Lächeln. »Seid versichert, daß ich dementsprechend handeln werde.«

»Das hoffe ich. Übrigens, diese Geschichte mit Ollathair fasziniert mich. Sagt mir, kennt Ihr zufällig einen Handwerker oder Gutsbesitzer in Macthas Umgebung, der nur ein gutes Auge hat?«

»Es ist nicht meine Gewohnheit, mit den niederen Ständen zu verkehren, Herr Seher, aber ich werde mich für Euch umhören lassen.«

»Ich danke Euch. Würdet Ihr die Sache wohl dringlich behandeln?«

»Das werde ich in der Tat.«

Errin war sofort zum Herzog gegangen, der ihn in seine privaten Gemächer im Westturm mitnahm.

»Es steht uns nicht zu, einen königlichen Erlaß in Frage zu stellen«, erklärte der Herzog. »Und laß uns nicht vergessen, daß es unseren Reichtum mehrt. Du und ich sind in einer glücklichen Lage. Keiner von uns hat irgendwelches Nomadenblut in der Verwandtschaft, wir können also nur Nutzen daraus ziehen.«

Errin hatte genickt. Er hatte immer schon gewußt, daß der Herzog ein harter und grausamer Mann war, aber er hatte geglaubt, es wäre auch eine edle Gesinnung in ihm. Als er jedoch jetzt in die dunklen Augen des Herzogs blickte, sah er dort nur Gier. Der Herzog von Mactha stand auf und lächelte. Er war größer als Errin, der einst sein Page gewesen war, ein gutaussehender Mann, der auf die vierzig zuging, mit einem sorgsam gepflegten, gegabelten Bart. »Mach dir keine Gedanken über ein paar Bauern, Errin. Das Leben ist kurz.«

»Ich denke an meinen Leibdiener, Ubadai. Er war mir ein treuer Gefährte - und er hat mir das Leben gerettet. Erinnerst du dich? Die Bärenhatz, als mein Pferd stürzte? Das Untier hätte mich in Stücke gerissen, aber Ubadai stürzte sich von seinem Pferd auf den Rücken des Tiers.«

»Eine tapfere und kühne Tat, aber ist es nicht das, was wir von unseren Gefolgsleuten erwarten? Gib ihm Geld und schicke ihn nach Gar-aden. Und jetzt wollen wir uns fröhlicheren Dingen zuwenden. Der König kommt im Frühjahr nach Mactha, und ich möchte, daß du das Festausrichtest.«

»Ich danke Euch, Herr. Das ist eine große Ehre für mich.«

»Unsinn, Errin, du bist mit der beste im Organisieren, den ich kenne. Der schlechteste Schwertkämpfer und der beste Koch.« Der Herzog hatte gekichert, und Errin hatte sich verbeugt und den Raum verlassen.

Jetzt, hier vor dem Feuer, waren sein Herz schwer und seine Gedanken voll düsterer Vorahnungen.

Okessa war eine Schlange, und es würde lange dauern, bis Errin die Bosheit in seinen Augen vergessen würde, als er gefragt hatte: »Kennt Ihr solche Familien?« Das allein hatte den einäugigen Handwerker, Ruad Ro-fhessa, gerettet. Errin würde niemals einen Mann an den Seher ausliefern. Doch wohin führte ihn das?

Gedankenverloren merkte er nicht, daß Ubadai sich näherte. »Essen«, sagte der Diener und stellte ein silbernes Tablett neben Errins Stuhl.

»Ich habe keinen Hunger.«

Ubadai blickte lange in Errins blasses Gesicht. »Was schlimmes, heh? Kein Wein. Kein Essen.«

»Du mußt Mactha verlassen ... noch heute nacht. Nimm alle Nomaden-Diener mit, und geht in den Wald. Dahinter liegt das Meer. Seht zu, daß ihr so weit wie möglich vom Königreich wegkommt.«

»Warum?«

»Bleiben bedeutet sterben. Alle Nomaden sollen in Garaden zusammengepfercht werden. Das ist ein Ort des Todes, Ubadai, ich fühle es. Bereite die Diener vor.«

»Es wird geschehen«, versicherte Ubadai ihm.

Ruad richtete den versilberten Spiegel aus und zog seine Rasierklinge an dem Lederband ab, das von der Wand hing. Als er mit der Scharfe zufrieden war, wusch er sein Gesicht mit warmem Wasser und begann, die schwarz-grauen Stoppeln sorgfältig abzuschaben.

Das Gesicht, das er sah, verdiente einen Bart, dachte er: einen schweren, alles verbergenden Bart, der die hohlen Wangen und den klaffenden Mund mit den schiefen Zähnen verdeckte.

»Du bist nun häßlicher denn je«, erklärte er seinem Spiegelbild. Er ging zum Tisch, schob die Reste seines Frühstücks beiseite und nahm die bronzene Augenklappe ab, die er mit einem weichen Tuch polierte, bis sie glänzte. Er setzte sie wieder auf, schenkte sich einen Becher Apfelsaft ein und sah dann zu, wie der Morgen heraufdämmerte und die Schatten der Bäume vor seinem Fenster zurückwichen.

Hier war er glücklicher gewesen als in der Zitadelle, denn in der alten Festung erinnerte ihn zu vieles an seinen Vater. Calibal war dem Sohn, den er nicht gewollt hatte, ein strenger Vater gewesen, und der Junge - häßlich und ungeschickt - konnte ihm nichts recht machen. Jeden Tag seiner Kindheit hatte er in dem Bemühen zugebracht, die Liebe seines Vaters zu gewinnen. Schließlich hatte er Erfolg mit den Farben und erwies sich als größerer Magier als Calibal selbst. Daraufhin war die Gleichgültigkeit seines Vaters in Haß umgeschlagen, und er hatte den Jungen von sich gestoßen. Selbst als er im Sterben lag, ließ er nicht zu, daß sein Sohn an seinem Totenbett saß.

Armer Calibal, dachte Ruad. Armer, einsamer Calibal.

Er erhob sich und verscheuchte die Erinnerungen aus seinen Gedanken. Drei Stunden lang arbeitete er, dann wanderte er hinaus auf die Wiese hinter dem Wald, ließ sich dort nieder und genoß die Herbstsonne. Bald schon würden sich die dunklen Wolken zusammenballen, der Nordwind heulen und Schneestürme die Berge mit Eis und Schnee bedecken. Schon färbten sich die Blätter golden, die Blumen welkten.

Sein Blick fiel auf eine noch ferne Gestalt, die langsamen Schrittes den Hügel heraufkam. Ruad wartete, während Gwydion sich näherte.

»Faul in der Sonne liegen?« fragte der Neuankömmling. Sein faltiges Gesicht war rot von der Anstrengung des Kletterns und das schulterlange weiße Haar glänzte vor Schweiß.

»Du solltest dir ein Pferd kaufen«, antwortete Ruad und stand auf. »Du bist zu alt für Bergwanderungen.«

Der alte Mann lächelte, holte tief Luft und stützte sich auf seinen Stab. »Ich habe nicht die Kraft zum Streiten«, gestand er, »aber ein Glas von deinem Apfelsaft wird mich erfrischen.«

Ruad führte ihn ins Haus und schenkte ein, während Gwydion sich am Tisch niederließ.

»Wie behandelt dich das Leben?« fragte der alte Mann.

»Ich beklage mich nicht«, antwortete Ruad. »Und du?«

»Es gibt immer Arbeit für einen Heiler - selbst für einen mit schwindenden Kräften.«

Ruad schnitt einige Scheiben dunkles Brot ab sowie einen Kanten Käse und reichte Gwydion beides. Während der Mann aß, ging Ruad zur Tür und beobachtete die Straße nach Mactha. Alles war ruhig.

»Okessa sucht immer noch Informationen über einen einäugigen Handwerker«, erzählte Gwydion, als Ruad sich wieder zu ihm gesellte.

»Das bezweifle ich nicht. Ich habe einen Fehler gemacht.«

»Du hast dem Jungen, Lug, etwas Magisches gegeben?«

»Ja.«

»Das war nicht klug.«

»Klugheit sollte von Mitgefühl gemildert werden«, stellte Ruad fest. »Bist du den weiten Weg gekommen, nur um mich zu warnen?«

»Ja und nein«, antwortete Gwydion. »Ich hätte dir eine Nachricht geschickt, aber ich habe ein dringendes Problem, bei dessen Lösung du mir vielleicht behilflich sein kannst.«

»Sprichst du von der Veränderung in den Farben?«

»Dann ist das nicht nur in meinem Kopf? Gut«, sagte Gwydion. »Dann schwinden also auch nicht meine Kräfte, wie ich dachte?«

»Nein. Das Rot schwillt an, die anderen Farben verblassen. Das Grün ist am schlimmsten betroffen, da es die vorderste Farbe ist.«

»Was ist der Grund dafür?« fragte Gwydion. »Ich weiß, daß

die Farben tanzen und sich verändern, aber nie so extrem. Das Grün ist nur noch ein schimmernder Faden. Ich habe schon Mühe, ein krankes Kalb zu heilen.«

Ruad ging zum Kamin, entfernte die Asche und bereitete ein neues Feuer vor. »Ich habe auch keine Antworten, Gwydion. Es gibt ein Ungleichgewicht, die Farben haben ihre Harmonie verloren.«

»Ist das, deinem Wissen nach, schon jemals zuvor geschehen? Ich habe noch nie von etwas Derartigem gehört.«

»Ich auch nicht. Vielleicht kommt es auch von allein wieder ins Lot.«

»Meinst du?« fragte Gwydion. Ruad zuckte mit den Schultern. »In der Luft liegt ein häßliches Gefühl«, wisperte der alte Mann. »In Mactha sind allein in der letzten Woche drei Morde verübt worden. Angst geht um, Ruad.«

»Das ist der Einfluß des Rot, es wühlt die Gefühle auf. Ich habe es auch gespürt - eine Ungeduld, ein Zorn, der meine Arbeit beeinträchtigt. In letzter Zeit war ich nicht mehr in der Lage, das Blau zu benutzen und habe zum Schwarz Zuflucht genommen, doch selbst das verblaßt.«

Der alte Mann schauderte, als ein kalter Windstoß durch die offene Tür hereinfuhr. »Mach Feuer, Ruad. Diese alten Knochen vertragen keine Kälte mehr.«

Ruad nahm einen dicken Ast aus der Feuerstelle und fuhr mit den Fingern daran entlang. Sofort sprang eine Flamme aus dem Holz, und er warf den Ast auf den vorbereiteten Zunder. »Das Rot hat natürlich immer noch seinen Nutzen«, sagte er und legte Holz nach.

Gwydion grinste. »Nicht zum Heilen, durch das ich mein mageres Einkommen erziele.«

Ruad schloß die Tür und zog zwei Stühle ans Feuer. Gwydion setzte sich und hielt die Hände über die tanzenden Flammen, Ruad setzte sich neben ihn.

»Du bleibst natürlich über Nacht? Du bist herzlich willkommen.«

»Danke«, nahm Gwydion die Einladung an.

»Was hast du sonst für Neuigkeiten?«

Der Heiler schauderte. »Keine guten, fürchte ich. Ein Reisender aus Furbolg erzählte, daß die Stadt im Würgegriff des

Schreckens liegt - ein Mörder geht um. Bislang hat man die Leichen von elf jungen Frauen und fünf jungen Männern gefunden. Der König hat versprochen, den Mörder zur Strecke zu bringen, aber bis jetzt ohne jeden Erfolg. Darüber hinaus gibt es Gerüchte, die die Nomaden betreffen. Mehr als tausend wurden nach Gar-aden gebracht, an einen Ort, der als Siedlung beschrieben wird. Ich habe es aus guter Quelle ...« Gwydion fröstelte. »Seltsam, daß mich ein Feuer nicht mehr so wärmt wie früher. Glaubst du, daß ich bald sterben werde, Ruad?«

»Ich bin kein Seher, mein Freund«, antwortete Ruad sanft. »Du sprachst gerade von den Nomaden?«

»In der Nähe der Berge gibt es eine große Grube. Man erzählte mir, daß dort Tausende von Leichen liegen und noch Platz für viele tausend weitere ist.«

»Das kann nicht sein«, wisperte Ruad. »Wo bleibt da die Logik? Wer könnte etwas bei einem derartigen Gemetzel gewinnen?«

Gwydion schwieg einen Moment, dann wandte er sich dem Handwerker zu. »Der König hat bekanntgegeben, daß die Nomaden ein unreines Volk sind, daß sie die Reinheit des Reiches verderben. Er macht sie für alle Übel verantwortlich. Hast du von dem Edlen Kester gehört?«

»Ich habe ihn einmal kennengelernt, ein reizbarer alter Mann.«

»Hingerichtet«, sagte Gwydion. »Sein Großvater hatte eine Nomadenprinzessin geheiratet.«

»Das habe ich noch nie gehört. Gibt es denn keinen Widerstand gegen den König?«

»Gab es«, antwortete Gwydion. »Der Streiter des Königs, der Ritter Elodan, hat den Dienst quittiert. Er ist für Kester eingestanden und forderte das alte Recht ein, für dessen Ehre streiten zu dürfen. Der König willigte ein, was jeden überraschte, denn im ganzen Königreich gab es keinen besseren Schwertkämpfer als Elodan.

Eine große Menschenmenge versammelte sich zum Kampf auf den Turnierplätzen vor der Stadt. Der König sah nicht zu, aber seine neuen Ritter waren da, und einer von ihnen trat vor, um gegen Elodan zu kämpfen. Der Kampf war heftig, aber alle, die ihn sahen - so wurde mir berichtet - erkannten auf der Stelle, daß Elodan gegen diesen neuen Kämpfer nicht die geringsten Aussichten hatte. Das Ende war brutal. Elodans Schwert wurde in Stücke gehackt, und ein Hieb auf den Helm ließ ihn in die Knie gehen. Dann schlug der Rote Ritter seelenruhig Elodans rechte Hand ab.«

»Ein Roter Ritter, sagst du?« flüsterte Ruad. »Beschreibe ihn mir.«

»Ich war nicht dabei, Ruad. Aber man sagt, sie erscheinen stets in Rüstung, mit heruntergeklappten Visieren.«

»Sie? Wieviele sind es denn?«

»Acht. Sie sind tödlich. Sechsmal sind sie nun zum Duell für den König angetreten, jedesmal ein anderer dieser Ritter. Aber sie sind alle unbesiegbar.« Der alte Mann schauderte. »Was bedeutet das alles, Ruad?«

Der einäugige Handwerker antwortete nicht. Er ging zum Fenster, schloß es und zog die schweren wollenen Vorhänge zu, um jeden kalten Luftzug abzuwehren.

»Fühle dich wie zu Hause«, bat er Gwydion. »Wenn du Durst hast, trinke, wenn du Hunger hast, findest du in der Kammer Lebensmittel.«

Ruad ging in seine Werkstatt, öffnete eine Truhe und suchte darin herum. Schließlich fand er, wonach er suchte: eine in Gold und Silber gefaßte Platte, rund und schwarz wie Ebenholz. Er trug sie zu seiner Werkbank und polierte sie langsam mit einem weichen Tuch.

Als er schließlich mit dem Ergebnis zufrieden war, schloß er die Augen und drang in die Farben vor. Das Rot überflutete ihn fast, doch er erhob sich darüber und suchte nach dem Weiß. Die Farben schimmerten, vergingen ... das Weiß war ein schmales Band, doch er hielt daran fest und fand Ruhe.

Sein Auge öffnete sich. Mit einem gekrümmten Messer ritzte er seinen Daumen an und ließ einen einzelnen Blutstropfen auf die Platte fallen. Als er das Ebenholz berührte, verschwand er, und aus der schwarzen Platte wurde ein silberner Spiegel, aus dem ihm sein Ebenbild anstarrte.

»Ollathair«, sagte er. Nebel verdeckte sein Bild und klarte dann auf, als ob ein geisterhafter Wind wehte, und Ruad blickte nun auf den Großen Saal in Furbolg hinunter. Der

König saß auf seinem Thron, und um ihn herum standen acht Ritter in roter Rüstung. Ruad konzentrierte sich stärker, das Bild kam noch näher.

Die Rüstung der Ritter war fremdartig, wies aber doch Ähnlichkeit mit jenen auf, die er für die Gabala entworfen hatte. Die Helme waren rund, die Halsringe überlappend. Die Schulterstücke waren perfekt angepaßt, hatten jedoch einen hohen Kragen, der den Nacken vor Hieben schützte.

Als er seine Beobachtung fortsetzte, fuhr der größte der Ritter plötzlich herum und warf den Kopf zurück. Durch das Visier sah Ruad ein Paar blutroter Augen, die ihn anstarrten. Das Schwert des Ritters zuckte hoch ... Ruad stürzte sich von seinem Stuhl, als die Platte explodierte und Fetzen von brennendem Metall durch die Luft schwirrten. Einer schlug in den Türrahmen ein, der Feuer fing, während sich Ruad zitternd erhob. Der Geruch von brennendem Holz hing in der Luft. Tief atmend und sich langsam beruhigend, ging er im Raum umher und sammelte die glühenden Teile auf.

Als er fertig war, setzte er sich wieder. Gwydion trat ein.

»Ich habe Angst zu fragen«, sagte der alte Mann, »aber ich muß. Was hast du herausgefunden?«

»Übel«, sagte Ruad. »Und es kommt noch schlimmer, viel schlimmer.«

»Kann man es aufhalten?«

»Nicht jemand wie du oder ich.«

»Dann muß es in der Tat furchtbar sein, wenn Ollathair machtlos dagegen ist.«

Ruad lächelte. »Ich bin nicht machtlos, mein Freund. Ich bin nur nicht mächtig genug.«

»Gibt es irgendeine Kraft auf der Welt, die dir genügend Macht verleihen könnte?«

»Die Ritter der Gabala«, antwortete Ruad.

»Aber sie sind fort.«

»Genau. Und ich habe die einzige Waffe preisgegeben, die ich besaß.«

»Welche Waffe?« fragte Gwydion.

»Verborgenheit. Sie wissen, wer ich bin. Schlimmer noch, sie wissen, wo ich bin.«

Gegen Mitternacht wurde Ruad in seinem Stuhl unruhig. Er konnte Gwydion im Hinterzimmer schnarchen hören, draußen rüttelte der Herbstwind an den Fensterläden. Er erinnerte sich nicht, eingeschlafen zu sein, aber er war erfrischt aufgewacht, und jetzt reckte er sich und stand auf. Das Feuer erlosch allmählich. Er dachte an den alten Mann, der die Kälte nicht mehr vertrug. Er ging hinaus zum Holzschuppen und holte einen Armvoll Scheite. Die Nacht war kalt und, bis auf den klagenden Wind, ruhig. Noch dreimal holte er Holz und richtete das Feuer so, daß es auch in der Morgendämmerung noch warm sein würde.

Jetzt völlig wach, schlenderte er zum Brunnen hinaus. Gerade als er den Eimer hinablassen wollte, sah er aus dem Augenwinkel heraus einen sich bewegenden Schatten zu seiner Linken. Er blieb stocksteif stehen, ohne auch nur den Kopf zu wenden. Dann setzte er sich auf den Brunnenrand und wartete.

Sie stürmten heran, sieben Schwertkämpfer, die das Wappen des Herzogs trugen - einen schwarzen Raben mit ausgebreiteten Flügeln auf grünem Grund.

»Ich brauche euch!« brüllte Ruad. Von der Rückseite des Hauses war splitterndes Holz zu hören, und drei goldene Gestalten sprangen in den Hof. Sie sahen aus wie Hunde, waren jedoch größer als Löwen. Sie rannten zu Ruad und stellten sich den bewaffneten Männern entgegen - mit aufgerissenen Mäulern, in denen stählerne Zähne im Mondlicht glitzerten.

»Ich wünsche euch einen guten Abend«, sagte Ruad zu den Soldaten.

Sie standen völlig still und blickten auf ihren Führer, einen schlanken, jungen Mann mit einem Langschwert. Er leckte sich nervös die Lippen und riß sich mühsam vom Anblick der goldenen Hunde los. »Guten Abend, Handwerker. Man hat uns geschickt, um dich nach Mactha zu geleiten.«

»Zu welchem Zweck?«

»Der Hohe Seher, Okessa, hat dein Erscheinen befohlen. Ich kenne seine Gründe nicht.«

»Aber er hat euch beauftragt, mitten in der Nacht zu kommen? Bewaffnet und kampfbereit?«

»Er sagte, du solltest sofort zu ihm gebracht werden, Handwerker«, sagte der junge Mann, vermied es aber, Ruad in die Augen zu sehen.

»Kehrt nach Mactha zurück und sagt dem Herrn Okessa, daß ich nicht seinem Befehl unterstehe. Und sagt ihm auch, daß ich seine Art der Einladung nicht schätze.«

Der junge Mann starrte die goldenen Hunde mit ihren geifernden Stahlkiefern an. »Es wäre klüger, mit uns zu kommen, Handwerker. Sonst wirst du zum Ausgestoßenen, zum Gesetzlosen erklärt.«

»Ich glaube, Burschen, es wird Zeit für euch zu verschwinden.« Ruad kniete neben den Hunden nieder und flüsterte ein paar Worte, die die Soldaten nicht hören konnten. Die Tiere sprangen vor, ihre Augen funkelten wie rote Sterne, und plötzlich stießen sie ein wildes Geheul aus. Als die Männer in Panik den Berg hinab flohen, setzten die goldenen Hunde ihnen bellend nach.

Gwydion kam aus dem Haus und ging zu dem Handwerker hinüber.

»Wie haben sie dich so schnell gefunden?«

»Ich weiß nicht, aber es spielt auch keine Rolle mehr. Ich muß sofort hier weg.«

»Ich komme mit dir - wenn du keine Angst hast, daß ich dich aufhalte.«

Ruad grinste. »Ich würde mich über deine Gesellschaft freuen.«

»Diese Hunde ... sie haben die Rückwand des Hauses zertrümmert. Wieviele von diesen Männern werden mit dem Leben davonkommen?«

»Alle. Ich habe den Hunden nicht befohlen zu töten. Sie folgen den Männern, bis sie bei ihren Pferden sind, dann kommen sie zurück. Komm, du kannst mir helfen, meine Habseligkeiten zu packen. Ich möchte nichts zurücklassen, was der Herzog oder Okessa verwenden könnten.«

Gemeinsam sammelten die beiden Männer die kleineren Artefakte aus Ruads Werkstatt ein und legten sie in einen großen Leinensack. Hinter der Truhe waren noch Gold- und Silberbarren verborgen, die Ruad in zwei Satteltaschen packte, die er auf die vordere Veranda hinaustrug.

Nach einer Stunde kehrten die Hunde zurück und verharrten still wie Statuen unter dem Sternenhimmel.

»Kann ich mich ihnen nähern?« fragte Gwydion.

»Natürlich, sie tun dir nichts.« Der alte Mann kniete neben dem Leittier nieder und fuhr mit den Fingern über die sich überlappenden Schuppen am Hals des Tieres. »Eine wundervolle Arbeit. Bestehen die Augen aus Rubinen?«

»Ja. Findest du das zu dramatisch? Ich wollte eigentlich Smaragde nehmen, aber die sind selten.«

»Sie sind vollkommen. Ich nehme an, du hast ihre Glieder nach echten Knochen geformt?«

»Nein, ich habe einen Entwurf meines Vaters kopiert. Hunde waren seine Spezialität. Ich habe sie nur größer gemacht.«

Ruad trug die Satteltaschen von der Veranda und legte sie zweien der Hunde über den schimmernden Rücken. Dann band er dem dritten den Leinensack auf.

»Warte hier«, bat er Gwydion. Der Handwerker ging ins Haus zurück, und der alte Heiler sah, wie eine helle Flamme in dem Hauptraum aufflackerte. Ruad kam aus seinem brennenden Heim zu ihm zurück, ohne noch einen Blick zurückzuwerfen.

»Gehen wir«, sagte er. Die Hunde trotteten schweigend neben ihnen her.

- 4 -

Lámfhada erwachte, vor seinen Augen war alles verschwommen. Linien waren über seinem Kopf, dunkle Linien, wie bei einem Sargdeckel.

»Nein!« stöhnte er und versuchte, sich aufzurichten. Eine Hand drückte ihn sanft wieder nieder, besänftigende Worte beruhigten ihn. Er drehte den Kopf auf dem Kissen und sah eine junge Frau mit dunkelbraunen Augen, die ihm übers Haar strich.

»Ruh dich aus«, flüsterte sie. »Du bist in Sicherheit. Ruh dich aus. Ich bin bei dir.«

Als er die Augen wieder aufschlug, sah er, daß die Linien Bretter waren, die von einem Mittelbalken gestützt wurden. Er wandte den Kopf in der Hoffnung, die junge Frau wäre in der Nähe. Stattdessen erblickte er einen Mann neben seinem Bett, einen gutaussehenden Mann in einem himmelblauen Hemd. Er hatte schulterlanges Haar, trug jedoch keinen Bart. Seine Augen waren violett. Er lächelte, als er merkte, daß Lámfhada ihn ansah.

»Willkommen zurück in der Welt, mein Freund.« Seine Stimme war weich und fast melodisch. »Ich bin Nuada. Ich habe dich im Wald gefunden.«

»Du hast mich gerettet«, wisperte Lámfhada.

»Nicht allein, bei mir war noch ein Mann. Wie fühlst du dich?«

»Mein Rücken tut weh.« Lámfhada fuhr sich mit der Zunge über die Lippen. »Durst«, sagte er.

Nuada brachte ihm einen Becher Wasser und hielt ihm den Kopf, während er trank. »Du wurdest von einem Pfeil getroffen, der tief eindrang. Du hast fünf Tage im Fieber gelegen, aber Arian sagt, daß du es überleben wirst.« Nuada redete weiter, aber der Schlaf übermannte den Jungen erneut, und er träumte von goldenen Vögeln, die die Sonne umkreisten.

Er wachte während eines Sturms wieder auf, die Läden

klapperten an den Fenstern, der Regen trommelte auf das schräge Dach. Diesmal saß ein anderer Mann neben seinem Bett - mit gelben Haaren, rot-goldenem Bart und Augen in der Farbe von Gewitterwolken.

»Es wird Zeit, daß du wieder auf die Beine kommst, Junge«, sagte der Mann. »Du kostest mich ein Vermögen.«

»Kosten?«

»Glaubst du, Arian und ihre Mutter tun das aus Nächstenliebe? Wenn du noch viel länger im Bett bleibst, bin ich ruiniert.«

»Das tut mir leid«, sagte Lámfhada. »Ehrlich. Ich werde es zurückzahlen.«

»Womit? Ich habe bereits deinen Dolch verkauft.«

»Laß ihn in Ruhe, Llaw«, sagte eine Stimme, und Lámfhada erblickte eine Frau mittleren Alters. »Er ist noch nicht soweit, es wird noch Tage dauern, bis er aufstehen kann. Raus mit dir!«

»In das Unwetter? Deine Barmherzigkeit beeindruckt mich aber gar nicht. Und das Essen riecht viel zu gut, um es zu verpassen.«

»Dann benimm dich.« Die Frau trat ans Bett und legte eine schwielige Hand auf Lámfhadas Stirn. »Gut, das Fieber sinkt.« Sie beugte sich über den Jungen und lächelte. »Du wirst dich noch ein paar Tage schwach fühlen, aber deine Kräfte kehren zurück.«

»Ich danke dir, Herrin. Wo ist ... die andere Frau?«

»Arian ist auf der Jagd. Sie kommt heute nicht mehr zurück, sie wird sich einen Schutz vor dem Unwetter gesucht haben. Aber du wirst sie morgen sehen.«

»Noch ein paar Tage«, fuhr Llaw sie an. »Und er kann jetzt schon an ein hübsches Gesicht denken. Gib ihm noch etwas Suppe, und ich wette, er macht ihr einen Antrag.«

»Warum auch nicht?« erwiderte die Frau grinsend. »Alle anderen Männer haben das schon getan - alle außer dir, Llaw Gyffes.«

»Ich brauche keine Frau«, sagte er und wurde rot, als sie lachte.

Lámfhada schlief wieder ein.

Als er erwachte, war das Unwetter vorbei. Er glaubte, sich

zu erinnern, daß man ihm zu essen gegeben hatte, aber die Erinnerung war verschwommen und sein Hunger groß. Er setzte sich auf, stöhnte jedoch, als ein scharfer Schmerz durch seinen Rücken fuhr. Die junge Frau kniete vor der Feuerstelle und schlug Feuerstein gegen Eisen, um den Zunder auf dem Rost anzuzünden. Lámfhada sah zu, wie ihre Mühe durch eine dünne Rauchsäule belohnt wurde und Arian sich vorbeugte, um das Feuer durch Pusten richtig in Gang zu setzen. Er stellte fest, daß er ihre Hüften anstarrte und die knappen Hirschlederhosen, die sie trug.

»Es ist unhöflich, Leute anzustarren«, sagte sie, ohne sich umzudrehen.

»Woher wußtest du, daß ich dich anstarre?«

»Das Bett hat geknarrt, als du dich aufgesetzt hast.« Da das Feuer brannte, erhob sie sich geschmeidig, kam an sein Bett und zog sich einen Stuhl heran. Ihr Haar war honigfarben, die Augen dunkelbraun, sie hatte volle Lippen und ein bezauberndes Lächeln.

»Nun?« fragte sie.

»Nun was?« stammelte er.

»Bin ich gut für den Markt?«

»Ich verstehe nicht.«

»Du starrst mich an, als würdest du eine Kuh taxieren.«

Er sah weg. »Verzeih mir. Normalerweise bin ich nicht so unhöflich.«

Sie lachte und nahm seine Hand. »Und normalerweise bin ich nicht so schnell beleidigt. Ich heiße Arian. Und du?«

»Lu ... Lámfhada.«

»Bist du sicher? Du scheinst dir darüber nicht so ganz klar zu sein.«

»Ich bin sicher. Ich hieß Lug, aber ich habe mir einen guten Namen gegeben - den Namen eines Mannes.«

»Sehr klug. Lug paßt nicht zu so einem hübschen Gesicht. Warum bist du fortgelaufen?«

»Ich wurde an den Herzog verkauft. Da dachte ich, es wäre besser, wegzulaufen. Wo bin ich?«

»Im Wald des Ozeans. Llaw Gyffes hat dich zu meiner Mutter gebracht. Du wärst fast gestorben. Er hätte den Pfeil nicht herausziehen sollen, du wärst beinahe verblutet.«

»Ich weiß nicht, warum er mich gerettet hat. Ich scheine ihm nur Ärger zu machen.«

»Kümmere dich nicht um Llaw, er ist ein widersprüchlicher Mann, den nur sehr wenige verstehen. Was hast du für Talente?«

»Ich kann kochen ... saubermachen, und ich kann gut mit Pferden umgehen. Ich spiele Flöte.«

»Kannst du jagen? Kleider machen, mit Holz arbeiten?«

»Nein.«

»Kannst du mit Ton umgehen?«

»Nein.«

»Was ist mit Kräutern? Würdest du Amarian oder Desarta erkennen?«

»Ich fürchte nein«, gestand der junge Mann.

»Dann wird das Leben schwierig für dich werden, Lámfhada. Du scheinst genauso nützlich zu sein wie ein toter Spatz.«

»Ich kann lernen. Willst du mir alles beibringen?«

»Glaubst du, ich hätte nichts Besseres zu tun?«

»Doch natürlich. Wirst du es trotzdem tun?«

»Wir werden sehen. Hast du Hunger?«

»Wie ein Wolf«, gab er zu. Sie brachte ihm kalten Rehbraten und Käse, dann nahm sie ihren Bogen und den Köcher mit Pfeilen. »Was hast du vor?«

Sie sah ihn an und lächelte. »Ist das nicht offensichtlich?« fragte sie, den Bogen hochhaltend. »Gehe ich wohl Blumen pflücken?«

Nachdem sie gegangen war, schob Lámfhada die Decke beiseite und stand vorsichtig auf. Er sah sich nach seinen Kleidern um und tappte barfuß zum Kamin hinüber. Seine Hose lag über einem Stuhl, und er zog sie an, sein Hemd hing an einem Haken an der Wand, er sah, daß jemand kunstvoll das Loch gestopft hatte, das der Pfeil hinterlassen hatte. Als er angezogen war, setzte er sich ans Feuer, seine Beine waren noch schwach. Er legte Holz nach und saß ganz still, dachte an den Schrecken seiner Flucht und den plötzlichen Hammerschlag, als der Pfeil seinen Rücken traf.

Llaw Gyffes hatte ihn gerettet, der Mann, dem er sich anschließen wollte, aber - wie Arian ihm deutlich erklärt hatte - hatte er für den Rebellenführer wenig zu bieten. Plötzlich kam er sich dumm und - schlimmer noch - nutzlos vor. Die Tür ging auf, und ein kalter Luftzug traf ihn.

»Wie rasch sich die Jungen erholen«, sagte Nuada. »Ich wünsche dir einen guten Morgen.«

Lámfhada lächelte. »Ich erinnere mich an dich ... wie an einen Traum. Du hast an meinem Bett gesessen. Nuada, nicht wahr?«

»Jawohl. Ich sehe, daß du dich schon kräftiger fühlst, aber du solltest dich nicht überanstrengen. Du warst wirklich sehr krank. Arian hat mir gesagt, daß du Lámfhada heißt. Ein guter Name. Ein Gabala-Ritter, niemand Geringeres - einer der ersten, glaube ich.«

»Ja, so sagte man mir. Bist du ein Rebell?«

Nuada kicherte. »Weißt du, ich glaube, ich bin einer. Aber ich fürchte, ich werde die Soldaten des Königs nicht in Angst und Schrecken versetzen. Sagendichter sind selten gute Schwertkämpfer.«

»Du bist ein Sagendichter?«

Nuada verbeugte sich und setzte sich neben den Jungen. »Ja. Wahrscheinlich der beste im ganzen Reich.«

»Dann kennst du viele Geschichten?«

»Hunderte. Wenn du dich besser fühlst, mußt du in die Halle kommen. Ich gebe dort jeden Abend eine Vorstellung. Ich bin hier eine Art Berühmtheit geworden, und die Leute kommen aus Siedlungen im ganzen Wald, um mich zu hören. Wenn sie Geld hätten, wäre ich reich.«

»Erzähl mir von den Gabala-Rittern.«

»Das ist ein ziemlich weites Gebiet, mehr als zweihundert Jahre. Kannst du dich etwas genauer ausdrücken? Vielleicht die Geschichte von Lámfhada?«

»Erzähl mir von Ollathair«, bat Lámfhada.

»Aha, ein Student der modernen Geschichte«, meinte Nuada. »Weißt du etwas über den Ursprung der Ritter?«

»Nein, eigentlich nicht. Waren sie nicht Rebellen?«

»Nicht richtig. Der Orden wurde im Jahre 921 gegründet, von dem damaligen König Albaras. Sie waren Richter, neun an der Zahl, und sie bereisten das Land und urteilten in Streitfällen im Namen des Königs. Doch 970, während des

Rebellionskrieges, retteten sie den König vor der Hinrichtung und ließen ihn nach Cithaeron verschwinden. Als er 976 triumphierend zurückkehrte, gab er den Rittern Ländereien und sprach sie von der Gerichtsbarkeit der Monarchen frei. Sie waren noch immer Ritter, sie reisten durch die neun Herzogtümer des Reiches. Sie waren die Schlichter, immer gerecht. Als die Jahre vergingen, stellte der Orden neue Regeln auf. Kein Vermögen, denn das könnte zu Korruption führen. Den Gabala-Rittern war es verboten zu heiraten, denn Familien können bedroht werden, um günstige Entscheidungen zu erpressen. Es war eine Ehre, auserwählt zu werden, aber der Preis dafür war hoch.«

»Aber was ist mit Ollathair?« wollte Lámfhada wissen.

»Nur Geduld, mein Junge. Die Ritter wurden von dem Waffenmeister erwählt. Wenn einer starb oder getötet wurde, reiste der Waffenmeister durch das Land, um einen Nachfolger zu finden.«

»Warum der Waffenmeister? War er denn kein Diener?«

»Der Waffenmeister war der Vater des Ordens. Er sorgte nicht nur für die magische Rüstung, die sie trugen, sondern auch für die geistige Rüstung. Er allein konnte der Gabala befehlen. Ollathair war der letzte Waffenmeister.«

»Was geschah mit den Rittern?«

»Das weiß niemand genau. Aber der König sandte einen Boten zu Samildanach, dem Ersten Ritter, und bat um einen besonderen Gefallen. Es heißt, daß diese Bitte die Ritter in die Welt der Dämonen brachte, wo sie noch immer für das Gute kämpfen. Ich weiß nicht, was aus ihnen geworden ist. Es war das erste Jahr der Regentschaft des neuen Königs. Vielleicht ließ er sie vergiften, weil sie in verschiedenen Streitfällen gegen ihn entschieden hatten. Vielleicht wurden sie von gedungenen Mördern getötet. Vielleicht sind sie auch in ein anderes Land geflohen. Wie ihr Schicksal auch immer verlief, Ollathair wurde jedenfalls von den Männern des Königs gefangengenommen und eingekerkert. Er starb in Furbolg. Warum interessierst du dich so sehr für einen toten Zauberer?«

»Ich weiß nicht«, log Lámfhada. »Er interessiert mich eben einfach.«

»Das Reich könnte sie jetzt gut gebrauchen - die Ritter, meine ich«, sagte Nuada.

»Genau das, was wir brauchen«, pflichtete Llaw Gyffes sardonisch bei, schloß die Tür hinter sich und ging zum Feuer. »Eine Handvoll Ritter in hübschen Rüstungen! Ich bin sicher, sie würden den König unterwerfen!«

»Sie waren mehr als nur Ritter«, erklärte Nuada. »Und größer als Helden. Spotte nicht über sie.«

Llaw wärmte sich die Hände am Feuer. »Ihr Sagendichter seht nie die Wirklichkeit, was? Alles ist Teil einer großen Sage. Du kamst her, um einen Rebellenführer zu finden und fandest lediglich einen gesetzlosen Grobschmied. Das ist die Wirklichkeit. Die Ritter waren auch nur Menschen, sie kannten Gier und Lust und Verzweiflung wie alle anderen auch. Mach sie nicht zu Göttern, Nuada.«

»Da stimme ich dir zu, Llaw. Aber mach auch keine Narren aus ihnen, denn sie waren alle bessere Männer als du.«

»Das ist nicht schwierig«, gab Llaw zu und schlug Nuada auf die Schulter. »Aber ich lebe, wo viele bessere Männer tot sind. Und ich bleibe auch am Leben - weil ich mich um meine eigenen Angelegenheiten kümmere und die Heldentaten dir und deinen Geschichten überlasse.«

Der Einstige Ritter ritt den Hügel hinauf und stieg vor den verkohlten Überresten von Ollathairs Haus vom Pferd. Der Hengst Kuan war nervös und ängstlich. Als der beißende Rauch in seine geblähten Nüstern drang, wieherte er und wich zurück. Der Einstige Ritter klopfte ihm den Hals.

»Alles in Ordnung, Großherz. Das ist nur die Ruine eines Hauses, nichts Schlimmes. Warte auf mich.« Vorsichtig bahnte er sich einen Weg durch die Glut, auf der Suche nach einem Toten. Aber er fand nichts.

Er kehrte zu seinem Pferd zurück, löste die Satteldecke und nahm seinen Proviantbeutel vom Knauf. Es war nur sehr wenig übrig: drei Honigkuchen und ein kleiner Sack voll Hafer. Er fütterte Kuan mit einem Kuchen und aß die beiden anderen. Dann holte er Wasser aus dem Brunnen und trank, den Eimer stellte er vor den Hengst, damit dieser seinen Durst löschen konnte.

Ollathair war nicht mehr da. Hatten die Bewaffneten ihn mitgenommen? Er bezweifelte das. Hätten sie das Haus zerstört? Vielleicht. Aber es gab keinerlei Kampfspuren. Er sah Spuren dicht beim Brunnen und kniete daneben nieder. Pfotenabdrücke, tief und deutlich. Löwen? Hier, so dicht bei der Stadt? Er stand auf und folgte den Spuren ein Stück weit. Männer waren den Hügel hinab gerannt, geschlittert und gerutscht, die Tiere ihnen auf den Fersen. Er grinste, dann lachte er laut auf, doch das verstärkte den Druck auf seiner Kehle, und er beruhigte sich. Die Tiere waren zurück zum Haus getrottet, wo zwei Männer gestanden hatten. Der Einstige Ritter kniete erneut nieder. Die Pfotenabdrücke waren plötzlich tiefer geworden. Er überlegte einen Moment, dann stellte er fest, daß einige der Stiefelspuren, die aus dem Haus herausführten, ebenfalls tief waren. Ollathair hatte die Löwen beladen und war dann in Richtung der bewaldeten Berge aufgebrochen ... vor vielleicht vier, fünf Stunden.

Kuan wieherte, den Kopf zu dem Pfad gewandt, der in die Stadt führte. Der Einstige Ritter sah eine Gruppe von Reitern auf das ausgebrannte Haus zugaloppieren. Rasch verwischte er mit den Füßen die Spuren, dann zog er Kuans Sattelgurt stramm und stieg auf, lenkte den Hengst so, daß die Spuren noch weiter zerstört wurden.

Als die Ritter näherkamen, sah er, daß alle Brustplatten trugen, auf die ein Rabe gemalt war. Es waren etwa fünfzehn.

»Guten Tag wünsche ich Euch«, sagte er Einstige Ritter.

»Was tust du hier?« fragte ein magerer, habichtgesichtiger Mann scharf.

»Ich sah den Rauch und überlegte, ob wohl jemand Hilfe brauchte. Ich nehme an, ihr seid aus demselben Grunde hier?«

»Meine Gründe gehen dich nichts an. Wer bist du?«

»Ich, Herr, bin ein Mann mit Manieren«, erwiderte der Einstige Ritter, »und ich unterhalte mich nicht gern mit Männern ohne Kinderstube.«

Die Reiter saßen ganz still und warteten auf eine Entgegnung ihres Anführers. Sein Gesicht wurde feuerrot, seine dunklen Augen wurden zu schmalen Schlitzen, als er sein Pferd vorwärtsdrängte.

»Es bekommt einem Fremden schlecht, einen Offizier des Herzogs zu beleidigen. Entschuldigt Euch, Herr, oder ich sehe mich gezwungen, mich mit Euch zu beschäftigen.«

Der Einstige Ritter lehnte sich auf seinen Sattelknauf vor. »Als ich den Herzog das letztemal traf, hatte er die silberne Lanze für sein Können auf dem Turnierfeld gewonnen. Ich erinnere mich, daß er sagte, ein Herr solle drei Dinge lernen: Ehre, die er für seinen Namen gewinnen kann, Schwertkampf, so daß niemand ihm seine Ehre nehmen kann, und Bescheidenheit, so daß er immer sieht, wo die Ehre liegt.«

»Ihr seid ein Freund des Herzogs?«

»Ich bin der Mann, den er im Turnier besiegte - aber ich war mit dem Schwert schon immer besser als mit der Lanze.«

Der Anführer dachte einen Augenblick nach, dann fällte er rasch eine Entscheidung. »Dann nehmt meine Entschuldigung an, Herr, wenn meine Worte Euch beleidigten, aber wir jagen einen Gesetzlosen, und der Herzog hat mich mit seiner Gefangennahme betraut.«

»Eure Entschuldigung ist angenommen - und erlaubt mir, Euch die meine anzubieten. Ich bin weit gereist und fürchte, es fehlt mir etwas an Geduld. Sagt mir, sucht Ihr nach einem schweren Mann, der mit drei großen Tieren unterwegs ist?«

»In der Tat, Herr. Habt Ihr ihn gesehen?«

»Vor etwa zwei Stunden, in dieser Richtung«, antwortete der Einstige Ritter und deutete in die dem Wald entgegengesetzte Richtung. »Ich glaube, die Tiere waren Löwen, aber ich habe sie nicht von nahem gesehen.«

»Ich danke Euch vielmals, Herr Ritter. Seid Ihr auf dem Wege nach Mactha? Der Herzog hält sich dort auf, und er würde sich sicher freuen, Euch wiederzusehen.«

»Vielleicht werde ich ihn aufsuchen. Viel Glück bei Eurer Jagd.«

Als die Reiter davondonnerten, zog der Einstige Ritter an den Zügeln und berührte mit den Fersen sanft Kuans Flanken. Der Wald war etwa einen Zweistundenritt entfernt, mit etwas Glück fand er Ollathair noch vor Einbruch der Nacht.

Unterwegs dachte er an seinen Kampf mit dem Herzog. Der Mann war ein geschickter Reiter und tödlicher Lanzenkämpfer. Wären die Spitzen der Waffen nicht mit Holzpflökken versehen gewesen, hätte seine Lanze ihm das Herz durchbohrt, und selbst so hatte er die Schmerzen zweier gebrochener Rippen davongetragen. Es war eine Schande, daß der Charakter des Mannes nicht seinen Fähigkeiten entsprach. Der Herzog hatte die Worte, die er ihm in den Mund gelegt hatte, nie geäußert - der Erste Ritter Samildanach hatte sie gesprochen, als Tadel gegenüber dem Herzog.

Der Einstige Ritter grinste, als er an Samildanach dachte: ein wahrer Ritter und ein Mann von großer Demut. Hätte der Herzog die Unverfrorenheit besessen, Samildanach herauszufordern, wäre der Kampf erheblich anders ausgegangen.

Die Erinnerungen an seinen Freund überfluteten ihn und erfüllten ihn mit Trauer ...

Samildanach, der loszog, um gegen die Streiter des Königs von Cithaeron anzutreten, im Zweikampf gegen den aufständischen Herzog von Tarain, wie er die Gebete in der Zitadelle leitete oder mit Morrigan auf dem Fest der Seelen tanzte. Es hatte nie einen besseren Ritter der Gabala gegeben, dachte er. Oder einen besseren Freund.

»Es tut mir leid, daß ich dich verriet«, murmelte der Einstige Ritter.

Nachdem er den Bericht über die geglückte Flucht von Errins nomadischem Dienern gehört hatte, überbrachte Okessa wutentbrannt dem Herzog die Neuigkeit und verlangte Errins Gefangennahme. Der Herzog seinerseits schalt Errin, akzeptierte jedoch dessen Versicherung, daß seine Diener davongelaufen waren und dabei noch 200 Raq in Gold gestohlen hatten.

»Du bist ein schrecklicher Narr, Errin«, sagte der Herzog. »Aber du hast immer schon nur das Beste von den Menschen glauben wollen. Jetzt siehst du doch ein, daß man diesen Leuten nicht trauen kann, nicht wahr?«

»Allerdings, Herr. Ich verwünsche mich selbst für meine Dummheit.«

»Nun ist es zu spät. Okessa würde dich gerne hängen sehen, aber dieses eine Vergnügen werde ich ihm verwehren. Wo sollte ich sonst einen Zeremonienmeister finden? Und wer würde wohl die Schwäne in Wein zubereiten?«

Errin lächelte. »Und die Wachteln, Herr.«

»Richtig, die Wachteln. Viel einfacher, einen neuen Hohen Seher zu finden! Übrigens, einer der Ritter des Königs wird heute irgendwann kommen, um die Arrangements für den Besuch abzuschließen. Mach es ihm bequem, ja?«

»Selbstverständlich, Herr«, antwortete Errin, verbeugte sich und verließ das Zimmer. Okessa wartete auf dem Gang, seine Augen funkelten vor Bosheit, Schweiß glitzerte auf seinem kahlen Kopf.

»Glaubt nicht«, zischte er, »daß Ihr mich zum Narren halten könnt. Ihr habt Euch verschworen, damit all diese Nomaden der Gerechtigkeit entkommen konnten - genauso, wie Ihr mir nichts von Ruad Ro-fhessa sagtet. Aber Ihr werdet fallen, Graf Errin, und ich werde auf Euer Grab spucken.«

»Wie wenig charmant Ihr doch seid, Okessa. Und was diesen Ruad angeht, vergeßt nicht, daß ich zu Euch kam wegen Ollathair. Woher sollte ich wissen, daß er noch am Leben ist und unter anderem Namen im Herzogtum weilt? Es heißt, Ihr seid ein Seher. Dann hättet Ihr ihn doch sicher finden müssen? Oder lassen Eure Kräfte nach?«

Okessa lächelte. »Wir werden sehen, Graf Errin. Ich habe heute morgen Euer Horoskop erstellt. In fünf Tagen werdet Ihr eine sehr kritische Zeit erleben - so kritisch, daß Ihr sie vielleicht nicht überlebt. Wie gefällt Euch das?«

Errin schluckte hart und versuchte ein mühsames Lächeln, aber er konnte Okessa nicht täuschen, der kichernd davonging. Errin hob eine zitternde Hand an sein Gesicht. Er war wütend auf sich selbst, weil er Angst gezeigt hatte, aber er wußte, daß Okessa ihn nicht angelogen hätte. Was hätte er auch damit bezweckt? Nein, Errin war zum Tode verurteilt. Wie würde er kommen? Durch Gift? Erwürgen? Einen Sturz? Einen fehlgegangenen Pfeil?

Sein erster Impuls war, nach Hause zu laufen und nach Furbolg zu fliehen. Aber was würde der Herzog von seiner Flucht halten? Nein, er saß in der Falle. Er wünschte, Ubadai wäre bei ihm. Der kleine Nomade hatte eine Nase für Unheil und würde sterben, um ihn zu schützen. Nicht, daß Errin wollte, daß jemand für ihn starb, aber es war angenehm zu wissen, daß Ubadai vor seiner Tür schlief. Falls eine Ameise draußen auf der Wiese einen Wind ließ, wäre der Nomade auf der Stelle wach. Ohne ihn fühlte Errin sich alleingelassen und verwundbar.

In jener Nacht schlief er schlecht, bei verriegelter Tür, die Fensterläden vorgelegt und verschlossen. Am nächsten Morgen badete er und zog eine grüne Tunika an, die aus Seide aus dem Osten gefertigt und mit Goldstickerei verziert war, dazu weiche Stiefel und einen Umhang aus gelbgefärbter Wolle, der mit feinstem Leder gepaspelt war. Okessas Drohung wikte an diesem strahlenden Morgen weniger schrecklich, und da der Ritter des Königs sich angesagt hatte, riskierte der Hohe Seher wahrscheinlich keinen Anschlag. Errin war entschlossen, einen guten Eindruck auf den Ritter zu machen; so wie die Dinge standen, brauchte er alle Freunde, die er nur haben konnte.

Die Sonne ging bereits unter, als der Ritter kam, und Errin war erleichtert, als der Posten auf dem Wachturm das Signal gab, daß sich ein Reiter näherte. Errin und der Herzog eilten hinunter zum Tor, um ihn zu begrüßen. Der Ritter trug eine purpurrote Rüstung und ritt einen großen, schwarzen Hengst, der etwa mannshoch war. Das Visier des Ritters war heruntergeklappt, als er langsam vor der untergehenden Sonne zum Schloßtor kam und unter dem Fallgitter stehenblieb.

»Willkommen, Herr Ritter«, sagte der Herzog.

»Mein Pferd muß in einem Stall für sich allein stehen«, erklärte der Ritter, dessen Stimme durch den Helm etwas gedämpft klag. »Kein anderes Tier darf in seiner Nähe sein.«

»Selbstverständlich«, erwiderte der Herzog erstaunt und wandte sich an Errin, der einem Wachmann flüsternd Anweisungen erteilte. Der Mann rannte davon, um den Stallknecht vorzuwarnen.

»Wir haben ein schönes Festmahl für Euch bereitet«, sagte der Herzog. »Es wird in einer Stunde fertig sein. Und wir haben Euch Zimmer im Nordturm zugewiesen.«

Der Ritter glitt aus dem Sattel. »Wo ist der Stall?«

»Errin«, bat der Herzog, mühsam seinen Ärger unterdrückend, »bitte zeige dem Boten des Königs den Weg zum Stall. Ich sehe Euch dann im großen Saal.«

Nachdem der Herzog gegangen war, sprach Errin den Ritter an. »War Eure Reise anstrengend?«

»Den Stall, wenn es Euch beliebt.«

»Gewiß. Folgt mir.« Errin führte den Ritter über den Hof zu den Stallungen, wo die anderen Pferde bereits weggebracht wurden. Als der Fremde den Hof vor den Ställen betrat, den Hengst am Zügel führend, begannen mehrere Pferde zu wiehern und zu steigen. Die Stallknechte hatten Mühe, sie unter Kontrolle zu bringen, doch das Pferd des Ritters blieb reglos, es bewegte nicht einmal den Kopf.

»Er ist gut erzogen«, bemerkte Errin.

Der Rote Ritter antwortete nicht, sondern ging an Errin vorbei, sein Pferd am Zügel führend. Errin streckte die Hand aus, um dem Tier den Rücken zu kopfen, doch seine Hand zuckte zurück, als sie die Flanke des Tiers berührte: Sie war so kalt wie Eis.

Im Stall sattelte der Ritter den Hengst ab und führte ihn in eine Box. Das Pferd stand still, ohne die Futterkrippe zu beachten.

»Wir haben Decken. Ich lasse welche holen«, bot Errin an.

»Das ist nicht nötig.«

»Verzeiht, daß ich widerspreche, Herr. Das Pferd ist kalt.«

Der Rote Ritter fuhr herum. »Berührt ihn nicht noch einmal. Ich mag es nicht, wenn andere ihre Hände an etwas legen, was mein ist.«

»Wie Ihr wollt «, sagte Errin. »Wie heißt Ihr?«

»Ich bin der Bote des Königs. Ihr seid, wenn ich das richtig sehe, Errin, der Zeremonienmeister?«

»Das bin ich.«

»Zeigt mir meine Zimmer. Und schickt eine Frau zu mir ... eine junge Frau.«

»Bei allem Respekt, Herr Ritter, ich bin kein Kuppler. In Mactha gibt es viele Wirtshäuser und viele Frauen, die ihre Dienste feilbieten. Ich schlage vor, Ihr macht dem Herzog Eure Aufwartung und begebt Euch dann nach dem Willkommensmahl dorthin.«

Der Ritter schwieg einen Augenblick. »Ihr habt ganz Recht, Errin«, sagte er schließlich. »Ich bin müde nach meiner Reise und lasse es an ... gutem Benehmen fehlen.«

»Macht Euch nichts draus, Herr. Ich zeige Euch jetzt Eure Zimmer«, erwiderte Errin kühl.

In dem großen Zimmer loderte ein Feuer, und eine Sitzwanne war mit warmem, parfümiertem Wasser gefüllt worden. Errin überließ den Ritter sich selbst und gesellte sich im großen Saal zum Herzog.

»Was für ein humorloser, ungehobelter Geselle!« wütete der Herzog. »Will der König mich beleidigen, was meinst du?«

»Ich glaube nicht, Herr. Der König hat Euch immer hoch geschätzt - und zu Recht. Vielleicht ist der Ritter müde; er hat sich im Stall bei mir entschuldigt.«

»Ja - und das ist auch so eine Sache. Sein Pferd muß allein untergebracht werden! Ist es vielleicht ein Pferdefürst?«

»Es ist ein seltsames Tier, Herr. Als die anderen Pferde fortgebracht wurden, schienen sie Angst vor ihm zu haben. Ich glaube, das war es, woran er gedacht hat.«

»Nun, seine Haltung kann ich jedoch nicht hinnehmen, Errin. Ich überlege ernstlich, ob ich seinetwegen an den König schreiben soll.«

»Darf ich vorschlagen - mit dem größtem Respekt - daß Ihr Euer Urteil zurückhaltet, bis wir ihn wiedergesehen haben? Der König schätzt ihn und vertraut ihm offensichtlich.«

»Kluge Worte, Errin. Aber es würde ihm gut anstehen, sich dann besser zu benehmen.«

»Das wird er gewiß, Herr.«

Während er sprach, erschien der Rote Ritter oben auf der Treppe. Er trug immer noch volle Rüstung, hatte aber seinen Helm abgenommen. Sein Gesicht war blaß wie Elfenbein und außergewöhnlich schön, sein Haar weiß und sehr kurz geschnitten. Er schien Anfang zwanzig zu sein. Errin trat vor und grüßte ihn mit einem Lächeln. Von nahem betrachtet, wirkte er älter - vielleicht dreißig, oder noch älter. Der Ritter verbeugte sich. Seine Augen waren dunkel und blutunterlaufen, und er schien unaussprechlich erschöpft zu sein.

»Fühlt Ihr Euch wohl, Herr?« fragte Errin.

»Wohl genug, Graf Errin.«

»Eure Rüstung wird Euch schwer werden. Heute abend wird gut getafelt und getanzt.«

»Ich tanze nicht. Ich bin hier, um im Namen des Königs

das Herzogtum zu inspizieren. Tanzen überlasse ich anderen. Und kümmert Euch nicht um die Rüstung, sie verläßt mich nie. Das gehört zu einem Gelübde, das ich abgelegt habe.«

»Ich verstehe«, sagte Errin. »Bitte sagt mir Euren Namen, Herr, daß ich Euch vorstellen kann.«

Der Ritter zögerte einen Moment, dann antwortete er mit einem raschen, fast scheuen Lächeln: »Ich heiße Cairbre.«

Errin, glänzend aussehend in Hose und Weste aus silberdurchwirkter blauer Seide, saß während des Willkommensmahls zur Linken des Herzogs, der Rote Ritter zu dessen Rechten. An dem großen Tisch waren etwa dreißig Gefolgsleute des Herzogs versammelt, alles Edle, vom niederen Adel des Herzogtums bis hin zu Rittern des Ordens. Errin hatte sich selbst übertroffen, und die Speisen waren, wie alle fanden, erlesen: Riesenpilze, mit gehacktem Fleisch gefüllt und mit Käse aus dem Norden des Herzogtums überbacken; zehn gebratene Schwäne, Schinken mit Honigkruste, gewürztes Rindfleisch und Kuchen von zarter Süße. Doch Errin bemerkte, daß der Ritter sein Mahl kaum anrührte und statt des Weins, der zum Essen gereicht wurde, um Wasser bat.

Der Herzog fühlte sich während des Banketts immer unbehaglicher und sah sich nicht in der Lage, seinen Gast in ein längeres Gespräch zu verwickeln. Schließlich gab er es auf und wandte seine Aufmerksamkeit Errin zu.

»Wunderbar organisiert! Eines Königs würdig!« lobte der Herzog und wischte sich mit einem parfümierten Taschentuch den Schweiß von der Stirn.

»Ich kann Euch versichern, daß das Festmahl für den König noch besser werden wird, Herr. Im Frühjahr gibt es noch viele andere Leckereien, die der Herbst uns leider verwehrt.«

Als die Sklaven das Geschirr abräumten, klatschte Errin in die Hände und erhob sich. Die Gäste wurden still. »Meine Freunde, der Herzog hofft, daß Ihr Euer Mahl genossen habt und bittet Euch nun in den Langen Saal, wo die Musiker darauf warten, daß der Tanz beginnt.«

Als die Gäste davonschritten, begann im Langen Saal eine Flöte zu spielen, der sich bald eine Harfe anschloß. Der Klang war beschwingt und leicht, und die Stimmung des Herzogs hellte sich auf.

»Himmel, Errin, ist das Corius, der da spielt?«

»Ja, Herr. Ich nahm mir die Freiheit, ihn für den Abend um seine Anwesenheit zu bitten.«

»Der Mann verlangt ein Vermögen!«

»Ich hoffe, Ihr nehmt sein Spiel als Geschenk an, Herr.«

Der Herzog neigte den Kopf. »Du hast dich selbst übertroffen. Gut gemacht!«

Er wandte sich an den Roten Ritter: »Ich hörte, wie Ihr zu Errin sagtet, daß Ihr nicht tanzt. Möchtet Ihr Euch lieber zurückziehen?«

»Ich werde den Tänzen zusehen«, antwortete der Ritter, sich erhebend. Errin folgte ihm in den Saal, wo sich schon viele Paare im Tanz der Wintersonne drehten. Die Musik war fröhlich, und Errin sah, wie Dianu mit Goan, einem jungen Ritter, tanzte. Ihr dunkles Haar wurde von einem silbernen Band zusammengehalten, und sie trug ein Kleid aus schimmernder weißer Seide.

»Ich nehme an«, sagte der Ritter, »daß Ihr lieber tanzen würdet als bei einem so düsteren Gast zu stehen.« Der Hauch eines Lächelns umspielte seine Lippen.

Errin grinste. »Das ist die Frau, die ich zu heiraten hoffe.«

»Dann führt sie zum Tanz, Graf.«

Errin brauchte keine zweite Auffoderung. Er ging geschmeidig durch den Saal und berührte Goan an der Schulter. »Goan, mein Bester, würdest du den Boten des Königs den anderen Gästen vorstellen?«

»Ja, Herr.«

»Danke.« Errin nahm Dianus Arm und führte sie zum Tanz. Als die Musik endete, ging er mit ihr zum hinteren Ende des Saales, wo Sklaven auf Silbertabletts Kelche mit leichtem weißem Wein anboten. Errin nahm einen und reichte ihn seiner Gefährtin.

»Du siehst heute abend besonders schön aus«, sagte er.

»Ich bin nur gekommen, weil du mich darum gebeten hast«, sagte Dianu. »Was weißt du von dem seltsamen jungen Mann mit dem weißen Haar?«

»Er heißt Cairbre. Ich weiß nichts von ihm, außer daß er der Bote des Königs ist.«

»Er sieht so traurig aus.«

»Es sind auch traurige Zeiten«, flüsterte er. »Komm, laß uns etwas nach draußen gehen.«

Unbemerkt verließen sie den Saal durch eine Seitentür und stiegen die Treppe zu einer kleinen Kammer hinauf, in der Errin ein Feuer hatte anzünden lassen. Der Raum war warm, das Fenster stand offen. Dianu schlenderte hinüber und blickte auf Mactha mit seinen funkelnden Lichtern hinaus.

»Ich gehe nach Cithaeron«, sagte sie.

»Du gehst? Warum?«

Sie drehte sich plötzlich um. »Ach Errin, sei doch nicht solch ein Narr! Der König läßt die Nomaden ermorden, das Königreich versinkt immer mehr in Schulden. Jeden Tag hört man von neuem von Unruhen, Mord und Raub. Wo wird das enden?«

Er ging zu ihr und führte sie vom Fenster weg. »Man sollte besser nicht von solchen Dingen sprechen, wenn man belauscht werden kann«, sagte er leise. »Aber Furbolg ist weit weg, und hier in Mactha leiden wir nicht.«

»Wir leiden nicht. Aber auf dem Land werden die Lebensmittel knapp - und es ist noch nicht einmal Winter. Für den Adel ist alles ganz in Ordnung, mit seinen gebratenen Schwänen. Aber Schwäne ernähren kein Volk, Errin.«

»Ich hatte gehofft, wir könnten zu Mittwinter verheiratet sein«, sagte er. »Willst du damit sagen, daß die Hochzeit nicht stattfindet?«

Sie nahm seine Hand und küßte sie. »Natürlich sage ich das nicht. Ich liebe dich. Aber könnten wir nicht in Cithaeron heiraten?«

Errin schüttelte den Kopf. »Ohne Erlaubnis des Königs darfst du das Land nicht verlassen«, sagte er, »und er wird sie dir nicht erteilen. Der Herzog hat mir erzählt, daß einige vornehme Familien heimlich das Reich verlassen und ihr Vermögen mitgenommen haben. Sie sind als Verräter gebrandmarkt worden, ihre Ländereien wurden beschlagnahmt. Dies ist deine Heimat, Dianu. Willst du für den Rest deines Lebens in einem fremden Land leben, gehaßt und verachtet von deinen Landsleuten?«

»Du siehst es nicht so wie ich«, sagte sie traurig. »Hier

herrscht das Böse, Errin. Das echte, furchtbare Böse, das nur darauf wartet, uns alle zu verschlingen. Der König ist wahnsinnig und von Wahnsinnigen umgeben. Hat Kesters Tod dich nicht beunruhigt? Ein guter Mann. Ein edler Mann. Umgebracht, weil eine seiner Großmütter Nomadin war? Gütiger Himmel, Errin! Verstehst du denn nicht?«

Er zog sie an sich und küßte ihr Gesicht. »Ich verstehe«, sagte er. »Dies sind gefährliche Zeiten. Aber sie werden vorübergehen ... wir können den Sturm abwarten.«

Sie stieß ihn von sich. »Es reicht nicht, den Sturm abzuwarten. Ich reise in zwei Tagen ab, alle Vorbereitungen sind getroffen. Mein Vater, seine Seele ruhe in Frieden, hatte viele Kontakte in Cithaeron, und ich habe durch Cartain, den Händler , mein Geld dorthin bringen lassen. Alles, was ich zurücklasse, ist der Palast - und ich kann gut ohne ihn leben.«

»Alles, was du zurückläßt?« fragte er sanft. »Du läßt mich hier zurück, Dianu - und ich kann nicht fort.«

Einen langen Moment sahen sie sich in die Augen, ohne etwas zu sagen.

»Du mußt dich entscheiden«, sagte sie schließlich.

»Ich weiß«, antwortete er und trat von ihr zurück. »Möge das Glück mit dir sein.«

Er drehte sich rasch um, öffnete die Tür und kehrte in den Langen Saal zurück. Die Musik spielte jetzt schneller, untermalt von dem Gelächter der Tänzer, die in den raschen Schritten des Sturmtanzes vorbeiwirbelten. Unbemerkt ging Errin durch die Doppeltüren in die Nacht hinaus.

- 5 -

Arian lief geschmeidig den Wildwechsel entlang, mit langen, sicheren Schritten. Jeden Abend kamen die Hirsche über diesen Pfad, aber sie jagte sie nie, denn sie waren zu dicht bei der Siedlung. Wie ihr Vater sie während ihrer Ausbildung gewarnt hatte: »Wenn du gesund und kräftig bist, jage weit entfernt von zu Hause. Du weißt nie, was für ein Unglück dich plötzlich treffen kann - ein Schneesturm, ein gebrochenes Bein - dann brauchst du vielleicht das Fleisch, das du am Leben gelassen hast. Aber jage in Sichtweite der Siedlung, und du wirst das Wild vertreiben.«

Er war ein guter Mann und noch besserer Vater gewesen, bis die auszehrende Krankheit ihn befiel. Es war hart gewesen zu sehen, wie die Kraft aus seinen Gliedern wich, trotz aller Künste seiner Frau. Als das Ende nahte, hatte Arians Mutter ihm einen Kelch Wein mit Fingerhut gemischt. Er war friedlich gestorben, und die beiden Frauen hatten gemeinsam bei dem Toten geweint.

Arians Gedanken verweilten bei diesem Bild, während sie weiterlief - und so sah sie nicht den dünnen Draht, der über den Pfad gespannt war. Sie blieb mit einem Bein daran hängen und stürzte, und sofort stürmten drei Männer aus den Bäumen auf sie zu. Arian ließ ihren Bogen fallen und griff nach dem Jagdmesser, doch ein sich auf sie stürzender Körper nahm ihr die Luft, grobe Hände drückten sie nieder.

»Na«, sagte der Mann, der rittlings auf ihr saß und eine schmutzige Hand auf ihre Brust drückte. »Was haben wir denn da?« Sie fühlte, wie Hände an ihren Hosen zerrten und trat um sich. Der Mann auf ihr schlug ihr brutal ins Gesicht. »Haben dich schon seit Tagen beobachtet, was«, sagte er und schlug sie beiläufig mit der anderen Hand. »Haben dich beobachtet und wollten dich. Bettle, hörst du? Bitte Grian, dich zu verschonen, ja?«

Sie hob den Kopf und spuckte Grian ins Gesicht. Ein weiterer nachlässiger Schlag, und ihr Kopf schlug hart auf dem

Boden auf. Er riß ihr Hemd auf und starrte ihren Körper an; sein Gesicht war rund und brutal, sein Mund stand offen und entblößte schwärzliche Zähne.

»Ihr verfluchten Hurensöhne!« ertönte eine Stimme, und der Mann auf Arian erstarrte und drehte sich um.

Mitten auf dem Pfad stand ein Mann in Kapuze und schwarzem Umhang. Die Sonne war hinter ihm, so daß sein Gesicht nicht zu erkennen war. Zwei der Männer zogen Messer aus den Gürteln, und auch Grian zog ein Messer, blieb jedoch auf dem überraschten Mädchen hocken.

Der Mann mit der Kapuze schlug seinen Umhang zurück. Sein rechter Arm endete über dem Handgelenk, der Stumpf war von einer schwarzen Lederhülle bedeckt, die mit Riemen an seinem Arm festgebunden war. Er trug keine Waffe. Grian grinste und stand auf.

»Du hast dir die falsche Zeit und den falschen Ort ausgesucht, Krüppel«, sagte er vortretend. »Du bist ein toter Mann - Futter für die Würmer!«

Grians Spießgesellen bauten sich links und rechts von dem Neuankömmling auf, der jedoch nicht zurückwich. Stattdessen trat er vor. Der Angreifer zu seiner Linken sprang vor, die Hand mit dem Messer ausgestreckt. Der Krüppel wich zurück, und das Messer ging an ihm vorbei. Im selben Moment hämmerte er seinen Ellbogen gegen die Kehle des Mannes. Dieser stolperte, sein Gesicht lief blau an. Dann sank er sterbend auf die Knie, seine Hände fuhren verzweifelt an seine Kehle. Als der zweite Messerstecher angriff, drehte sich der Kapuzenmann blitzschnell um und sprang hoch. Sein Stiefel donnerte gegen das Kinn des Mannes. Dessen Genick brach wie ein trockener Ast. Leichtfüßig landete der Kapuzenmann und wandte sich Grian zu.

»Mich kriegst du nicht mit deinen komischen Tricks«, schnaubte Grian.

»Nein, bestimmt nicht«, sagte der Mann sanft.

Grian machte einen Schritt nach vorn. Arians Messer traf ihn tief im Rücken, fuhr aufwärts durch die Lungen und in sein Herz. Ein erstickter Schrei entrang sich ihm, als er mit dem Gesicht voran zu Boden sank.

Arian fand ihre Hosen und zog sie an. Die Bänder waren

zerrissen, aber sie machte sie notdürftig fest. Als sie sich umsah, saß der Fremde mit abgewandtem Gesicht auf einem Baumstumpf. Sie nahm ihren Bogen wieder auf und ging zu ihm hinüber.

»Meinen Dank für deine Ritterlichkeit.«

Er schob die Kapuze zurück, und sie blickte in ein eckiges Gesicht mit dunkelbraunen Augen. Er sah zwar nicht gut aus, strahlte aber Kraft aus. Dann lächelte er, und auf einmal sah er gut aus.

»Das war nicht ritterlich, sondern lediglich notwendig. Bist du verletzt?«

»Nur mein Stolz. Ich hätte ihre Falle sehen müssen.«

»Nur aus solchen Fehlern lernen wir. Wie heißt du?«

»Arian.«

Er nickte und erhob sich. Er war um einen Kopf größer als Arian, also wirklich hochgewachsen. »Wohnst du in der Nähe?« fragte er.

»Etwa eine Stunde nach Westen.«

»Darf ich dich dorthin begleiten?«

»Das ist nicht nötig«, erwiderte sie errötend.

»Ich wollte dich nicht beleidigen, Arian. Aber ich bin hungrig und hätte nichts gegen eine Mahlzeit einzuwenden.«

»Du hast mir deinen Namen noch nicht genannt.«

»Ich bin Elodan.«

Sie blickte in seine dunklen Augen und versuchte, das Mitleid in ihnen zu verbergen. »Der Streiter des Königs?«

»Das war einmal. Sollen wir gehen?«

»Du solltest wirklich nicht un... ohne Waffen durch diesen Wald wandern. Es ist zu unsicher«, sagte sie.

»Nein, ich werde in Zukunft vorsichtiger sein«, antwortete er mit einem schiefen Lächeln. Sie warf einen Blick auf die Toten und grinste.

»Es gibt auch größere Banden, und trotz deiner Fähigkeiten bist du kein Gegner für einen Bogenschützen.«

»Das bin ich allerdings nicht.« Gemeinsam brachen sie auf, Arian ging auf dem Pfad voran. Nach einer Weile drehte sie sich zu ihm um. »Du bist sehr still«, sagte sie.

»Ich habe nachgedacht.«

»Worüber?«

»Bist du verheiratet?« fragte er.

»Ncin. Warum fragst du?«

»Nur, um Konversation zu machen. Wie alt bist du?«

»Siebzehn. Und du?«

»Älter als die Zeit.« Er kicherte. »Jedenfalls habe ich manchmal das Gefühl.«

»Du siehst nicht älter als dreißig aus.«

»Wie ich schon sagte, älter als die Zeit - für eine Siebzehnjährige.«

Errin erwachte mit schwerem Kopf und einem Magen, der Karussell zu fahren schien. Er stöhnte und drehte sich auf die Seite. Der leere Weinkrug lag in Scherben, wo er ihn im Morgengrauen hingeschleudert hatte. Er öffnete langsam die Augen und stöhnte erneut, als er sich an die Ereignisse des letzten Abends erinnerte. Dianu ging fort. Er konnte es noch immer nicht recht glauben, doch er kannte sie gut genug, um zu erkennen, daß sie meinte, was sie sagte. Er beschloß, später am Nachmittag zu ihrem Palast zu reiten.

Sein neuer Diener, Boran, betrat das Zimmer. »Euer Bad ist bereit, Herr«, sagte er.

»Um Himmels willen, schrei nicht so«, bat Errin.

»Ich hörte, es war ein großartiges Bankett, Herr.«

Errin blickte zu dem kahl werdenden Diener auf, bemerkte dessen sonnengebräuntes, gesundes Gesicht und die ekelhaft klaren Augen. »Ich habe das Gefühl, daß ich mich zu Tode bluten werde, wenn ich zu schnell blinzle«, sagte er.

»Das Bad wird Euch beleben, Herr, und der Rat tritt in einer Stunde zusammen.«

Errin sank wieder auf das Kissen und zog sich die Decken über den Kopf. Boran seufzte, sammelte die Scherben des Kruges ein, zog die Samtvorhänge auf und ging. Wieder allein, setzte Errin sich auf. Der Rat der Edlen war eine todlangweilige Angelegenheit, und im allgemeinen erschienen nicht mehr als drei oder vier zu einer Sitzung. Aber heute war das anders. Heute war der Rote Ritter, Cairbre, anwesend, zusammen mit dem Hohen Seher, Okessa. Alle würden da sein und versuchen, sich gegenseitig zu übertrumpfen, um ihre Loyalität dem König gegenüber unter Beweis zu stellen.

»Zur Hölle damit«, sagte Errin, glitt aus dem Bett und stapfte in den äußeren Raum zu seinem heißen Bad. Das Wasser war mit Rosenduft parfümiert, was Errin noch nie leiden konnte, und Ubadai hatte das nie vergessen. Aber Boran war noch neu und mußte die Vorlieben seines Herrn erst kennenlernen. Errin stieg die Marmorstufen herab und ließ sich platschend ins Wasser gleiten. Nach einigen Minuten trat Boran mit seinem Gewand ein, und der Adlige schlüpfte hinein. »Wie sehen meine Augen aus?« fragte er den Diener. Boran betrachtete ihn prüfend.

»Blutunterlaufen, Herr. Tatsächlich seht Ihr nicht gut aus.«

»Du solltest sie erst mal von dieser Seite sehen. Was soll ich anziehen?«

»Nach der Sitzung hat der Herzog eine Jagd angesagt, also habe ich Euch Reitkleidung herausgelegt.«

»Die aus schwarzem Leder mit dem Silberbesatz?«

»Nein, Herr, die rote.«

»Nimm die schwarze. Rot überlasse ich dem Gast des Herzogs.«

»Jawohl, Herr. Darf ich Euch ein Frühstück vorschlagen, Herr?«

»Nein«, lehnte Errin schaudernd ab, als sein in Aufruhr befindlicher Magen sich auflehnte.

»Ihr wärt vielleicht froh darüber, wenn Ihr auf einem Pferd auf - und niederhüpft.«

»Hüpfen? Man hüpft nicht, Boran. Man reitet.«

»In der Tat, Herr. Vielleicht etwas trockenes Brot?« Errin nickte und ging zurück in sein Schlafzimmer, wo er wartete, bis Boran mit seinen Kleidern kam. Die Hosen waren gut geschnitten, aus weichem, schwarzem Leder, wadenlang. Darüber zog Errin ein Paar knielange, schwarze Stiefel. Seine Tunika war aus Wolle, schwarz und unverziert, sein Reitmantel aus schwarzem Leder, mit gepolsterten Schultern und mit Silberfäden verziert.

»Ihr werdet einen Umhang brauchen, Herr, es weht ein böser Wind.«

»Ich nehme den schwarzen, mit der Kapuze und dem Futter aus Schaffell.«

»Er muß gefettet werden, Herr. Nach der Sitzung habe ich ihn fertig.«

Nachdem er sein Fasten mit Brot und etwas Käse gebrochen hatte, ging Errin über den Hof in den Großen Saal. Einige Mitglieder des Rates hatten sich bereits versammelt und warteten darauf, in die inneren Räume gerufen zu werden.

»Guten Morgen, Graf Errin«, sagte ein untersetzter Mann in grausamtener Reitkleidung. Schweiß stand auf seiner Stirn.

»Schön, Euch zu sehen, Graf Porteron. Ich habe Euch bei dem Bankett vermißt.«

»Ja. Ja. Ich hatte noch etwas zu erledigen. Man hat mir erzählt, es wäre sehr schön gewesen.«

»Ja«, pflichtete Errin ihm bei und wandte sich um, um einen Neuankömmling zu begrüßen. »Guten Morgen, Graf Delaan. Ihr seht wunderbar frisch aus, wenn man Euren Einsatz auf dem Tanzboden bedenkt.«

Der schlanke, junge Mann in der braunen Tunika grinste. »Das ist die Jugend, lieber Errin. Je, je, Ihr seht etwas angegriffen aus.«

»Ich garantiere Euch, daß ich besser aussehe, als ich mich fühle. Kennt Ihr Graf Porteron?«

»Selbstverständlich. Wie geht es Euch, Graf?«

»Mir geht es gut. Sehr gut. Könnte gar nicht besser sein.«

Während der nächsten Minuten trafen die übrigen Grafen und Ritter ein. Als letzter erschien der Hohe Seher, ganz in Weiß gekleidet. Errin begrüßte alle und ließ dem Herzog ausrichten, daß der Rat versammelt sei. Wie immer ließ der Herzog sie die obligatorischen zehn Minuten warten, dann marschierten sie alle in den inneren Raum, wo ein langer Tisch stand, mit je sechs Stühlen an den Seiten und zwei an den Kopfenden. Der Herzog saß neben Cairbre und unterhielt sich mit ihm.

Als die Edlen eintraten, winkte der Herzog sie auf ihre Plätze, und Errin nahm auf der anderen Seite neben Cairbre Platz. Der Mann wirkte ausgesprochen erfrischt, seine Augen waren klar, auf seinen blassen Wangen lag Farbe.

»Wie ich sehe, habt Ihr gut geschlafen, Herr Cairbre«, sagte Errin.

»Ich bin gut ausgeruht. Danke für Eure Anteilnahme.«

Die geschäftlichen Dinge des Tages verliefen wie immer. Steuereinnahmen wurden besprochen, und die Zunahme von Raubüberfällen in der Nähe des Waldes. Porteron sprach über das Problem von entlaufenen Sklaven im Westen und den Mangel an guten Erntearbeitern. Man kam überein, vierzig Sklaven in seine Ländereien zu schicken.

»Was verursacht diesen Mangel?« fragte Errin. Porteron blinzelte und wischte sich das schweißnasse Gesicht mit einem Taschentuch ab.

»Es ist kein großes Problem, Graf Errin.«

»Das glaube ich Euch natürlich. Aber handelt es sich vielleicht um eine Krankheit?«

»Nein, nein. Natürlich haben wir den Erlaß unseres teuren - und geschätzten - Monarchen buchstabengetreu befolgt, aber wir haben ... hatten sehr viele Nomaden, die bei uns lebten. Sie wurden nach Gar-aden geschickt, und nun ... vorübergehend ... Ihr versteht ... haben wir zuwenig Arbeiter.«

»Ich verstehe. Danke.«

»Wir haben kurzfristige Probleme dieser Art erwartet«, sagte Okessa glattzüngig. »Aber das Land und seine Vornehmen, können von der Entfernung dieser verderbten Kreaturen nur profitieren.«

Alle um den Tisch Versammelten nickten zustimmend. »Wolltet Ihr noch etwas dazu bemerken?« fragte Okessa.

Errin schüttelte den Kopf. »Nein, Hoher Seher. Ich hörte, daß es in Mactha zur Zeit an Brot mangelt, weil der dortige Bäcker enteignet wurde.«

»Der Mangel entstand, Graf Errin, weil der schmutzige Nomade sein Anwesen niederbrannte. Man hätte ihn hängen sollen.«

»Darf ich ein Wort dazu sagen, meine Herren?« bat Cairbre und stand auf. »Ich weiß - wie auch der König - daß die Entfernung der Nomadenbrut in vielen Gebieten unmittelbare Härten mit sich bringen muß. Aber das letztendliche Ziel ist es das wert - ein Kreuzzug, wenn Ihr so wollt. Vor weniger als dreißig Jahren beherrschten die Edlen dieses Landes den gesamten Kontinent. Zweihundert Jahre lang haben wir den Barbarenstämmen Gesetze, Bildung und Zivilisation gebracht. Aber wir haben uns gestattet, schwach zu werden, besudelt von dem Blut niederer Völker, und jetzt herrschen wir nur noch über das Land der Neun Herzogtümer. Unsere Stärke, sowohl die körperliche als auch die geistige, ist vergiftet worden. Eine große Säuberung ist notwendig. Bislang lag die Wirtschaft des Reiches weitgehend in den Händen der Kaufleute, also vorwiegend bei Nomaden. Der König wurde machtlos in seinem eigenen Land. Jetzt werden die Finanzen vom König verwaltet, und seine Weisheit steht außer Frage. Die Zukunft, meine Herren, steht vor uns und winkt uns zu. Wenn das Reich von allem Unreinen befreit ist, werden wir uns wieder erheben und über die anderen Völker hinausragen.«

Als Cairbre Platz nahm, herrschte zunächst verblüfftes Schweigen, das allerdings sofort durch den Herzog gebrochen wurde, der heftig applaudierte, gefolgt von dem ganzen Rat. Errin klatschte mit den anderen in die Hände, aber weniger begeistert. Worte und Phrasen durchzuckten seine Gedanken: »Niedere Völker. Brut. Unreinheit. Verderbt.«

»Ich danke Euch, Herr Cairbre«, sagte Okessa. »Eure aufrührenden Worte haben uns zu einer besonders delikaten Angelegenheit gebracht. Wie Ihr wißt, hat der König erlassen, daß jeder mit Nomadenblut nach Gar-aden geschickt wird. Auf Drängen des Herzogs habe ich damit begonnen, alle Familien mit bekannten Verbindungen zu Nomaden zu überprüfen. Es scheint, daß nur zwei Adelsfamilien in Mactha gemischten Blutes sind.«

Errins Augen huschten über die Tischrunde. Graf Porterons Gesicht war kreidebleich.

»Leider macht es unsere Pflicht gegenüber dem König notwendig, daß auch sie nach Gar-aden geschickt werden«, fuhr Okessa fort.

»Ich bin immer loyal gewesen«, sagte Porteron, sich erhebend. »Meine Familie hat in drei Kriegen für den König und die Krone gekämpft.«

»Eure Loyalität steht nicht in Frage, Herr«, sagte Okessa mit einem dünnen Lächeln. »Und ich bin sicher, daß der König Eure rasche Rückkehr veranlassen wird.«

»Das ist empörend! Wahnsinn!«

»Seid so gut, Porteron«, bat der Herzog, »und wartet draußen. Dort stehen Männer bereit, die Euch zu Eurer Unterkunft bringen werden.«

»Herr Cairbre!« rief Porteron. »Der König will doch sicherlich keine vornehmen Familien vernichten? Das Nomadenblut in meinem Hause geht auf meinen Urgroßvater zurück!«

Der Rote Ritter stand auf, seine Augen funkelten kalt. »Ihr habt bereits den Wert Eures Nomadenblutes bewiesen. Ihr habt den direkten Befehl Eures Herzogs, Euch zu entfernen, mißachtet … und mehr noch, Ihr habt bereitwillig Leute aus Eurem Distrikt nach Gar-aden geschickt, deren Nomadenabstammung noch weiter zurückgeht als Eure eigene. Hätte Euer wahres Blut die Vorherrschaft gehabt, wärt Ihr zum Herzog gekommen und hättet gestanden. Und jetzt geht mir aus den Augen!«

Porteron taumelte zurück, als hätte man ihn geschlagen, und stolperte hinaus. Errin hatte bereits vermutet, daß Porteron in Ungnade gefallen war, als angeordnet wurde, ihn nicht zu dem Bankett einzuladen. Aber das?

»Ihr erwähntet zwei Familien, Okessa?« fragte der junge Graf Delaan.

»Niemand von den Anwesenden, Herr«, antwortete Okessa. »Ich bezog mich auf die Dame Dianu, deren Mutter von Nomaden abstammt.«

Errin spürte, wie sein Herz pochte und seine Hände zu zittern begannen.

»Die Mutter der Dame Dianu starb im Kindbett«, sagte Errin. »Sie stammte aus Cithaeron, und es gibt keinerlei Beweise, daß in ihrer Familie jemals Nomadenblut gewesen wäre.«

»Leider ist das nicht der Fall«, entgegnete Okessa, unfähig, ein triumphierendes Lächeln zu verbergen. »Sie war die Tochter eines Mannes namen Kial Orday, der in den östlichen Steppen bei einem Nomadenstamm geboren wurde, der sich "Die Wölfe" nennt. Es gibt keinen Zweifel an ihrer unreinen Abstammung, sie wurde nach Mactha beordert und wird nach Gar-aden geschickt.«

Errin verkniff sich jede weitere Diskussion. »Meinen

Glückwunsch, Hoher Seher. Ihr wart - wie immer - sehr gründlich.«

»Gründlich genug, Graf Errin, um festzustellen, daß Ihr vorhattet, diese Frau zu heiraten. Dankenswerterweise bleibt Euch nun die Aussicht erspart, mit einer Nomadenhure zu buhlen.«

Die Worte wurden abgeschossen wie Pfeile, aber Errin hatte etwas derartiges erwartet. »In der Tat, Herr. Ich finde kaum die Worte, Euch zu danken.« Okessas Enttäuschung war offensichtlich und entlockte Errin ein spöttisches Grinsen. Er beugte sich vor und sah dem Seher in die Augen. »Glücklicherweise, Herr«, sagte Errin, »gibt es keinerlei Zweifel an Eurem Blut. Eure Mutter war eine gute Gabala aus gutem Stall, die ihr Geschäft mit den Seeleuten bei den Docks in Furbolg betrieb. Ich bin sicher, daß sie alle gute gabalanische Seeleute waren, und nicht einer von ihnen Nomade.«

»Wie könnt Ihr es wagen?« empörte sich Okessa aufspringend.

»Wie ich es wagen kann? Wie kann der Sohn einer gemeinen Hure es wagen, den Namen einer vornehmen Dame dieses Reiches zu beschmutzen?!«

»Verstehe ich Euch recht, Errin, daß Ihr für sie zu kämpfen gedenkt? Ihr fordert ein Urteil durch Zweikampf?« zischte Okessa.

Errin erstarrte, als die Worte ihn trafen wie Hammerschläge. Alles, was man ihn als Ritter und Sohn eines Grafen gelehrt hatte, schrie danach, die Herausforderung im Namen der Ritterlichkeit anzunehmen, aber alles, was er als Mann gelernt hatte, warnte ihn, sich davor zu hüten. Er war kein Mann des Schwertes, und er wußte, was dem Streiter Elodan zugestoßen war. Er holte tief Luft. »Ich werde darüber nachdenken«, sagte er. Er merkte, daß aller Augen auf ihm ruhten und senkte den Blick, bemüht, seinen Zorn zu beherrschen.

»Ihr werdet darüber nachdenken!« höhnte Okessa. »Wie galant von Euch!«

»Das reicht jetzt«, fuhr der Herzog ihn an. »Graf Errin hat jedes Recht, sich Zeit in dieser Angelegenheit zu lassen. Wir alle mögen ... mochten die Dame Dianu sehr gern. Doch wenn ihr Blut unrein ist, dann ist es rechtens, daß sie nach Gar-aden reist. Das Wort des Königs ist Gesetz, und wir alle akzeptieren das. Jetzt wollen wir fortfahren.«

Den Rest der Sitzung verbrachte Errin wie betäubt, Bilder jagten durch seinen Kopf. Dianu hatte gesagt, daß das Böse im Land umging, und nun mußte sie bezahlen, vielleicht mit ihrem Leben. Er dachte daran, wie sie nach Mactha gebracht wurde, verspottet und allein, und dem Hohn von Schlangen wie Okessa ausgesetzt. Und was würde sie in Gar-aden finden? Ihres Vermögens und ihrer Privilegien beraubt, wäre sie gezwungen, in einer Hütte in der Wüste zu leben und ihr Leben, so gut sie konnte, unter anderen Nomaden zu fristen. Aber welche Gaben hatte sie, die ihr Leben erträglich machen konnten? Nur ihre Schönheit. Sie könnten sie geradesogut umbringen, dachte er. Wenn sie nach Mactha gebracht wurde, würde er vermeiden müssen, sie zu sehen, er wäre nicht imstande, ihren Blick zu ertragen. Und wenn man sie fortbrachte, würde er jeden Tag mit dem Wissen verbringen, daß er nichts getan hatte, um die Frau zu retten, die er liebte.

Liebe. Bei dem Gedanken an das Wort und die Gefühle, die es vermittelte, stieg ihm ein Kloß in die Kehle. Er schluckte schwer. Ja, er liebte Dianu. Er hatte sie immer geliebt, seit sie Kinder gewesen waren. Konnte er es ertragen zu leben, in dem Wissen, daß er nichts getan hatte, ihr zu helfen?

In diesem Moment wußte er, daß er nicht den Mut hatte, sich von ihr abzuwenden.

Er blinzelte und starrte die Tischrunde an. Die Sitzung war offenbar vorüber und alle sahen ihn an, als seine Stimme überraschend klar und kräftig erklang.

»Mein Schwert wird für die Dame Dianu sprechen«, erklärte er.

Okessa lächelte, sank in seinen Stuhl zurück und sah den verblüfften Herzog an.

»Herr, Ihr müßt jemanden benennen, der für die Sache des Königs streitet.«

»Widerrufe, Errin«, wisperte der Herzog. »Das ist Wahnsinn.«

»Ich kann nicht.«

»Ich glaube, Ihr solltet aber«, sagte Cairbre sanft. »Denn

ich muß für den König kämpfen, und das bedeutet, daß wir einander gegenüberstehen.«

Errin zuckte die Achseln. »Was geschieht, geschieht.«

»Ich hoffe«, sagte Cairbre, »daß Ihr ein guter Schwertkämpfer seid. Aber denkt daran. Ich bin der Mann, der Elodan die Hand abgeschlagen hat, und er war der Beste, gegen den ich je gekämpft habe.«

Ein Sturm brach los, als Ruad, Gwydion und die drei magischen Hunde den Schutz der Bäume erreichten. Ruad führte sie in den dichtesten Wald, wo sie Zuflucht vor dem heftigen Regen suchten. Völlig erschöpft glitt Gwydion auf einem morastigen Hang aus und stürzte schwer. Ruad ging zurück und half ihm auf.

Dann rief er einen der goldenen Hunde zu sich und hob Gwydion auf dessen Rücken.

»Das ist das Schicksal alter Männer«, sagte Gwydion mit einem schwachen Lächeln, »auf einem Hund zu reiten.«

Ruad kicherte. »Wenigstens ist es ein magischer Hund.«

»Bist du schon einmal hier gewesen, Ruad?«

»Vor zwei Jahren habe ich hier Kräuter gesucht. Etwa anderthalb Kilometer vor uns gibt es eine alte Hütte. Damals war sie unbewohnt. Aber jetzt?« Er zuckte die Achseln.

»Dies ist ein düsterer Ort«, meinte Gwydion.

»Bei Sonne sieht es besser aus, das verspreche ich dir.«

Sie folgten weiter dem Pfad, und Gwydion stellte fest, daß ihm sein Reittier nicht besonders behagte. Der metallene Rücken gab einen unbequemen Sitz ab, die Schuppen knirschten und scheuerten ihm die Oberschenkel wund. Doch es war weit weniger mühsam, als zu wandern.

Ruads Erinnerung an die Entfernung erwies sich als falsch, es war fast Mitternacht, als sie nach zwei Stunden die Hütte erreichten. Sie war nicht mehr leer und stand auch nicht mehr allein da, vier weitere Hütten waren dicht dabei errichtet worden.

»Ich hoffe, wir sind willkommen«, sagte Gwydion.

Ruad antwortete nicht. Kühn trat er an die erste Tür, die an ihrem Weg lag. Warmes, goldenes Licht fiel durch die Ritzen in den Fensterläden, und er klopfte.

Die Tür wurde von einem jungen Mann geöffnet, der ein Messer mit breiter Klinge in der Hand hielt.

»Was wollt ihr?« fragte er. Dann sah er die goldenen Hunde. Mit offenem Mund trat er einen Schritt zurück, das Messer war vergessen. »Ein Zauberer!« rief er in die Hütte hinein.

Ruad trat rasch ins Haus. »Das bin ich tatsächlich«, sagte er und lächelte breit. »Aber ein freundlicher Zauberer, auf der Suche nach einem Dach über dem Kopf für die Nacht. Wir wollen niemandem Böses, das verspreche ich. Und wir bezahlen für ein Nachtlager.« In der Hütte, die nur aus einem Raum bestand, waren eine ältere Frau, drei kleine Kinder und eine junge Frau in einem Bett beim Feuer. Der Mann war Anfang zwanzig, kräftig, und hatte dichte, dunkle Locken.

»Was kann sonst noch schiefgehen?« meinte er achselzuckend und ließ sein Messer auf den roh gezimmerten Tisch fallen. »Was es auch wert ist, ihr seid willkommen. Aber die Tiere bleiben draußen.«

»Selbstverständlich.« Ruad half Gwydion ins Haus, und die Hunde setzten sich neben die Tür. Der Regen strömte über ihre metallene Haut. Wieder drinnen, zog Ruad seine durchweichte Lederweste aus und stellte sich ans Feuer und genoß dessen Wärme. Die Kinder starrten ihn schweigend mit schreckgeweiteten Augen an, während die alte Frau an das Bett zurückkehrte, wo sie sich hinsetzte und der jüngeren Frau die Stirn abtupfte.

»Ist sie krank?« fragte Gwydion.

Der junge Mann wandte den Kopf ab und starrte die Wand an. Gwydion kämpfte sich aus seinen weißen, wollenen Gewändern und legte sie über einen Stuhl am Feuer. Nur mit einem Lendentuch angetan, trocknete er sich vor den Flammen und trat dann an das Bett. Die junge Frau war bis auf die Knochen abgemagert, ihre Haut fast durchscheinend. Dunkle Ringe lagen unter ihren Augen. Als Gwydion ihr Handgelenk nahm, war der Puls schwach und flatternd wie ein gefangener Schmetterling.

»Darf ich deinen Platz haben?« fragte er die alte Frau. »Ich bin müde von der Reise.« Sie sah mit stumpfem Blick zu ihm auf, dann erhob sie sich und schickte die Kinder in ihre Betten an der anderen Wand. Gwydion legte seine Hand auf die Stirn der sterbenden Frau, schloß die Augen und suchte die Farben. Das Rot war noch immer mächtig, aber nicht so stark wie in Mactha. Er stieg hindurch weiter empor zu den äußeren Rändern der Harmonie und hielt am Grün fest. Langsam verband er sich mit der Frau, floß mit ihrem Blut, pulsierte in ihrem Rhythmus. Er fand den Krebs, er hatte sich über beide Lungen und in ihren Magen hinab ausgebreitet.

»Holt mir ein Stück Fleisch«, bat er.

Der junge Mann ignorierte ihn, aber Ruad ging zu ihm an den Tisch und berührte ihn an der Schulter. »Bring meinem Freund etwas Fleisch.«

»Sterbende machen ihm wohl Appetit, was?«

»Es ist nicht zum Essen. Tu, worum ich dich bitte. Ja?«

Der junge Mann stand auf und holte ein Stück Schinken von einem Haken aus der Speisekammer und brachte es Gwydion. »Leg es in eine Schüssel auf das Bett«, sagte der alte Heiler. Die alte Frau holte eine Schüssel und legte den Schinken hinein. Ruad ging zu ihm hinüber. Gwydion schwebte zu den Farben empor. Eine knochige Hand ruhte auf der Stirn der Frau, die andere auf dem Fleisch in der Schüssel. Gwydion wurde noch blasser und begann zu zittern. Ruad stellte sich neben ihn und wartete. Die junge Frau stöhnte.

»Was macht er da?« fragte der junge Mann.

»Still!« zischte Ruad.

Die alte Frau rang nach Luft und trat einen Schritt zurück, die Hand auf den Mund gelegt. Das Fleisch in der Schüssel begann zu zucken und sich dunkel zu färben, weiße Maden erschienen, der Gestank nach Verwesung erfüllte den Raum, als der Schinken schleimig wurde und bläuliche Ränder bekam. Maden krochen über die Finger des alten Mannes.

Das Gesicht der jungen Frau wirkte jetzt nicht mehr so durchscheinend, ihre Wangen zeigten etwas Farbe. Gwydions Hand glitt von ihrer Stirn, er schwankte, und Ruad fing ihn auf und trug ihn ans Feuer, wo er ihn auf den Teppich aus Ziegenfell legte. »Holt eine Decke!« befahl Ruad. Die alte Frau brachte zwei, deckte mit einer den schlafenden Heiler zu und faltete die zweite zu einem Kissen, das sie ihm behutsam unter den Kopf schob.

»Ahmta!« rief der junge Mann, als seine Frau die Augen öffnete.

»Brion«, wisperte sie. »Ich habe geträumt.«

Die Augen des jungen Mannes füllten sich mit Tränen, und er beugte sich über das Bett, um Ahmta in die Arme zu schließen. Die alte Frau wandte sich ab und weinte. Ruad klopfte ihr auf die Schulter und ging zum Bett hinüber.

»Wie fühlst du dich?« fragte er die junge Frau.

»Müde, Herr. Wer seid ihr?«

»Reisende. Aber schlaf jetzt. Morgen wirst du dich besser fühlen.«

»Das bezweifle ich, Herr. Ich sterbe.«

»Nein«, widersprach Ruad. »Morgen wirst du aufwachen und aufstehen, und alles wird so sein, wie es früher war. Du bist geheilt.«

Die Frau lächelte ungläubig, glitt aber wieder in Schlaf hinüber, als Brion die Decken über sie zog. Dann stand er auf.

»Ist es wahr?« fragte er, das Gesicht noch naß von Tränen.

»Ich lüge nicht. Jedenfalls nicht oft. Gwydion ist ein Heiler, ein großer Heiler.«

»Ich habe nichts, um euch das zu vergelten. Mir gehört nicht einmal diese Hütte. Wir haben wenig zu essen. Aber was wir haben, gehört euch.«

Ruad grinste. »Ein Dach über dem Kopf für die Nacht und vielleicht etwas Frühstück. Ich fürchte, der Schinken ist ruiniert, und ich würde ihn hinausbringen, bevor der Gestank uns erreicht.«

Der junge Mann trug das verweste Fleisch hinaus und warf es ins Gebüsch. Als er zurückkehrte, bot er Ruad einen Becher Wasser an. »Wir haben kein Bier und keinen Wein«, entschuldigte er sich.

»Das genügt völlig.«

»Seid ihr wirklich Menschen?« fragte Brion.

»Ja. Sehen wir so seltsam aus?«

»Nein, überhaupt nicht. Nur ... ihr seid die Antwort auf meine Gebete, und ich dachte, ihr seid vielleicht ... Götter?«

»Wenn ich ein Gott wäre«, antwortete Ruad grinsend, »hätte ich mich dann wohl so häßlich gemacht?«

Ruad lag neben dem schlafenden Gwydion auf dem Boden neben dem Feuer, seine Gedanken waren schwer.

Gwydion hatte die Frau, Ahmta, von ihrem Krebs gereinigt, aber für Ruad war die Szene nur eine grimmige Erinnerung an die Bösartigkeit gewesen, die das Herz des Reiches zerfraß. Und Ruad wußte, daß er, als Waffenmeister Ollathair, dazu beigetragen hatte, daß der Krebs wuchern konnte. Trotz seiner Weisheit - oder vielleicht sogar deswegen - war er ein Opfer des Gottes der Narrheit geworden - des Stolzes.

Als der neue König, Ahak, frisch von seinem Triumph in den Fomorischen Kriegen Ollathair die Botschaft über die Welt jenseits des Tores gesandt hatte, schien es die Antwort auf ein Gebet gewesen zu sein. Sein Leben lang hatte Ollathair versucht zu glänzen - zuerst, um seinen Vater Cabibal zu beeindrucken, dann, um der größte Waffenmeister in der langen Geschichte der Ritter zu sein.

Er erinnerte sich noch immer mit aller Deutlichkeit an jene Nacht, als der Bote des Königs ihm die Nachricht überbrachte. Ein Besucher war zu Ahak gekommen, der behauptete, aus einem Land namens Vyre zu stammen, dieses Land war, wie der Bote sagte, von einem großen Übel heimgesucht. Sie brauchten die legendären Ritter der Gabala, daß sie zu Hilfe kamen. Als Gegenleistung boten sie medizinische Geschenke und Kenntnisse, die alle Krankheiten und Übel ausmerzen würden, die ein neues Zeitalter des Friedens und der Zufriedenheit für das gabalanische Volk bringen würden.

Zuerst war Ollathair skeptisch gewesen, aber der König hatte ihm einen silbernen Spiegel geschickt, dem eine Magie innewohnte, die mächtiger war als alles, was Ollathair bis dahin kennengelernt hatte. Mit dem Spiegel konnte er jeden Teil des Reiches deutlich sehen. Darüber hinaus konnte er den mystischen Vorhang zwischen den Welten der Gabala und der Vyre durchdringen. Und wie der Bote gesagt hatte, fand er ein Land voller Wunder vor: eine weiße Stadt mit zahlreichen Türmen, bewohnt von engelsgleichen Geschöpfen, umgeben von undurchdringlichen Wäldern, in denen Alptraumgeschöpfe hausten. Es war das Juwel eines Paradieses inmitten der Schrecken der Hölle.

Ollathair nahm Kontakt mit einem Mann namens Paulus auf, einem Ratgeber des Ältestenrates der Vyre. Paulus bat den Waffenmeister, seine Ritter zu schicken, und auch Ahak drängte ihn, dieser Bitte zu entsprechen.

Für Ollathair war dies eine Gelegenheit, die sein Stolz nicht auslassen konnte. Er hatte die Gelegenheit, seinen Vater Calibal zu übertrumpfen und sich einen Platz in der Geschichte als größter Waffenmeister zu erringen. Er hatte Samildanach zu sich gerufen, und der Erste Ritter hatte ihn bis zum Morgengrauen ausgefragt. Wenn die Hölle die Vyre umgab, wie konnten sie dann überleben? Wie konnten sie gegen die kreischenden Dämonen mit ihren langen Klauen ankämpfen? Wie konnten sie zurückkehren, wenn Ollathair nicht mehr bei ihnen war? Er beantwortete alle Fragen mit Versprechen: Er würde bessere Rüstungen herstellen, er konnte Schwerter machen, die nie stumpf wurden, er würde das Tor zwischen den Welten zu vorher verabredeten Zeiten wieder öffnen, zum ersten Mal einen Monat, nachdem sie es passiert hatten. Und er würde mit Hilfe des magischen Spiegels mit ihnen in Verbindung bleiben.

Samildanach war von der Idee begeistert, ebenso wie von den Geschenken, die die Vyre versprachen. Er sehnte sich danach, jener Ritter zu sein, der Krankheit und Verzweiflung ein Ende setzte.

Ollathair hatte das Tor am Vorabend der Mittsommernacht vor sechs Jahren geöffnet, und Samildanach hatte die Ritter hindurchgeführt - um niemals zurückzukehren.

Ollathair war zurück in die Zitadelle geeilt und hatte den Spiegel zur Hand genommen, aber nur sein eigenes Spiegelbild starrte ihm daraus entgegen. Er versuchte die Farben: Schwarz unter dem Mondlicht, Blau unter der Sonne, Rot mit seinem eigenen Blut, aber der Spiegel hatte all seine Macht verloren.

Furcht begann an ihm zu nagen, und er versuchte alles, mit seinem Geist eine Bresche in das Tor zu schlagen, aber es schien, als wäre eine Mauer - unsichtbar und doch undurchdringlich - vor ihm errichtet worden. Er nahm Kontakt zum König auf, um zu sehen, ob der Bote noch in Furbolg war, aber der Mann war in seine Heimat zurückgekehrt. Ollathair war auf sich allein gestellt, und all seine Kräfte erwiesen sich als nutzlos. Er hatte eine große Hoffnung - Samildanach, der größte aller Krieger und beste aller Menschen. Ein Nachkomme von Königen und der einzige vollkommene Ritter, den Ollathair je kannte. Was für Gefahren auch immer jenseits des Tores lagen, der Waffenmeister war sicher, daß Samildanach sie meistern konnte.

Die Tage trieben mit schmerzlicher Langsamkeit dahin, bis endlich ein Monat vergangen war und Ollathair den Zauber sprach, der das Tor öffnete. Kreischende Wesen wie aus Alpträumen hatten sich in der Dunkelheit dahinter versammelt, aber die Macht des Waffenmeisters trieb sie zurück. Von den Rittern jedoch keine Spur.

Schließlich war er nach Furbolg gereist. Der König hatte ihn wie einen alten Freund begrüßt und ihn mehrere Wochen lang königlich beherbergt. Aber dann wurde er gebeten, machtvolle Waffen für den König herzustellen, und er hatte sich geweigert. Als Waffenmeister der Gabala-Ritter unterstand er nicht Ahaks Befehl.

Der König hatte befohlen, ihn mit der Begründung gefangenzunehmen, seine Weigerung grenze an Verrat. Tagelang hatte er die Folter erdulden müssen - sein linkes Auge wurde ihm aus dem Schädel gebrannt, glühende Eisen verschmorten sein Fleisch. Dann hatte er vorgegeben, tot zu sein, und war in eine flache Grube außerhalb der Stadtmauern geworfen worden.

Er war entkommen, aber es dauerte fast ein Jahr, bis seine Kraft und seine Macht wiederhergestellt waren. Dann hatte er den Namen Ruad Ro-fhessa angenommen und war nach Norden gewandert. Drei Jahre lang hatte er alle Möglichkeiten erforscht, in die andere Welt vorzudringen.

Schließlich sah er sich zu der unausweichlichen Schlußfolgerung gezwungen, daß die Ritter - seine Ritter - umgekommen waren.

Samildanach, Edrin, Pateus, Manannan, Bersis, Cantaray, Joanin, Keristae und Bodarch - alle tot. Ruad Ro-fhessa trug seine Schuld wie glühende Kohlen im Herzen.

Doch jetzt, hier auf diesem Holzfußboden, war der Schmerz schlimmer als je zuvor. Denn der König hatte eine

Schreckensherrschaft errichtet und andere Ritter um sich geschart - furchtbare Krieger, durch Zauberei gestärkt. Und die Welt brauchte die wahren Ritter nötiger denn je.

Schließlich fiel Ruad in Schlaf, doch er träumte von Feuer und Blut und Rittern in roten Rüstungen, die ihn mit Messern aus kaltem Stahl jagten. Schweißgebadet erwachte er kurz vor Morgengrauen. Gwydion schlief noch, ebenso die Bewohner des Hauses. Er setzte sich auf und legte Zunder auf die Asche, schürte das Feuer, so daß die Glut wieder aufflammte. Brion erwachte und sah auf seine schlafende Frau hinab. Er küßte sie sanft, und sie öffnete die Augen.

»Es ist wahr«, flüsterte sie. »Ich bin geheilt.« Ahmta setzte sich auf. »Ich habe keine Schmerzen mehr.«

»Als ich aufwachte, dachte ich, es sei ein Traum«, sagte Brion und nahm ihr Gesicht in seine Hände.

Ruad grinste und stand auf. »Guten Morgen, euch beiden. Ihr habt gut geschlafen, nehme ich an?«

»Ja, Herr«, sagte Brion, schlüpfte unter seiner Decke hervor und stand auf. »Ich habe euch ein Frühstück versprochen, und das sollt ihr haben - Eier und Speck, und ich werde mir von Dalik Bier borgen.«

Ein leises, metallisches Knurren kam von draußen, und Ruad lief zur Tür und riß sie auf. Eine kleine Menschenmenge hatte sich schweigend versammelt, um die Hunde zu betrachten, und ein Mann hatte versucht, eine goldene Schuppe abzureißen. Als Ruad erschien, wich die Menge zurück. Brion lief hinaus und erklärte rasch die Anwesenheit seiner Besucher und die Magie, die sie gewirkt hatten.

Innerhalb einer Stunde hatte sich die Nachricht auch bis in nahegelegene Dörfer verbreitet, und eine größere Menge war zusammengekommen - viele Kranke, mit Furunkeln, tiefen Schnitten oder geschwollenen Gelenken.

Ruad weckte Gwydion. »Du solltest etwas essen, mein Freund. Ich fürchte, vor dir liegt ein arbeitsreicher Tag.«

Den größten Teil des Vormittags ging Gwydion auf der Veranda der Hütte seiner Arbeit nach und erhielt seinen Lohn in Kupfer- und Silberstücken, in Naturalien - ein lädiertes Messer und zwei Beile, drei Wolldecken, ein kleiner Sack Mehl, eine Speckseite, ein Fäßchen Bier, ein Paar Stiefel, ein

Umhang, zwei Hühner, sieben Tauben und ein silberner Ring mit einem schwarzen Stein - und manchmal auch nur das Versprechen einer Mahlzeit und eines Bettes für die Nacht, wenn er es brauchte.

Gegen Mittag war der alte Mann erschöpft und schickte die etwa fünfzehn noch wartenden mit dem Versprechen fort, sie sich morgen anzusehen. Er gab Brion die Hühner und den Schinken, dann genossen Ruad, er und die Familie das Fäßchen Bier.

»Hätte ich gewußt, daß meine Kräfte hier so groß sind, wäre ich schon vor fünf Jahren hergekommen«, sagte Gwydion. »Das Grün ist leicht zu finden und sehr stark.«

Gegen Abend kam ein Reiter in die Siedlung. Die Menschen verbargen sich hinter verschlossenen Türen und beobachteten ihn durch verriegelte Fensterläden, als er seinen Hengst vor dem Haus mit den drei goldenen Hunden zügelte.

»Ollathair!« rief er. »Komm heraus!«

Ruad öffnete die Tür und trat hinaus. Der Mann kam ihm bekannt vor, aber sein Gesicht war schwer zu erkennen, denn er trug einen Helm. Zwar war das Visier hochgeklappt, doch die Sonne stand hinter ihm.

»Wer ruft nach Ollathair?« fragte Ruad.

Der Mann glitt aus dem Sattel. »Jemand, der ihn gut kennt«, antwortete der Reiter und ging auf den Waffenmeister zu. Alle Farbe wich aus Ruads Gesicht, als er die Arbeit des verbeulten Helms und die grauen Augen des Einstigen Ritters erkannte.

»Manannan?« flüsterte er. »Das kann nicht sein!«

»Es ist Manannan«, sagte er Einstige Ritter. »Es ist der Verräter Manannan. Ich habe kein Recht, dies von dir zu erbitten, aber es wäre schön, wenn du diesen verdammten Helm entfernen könntest. Ich fürchte, der Bart in den Halsstücken erwürgt mich allmählich. Ich habe ihn sechs Jahre lang getragen.«

»Wie bist du zurückgekommen?«

»Ich bin nie gegangen. Als Samildanach uns alle vorwärts winkte, hat irgend etwas in mir ausgesetzt. Die Angst durchfuhr mich wie ein Sturm, und ich habe mein Pferd in die Schatten gelenkt.«

Verzweiflung überkam Ruad von neuem. »Dann weißt du nicht, was aus ihnen geworden ist?«

»Nein. Wirst du mir helfen?«

»Ich kann nicht, Manannan. Wenn ich könnte, würde ich es augenblicklich tun. Aber der Spruch sollte dich in dem Inferno jenseits des Tores beschützen, und das Tor ist der Schlüssel. Alle Bannsprüche wären in dem Moment, wo ihr durch das Tor zurückgekommen wärt, aufgehoben worden.«

»Was willst du damit sagen? Daß ich dazu verdammt bin, in diesem Metallkäfig zu sterben?«

»Nein«, sagte Ruad leise. »Ich will damit sagen, daß du durch das Tor reiten und zurückkehren mußt.«

Der Einstige Ritter taumelte, als hätte er einen Schlag erhalten. »Durch das ... allein? Wo ich es nicht konnte, als die besten Krieger der Welt um mich herum waren? Unmöglich!«

»Du würdest wenigstens wissen, welches Schicksal deine Freunde erlitten. Vielleicht würdest du sie sogar finden und nach Hause bringen. Die Götter wissen, wie sehr sie hier gebraucht werden.«

»Und das ist der einzige Weg für mich?«

»Ja.«

»Laß mich eintreten, Ollathair. Ich muß mich setzen und nachdenken.«

- 6 -

Die Ländereien der Dame Dianu bedeckten sechshundert Morgen, in deren Mitte sich ein bewaldetes Tal befand. Auf den höher gelegenen Teilen im Westen, etwa zwanzig Kilometer von Mactha entfernt, stand das alte Schloß - jetzt verfallen, aber von den Dörflern noch immer für den Maitanz und die Bankette unter freiem Himmel im Sommer genutzt. Daneben stand das Neue Haus, das Dianus Großvater erbaut hatte und mit vierzig Schlafzimmern, einem großen Saal, zwei Bibliotheken und einem unteren Saal mit Schlafplätzen für sechzig Sklaven prunkte.

Die Fenster waren groß, und das Haus war ohne Verteidigungsanlagen errichtet worden. Zur Zeit wohnten nur zwölf Bedienstete hier, und die beiden oberen Stockwerke waren verschlossen.

In der großen, runden Bibliothek im Erdgeschoß saßen Dianu und ihre Schwester Sheera mit dem Kaufmann Cartain zusammen, der in der Nacht zuvor angekommen war, allein und mit falschen Papieren.

»Ihr müßt sofort abreisen«, fuhr Cartain sie an. »Warum seht Ihr die Gefahr nicht? Okessa hat Euren Familienstammbaum überprüfen lassen. Glaubt mir, es sind bestimmt schon Truppen unterwegs.«

»Errin hätte mich gewarnt«, sagte Dianu. »Hab keine Angst, Cartain. Nimm Sheera und die beiden Nomaden-Diener mit. Ich treffe euch dann in Pertia.«

Die Sonne schien durch das offene Fenster, und Dianu trat an die Brüstung und genoß den Duft der Rosen. Der Gärtner winkte ihr zu.

»Ich glaube, wir sollten auf Cartain hören«, sagte Sheera. Sie trug hirschlederne Reitkleidung, enganliegende Hosen unter einer Tunika aus gebürstetem Leder.

»Ich finde, es steht dir nicht, dich wie ein Mann zu kleiden, Schwester«, sagte Dianu. »Was sollen die Diener denken?«

Sheera schüttelte den Kopf. »Du glaubst noch immer, daß

er kommt, nicht wahr? Du glaubst, daß Errin seinen Status und sein Land aufgibt, um mit dir nach Cithaeron zu reisen? Aber das wird er nicht. Cartain hat sein Leben riskiert, um uns zur Flucht zu verhelfen. Ich finde deine Einstellung selbstsüchtig - und sehr dumm.«

»Fünf Männer warten im Wald, meine Damen«, sagte Cartain. »Wenn wir jetzt gehen, können wir Pertia Port in vier Tagen erreichen. Ein Großteil Eures Vermögens ist bereits vorausgeschickt worden. Ihr erreicht nichts, wenn Ihr Eure Abreise hinauszögert, Herrin Dianu, aber Ihr riskiert viel.«

»Ich glaube nicht, daß das Risiko so groß ist, wie du behauptest«, beharrte Dianu und strich ihr weißes Seidenkleid glatt. »Aber gut, du reist mit Sheera voraus. Ich werde euch morgen folgen, ich verspreche es. Ich muß noch packen, und ich habe befohlen, fünf Wagen herzuschicken.«

»Befohlen ... seid Ihr verrückt?« fauchte Cartain.

»Wie kannst du es wagen, so einen Ton mir gegenüber anzuschlagen! Glaubst du, ich reise ohne die Erbstücke meiner Mutter?«

»Dies sollte eine heimliche Abreise werden, Herrin. Wie geheim wird sie wohl sein, wenn bekannt wird - und es wird bekannt werden - daß Ihr nach fünf Wagen geschickt habt?«

»Das Volk von Mactha ist seit Generationen meiner Familie gegenüber loyal, Cartain. Sie werden nichts sagen.«

Der Kaufmann schüttelte den Kopf und wandte sich an die größere der beiden Schwestern. »Werdet Ihr jetzt mit mir reisen, Herrin?«

»Das werde ich, Cartain«, stimmte sie zu. Sheera stand auf und ging zu ihrer Schwester. »Ich glaube, du machst einen Fehler, Dianu, aber ich hoffe, wir sehen uns in Pertia.«

»Gute Reise«, sagte Dianu und beugte sich vor, um ihre Schwester auf die Wange zu küssen.»Ich werde euch im Abstand von ein paar Tagen folgen. Die Wagen werden nur langsam vorankommen.«

»Darf ich fragen«, wollte Cartain wissen, »wie Ihr beabsichtigt, Eure wertvolle Ladung zu schützen, wenn Ihr durch Grunzers Gebiet kommt?«

»Ich habe Soldaten angeheuert, um mich zu begleiten«, erklärte Dianu.

»Das hätte ich mir denken können«, sagte Cartain sanft. »Ihr laßt nicht zufällig noch Trompeten bei Eurem Aufbruch blasen?« Ohne auf eine Antwort zu warten, machte er auf dem Absatz kehrt und verließ den Raum. Sheera holte ihn an der Tür ein, als er in den Sonnenschein hinaustrat.

»Du hättest nicht so grob sein sollen, Cartain.«

Er stieß einen tiefen Seufzer aus. »Nein, hätte ich nicht. Ihr Stand verlangt Respekt, aber ihre Dummheit ist schwer zu ertragen.«

»Es ist nicht Dummheit, werter Kaufmann, es ist Sturheit. Das macht einen Unterschied«, sagte sie und schwang sich in den Sattel eines großen, schwarzen Wallachs.

Er bestieg seine braune Stute. »Ja, das stimmt«, pflichtete er ihr bei, »und ich akzeptiere Eure Ansicht, wenn sich herausstellt, daß sie Recht hatte. Aber hier handelt es sich um Leben oder Tod. Und sein Leben für ein paar hübsche Silberdinge zu riskieren, ist nicht sehr klug.«

Er gab seinem Pferd die Sporen und ritt über den Kiesweg davon. Dianu hatte sich aus dem Fenster gelehnt und eine rote Rose gepflückt, mit der sie ihrer Schwester zuwinkte.

Sheera hob zum Abschied grüßend den Arm, dann stürmte sie hinter dem Kaufmann her.

Dianu wurde von den Soldaten gefangengenommen, die sie angeheuert hatte, um sie zu beschützen, und wurde unter Bewachung nach Mactha gebracht - zusammen mit ihren Dienern und den mit ihren Besitztümern beladenen Wagen.

Der Herzog überbrachte Errin die Neuigkeit. »Du siehst doch ein, Errin, daß du nicht länger für sie einstehen kannst, oder? Sie ist jetzt als Verräterin gebrandmarkt, wie auch immer es um ihr Nomadenblut bestellt ist. Das entbindet dich von diesem irrsinnigen Zweikampf.«

Errin saß an dem schmalen Fenster und starrte auf das Land hinaus. Er sah den Herzog lächelnd an.

»Wie sollte mich das entbinden, Herr? Ich liebe sie und kann nicht zusehen, wie sie nach Gar-aden geschickt wird.«

Der Herzog schenkte sich Wein ein und nahm einen tiefen Schluck. »Sie wird nicht nach Gar-aden geschickt«, sagte er fast flüsternd.

»Was? Wieso nicht?«

»Das gilt für Nomaden.«

»Was wollt ihr damit sagen?«

»Du weißt, was ich damit sagen will, Errin. Ihr wird der Prozeß als Verräterin gemacht, und sie wird zum Tode verurteilt, wahrscheinlich auf dem Scheiterhaufen.«

»Gütiger Himmel, ist die Welt denn verrückt geworden?« rief Errin aufspringend und schlug mit der Faust auf die steinerne Fensterbank.

»Du kannst nichts dagegen tun. Nichts! Cairbre wird dich innerhalb von wenigen Augenblicken töten - und was hast du dann erreicht? Eine weitere vornehme Familie ausgelöscht. Ist eine dumme Geste dein Leben wert? Es wäre etwas anderes, wenn du ein zweiter Elodan wärst, aber das bist du nicht. Errin, mein Page könnte dich mit dem Schwert besiegen!«

»Ich fürchte, darum geht es nicht mehr, Herr. Welcher Mann, der bei Sinnen ist, würde in einer Welt wie dieser leben wollen? Und wie könnte ich jemals wieder in den Spiegel sehen, in dem Wissen, daß ich nichts getan habe, um die Frau zu retten, die ich liebe?«

Der Herzog schenkte sich Wein nach und trank; er sah müde aus, seine Augen waren blutunterlaufen. »Cairbre will nicht mit dir kämpfen. Er hat mich gebeten, dich aufzusuchen ... dich zu bitten, daß du es dir noch einmal überlegst.«

»Ich werde morgen auf dem Platz sein, und es wird nach den Gesetzen der Gabala entschieden«, sagte Errin. »Es tut mir leid, Herr. Für den Besuch des Königs werdet Ihr Euch einen anderen Zeremonienmeister suchen müssen.«

»Merkst du nicht, daß das genau das ist, was Okessa will? Du weißt, daß er der einzige Sieger in der ganzen Sache ist?«

»Okessa interessiert mich nicht. Er hat mir gesagt, ich würde in fünf Tagen sterben - und das ist morgen. Mag er lange darüber lachen.«

»Möchtest du, daß ich mit dir übe?«

Errin sah den Herzog an und erkannte, daß der es ernst meinte. Das rührte ihn. Gier, Grausamkeit, Lust - all diese Laster hatte der Herzog, und doch kannte er auch Mitgefühl. »Nein, aber ich danke Euch«, sagte Errin. Plötzlich lachte er. »Glaubt ihr, ich könnte über Nacht ein Sieger werden?«

Der Herzog lächelte. »Erinnerst du dich an das Jahr, als ich die Silberne Lanze gewann? Du warst mein Page. Du hast mir mein Schwert gebracht, und die Scheide rutschte dir zwischen die Beine, so daß du im Staub gelandet bist. Ich wußte, daß du nie ein Ritter werden würdest. Komm Errin, wir wollen uns betrinken.« Er bot seinem Freund einen Becher Wein, aber Errin schüttelte den Kopf.

»Würdet Ihr mir erlauben, Dianu zu sehen?«

»Natürlich ... so lange du willst.«

»Allein?«

»Das garantiere ich dir, mein Freund.«

Eine Stunde später wurde Errin durch den Kerker zu einem langen Raum an Ende des Korridors geführt. Dort war Dianu. Sie lag nicht in Ketten, und ein bequemes Bett sowie zwei Stühle waren zu ihrer Annehmlichkeit aufgestellt worden. Sie trug noch immer ihre Reitkleidung, eine graue Samtweste und eine schwarze Hose. Ihr dunkles Haar fiel offen über ihre Schultern und ließ sie jünger aussehen als ihre neunzehn Jahre.

Errin hörte, wie die Tür hinter ihm geschlossen wurde, und breitete die Arme aus, aber sie blieb am Bett stehen und starrte ihn an, mit weitaufgerissenen Augen und zitternden Lippen. Er ging auf sie zu und zog sie an sich.

»Sie werden mich bei lebendigem Leibe verbrennen«, wisperte sie. »Mich verbrennen!«

Er konnte nichts sagen, nur, daß er nicht mehr am Leben sein würde, dies zu sehen - und das würde ihr keinen Trost spenden. Also hielt er sie schweigend im Arm.

Nach einer Weile machte sie sich los. »Ich liebe dich«, sagte sie. »Das habe ich immer getan, schon seit ich klein war und du immer mit deinem Vater in unseren Palast gekommen bist. Erinnerst du dich daran, wie wir im Garten Verstecken spielten?«

»Ja. Es war immer leicht, dich zu finden, du hast dich immer bewegt.«

»Ich wollte immer gefunden werden«, sagte sie, »von dir.«

»Ich wünschte, ich wäre mit dir gekommen. Ich wünschte, wir wären am Abend des Banketts gegangen. Wäre ich ...«

»Ist es wahr, daß du für mich kämpfen wirst, Errin?«

»Ja.«

»Gegen den Roten Ritter?«

Er nickte. »Hättest du nicht erwartet, daß ich das tue?«

»Nein, ich habe immer gewußt, daß du der tapferste aller Männer bist, aber kannst du gewinnen? Und selbst wenn du gewinnst, werden sie mir erlauben zu gehen?«

»Ich kann dir diese Fragen nicht beantworten. Morgen werden wir es wissen. Aber heute, jetzt, haben wir einander, und heute ist vielleicht ... alles, was wir haben. Ich hätte nichts dagegen, wenn wir einfach still hier säßen, ohne etwas zu sagen. Ich will einfach nur bei dir sein.«

»Wird man uns nicht stören?«

»Nein, der Herzog hat es mir versprochen.«

Sie löste die Bänder ihres Mieders und sagte: »Dann sei bei mir, Errin, sei ein Teil von mir.«

Um Mitternacht schlüpfte Errin aus dem Bett - Dianu schlief - und klopfte an die Tür, die von einem untersetzten Wächter geöffnet wurde. Der Mann machte die Tür leise zu und schloß sie ab. Er konnte Errin nicht in die Augen sehen und führte ihn schweigend in die oberen Stockwerke.

Als der Wächter sich zum Gehen wandte, berührte Errin ihn an der Schulter. »Behandelt sie sanft«, bat er. Der Mann antwortete nicht und blickte auf Errins ausgestreckte Hand nieder, in der zwei Goldraqs lagen. Er nahm das Geld und ging davon, nach ein paar Schritten blieb er jedoch stehen und sprach, ohne sich umzusehen. »Das hätte ich ohnehin getan«, sagte er. »Aber ich brauche das Geld.«

Errin lächelte. »Laß sie schlafen, solange sie will. Morgen wird ein langer, angstvoller Tag.«

Er kehrte zu seiner Wohnung zurück, wo Boran seine Kampfausrüstung auf einem hölzernen Ständer bereitgelegt hatte. Errin betrachtete die Waffen, die auf dem schmalen Tisch vor dem Ständer lagen: Langschwert, Streitaxt, Streitkolben und Kettenrüstung. Er hatte die Rüstung nur einmal getragen, bei der Krönung des Königs vor sieben Jahren; er hatte nie darin gekämpft. Der Helm war zylindrisch geformt, mit einem breiten Schlitz quer über das Gesicht. Errin hob ihn hoch und setzte ihn auf, er war mit Samt gepolstert und saß gut. Er konnte seinen eigenen Atem hören, wie ein durch die Dunkelheit pirschender Wolf. Sein Gesichtsfeld war durch die Sehschlitze eingeschränkt. Er nahm den Helm wieder ab und warf ihn auf sein Bett. Das Schwert war ein Bihänder, und er wog es in den Händen und versuchte, sich an die Ratschläge seines Schwertmeisters Pleus zu erinnern, die er ihm vor einem Jahrzehnt gegeben hatte. Doch er konnte sich an nichts weiter erinnern, als daß der Mann den Kopf geschüttelt hatte und ihm sagte, er wäre zu schwerfällig und hätte zwei linke Füße.

Errin setzte sich an das Nordfenster, das Schwert auf dem Schoß, bis die Morgendämmerung am Himmel aufzog und Boran leise eintrat.

»Herr, möchtet Ihr ein Frühstück?«

»Nein. Ich habe keinen Appetit.«

»Wenn ich das, mit allem Respekt, bemerken darf, handelt Ihr unklug. Um zu kämpfen, braucht ein Mann Kraft, und die Kraft kommt aus der Nahrung, die wir essen. Ich habe ein paar Honigkuchen zubereitet. Bitte, eßt etwas.«

»Es schickt sich nicht für einen Mann, mit vollem Bauch zu sterben, Boran. Ich habe schon tote Männer gesehen, mit aufgerissenen Bäuchen. Weißt du, sie stinken. Ich habe nicht den Wunsch zu stinken.«

»Auf dem Schlachtfeld heute, Herr, werden zwei Männer mit Schwertern sein. Nun haben Schwerter keinen Verstand, sie schlagen dorthin, wohin sie gelenkt werden. Ritter Cairbre mag ein großartiger Krieger sein, aber vielleicht gleitet er gerade aus, wenn Ihr zuschlagt. Besser, man ist vorbereitet. Ich hole die Honigkuchen.«

Als Boran sich umdrehte, ging die Tür auf, und Cairbre trat ein. Er trug seine Rüstung und hielt den runden Federhelm unter dem Arm, als er vortrat und sich verbeugte.

»Guten Morgen, Herr«, sagte er leise. »Habt Ihr Eure unkluge Handlung überdacht?«

»Das habe ich nicht, Herr, und das werde ich auch nicht!«

»Laß uns allein!« befahl Cairbre, doch Boran rührte sich nicht von der Stelle.

»Ich nehme von Euch keine Befehle entgegen, Herr«, sagte er errötend.

Errin stand auf. »Danke, Boran. Hol bitte den Honigkuchen und frisches Wasser für unseren Gast.«

Der Diener ging, und Errin stellte fest, daß er noch immer das Langschwert festhielt. Er schleuderte es auf das Bett, wo es klirrend gegen den Helm prallte.

»Ich bewundere Euren Mut, Graf Errin«, sagte Cairbre, »aber Ihr werdet nichts damit erreichen. Der Herzog hat mir erklärt, daß Ihr kein Mann des Schwertes seid, und ich habe nicht den Wunsch, auf das Schlachtfeld zu gehen und Euch einfach abzuschlachten.«

»Aber das ist das Gesetz, Ritter Cairbre - das Gesetz des Königs. Ich habe das Recht, für meine Dame zu streiten - ist es nicht so?«

»So ist es in der Tat, Graf. Aber selbst wenn Ihr gewinnt - Ihr verliert trotzdem. Wie der Hohe Okessa deutlich gemacht hat, werdet Ihr, selbst wenn Ihr mich besiegt, nur die Unschuld der Dame Dianu im Anklagepunkt des Verrats beweisen. Aber sie ist trotz alledem Nomadin und muß daher nach Gar-aden. Und in dem Moment werdet Ihr wegen Verrats verhaftet.«

»Wieso? Ich habe nie etwas gegen den König gesagt.«

»Aber Herr«, sagte Cairbre, leise lächelnd, »Ihr steht kurz davor, gegen den Streiter des Königs zu kämpfen. Damit stellt Ihr Euch gegen den König, und das macht Euch zum Verräter.«

»Eure Logik ist höchst zweifelhaft, Cairbre. Das Recht des Angeklagten, daß für ihn gestritten wird, besteht seit tausend Jahren. In einem Streich nehmt Ihr dieses Recht und erklärt diese Männer - oder Frauen - zu Feinden des Königs?«

»Verräter sollten keine Rechte haben«, erklärte Cairbre.

»Wie sollen wir dann entscheiden, wer ein Verräter ist?«

»Die Tatsachen sollten das Urteil fällen, nicht die Fertigkeiten von Schwertkämpfern.«

»Und wer urteilt über die Tatsachen?«

»Der König oder die Richter des Königs.«

»Ich verstehe«, sagte Errin. »Eine interessante Hypothese. Angenommen, ein Bauer hat eine Klage gegen seinen Lehnsherrn. Ist es dann gerecht, daß der Lehnsherr über seinen Fall urteilt?«

»Wir sprechen nicht von Bauern, sondern vom König. Sein Wort ist Gesetz, und seine Wünsche stehen über den Gesetzen«, sagte Cairbre. »Obwohl Ihr wußtet, daß die Dame Dianu Nomadenblut in den Adern hat, habt Ihr Euch entschieden, für sie zu streiten. Also streitet Ihr damit für die Sache aller Nomaden - ohne Achtung ihres Ranges. Könnt Ihr nicht einsehen, daß Ihr Euch damit Eurem König widersetzt?«

Boran kehrte mit den Honigkuchen zurück und verließ den Raum sofort wieder. Errin schenkte Cairbre einen Becher Wasser ein. »Könnt Ihr nicht einsehen, Herr Ritter«, sagte er beschwörend, »daß es in der Geschichte sowohl gute als auch schlechte Könige gegeben hat?«

»Was soll diese Frage? Wollt Ihr damit sagen, daß der König ein schlechter König ist?«

»Nein, nein. Legt mir keine Worte in den Mund, Herr. Ich will sagen, daß die Vergangenheit uns zeigt, daß ein schlechter König oder ein böser König oder ein dummer König entsetzliche Entscheidungen fällen kann, die nicht gut für das Reich sind. Wenn wir jetzt sagen, daß der König über dem Gesetz steht, dann wird vielleicht in hundert Jahren ein böser König eine solche Position mißbrauchen.«

Cairbre lächelte und nippte an seinem Wasser. Er setzte sich auf die Bettkante. »Das wird in diesem Fall nicht geschehen, Graf Errin, denn wir werden in hundert Jahren noch denselben König haben. Ja, selbst in tausend Jahren. Denn er ist jetzt unsterblich ... genau wie ich.«

Errin sagte nichts, sondern suchte in den Augen des Ritters nach Anzeichen von Wahnsinn. Cairbre kicherte. »Ich weiß, wie das klingt, Errin. Wahrlich. Aber seht mich an. Wie alt bin ich? Fünfundzwanzig, dreißig? Ich bin fast fünfzig.«

Errin konnte es nicht glauben. Er starrte in das Gesicht des Kriegers und suchte nach den verräterischen Falten, aber die Haut des Ritters war blaß und glatt, seine dunklen Augen strahlten vor Gesundheit.

Cairbre trank sein Wasser aus, stand auf und blickte auf den silbernen Becher in seiner Hand hinab. Seine schlanken Finger krümmten sich plötzlich , und der Becher wurde völlig zerquetscht. »Die Jugend und die Kraft gehören mir«, sagte Cairbre, »und dem König. Versteht Ihr jetzt, was ich dem Rat zu sagen versuchte? Wir werden ein Reich errichten - das größte Reich aller Zeiten. Treue Freunde des Königs werden unsterblich werden, sie werden nie den Tod schmecken. Das ist es, was Ihr fortwerft. Wir brauchen Euch, Errin. Euer Blut ist rein, Eure Herkunft ohne Makel. Gebt diese Torheit auf - und schließt Euch unserem Kreuzzug an.«

In Errins Augen trat ein kalter Ausdruck, und er wich vor dem Ritter zurück. »Ich sehe Euch, Herr, am Mittag auf dem Feld. Wenn ich tot bin, bitte ich Euch - von Ritter zu Ritter - daß Ihr mir gestattet, neben Dianu begraben zu werden. Ich glaube, es ist unpassend, daß wir uns weiter unterhalten.«

Cairbre seufzte und erhob sich. Er zog sein Schwert und warf es Errin zu. Es war seltsam leicht und extrem scharf.

»Die Klinge hat magische Kräfte«, sagte er. »Sie wird Eure Fertigkeit verbessern und alles durchdringen, letztendlich sogar die Rüstung, die ich trage. Benutzt sie heute, und ich werde Euer Schwert nehmen.«

»Das ist nicht notwendig«, erwiderte Errin.

»Nein, das ist es nicht«, gab Cairbre ihm Recht, »aber wenigstens wird Eure Dame einen Kampf um ihr Leben sehen und kein sinnloses Gemetzel. Bis zum Mittag dann.«

Das Turnierfeld, mit Pfosten und dazwischen gespannten roten Bändern markiert, faßte zweitausend Menschen. Es schien, als wäre ganz Mactha herbeigeströmt, und Errin war erschüttert, daß Feuer entzündet und Fleisch gebraten wurde. Verkäufer boten Speisen und Getränke feil, Kinder spielten Ritter und kämpften mit Holzschwertern gegeneinander. Errin stand allein in der Mitte des Feldes, den Helm unter den Arm geklemmt. Er konnte es kaum fassen, daß Menschen eine Sache auf Leben und Tod zu einem Volksfest machten. Der Himmel war klar und blau, und obgleich es schon Herbst war, war es warm und strahlend, fast wie ein Sommertag. Seine Rüstung war schwer, und obwohl Boran die Gelenke eingefettet hatte, konnte er sich nur mühsam bewegen.

Er erinnerte sich an einen Tag wie diesen, als ein Streiter für das Leben eines Adligen angetreten war. Er selbst hatte nicht zuschauen mögen. Er hatte die Aufmerksamkeit einer hübschen Dame gewinnen können und sich mit ihr für einen müßigen Nachmittag voll exquisiter Freuden in ihre Wohnung zurückgezogen, er hatte sich nicht einmal die Mühe gemacht, sich nach dem Ausgang des Kampfes zu erkundigen.

Nun stand er allein mitten auf dem grasbewachsenen Kampfplatz. Zwei Freunde hätten bei ihm sein sollen, aber keiner hatte sich gemeldet. Wenn er an Cairbres Reden über Verrat dachte, überraschte ihn dies auch nicht.

Dianu wurde auf einem Wagen auf das Feld gebracht, und die Menge begann, sie auszupfeifen und zu verhöhnen. Ein überwältigender Zorn brandete in Errin auf, doch seine Augen blieben starr auf Dianu gerichtet. Sie stand mit hocherhobenem Kopf und ignorierte das Gespött der Menge. Dem Wagen folgten der Herzog und der Seher, dahinter kamen die Edlen und die Ritter des Rates.

Ein Herold blies auf einem silbernen Horn ein Signal, und die Menge wurde still.

Der Wagen wurde zur Mitte des Platzes gezogen, und Errin ging darauf zu. Er verbeugte sich vor Dianu, nahm ihre Hand und küßte sie. Er wußte nicht, was er sagen sollte, sondern beantwortete ihr nervöses Lächeln mit den Augen.

Ritter Cairbre ritt herbei und stieg an einem Ende des Platzes von seinem Pferd. Dann ging er langsam auf Errin zu und verbeugte sich. Er trug wieder seinen roten Helm, so daß seine Augen im Schatten verborgen waren. Er zog sein Schwert - Errins Schwert - und stieß es in die Erde.

»Woll Ihr diese Sache noch immer fortsetzen?« fragte Cairbre. Seine Stimme klang gedämpft unter dem Helm.

»Ja.«

»Dann laßt uns beginnen.« Er zog das Schwert wieder aus der Erde und hob es mit beiden Händen, dann ließ er die Spitze sinken, bis sie den Abstand zwischen ihnen halb überbrückte. Errin setze seinen Helm auf, zog sein Schwert und berührte Cairbres Klinge mit der seinen.

Beide Männer blickten auf den Herzog, der die Hand hob. »Beginnt!« bellte er, und sogleich klirrten die Schwerter gegeneinander, ausholend und parierend, schneidend und abwehrend. Errin hatte noch nie eine Klinge, wie Cairbre sie ihm gegeben hatte, gehandhabt; sie schien fast ein Eigenleben zu führen und rettete ihn dreimal vor tödlichen Hieben.

Das Geschrei der Menge wurde lauter, je weiter der Kampf fortschritt, aber Errin hörte nichts außer seinem eigenen, rasselnden Atem in dem gepolsterten Helm. Cairbre stolperte, sein Schwert sank herab und entblößte seine linke Seite, und sofort fand Errins geborgte Klinge ihren Weg in die Rote Rüstung und hieb mehrere Platten davon ab. Er hörte, wie Cairbre vor Schmerz aufstöhnte, und der Rote Ritter wich zurück. Als er ihm nachsetzte, verlor Errin das Gleichgewicht, und sofort ließ Cairbre einen Hieb auf seinen Kopf niedersausen, der ihm den Helm vom Kopf riß. Errin stolperte zurück und wehrte Hieb um Hieb ab. Cairbres Schnelligkeit war schwindelerregend, und er fühlte Panik in sich aufsteigen. Er sah, wie Cairbres Schwert auf seinen Kopf zusauste, und sein Schwert schoß vor, um den Schlag zu parieren, aber in letzter Sekunde lenkte Cairbre den Hieb aus dem Handgelenk um, so daß sein Schwert krachend gegen Errins Seite schlug. Ein zweiter Schlag gegen die Beine ließ den Knochen brechen, und Errin fiel auf die Knie, den Hals entblößt.

Er blickte zu dem erhobenen Schwert hoch ...

»Nein!« schrie Dianu. »Aufhören! Ich bin schuldig! Hört ihr mich! Schuldig!«

Die Klinge fuhr herab und wurde unmittelbar vor Errins Hals abgebremst. Er spürte es nicht mehr, sein Blick verschwamm, und er verlor das Bewußtsein.

Er wachte im schwindenden Licht der Abenddämmerung auf, in seinem eigenen Zimmer. Boran war neben ihm und badete eine Wunde an seiner Schläfe. Errin wollte aufstehen, doch Boran drückte ihn sanft wieder nieder. »Bleibt ruhig liegen, Herr. Ihr habt ein paar gebrochene Rippen, und wenn Ihr Euch bewegt, durchbohren sie vielleicht die Lunge.«

»Warum lebe ich noch?«

»Die Dame Dianu hat ihre Schuld laut eingestanden, und das beendete den Kampf. Sie hat Euch gerettet, Herr. Aber hier ist jemand, der Euch besuchen will.«

»Ich will niemanden sehen.«

»Ich glaube, Ihr werdet diesen Mann doch sehen wollen, er ist in großer Gefahr.«

»Wer?«

Boran trat beiseite und dort, neben dem Bett, saß Ubadai.

»Du hast recht gut gekämpft«, sagte der Nomade. »Er war aber besser.«

»Du mußt mir helfen«, wisperte Errin. »Wir müssen Dianu retten. Wir müssen!«

»Erst retten wir dich. Dein neuer Mann hier ist ein guter Mann. Er hörte, daß sie dich morgen holen. Du und ich, wir gehen, ja? Wir laufen davon. Nach Cithaeron.«

»Nicht ohne Dianu. Jetzt hilf mir auf.«

»Behutsam«, befahl Boran und stützte Errin in eine sitzende Haltung. Ein scharfer Schmerz durchfuhr seine Seite.

»Wir helfen der Dame«, erklärte Ubadai, »aber zuerst müssen wir raus aus dem Schloß. Da sind Pferde - du kannst reiten?«

»Ich kann reiten«, antwortete Errin. »Hol mir meine Kleider, Boran.«

»Schon geschehen, Herr. Die aus dunkelbraunem Leder mit dem Schaffellumhang. Ich habe auch Verpflegung eingepackt und etwas Bargeld. Ihr hattet nur dreihundert Raq, aber für die Überfahrt nach Cithaeron sollte es reichen.«

Errin blickte auf die festgebundene Schiene an seinem linken Bein. »Wird sie mich tragen?« fragte er.

Boran zuckte die Achseln. »Ich hoffe, Herr.«

»Hilf mir in meine Kleider«, bat Errin. Als Boran auf ihn zuging, drang das Geräusch marschierender Füße aus dem Hof zu ihnen hinauf, und Ubadai lief zum Fenster und sah hinaus.

»Ein Trupp Männer«, flüsterte er. »Kommen hierher.«

Errin stöhnte, als Boran sanft seine Arme in das Lederhemd schob. Seine Rippen waren fest umwickelt, aber der Schmerz war trotzdem heftig.

»Beeil dich«, drängte er Ubadai, als von unten ein Hämmern zu hören war.

»Öffnet, im Namen des Herzogs!«

»Nehmt die Hintertreppe, Herr«, sagte Boran. »Ich werde sie solange aufhalten wie ich kann.« Errin rief Ubadai zu sich, dann richtete er sich auf, indem er sich an der Schulter des Nomaden festhielt. Er spürte, wie sich die Knochen des gebrochenen Beins aneinander rieben, und hätte fast aufgeschrien. Ubadai trug ihn halb zu der kleinen Tür, die zu der Dienstbotentreppe führte, wo Errin in die dunkle Tiefe starrte. Es gab kein Geländer.

»Ich kann da nicht runterklettern«, sagte er.

»Viel Ärger«, erklärte Ubadai. Er drehte sich um, legte einen Arm um Errins Hüften und hob ihn sich auf die Schulter. Errins gebrochene Rippen knirschten, er stöhnte auf. »Kein Laut!« zischte Ubadai und stieg langsam die Stufen hinab.

An der Haupttür zog Boran den Riegel zurück und verbeugte sich vor dem Offizier.

»Was kann ich für Euch tun, Herr?«

»Wo ist Graf Errin?«

»Er schläft oben. Er wurde heute schwer verwundet, er hat ein gebrochenes Bein.«

»Wir haben Befehl, ihn in den Gewahrsam des Hohen Sehers zu nehmen.«

»Ich nehme doch an, Ihr habt eine Trage«, sagte Boran.

»Nein. Ich ... niemand sagte etwas von einem gebrochenen Bein.«

»Der Arzt des Herzogs hat die Diagnose gestellt. Der Herzog selbst war früher am Abend hier und hat sich nach seinem Freund erkundigt. Wer, habt Ihr gesagt, hat seine Gefangennahme befohlen?«

»Der Hohe Seher, Okessa.«

»Ach, dann wird es in Ordnung sein. Ich bin sicher, der Herzog hat ihn dazu ermächtigt. Ihr habt doch sein Siegel?«

»Siegel? Hör mal, das Siegel des Herzogs wird nur für Verhaftungen gebraucht, die außerhalb von Mactha stattfinden, um die Identität der Offiziere zu beweisen. Warum in Teufels Namen sollte ich wohl ein Siegel brauchen?«

»Ich will nicht streiten, Hauptmann. Ich weiß wenig von solchen Dingen, ich habe noch nie einen Vetter des Königs verhaftet. Bitte fahrt fort mit Euren Angelegenheiten.«

»Vetter des Königs? Graf Errin?«

»Soweit ich weiß. Nun, geht hinauf und schleift ihn mit. Ich stehe noch nicht lange in seinen Diensten, so daß ich noch keine Zeit hatte, ihn besonders schätzen zu lernen.«

»Ich werde niemanden irgendwohin 'schleppen'. Mir wurde befohlen, Graf Errin festzunehmen. Hast du nicht irgend etwas, das man als Trage nehmen könnte?«

»Nun ja, ich denke, Ihr könntet sein Bett nehmen. Dafür braucht es dann aber mehr als sechs von Euch. Habt Ihr noch mehr Männer in der Kaserne?«

Der Offizier drehte sich auf dem Absatz um. »Medric, Joal, geht zurück und holt eine Trage. Und seht, ob ihr den Burschen des Herzogs finden könnt, ich hätte nichts dagegen, hierfür ein offizielles Siegel zu haben.«

»Sehr weise, Hauptmann. Vielleicht solltet Ihr mit mir nach oben gehen, so daß wir Graf Errin schon einmal herunterbringen können, bis die Trage da ist?« schlug Boran vor.

»Sehe ich aus wie ein Arbeiter?« fuhr der Hauptmann ihn an. »Ich warte hier.«

»Dann gestattet mir, Euch etwas Wein zu holen. Der allerbeste Wein aus dem Westen, zwanzig Jahre im Faß gelagert.«

»Sehr zuvorkommend von Euch«, dankte der Hauptmann.

»Keineswegs, Herr.«

An der Rückseite des Wohnflügels öffnete Ubadai die Tür zum Hof und trat hinaus. Die Gasse war verlassen bis auf die zwei Pferde, die am Gatter angebunden waren. Er setzte Errin vorsichtig ab, hob ihn in den Sattel und führte die Pferde am Zügel aus dem Osttor. Dies wurde hauptsächlich von Händlern benutzt, und Ubadai vermutete, daß die Nachricht von Errins Verhaftung noch nicht bis zu den Torwächtern vorgedrungen war.

Er hatte richtig vermutet, und die beiden ritten ungehindert aus der Festung von Mactha und durch die Stadt.

»Sie wirkt verlassen«, sagte Errin. Ubadai seufzte und deutete auf die nahegelegenen Hügel.

»Was passiert da?« fragte Errin. Sein Mund war plötzlich wie ausgetrocknet.

»Heute abend verbrennen sie die Dame Dianu.«

»Gütiger Himmel! Ich muß hin.« Errin gab seinem Hengst die Zügel und zwang ihn zu einem aberwitzigen Galopp querfeldein. Ubadai stürmte hinterher und beugte sich hinüber, um nach Errins Zügeln zu greifen.

»Halt!« sagte der Nomade. »Eine Narretei am Tag reicht.«

»Laß mich los!« schrie Errin, schlug kraftlos um sich und traf Ubadai ins Gesicht.

»Denk nach!« befahl Ubadai. »Ein Mann, völlig kaputt. Nutzlos. Er will allein durch die Soldaten des Herzogs reiten und die Dame retten. Du kommst noch nicht mal vom Pferd.«

»Aber es muß doch irgend etwas geben, das ich tun kann.«

»Ja«, sagte Ubadai, und nahm Errins Bogen vom Sattel.

»Das kann ich nicht!«

»Dann laß uns in den Wald reiten und dieses verfluchte Land verlassen.«

Errin schluckte schwer und nahm den Bogen an sich. Dann drängte er den Hengst vorwärts, in den Schutz einiger Bäume nahe der Hügelkuppe. Um einen Pfahl herum war eine große Menge Feuerholz aufgeschichtet worden, und als er näherkam, sah er, wie Dianu von Okessa herangeführt wurde. Der Herzog war nirgends zu sehen. Der Rote Ritter saß auf seinem kalten Pferd abseits der Menge, den Blick fest auf das dem Untergang geweihte Mädchen gerichtet.

Tränen schossen Errin in die Augen, und er blinzelte sie fort, als Dianu auf den Scheiterhaufen geführt und an den Pfahl gebunden wurde. Ihr Blick wanderte suchend durch die Menge, aber in den Schatten der Bäume konnte sie ihn nicht sehen. Als sie festgebunden war, zogen sich Okessa und seine Männer zurück. Dann nahm der Seher eine brennende Fackel und warf sie in das Zunderholz am Fuße des Scheiterhaufens. Sofort loderten die Flammen, und Rauch stieg auf.

Errin nahm einen Pfeil aus dem Köcher und legte ihn auf die Sehne.

Dann jagte er sein Pferd ins Licht und schrie: »Dianu!« Ihr Kopf zuckte hoch, und er sah gequält, wie Hoffnung in ihren Augen aufflackerte. »Ich liebe dich!« schrie er ... und spannte den Bogen. Er sah, wie die Hoffnung der Erkenntnis wich und sie die Augen schloß. Er schoß den Pfeil ab. Er flog durch die Luft und fand sein Ziel, durchdrang die blaue Weste. Ihr Mund öffnete sich, ihr Kopf fiel zur Seite. Die Menge murrte zornig auf, Hände streckten sich auf, um Errin zu ergreifen. Ihm war jetzt alles gleichgültig, doch Ubadai jagte heran und hieb einem Mann die Reitpeitsche quer über das Gesicht. Der Nomade ergriff die Zügel von Errins Pferd, trieb es an, und die beiden donnerten den Hügel herab, als die Flammen von Dianus Feuerbestattung den Himmel erhellten.

- 7 -

Lámfhada sah zu, wie Arian ihre Schritte abmaß. Zufrieden nahm sie ein Stück Kreide aus ihrer Tasche und malte etwa einen halben Meter über dem Boden einen groben Kreis auf den dicken Stamm einer Eiche. Dann kam sie zu dem Jungen zurück. Er liebte es, sie gehen zu sehen - ihre Bewegungen waren geschmeidig, fast fließend, die Augen hellwach. Sie grinste ihn an.

»Bist du bereit?« fragte sie.

»Ja.«

»Dann spann deinen Bogen.« Lámfhada nahm eine Sehne aus der geborgten Hüfttasche und schlang sie um den Langbogen. Wie man es ihm gezeigt hatte, befestigte er sie erst am Fuß des Bogens, bog dann die Spitze nach unten, um die zweite Schlinge festzumachen.

»Der Baum dort«, sagte Arian, »ist dreißig Schritt entfernt. Wir haben mit dreißig Schritt geübt, also weißt du, wie du zielen mußt.«

»Ja sicher«, sagte er, zog einen Pfeil aus dem hirschledernen Köcher und legte ihn auf die Sehne.

»Jetzt stell dir vor, dieser Kreidekreis wäre ein Fasan - und dann töte ihn«, befahl sie. Langsam zog er die Sehne zurück, bis sie seine Wange berührte, zielte auf den Kreidekreis und schoß. Der Pfeil bohrte sich etwa zwei Meter oberhalb des Kreises in den Stamm. Er war wütend auf sich und griff nach einem zweiten Pfeil.

»Warte!« ordnete sie an. »Sieh dir die Flugbahn an und sag mir, was dir auffällt.«

»Es ist eine offene Fläche, ohne Bäume dazwischen.«

»Was noch?«

Er starrte das Ziel an. »Es geht bergab.«

»Genau, Lámfhada. Und wie wenn du über flaches Gelände schaust, betrügt dein Auge dich. Denk daran: Du wirst zu hoch schießen, wenn dein Ziel bergab liegt, zu tief, wenn du bergauf oder über Wasser hinweg zielst. Ebenso schwierig ist es, im Wald Entfernungen zu schätzen. Jetzt sieh auf dein Ziel und ziele etwa drei Schritte vor den Baum.

Er tat wie ihm geheißen, und der Pfeil flog auf den Kreidekreis zu, als würde er magisch angezogen.

»Geschafft!« jubelte er.

»Ja, ein schöner Schuß. Jetzt dreh dich nach rechts und schieße einen Pfeil in den Stamm der Kiefer dort drüben.«

Lámfhada legte an und sah prüfend zu dem Baum hinüber. Er schätzte die Entfernung auf vierzig Schritt und spannte den Bogen deshalb, als wären es fünfzig. Geschmeidig ließ er die Sehne los, und der Pfeil glitt auf sein Ziel zu - und blieb dann davor im Boden stecken. »Das verstehe ich nicht«, sagte er.

»Schreite die Entfernung ab«, befahl sie. Langsam ging er zu der Kiefer, der Baum war siebzig Schritt entfernt.

»Du mußt lernen, solche Dinge einzuschätzen«, sagte sie, neben ihm her gehend. »Der Grund, weshalb es dich genarrt hat, ist die Anzahl der Bäume auf der Flugbahn. Sie haben deine Perspektive verzerrt und den Abstand kleiner wirken lassen. Komm, wir holen deinen Pfeil aus der Eiche.«

»Werde ich allmählich besser, Arian?« fragte er, nach einem Wort der Anerkennung hungernd.

»Du hast einen guten Arm und schießt, ohne zu zittern«, antwortete sie. »Wir werden sehen.«

Einen guten Arm! Lámfhada fühlte sich wie ein König.

Der Regen hatte am Morgen aufgehört, und der Nachmittag war klar und strahlend, als er mit Arian auf dem Hügel saß, der das Dorf überblickte. Unter ihnen versuchte Elodan, der Neuankömmling, mit einem kurzen Beil, Holz zu spalten. Seine Bewegungen waren schwerfällig, und immer wieder verfehlte die Schneide die Scheite und prallte gegen den Ring aus Hartholz.

Jeden Tag übte Elodan, und er machte nur quälend langsam - wenn überhaupt - Fortschritte.

Lámfhada war über das Schlimmste seiner Verwundung hinweg, die jetzt erbarmungslos juckte, da der Schorf sich allmählich löste.

»So, junger Magier, erzähl mir von den Farben«, sagte Arian, stützte sich auf die Ellbogen und grinste den verlegenen

Jungen an. Er hatte versucht, sie mit seinen Kenntnissen von Magie zu beeindrucken und ihr Ruads Stiefel gezeigt. Aber als er sie anzog und den Namen Ollathair flüsterte, passierte überhaupt nichts. Die Magie hatte sich auf seiner Flucht vor Graf Errin und seinen Jägern erschöpft. Da hatte sie ihn verspottet, nicht boshaft, aber er hatte es schwergenommen und mehrere Stunden mit dem Versuch verbracht, das Schwarz zu finden, um den Stiefeln neue Macht zu verleihen. Und es war ihm nicht gelungen.

»Als erstes ist da das Weiß«, erzählte er. »Das ist die Farbe der Ruhe und Gelassenheit. Dann das Gelb, für Unschuld und Kinderlachen. Darauf folgt das Schwarz, das zur Erde gehört und Kraft und Schnelligkeit bringt. Macht, wenn du willst. Das Blau gehört zum Himmel und verleiht die Magie des Fliegens. Das Grün ist das Wachstum und das Heilen. Das Rot ist Furcht und Lust.«

»Hat das Rot keine guten Kräfte?« wollte sie wissen.

»O doch. Es ist auch Angriffslust, und klug genutzt, kann es alle anderen Farben unterstützen. Aber nur ein mächtiger Zauberer kann es so einsetzen.«

»Ein mächtiger Zauberer wie du, Lámfhada?« Er wurde rot und grinste. »Spotte nicht über mich, Arian«, flehte er. »Ich war nur ein armer Lehrling, und selbst dann hatte ich nur wenig Zeit mit dem Meister. Aber ich habe einen Vogel aus Bronze gemacht, der für kurze Zeit flog; es war ein schöner Vogel, und ich habe fast ein Jahr dafür gebraucht.«

»Ich hätte diesen Vogel gern gesehen«, sagte Arian. »Aber jetzt wieder zu deiner Ausbildung, denn ich habe zuwenig Zeit, um sie mit einem verwundeten Jungen zu verbringen. Nenn mir den Baum da zu deiner Linken.«

»Ein Bergahorn«, antwortete er unverzüglich.

»Woher weißt du das?«

»Er hat fünflappige Blätter und geflügelte Samen.«

»Und das?« fragte sie und deutete auf einen anderen Baum.

»Ahorn. Ähnlich wie der Bergahorn, aber die Blätter sind von einem helleren Grün, und die Rinde ist grau mit einem feinen Flaum.«

Ein Vogel kam im Sturzflug herab und hockte sich auf einen Zweig des Ahorns. Er hatte eine weiße Brust, einen grauen Kopf, und die Augen sahen aus, als trüge er eine schwarze Maske.

»Bevor du fragst«, sagte Lámfhada stolz, »das ist ein Würger. Er frißt Mäuse und andere Vögel - Llaw Gyffes hat mir das erzählt.«

»Und was bedeutet er?«

»Bedeuten? Ich ... verstehe nicht, was du meinst.«

»Er bedeutet, daß der Winter kommt. In den Sommermonaten sieht man ihn nur selten. Ich schlage vor, daß du jetzt Elodan mit dem Holz hilfst; du kannst es für ihn an der Nordwand aufstapeln.«

»Wo gehst du hin?« fragte er, sich schmerzlich bewußt, daß seine Zeit mit ihr vorüber war, als sie geschmeidig aufstand und ihren Bogen nahm.

»Ich bringe Nuada zu Grunzers Lager. Sein Ruhm verbreitet sich im ganzen Wald«, antwortete sie.

»Ist das denn nicht gefährlich?«

»Hab keine Angst um mich, Lámfhada. Ich bin kein Milchmädchen vom Lande. Jedenfalls hat Grunzer freies Geleit angeboten, und das wird er auch einhalten. Selbst hier im Wald gibt es Regeln, die nicht gebrochen werden.«

»Aber die Männer, die Elodan getötet hat, gehörten doch auch zu Grunzer, oder?«

»Er hat sie nicht alle getötet, Freund«, fuhr sie ihn an. »Einen habe ich erledigt.«

Sie wanderte davon, und er verwünschte sich dafür, sie verärgert zu haben. Während der letzten zehn Tage hatte er festgestellt, daß er ständig an sie dachte, so daß er sich unruhig im Bett hin und her wälzte und nicht schlafen konnte. Er schlenderte den Hügel hinab und begann das Holz um den Ring herum aufzusammeln.

»Ich mache das schon«, sagte der dunkelhaarige Elodan mit grimmigem Gesicht. Er war schweißüberströmt.

»Man hat es mir aufgetragen«, meinte Lámfhada. »Sie suchen immer Aufgaben für mich, damit ich mich nützlich fühle.«

Elodan grinste. »Bei mir ist es genauso. Aber ich will verdammt sein, wenn ich meine linke Hand zum Arbeiten bringe. Es ist eine Frage des Gleichgewichts. Verstehst du? Ein Mann ist nicht nur rechtshändig, sondern rechtsseitig: Fuß, Auge und Hand arbeiten zusammen. Jetzt bin ich nur noch ungeschickt.« Er setzte sich. »Es ist schwer, nutzlos zu sein.«

»Du bist nicht nutzlos«, widersprach Lámfhada. »Du hast Arian eigenhändig ... ganz allein gerettet«, beendete er den Satz etwas lahm.

Elodan lachte. »Hab keine Angst, eigenhändig zu sagen. Es ist ja nicht so, daß deine Worte eine Wahrheit enthielten, die ich nicht schon kennen würde. Was macht dein Rücken?«

»Fast verheilt. Arian bringt mir bei, mit dem Bogen umzugehen, und wenn ich jagen und für die Siedlung Fleisch herbeischaffen kann, werde ich mich noch viel besser fühlen.«

Elodan wischte sich den Schweiß vom Gesicht und lächelte den blonden Jungen an. Jeder Narr konnte sehen, daß er in Arian verliebt war. Leider sah Arian es auch. Der Junge wollte sie beeindrucken, aber das würde ihm nie gelingen, denn trotz ihres fast gleichen Alters war Arian eine erwachsene Frau - und bereits verliebt.

»Was hat dich in den Wald geführt?« erkundigte sich Lámfhada.

»Ein Traum. Eine Suche. Beides, wie sich herausgestellt hat, ohne Grundlage«, antwortete Elodan. »Ich werde den Winter über bleiben und dann versuchen, Cithaeron zu erreichen.«

»Was für ein Traum war das?«

»Ganz Gabala brodelt vor Gerüchten von einem Aufstand, der von einem großen Helden angeführt wird«, antwortete Elodan kopfschüttelnd. »Sein Name sei Llaw Gyffes, und er schare eine mächtige Armee im Wald am Meer um sich. Ich kam her, um mich dieser Armee anzuschließen.«

»Es ist nicht Llaws Schuld, daß Geschichten über ihn entstanden sind«, meinte Lámfhada. »Er hat lediglich ein paar Gefangene in Mactha befreit.«

»Nein, es ist nicht seine Schuld. Und jetzt muß ich mit meiner Arbeit weitermachen, und du solltest anfangen, das Holz zu stapeln.«

Aber Lámfhada sah, daß er keine Anstalten machte, wieder zu dem Beil zu greifen.

»Warum bist du gegen den König angetreten?« fragte der Junge plötzlich.

»Du steckst voller Fragen, Lámfhada - aber so war ich auch, als ich so alt war wie du, und ich habe immer nach dem Reich gefragt. Einer meiner Vorfahren ist einst mit Patronius marschiert, um Fomoria und Sercia zu erobern. Ein anderer fiel, als der Adler nach Osten getragen und von den Nomadenstämmen zerstört wurde. Zwanzig Jahre später führte sein Sohn die Fünf Armeen an, die die Nomaden vernichtend schlugen und Städte von den Steppen bis hin zum Fernen Meer bauten. Immer das Reich.«

Elodan ergriff das Beil und starrte die gekrümmte Klinge an. »Aber - wie alle Reiche zuvor - hat die Gabala versagt. Das ist eine Wahrheit, die man nicht leugnen kann. Reiche sind wie Menschen, erst werden sie groß, dann altern sie, und schließlich vergehen sie. Wenn es dann nichts mehr zu erobern gibt, beginnt der Verfall. Eine traurige Erkenntnis. Vor zehn Jahren schlugen uns die Fomorer und Sercier diese Wahrheit wieder in einem Aufstand um die Ohren. Ahak führte einen brillanten Gegenangriff durch - und gewann. Aber er wußte, daß dieser Sieg nur von kurzer Dauer sein würde, und so gab er den Rebellen ihr Land zurück und marschierte nach Hause. Ich habe diesen Mann damals angebetet. Ich sah in ihm die Saat der Größe. Aber er ist ein Gabala alten Schlages, und er konnte die Vergangenheit nicht ruhen lassen. Wir haben oft darüber gesprochen. Sag mir, Lámfhada, was unterscheidet den zivilisierten Menschen von einem Barbaren?«

»Wissen, Kultur ... Architektur?«

»Ja«, stimmte Elodan zu, »aber noch grundlegender ist ein Überfluß an Nahrung und Reichtum. Der Barbar muß um jeden einzelnen Bissen ringen. Er hat keine Zeit für die Schwachen oder Gebrechlichen. Sie sterben, und nur die Starken überleben. Aber wir, die wir zivilisiert sind, wir lernen Mitgefühl. Wir helfen den Schwachen und werden selbst fett und faul. Wir selbst säen den Samen unserer Zerstörung. Vor dreihundert Jahren waren wir ein schlankes, barbarisches Volk. Wir haben einen großen Teil der Welt erobert. Aber vor zwanzig Jahren bestand der größte Teil unserer Armeen aus Söldnern von eroberten barbarischen Stämmen; nur die Offizieren waren gabalanisch. Verstehst du, was ich damit sagen will?«

»Nicht so ganz«, gestand der Junge.

»Der König glaubt, er kann den Prozeß umkehren: die Schwachen, Unreinen ausmerzen. Schmilz das Fett weg, und die Gabala wird wieder auferstehen.«

»Und deswegen bist du gegen ihn angetreten?«

»Nein«, sagte Elodan. »Zu der Zeit glaubte ich noch an alles, was der König vorhatte. Aber ich bin für den Edlen Kester eingetreten, als er beschuldigt wurde, von unreinem Blute zu sein.«

»Warum?«

»Um eine Schuld zurückzuzahlen, Lámfhada. Ich habe seinen Sohn getötet.«

»Oh«, sagte Lámfhada und schluckte schwer. Er wußte nicht, was er darauf sagen sollte, und die nächste Frage kam über seine Lippen, ehe er sie aufhalten konnte. »War es schrecklich, die Hand zu verlieren?« Er blickte in Elodans Augen, die kalt und distanziert wurden, dann entspannte sich sein hageres Gesicht, und er lächelte den Jungen an.

»Nein. Das Schreckliche daran war, einen Mann zu finden, der sie mir abschlagen konnte. Komm jetzt wieder an die Arbeit.«

Das Mädchen hatte keine Angst, als es von zwei Dienern, die Okessas besonderes Vertrauen genossen, in Cairbres Zimmer gebracht wurde. Sie war auch nicht besorgt, als der Ritter sich ihr im Kerzenschein näherte, seine hagere Gestalt noch immer in voller Rüstung. Ihre Angst setzte ein, als er lächelte und sie das Weiße seiner Zähne und den kalten Glanz seiner Augen sah.

Eine Stunde später saß Cairbre mitten im Zimmer, die Vorhänge waren zugezogen, seine Augen rotunterlaufen. Der Körper des Mädchens lag auf dem Bett, seltsam verschrumpelt wie ein gegerbter Ledersack.

Cairbre legte die Hände wie im Gebet aneinander.

Die Kerzen flackerten auf und erloschen, das Zimmer begann zu glühen, und sieben Kreise aus bernsteinfarbenem

Licht formten sich vor dem Ritter, schwollen an, wurden heller und schließlich zu Gesichtern.

»Willkommen, meine Brüder«, sagte Cairbre. Alle Gesichter waren einander ähnlich, mit kurzgeschnittenen Haaren und blutunterlaufenen Augen, doch eins unterschied sich von den anderen. Die Augen standen fast schräg, die Wangenknochen waren ausgeprägt, die Lippen voll, es war ein starkes Gesicht, das Gesicht eines Führers.

»Das Rot wächst«, sagte der Anführer. »Bald werden wir es ganz haben.«

»Wie gehen deine Pläne voran, Herr?« fragte Cairbre.

»Furbolg ist ruhig. Wir haben begonnen, unsere Nahrung weit entfernt von der Stadt zu suchen, wo die Panik sich nicht so schnell ausbreitet. Dort gibt es auch Nomadenfrauen, und niemanden kümmert es, wenn sie verschwinden. Aber das ist nicht so wichtig. Wenn das Rot die Kontrolle übernimmt, wird der König seine Armee sammeln. Der Osten wird die Macht der Neuen Gabala zuerst zu spüren bekommen. Jetzt sag mir, Cairbre, was ist mit dem Zauberer Ollathair?«

»Er ist entkommen, Herr. Okessa hat Männer ausgeschickt, um ihn zu ergreifen, aber sie fürchten sich vor seinen dämonischen Hunden. Ich glaube, daß er im Großen Wald Zuflucht gesucht hat.«

»Hast du ihn aufgespürt?«

»Noch nicht. Es ist verwirrend, aber das Rot scheint dort nicht in demselben Maße zuzunehmen. Das Weiß ist stark - und das Schwarz. Ich verstehe es nicht.«

»Ollathair ist dort«, sagte der Anführer. »Vielleicht ist das die Antwort. Es spielt keine Rolle - er wird gefunden und vernichtet werden. Ich lasse die Ungeheuer los.«

»Werden sie nicht unterschiedslos töten?« fragte Cairbre.

Der Anführer lächelte. »Doch, natürlich, das ist ihre Natur. Aber keine Sorge, Cairbre. Der Wald ist eine Brutstätte für Verräter. Loyale Männer gehen dort nicht hin. Daher ist jedes verlorene Leben dort ohnehin schon verwirkt.«

»Und wenn die Ungeheuer den Wald verlassen?«

Die Augen des Anführers wurden hart. »Sei auf der Hut, Cairbre, deine Schwäche ist nicht unbemerkt geblieben. Warum hast du dein Schwert dem Verräter Errin geliehen?«

Das Zimmer begann zu glühen, und sieben Kreise aus bernsteinfarbenem Licht formten sich vor dem Ritter.

»Weil ich mich langweilte, Herr. Ohne dies wäre er in einem Augenblick tot gewesen.«

»Und trotzdem, dadurch, daß du es ihm gegeben hast, hast du zugelassen, daß er dich verwunden konnte. Deshalb brauchtest du die Nahrung. Du bist wie ein Bruder für mich, Cairbre, das warst du immer schon. Aber geh keine weiteren närrischen Risiken ein. Das Schicksal des Königreichs ruht auf uns - und die Zukunft der Welt. Unser Kreuzzug gegen die Übel des Verderbens und des Verfalls darf nicht scheitern. Wir haben große Fortschritte mit der allmählichen Ausmerzung des Nomadenfluches gemacht. Bald wird die wahre Prüfung kommen.«

Caribre senkte den Kopf. »Ich bin bereit, Herr.«

»In Furbolg wird viel von einer Rebellenarmee im Wald geredet, unter der Führung eines Mannes namens Llaw Gyffes. Was weißt du über ihn?«

»Er ist ein geächteter Schmied, der seine Frau und einen Verwandten des Herzogs getötet hat. Er entkam aus den Kerkern von Mactha.«

»Aus Mactha entkommen etwas zu viele Feinde unseres Königs«, fuhr der Anführer ihn an. »Llaw Gyffes, Ollathair, und jetzt dieser aufständische Graf, Errin. Ist der Herzog ein Sympathisant?«

»Ich glaube nicht. Er ist ein Opportunist.«

»Beobachte ihn genau. Beim ersten Anzeichen von Verrat setzt du ihn ab und Okessa an seine Stelle. Dessen Loyalität steht außer Frage.«

»In der Tat, Herr, aber der Mann ist eine Schlange.«

»Schlangen haben auch ihr Gutes, Cairbre. Und um zu Llaw Gyffes zurückzukehren: Schart er nun eine Armee um sich?«

»Ich habe keine Veranlassung, das zu glauben. Aber der Wald erstreckt sich schließlich über etliche tausend Quadratkilometer, und es gibt zahlreiche Täler, Berge und Dörfer dort. Es ist schwierig zu erfahren, was dort vor sich geht.«

»Und das Weiß ist zu stark für dich, um ihre Pläne zu erfahren?«

»Ja, Herr. Ich flog letzte Nacht so nahe heran, wie ich konnte, aber das Licht hat meine Seele fast verbrannt, und ich mußte in meinen Körper fliehen. Das ist auch ein Grund, weshalb ich Nahrung brauchte.«

»Die Ungeheuer werden das Rot unterstützen, denn sie werden die Angst schüren - und mehr als Angst. Nacktes Entsetzen wird von dem verdammten Rattennest ausgehen.«

Die Gesichter verblaßten, und Cairbre war allein.

Schrecklich allein ...

Dickhornschafe und einige wilde, langhaarige Rinder grasten gemeinsam auf den Hängen, eine kleine Herde Rotwild trank an einem Bach, der auf seiner Reise zu dem Fluß weit unten im Tal über weiße Steine gluckste.

Auf einer Hügelkuppe, auf der große Marmorblöcke zu einen groben Ring errichtet worden waren, begann die Luft zu knistern. Ein paar Schafe hörten auf zu grasen und sahen auf, aber ihre wässrigen Augen sahen kein Raubtier, und in der Luft hing weder der Geruch nach Wolf noch Löwe. Unruhig liefen sie umher. Blitze zuckten bei den Felsen auf, und die Schafe stoben davon. Ein riesiger Bulle, dessen gebogene Hörner die Spuren zahlreicher Kämpfe zeigten, fuhr zu den Felsen herum. Ein seltsamer Geruch drang in seine Nüstern, beißend wie Rauch, und hinterließ einen eigenartigen Geschmack in seinem Maul. Die Luft vor ihm riß auf, und ein dunkler Schatten fiel auf den Hang.

Dort im Kreis der Felsen stand ein riesiges Wesen mit langgestrecktem, tückischem Kopf, die mit grauem Fell bedeckten Schultern waren muskelbepackt. Es ging im Paßgang, das Maul weit geöffnet. Von den langen, bösartigen Fängen tropfte Geifer auf die lederartige Brust. Der Bulle hatte genug gesehen, er stürmte davon.

Das Wesen hob das Maul, als der Wind drehte und es die Witterung der Schafe und Rinder spürte. Seine Augen weiteten sich, lange Krallen glitten aus den Fingern hervor.

Einen Augenblick stand es stocksteif, dann rannte es mit erstaunlicher Geschwindigkeit auf die Herde zu. Die Schafe fuhren auseinander, die Rinder rasten auf den Fluß zu. Als er seine Kühe bedroht sah, senkte der Bulle den Kopf und griff an. Das Wesen ließ sich auf alle viere nieder, als der Bulle näherkam, und sprang im letzten Moment über den Kopf des

Bullen hinweg und landete auf dessen Rücken. Lange Krallen rissen tiefe Wunden in das dunkle Fleisch.

Aus mehreren klaffenden Wunden schoß Blut hervor, und der Bulle brüllte vor Schmerz und Wut auf und rollte sich in wildem Bemühen, seinen Peiniger abzuschütteln, auf den Rücken. Das Wesen sprang herab. Der Bulle hob den Kopf, als er versuchte, auf die Beine zu kommen, und entblößte dabei seine riesige Kehle. Die Fänge schossen vor, Blut schoß aus dem sterbenden Bullen, der ins Gras sank und noch schwach mit den Hufen um sich schlug. Das Wesen schnaubte und holte zu einem letzten Angriff aus, riß und schlitzte Haut und Knochen und Muskeln, um schließlich das Herz des Bullen herauszureißen ...

Dieses verschlang es. Dann, ruhiger, begann es, an dem Fleisch zu zerren und zu beißen. Als sein Hunger gestillt war, warf es den Kopf in den Nacken, so daß die lange Schnauze zum Himmel wies. Ein unheimliches, unirdisches Heulen hallte in den Hügeln wider. Die Hirsche rannten auf die Zuflucht der Bäume zu, die Schafe flohen verschreckt von dem Hügel. Das erste der Ungeheuer war im Wald am Meer angekommen ...

»Du bist ein Narr, Dichter«, sagte Llaw Gyffes, als der schlanke Nuada seine Kleider in einen großen Reisesack packte. »Grunzer ist ein notorischer Lügner und ein gemeiner Dieb. Wenn ihm deine Geschichten nicht gefallen, endest du vielleicht auf einem Scheiterhaufen.«

Nuada kicherte. »Dann komm mit uns, mächtiger Held. Beschütze uns!«

»Uns?«

»Ja. Arian begleitet mich.«

Llaw wurde rot, und in seine Augen trat ein mörderisches Funkeln. Er strich sich den rot-goldenen Bart und versuchte, sich zu beruhigen. »Findest du es klug, ein Kind in Grunzers Räuberhöhle mitzuschleppen?« fragte er.

Nuada lachte laut auf und wuchtete sich sein Bündel auf die Schulter. »Kind, Llaw?« spottete er. »Bist du blind? Sie ist eine Frau, und eine verdammt anziehende dazu. Das wirst du doch sicherlich bemerkt haben.«

»Was ich bemerke oder nicht bemerke, ist meine Sache«, fuhr der Geächtete ihn an. »Wie lange werdet ihr bleiben?«

»Gib zu, du wirst mich vermissen. Komm schon, sei ein Mann, und gib es zu.«

Mit einem wüsten Fluch erhob Llaw sich und stürmte aus der Hütte, wobei er fast mit Arian zusammenstieß, im letzten Moment jedoch noch zum Stehen kam, indem er sie bei den Schultern packte. Eine Entschuldigung murmelnd, stapfte er auf die Hügel zu. Nuada hatte recht. Llaw würde ihn vermissen. Er war angenehme Gesellschaft, und seine Geschichten woben magische Netze, die einen Mann vergessen lassen konnten, daß er im Wald in einer finsteren Hütte lebte. Sie konnten den Schmerz des Verlustes erleichtern und die Welt als einen Ort voller Helden und Zauber erscheinen lassen. Ohne ihn war dies nichts weiter als ein sumpfiges Dorf ohne Hoffnung und ohne Zukunft.

Llaws Gedanken schweiften zu Lydia, der Frau seines Herzens - eine schöne Frau, stark und doch liebevoll. Ihm kamen seine Gefühle für Arian wie ein Verrat an das Andenken Lydias vor, und er hoffte, ihr Geist würde ihm vergeben. Er sah Lámfhada und den Krüppel Elodan bei der Arbeit, die Holzvorräte für den Winter anzulegen, und versuchte, wortlos an ihnen vorbeizukommen, aber Elodan winkte ihm zu, und er wußte, es wäre ungehobelt, sie nicht zu beachten.

»Wie geht es?« fragte er.

»Wir haben genug Brennstoff für den Winter«, antwortete Elodan. »Ist Nuada schon fort?«

»Nein.«

»Ich werden ihn hier vermissen. Ich hoffe, er bleibt nicht zu lange fort. Ich habe nie einen besseren Geschichtenerzähler gehört«, sagte Elodan. »Das erste Mal habe ich ihn in Furbolg getroffen. Er hat eine Vorstellung für den König gegeben. Es war die Geschichte von Asmodin. Großartig! Der König - mögen die Götter seine Seele verfaulen lassen - hat Nuada dafür einen faustgroßen Rubin geschenkt.«

»Jetzt hat er ihn nicht mehr«, meinte Llaw schadenfroh.

»Nein, soviel ich weiß, hat er ihn einer Dame für eine einzige vergnügliche Nacht geschenkt.«

»Um so dümmer von ihm«, fauchte Llaw und dachte dabei an den Zweitagesmarsch, den der Dichter mit Arian unternehmen würde. Aber alles, was Nuada ihr jetzt bieten konnte, waren ein zweites Paar Wollstrümpfe und eine abgetragene Wolldecke. Doch trotzdem, der schlanke Sagendichter war ein gutaussehender Mann. Llaw fluchte.

»Was ist los?« fragte Elodan.

»Nichts!« gab Llaw zurück und wandte sich zum Gehen.

»Was meinst du, ist er krank?« flüsterte Lámfhada.

»Nein, verliebt«, antwortete Elodan kichernd. »Aber meiner Erfahrung nach ist das so ziemlich dasselbe.«

Llaw ging zu seiner Hütte und starrte seine spartanische Umgebung an. Dann packte er mit einem unterdrückten Fluch seine Habseligkeiten in einen kleinen Schultersack, steckte eine doppelschneidige Axt in seinen Gürtel und wanderte, ohne noch einen Blick zurückzuwerfen, aus dem Dorf.

Cithaeron war der Ort, an dem man sein sollte, entschied er. Er konnte dort Arbeit in einer Schmiede finden und sich ein neues Leben aufbauen.

Als er den Hügelkamm erreichte, hörte er in der Ferne ein Heulen, das ihm das Blut gefrieren ließ. Die Wölfe waren in diesem Jahr sehr früh unterwegs, dachte er - und ging weiter.

Nuada trat in den Sonnenschein und beobachtete, wie der Geächtete über den Hügel kam. Arian blieb neben ihm stehen. »Was beobachtest du da?«

»Llaw. Ich glaube, er verläßt uns.«

»Lachhaft!« fuhr sie ihn an. »Er lebt sein Leben hier.«

Nuada sah sie an und grinste. »Geh weiter, meine Dame«, sagte er. »Ich folge deiner Schönheit bis ans Ende der Welt.«

»Idiot!«

»Das bin wohl ich. Das ist eben das Schicksal von uns Dichtern.«

Er schulterte sein Bündel und wartete. »Was ist mit Waffen?« fragte sie.

»Ich habe wenig Verwendung dafür. Aber ich habe keine Angst, du wirst ja da sein und mich vor allen Gefahren der Wildnis beschützen.« Seine violetten Augen funkelten vor Humor. Arian war sich über Nuada nicht im klaren, in den Tagen, seit sie ihn kannte, hatte er keinen Hehl daraus gemacht, daß er sie attraktiv fand, aber er hatte nichts getan, sie zu umwerben. Aber schließlich, überlegte sie, war er ein Mann, der sich unter den Damen des Hofes bewegt hatte, mit ihrer weichen, parfümierten Haut und den Seidenkleidern.

»Gehen wir«, sagte sie und schritt quer durch das Dorf voran. Er blieb einige Schritte hinter ihr und freute sich an dem Schwung ihrer Hüften in den engen hirschledernen Hosen.

Erneut erklang das seltsame Heulen weit im Norden. Es wurde von einem zweiten Heulen im Osten beantwortet ... und von einem dritten im Süden. Nuada schauderte.

»Wölfe?« fragte er.

Arian blieb stehen. »Es muß eine Täuschung durch den Wind sein«, meinte sie. »Oder ein verzerrtes Echo. Jedenfalls wird es uns nicht stören. Wölfe halten sich von Menschen fern - außer im schlimmsten Winter, wenn sie wenig zu fressen finden. Aber selbst dann kann ein Jäger, der die Nerven behält, sie verscheuchen.«

»Dieses Geheul ist mir durch Mark und Bein gegangen«, sagte er.

Sie lächelte ihn an. »Das liegt daran, daß du ein Stadtmensch bist«, sagte sie.

»Dir macht es also nichts aus?«

»Überhaupt nichts«, log sie.

Manannan, der Einstige Ritter, saß allein mit Ollathair, dem Waffenmeister, zusammen. Die Hütte war leer, denn Gwydion und die Familie waren zu dem Dorfplatz der Siedlung gegangen. Ruad wartete darauf, daß Manannan etwas sagte, aber der Einstige Ritter starrte schweigend vor sich auf den Tisch. Schließlich sprach Ruad.

»Wir brauchen sie, Manannan. Wenn sie noch leben, müssen wir sie zurückholen.«

»Ich kann es nicht, ich kann nicht durch das Schwarze Tor gehen.«

Der Waffenmeister ergriff Manannans Arm. »Das Reich ist in großer Gefahr. Die Farben geraten in Unordnung, das Rot schwillt an. Nomaden werden ermordet. Lust, Gier und Übel überschwemmen die Harmonien. Verstehst du? Der König hat acht Ritter um sich geschart - Rote Ritter. Ich spüre, daß sie böse sind. Man muß ihnen entgegentreten, Manannan. Nur die Ritter der Gabala können hoffen, ihnen zu widerstehen.«

»Dann hättest du sie nicht fortschicken dürfen«, sagte Manannan und blickte Ollathair fest in die Augen.

Der ältere Mann wandte den Blick ab. »Du hast Recht. Es war die schlimmste Torheit. Aber ich kann es nicht ungeschehen machen.«

»Geh ihnen selbst nach.«

»Das kann ich nicht. Es gibt niemanden, der auf dieser Seite das Tor öffnen kann, und in der anderen Welt ist der Zauber vielleicht nicht umkehrbar. Du mußt gehen.«

Manannan lachte und schüttelte den Kopf. »Du verstehst das nicht, hast es nie verstanden. Ich bin in der Nacht, bevor dieses Abenteuer begann, zu dir gekommen. Ich habe dir von meinen Ängsten erzählt. Ich hatte keine Angst vor dem Tod. Ich wußte, wenn ich durch dieses Tor ginge, wäre meine Seele in Gefahr. Aber nein, du wolltest ja nicht zuhören. Nun, sie sind fort, Ollathair. Du kannst sie nicht zurückholen. Sie sind gestorben, in welcher Hölle sie jenseits des Tores auch gelandet sind.«

»Du kannst dessen nicht sicher sein.«

»Nein, das kann ich nicht. Aber wenn Samildanach und die anderen noch am Leben wären, hätten sie einen Weg zurück gefunden. Dessen bin ich sicher. Samildanach war fast ein so guter Zauberer wie du.«

Manannan goß Wasser in einen irdenen Becher und trank, dann stand er auf und sah auf Ollathair hinunter. »In jener letzten Nacht sah ich, wie Samildanach Morrigan Lebewohl sagte. Sie weinte, und er verließ sie. Ich ging zu ihr und trocknete ihre Tränen, und sie erzählte mir, daß sie seltsame Träume von Blut und Feuer gehabt hätte, von Engeln und Dämonen. Sie sagte, in ihrem Herzen wüßte sie, daß sie Samildanach nie wiedersehen würde. Was hätte ich ihr sagen können? Aber als wir vor dem Tor standen und der kalte Wind hindurchheulte, schwand mein Mut. Jetzt ist es dasselbe. Aber du verstehst das nicht, Ollathair. Das hast du nie. Du hast nie Furcht verspürt, die dir die Seele zerfrißt. Du konntest nie verstehen, wie es ist, wenn man feststellen muß, daß man ein Feigling ist. O ja, ich kann mich anderen im Kampf stellen. Ich kann mich auf meine Fähigkeiten verlassen. Aber im Angesicht des Torcs war ich verloren. Selbst wenn ich jetzt daran denke, beginnt mein Herz zu rasen, und ich kann kaum atmen. Ich war in Panik, Ollathair. Damals - und jetzt würde es mir wieder so ergehen.«

Er ging zur Tür, drehte sich jedoch noch einmal um. »Es tut mir wirklich leid.«

»Manannan!« rief Ruad, und der Krieger sah ihn an.

»Was ist?«

»Ich kenne diese Furcht auch ... als der König mich in Ketten legen ließ und sie mir das Auge herausgebrannt haben. Aber ein Mann muß seine Ängste überwinden, oder sie werden ihn überwinden. Du bist kein Feigling. Du fürchtest nicht den Tod, es ist das Dunkel, das Unbekannte, die Reise in die Nacht. Willst du nicht versuchen, sie zu überwinden?«

»Du verstehst es immer noch nicht«, antwortete Manannan müde. »Wenn ich es könnte, würde ich es tun. Kannst du das nicht sehen?«

»Was ich sehe, ist ein Mann, der einst ein Ritter der Gabala war - ein Mann, der einen Eid geleistet hat, den Orden zu beschützen und zu verteidigen. Geh, Manannan. Ich entbinde dich von deinem Eid. Du kannst jetzt tun, was dir beliebt.«

»Lebewohl, Waffenmeister«, sagte der Einstige Ritter.

Draußen im Sonnenschein bestieg er Kuan und ritt aus dem Dorf. Der Tod war ihm jetzt gewiß, das wußte er, aber schließlich kam der Tod zu allen Menschen. Er würde sich einen Platz hoch in den Bergen suchen und seinem Schicksal ein Schnippchen schlagen. Wenn der Druck auf seine Kehle zu groß wurde, würde er einen Weg zu sterben finden, der ihm zusagte.

Er ritt den ganzen Nachmittag hindurch, immer höher bis zur Baumgrenze, er kam an Hütten vorbei und umging die Dörfer. Als die Abenddämmerung einsetzte, hörte er ein hohes Heulen aus dem Wald. Kuan stellte die Ohren auf, und Manannan spürte, wie er zitterte.

»Du hast von den Wölfen nichts zu fürchten, Großherz«, sagte er und klopfte dem Hengst den Hals. »Es ist noch nicht Winter.«

Er ritt weiter, einem schmalen Pfad folgend, der Fährten von Rotwild aufwies. Hier standen die Bäume dichter, und er mußte sich tief im Sattel ducken, um sich vor überhängenden Zweigen zu schützen. Als der Pfad auf einer Lichtung endete, sah er eine Hütte und ein bestelltes Feld. Vor der Hütte lag ein Mann, der aus einer schrecklichen Wunde in der Seite heftig blutete. Der Einstige Ritter zog sein Schwert und ritt vorsichtig auf ihn zu. Der Mann war tot, sein rechter Arm und die halbe Brust waren vom Körper gerissen. Kuan wieherte, als er das Blut roch. Neben einem einfachen Brunnen lag eine Frau mit zerschmettertem Kopf, sonst war keine Wunde zu sehen.

Manannan stieg ab und untersuchte den Boden. In der unmittelbaren Umgebung fanden sich keine Spuren, aber er folgte einer Blutspur, die von dem Mann wegführte, bis er auf weicheren Untergrund stieß. Hier fand er große Abdrücke - wie die Tatzen eines Löwen, aber fast zwei Handbreit lang. Er kniete daneben nieder und starrte ins Unterholz. Das Ungeheuer hatte sich offensichtlich zum Fressen zurückgezogen. Aber warum? Die Leichen hätte es auch dort verschlingen können, wo sie lagen. Das Biest mußte gestört worden sein.

Durch seine Ankunft? Das würde bedeuten, daß es noch in der Nähe war. Er stand auf und zog sich etwas vom Unterholz zurück. Ein Tier dieser Größe sollte man nicht unbedingt verärgern.

In diesem Moment kam ein Kind aus den Bäumen hervorgelaufen, sah Manannan und schrie. Das Mädchen war etwa neun Jahre alt, hatte langes, blondes Haar und trug eine Tunika aus handgesponnener Wolle.

Ein Ungeheuer wie aus einem Alptraum stürzte hinter dem Kind her. Es war riesig, hatte zwei Köpfe und sah teils wie ein Löwe aus, war aber in den Schultern breiter. Seine Fänge waren lang und gekrümmt, aus jedem der Mäuler ragten zwei Schneidezähne, lang wie Säbel. In dem Moment begriff Manannan, daß nicht er das Ungeheuer gestört hatte, sondern daß es das Mädchen verfolgt hatte. Er lief auf das Kind zu, wußte aber, daß er es nicht erreichen konnte, ehe das Ungeheuer es erwischte. Er lief nach links und schrie so laut er konnte.

Die Köpfe des Ungeheuers fuhren zu ihm herum.

»Hier, Eure Häßlichkeit!« brüllte Manannan. »Kommt her zu mir!«

Sein Gebrüll erfüllte die Lichtung - dann griff es an.

Der Einstige Ritter suchte sich einen festen Stand und hielt sein Schwert mit beiden Händen hoch über die rechte Schulter, bereit, einen mächtigen Hieb zu landen. Als das Ungeheuer sich der schlanken Gestalt näherte, sah Manannan, wie es sich zum Sprung duckte, und als es sprang, fiel er auf ein Knie, sein Schwert fuhr in einem mörderischen Bogen herab. Die Klinge grub sich in die Seite des Ungeheuers, als es über ihm war, so daß sie ihm fast aus der Hand gerissen wurde. Verzweifelt festhaltend, wurde Manannan mehrere Meter mitgeschleift. Er rollte sich behende auf die Seite, aber das Ungeheuer, dem das Blut aus der Seite quoll, drehte sich um und war über ihm. Der Hengst Kuan galoppierte heran, und als es das angreifende Schlachtroß hörte, zögerte das Ungetüm. Manannan kam auf die Füße und rammte die Klinge durch den Hals des Kopfes, der ihm am nächsten war. Die gewaltigen Kiefer schnappten zu, und der Kopf fiel zur Seite, nur noch an einer Sehne hängend. Blut spritze aus dem Hals. Kuan drehte sich mit dem Rücken zu dem Ungeheuer und schlug mit den Hinterbeinen aus, die Hufe donnerten gegen den Körper des Untieres und schleuderten ihn hoch. Manannan rannte herbei und landete einen mächtigen Hieb auf den verbliebenen Kopf, sein Schwert spaltete den Schädel.

Das Ungeheuer erhob sich auf die Hinterbeine, und eine gewaltige Klaue holte aus und erwischte Manannan am Helm. Der Einstige Ritter wurde von den Füßen gerissen, als das Untier stürzte und starb.

Manannan stand auf. Ein solches Tier hatte er noch nie gesehen - oder in den Ländern der zivilisierten Welt auch nur davon gehört.

Ein Schluchzen schreckte ihn aus seinen Gedanken, und als er sich umdrehte, sah er das Mädchen neben seiner Mutter knien und die Frau am Arm zerren. Er steckte sein Schwert in die Scheide, ging zu dem Kind und nahm es auf den Arm.

»Sie ist tot, Kind. Es tut mir leid.«

Mehrere Männer kamen aus dem Wald gelaufen, bewaffnet mit Keulen und Bogen, blieben aber ehrfürchtig vor dem toten Ungeheuer stehen. Als der Einstige Ritter das Kind zu ihnen trug, berührte es seinen Helm, und das Metall gab nach. Rasch gab er das Kind einem der Männer und griff nach dem Helm. Die Klaue hatte ein Scharnier an den Nackenringen abgerissen. Als er das Metall berührte, sprach ihn ein untersetzter Mann an.

»Was ist das für ein Wesen?« fragte er und starrte auf das doppelköpfige Ungeheuer.

»Ich weiß nicht«, antwortete Manannan. »Aber ich hoffe, es ist ein Einzelgänger.«

Der Mann reichte ihm die Hand. »Ich heiße Liam. Wir sahen dich mit dem Biest kämpfen, aber wir haben nicht geglaubt, rechtzeitig hier sein zu können. Bist du ein Mann des Königs?«

»Ich bin niemandes Mann. Entschuldige mich.« Er entfernte sich langsam von der Gruppe und legte die Hand an den Federriegel des Helms. Er glitt zur Seite … Sein Mund war trocken, und er hatte fast zuviel Angst, um den Helm anzuheben. Er holte tief Luft, ergriff das Metall und streckte die Arme aus … der Helm knirschte gegen die Halsplatten und kam dann frei. Sein verfilztes Haar verfing sich in der brüchigen Lederpolsterung, aber er riß es los. Ohne den Helm, der sie am Platz hielt, rutschten die Halsplatten auf die Schultern. Der Wind auf seinem Gesicht war frisch. sein Bart verfilzt und struppig, seine Haut an mehreren Stellen wund.

»Wie lange hast du das Ding getragen?« fragte Liam, der zu Manannan herangetreten war.

»Zu lange. Lebt ihr weit von hier?«

»Nein. Du bist herzlich eingeladen, mit uns zu essen.«

»Heißes Wasser und ein Rasiermesser wären ein Segen, den zu beschreiben mir die Worte fehlen«, sagte Manannan.

Aus der Ferne kam ein furchterregendes Heulen.

»Etwas hat Blut geleckt«, sagte Liam.

- 8 -

Ruad hörte das Geschrei und rannte aus seiner Hütte. Eine schuppige Kreatur war dabei, einen Mann rückwärts über den Hinterhof auf die Bäume zuzuschleppen. Das Ungeheuer war gute drei Meter lang, hatte sechs Beine und eine lange Schnauze, die sich in einem Bein des Mannes verbissen hatte.

Einige Dörfler liefen auf das Untier zu und droschen mit Piken und Äxten auf es ein. Es ließ den schreienden Mann los und sprang einen der Dorfbewohner an, der versuchte, auszuweichen. Das Untier fuhr herum, und Ruad sah, wie sein Schwanz ausholte wie eine Peitsche, sich um die Beine eines seiner Angreifer wickelte und ihn auf das klaffende Maul zuschleuderte. Ruad kniete neben seinen goldenen Hunden nieder und flüsterte das Wort der Macht, dann deutete er auf das Ungeheuer und sagte noch etwas. Die Hunde jagten über den Platz. Der erste sprang dem Untier auf den Rücken und bohrte seine stählernen Reißzähne durch Schuppen und Knochen. Der zweite sprang dem Wesen an die Kehle und zerfetzte Fleisch und Schlagader. Der dritte versenkte seine furchtbaren Zähne in den Schwanz, der den Dorfbewohner festhielt, die Kiefer klappten zu, der Schwanz war durchgebissen. Grünes Blut schoß aus der Wunde. Der verstümmelte Schwanz peitschte wild hin und her und verspritzte Blut über den ganzen Platz. Die Hunde zogen sich zurück. Einige Sekunden lang schnappte das große Maul des Untiers in die Luft, dann sank es langsam zu Boden und starb.

Die Dorfbewohner scharten sich um den Verwundeten, und Gwydion eilte aus einer nahgelegenen Hütte herbei und legte seine Hände auf das aufgerissene Bein des Mannes. Es hörte augenblicklich auf zu bluten, und Gwydion ordnete an, daß der Verwundete in seine Hütte gebracht wurde.

Die Hunde trotteten zu Ruad zurück. Er berührte jeden am Kopf, und sie wurden wieder zu unbeweglichen Statuen.

Mehrere Stunden lang durchsuchten die Dörfler, bewaffnet mit Bögen und Äxten, den Wald nach weiteren Untieren.

Bei Anbruch der Dämmerung kehrten sie zurück. Sie hatten zwar Spuren gefunden, jedoch keine Ungeheuer.

Brion ließ seine Keule fallen und ging zu Ruad, der neben seinen Hunden saß. »Was sind das für Tiere?« fragte er.

Ruad zuckte die Achseln. »Das ist schwer zu erklären, mein Freund. Aber sie stammen nicht von hier.«

»Das weiß ich«, erwiderte der Dörfler barsch. »Sprich ruhig offen.«

»Sie stammen aus einer Welt jenseits der unseren - und wurden von einem Zauberer mit großer Macht gerufen.«

»Zu welchem Zweck? Nur um zu töten? Wem sollte das nützen?«

»Ich weiß es nicht«, antwortete Ruad und wandte sich ab, doch Brion ließ sich nicht abschütteln.

»Es kommt mir seltsam vor, daß zuerst du mit deinen magischen Tieren kommst, und dann folgt so etwas. Ich bin kein Narr, Zauberer. Also behandle mich auch nicht wie einen.«

Ruad betrachtete das eckige, aufrichtige Gesicht des jungen Mannes. »Vielleicht wurden sie geschickt, um mich zu töten. Ich weiß es nicht - und das ist die Wahrheit. Die Welt außerhalb dieses Waldes gleitet unausweichlich ins Böse.«

Brion setzte gerade zu einer Erwiderung an, als sie Hufgeklapper hörten und ein Reiter ins Dorf trabte. Er wirkte groß, und sein frisch rasiertes Gesicht war geisterhaft blaß. Er ritt auf die Hütte zu und warf Ruad einen Helm vor die Füße, der gegen die Tür polterte, dann davonrollte und neben einem der goldenen Hunde liegenblieb.

»Da«, sagte Manannan, »ist dein magischer Helm - der durch nichts anderes als die Magie des Tores entfernt werden konnte. Erklär mir das, du Lügner! Und sei überzeugend, Waffenmeister. Davon hängt viel ab.« Er glitt aus dem Sattel und baute sich vor Ruad auf.

»Sei so gut und laß uns allein, Brion«, bat Ruad und legte dem jungen Mann eine Hand auf die Schulter. »Ich reise heute abend ab, dann hast du dein Heim wieder für dich.« Der junge Dorfbewohner nickte, warf Manannan einen langen Blick zu und ging.

»Ich freue mich für dich«, sagte Ruad. »Und ja, ich habe gelogen. Ich wollte, daß du durch das Tor gehst. Der Zauber auf dem Helm war in dem Moment aufgehoben, als wir miteinander sprachen. Wirst du mich jetzt töten?«

»Weißt du einen Grund, warum ich es nicht tun sollte?« entgegnete Manannan.

»Nur, daß ich den Wunsch habe zu leben - und ich glaube, daß ich gebraucht werde«, gestand Ruad.

Manannan schüttelte den Kopf. »Ich habe noch nie zu jenen gehört, die um des Töten willens töten.« Er betrachtete das tote Ungeheuer, aus dem noch immer grünes Blut in den Staub rann. »Ich habe heute ein Untier mit zwei Köpfen getötet. Und jetzt das ... was bedeutet das, Ollathair? Woher kommen sie?«

»Von jenseits des Schwarzen Tores. Jemand hat beschlossen, den Wald in Angst und Schrecken zu versetzen.«

»Und derjenige ist ...?«

»Ich kenne keinen Zauberer, der mächtig genug ist. Aber letztendlich muß es die Tat des Königs sein. Vielleicht suchen sie mich. Vielleicht auch jemand anders. Mir scheint, das Böse braucht keine vernünftigen Gründe für Dinge wie diese hier. Wirst du mir helfen, Manannan?«

»Wobei?«

»Gegen das Böse zu kämpfen. Zu sein, wofür du ausgebildet wurdest: ein Ritter der Gabala. Einst hat es dir viel bedeutet.«

»Das ist lange her.«

»Aber du hast es nicht vergessen?«

»Wie könnte ich? Was soll ich tun?«

»Du weißt, was notwendig ist.«

»Nein!« zischte Manannan. »Das ist Torheit.«

»Die Ritter müssen zurückkehren, ich sehe keine andere Hoffnung. Ich glaube fest, daß dieses Böse von den Roten Rittern des Königs ausgeht. Nur die wahre Gabala kann sich ihnen entgegenstellen - das siehst du doch sicher ein?«

»Ich sehe nur einen Mann mit einem irrwitzigen Traum. Die Vergangenheit ist nicht mehr, Ollathair. Tot. Suche dir neue Ritter - ich würde sogar helfen, sie auszubilden.«

»Wir haben keine fünf Jahre, Manannan. Wir haben vielleicht nicht einmal fünf Monate. Reite durch das Tor«, flehte Ruad. »Finde Samildanach, und bring ihn nach Hause. Er war der größte Krieger, den ich jemals gekannt habe, der beste Schwertkämpfer und edelste aller Menschen. Er könnte mir mit den Farben helfen, er kann sich den Roten Schlächtern entgegenstellen. Zusammen könnten wir das Land von diesem Übel befreien.«

»Das habe ich doch schon mal gehört! Die Welt vom Übel befreien! Das habe ich schon beim ersten Mal nicht hinnehmen können.«

»Das war etwas Abstraktes. Und ich hatte Unrecht! Unrecht! Ist es so schrecklich, mal einen Fehler zu machen?«

»Meine Freunde sind für dein Recht gestorben, einen Fehler zu machen.«

»Das weißt du nicht, Herr Ritter-Feigling!« schnaubte Ruad.

»Nein, das weiß ich nicht.« Manannan drehte sich auf dem Absatz um und ging in die Dunkelheit hinaus. Er spürte die kühle Nachtluft auf seinem Gesicht. Er dachte wieder an das Schwarze Tor und hörte die gräßlichen Schreie der verborgenen Ungeheuer jenseits des Schwarzen Tores. Er hatte Ollathair gesagt, er fürchte um seine Seele, aber das war eine Lüge gewesen - eine Lüge, die ihm erlaubte, das Gesicht zu wahren.

Es war der Tod im Dunkel ... wie bei dem Baum in seiner Kindheit. Gefangen in der Dunkelheit, Ameisen, die über seine Haut krabbelten. Er schauderte. Und doch, könnte ein Ungeheuer schlimmer sein, als der Schrecken, dem er heute gegenübergestanden hatte?

Selbst die Ungeheuer der Finsternis?

Ich kann nicht! Ich habe Angst!

»Komm herein«, sagte Ruad hinter ihm. »Ich möchte, daß du jemanden kennenlernst.« Manannan drehte sich um und ging wieder hinein, wo der einäugige Zauberer ihm einen versilberten Spiegel reichte. Manannan nahm ihn und starrte in ein Gesicht, das er seit sechs Jahren nicht mehr gesehen hatte. Die Augen klagten ihn an, und er wandte den Blick ab.

»Du kannst nicht länger davonlaufen, Manannan. Du kannst nicht dein Leben leben und dich immerzu fragen, ob deine Freunde in einem tiefen, dunklen Verlies gefangengehalten werden. Ich kenne dich, es wird dich für den Rest deiner Tage verfolgen. Und du bist kein Feigling, sonst hätte ich dich nie erwählt.«

»Warum hast du mich erwählt?«

»Weil du an den verwundbaren Stellen stark warst.«

»Immer sprichst du in Rätseln, Ollathair. Jetzt bin ich frei, du hast es selbst gesagt. Frei von meinem Eid - frei von dem verfluchten Helm. Ich muß nicht durch das Tor gehen.«

»Da hast du Recht. Es liegt bei dir. Aber wenn du willst, werde ich dich auch anflehen, auf Knien sogar.«

»Nein«, sagte Manannan leise. »Das möchte ich nicht sehen. Ich werde mit dir zu dem Tor reisen, und ich werde auf Kuan sitzen, wie schon einmal. Aber ich verspreche nichts, außer es zu versuchen.«

»Ich werde das Tor hier in den Bergen öffnen«, sagte Ruad, »und sobald du hindurch bist, wirst du auf eine Stadt stoßen. Dort werden sie dir weiterhelfen können.«

»Sind es freundliche Leute?«

»Es sind Götter, Manannan. Weise und unsterblich. Und du wirst Samildanach finden, ich weiß es.«

Grunzer saß in der großen Halle und starrte seinen Schatz an - drei Eichentruhen, die erste halb voll Goldmünzen, die zweite bis zum Rand mit Silber gefüllt, die dritte ein funkelnder Haufen von Edelsteinen, Ringen und Broschen. Die Königsstraße war heutzutage eine reiche Einnahmequelle, da zahlreiche Nomadenfamilien über sie in das ferne Portia strömten, in der Hoffnung, ein Schiff zu erreichen, das sie in Sicherheit brachte. Zuerst hatte Grunzer die reisenden Kaufleute beraubt und getötet, aber die Anzahl der Flüchtlinge hatte dieser einfachen Methode Einhalt geboten. Hätte er so weitergemacht, wäre die Straße von Leichen bald nur so übergequollen. Jetzt verlangte er Wegegeld von den Flüchtlingen, und bald schon würde er reich genug sein, um diesen elenden Wald zu verlassen und in wärmere Gegenden zu ziehen, wo er sich einen Palast kaufen und viele gutgebaute Sklavinnen haben wollte. Grunzer wand sich bei diesen Gedanken in seinem Sessel. Er wußte, daß er kein gutaussehender Mann war: Klein, gedrungen, breitschultrig und massig, hatte er nicht die klaren Linien eines Athleten zu bieten. Seine Muskeln waren ausgeprägt und häßlich, sein Körper stark behaart, seine Arme unverhältnismäßig lang. Als er noch Sklave war, hatte man ihn 'Affe' genannt, und die Herrschaften und die anderen Sklaven hatten über ihn gelacht. Dann wurde er Grunzer, denn es war seine Aufgabe gewesen, die Abfälle zu sammeln und damit die Schweine zu füttern. Der Name lastete zentnerschwer auf ihm.

Er lehnte sich in dem geschnitzten Sessel zurück und schloß die kleinen Knopfaugen, um besser die Ereignisse der letzten Tage seines Sklavendaseins noch einmal durchleben zu können. Er war von dem ältesten Sklaven, Joaper, geschlagen worden, die Peitsche hatte ihm die Haut in Fetzen vom Rücken gerissen. Er ertrug es wie alle anderen Züchtigungen in grimmigem und trotzigem Schweigen, bis er sah, wie die Frau seines Herrn grinsend in der Scheunentür stand. Das furchtbare Lächeln trug die ganze Last seines Zorns und seiner Scham und packte ihn wie mit glühenden Zangen. Er duckte sich und fuhr herum, riß Joaper die Peitsche aus der Hand und schlug ihm einmal heftig damit übers Gesicht. Der Mann sank lautlos zu Boden. Dann war Grunzer auf die überraschte Frau zugesprungen, hatte sie in einen Heuschober gezerrt und ihr die Kleider vom Leib gerissen. Sie war zu verängstigt, um zu schreien, und seine Wut verwandelte sich in Lust.

Als er mit ihr fertig war, stand er auf und legte seine Beinkleider wieder an. Dann schlug er sich auf die Brust und sah auf sie herab.

»Grunzer«, sagt er. »Der Affe. Jetzt bist du das, was der Affe übriggelassen hat. Wozu macht dich das jetzt?«

Er verließ die Scheune. Sein Rücken blutete noch von den Peitschenhieben. Er stieg die Marmortreppe zum Haus empor, wo ein entsetzter Diener versuchte, ihn aufzuhalten. Grunzer stieß dessen Kopf heftig gegen eine Wand und ging die Treppe hinauf. Der Herr saß im Arbeitszimmer mit seinem Sohn, einem arroganten, jungen Adligen, der Pferde und Huren liebte. Der Junge reagierte zuerst.

»Raus mit dir, du elender Bauer!« befahl er. Grunzer lächelte und ließ seine Faust in das Gesicht des Jungen krachen. Der ältere Mann lief auf seinen Schreibtisch zu und schwenkte einen Dolch, aber Grunzer war über ihm, ehe er ihn aus der Scheide ziehen konnte. Er zerrte den Mann auf den großen Balkon und stieß ihn gegen die Brüstung.

»Ich habe deine Frau vergewaltigt. Ich werde deinen Sohn töten. Stirb mit diesen Gedanken!«

Der alte Mann schrie einmal auf, als Grunzer ihn von dem hohen Balkon warf, so daß er auf dem Marmorpflaster zerschmettert wurde. Der rebellische Sklave grinste, als er sah, wie der Schädel seines Herrn wie eine reife Melone platzte. Mit dem Dolch schnitt er dem bewußtlosen Jungen die Kehle durch, dann ging er zurück zu den Ställen und sattelte einen Wallach. Die Frau lag immer noch dort, wo er sie gelassen hatte. Er überlegte, ob er sie töten sollte, beschloß dann aber, daß es schlimmer für sie sein würde, wenn er sie am Leben ließe.

Dann ritt er in den Wald. Es war dumm von ihm gewesen, das Haus nicht auszurauben, und es hatte zwei Jahre gedauert, bis er über die erste Bande von Geächteten herrschte, der er sich angeschlossen hatte. Jetzt, fünf Jahre später, war er der unumstrittene Herr des Westlichen Waldes. Fünf Dörfer zahlten ihm Tribut, und die Königsstraße machte ihn reicher, als er in seinen Träumen je für möglich gehalten hatte.

Er hatte daran gedacht, sich einen neuen Namen zuzulegen - einen stolzen Namen. Aber er hatte es nicht getan. Grunzer - so sah er sich selbst, und der Klang des Namens schürte seinen Haß weiter. Er schloß die Truhen und schleppte sie zurück in ihr Versteck in der falschen Wand. Es war kein besonders gutes Versteck, aber nur wenige würden es überhaupt wagen, Grunzers Behausung in seiner Abwesenheit zu betreten. Er fuhr sich durch das kurzgeschnittene, schwarze Haar. Reich bist du, sagte er sich. Und trotzdem fehlte ihm etwas.

Es war seltsam, aber bis heute hatte er nicht gewußt, was. Dann war das Mädchen Arian ins Dorf gekommen, mit dem Sagendichter Nuada. Grunzer hatte ihren wiegenden Gang beobachtet, ihr honigblondes Haar, das im Wind flatterte, den hochgereckten, stolzen Kopf - und ein Bedürfnis loderte in ihm auf wie ein Waldbrand. Er fühlte sich fiebrig, wenn er ihre Schönheit in sich hineintrank, sein Mund war trocken.

Er fuhr sich mit der Hand übers Gesicht und betrachtete dann seine Finger - zum ersten Mal seit Tagen bemerkte er, daß sie schmutzig waren. Er schlüpfte zurück in die Halle und wühlte in einer Truhe herum, in der Kleider waren, die er seinen ersten Opfern im Wald gestohlen hatte. Er fand ein gelbes Seidenhemd und nahm es heraus, ebenso ein Paar brauner Lederhosen und einen mit silbernen Kreisen verzierten Gürtel. Dann rannte er von der Rückseite der Halle zum Fluß. Einige Frauen waren dabei, Kleider zu waschen, so ging er ein Stück flußaufwärts und badete, wobei er sich mit Minzeblättern und Lavendelblüten abschrubbte. Er wischte sich das Wasser mit den Händen vom Körper und zog sich rasch an. Das Hemd war ihm zu groß, die Ärmel jedoch zu kurz, also krempelte er sie auf und zog dann die Hosen an. Auch sie waren zu lang. Er zog sie wieder aus, nahm sein Messer und schnitt von jedem Hosenbein einen Streifen ab. Endlich angezogen, kehrte er in die Halle zurück, um seine Gäste zu begrüßen.

Wie viele andere im Wald, hatte er von dem Sagendichter gehört, und seine ersten Einladungen waren höflich abgelehnt worden. Dann hatte Grunzer einen Boten mit einer Goldmünze geschickt - und dem Versprechen auf weitere.

Der Mann sollte es besser auch wert sein, hatte er entschieden, sonst würde er ihm die Ohren abschneiden. Arian und Nuada warteten in der Kühle des südlichen Einganges, als Grunzer erschien. Nuada verbeugte sich nach höfischer Manier - was dem Räuber gefiel, während Arian nur lächelte. Grunzers Entzücken war vollkommen.

»Herein, herein!« sagte er. »Willkommen. Ich habe gar wundersames über dein Talent gehört, Sagendichter. Ich vertraue darauf, daß du uns nicht enttäuschst, einfache Leute, die wir sind.«

Nuada verbeugte sich erneut. »Herr Grunzer, ich kann nur hoffen, daß sich meine armseligen Talente des Vertrauens würdig erweisen, das du durch deine Einladung gezeigt hast.«

»Ich bin kein Herr«, sagte Grunzer, lehnte sich in seinem Stuhl zurück und befahl, seinen Gästen Wein zu bringen. »Nur ein armer Mann, der versucht, das Beste für die Leute zu tun, die ihn brauchen. Es sind schwere Zeiten. Aber ich bin kein Herr - und will auch keiner sein.«

»Ein Herr«, sagte Nuada, »ist ein Mann, der Achtung verdient von denen, die ihm dienen, oder Furcht von jenen, die verpflichtet sind, ihm zu dienen. Er sollte auch ein Mann mit Mut und Führungseigenschaften sein. Im letzten Jahr, so wurde mir erzählt, gab es ein großes Feuer, und die Menschen wandten sich an dich, damit du sie rettest. Du hast Gruppen von Arbeitern zusammengestellt, Feuergräben ausheben lassen, den Wald vor dem Feuer roden lassen, und du selbst hast dabei Seite an Seite mit deinen Männern gearbeitet. Das ist heldenhaftes Führertum, mein Herr, die Gefahren mit diesen Menschen zu teilen und sie anzuleiten.«

Grunzer fehlten die Worte. Das Feuer hätte seine Kornspeicher zerstört, und der Winter hätte Hunger und damit das Ende seiner Führerstellung mit sich gebracht. Konnte der Narr das nicht sehen? Aber seine Worte waren schmeichelhaft, und er sah allmählich den Wert seiner Investition in den Sagendichter. Er wandte seine Aufmerksamkeit dem Mädchen zu, fragte nach dessen Namen und bemühte sich, gelassen und unterhaltsam zu wirken. Er unterhielt sich etwa eine Stunde mit ihnen, bevor er sie zu einer leerstehenden Hütte am Westrand des Dorfes begleiten ließ. Als seine Männer zurückkehrten und erklärten, daß die Frau und der Mann nicht zusammengehörten und um getrennte Unterkünfte baten, war er überglücklich. Er befahl, daß eine zweite Hütte geräumt würde und ließ die dort wohnende Familie in einer bereits überfüllten Hütte im Norden unterbringen. Natürlich gab es keinen Widerspruch.

In der ersten Hütte wandte sich Arian an Nuada. »Du Schmeichler! Oh, Herr Grunzer, was bist du für ein Held!« spottete sie.

Nuada grinste sie an. »Und ich nehme an, du hast natürlich kein bißchen Schmeichelei aufgeboten?«

»Was meinst du damit?«

»Er ist dir fast in die Hosen gekrochen, und du hast nur provozierend dazu gelächelt. Komm also nicht auf die Idee, mir Predigten zu halten! Ich wurde bei Hofe erzogen, wo das falsche Wort oder ein falscher Blick einen Mann ruinieren konnten - oder noch schlimmer. Das hier ist nichts anderes. Grunzer ist hier wie ein König, und es mit ihm zu verderben, könnte sehr unangenehme Folgen haben.«

»Wir sind auf freies Geleit hier«, erinnerte sie ihn.

»Ach, Arian, werde endlich erwachsen. Freies Geleit? Der Mann ist ein Wilder. Aber er ist ein reicher Wilder, und das ist der Grund, weshalb ich hier bin. Aber wenn du meinen Rat willst, verschwindest du, sobald es dunkel ist.«

Arian hatte genau dasselbe für sich bereits beschlossen, aber die Worte des Dichters reizten sie.

»Ich werde nichts dergleichen tun. Ich gehe morgen nach dem Frühstück. Ich möchte deine Vorstellung vor diesem Pöbel nicht um ... um ein Goldstück verpassen.«

Er zuckte die Achseln. »Wie du willst. Ich hätte es besser wissen müssen, als einer so welterfahrenen Frau einen Rat zu geben. Aber wenn er dich in sein Bett schleppt, wirst du wahrscheinlich feststellen, daß ein Schwein in diesem Seidenhemd steckt.«

»Eifersüchtig, Sagendichter? Hast du etwas für Männer übrig?« Sie schoß die Frage ab wie einen Pfeil und war wütend, als er sie auslachte.

»Du bist wütend, Arian«, sagte er. »War ich auf dem Weg hierher nicht aufmerksam genug dir gegenüber? Hattest du erwartet, daß ich dich bitte, unter meine Decke zu kommen? Wie nachlässig von mir!«

Die Wahrheit seiner Worte ließ sie heftig erröten. Hätte er sie aufgefordert, hätte sie abgelehnt, aber sie hatte erwartet, daß er ihr Avancen machen würde. Sie holte aus und verpaßte ihm eine Ohrfeige. Einen Moment lang flackerte Zorn in seinen Augen auf, dann lächelte er, verbeugte sich und verließ die Hütte.

Arian sah ihm nach und fluchte mit leiser Stimme. Der Sagendichter hatte Recht, es war dumm, auf Grunzers freies Geleit zu vertrauen. Und doch hatte sie diese Reise nur riskiert, in der Hoffnung, damit im Herzen von Llaw Gyffes Besorgnis auszulösen. Das war ihr gründlich mißlungen. Sie stellte sich Grunzer mit seinem lüsternen Blick vor und zog langsam ihr Jagdmesser aus der Scheide an ihrer Seite. Die Klinge war rasiermesserscharf geschliffen und lief in einen doppelschneidigen Halbmond aus. Sie in sein Bett schleppen? Sie steckte das Messer zurück in die Scheide und wartete.

Arian saß neben Grunzer, als Nuada auf einem Tisch in der Mitte stand und seinen Zauber über die etwa siebzig Menschen wob, die sich in die Halle gedrängt hatten. Seine Gabe füllte den Raum - seine Stimme weich und melodisch, die Worte reich und fließend, die Geschichten lebendig und spannend. Selbst Arian, die die Kämpfe von Männern oft unbegreiflich fand, wurde von seinen Geschichten über Helden, Jungfrauen, Schwertkämpfer und Zauberer mitgerissen.

Sein Vortrag war hier etwas anders, wie sie bemerkte - das Tempo rascher, die Geschichten weniger romantisch, als hätte er sein Publikum in dem Moment, als er auf den Tisch kletterte, eingeschätzt. Die Helden, von denen er erzählte, waren einfache Männer, die zu hohem Ansehen aufgestiegen waren oder die in vergangenen Zeiten gegen die Übel des Königtums gekämpft hatten.

Grunzer war ebenso gefesselt wie seine Leute, die dunklen Augen waren gebannt auf den Sagendichter gerichtet. Nuada schloß seine Vorstellung mit der Geschichte von dem großen Feuer und von Grunzers Anteil dabei. Er betonte die Charakterstärke und die Macht des Führertums, die eine Gabe der Götter an Männer mit Zukunft seien. In der Halle brandete tosender Beifall auf, und Nuada verbeugte sich erst vor seinen Zuhörern, dann noch tiefer in Grunzers Richtung.

Der Anführer der Geächteten stand auf und erwiderte die Verbeugung. Schweißgebadet sprang Nuada vom Tisch, schnappte sich einen Krug Bier und leerte ihn.

»Du hast wirklich Talent«, sagte Grunzer, als Nuada sich zu ihm und Arian gesellte.

»Mein Talent wäre nichts ohne die Taten der Helden.«

»Wie hast du von dem Feuer erfahren?«

»Überall auf meinen Reisen sprechen die Leute davon«, antwortete Nuada. Arian lehnte sich zurück und schüttelte den Kopf, sagte jedoch nichts. Früher am Abend hatte Grunzer seinen Arm um sie gelegt, ihr den Nacken gestreichelt oder ihr auf die Schenkel geklopft. Aber als Nuada anfing zu erzählen, hatte er sie ganz vergessen. Es war empörend. Und was das Feuer anging ... jedermann wußte, daß Grunzer keinen Finger gerührt hatte, bis sein eigener Kornspeicher in Gefahr war. Drei Dörfer waren zerstört worden und vierzehn Menschen ums Leben gekommen, ehe er sich auch nur aus seinem eigenen Dorf bewegt hatte.

In dem Augenblick war Arian nahe daran, Nuada wegen seiner Verherrlichung dieser Geschichte zu hassen.

Grunzer drehte sich zu ihr um und grinste. Schweiß hatte sein gelbes Seidenhemd durchtränkt, und über seinem vorstehenden Bauch war es zerknittert. Seine Hand klopfte ihr auf die Schenkel. »Du bist wie Feuer in meinem Blut«, wisperte er und fuhr ihr mit feuchten Lippen über den Hals.

Sie wurde blutrot und wich zurück, aber sein muskulöser Arm legte sich um ihre Schultern und zog sie an sich.

Die Tür am anderen Ende der Halle ging auf, und zwei Männer kamen herein. Der erste war blutüberströmt, der zweite war Llaw Gyffes.

Llaw stützte den Verwundeten und half ihm auf einen Stuhl. Männer liefen herbei und versperrten Arian die Sicht. Grunzer sprang auf und eilte nach vorn, wobei er alles beiseitestieß, was ihm im Weg war.

»Was in Teufels Namen geht hier vor?« brüllte er. Llaw sah den kleineren Mann an.

»Im Wald sind Ungeheuer los. Ich habe noch nie so etwas gesehen. Ich fand diesen Mann, wie er etwa anderthalb Kilometer östlich von hier durchs Gebüsch kroch, er sagt, seine Familie sei abgeschlachtet worden. Ich hatte ihn halb hergetragen, als ich eins von ihnen sah - zweieinhalb bis drei Meter groß, mit dem Kopf eines Wolfes und dem Körper eines Bären. Es fraß an einem hingeschlachteten Bullen und ließ mich in Ruhe. In der Ferne habe ich ein zweites Ungeheuer gesehen, ich könnte schwören, daß es zwei Köpfe hatte.«

Tumult brach los, denn viele der Männer in der Halle wohnten in den Wäldern und Tälern der Umgebung und waren nur gekommen, um Nuada zu hören.

»Ruhe!« brüllte Grunzer, kniete neben dem Verwundeten nieder und riß das blutgetränkte Hemd auf. Vier klaffende Risse zogen sich über seine Brust, und man konnte erkennen, daß sie offenbar von einem einzigen Hieb stammten. Das ließ auf eine Klaue von beachtlicher Größe schließen. Kein Bär konnte da mithalten, nicht einmal schwarze Riesenbär aus dem Hochgebirge. »Bringt ihn zu der Zauberin«, befahl Grunzer, »sonst verblutet er.«

Als man den Mann hinaustrug, wandte sich Grunzer an Llaw. »Du hast zwei gesehen. Woher weißt du, daß es noch mehr waren?«

Der große Krieger kratzte sich den rotgoldenen Bart. »Durch das Geheul«, sagte er schlicht. »Das Untier neben dem Bullen stieß ein Geheul aus, und von vielen Stellen kam Antwort.«

»Ja, ich habe das seltsame Heulen auch gehört«, sagte ein Mann. »Es kam von Norden. Ich dachte, es wäre der Wind.«

»Und ich habe eine Fährte gesehen«, warf ein zweiter ein. »Auf dem Weg hierher, Grunzer. Groß, doppelt so groß wie eine Löwenfährte.«

Weitere Männer riefen durcheinander, der Lärm wuchs.

»Was für eine Nacht für Helden!« tönte plötzlich eine Stimme, und die Menge fuhr herum und sah den Dichter, der wieder den Tisch erklommen hatte. »Wenn zwei Ungeheuer das Land verwüsten, gibt es dann nicht genug Helden, um sie zu jagen? Wir haben Grunzer, den Herrn des Feuers, und Llaw Gyffes, der die Gefangenen befreite. Und wenn ich mich umschaue, sehe ich noch mehr Männer - starke Männer, stolze Männer. Wir werden die Trophäen am Ende der Halle aufstellen, und wir werden ein Feuer entzünden und tanzen. Und eure Tapferkeit wird unsterblich werden.«

Die Menge schrie ihre Zustimmung hinaus und setzte sich in Bewegung, um Bögen und Messer zu holen, die entlang der Wände lagen.

»Wartet!« brüllte Grunzer. »Bald dämmert es, und ich will nicht, daß wildgewordene Kerle durch die Dunkelheit rennen und auf alles schießen, was sich bewegt. Dann bringen wir uns eher gegenseitig um, als daß wir ein Ungeheuer töten.«

Llaw nickte. »Wir müssen sie in eine Falle locken. Ich habe nicht den Wunsch, auf der Jagd in ein finsteres Nest dieser Biester zu stolpern.«

»Schlaft etwas«, befahl Grunzer den Männern und setzte sich wieder in seinen Sessel.

Arian stand auf, als Llaw auf sie zukam. »Ich hatte nicht erwartet, dich so weit im Westen anzutreffen«, sagte sie. »Hast du dich verlaufen?«

»Ich hatte vor, nach Cithaeron zu reisen, aber das Geheul hat mich beunruhigt«, antwortete er. »Ich habe versucht, es zu umgehen, aber ich hatte das Gefühl, die Biester hätten meine Witterung aufgenommen, also bin ich nach Westen abgebogen. Was machst du daraus, Sagendichter?«

Nuada zuckte die Achseln. »In den Legenden gibt es viele Lieder von Werungeheuern, aber ich habe noch nie eins gesehen. Es heißt, daß es in einem reichen Land weit im Osten Minen gibt, die von Riesenameisen mit Menschenköpfen ausgebeutet werden.«

Grunzer fluchte. »Immer heißt es, weit im Osten oder weit im Westen oder im Norden. Mir kommt es so vor, als würden die Sagen immer weit entfernt von dort entstehen, wo man sie nachprüfen könnte. Aber das spielt jetzt keine Rolle. Ich habe das Heulen auch gehört, aber ich zweifle nicht daran, daß die Größe dieser Wesen stark übertrieben ist. Wir haben es hier mit einem Bären zu tun - groß, aber doch nur ein Bär.«

Llaw wurde rot. »Es ist nicht klug, einen Mann einen Lügner zu nennen - vor allem nicht einen Mann, den man nicht kennt.«

»Da hast du Recht, Starkhand. Ich kenne dich nicht - daher habe ich auch keinen Grund, dir oder deinem Urteil zu trauen. Ich sage, es ist ein Bär. Der Morgen wird es zeigen.«

»Allerdings«, stimmte Llaw zu. »Bis dahin schlafe ich.«

»Ich bringe dich zu meiner Hütte«, sagte Arian rasch, und jetzt war es an Grunzer, die Farbe zu wechseln.

»Ist das dein Mann?« fragte er mit blitzenden Augen.

»Nein«, antwortete sie, »nur ein Freund meiner Familie.«

»Gut«, sagte Grunzer. »Ich freue mich schon darauf, mit deinem Freund der Familie auf die Jagd zu gehen.«

Llaw straffte sich, aber Arian nahm ihn am Arm, und gemeinsam gingen sie in die Nacht hinaus.

»Warum bist du hergekommen?« fragte Llaw. »Willst du von diesem Schweinesohn bestiegen werden?«

»Wie kannst du es wagen? Ich gehe, wohin ich will. Ich bin nicht deine Tochter, du hast kein Recht, Fragen zu stellen.«

»Wohl wahr«, gab er zu. In diesem Moment hallte ein durchdringender Schrei durch den Wald, und Llaw rannte auf die Palisade zu und kletterte die grobgehauene Leiter hinauf. »Kannst du etwas sehen?« fragte er den Wachtposten.

»Nein«, antwortete der Mann, »aber Daric hat sich vor etwa zehn Minuten hinausgeschlichen. Er wollte zurück zu seiner Familie. Was ist das für ein Tier?«

»Ich weiß nicht«, sagte Llaw, »aber es ist kein verdammter Bär.« Ein schwarzer Schatten kam aus den Bäumen, blieb im Mondschein stehen und sah zur Palisade hinauf. Der Wächter starrte voller Entsetzen auf die schauerlichen Überreste, die er hinter sich herschleppte.

»Daric hat es nicht geschafft«, stellte Llaw fest.

»Ich will mit der Jagd auf dieses Ding nichts zu tun haben«, erklärte der Wächter.

Llaw beobachtete das Ungeheuer, bis es zurück in den Wald trottete, dann schlug er dem Wachtposten auf die Schulter. »Denk an die Sage«, erinnerte er ihn.

Die Antwort des Mannes war kurz, grob und treffsicher, und Llaw kicherte.

Arian starrte immer noch auf den schwarzen Wald. »Kann man ein solches Wesen mit Pfeilen töten?« fragte sie.

»Es lebt und atmet«, erwiderte Llaw. »Also kann es auch sterben. Jetzt zeig mir die Hütte.«

Llaw Gyffes konnte nicht schlafen, als er auf der schmalen Pritsche in der kleinen Hütte lag. Er hörte neben sich Arians gleichmäßige Atemzüge und sehnte sich danach, sie zu berühren, sie an sich zu ziehen. Schuldgefühle stiegen in ihm auf. Lydia war die Liebe seines Lebens gewesen, und ihre wenigen gemeinsamen Jahre hatten ihn mit einem Glück erfüllt, das er ohne sie nie erfahren hätte. Als junger Lehrling hatte er vier Jahre um sie geworben, und er hatte hart gearbeitet, um das Geld für eine eigene Schmiede zusammenzusparen. Lydias Vater war immer der Ansicht gewesen, er wäre nicht der richtige Mann für sie, und er hatte davon geträumt, sie mit einem jungen Adligen zu verheiraten. Lydias Mutter war nach Norden gezogen, um bei ihrer Familie zu leben, aber wenigstens sie hatte Llaw immer mit Höflichkeit, wenn auch nicht mit Herzlichkeit, behandelt.

Doch das alles hatte in Llaw den brennenden Wunsch erzeugt, Lydia glücklich zu machen. Aber schließlich hatte ihr Vater doch Recht behalten. Lydia war einen schrecklichen Tod gestorben, den sie nicht hätte erleiden müssen, wenn sie nicht den großen Schmied geheiratet hätte. Er würde nie den Anblick vergessen, wie sie auf dem Bett lag und ihre leblosen Augen an die Decke starrten.

Und doch lag er jetzt hier neben einer anderen Frau, und seine Gedanken waren nicht frei von Begehren.

Er rollte sich auf die Seite, das Gesicht von Arian abgewandt. Er konnte den Duft ihres Körpers riechen und sah, ohne zu sehen, ihr anmutiges Gesicht, die funkelnde Herausforderung in ihren Augen und ihr spöttisches Lächeln.

»Bist du wach?« flüsterte sie, und er hörte, wie sie sich bewegte. Er antwortete nicht, es gab nichts zu sagen. Sein Körper sprach jedoch eine andere Sprache, sehnte sich nach ihr, und auch seine Gedanken waren in Aufruhr. Es ist nur natürlich, sagte er sich, daß sich ein Mann eine Partnerin wünscht ... Auch eine Tragödie konnte daran nichts ändern. Und doch ... und doch ... wenn er Frieden und Liebe bei einer anderen Frau finden könnte, würde ihn das nicht Lydia vergessen lassen? Und dann erst wäre sie wirklich tot - verloren und vergessen, als ob es sie nie gegeben hätte. Den Gedanken konnte er nicht ertragen. Sie hatte ihr Schicksal nicht verdient und verdiente auch diesen Verrat jetzt nicht.

Llaw lag reglos, bis der Morgen dämmerte, dann stand er auf und beobachtete den Sonnenaufgang. Arian schlief noch, die Arme an den Körper geschmiegt, die langen Beine angezogen wie ein Kind. Llaw blickte auf sie hinunter, seine Finger strichen ihr das Haar aus dem Gesicht, er spürte ihre weiche Haut.

Sie schlug die Augen auf, als er sie berührte. »Hast du gut geschlafen?« fragte sie, gähnte und reckte sich. Ihr Hemd rutschte hoch und ließ einen schmalen Streifen Haut sehen, und Llaw wandte sich ab und ging zur Tür. Draußen sammelten sich die Männer, und er sah Grunzer, jetzt in lederner Jagdkleidung, mit einem Bogen in der Hand. Der untersetzte Führer der Geächteten trug darüber hinaus noch zwei Kurzschwerter mit gekrümmten Klingen.

Llaw nahm seine zweischneidige Handaxt und schloß sich den Männern an. Nuada kam winkend auf ihn zu.

»Das wird ein Tag«, meinte der Sagendichter grinsend. »Die Sonne steht hoch, der Himmel ist klar. Heute abend werden wir ein schönes Fest feiern.«

»Du hast keine Ahnung, wie der Tag enden wird, Dichter. Das ist doch keine Hirschjagd. Kommst du mit uns?«

»Natürlich. Wie soll ich eine Geschichte erzählen, wenn ich nicht zugegen war?«

»Das scheint dein Talent bislang nicht sonderlich beeinträchtigt zu haben«, meinte Llaw.

Die Männer teilten sich in drei Gruppen, Fährtenleser wurden vorausgeschickt, um nach Spuren zu suchen. Llaw ging mit Grunzer, Arian, Nuada und drei anderen und führte sie den Pfad entlang, an dem er das Ungeheuer beim Fressen gesehen hatte. Sie stießen auf Blutspuren und ein paar zersplitterte Knochen und auf mehrere riesige Abdrücke, aber sie fanden keine Anzeichen des Ungeheuers. Gegen Mittag machten sie an einem Fluß Halt und setzten sich im Kreis um ein kleines Feuer.

»Es hat sich irgendwo niedergelassen«, meinte Arian. »Ich glaube, es schläft irgendwo in einer Höhle. Aber der Boden nach Norden hin ist felsig, da werden wir seiner Spur nicht folgen können.«

»Dann müssen wir es zu uns holen«, sagte Grunzer. »Letzte Nacht hat es einen meiner Männer getötet, wir wissen also, daß ihm Menschenfleisch schmeckt.«

»Du sagst immer ‘es’«, bemerkte Llaw. »Aber es sind mehrere.«

»Das behauptest du«, fuhr der Führer der Geächteten ihn an. »Ich habe folgenden Plan: Wir gehen dorthin zurück, wo es letzte Nacht gefressen hat, und warten. Vielleicht hat es dort noch Fleisch vergraben und kommt nach Einbruch der Dunkelheit zurück.«

»Du willst bei Nacht gegen dieses Wesen kämpfen?« flüsterte Arian. »Und was ist, wenn Wolken aufziehen? Ohne einen Jägermond sind die Bogenschützen nutzlos.«

Grunzer grinste. »Wir werden um ein Feuer sitzen - deine Freunde hier und ich. Und wir werden uns unterhalten, Geschichten erzählen. Du und die anderen Bogenschützen, ihr versteckt euch in den Bäumen, wo euch nichts passieren kann. Ich glaube, daß das Biest zu uns kommen wird.«

»Das ist Wahnsinn«, rief Arian. »Und was beweist das?«

Grunzers Blick wanderte kurz zu Nuada, dann zuckte er mit den Schultern. »Hast du einen besseren Plan, Llaw?«

»Wie du meinst«, murmelte Llaw. »Aber ich denke, wir sollten alle Jäger hier versammeln. Dieses Untier wird vielen Pfeilen standhalten.«

Nach der Mahlzeit befahl Grunzer einem seiner Männer, das Signalhorn zu blasen, und die Jagdgruppen trafen sich an einer vorher verabredeten Stelle auf einem Hang, der den Palisadenzaun überblickte. Hier änderten sie den ursprünglichen Plan, denn die erste Jagdgruppe hatte die Überreste von Darics Familie gefunden, halb vergraben in einer überwucherten Senke.

»Es wird zurückkommen«, sagte Grunzer. »Habt ihr die Leichen gelassen, wo ihr sie gefunden habt?«

»Ja«, antwortete ein hochgewachsener, schlanker Jäger namens Dubarin, der immer noch grau im Gesicht war von ihrem grausigen Fund.

»Glaub mir, Grunzer, das Biest ist groß. Es hat eine Schrittlänge von drei meiner Schritte, das ist kein Bär.«

»Wie der Sagendichter gesagt hat, wir nageln seinen Kadaver heute abend an die Tore unserer Halle.«

Einige Männer wurden zurück zur Palisade geschickt, aber Grunzer, Llaw, Nuada und Arian gingen mit zwanzig Bogenschützen in die Berge. Eine Stunde vor Einbruch der Dämmerung erreichten sie Darics Hütte. Dubarin führte sie zu den Toten. Er selbst blieb kurz vor dem grausigen Grab stehen und winkte sie weiter.

»Ich muß das nicht noch einmal sehen«, sagte er, sich abwendend.

»Ich will es überhaupt nicht sehen«, erklärte Nuada und blieb zurück, doch Llaw Gyffes ergriff seinen Arm und zog ihn mit sich.

»Komm schon, Dichter! Du kannst nicht von etwas erzählen, das du nicht gesehen hast!«

Nuada bemühte sich freizukommen, aber Llaw hielt ihn in

eisernem Griff und zerrte ihn an das flache Grab. Ein Arm ragte aus der Erde, und der halb aufgefressene Körper einer jungen Frau war zu sehen, ihre Eingeweide lagen im Dreck. Teile eines Kinderkörpers lagen in der Nähe. Nuada würgte, drehte sich um und erbrach sich heftig. Llaw kniete neben ihm nieder. »Jetzt siehst du es«, sagte er. »Das ist nicht irgendein Lied. Hier gibt es keine Elfenprinzen und keine flammenspeienden Drachen. Ich werde mir deine Geschichte mit Interesse anhören - falls wir diese Jagd überleben.«

»Laß ihn in Ruhe«, sagte Arian. »Es ist wohl kaum seine Schuld, daß er noch nie den Tod gesehen hat.«

Llaw stand auf und ging zu Grunzer hinüber, der seinen Männern Anweisungen gab. Um die Lichtung herum standen Bäume, und er befahl den Bogenschützen, hinaufzuklettern und sich auf eine lange Wartezeit einzurichten. Arian nahm Nuada beim Arm und führte ihn zu einer dicken Eiche und half ihm dann, deren untere Äste zu erklettern. Grunzer errichtete etwa zwanzig Schritt von den Toten ein Feuer, Llaw sammelte Holz und gesellte sich dann zu ihm.

»Du weißt doch«, sagte Llaw, »daß wir nicht so offen hier sitzen müssen? Das Biest wird sowieso zurückkommen.«

»Es wird die Menschen riechen. Es soll sehen, daß wir nur zu zweit sind.«

»Hier kann uns niemand hören, Grunzer. Du willst doch nur das Mädchen beeindrucken. Ich bin kein Idiot, ich sehe doch, wie du sie anstarrst.«

»Und du«, fuhr der Gesetzlose ihn an, »wie kommt es, daß du nicht mit ihr geschlafen hast?«

Llaw setzte sich und holte eine Dose mit Zunder aus der Gürteltasche. Geschickt entzündete er das Feuer. »Vielleicht werde ich es noch tun - wenn die Zeit reif ist.«

Grunzer kicherte. »Glaubst du, du überlebst die Nacht?«

»Wenn nicht, bin ich es nicht allein. Vielleicht hast du einem - oder mehreren - deiner Bogenschützen befohlen, mich umzubringen, aber ich werde nicht eher sterben, bis meine Axt sich in das versenkt hat, was du dein Hirn nennst.«

»Ich habe nichts dergleichen befohlen«, gab Grunzer zurück. »Ich brauche keine Hilfe, um einen Mann zu töten. Ich dachte an das Ungeheuer.« Er legte eine Sehne auf den Bogen und nahm drei Pfeile aus dem Köcher. Nachdem er geprüft hatte, ob sie auch gerade waren, steckte er sie neben sich in die Erde. »Hast du jemals von einem so großen Tier gehört?«

Llaw zuckte die Achseln. »Nein. Ein Kaufmann hat mir einmal von großen Katzen erzählt, die weit im Osten leben sollen und einen Bullen töten und damit über einen Zaun springen können. Aber das hier ist keine Katze.«

Die Sonne versank langsam hinter den Bergen, und die beiden Männer schwiegen. Llaw legte Holz nach. Keiner der beiden sah direkt in die Flammen, denn die Helligkeit würde dafür sorgen, daß sich ihre Pupillen zusammenzogen, so daß sie praktisch blind wären, wenn sie ins Dunkel schauen mußten. Nach einer Weile ergriff Grunzer das Wort.

»Wenn du es für unnötig hältst, hier zu sitzen, warum tust du es dann?«

»Vielleicht aus demselben Grund wie du?«

»Um die schöne Arian zu beeindrucken? Das glaube ich nicht. Du machst mir Sorgen, Llaw. Könnte es sein, daß du sterben willst?«

»Glaubst du vielleicht, wenn wir hübsch ruhig an einem sicheren Ort sitzen, würden wir ewig leben?« erwiderte Llaw, löste seine Axt vom Gürtel und legte sie sich in den Schoß.

»Hast du wirklich deine Frau getötet?«

Llaw fuhr zu Grunzer herum, seine Hand umklammerte den schweren Griff der Axt. Sekundenlang konnte er nichts sagen.

»Meine Frau wurde ... vom Neffen des Herzogs erwürgt. Er hat sie vergewaltigt und getötet. Ich habe ihn getötet. Und ich rate dir, wiederhole diese Anschuldigung nie mehr. Du wirst zwar nicht verstehen, was ich dir sage, aber ich sage es trotzdem: Ich habe Lydia geliebt. Mehr als mein Leben. Viel, viel mehr als mein Leben.«

»Also willst du wirklich hier sterben? Das ist kein gutes Ende. Glaubst du, du wirst deine Lydia wiedersehen? Glaub mir, Llaw, du wirst niemanden wiedersehen. Guck dir das Loch da an. Das ist der Tod, und das ist alles. Dunkelheit und Verwesung.«

»Wann bist du denn zum Philosophen geworden?« zischte Llaw.

Eine Eule kreischte in der Nacht, und die beiden Männer erstarrten und lauschten dem Wind in den Bäumen. Grunzer blickte zum Himmel, Wolken zogen auf.

»Es wird eine dunkle Nacht«, meinte er.

»Die Nacht des Ungeheuers«, sagte Llaw. Seine Worte hingen schwer in der Luft.

Grunzer räusperte sich und spuckte aus. »Hast du Angst?« fragte er.

»Natürlich. Und du auch - ich kann deinen Schweiß bis hier riechen.«

Grunzer kicherte und zog sein Schwert. »Das habe ich einem Nomadenhändler gestohlen. Silberstahl, Llaw, der beste, den ich je gesehen habe. Er kommt aus dem Osten.«

»Dort gibt es gutes Erz«, erklärte Llaw. »Sie machen hervorragende Klingen und Hufeisen, die ein ganzes Jahr lang halten. Ich wäre gern dorthin gereist und hätte diese Kunst von ihnen gelernt. Darf ich?« fragte er und streckte die Hand aus. Grunzer drehte das Schwert um und reichte es mit dem Griff voran dem ehemaligen Schmied. »Ja«, sagte Llaw und fuhr mit den Fingern ehrfurchtsvoll über die gekrümmte Klinge. »Schöne Arbeit. Schicht um Schicht feinsten Stahls, gehärtet mit dem Blut des Handwerkers. Der Griff wird durch einen winzigen Elfenbeinsplitter am Platz gehalten.« Er klopfte dagegen und zog die Klinge ab. »Siehst du? Hier ist das Zeichen des Schmieds: Ohei-sen. Das Schwert ist über dreihundert Jahre alt.«

»Dann ist es wertvoll?« fragte Grunzer.

Llaw steckte den Griff wieder auf und verriegelte ihn mit dem Elfenbein. »Wert? Heute abend siehst du, was es wert ist. Aber im Osten würdest du vielleicht zweihundert Raq für jedes Schwert bekommen - in Gold.«

»Soviel? Dann werde ich vielleicht eines Tages doch dorthin gehen.«

Eine Bewegung im Unterholz ließ Grunzer zum Bogen greifen, während Llaw vorsichtig aufstand, sich die schweißnassen Hände an der Hose abwischte und seine Axt ergriff.

Das Gebüsch teilte sich, und Arian kam ans Feuer. »Mir wurde kalt«, sagte sie, ließ ihren Bogen neben dem Feuer fallen und streckte ihre Hände der Wärme entgegen.

»Vielleicht hast du mich vermißt?« schlug Grunzer vor.

»Hinter euch!« brüllte Nuada, und Llaw fuhr herum, als das Ungeheuer aus dem Gebüsch schoß und auf allen vieren über die kleine Lichtung hinweg angriff. Einen Moment war Llaw wie erstarrt. Die Größe des Wesens übertraf alles, was er sich vorgestellt hatte. Grunzer schnappte seinen Bogen und schoß einen Pfeil ab, der wirkungslos vom Schädel des Ungeheuers abprallte. Als das Biest näherkam, warf Llaw sich - in dem Wissen, daß Arian hinter ihm war - nach vorn. Pfeile trafen die angreifende Gestalt, konnten ihre Geschwindigkeit jedoch nicht verringern. Llaws Axt donnerte auf die Schulter des Wesens herab, aber dessen Gewicht streifte ihn, warf ihn zurück, so daß ihm die Axt aus der Hand gerissen wurde. Arian duckte sich nach rechts, als das Biest sich ihr zuwandte, seine großen Pranken zerstreuten das Feuer.

Grunzer war einige Meter nach links gerannt und hatte hastig einen weiteren Pfeil angelegt, der sich nun in das graue Nackenfell der Ungeheuers bohrte. Mehr als zwanzig Pfeile steckten bereits in dem Biest. Der Jäger Dubarin sprang von einem Baum und lief mit einer Lanze auf das Wolfswesen zu. Als er näherkam, sprang es vor und schlug die Waffe mit seiner Pranke zur Seite. Die Krallen fuhren herab und rissen Dubarins Gesicht vom Schädel. Scheinbar ungerührt, schickte Arian zwei Pfeile los, und das Wesen drehte sich um und fixierte nun die schlanke Bogenschützin. Grunzer rannte mit beiden Schwertern in den Händen nach vorn. Das Ungeheuer erhob sich auf die Hinterbeine, und Grunzer duckte sich unter einem bösartigen Hieb der Klauen und grub seine rechte Klinge tief in den Bauch des Ungeheuers. Die Vorderbeine schlangen sich um ihn, die Klauen rissen ihm den Rücken auf. Er brüllte vor Wut und Schmerz und rammte die linke Klinge in die Achselhöhle des Biestes. Dann sprang Llaw Gyffes, der seine Axt zurückholte, auf den Rücken des Wesens und krallte seine Finger in die zottige Nackenmähne. Die Axt fuhr auf und nieder, auf und nieder. Schließlich ließ das Wolfsungeheuer Grunzer los, der rückwärts in Arians Arme taumelte.

Zwei Männer liefen nun herbei, um Llaw zu helfen. Der erste starb, als die Klauen ihm den Bauch aufschlitzten, der zweite stieß eine Lanze in die Brust des Untiers. Es versuchte, sich ins Unterholz zurückzuziehen, aber mehr Männer kamen herbei und umzingelten es ... und die ganze Zeit hing Llaw Gyffes auf dessen Rücken und ließ seine Axt gegen die dicken Muskelstränge am Hals sausen. Endlich wurde es schwächer und fiel nach vorn. Grunzer riß einem der Männer in seiner Nähe die Lanze aus den Händen, um Llaw zu helfen. Der riesige Kopf des Ungeheuers fuhr hoch, und Grunzer bohrte die Spitze der Lanze ins Maul und versuchte mit aller Kraft, die Waffe durch die Wirbelsäule zu treiben.

Llaw kletterte genau in dem Moment vom Rücken des Ungeheuers, als der Mond die ganze Szene in helles Licht tauchte. Das Ungeheuer war tot.

Schnee begann zu fallen, als Grunzer den Speer aus dem klaffenden Maul zog und damit die Größe maß. Von den krallenbewehrten Pranken bis zu dem riesigen Maul war es über drei Meter lang.

»Wir werden es nie schaffen, es in die Siedlung zu schleppen«, sagte Grunzer. »Schneidet ihm den verdammten Schädel ab.«

»Wir müssen deine Wunden versorgen«, sagte Arian. »Du verlierst bös Blut.«

»Es gibt keine gute Art, Blut zu verlieren«, erwiderte Grunzer, kniete neben dem Ungeheuer nieder und riß ein Schwert aus dem Gürtel. Das andere war knapp unterhalb des Griffes zerbrochen, er fluchte und blickte zu Llaw Gyffes. »Weißt du, vor heute abend wäre es einfach nur ein kaputtes Schwert gewesen. Jetzt sind es zweihundert verlorene Gold-Raq. Darin liegt eine gewisse Moral.«

»Du kannst dir ja ein neues stehlen«, schlug Llaw vor.

Grunzers Augen wurden schmal, als in der Ferne ein unheimliches Heulen durch den Wald schallte. »Morgen«, sagte er, »jagen wir die anderen. Ich will diese Biester nicht in meinem Wald haben. Wo ist jetzt dieser elende Dichter? Ich will mein Lied hören.«

- 9 -

Errin öffnete die Augen und weinte beinahe vor Freude, als er merkte, daß er keine Schmerzen mehr hatte. Neben seinem Bett saß eine ältere Frau in einem hochgeschlossenen, blauen Wollkleid, das mit Silberfäden gesäumt war. »Du bist geheilt, junger Mann. Der Knochen ist zusammengewachsen.«

»Ich danke dir. Deine Magie muß sehr stark sein.«

»Und teuer«, sagte sie. »Aber danke nicht mir, danke dem Händler Cartain, der mich für meine Dienste angemessen entschädigt hat.« Sie stand auf und ging hinaus. Errin setzte sich auf. Er war in einem kleinen Schlafzimmer, das zwei ovale Fenster hatte, im Kamin prasselte ein Feuer, und er konnte die Möwen oben auf dem Dach schreien hören. Er legte sich wieder zurück in die Kissen. Der Ritt über die Waldstraße war eine Qual gewesen, die er kaum ertragen hatte, das gebrochene Bein war angeschwollen, und er hatte Fieber bekommen. Undeutlich erinnerte er sich daran, daß Ubadai ihn am Sattel festgebunden hatte. Und da waren Leute ... seine verschwommene Erinnerung zeigte ihm eine lange Reihe von Flüchtlingen, die verstohlen über die Königsstraße zogen, als es anfing zu schneien. Und seltsame Schreie in der Nacht ... das Heulen von Wölfen? Es war schwer, sich an etwas anderes als den furchtbaren Schmerz zu erinnern.

Ubadai kam mit einem Tablett herein, auf dem eine Schale mit Brühe und ein Teller mit Obst standen. »Besser du ißt«, sagte er. »Du siehst noch immer schlecht aus.«

»Wo sind wir?« fragte Errin den stämmigen Nomaden.

Ubadai stellte das Tablett auf das Bett, ging zum Fenster und öffnete es, wobei er den Schnee auf dem Sims fortschieben mußte. »Am Hafen von Pertia«, antwortete er. »Morgen geht unser Schiff nach Cithaeron.«

Errin trank die Brühe aus, die nur eine Spur Fleischgeschmack aufwies, und aß zwei der Äpfel auf dem Teller. Durch das offene Fenster konnte er das Meer riechen. Er lächelte und war froh, am Leben zu sein.

Am Leben?

Plötzlich sah er wieder Dianu vor sich, an den Pfahl gebunden ... die Flammen, die an ihr emporzüngelten, der Blick in ihren Augen, als er durch den Pöbel ritt, die ersterbende Hoffnung, als er seinen Bogen spannte, der Flug des Pfeils, der ihrem Leben ein Ende setzte.

Er stöhnte, und Ubadai kam zu ihm, die dunklen, schrägstehenden Augen voller Sorge. »Die alte Hexe sagte, alle Schmerzen sind weg.«

»Mir geht es gut«, versicherte Errin und blinzelte die Tränen aus seinen Augen fort.

»Warum dann weinen? Das ist nicht gut für einen Mann.«

»Tränen für die Toten, Ubadai. Das ist alles.«

Der Nomade schnaubte. »Das Bein ist heil, du solltest aufstehen. Prüfe es, ehe die Hexe weggeht.«

»Das tue ich. Ich stehe bald auf. Wer ist dieser Cartain?«

»Kein Vornehmer«, antwortete Ubadai. »Ein Händler. Nomade. Er wartet unten. Soll ich ihn fortschicken?«

Errin lachte. »Der Mann hat für meine Gesundheit gesorgt. Warum um alles in der Welt sollte ich ihn fortschicken?«

Ubadai schnaubte. »Nichts für nichts«, sagte er und ging wieder zum Fenster. »Das Schiff ist gut. Es macht die Reise nach Cithaeron dreimal, viermal im Jahr. Es ist eine gute Zeit zum Segeln. Keine Stürme.«

»Was bekümmert dich?«

Ubadai wandte sich abrupt zu seinem jungen Herrn um, aber Errin konnte in dem flachen, ausdruckslosen Gesicht nicht lesen. »Willst du, daß ich ihn zu dir bringe?«

»Ja, ich würde ihm gerne danken.«

Ubadai schüttelte den Kopf. »Ich denke, vielleicht verpassen wir das Schiff.«

»Unsinn, bring ihn herauf.« Errin schwang sich aus dem Bett und ging zu einem Stuhl am Fenster, auf dem sorgfältig gefaltet seine Kleider lagen. Man hatte sie gereinigt und parfümiert. Er zog sie rasch an und streifte gerade seine schenkellangen Reitstiefel über, als Ubadai zurückkehrte. Ihm folgte ein großer, falkengesichtiger Mann mit dunklen Augen, der einen goldenen Reif um die Stirn trug. Der Mann verbeugte sich.

»Es ist ein großes Privileg, dich kennenzulernen, Graf Errin«, sagte Cartain.

»Ich verstehe nicht, weshalb das ein Privileg sein sollte«, antwortete Errin und reichte ihm die Hand.

Cartain schüttelte sie kurz. »Du hast dein Leben riskiert, um die Dame Dianu zu retten und gegen einen der furchtbaren Ritter gekämpft. Du bist ein Mann von Mut.«

»Ich habe verloren«, meinte Errin. »Dabei wollen wir es bewenden lassen.«

Cartain lächelte. »Darf ich mich setzen?« Errin nickte, und der Kaufmann raffte seine fließenden Purpurgewänder zusammen und setzte sich in einen hochlehnigen Stuhl.

»Warum hast du mir geholfen? Warst du ein Freund von Dianu?«

»Nicht gerade ein Freund. Ich habe ihre ... Flucht arrangiert. Ich hatte den Auftrag, die Verschiffung ihres Familienvermögens zu organisieren, und ich sorgte dafür, daß Dianus Schwester sicher hierher gebracht wurde. Ich wartete darauf, daß die Dame Dianu selbst uns folgen würde, aber dann erhielten wir die Nachricht, daß sie aufgehalten wurde, ich glaube, sie hoffte, du würdest dich entschließen, mit ihr zu kommen. Und dann ...« Er breitete die Hände aus.

»Aber das erklärt noch immer nicht, warum du mir geholfen hast.«

»In meinen Handlungen liegt nichts Finsteres, Graf Errin. Ich bin nun ... der Verwalter, wenn du so willst, des Vermögens der Dame. Ich nehme meine Pflichten ernst. Die Dame Sheera ist jetzt die Erbin, und ich hatte gehofft, sie nach Cithaeron zu bringen.«

»Hattest gehofft?«

»Sie ist nicht hier«, sagte Cartain und fixierte Errin mit seinen dunklen Augen. »Sie hat sich in den Kopf gesetzt, ihre Schwester zu rächen. Ohne mein Wissen oder das meiner Leute, hat sie zwei Männer angeheuert, die sie zurück durch den Wald begleiten sollen. Ich glaube, sie will Okessa töten.«

»Sie ist noch ein Kind«, sagte Errin. »Das ist Wahnsinn.«

»Ich weiß, daß sie einige Jahre in Furbolg verbracht hat, Graf Errin, aber mit siebzehn ist sie kaum mehr ein Kind. Sie ist groß, gut gewachsen und bemerkenswert eigensinnig. Ich fürchte, sie hat sich selbst verraten. Hier in Pertia gibt es - obwohl wir gnädigerweise von den Greueln des eigentlichen Reiches unberührt sind - zahlreiche Spione und Attentäter. Und gestern erhielt ich Nachricht, daß der König eine Flotte nach Pertia auslaufen ließ. Sie wird in etwa zehn Tagen eintreffen, und von da an wird der Hafen für nomadische Flüchtlinge geschlossen sein.«

»Du sagst, du fürchtest, Sheera habe sich selbst verraten? Erklär mir das genauer.«

»Einer der angeheuerten Männer steht bekanntermaßen im Dienste des Königs. Er ist ein Spion und ein Mörder, und hat einen abscheulichen Ruf.«

»Ich sehe aber nicht, was ich für dich tun kann?«

»Wer könnte sie sonst zurückholen? Dein Mann hier gilt als bester Fährtenleser in den Ländern des Westens. Und da ist noch etwas, Graf. Man hört seltsame Geschichten von Ungeheuern, die den Wald durchstreifen. Ich möchte nicht, daß Sheera das gleiche Schicksal erleidet wie ihre Schwester.«

Errin setzte sich wieder auf das Bett. »Das möchte ich auch nicht, Herr. Aber ich bin kein Krieger. Gewalt macht mich krank, und ich kann nicht gut mit Waffen umgehen. Kannst du nicht einen würdigeren Retter finden?«

»Nach meiner Erfahrung, Graf Errin, läßt sich der Wert eines Mannes kaum daran messen, wie gut er darin ist, seine Mitmenschen zu verstümmeln. Aber darin kann ich dir zumindest helfen.« Mit der linken Hand nahm er einen Apfel von dem Tablett, mit der rechten zog er einen Dolch aus dem Gürtel. Der Dolch zuckte in einer schwindelnd schnellen Bewegung auf, und die Frucht fiel ordentlich in seine linke Hand. Als er die Hand öffnete, zerfiel der Apfel in vier Stücke.

»Ein großartiger Trick, aber wie könnte mir das helfen?« .

Cartain stand auf, löste den silberbeschlagenen Gürtel und reichte ihn Errin. »Bitte leg ihn um.«

»Ich habe einen Gürtel.«

»Aber nicht so einen. Diesen hier hat Ollathair gemacht, der größte aller Handwerker. Wenn du die Schnalle berührst und dabei seinen Namen flüsterst, wirst du feststellen, daß die Geschwindigkeit von Auge und Hand stark zunimmt. Das hat mir schon dreimal das Leben gerettet.«

Errin legte den Gürtel um. »Jetzt geh zu der Wand hinüber und sag den Namen, Graf.« Er tat, wie ihm geheißen. Die Schließe fühlte sich warm an, als er sie berührte.

»Ollathair«, flüsterte er.

Er sah zu, wie Cartain langsam aufstand. Der Arm des Kaufmanns holte aus, und der Dolch flog auf Errin zu, der die Hand ausstreckte und ihn scheinbar mühelos abfing. Ubadai, ungewöhnlich langsam, zog seinen eigenen Dolch und bewegte sich mit bleiernen Schritten auf den Kaufmann zu.

Errin berührte noch einmal die Schließe. »Halt!« rief er, als Ubadai Cartain ansprang.

»Er hat versucht, dich zu töten!« tobte der Nomade.

»Nein«, widersprach Errin. »Er wollte mir nur etwas beweisen. Ich nehme an, du hast den Dolch mit aller Kraft geschleudert?«

»Allerdings.«

»Das ist ein kostbares Geschenk, Cartain. Ich habe so etwas noch nie gesehen. Warum tust du das? Das geht weit über die Pflichten einem Klienten gegenüber hinaus.«

»Ja. Ich bin aus Furbolg geflohen, als das Töten begann, aber selbst da hatte ich noch nicht erkannt, wie weit das Abschlachten gehen würde. Jetzt finanziere eine Armee, die Ahak vernichten soll - und hoffentlich alles, wofür er steht. Aber das braucht Zeit. Ich brauche Männer wie dich, Errin - gute Männer, loyale, aus guten Familien. Niemand wird sich um das Banner eines Nomadenhändlers scharen, wohl aber um Männer wie dich. Holt Sheera innerhalb von zehn Tagen zurück, und wir segeln nach Cithaeron und sammeln eine Armee, um Gabala zu befreien. Wirst du das tun?«

Errin grinste, als er Ubadai fluchen hörte. »Natürlich werde ich das tun. Erzähl mir alles über die Männer, die Sheera begleiten.«

Cartain tat dies, und sie unterhielten sich, bis es dunkel wurde. Dann stand der Kaufmann auf, um zu gehen. »Bei Morgengrauen werden Pferde und Proviant für euch bereitstehen. Über dem Wald toben Schneestürme, und meines Wissens ist die Königsstraße blockiert. Und es gibt noch etwas, was du wissen solltest, Errin.«

»Was?«

»Sheera haßt dich. Sie sieht in dir den Grund dafür, daß ihre Schwester zurückblieb, und sie weiß, daß es dein Pfeil war, der Dianu tötete. Es ist nicht nur Okessa, den sie töten will. Verstehst du?«

Errin nickte. »Ich verstehe sehr gut.«

Manannan wartete in einem Wald außerhalb des Dorfes, während Ruad Ro-fhessa, oder auch der Waffenmeister Ollathair, in einer von Bäumen verborgenen Felshöhle seine Magie wob. Kuan graste in der Nähe. Der Einstige Ritter hatte sich rasiert, der Wind auf seiner Haut fühlte sich gut an.

Als die Dämmerung hereinbrach, kam der Zauberer aus der Höhle und reckte sich. Sein Gesicht war grau vor Erschöpfung, als er müde auf Manannan zuging und sich neben ihn ins Gras setzte.

»Es ist geschafft«, sagte Ruad. »Ein Wort der Macht wird das Tor öffnen. Aber ich bin zu müde, gib mir noch einige Augenblicke, damit ich meine Kräfte sammeln kann.«

»Nimm dir soviel Zeit, wie du meinst. Ich habe keine Eile.«

»Es tut mir leid, was ich alles verursacht habe«, sagte Ruad. »Ich hoffe, du glaubst mir. Ich wollte nur tun, was gut war - für die Ritter und das Reich.«

»Ich weiß. Ich hätte gleich mit ihnen gehen sollen. Ich trage auch Schuld, Ollathair. Und ich frage mich, was aus Morrigan geworden ist. Ich hätte zu ihr gehen sollen, ich weiß, daß sie mich nie so geliebt hat wie Samildanach, aber ich war es ihr schuldig.«

»Du hättest sie nicht gefunden. Ich ging zu ihrem Haus, aber sie war nicht mehr da. Ihre Eltern sagten, sie wäre in der Nacht davongelaufen, ohne Kleider oder Geld. Sie glauben, daß sie sich das Leben genommen hat.«

»Arme Morrigan«, flüsterte Manannan. »Sich in einen Ritter zu verlieben, der sich dem Zölibat verpflichtet hat und ihn dann in die Hölle reiten zu sehen. Sind wir Narren, Ollathair? Wir sind durch die Neun Herzogtümer geritten. Wir haben uns bemüht, Gerechtigkeit zu bringen. Und was haben wir erreicht? Sieh dir doch nur die Welt an!«

»Die Ritter der Gabala waren jahrhundertelang eine Kraft der Harmonie«, sagte Ruad. »Was haben wir erreicht? Ich stelle dir deine eigene Frage. Sieh dir die Welt doch an, jetzt, wo die Ritter fort sind! Und jetzt komm mit, ich habe ein Geschenk für dich.«

Ruad zog sich hoch und ging voran in die Höhle, in der zwei Kerzen brannten. An einem hölzernen Pfahl, der schimmerte wie geisterhaftes Silber, hing Manannans Rüstung in neuer strahlender Schönheit. Auf dem Helm prangte ein blütenweißer Federbusch.

»Zieh sie an. Ich helfe dir.«

»Wie hast du das gemacht?«

»Ich habe noch ein Tor zur Zitadelle geschaffen und sie zurückgeholt. Komm und trage sie, mit Stolz und Ehre.«

Manannan zog sich aus und streifte dann die lederne Untertunika über, darüber das Kettenhemd. Langsam schloß er die Brustplatte, befestigte die Schulterstücke und stand still, während Ruad die Beinschienen festmachte. Er zog die silbernen Handschuhe an und nahm schließlich den schrecklichen Helm auf.

»Darin war ich sechs einsame Jahre gefangen. Wird das wieder so sein?«

»Nein. Es gibt keine speziellen Bannsprüche, aber die Rüstung ist immer noch magisch und wird dich gegen die meisten Waffen des Bösen schützen.«

Manannan setzte den Helm auf und verschloß die Nackenstücke. Er öffnete das Visier. »Er kommt mir größer vor.«

»Du hast keinen Bart, Manannan. Du bist genauso wie in jener Nacht vor sechs Jahren. Hast du gebetet?«

Der Einstige Ritter lächelte grimmig. »Schon sehr lange nicht mehr.«

»Dann tu es jetzt - Ritter der Gabala.«

»Das wäre Heuchelei. Komm, Ollathair öffne das Tor.«

Sie gingen in das schwindende Tageslicht hinaus, und Manannan rief Kuan herbei. Er kletterte in den Sattel und wartete. Ollathair verharrte einige Minuten lang kniend im Gebet, dann hob er den Arm und sprach zwei Worte der Macht.

Vor dem Reiter sammelte sich Dunkelheit, die sich zu einem großen Rechteck formte. Aus der Mitte der Schwärze entwich zischend die Luft, und ein langer Tunnel erschien, aus dem ein eisiger Wind wehte.

Kuan wich zurück, aber Mannanan flüsterte ihm beruhigend ins Ohr.

»Reite los!« rief Ollathair. »Ich kann es nur noch für wenige Augenblicke halten!«

Die Angst kroch in Manannans Herz, kälter als der Wind aus dem Tunnel. Sein Körper begann zu zittern, sein Herz schlug unregelmäßig. »Oh, ihr Götter!« wisperte er. Kuan bäumte sich auf, als unirdische Schreie aus dem Tunnel kamen, und Manannan zog sein Schwert.

»Im Namen der Allerheiligkeit - reite!« schrie Ollathair.

Mit seiner behandschuhten Hand schloß Manannan das Visier seines Helms. Mit einem aus voller Kehle gebrüllten Schlachtruf trieb er Kuan zum Galopp und preschte schließlich mit dem Schwert in der Hand durch das Tor.

Lámfhada stöhnte im Schlaf und begann zu zittern. Auf der anderen Seite der Hütte wurde Elodan unruhig und setzte sich auf, dann ging er zu dem Jungen hinüber, der jetzt wild den Kopf drehte und stöhnte.

Elodan berührte Lámfhada an der Schulter. »Wach auf, du träumst.«

Plötzlich schrie Lámfhada auf. Er hob die Hand, und ein goldener Lichtblitz schoß aus seinen Fingern, der Elodan quer durch die Hütte schleuderte. Der Ritter kam mühsam auf die Knie und rang nach Atem, als Lámfhada erwachte und sich aus dem Bett schwang.

»Bist du in Ordnung?« fragte er, als er den Ritter auf dem Boden kauern sah.

»Was um Himmels willen hast du da gemacht, Junge?«

»Nichts. Ich habe ein Geräusch gehört und bin aufgewacht«, antwortete Lámfhada verwundert.

Elodan stand auf. Er entzündete eine Laterne und hielt sie vor seine Brust. Die Haut war gerötet und brannte in einem großen Kreis, der vom Hals bis zum Bauch hinab reichte.

»Was ist denn das? Wie hast du das gemacht?« fragte Lámfhada.

»Ich war das nicht. Das warst du. Du hast geträumt, daß ich versucht habe, dich zu wecken, und dann zuckten Blitze aus deiner Hand.«

»Ich kann mich an nichts erinnern - außer an den Mann mit der Kapuze. Es war ein Alptraum, den ich oft habe: Ein Mann singt auf einem Hügel, dann verwandelt er sich in einen riesigen Wolf. Und da sind noch Nebel und ein Schwert. Aber jetzt ist alles verschwommen.«

»Nun, der Blitz war jedenfalls kein Traum, Lámfhada. Du hast Magie in dir.«

Elodan ging wieder zu seinem Bett und setzte sich, während Lámfhada das ersterbende Feuer in dem Kohlenbecken wieder anfachte. Der Ritter saß minutenlang schweigend in Gedanken verloren da, dann sah er zu dem blonden Jungen auf. »Heute ist ein Reisender ins Dorf gekommen. Er sprach von einem Zauberer und einem Heiler im Wald östlich von uns, einem einäugigen Zauberer, Lámfhada. Ich glaube, das muß der Mann sein, von dem du gesprochen hast.«

»Das ist er«, sagte Lámfhada leise. »Ich spüre seine Anwesenheit im Wald, wenn ich mit dem Gelb fliege. Ich wünschte, ich könnte zu ihm gehen.«

»Warum solltest du nicht?«

»Ich würde mich verirren, sobald ich außer Sichtweite des Dorfes bin.«

»Hat er große Macht?« fragte der Ritter.

»Ja.«

»Könnte er ... dies heilen?« Elodan hob den Stumpf seines rechten Arms.

»Ich weiß nicht. Ich glaube, daß er es könnte ... ich glaube, er kann alles, was er will.«

»Dann will ich dir helfen, ihn zu finden.«

Lámfhada wandte den Blick ab. »Vielleicht kann - oder will - er dir nicht helfen, Elodan. Manchmal kann er sehr hart sein.«

Der Ritter zuckte die Achseln. »Dann bin ich auch nicht schlechter dran als jetzt. Morgen früh brechen wir auf.«

»Ich weiß nicht ...«

Elodan lächelte grimmig. »Du denkst an die Geschichten von den wilden Tieren im Wald. Hast du welche gesehen?«

»Nein, der alte Tomar hat eines gesehen und geschworen, daß es über drei Meter groß war. Und das Geheul ...«

»Glaubst du, diese Hütten hier könnten ein solches Wesen

Ein Mann singt auf einem Hügel,
dann verwandelt er sich in einen riesigen Wolf.

aufhalten? Ganz bestimmt nicht. Du bist hier auch nicht sicherer als draußen im Wald. Wirst du mit mir kommen?«

»Ja. Ich muß Ruad wiedersehen.«

»Gut.«

Beim ersten Tageslicht brachen sie in den verschneiten Wald auf. Elodan hatte sich eine dicke Weste aus Schafsfell und einen weißen Wollumhang geborgt. Er trug einen kleinen Leinensack mit Haferkuchen und Trockenfleisch sowie ein Beil mit einer langen, gekrümmten Schneide. Lámfhada hatte Schlitze in zwei Decken geschnitten und trug sie jetzt, in der Taille gegürtet, wie einen Umhang. Er nahm Arians Ersatzbogen und einen Köcher mit Pfeilen. Am Nachmittag hatten sie zwei Stunden in Richtung Osten zurückgelegt.

Zweimal hatten sie große Fährten gesehen, und einmal ein unheimliches Heulen weit im Norden gehört.

Kurz vor Einbruch der Dunkelheit erreichten sie das Ufer eines breiten Flusses. Auf dem Wasser hatte sich eine dünne Eisschicht gebildet.

»Wie kommen wir da hinüber?« fragte Lámfhada.

»Wir suchen uns eine schmalere Stelle«, sagte Elodan und wandte sich nach Süden. Sie wanderten noch etwa eine Stunde, fanden aber keine Stelle, an der sie den Fluß hätten überqueren können. Schließlich kamen sie an eine verlassene Hütte. Drinnen entzündete Elodan ein Feuer, und sie aßen Haferkuchen und Fleisch.

In der Nacht erwachte Lámfhada von Tierschreien. Er ging zur Tür und spähte in die Dunkelheit hinaus, konnte jedoch nichts sehen. Er legte Holz auf das Feuer und ging wieder zu Bett.

Bei Morgengrauen traten die Wanderer in die kalte Luft hinaus. Elodan deutete auf den Boden, wo im Schnee riesige Pfotenabdrücke zu sehen waren.

Der Ritter untersuchte die Wände der Hütte. Sie waren grob aus schmalen Brettern zusammengenagelt. »Hilf mir«, bat er. Dann ging er zur Ecke des Hauses und hieb sein Beil zwischen zwei Bretter, so daß ein Ende loskam. Lámfhada ergriff das Holz, und gemeinsam rissen sie ein Brett von etwa drei Schritt Länge und einem knappen Schritt Breite ab. »Noch eins«, sagte Elodan.

Sie trugen die Planken zum Fluß hinunter, und Elodan wanderte am Ufer auf und ab, um eine Stelle ausfindig zu machen, an der das Eis am dicksten wirkte. Dann schob er eine Planke auf das Eis, hob die andere auf seine Schulter und trat vorsichtig auf das Brett. Das Eis knirschte und knackte, hielt aber. Er ging langsam auf den Fluß hinaus, dann legte er die zweite Planke vor die erste und trat darauf. »Jetzt du«, rief Elodan. Schwarze Spalten taten sich im Eis auf, als Lámfhada rasch hinüberlief.

Gemeinsam zogen sie behutsam die erste Planke an sich vorbei und schoben sie vor die zweite. Langsam und mit großer Vorsicht bahnten sie sich so ihren Weg über das gefrorene Wasser. Als sie dicht vor dem anderen Ufer waren, hörten sie ein gräßliches Grollen, und Elodan blickte zurück.

Hinter ihnen am Ufer stand hochaufgerichtet ein Wesen mit schwarzer, schuppiger Haut und grauem Fell an den Schultern. Es ließ sich auf alle viere fallen und kam über das Eis auf sie zu.

»Lauf!« rief Elodan dem Jungen zu.

»Aber das Eis!«

»Vergiß das Eis! Lauf!«

Lámfhada sprang von dem Brett, rutschte aus und wäre beinahe gestürzt, doch dann begann er zu laufen. Das Eis knirschte unter seinen Füßen, gab jedoch nicht nach, bis er fast das Ufer erreicht hatte. Er platschte noch ein kurzes Stück durchs Wasser und zog sich dann aufs Trockene. Als er sich umdrehte, sah er, wie Elodan auf der Planke stand, die Axt in der Hand. Dann sprang der Ritter von dem Brett und bewegte sich nach links, wo das Eis am dünnsten war. Lámfhada sah, wie er nach vorn fiel, Arme und Beine gespreizt, und beobachtete, wie er weiter auf dem Eis vorwärtsglitt. Das Untier änderte die Richtung - und griff Elodan an.

Der Ritter rollte sich auf den Bauch und ließ die Axt wieder und wieder auf das Eis niederkrachen. Große Sprünge erschienen. Eine Eisscholle tauchte Elodan ins Wasser. Das Untier versuchte anzuhalten, aber eine weitere Scholle gab nach, und mit einem lauten Klatschen fiel es ins Wasser. Für einen Moment war nur sein Kopf zu sehen, dann wurde es unter die Oberfläche gezogen. Lámfhada sah, wie Elodan sich an dem Eis festklammerte. Der Junge stand auf und lief auf der Suche nach einem Weg zu dem Ritter am Ufer entlang.

Elodan erblickte ihn. »Bleib weg«, rief er und versuchte, sich auf das Eis zu ziehen, aber mit nur einer Hand erwies sich das als unmöglich. Das Eis gab wieder nach ... und Elodan verschwand aus Lámfhadas Blickfeld.

»Nein!« schrie Lámfhada.

Er stolperte einen guten Kilometer weit am Ufer entlang, denn er konnte die dunklen Umrisse seines Freundes sehen, der unter dem Eis trieb. Aber nach fast einer halben Stunde wußte er, daß es hoffnungslos war.

Lámfhada setzte sich auf einen umgestürzten Baum. Müdigkeit und Schock überkamen ihn, und er begann zu weinen. Endlich versiegten seine Tränen, und er stand erschöpft auf und blickte auf den Fluß hinaus. Etwa dreißig Schritt flußabwärts konnte er in Ufernähe einen schwarzen Umriß sehen, von dem er wußte, daß es der Leichnam Elodans unter dem Eis sein mußte. Er ging näher heran. Die Strömung bewirkte eine scheinbare Bewegung seines Freundes, der Arm schien gegen das Eis zu klopfen. Lámfhada nahm einen schweren Ast und schlug damit auf die Oberfläche ein. Noch zweimal schlug er zu - dann brach das Eis. Er griff hinunter, erwischte Elodans Weste und zog den Körper mühsam an Land.

»Mach ... bitte ... Feuer an«, wisperte Elodan. Lámfhada zog den Ritter vom Ufer weg in eine kleine, von Bäumen geschützte Lichtung. Er befreite den Boden von Schnee, um ein Feuer anzünden zu können, und sammelte Holz und Zunder, aber seine Finger waren zu klamm, die Feuersteine zu halten. Er rieb sie wütend aneinander und versuchte es immer wieder, bis endlich ein Flämmchen aufflackerte. Vorsichtig pustete er und legte dann kleine Zweige hinzu. Nach einer Weile, die ihm wie eine Ewigkeit vorkam, brannte ein helles Feuer. Er half Elodan aus den steifgefrorenen Kleidern und rieb ihm Arme und Brust kräftig ab, um das Blut wieder zum Fließen zu bringen. Dann streifte er einen seiner Umhänge ab und zog ihn Elodan über den Kopf. Er fachte das Feuer weiter an, bis die Flammen über einen Meter hoch schlugen.

»Das möchte ich nicht noch einmal erleben«, sagte Elodan, als wieder Farbe in sein Gesicht zurückgekehrt war.

»Wie hast du so lange unter Wasser aushalten können?« fragte Lámfhada. »Bist du auch ein Magier?«

»Nein - aber ich kenne mich in der Natur aus. Zwischen dem Eis und dem Wasser ist ein etwa handbreiter Spalt. Ich bin auf dem Rücken geschwommen, quer zur Strömung, und habe eine Stelle nahe am Ufer gesucht, wo das Eis dünn war. Aber die Kälte hätte mich um ein Haar fertiggemacht. Ich hatte nicht mehr die Kraft, es zu durchstoßen.«

»Es war sehr tapfer, dein Leben gegen dieses Untier aufs Spiel zu setzen.«

Elodan schüttelte den Kopf. »Du darfst nicht Mut mit Notwendigkeit verwechseln. Wenn man nur eine Wahl hat, ist es keine Frage von Tapferkeit mehr.«

»Du hättest weglaufen können.«

»Das Eis hätte mich nicht getragen.«

»Das weißt du nicht, Herr Ritter«, sagte Lámfhada.

»Nein, da hast du Recht. Jetzt laß uns nicht mehr davon reden. Morgen werden wir deinen Zauberer suchen. Aber jetzt muß ich schlafen.«

Für die Wunden in Grunzers Rücken waren mehr als vierzig Stiche nötig, doch als Nuada den großen Eichentisch erklomm, um der Versammlung vom Kampf mit dem Ungeheuer zu erzählen, saß er wieder in seinem Sessel. Llaw Gyffes und Arian setzten sich neben Grunzer. Alles schwieg, als der Barde begann.

Zuerst erzählte er von den Helden der Vergangenheit, mit lyrischen, fast hypnotischen Worten. Dann veränderte sich allmählich, fast unmerklich, sein Ton. Er sprach von Blut und Tod und den Schrecken der Verdammten. Trotz der flackernden Feuer zitterten die Menschen. Er sprach vom Bösen und dem Wirken des Bösen.

»Nichts bleibt davon unberührt«, sagte er. »Denn es ist wie eine Pest, die sich durch die Herzen der Menschen ausbreitet. Einige, die es berührt, werden auf der Stelle verderbt, andere tragen sie wie einen Samen in sich. Nur die sehr Starken können ihm widerstehen.« Er hielt inne und musterte mit scharfen Augen die Menge. Mehr als einhundertfünfzig Männer waren hier versammelt, viele von ihnen waren erst an diesem

Morgen mit ihren Familien hier angekommen, auf der Flucht vor den Ungeheuern, die den Wald durchstreiften. »Nur die sehr Starken«, wiederholte er. »Wir haben nun gehört, wie diese Ungeheuer zu uns kamen. Eins wurde von einem Knaben gesehen; er beobachtete, wie es in einem Blitzschlag auf einem Hügel erschien. Vielleicht war es gerade dieses Wesen hier«, sagte Nuada und deutete auf den riesigen Kopf, der auf einer Lanze an der Rückwand der Halle steckte. »In den Alten Zeiten kannten wir solche Ungeheuer, und Ritter und Helden zogen aus, sie zu erschlagen, bewaffnet mit magischen Schwertern und Lanzen, und geschützt in Rüstungen, die durch Zauber verstärkt waren. Doch letzte Nacht zog eine Gruppe von Männern, gewöhnlichen Männern, über denselben gefahrvollen Pfad wie jene legendären Helden. Diese Männer jedoch hatten keine magischen Schwerter, keine Zauberei - nur ihre Stärke und ihren Mut. Zwei dieser Männer sind nicht mehr unter uns; sie gaben ihr Leben, um den Schrecken zu beenden. Doch die beiden sind im Geiste hier, als geehrte Gäste unter ihren Kameraden. Sie können stolz sein. Was auch immer sie in ihrem Leben taten, im Tod ist es vergeben, und wir preisen sie. Ihre Namen werden für immer in unseren Liedern leben: Askard und Dubarin. Dort stehen sie, da drüben beim Feuer. Laßt sie wissen, wie sehr ihr sie schätzt.«

In der ganzen Halle erhoben die Männer ihre Waffen - Schwerter, Speere, Messer und Äxte - und ein lauter Jubel hallte durch den Raum.

Nuada wartete noch einen Augenblick, dann hob er, um Ruhe bittend, die Arme.

»Und nun werden meine Freunde, meine Helden des Waldes, Askard und Dubarin, zum ersten Mal ihre Geschichte hören. Danach werden sie sich in den sagenhaften Hallen des Himmels mit den anderen Helden der Geschichte vereinen, um den Wein des Lebens zu trinken und die Freuden des Ruhmes zu genießen.«

Grunzer beugte sich vor und zuckte zusammen, als sich die frischen Nähte in seiner Haut schmerzlich bemerkbar machten, aber seine Augen glänzten, als die Ereignisse der letzten Nacht erneut zum Leben erwachten. Die Spurensuche und ihr grausiger Fund, die Bogenschützen in den Bäumen, der Anführer und Llaw Gyffes, die am Lagerfeuer hockten. Die Nerven, die Angst, die furchtbare Erwartung - all dies wurde durch den Sagendichter noch einmal lebendig, und Grunzer hatte das Gefühl, selbst wieder bei dem Feuer zu sein, zu warten, zu warten ... und wieder das gräßliche Maul des Dämonenungeheuers zu sehen, das lautlos auf ihn herabstieß, er fühlte erneut die eiserne Faust der Panik in seinen Eingeweiden, als die großen Pranken sich um ihn schlossen.

»Und als er die schöne Bogenschützin in tödlicher Gefahr sah, sprang Grunzer dem turmhohen Ungeheuer entgegen. Seht nur! Schaut euch diese Fänge an, stellt euch diese furchtbaren Klauen vor! Doch Grunzer wich nicht vor der Gefahr zurück. Mit zwei Kurzschwertern griff er an und stieß sie tief in den Bauch des Ungeheuers. Die Klauen zerfetzten ihn ... er hatte gewußt, daß es so kommen mußte. Doch die anderen Helden waren zur Stelle.«

Die Geschichte bewegte sich auf ihren Höhepunkt zu, und Grunzer riß seine Augen von dem Sagendichter los und betrachtete die Männer im Raum. Ihre Gesichter leuchteten, die Augen gebannt, als die Geschichte sich ihrem Ende näherte. Askard und Dubarin hatten ihr Leben gegeben. Llaw hatte sich auf dem Rücken des Ungeheuers festgeklammert. Und jeder Mann war Grunzer gefolgt und hatte seine Furcht besiegt, um das Dämonenungeheuer zu erschlagen.

Jeder fieberhafte, schreckenerfüllte Moment flammte erneut auf. Schweiß rann von Grunzers Gesicht, sein Herz hämmerte wie wild. Er fühlte, daß er es nicht mehr aushalten konnte, er wäre am liebsten aus der Halle gerannt. Doch die Geschichte endete, als Nuada herumschwang und auf Grunzer und seine Kameraden deutete. »Und dort, meine Freunde, sind die wichtigsten Helden der Geschichte. Die Kriegerin, die wagemutig vor dem Ungeheuer stand, der Mann der Axt, der den Dämon ritt, und der Herr des Waldes, der in seine tödliche Umarmung trat und überlebte. Laßt sie euren Jubel hören.«

Lauter Jubel brandete auf, und Arian spürte, wie die Bohlen unter ihren Füßen vibrierten, als die Männer johlten und mit den Füßen stampften. Grunzer stand auf, doch seine Beine waren noch schwach, und er schwankte. Llaw Gyffes neben ihm erhob sich und nahm stützend seinen Arm. Die Menge stürmte vorwärts, riß Tische und Stühle um, ergriff Grunzer, und dann hoben sie ihn hoch, als der Beifall durch die Halle donnerte. Arian nahm Llaws Arm und führte ihn ins Freie.

»Er hat gut erzählt«, sagte sie, »aber so war es nicht.«

»Wo hat er sich geirrt?«

»Grunzer hat nichts davon aus lauteren Motiven getan. Er wollte wieder in einer Heldengeschichte vorkommen - und er wollte mir zeigen, wie tapfer er ist.«

»Ist das so schlimm? Hat er dich denn nicht vor dem Ungeheuer gerettet?«

Sie hakte sich bei ihm ein und führte ihn an den Palisadenzaun. Der Wald war dunkel und drohend, doch kein Geheul war zu hören. »Ja«, gab sie zu, »er hat mich gerettet. Aber du auch. Was ich getan habe, war dumm, und auch ich habe es genossen, Teil der neuen Waldlegenden zu sein. Was glaubst du, werden wir jetzt ein wenig Frieden haben?«

»Frieden? Wir werden alle Ungeheuer töten, aber das wird uns keinen Frieden bringen. Warum sind sie hier? Welche Macht hat sie geschickt? Nein, wir werden keinen Frieden haben, Arian. Ich glaube, dies ist der Beginn eines Krieges.«

»Glaubst du, daß der König diese Dämonen in den Wald schickt?«

»Nein, nicht der König. Einer seiner Zauberer.«

»Dann hast du vielleicht recht. Vielleicht sollten wir den Wald verlassen und nach Cithaeron ziehen.«

»Wir?« fragte er, einen Schritt zurücktretend.

»Ich möchte sein, wo du bist, Llaw. Du mußt wissen, daß ich dich liebe.«

Er nahm sie bei den Schultern und hielt sie von sich. Ihre Augen schimmerten vor Tränen, ihr Haar glänzte silbern im Mondlicht.

»Die letzte Frau, die ich geliebt habe, wurde brutal ermordet. Ich bin noch nicht bereit, Arian, einen solchen Schmerz noch einmal zu erleiden. Ich glaube, ich werde nie wieder dazu bereit sein.«

Und damit ließ er sie allein am Schutzwall zurück.

- 10 -

Als sie in der Höhle saß und das Feuer in Gang hielt, wußte Sheera, daß sie einen schrecklichen Fehler gemacht hatte. Die beiden Männer waren höflich und respektvoll gewesen, als der Wirt sie vorgestellt hatte, aber sobald sie im Wald waren, hatten sie sich unmerklich verändert. Strad, der größere und geselligere von beiden, war schweigsam und fast düster geworden, während Givan angefangen hatte, sie offen anzustarren und seinen Blick auf ihrem Busen und ihren Hüften ruhen zu lassen. Keiner von beiden hatte sie angerührt, aber die Reise durch den winterlichen Wald bereitete Sheera zusehends Sorgen. Sie hatten zweimal vor Schneestürmen Schutz suchen müssen, aber als der Himmel nach dem zweiten aufklarte, hatte sie am Sonnenstand und später an den Sternen erkannt, daß ihr Weg im Halbkreis wieder zurück zum Meer führte.

In der vergangenen Nacht hatte sie sich in ihre Decken gewickelt und so getan, als schliefe sie, und dabei versucht, ihre Unterhaltung zu belauschen. Nach einer Weile war Strad zu ihr gekommen und hatte leise gefragt, ob sie es bequem hätte. Sie rührte sich nicht, und er ging wieder zu Givan.

»Nur noch ein paar Tage dieses elende Wetter«, sagte Givan. »Dann heißt es warme Betten und warme Frauen. Bei den Göttern, was bin ich froh, wenn ich diesen Wald von weitem sehe.«

»Ich auch«, stimmte sein Freund ihm zu.

Sheeras Gedanken überschlugen sich. Ein paar Tage? Wie konnte das sein? Bei gutem Wetter war es ein Marsch von zehn Tagen! Sie hätte auf Cartain hören sollen, der sie gedrängt hatte, mit nach Cithaeron zu kommen und ihm dabei zu helfen, die Flüchtlinge zu einer Armee zu scharen. Aber ihr Zorn war so groß, und der Gedanke, Okessa und die anderen ungestraft davonkommen zu lassen, war unerträglich.

Jetzt streckte sie ihre langen Beine aus und lehnte sich mit dem Rücken gegen die Wand. Sie war ein großgewachsen, mit kurzgeschnittenem, lockigem schwarzen Haar und dunklen, mandelförmigen Augen. Ihr Mund war zu groß, um wirklich schön zu sein, aber ihre Lippen waren voll, ihre Zähne weiß und ebenmäßig.

»Denkst wohl an einen Mann, was, Prinzessin?« fragte Givan und wollte sich neben sie setzen. Er war klein und dick, und durch eine große kahle Stelle auf dem Kopf sah er aus wie ein wollüstiger Mönch.

»Ich dachte an meine Schwester.«

»Ja? Traurige Sache. Sehr traurig. Ich habe sie einmal in Mactha gesehen, bei der Jagd. Eine gut gebaute Frau. Du erinnerst mich an sie, nur daß du größer und vielleicht eine Spur schlanker bist.«

»Erreichen wir die Täler im Süden bald?« fragte sie.

»Oh, in etwa acht Tagesmärschen, mehr oder weniger. Mach dir keine Sorgen, wir haben genügend Vorräte.«

»Die Vorräte gehen mich nichts an, Givan, das liegt in deiner Verantwortung. Soweit ich weiß, gibt es hier im Wald Gesetzlose.«

»Zerbrich dir nicht den Kopf über sie, in diesem Schneesturm werden sie nicht unterwegs sein. Und außerdem haben wir nichts, was sich zu rauben lohnt - obwohl ich zu behaupten wage, daß es genügend Kerle gibt, für die du ein lohnenswertes Beutestück bist.«

Sie lächelte gezwungen. »Reizend von dir, das zu sagen, aber ich habe ja schließlich dich und Strad zu meinem Schutz. Das ist ein sehr beruhigender Gedanke.«

»Oh, wir beschützen dich schon, Prinzessin, mach dir darüber keine Sorgen. Ich möchte nicht, daß dir etwas zustößt, ich habe dich mittlerweile richtig ins Herz geschlossen, ja wirklich.«

»Ich denke, ich werde jetzt schlafen«, sagte sie, kehrte ihm den Rücken zu und zog die Decken um sich. Einen Moment lang spürte sie deutlich seine Nähe, aber dann ging er zurück zu Strad, der im Höhleneingang saß.

»Das vergiß am besten gleich«, flüsterte Strad.

»In Pertia gibt es genug Frauen - vor allem, wenn wir unser Geld bekommen haben.«

»Sie bringt mein Blut in Wallung, Junge. Ich muß sie haben. Ob es ihnen etwas ausmacht, wenn sie keine Jungfrau mehr ist? Alles, was sie sehen, ist eine dreckige Nomadin mehr. Nein, ich kann mich nicht erinnern, jemals etwas so gewollt zu haben wie sie.«

»Aber sie will dich nicht«, erklärte Strad.

»Das macht es ja gerade so reizvoll, Freund.«

Sheera wartete, bis beide Männer fest eingeschlafen waren, dann schlüpfte sie unter ihren Decken hervor. Rasch rollte sie sie zu einem Bündel zusammen und ging durch die Höhle zum Eingang. Draußen war der Schneesturm abgeflaut, aber der Wind war noch immer bitterkalt. Sie hüllte sich in ihren Umhang aus Schaffell und zog ein zweites Paar wollener Beinkleider an. Sie warf noch einen Blick zurück auf die schlafenden Männer, dann schulterte sie ihr Bündel, nahm Bogen und Köcher und ging in die Nacht hinaus.

Die Sterne strahlten hell, und sie orientierte sich an dem Speerträger.

Sie wanderte fast eine Stunde lang, dann suchte sie sich einen Lagerplatz und fand eine kleine, windgeschützte Mulde. Einige Bäume waren umgestürzt, und einer davon war auf eine Gruppe von Felsen gefallen. Sheera kroch unter den schneebedeckten Zweigen hindurch und fand sich in einem gemütlichen, flachen Unterstand wieder - die Blätter ergaben ein dichtes Dach, und die Felsen bildeten auf drei Seiten eine Wand, nur nach Westen war ihr Schlupfwinkel offen. Sie nahm Zunder und räumte eine Stelle für ihr Feuer frei, das sie beim ersten Versuch mit der Zunderschachtel entzündet, die ihre Schwester ihr zum letzten Sonnenwendfest geschenkt hatte. Die kleinen Flammen verströmten Wärme, und sie rollte sich wieder in ihre Decken, um zu schlafen.

Als sie von lauten Flüchen erwachte, warf sie einen ängstlichen Blick auf ihr kleines Feuer. Es schien völlig erloschen zu sein.

»Dieser verdammte letzte Schneeschauer«, wütete Givan. »Aber sie kann noch nicht weit sein.«

»Ich weiß nicht, warum sie überhaupt weggelaufen ist«, beklagte sich Strad. »Glaubst du, sie wußte ...«

»Halt den Mund, du Idiot, sie kann ganz in der Nähe sein.«

»Eher ist sie in einer Schneewehe umgekommen. Wir haben ein Vermögen verloren, und das nur, weil du deine Wollust nicht verbergen konntest.«

»Das hat nichts mit mir zu tun. Ich denke, sie hat einen besseren Orientierungssinn, als wir geglaubt haben. Ich habe zweimal gesehen, wie sie prüfend die Sterne betrachtete.«

Sheera kroch zur Westseite ihres Unterschlupfs und legte sich flach auf den Bauch, um unter den Zweigen hervorzuspähen. Der erste, den sie sah, war Strad. Er suchte den Boden nach Spuren ab.

»Was gefunden?« fragte Givan.

»Nein. Aber ich kann Rauch riechen. Du nicht?«

Sheera fuhr herum. Das Feuer, das sie für erloschen gehalten hatte, begann zu glimmen.

Gerade als sie sich umdrehen und sich darum kümmern wollte, hörte sie draußen einen entsetzlichen Schrei, und sie preßte ihr Gesicht gerade rechtzeitig an die Zweige, um ein riesiges Wesen zu sehen, das über Strad herfiel. Es schien von weißgrauem Fell bedeckt zu sein, aber sie konnte nur die dikken Beine und einen Teil des Fells sehen. Etwas spritzte auf ihr Gesicht und ihre Hände, und als sie hinsah, stellte sie fest, daß es Blut war. Strads Körper fiel dicht vor ihr zu Boden, der Kopf war von den Schultern gerissen.

Sie konnte Givan »Nein! Nein!« schreien hören. Aber darauf folgte ein tiefes, grollendes Knurren, dann das Geräusch von Knochen, die zerbissen wurden und splitterten.

Vorsichtig zog Sheera sich in ihren Unterschlupf zurück und legte, so leise sie konnte, Zweige auf das glimmende Feuer und fachte es an. Die Zweige links von ihr gerieten in Bewegung, und sie hörte, wie das Ungeheuer auf der anderen Seite schnüffelte. Sie zwang sich, ruhig zu bleiben und arbeitete weiter an ihrem Feuer. Eine kleine Flamme züngelte an dem Holz hoch und wurde größer. Sie nahm einen trockenen Zweig und hielt ihn an die Flamme. Schnee rieselte in ihren Unterschlupf, als das Untier seine Schnauze hineinsteckte. Mit großer Vorsicht nahm Sheera den qualmenden Zweig aus dem Feuer und drehte sich um. Sie hielt ihn hoch, dorthin, wo sie fast den Kopf des Ungeheuers sehen konnte. Beißender Rauch drang in die Nüstern des Wesens, es schnaubte heftig und wich abrupt zurück.

Sheera legte den Zweig wieder ins Feuer und wartete. Sie konnte hörten, wie es neben dem Unterschlupf fraß.

Doch würde es zurückkommen?

Nuada wurde kurz vor Morgengrauen durch eine rauhe Hand geweckt, die ihn an der Schulter rüttelte. Er setzte sich auf, die Augen noch verschlafen, der Kopf dröhnend von zuviel Bier. Auf dem Tisch neben dem Bett stand eine Öllampe, und er erkannte Grunzers gedrungene Gestalt neben sich.

»Was ... warum bist du hier?« fragte Nuada. Sein Mund war trocken, und er griff nach dem Krug neben seinem Bett; er enthielt schales Bier, aber selbst das war ihm willkommen. Er schauderte. Draußen schneite es heftig, und ein kalter Wind fuhr durch die Ritzen des grobgezimmerten Türrahmens. Er zog sich die Decke bis zu den Schultern hoch. »Stimmt etwas nicht?«

»Nein«, antwortete der Mann. »Jedenfalls glaube ich das nicht. Du hast heute abend gut erzählt. Ich konnte nicht schlafen, da dachte ich, wir könnten reden.«

Nuada schwang sich aus dem Bett und ging zu einem eisernen Becken hinüber, in dem das Feuer gerade zu erlöschen drohte. Er schürte es, legte Zweige und kleine Äste nach, bis es wieder aufflammte, dann fügte er größere Scheite hinzu.

Grunzer saß still, ohne irgend etwas Bestimmtes anzublicken. Nuada ging zum Bett zurück und wartete. Der Führer der Gesetzlosen hatte sein Seidenhemd wieder abgelegt und trug nun die vertraute braune Lederweste der Waldbewohner.

»Was beunruhigt dich, Herr?«

»Nichts. Ich fürchte nichts. Ich will nichts. Ich bin kein Narr, Nuada. Ich weiß, wenn du gewollt hättest - hättest du aus mir einen Schurken, ein Schwein oder einen mörderischen Hund machen können. Die Männer, die mich gefeiert haben, hätten ebenso leicht dazu gebracht werden können, mich zu hängen. Ich weiß das ... und ich weiß, daß ich kein Held bin. Ich weiß ...«

Nuada schwieg, während Grunzer sich durch sein kurzgestutztes Haar fuhr und sein rundes, häßliches Gesicht rieb. »Weißt du, was ich sagen will?«

Nuada nickte, sagte jedoch noch immer nichts. »Mir hat deine Geschichte Spaß gemacht«, sagte Grunzer, wobei seine Stimme zu einem Flüstern herabsank. »Es hat mir Spaß gemacht, daß man mir zugejubelt hat. Und jetzt fühle ich mich ... ich weiß nicht, wie ich mich fühle. Etwas traurig, vielleicht. Verstehst du?« Seine dunklen Knopfaugen fixierten Nuada.

»Ist es immer noch ein gutes Gefühl?« fragte der Dichter.

»Ja und nein. Ich habe viele Menschen getötet, Nuada, ich habe geraubt und betrogen, ich habe gelogen. Ich bin kein Held, das Feuer drohte alles zu zerstören, was ich aufgebaut hatte. Und das Ungeheuer? Ich wollte das Mädchen beeindrucken. Ich bin kein Held.«

»Ein Mann ist, was er sein will«, sagte Nuada sanft. »Es gibt keine strengen Muster, keine eisernen Gußformen. Wir sind nicht aus Bronze gegossen. Der Held Petric hat einmal eine Armee angeführt, die drei Städte ausgeplündert hat. Ich habe die Geschichten gelesen - seine Männer haben Tausende vergewaltigt und niedergemetzelt. Aber am Ende hat er einen anderen Weg gewählt.«

»Ich kann mich nicht ändern. Ich bin, was ich bin: ein entlaufener Sklave, der seinen Herrn umgebracht hat. Ich bin der Affe. Ich bin Grunzer. Und ich hatte nie Grund zu bedauern, was aus mir geworden ist.«

»Was bedrückt dich dann?«

Grunzer beugte sich vor und stützte die Arme auf die Knie. »Deine Geschichte war eine Lüge. Eine Schmeichelei. Und doch hat sie mich berührt ... weil es die Wahrheit hätte sein sollen. Ich habe mich nie darum geschert, ob ich geliebt wurde. Aber heute abend haben sie mich gefeiert, sie haben mich hochgehoben. Und das, Dichter, war der schönste Augenblick in meinem Leben. Es spielt keine Rolle, daß ich es nicht verdient hatte - aber ich wünschte, ich hätte.«

»Dann laß mich dich etwas fragen. Als du vor dem Ungeheuer standest und seine furchtbare Kraft sahst, hattest du da keine Angst?«

»Doch«, gab Grunzer zu.

»Und als es Arian angriff, ist dir da nicht in den Sinn gekommen, daß du getötet werden könntest, als du angegriffen hast, um sie zu retten?«

»Ich habe nicht an Rettung gedacht.«

»Aber du hast gesehen, daß es sie töten wollte?«

»Ja, das stimmt.«

»Und du hast das Ungeheuer angegriffen - und bist fast dabei umgekommen. Jeder Mann dort hat das gesehen. Du bist zu hart mit dir selbst. Es war heldenhaft, und es hat alle berührt, die es sahen.«

»Du verwirrst mich«, sagte Grunzer. »Sag mir, liebt Arian Llaw Gyffes?«

»Ich glaube schon«, antwortete Nuada.

Der Führer der Geächteten stand auf. »Ich wollte ihn töten lassen. Ich wollte sie mir nehmen - ob sie wollte oder nicht. Aber jetzt stehe ich in seiner Schuld, denn wenn er nicht auf das Biest gesprungen wäre, wäre ich jetzt tot und hätte den einzigen magischen Moment meines Lebens verpaßt. Götter, bin ich müde. Und in diesem dicken Bauch ist zuviel Bier.« Er ging zur Tür, aber Nuadas Stimme hielt ihn auf.

»Herr!«

»Ja«, antwortete Grunzer, ohne sich umzudrehen.

»Du bist ein besserer Mann, als du weißt. Und ich bin froh, daß ich die Geschichte gut erzählt habe.«

Grunzer ging hinaus in den Schnee, und Nuada streckte sich wieder auf seinem Bett aus.

Fünf Tage lang tobte der Schneesturm über dem Wald. Gruppen von Jägern durchstreiften den westlichen Teil des Waldes und suchten nach Spuren von Ungeheuern. Ein riesiges Wolfswesen fand man tot in einer Schneewehe, man hörte kein Geheul mehr. Der Winter lag schwer auf dem Wald und den Bergen, und den Menschen widerfuhr eine Kälte, wie sie noch nicht einmal die Ältesten jemals erlebt hatten. In dem umzäunten Dorf blieben die Menschen den größten Teil des Tages in ihren Häusern und gingen nur hinaus, um Holz für ihr Feuer zu sammeln.

Von Grunzer sah man nur wenig, er begann, in den Bergen herumzustreifen und seine Männer zu meiden. Nuada verbrachte seine Zeit mit Arian und Llaw und hatte schon bald das Gefühl, vor Langeweile sterben zu müssen, ehe der Winter um war. Es gab nur wenige alleinstehende Frauen im

Dorf, und diese wenigen gingen einem Gewerbe nach, das er nicht unterstützen mochte.

Als die Tage vergingen, wuchs die Anziehungskraft von Cithaeron. Nuada hatte die Goldstücke, die Grunzer ihm gegeben hatte - mehr als genug für seine Überfahrt. Er stellte sich die Marmorpaläste, die schönen, willigen Frauen und - vor allem - den warmen, goldenen Sonnenschein vor. Weiche Betten, gutes Essen - mit Gewürzen oder Wein zubereitet - saubere Kleider und heiße Bäder. Er sah sich in einem blauen Meer schwimmen und die Sonne auf seinem Rücken spüren.

Er sprach mit Grunzers Männern. Anscheinend war die Königsstraße nach Pertia weniger als einen halben Tagesmarsch entfernt, und war man einmal auf der Straße, waren es nur noch zwei Tage bis Pertia.

Und trotzdem fand Nuada keinen Gefallen an der Reise.

Aber dann gab Grunzer seine einsamen Wanderungen auf und begann, düster brütend in der Halle herumzusitzen, die Augen auf Arian gerichtet. Falls Llaw es bemerkte, ließ er es sich nicht anmerken, aber der Führer der Gesetzlosen versuchte, ihn bei mehreren Gelegenheiten zu provozieren. Der ehemalige Grobschmied ließ sich jedoch nicht darauf ein. Nuada wußte, daß es nur eine Frage der Zeit war, bis die beiden Männer aneinandergerieten, und er wollte nicht im Dorf sein, wenn es zu Gewalttätigkeiten kam.

Er mochte Llaw, und auf eine seltsame Art auch Grunzer.

Am Morgen des sechsten Tages stahl sich Nuada aus dem Dorf, machte sich durch den froststarren Wald auf den Weg nach Westen und suchte die rettende Königsstraße mit ihren Kneipen und Wirtshäusern. Den größten Teil des Tages wanderte er und schlug sein Lager in einer windgeschützten, flachen Mulde auf. Dort zündete er ein Feuer an und verwünschte seine Dummheit. Im Dorf war es wenigstens warm und gemütlich gewesen, hier draußen griff der Tod mit eisigen Fingern nach ihm. Am nächsten Morgen setzte er, frierend und verängstigt, seinen Weg fort, aber die Pfade, von denen man ihm erzählt hatte, lagen unter einer Schneedecke verborgen, und der graue, tiefhängende Himmel bot ihm keine Orientierungshilfen. Er stolperte weiter, am ganzen Körper zitternd, und gegen Mittag hatte er sich hoffnungslos verirrt.

Hier gab es keine Höhle, die ihm half, und so schlug er sein Lager hinter einigen Felsen auf, wo er sich verzweifelt bemühte, ein Feuer zu entfachen, aber der Wind blies es immer wieder aus. Eine große Müdigkeit überfiel ihn, und die Kälte schien nachzulassen. Er hatte nur noch den Wunsch, sich in den Schnee zu legen und zu schlafen.

»Sei kein Narr!« schalt er sich und stand auf, zwang sich, langsam weiterzugehen. Sein Fuß versank in einer Schneewehe, so daß er beinahe stürzte. Er griff nach einem schneebedeckten Ast, der aus dem Boden ragte. Der Ast brach, und der Schnee rieselte herab. Nuada schrie auf - was er da festhielt, war kein Ast, sondern ein Arm - gefroren und schwarz. Er warf sich nach links und traf auf etwas Festes unter dem Schnee. Er rappelte sich auf, als der Schnee herabglitt und den Oberkörper eines Mannes freigab - das Gesicht grau, die Zähne zur Karikatur eines Grinsens entblößt.

Nuada sah sich um. Überall waren Anzeichen des Todes. Panik überfiel ihn, als er vor diesem eisigen Friedhof zurückschreckte.

Ich werde hier nicht sterben! Ich will nicht!

Der Geruch von einem Holzfeuer stieg ihm in die Nase. Irgendwo hatte irgend jemand ein Feuer entzündet. Der Wind kam ihm entgegen, und so hielt er laut rufend darauf zu. Er stolperte weiter, stürzte in einer Schneewehe und befreite sich mühsam wieder. Jetzt war der Geruch stärker. Er rief wieder - und stürzte. Er begann zu kriechen.

»Hier drüben!« hörte er jemanden rufen, und Hände zogen an seinen Armen.

Nuada erwachte in einer tiefen Höhle, in der ein großes Feuer flackerte. Er setzte sich auf und schob den fellgefütterten Umhang weg, mit dem man ihn zugedeckt hatte. Sieben Männer und vier Frauen saßen um das Feuer. Ihre Gesichter waren hager und ausgemergelt.

»Danke«, sagte er. »Ihr habt mir das Leben gerettet.« Die Männer schenkten ihm keine Beachtung, aber eine junge Frau mit rabenschwarzem Haar setzte sich neben ihn.

»Ich fürchte, es ist nur eine vorübergehende Rettung«, sagte sie. »Wir haben nichts zu essen, und die Wege sind unpassierbar.«

»Woher kommt ihr?«

»Von nirgendwo«, antwortete sie. »Wir sind jetzt Nicht-Menschen und versuchen, nach Cithaeron zu gelangen. Wir haben das Reich vor vier Tagen verlassen und uns Flüchtlingen angeschlossen. Dann setzten die Schneefälle ein.«

»Wo sind die anderen?« fragte er.

Sie deutete mit dem Arm auf den Höhleneingang. »Da draußen. Manche haben sich einen Windschutz gebaut, andere haben versucht, sich einen Weg zur Küste zu bahnen. Sie sterben alle.«

»Wieviele seid ihr?«

»Am Anfang waren wir zweihundert. Ich weiß nicht, wieviele inzwischen gestorben sind.«

Nuada stand auf und befestigte den Umhang an seinen Schultern. Er ging zum Höhleneingang und betrachtete den Himmel. Er war wolkenlos, die Sterne funkelten wie Diamanten. »Ich werde Hilfe holen.«

»Du bist da draußen fast gestorben. Geh nicht zurück. Selbst wenn du den Winter besiegst, ist da immer noch der Mörder Grunzer.«

»Leiht mir den Mantel«, bat er, »dann komme ich mit Lebensmitteln zurück. Sammle soviele deiner Leuten hier, wie du kannst, sag den anderen, sie sollen nicht weiterziehen.«

»Warum tust du das für Nomaden?« fragte sie.

»Weil ich ein Narr bin«, antwortete er. »Hol deine Leute.«

Er ging in die Nacht hinaus und begann Richtung Osten zu steigen, wobei er dem ausgestreckten Finger des Sternenkriegers folgte und seinen Weg nach dem Großen Speer richtete.

Als er nahezu erschöpft war, fand er eine Höhle, in der er sich zwei Stunden ausruhte und von einem kleinen Feuer wärmen ließ. Dann zog er weiter.

Am späten Nachmittag des nächsten Tages erreichte er einen Hügel, von dem aus er die Palisaden des Lagers in greifbarer Nähe sehen konnte. Geschwächt von Hunger und Kälte, rutschte er den Hügel hinab. Llaw Gyffes sah ihn von der Palisade herab und kam ihm zur Begrüßung entgegen.

»Willkommen zurück«, sagte Llaw. »War es ein schöner Spaziergang?«

»Da draußen sterben Menschen, Llaw, sie verhungern. Wir müssen ihnen helfen.«

»Zuerst mussen wir dir helfen, Sagendichter. Du bist kreidebleich.« Er brachte ihn zu Arians Hütte, wo das Mädchen neben der Feuerstelle saß. Sie stand auf, als er eintrat, und lachte ihn an.

»Ah, der große Jäger ist wieder zurück! Hast du etwas mitgebracht? Außer Frostbeulen?«

Llaw half Nuada aus seinen steifgefrorenen Kleidern und begann, die Haut des Dichters zu reiben, damit das Blut wieder zirkulierte. Arian wärmte ein Handtuch am Feuer und legte es dann Nuada aufs Gesicht. Er legte sich zurück, während sie ihn versorgte, und schloß die Augen ... als er erwachte, saß Llaw an seinem Bett.

»Da draußen im Wald sitzen zweihundert Menschen in der Falle«, erzählte Nuada. »Es sind Nomaden. Sie haben nichts zu essen, und es gibt keinen Weg nach Cithaeron.«

»Dumm, um diese Zeit fliehen zu wollen«, meinte Llaw.

»Ich denke, es hieß, entweder das oder sterben«, sagte der Barde. »Wir müssen ihnen helfen.«

»Warum? Ich weiß nichts über sie.«

»Warum? Was meinst du mit warum? Es sind Menschen, Llaw. Wie du und ich.«

»Nein, sind sie nicht. Ich sitze warm und sicher in einer Hütte, und ich habe zu essen. Ich sitze nicht in der Falle.«

»Dann gehe ich zu Grunzer«, empörte sich Nuada und schwang sich aus dem Bett. Er ging nackt zum Feuer, vor dem seine Kleider trockneten.

»Ein hübscher Anblick«, meinte Arian. »So ein hübscher, fester Hintern.« Langsam drehte er sich zu ihr um.

»Mach ruhig Witze, Arian. Lache, während Säuglinge erfrieren. Lache, während Frauen über ihren Tod weinen.«

Ihr Lächeln schwand. »Ich lache nicht über sie«, sagte sie.

»Nein, du denkst nicht einmal an sie. Du ekelst mich an - ihr beide. Ihr seid auch nicht besser als der König, ihr seid sogar noch schlimmer. Er verurteilt sie zum Tode, um sich ihr Vermögen anzueignen, ihr verurteilt sie ohne jeden Grund.«

Er zog sich an und stapfte durch den Schnee zur Halle, wo sich etwa vierzig Männer aufhielten - sie aßen, tranken und erzählten Geschichten. Seine Ankunft wurde mit Jubel begrüßt, und er winkte den Männern zu und baute sich dann vor Grunzer auf.

»Ich bin froh, daß du noch lebst«, sagte der Gesetzlose. »Ich habe dich vermißt.«

Er erzählte Grunzer von den Nomaden, die draußen im Wald starben, und der Mann zuckte die Achseln. »Sie haben sich eine schlechte Zeit ausgesucht, um davonzulaufen. Trotzdem, in ein paar Tagen hört es vielleicht auf zu schneien. Einige von ihnen werden durchkommen.«

»Willst du ihnen nicht helfen, Herr?«

»Gibt es einen Grund, warum ich sollte? Können sie mich bezahlen?«

»Das weiß ich nicht. Aber sag mir - jener magische Moment, von dem wir sprachen, wieviel war er wert?«

Grunzers Augen wurden schmal. »Was hat das damit zu tun?« flüsterte er. »Ich war betrunken ... weich im Kopf. Ich bedaure, was ich gesagt habe.«

»Dann nenn mir einen Preis für deine trunkenen Worte. Wieviel Geld ist eine solche Erinnerung wert? Zehn Raq? Zwanzig? Tausend?«

»Du weißt die Antwort«, zischte Grunzer. »Sie ist unbezahlbar.«

»Und damit, Herr, können dich diese Leute bezahlen. Keine Ungeheuer zu erschlagen. Keine mutigen Taten. Nur ein Geschenk für jene, die es brauchen.«

»Und du, Nuada, was gibst du?«

»Ich habe nichts.«

»Du hast die zwanzig Raq, die ich dir für deine Überfahrt nach Cithaeron gab. Willst du damit für Getreide bezahlen?«

»Ja, natürlich, aber ...« Nuada blinzelte, als Grunzer die Hand ausstreckte, öffnete dann aber die lederne Hüfttasche und zählte die Münzen vor.

Grunzer legte das Gold beiseite und beugte sich vor. »Und wirst du im Wald bleiben, bis ich dir erlaube zu gehen?«

»Bleiben? Ich ...« Er sah den Ausdruck finsteren Triumphes in Grunzers Augen und schluckte schwer. In Cithaeron könnte er wieder reich sein und in einem Palast leben, mit schönen Frauen, die ihn bedienten. Die Sonne schien hell und warm, das Klima war mild. Aber hier, inmitten dieser unglaublichen Langeweile?

»Nun?« drängte Grunzer.

»Ich bleibe. Aber ich stelle auch eine Bedingung, Herr. Keine Diebstähle mehr von Nomaden. Ich bleibe für den Helden Grunzer, nicht für den Räuber und Mörder.«

Grunzer lachte und schlug Nuada auf die Schulter. »Deine Bedingung nehme ich an. Grunzer, lügender Eidbrecher, Dieb und Mörder, gibt dir sein Wort. Was es auch wert ist.«

Trotz des schweren Mantels und der Handschuhe aus Schaffell, zweier Paare wollener Beinkleider und pelzgefütterter Stiefel fror Errin bitterlich. Zwei Tage folgte er nun schon Ubadai durch den frostklirrenden Wald, sie ritten nur im Schritt, aus Angst, die Pferde könnten sich verletzen. Einige Pfade, die im Sommer leicht gangbar waren, hatten sich zu Todesfallen für Reiter entwickelt, mit eisverkrusteten Steinen, Löchern, die vom Schnee verdeckt wurden, und Bäumen, schwer mit Schnee beladen, der drohte, beim leisesten Windhauch herabzustürzen. Den ganzen ersten Tag lang hatte Ubadai kein Wort gesagt, und als sie ihr Lager aufschlugen, hatte er ein schönes Feuer gemacht, sich in seine Decken gerollt und bis zum Morgengrauen geschlafen. Errin wußte, daß der Nomade wütend war, und der Graf von Laene spürte, daß er einen Gutteil der Schuld daran hatte. Er hatte Ubadai freigelassen, und der Nomade hatte keinen Grund, ihm wieder in die Gefahr zu folgen. Aber er hatte auch keinen Grund gehabt, in die Festung von Mactha zu reiten und seinen früheren Herrn zu retten. Es war verwunderlich.

Am dritten Morgen, als der Himmel aufklarte, blickte Errin zur aufgehenden Sonne.

»Welche Richtung schlagen wir heute ein?« fragte er Ubadai, als der Nomade seine Decken zusammenrollte und sie am Sattel seines Pferdes festzurrte. Ubadai deutete auf einen Pfad zwischen den Bäumen.

»Aber das ist doch Osten, oder?« fragte Errin. Ubadai nickte, sagte aber nichts. »Ach komm schon, Ubadai, rede mit mir. Warum gehen wir nach Osten?«

Der Nomade murmelte etwas Unverständliches, dann

wandte er sich an Errin. »Keine Spuren. Überall frischer Schnee. Unmöglich, die Frau zu finden. Wir gehen zurück.«

»Wir sollten länger suchen - wir sind erst zwei Tage hier.«

»Das hier ist suchen. Es gibt zwei Möglichkeiten. Die Männer sind entweder gut oder böse, richtig? Sind sie gut, gehen sie nahe der Königsstraße nach Süden. Sind sie böse, machen sie einen Bogen, warten bis Cartain weg ist, und liefern dann die Frau in Pertia aus, wenn die Flotte kommt. Wenn sie gute Männer sind, haben wir sie verloren. Sind sie böse, denke ich, kommen sie diesen Weg.«

»Das ist nur eine Vermutung«, meinte Errin.

»Ja. Aber ich bin Fährtenleser, kein Zauberer. Am ersten Tag reisten sie nach Osten - ohne guten Grund dafür.«

»Woher weißt du das?«

»Die Höhle gestern, wo wir Rast machten. Dort waren Spuren und Reste von zwei Feuern. Drei Leute waren da - einer mit kleinen Füßen, aber langen Schritten. Nur drei Leute? Warum dann zwei Feuer? Die Frau sitzt allein.«

Errin zuckte die Achseln. Es war nicht viel, um sich daran zu halten, aber Ubadai war der Meister auf diesem Gebiet. »Du wärst lieber nicht hier, oder?« fragte er, als er sich in den Sattel schwang.

Ubadai bestieg sein Pferd und grinste säuerlich, wobei er auf den eisverkrusteten Pfad deutete. »Willst du hier sein?«

»Das habe ich nicht gemeint, für mich ist es eine Pflicht. Aber warum hast du dich bereit erklärt mitzukommen? Warum bist du meinetwegen nach Mactha zurückgekommen?«

»Ich bin schön dumm, was?« murmelte Ubadai und lenkte sein Pferd vorwärts.

Sie ritten zwei Stunden, bis sie einen steilen Abhang zu einem kleinen Kiefernwald hinabschlittern mußten. Ubadai brachte sein Pferd zum Stehen und zog einen Bogen unter den Satteltaschen hervor. Er spannte ihn und blies dann auf seine Finger, um sie zu wärmen.

»Was ist?« fragte Errin, der aufschloß.

»Riech mal«, befahl Ubadai, und Errin hob prüfend den Kopf, konnte aber nur wenig entdecken, außer vielleicht einen Hauch von Holzfeuer und einen schwachen, unangenehmen Geruch, der ihn an einen Bauernhof erinnerte.

»Wofür hältst du das?« fragte Errin.

»Tod«, wisperte Ubadai. »Und noch etwas anderes. Ein Tier - vielleicht ein Wolf.«

»Warum flüstern wir?«

»Wir kommen mit dem Wind. Es wird wissen, wo wir sind. Vielleicht reiten wir besser zurück.«

»Wenn da ein Wolfsrudel ist, werden wir es in die Flucht schlagen. Vielleicht ist es auch Sheera - in Schwierigkeiten«, setzte er rasch hinzu.

»Mir gefällt das nicht«, sagte Ubadai. »Ich habe Gänsehaut. Ich habe eine gute Haut, sie weiß, wo sie sein will ... und da will sie nicht hin.«

Errin grinste. »Du hast doch schon Wölfe gejagt. Und Bären - selbst einen Löwen, wenn ich mich recht erinnere. Wir sind beide gute Bogenschützen.« Ein unheimliches Heulen kam aus dem Wäldchen, lauter als jedes Wolfsgeheul, das Errin je gehört hatte. »Andererseits«, sagte er, »könntest du Recht haben. Ich denke, dies ist ein Fall für Rückzug.« Aber in dem Moment, in dem er sein Pferd zurück auf den Abhang lenken wollte, durchbrach ein neuer Laut die Stille - der Schrei einer Frau.

Errin fluchte und gab seinem Pferd die Sporen, daß es auf die Bäume zuschoß.

»Du hast keinen Bogen!« rief Ubadai, hinter ihm hergaloppierend.

Errins Pferd donnerte auf die Lichtung, sah das riesige Wolfswesen mit den Säbelkrallen und dem gewaltigen klaffenden Maul und versuchte verzweifelt, kehrtzumachen. Aber das Eis unter seinen Hufen bot keinen Halt, und so rutschte es auf den Hinterbeinen weiter. Errin schwang sich aus dem Sattel, als der Hengst in das Untier krachte und beide zu Boden gingen. Das Untier schlug seine Klauen in den Hals des Pferdes. Blut spritzte auf das grauweiße Fell des Ungeheuers. Das sterbende Pferd schlug wild mit den Hufen um sich, so daß das Untier in den Schnee stürzte. Der Hengst versuchte verzweifelt, auf die Beine zu kommen, doch das Wolfswesen war schneller und riß und zerrte an dessen Flanke. Errin kam auf die Füße und zog das kurze Krummschwert, das Cartain ihm geschenkt hatte. Es war rasiermesserscharf und schön gearbeitet, aber jetzt kam es ihm wie ein Kinderspielzeug vor, als er das wütende Ungeheuer anstarrte. Errin fuhr herum - Sheera stand nicht weit von ihm, einen qualmenden Ast in der Hand. Er lief zu ihr. Das Ungeheuer sah von dem toten Hengst auf und kletterte langsam darüber hinweg. Es stolperte und stürzte beinahe. Es hob sich auf die Hinterbeine und kam auf den Mann und die Frau zu. Errin stellte sich vor Sheera, legte die Hand auf die Gürtelschnalle und flüsterte »Ollathair«.

Augenblicklich schienen sich die Bewegungen des Ungeheuers zu verlangsamen. Errin wartete, bis das Wesen ihn fast erreicht hatte, dann duckte er sich unter dem langsam zuschlagenden, klauenbewehrten Arm und rammte ihm sein Schwert in den Bauch.

Sheera tauchte neben ihm auf und schleuderte den Ast in das Maul des Ungeheuers. In diesem Moment sah Errin, wie die Klauen auf das Mädchen zufuhren, ließ sein Schwert fallen, sprang zu ihr und zog sie außer Reichweite.

Hinter ihnen sprang Ubadai aus dem Sattel, legte einen Pfeil auf die Sehne, spannte und schoß. Der Pfeil drang in den Hals des Wesens ein. Es taumelte und fiel auf alle viere, dann rollte es zur Seite und starb.

Errin stand auf und sah sich um, ob noch weitere Ungeheuer da wären. Zu seiner Rechten lag ein menschliches Bein, und auf der anderen Seite der Lichtung waren die gräßlichen Überreste eines weiteren Opfers. Beruhigt, daß keine weiteren Ungeheuer mehr zu sehen waren, berührte er die Schnalle an seinem Gürtel und wandte sich an Sheera.

»Bist du in Ordnung?«

»Ja ... ich«, dann sah er in ihren Augen Erkennen aufflakkern, und sie wich vor ihm zurück.

»Errin? Was machst du hier?«

»Ich habe dich gesucht. Cartain machte sich Sorgen, er sagte, die Männer, die bei dir wären, stünden vielleicht in Okessas Diensten.«

»Das glaube ich auch. Aber von allen Männern, die mich retten konnten, mußtest es ausgerechnet du sein. Warum?«

Er zuckte mit den Schultern. »Es ist angenehm, meine Dame, einmal erfolgreich gewesen zu haben.«

Ihr Gesicht verfinsterte sich. »Glaub nicht, das befreit dich von der Schuld am Mord meiner Schwester. Das tut es nicht! Niemals!«

»Ich habe Dianu geliebt und hätte alles getan, um sie zu retten. Aber ich habe sie nicht gebeten, meinetwegen zu bleiben, und ich wußte auch nicht, daß sie in Gefahr war. Es ist mir ziemlich gleich, ob du mir glaubst, das spielt keine Rolle.« Er ging zu dem Ungeheuer und zog sein Schwert heraus, dann wischte er die Klinge am Fell des Wesens sauber. Er drehte das Schwert um und hielt es Sheera hin. »Willst du mich töten, meine Dame? Dann tu es! Komm schon, nimm das Schwert und stoß zu.«

Sie wandte sich ab. »Ich war wütend, als ich Cartain erzählte, ich wünschte, du wärst tot. Aber das wünsche ich nicht - allerdings auch nicht deine Gesellschaft.«

»Da hast du keine Wahl, Sheera. Ich bin hier, um dich nach Pertia und anschließend nach Cithaeron zu begleiten. Wenn du ersteinmal dort bist, kannst du tun und lassen, was dir beliebt.«

»Ich gehe nicht nach Cithaeron. Ich werde Okessa finden und ihn töten. Und falls du irgendeinen Sinn für Ehre im Leib hättest, würdest du dasselbe tun. Du sagst, du hast Dianu geliebt? Was für eine Art, das zu beweisen - nach Cithaeron zu fliehen.«

Errin holte tief Luft, um seinen Ärger zu bezwingen. »In Cithaeron können wir eine Armee aufbauen. Hier können wir wenig mehr tun als durch einen winterlichen Wald zu laufen und zu hoffen, daß wir uns nicht verirren, was für verwöhnte kleine Mädchen vielleicht in Ordnung ist, aber nicht für mich. Jetzt hol deine Sachen.« Als er sich umdrehte, packte sie seinen Arm, um ihn zurückzuhalten und hieb ihm ihre Faust ans Kinn. Ubadai stöhnte, als er den Schlag sah. Die meisten Frauen hatten keine Ahnung, wie man boxt, aber er mußte das geschmeidige Ausholen und den explosiven Aufprall bewundern. Errin war bewußtlos, ehe er in den Schnee sank.

Ubadai kam herüber und kniete neben dem bewußtlosen Adligen nieder, dann blickte er zu der erstaunten Sheera auf.

»Ich mag dich, Mädchen«, sagte Ubadai. »Du bist schön dumm.«

- 11 -

Nuada war wütend, als Grunzer ihm rundheraus erklärte, daß er die Rettungsmannschaft nicht begleiten dürfte. Der Führer der Geächteten hatte dreißig Männer zusammengerufen, von denen jeder Lebensmittel trug - Brot, getrocknetes Fleisch und Früchte.

»Du brauchst mich, damit ich euch den Weg zeigen kann«, protestierte Nuada. »Du brauchst mich!«

»Ich kann die Königsstraße schon allein finden, Nuada, ohne jede Hilfe. Aber schau dich an - du stehst kurz vor einem Zusammenbruch. Du würdest den Marsch nicht überstehen.«

»Ich bringe ihn hin - und auch wieder zurück«, sagte Llaw Gyffes. Es schneite wieder heftig, und Llaw war wie die anderen in geölte Schafsfelle und hohe, wollgefütterte Wanderstiefel gekleidet. Eine Kapuze bedeckte sein blondes Haar, um seinen Hals hatte er einen langen Schal geschlungen.

Grunzer ging zu Nuada und legte ihm eine Hand auf die Schulter. »Jeder Schritt, um den du unseren Marsch verlangsamst, könnte einen weiteren Toten auf der Königsstraße bedeuten. Verstehst du das?«

»Ich werde euch nicht aufhalten, das verspreche ich.«

Llaw zog Nuada beiseite und bot ihm einen Schluck aus seiner Feldflasche an. Nuada nahm an - und hustete.

»Götter des Chaos!« spuckte er. »Was ist das?«

»Ein Branntwein aus Getreide - wenig bewirkt viel. Ist dir jetzt wärmer?«

»Ich habe das Gefühl, als hätte jemand ein Feuer in meinem Bauch angezündet.«

»Gut. Dann laß uns gehen.«

Grunzer legte ein gutes Marschtempo vor. Seinen Weg durch den Schnee ertastete er sich mit einem Stab, den er tief in den Boden stieß, um trügerische Stellen aufzuspüren. Die Männer hinter ihm bewegten sich lautlos. Niemand sprach, und Nuada wußte, daß die meisten von ihnen den Sinn ihres Unternehmens nicht begriffen.

»Warum wolltest du mitkommen?« fragte Llaw, während sie mit etwas Abstand hinter den anderen hermarschierten.

»Ich habe es ihnen versprochen - und außerdem haben sie Angst vor Grunzer.«

»Zu Recht. Du führst den Wolf in den Schafpferch, sei also nicht überrascht, wenn er sich wie ein Wolf benimmt.«

»Ich werde nicht überascht sein, Llaw. Aber jetzt sag mir, warum du mitgekommen bist.«

Llaw grinste und half Nuada über eine hohe Schneewehe. Der Wind frischte auf und trieb ihnen Eis und Schnee ins Gesicht, so daß eine weitere Unterhaltung unmöglich wurde. Die Reise, für die Nuada anderthalb Tage gebraucht hatte, schaffte die Rettungsmannschaft in knapp vier Stunden.

Um ein erloschenes Feuer fanden sie die ersten zusammengekauerten Toten. Es waren zwei Frauen, ein alter Mann und ein Kind. Alle waren steifgefroren.

Grunzer räusperte sich und spuckte aus. In seinen dunklen Brauen und dem kurzen Bart hatte sich Eis gebildet. »Dumm!« sagte er. »Hätten sie das Feuer zwanzig Schritt weiter dort drüben gemacht, an dem Felsen da, wären sie noch am Leben. Wie konnten sie nur annehmen, daß ein Feuer in offenem Gelände sie wärmen würde?«

Sie ließen die Toten, wo sie waren, und eilten weiter. Am Nachmittag erreichten sie die Höhle. Etwa vierzig Menschen hatten sich hier zusammengedrängt. Vier waren tot. Grunzer führte seine Männer hinein, damit sie ihre Rationen austeilen konnten. Die beiden Feuer waren fast erloschen, und Llaw Gyffes ging zurück in den Wald, um Brennholz zu holen. Nuada sah sich suchend unter den hageren, müden Gesichtern um, bis er schließlich das Mädchen ganz hinten in der Höhle entdeckte. Es kauerte neben einer älteren Frau, und er bahnte sich einen Weg zu ihr.

»Ich bin zurückgekommen«, sagte er schlicht.

»Sie ist tot«, antwortete das Mädchen. »Sie starb vor einer Stunde.«

Nuada blickte in das gelassene Gesicht herab. Die Frau war etwa Ende sechzig, schätzte er, und hatte das Aussehen einer vornehmen Dame. »Dann kann ihr jetzt niemand mehr etwas anhaben«, sagte er. »Komm, hier ist etwas zu essen.«

»Ich habe keinen Hunger.« Er legte den Arm um ihre schmalen Schultern und zog sie an sich.

»Würde sie wollen, daß auch du stirbst?« fragte er. »Komm mit mir.« Er nahm sie beim Arm und führte sie zu Grunzer, der ihr etwas Brot und eine Feldflasche mit Wasser gab.

»Wir paßten nicht alle in die Höhle, draußen sind immer noch ein paar Leute«, erzählte das Mädchen ihnen. Grunzer drehte sich um und schickte drei Suchtrupps in den Wald. Llaw Gyffes ging mit ihnen. In der Höhle fiel eine Frau vor Grunzer auf die Knie, schlang ihre Arme um seine Beine und weinte leise. Verlegen schob er sie weg. Ein Mann kam auf ihn zu, ergriff seine Hand und schüttelte sie unablässig, andere taten es ihm nach. Grunzer nahm ihren Dank mißmutig entgegen und stapfte hinaus in den Schneesturm. Eine Zeitlang wanderte er allein umher und beobachtete die Männer, die den Schnee absuchten. Überall lagen Tote.

Er wollte gerade in die Höhle zurückkehren, als er in seiner Nähe ein Wimmern hörte. Er blickte sich suchend um, konnte aber niemanden entdecken, dann verstummte der Laut. Mit seinem Stab tastete er die Büsche ab, fand jedoch nichts. Er blieb stehen und lauschte, aber der heulende Wind übertönte jedes leisere Geräusch. Er bückte sich ... noch immer nichts. Zu seiner Linken war eine kleine Schneewehe. Als er hinsah, wirbelte der Wind etwas Schnee auf, und er sah ein Stück Stoff hervorlugen. Er ging hin und schaufelte den Schnee weg. Ein Mann und eine Frau waren darunter begraben, eng aneinandergeschmiegt, erfroren, aber sie hatten sich um eine kleines Kind gekuschelt, das in eine Wolldecke gewickelt war. Grunzer konnte sich ihre letzten Gedanken vorstellen: Wir schützen das Kind bis zum Ende. Ihre Körper schirmten es vor Wind und Schnee ab. Das Kind bewegte den Kopf und öffnete den Mund. Grunzer grub es rasch ganz aus und lief zur Höhle. Drinnen kämpfte er sich zum Feuer durch, zog die steifgefrorene Decke weg und rieb dem kleinen Mädchen die dünnen Glieder. Es hatte kurzes, aber dichtgelocktes goldenes Haar und war dünn, schrecklich dünn.

»Akis!« rief er. »Wo zum Teufel steckst du?« Ein untersetzter Mann kam herbei. »Hast du Milch mitgebracht?« fragte Grunzer.

»Sie ist fast alle, Herr«, antwortete der Mann. Seit Nuada die Geschichte von dem Ungeheuer erzählt hatte, hatten die Männer Nuadas Anredeform übernommen.

»Hol welche. Sofort! Und wärme sie!«

»Ja, Herr.«

Der Kopf des Mädchens sank gegen Grunzers Schulter. »Stirb jetzt nicht hier bei mir!« rief er. »Wage es ja nicht, auf meinem Arm zu sterben!« Er schüttelte das Kind und rieb dessen Rücken, bis es zu wimmern begann. »So ist es gut«, sagte Grunzer. »Schrei! Schrei und lebe!«

»Soll ich sie nehmen?« fragte eine Frau.

»Laß mich in Ruhe«, fauchte Grunzer, als Akis mit der Milch kam, die er in einer Holzschüssel angewärmt hatte. Der Führer der Geächteten hob den Kopf des Mädchens an und hielt die Schale an dessen Lippen. Die Milch tropfte aufs Kinn, weil das Kind den Mund zumachte. »Halt ihr die Nase zu«, sagte Grunzer, und eine Frau kauerte sich neben ihn und gehorchte seinem Befehl. Das Kind öffnete den Mund. Zuerst verschluckte es sich an der Milch, aber dann begann es zu trinken. Als die Schale leer war, sank der Kopf wieder an seine Schulter. Er wollte das Mädchen schon wieder schütteln, als die Frau ihn am Arm berührte.

»Sie schläft«, sagte sie. »Sie schläft nur. Sie wird es schaffen. Wickle sie in eine warme Decke und laß sie bei mir. Ich kümmere mich um sie.«

Grunzer trennte sich nur widerwillig von dem Kind, tat es dann aber doch und strich ihm das Haar aus der Stirn. »Sie ist hübsch«, sagte er, »und stark. Das gefällt mir an einem Kind. Wie alt ist sie? Ich kann das Alter von Kindern nie schätzen.«

»Ich würde sagen, etwa zwei Jahre alt. Vielleicht auch etwas älter, aber sie ist sehr klein und dünn.«

»Du kümmerst dich um sie«, sagte Grunzer sich erhebend.

»Ja, Herr.«

»Ich bin kein Herr! Paß auf sie auf.«

Er sah Llaw Gyffes, wie er einem jungen Paar in die Höhle half, die inzwischen mehr Leute aufgenommen hatte, als eigentlich hineinpaßten.

»Das da draußen ist ein Alptraum«, sagte Llaw. »Überall liegen Leichen, es müssen an die hundert sein.«

»Wieviele Überlebende?« fragte Grunzer.

»Ich habe etwa dreißig gesehen. Hier ist kein Platz mehr für sie, und wenn wir keine Unterkunft für sie finden, werden noch viele sterben.«

»Knapp fünf Kilometer von hier gibt es größere Höhlen«, sagte Grunzer, »aber in einigen leben Bären.«

»Einen Bären kann man wenigstens töten«, murmelte Llaw, »aber wogegen wir nicht ankommen, ist diese Kälte.« Weitere Überlebende begannen, sich am Höhleneingang zu drängeln und riefen, man solle ihnen Platz machen. Diejenigen in der Mitte wurden zu dicht an die Feuer gedrängt, Streit brach aus.

Grunzer stellte sich auf einen Felsen, so daß er über die Köpfe der zusammengepferchten Menge sehen konnte.

»Ruhe!« brüllte er. Jede Bewegung erstarb. »Wir müssen in den Schneesturm hinausmarschieren. Ich möchte, daß die kräftigsten von euch innerhalb einer Stunde abmarschbereit sind. Der Rest kann hierbleiben, ich lasse Männer und Lebensmittel hier, und wir kommen wieder, wenn der Sturm sich gelegt hat.«

Einige der Flüchtlinge begannen zu schreien und weigerten sich, die sichere Zuflucht der Höhle zu verlassen. »Ihr tut genau das, was ich gesagt habe!« tobte Grunzer. »Sonst lasse ich euch alle hier verhungern! Also, etwa eine Stunde Fußmarsch von hier gibt es noch andere, größere Höhlen. Dort können wir Feuer machen, um euch am Leben zu halten. Jeder, der glaubt, den Marsch überstehen zu können, stellt sich auf der linken Seite auf. Diejenigen, die bleiben wollen, gehen nach rechts.«

Langsam nahmen die Flüchtlinge Aufstellung. Grunzer sprang von dem Stein herunter, als ein älterer Mann sich ihm näherte.

»Ich danke dir, Herr, für deine Hilfe. Sag mir, bist du der Held Llaw Gyffes?«

»Nein, ich bin der Teufel Grunzer.« Die Augen des Mannes weiteten sich, und er wich zurück.

»Die auf der linken Seite, raus aus der Höhle. Sofort!« schrie Llaw Gyffes. »Los, macht Platz!«

Grunzer fand die Frau, die das Kind wiegte, das er gerettet hatte, und er beugte sich hinab und nahm das schlafende Mädchen auf den Arm. »Du nimmst sie mit hinaus in die Kälte?« fragte die Frau. »Ist das klug?«

»Bei mir ist sie sicher«, versprach Grunzer, öffnete seine Schaffelljacke und schloß sie wieder um das Kind herum.

Draußen hatte der Schneesturm nachgelassen, der Schnee fiel nicht mehr so dicht, als Grunzer die Führung übernahm und die Kolonne sich in Marsch setzte. Akis, Nuada und vier weitere blieben in der Höhle, verteilten Lebensmittel und überwachten die Feuer. Jetzt gab es mehr Platz, und die Gruppe bestand vorwiegend aus älteren oder ganz jungen Menschen. Nuada war müde, erschöpfter als jemals zuvor in seinem jungen Leben. Aber er fühlte sich seltsam erhaben und erfüllt von einem Gefühl stiller Freude. Er lehnte sich an die Höhlenwand und betrachtete die Menschen, die an den Feuern schliefen. Seine Leute. Durch das Blut und durch die Tat. Das Mädchen mit den rabenschwarzen Haaren saß neben ihm, die Leiche der Mutter lag hinten in der Höhle, ein Leintuch bedeckte ihr Gesicht.

»Ich heiße Kartia«, sagte das Mädchen. Sie fror noch immer, und er nahm die Decke von seiner Schulter und hüllte sie mit hinein. Er sagte nichts und lehnte den Kopf gegen die Felswand. Für ihn war sie weich wie ein Daunenkissen.

Dann schlief er ohne zu träumen.

Der Marsch zu den großen Höhlen dauerte mehr als vier Stunden, aber es hörte auf zu schneien, und die Temperatur stieg leicht. Trotzdem brauchten viele der schwächeren Flüchtlinge Hilfe, und Llaw Gyffes und zwei andere bildeten die Nachhut und paßten auf die auf, die unterwegs stürzten. Llaw gab einigen von ihnen einen Schluck seines Brantwein, das sie wieder auf die Beine brachte. Nur ein Mann starb unterwegs, sein Herz gab auf, als er den letzten Hügel erklettern wollte.

Sobald sie in den Höhlen waren, wurden riesige Feuer entzündet, und die Flüchtlinge scharten sich dankbar um sie. Das Kind auf Grunzers Arm erwachte, und er fütterte es mit dem letzten Rest Milch. Llaw Gyffes beobachtete ihn mit dem Kind, Grunzers blasse Augen verrieten keinerlei Gefühl. Als er spürte, daß er beobachtet wurde, gab Grunzer das Kind einer Frau mittleren Alters und ging zum Höhleneingang, wo er sich gegenüber dem hochgewachsenen Krieger niederließ.

»Ich mag Kinder«, bemerkte Grunzer. Seine dunklen Augen starrten Llaw herausfordernd an.

»Ich auch. Ich glaube, der Schneesturm ist vorbei - das Schlimmste haben wir erst einmal hinter uns.«

Grunzer blickte zum Himmel empor. »Keine Wolken. Es wird noch kälter werden.«

»Was willst du mit all den Leuten machen?« fragte Llaw. »Wie willst du sie ernähren, für sie sorgen? Und wie hat dich Nuada dazu überredet?«

Grunzer zuckte die Achseln. »Mein Kornspeicher ist voll, und sie können für ihre Mahlzeiten arbeiten. Sie können Bäume fällen, Holz sammeln. Die jüngeren Frauen können für meine Männer Bettgespielinnen sein, wie haben sowieso nicht genug Frauen. Drei Männer wurden neulich bei dem Kampf um eine Frau getötet.«

Llaw nickte. »Und die letzte Frage? Warum?«

»Darauf antworte ich dir nicht, Llaw Gyffes. Darauf antworte ich niemandem. Wenn ich mich entschließe, etwas zu tun, dann tue ich es. Vielleicht entscheide ich mich morgen, sie alle zu töten. Meine Entscheidung. Aber warum bist du mitgekommen?«

Llaw zuckte die Achseln. »Ich brauchte Bewegung. Ich kam mir vor wie ein Hund im Zwinger. Was macht dein Rücken?«

»Bei mir heilt alles schnell.«

»Du solltest auf Entzündungen achtgeben. Ich habe schon häufig gesehen, daß Kratzer von Tieren sehr, sehr schlimm wurden.«

»Hier nicht«, sagte Grunzer. »Die Luft ist gut für Wunden. Seit ich in den Wald gekommen bin, habe ich noch keinen Fall von Wundbrand gesehen.« Er schwieg einen Augenblick und dachte an die Schmerzen und die Angst, als die Klauen ihn erwischt hatten. »Das war ein mächtiges Biest, was?«

»Hat fast meine Axt zerbrochen« sagte Llaw. »Ist dir schon mal aufgefallen, was für Idioten wir waren, da so offen herumzusitzen?«

»Ein-, zweimal schon«, gab Grunzer zu. »Bislang haben meine Jäger noch sechs andere tot im Schnee gefunden. Kein Hinweis darauf, wo sie herkommen. Niemand hat jemals von etwas Ähnlichem gehört. Ich habe sogar Männer ausgeschickt, um den Dagda zu suchen und ihn um Rat zu fragen.«

»Du weißt, wo er lebt?«

»Nein, aber die Männer werden alle Dörfer aufsuchen, um etwas über ihn zu erfahren«, erklärte Grunzer. »Er wird davon hören, wo immer er auch ist.«

»Die wichtige Frage ist«, meinte Llaw, »wer hat diese Wesen geschickt? Und warum?«

»Sie geschickt?« fragte Grunzer. »Das ist doch keine Meute von Jagdhunden. Ich habe keine Leinen gesehen. Und kein lebender Mann könnte solche Wesen dressieren.«

»Erinnerst du dich an den Jungen? Er sagte, er habe beobachtet, wie es in einem Lichtblitz aus der Luft erschien. Unsere eigenen Jäger haben Spuren gefunden, die auf einem Hügel einfach anfingen. Nein. Jemand will Tod in den Wald bringen - und wir müssen herausbekommen, wer.«

»Das müssen wir allerdings«, stimmte Grunzer ihm zu, »falls du Recht hast. Aber ich bin noch nicht überzeugt. Teile des Waldes sind noch nie erkundet worden - Hochtäler, einsame Schluchten. Die Wesen könnten aus Mangel an Beutetieren dort vertrieben worden sein - oder einfach aus Neugier.«

»Vielleicht«, meinte Llaw, »aber du hast dieses Wolfswesen gesehen. Es war nicht völlig von Fell bedeckt, Brust und Bauch hatten dunkle Haut. Solch ein Tier lebt wohl kaum in einer Höhe, wo es sehr kalt ist. Und das andere Wesen, das wir tot in der Schneewehe gefunden haben? Die Kälte hat es umgebracht. Hast du je von einem Waldlebewesen gehört, das sich nicht auf den Winter vorbereitet?«

»Das ist ein überzeugendes Argument, aber wo führt uns das hin? Zu einem zaubernden Tierbändiger, der seine Meute in den Bergen losläßt? Wie können wir ihn finden? Oder ihn erkennen, falls wir ihn finden?«

»Ihn finden? Das können wir nicht«, gab Llaw zu. »Aber ein anderer Zauberer könnte das.«

»Ich nehme an, du willst auf etwas Bestimmtes hinaus?« fauchte Grunzer. »Hier sind nicht gerade viele Zauberer.«

»In meinem Dorf ist ein Bursche, der behauptet, Lehrling bei einem Mann der Magie namens Ruad Ro-fhessa gewesen zu sein. Wenn der Schnee schmilzt, werde ich ihn suchen.«

Grunzer stand auf und reckte sich. »Das bedeutet, die Zuflucht des Waldes zu verlassen. Ein riskantes Unterfangen, Starkhand. Mit dem rotgoldenen Bart und dem hellen Haar bist du leicht zu erkennen. Und was wird dann aus uns armem Waldvolk, wenn unser großer Held von uns genommen wird, ehe er seine Armee aufbauen kann?«

»Ich denke, das würdest du schon schaffen, Herr Grunzer, großer Töter von Ungeheuern und Retter kleiner Kinder.«

Llaw stand auf und sah auf den kleineren Mann herunter. Grunzer lächelte, aber das Lächeln erfaßte seine Augen nicht mit. »Ich glaube, ich mag dich, Llaw. Wirklich.«

»Das ist gut - und sehr beruhigend.«

»Sei nicht allzu beruhigt. Ich habe schon Männer getötet, die ich mochte.«

»Ich werde daran denken.«

Fünf Tage lang wartete Ruad, öffnete das Schwarze Tor jeden Abend und hielt es eine Stunde offen. Einmal schaffte es eine riesige Echse mit spitzen Zähnen fast, hindurchzugelangen, aber er schickte sie mit einem weißen Feuerstrahl zurück. Am sechsten Tag war er zu schwach, um den Zauber zu versuchen, und wanderte erschöpft zum Dorf zurück.

Gwydion sagte nichts, als er die kleine Hütte betrat, die man für sie freigemacht hatte. Er legte nur die Hand auf die Schulter seines Freundes. Ruad schüttelte sie ab.

»Ich habe ihn verloren«, sagte er und ließ sich in einen Sessel fallen. Gwydion setzte sich neben den Waffenmeister, starrte in das breite, häßliche Gesicht und sah sein Spiegelbild in der bronzenen Augenklappe. Ruad fluchte. »Ich habe ihn in den Tod geschickt, genau wie die anderen.«

»Er war ein Mann, und er traf seine eigenen Entscheidungen«, erwiderte Gwydion. »Und bei den Göttern, Ruad, es war das Risiko wert. Wenn wir die Ritter der Gabala noch einmal zusammenbekämen, könnten wir das Böse aus diesem Land fegen - wir könnten eine Rebellenarmee aufstellen.«

»Sie sind alle tot, Gwydion. Laß mich ausruhen.« Ruad

Einmal schaffte es eine riesige Echse mit spitzen Zähnen fast, hindurchzugelangen.

stolperte zu seiner strohgefüllten Matratze, die an der Wand lag, und streckte sich darauf aus.

Gwydion ging zu ihm.

»Ich werde dir Schlaf verleihen«, sagte er und berührte mit dem Finger die Stirn des Zauberers. Ruads Augen fielen zu, sein Atem wurde gleichmäßiger. Gwydion griff ohne Mühe nach den Farben, wunderte sich über die Stärke des Grüns und spürte, wie die Kraft von Millionen Bäumen, Vögeln und Tieren ihm zufloß. Er erneuerte seine Kräfte und öffnete die Augen. Die Kerze war heruntergebrannt und rußte, also zündete er am Stumpf eine neue an.

Ein leises Klopfen unterbrach seine Gedanken, und er ging zur Tür und öffnete. Ein junger Mann stand dort, dessen blasses Haar im Mondlicht schimmerte. Hinter ihm stand ein größerer Mann mit dunklem Haar und dunklen Augen.

»Ja?« fragte Gwydion. »Ist jemand krank?«

»Nein, Herr«, sagte der Junge. »Ich suche Ruad Ro-fhessa. Ich war sein Lehrling. Ich heiße Lámfhada.«

Gwydion streckte die Hand aus und berührte den Jungen an der Schulter. In ihm war nichts Böses. »Kommt herein«, sagte der alte Mann, »aber sprecht leise, denn Ruad schläft - und er braucht seine Ruhe.«

Die Beiden betraten die Hüte, und Gwydion schürte das Feuer und hängte einen Kessel darüber. »Möchtet ihr etwas Kräutertee? Er ist süß und verhilft zu sanften Träumen.«

»Du erinnerst dich nicht an mich?« fragte der Mann mit dem scharfgeschnittenen Gesicht. Er streckte den rechten Arm aus, so daß der alte Mann den lederbedeckten Stumpf sehen konnte.

»Elodan? Ich hörte, du wärst tot. Ich bin froh, daß das nicht stimmt. Du mußt mir verzeihen, ich werde alt und vergeßlich. Als ich dich das letztemal sah, war es als Ritter in silberner Rüstung mit einem schwarzgefiederten Helm auf dem Kopf.«

»Das ist schon lange her, Gwydion. In einem anderen Zeitalter. Die Welt hat sich seither verändert - und - nicht zum Besseren.«

Gwydion goß kochendes Wasser in einen Kupfertopf und fügte getrocknete Blätter hinzu, dann rührte er die Mischung mit einem Holzlöffel um. Er ließ sie ein paar Minuten ziehen und goß sie dann in drei Trinkschalen.

»Warum seid ihr hier?« fragte der alte Mann.

»Ich habe die Hoffnung, daß der Zauberer meinen Arm heilt«, sagte Elodan. »Lámfhada behauptet, er kann alles.«

»Wie habt ihr uns gefunden?«

Lámfhada grinste. »Ich habe mit den Farben geübt. Die wichtigen beherrsche ich noch nicht, aber ich kann mit dem Gelb fliegen. Und ich spürte, daß Ruad im Wald war, obwohl ich nur spürte, daß er östlich von mir sein mußte. Dann hörten wir von einem Heiler und einem Zauberer, und die Leute sprachen von drei goldenen Hunden. Ich war dabei, als Ruad an dem letzten arbeitete, daher wußte ich, er mußte es sein. Glaubst du, er wird ärgerlich, weil ich ihn aufgesucht habe?«

»Nein, das glaube ich nicht«, beruhigte ihn Gwydion, »aber er hat einen schrecklichen Verlust erlitten, und vielleicht kommt er dir ... verändert vor. Hab Geduld, Lámfhada. Und du, Elodan, darfst nicht zuviel erwarten. Ruad ist ein Zauberer mit großer Macht, aber einige Dinge gehen über die Kräfte gewöhnlicher Menschen hinaus.«

»Meine Hoffnung war nie sehr groß, Gwydion. Aber wir werden sehen.«

Gwydion wandte seine Aufmerksamkeit wieder dem Jungen zu. »Das Gelb«, sagte er, »ist eine wundersame Farbe. Ich habe meine Fähigkeiten auch über diesen Weg erlernt. Es ist die Farbe der Träume.«

»Und doch hat sie keine Macht«, meinte Lámfhada.

»Nein, nein, das siehst du falsch. Das Gelb führt uns zu allen anderen Farben. Es ist ein Leitfaden. Ohne es gäbe es keine Zauberer, keine Heiler, keine Mystiker, keine Seher. Sag mir, wenn du das Gelb reitest, welche Farbe taucht dann am Rand deines Geistes auf?«

»Keine, Herr.«

»Mit der Zeit wirst du feststellen, daß dich eine andere Farbe anzieht, sie wird eindringen, wenn du das Gelb fliegst. Für mich war es das Grün, und ich wurde ein Heiler, für andere, wie Ruad, ist es das Schwarz. Für einige ist es leider auch das Rot. Aber das Gelb wird dich zur Farbe deines Lebens führen, ob gut oder böse.«

»Werden denn alle Menschen von den Farben beherrscht, auch wenn sie keine Zauberer sind?« fragte Lámfhada.

»Natürlich. Die Farben sind das Leben. Sieh dir Elodan an - welche Farbe hat seine Seele?«

Der Krieger sagte nichts, aber Lámfhada drehte sich zu ihm um, um ihn zu betrachten. »Ich weiß nicht«, sagte der Junge. »Wie erkannt man das?«

»Dazu braucht es wenig Magie, mein Junge«, antwortete Gwydion. »Ein Bauer ist ein Mann, der das Land liebt und das, was es ihm schenkt. Das Grün des Wachstums ist seine Farbe. Aber ein Krieger? Welche andere Farbe gibt es für einen Mann, der lebt, um seine Mitmenschen mit einer scharfen Klinge zu schlagen oder einem tödlichen Streitkolben oder einer funkelnden Lanze? Elodans Farbe ist das Rot, und er weiß es. Er hat es immer gewußt. Habe ich Recht, Streiter des Königs?«

Elodan zuckte die Achseln. »Man wird immer Krieger brauchen. Ich schäme mich nicht für das, was ich bin ... war.«

»Ah, aber das ist nicht der Grund, warum du ein Krieger warst. Du hast diesen Weg gewählt, weil du Spaß am Kämpfen hattest.«

»Das stimmt. Macht mich das böse?«

»Nein, aber es macht dich auch nicht gerade zu einem Heiligen«, sagte Gwydion errötend. Er holte tief Luft. »Verzeih mir, Elodan. Ich habe kein Recht, dich zu tadeln, Aber ich habe einen Großteil meines Lebens damit verbracht, Wunden zu heilen, die Schwerter oder Äxte oder Pfeile verursacht hatten, als Ergebnis von Haß, Lust oder Gier. Ich weiß, daß du nicht böse bist, aber ich verabscheue die Männer des Schwertes. Kommt, es ist spät. Schlaft hier, morgen früh sprechen wir dann mit Ruad.«

Nach einigen Augenblicken kehrte Errins Bewußtsein zurück, und er setzte sich leicht angeschlagen auf. Ubadai half ihm auf die Beine. »Schlimmes Kinn«, sagte der Nomade grinsend. Errin taumelte.

»Es tut mir leid«, entschuldigte sich Sheera. »Ich dachte, du würdest dich wenigstens bewegen. Du warst so schnell, als du das Ungeheuer erledigt hast ... bist du in Ordnung?«

»Nur mein Stolz hat bleibenden Schaden davongetragen«, antwortete Errin. »Kann ich mich irgendwohin setzen?«

»Nicht hier«, widersprach Ubadai, auf die Leichen deutend. »Blut zieht viele Tiere an - Wölfe, Löwen, wer weiß? Du kannst auf meinem Pferd sitzen?«

»Nein, kann er nicht«, warf Sheera ein. »Es ist davongelaufen, sobald du aus dem Sattel warst.«

»Immer besser«, knurrte Ubadai. Er suchte prüfend mit den Augen das Gelände ab, dann deutete er auf einen nahen Hügel. »Dort sollte es Höhlen geben - bei unserem Glück sind viele wilde Tiere dort. Hüfthoch wilde Tiere. Trotzdem ...« Er sammelte die Satteltaschen und den Proviant von Errins Pferd ein und wartete, bis Sheera ihr schmales Bündel aus dem Unterschlupf unter dem Baum geholt hatte. Dann stützte er Errin, während sie langsam bergan stiegen. Die frische Bergluft belebte den Adligen schon bald wieder. Wie Ubadai vorausgesagt hatte, gab es hier viele kleine Höhlen. Er ging in eine der Höhlen auf der Südseite des Hügels, machte aber rasch kehrt. »Bär«, sagte er. Die zweite Höhle war leer, und der Nomade sammelte Holz für ein Feuer.

Dankbar für die Wärme, ließ sich Sheera am Feuer nieder und beobachtete Errin. »Es tut mir wirklich leid«, sagte sie.

Er zuckte die Achseln. »Muß es nicht. Ich war noch nie gut darin, mich zu verteidigen. Mein alter Schwertmeister sagte, meine Handgelenke wären so kräftig wie welker Salat.«

»Gegen das Untier hast du dich aber schnell genug bewegt, und dieser Schwerthieb hat ihm fast die Eingeweide herausgerissen.«

»Das Wesen wäre sowieso gestorben«, erklärte Ubadai. »Du hättest es mit diesem Ast töten können.«

»Was soll das heißen?« fragte Errin.

Ubadai zuckte die Achseln. »Es war krank, vielleicht. Als es das Pferd tötete, ist es fast gestürzt. Es hat nicht angegriffen - es ist gestolpert.«

»Netter Gedanke«, fuhr Errin auf. »Der siegreiche Ritter tötet ein krankes Untier - kaum der Stoff für eine Heldensage. Mir kam es nicht krank vor.«

»Doch, das war es aber«, sagte Sheera. »Seine Brust war fast blau. Und es ist gestürzt, bevor es angriff.«

»Es hatte dünne Haut«, meinte Ubadai. »Nicht gut für die Kälte.«

»Könnten wir vielleicht damit aufhören, das Untier zu bemitleiden?« fragte Errin. »Es war ja nicht gerade ein verwundetes Kaninchen.«

»Wartet hier«, sagte der Nomade. »Ich suche das Pferd.«

Nachdem er gegangen war, schürte Sheera das Feuer. »Es spielt keine Rolle, daß das Tier nicht ganz bei Kräften war, Errin. Du hast es immerhin angegriffen - und du hast mich mit erstaunlicher Geschwindigkeit vor den Klauen in Sicherheit gebracht.«

Er grinste sie an. »Das hat mir Spaß gemacht.« Er wollte ihr gerne die Wahrheit über den Gürtel sagen, besann sich jedoch eines Besseren. Es war schön, in einer heldenhaften Rolle gesehen zu werden. Als er Sheera ansah, erstaunte ihn die Ähnlichkeit mit ihrer Schwester: die gleichen großen Augen und vollen Lippen, derselbe durchdringende Blick. Sheera war größer, ihr Haar kürzer und dichter gelockt, aber an ihrer Verwandtschaft konnte es keine Zweifel geben.

»Stimmt etwas nicht?« fragte sie, als sie sah, wie sich sein Gesichtsausdruck veränderte.

»Es ist nichts. Möchtes du etwas essen?«

»Im Moment nicht. Mir ist immer noch etwas übel von dem Kampf.«

»Es war sehr tapfer von dir, dich dem Ungeheuer nur mit einem brennenden Ast entgegenzustellen«, sagte er. »Du sahst sehr beeindruckend aus.«

»Ich hatte weder die Zeit noch den Platz, meinen Bogen zu benutzen. Du hast richtig Talent gezeigt, als du den Angriff geritten hast.«

»Dafür kann ich kein Lob beanspruchen, das arme Tier hat versucht, stehenzubleiben und ist ausgerutscht.« Er sah beiseite, Schweigen breitete sich aus. »Sieh mal«, sagte er schießlich, »wegen Dianu ...«

»Wir wollen nicht darüber reden«, sagte sie, ihre Miene verhärtete sich.

»Manche Dinge müssen aber ausgesprochen werden. Ich war ein Narr, das weiß ich, aber ich kann mir noch so viele Vorwürfe machen, es ändert nichts mehr daran. Ich wußte nicht, in welcher Gefahr sie war, und ich wußte nicht, daß ihr Nomadenblut in euch habt.«

»Du hast sie getötet, Errin. Dein Pfeil hat ihr Herz durchbohrt.«

Er schloß die Augen, öffnete sie dann wieder und blickte in die Flammen. »Ja«, gab er zu, »mein Pfeil ... aber du weißt nicht, wie es war. Mein Bein war gebrochen, und ich war auf der Flucht. Ich wollte sie retten, aber ich konnte nicht von meinem Pferd herunter. Als ich auf den Hügel kam, wurde sie gerade an den Pfahl auf dem Scheiter...«

»Ich will das nicht hören!«

Aber Errin redete weiter. »Wenn ich sie erreicht hätte, hätte ich sie nicht befreien können. Sie wäre entweder langsam verbrannt oder am Rauch erstickt. Was hättest du an meiner Stelle getan, Sheera?«

»All die Leute dort«, flüsterte sie. »Sie muß viele von ihnen gekannt haben. Sie hat immer Geschenke in Mactha verteilt - Lebensmittel und Geld für die Bedürftigen. Und doch haben sie gejubelt, als man sie auf den Scheiterhaufen brachte. Wir haben in Pertia davon gehört. Und sie haben wütend aufgeschrien, als du ihnen den Spaß verdarbst. Was läßt Menschen so handeln? Wie konnten sie so grausam sein? So böse?«

Er schüttelte den Kopf. »Wie könnte ich dir antworten? Vor einigen Wochen ist ein Sklavenjunge ausgerissen, den ich als Geschenk für den Herzog gekauft hatte. Ich habe ihn gejagt, und als er schon fast sein Ziel erreicht hatte, habe ich einen Pfeil in seinen Rücken geschossen. Warum? Wer weiß darauf eine Antwort? Er gehörte mir, er hat mir nicht gehorcht, ich habe zugesehen, wie er in den Wald kroch, um dort allein zu sterben. Das läßt mir seitdem keine Ruhe. Ich kann es nicht rechtfertigen - ebensowenig wie einer der Zuschauer bei Dianus Tod seine Leidenschaften rechtfertigen kann.«

»Bist du sicher, daß der Junge gestorben ist?«

»Nein, aber der Pfeil ist tief eingedrungen.«

Eine Zeitlang schwiegen sie, dann nahm Sheera das Gespräch wieder auf. »Es ist schwer zu glauben, wie schnell sich die Welt ändern kann. Ich habe vier Jahre in Furbolg verbracht - Schule, Feste, Tänze und Bankette. Ich habe sogar den König kennengelernt. Er war groß und noch nicht alt, aber seine Augen waren seltsam und kalt. Ich mochte ihn nicht, und auch seine neuen Ritter nicht. Über sie gab es viele Gerüchte. Manche behaupteten, sie seien Dämonen aus einer anderen Welt, andere sagten, sie seien Zauberer, die lebende Menschen auf einem geheimen Altar opferten. Dann kam die Angst - die Verhaftungen, die Hinrichtungen, der Pöbel, der auf den Straßen sang. Ich bin nachts immer über den Duftenden Pfad gegangen - erinnerst du dich an ihn?«

»Ja«, sagte er. »Ein Lieblingsplatz für Verliebte. Rosen und viele andere Blumen wuchsen den ganzen Weg entlang bis zum Königlichen Park.«

»Während meines letzten Jahres in Furbolg ist niemand über diesen Pfad gegangen. Vier Frauen verschwanden dort beim Spazierengehen, zwei weitere wurden angegriffen und vergewaltigt. Es wurde ein Ort der Angst. Und die Morde und Raubüberfälle! Kein Tag verging, ohne daß man von neuen Greueltaten hörte, aber selbst das hat nicht ausgereicht, um den Adel zu beunruhigen. Dann, eines Abends im Palast, änderte sich alles. Der König hatte ein besonderes Fest ausrichten lassen. Wir kamen erst spät an und sahen, daß der Saal dicht bestückt war mit Betten und Liegen, und überall trieben es die Leute. Der Sklave an der Tür erklärte meinem Onkel, daß kein Mann bei seiner Frau bleiben dürfe, jeder müsse neue Partner finden. Da haben wir uns davongemacht, und dann hat mich mein Onkel zu Dianu geschickt, und wir haben den Plan für unsere Flucht entwickelt.«

»Der König hat den Palast in ein Freudenhaus verwandelt?« rief Errin. »Und der Adel hat nichts dagegen unternommen?«

»Vier, die sich weigerten teilzunehmen, wurden später des Verrats bezichtigt. Da hat der Streiter des Königs, Elodan, seinen Dienst verlassen und hat den Roten Ritter, Cairbre, herausgefordert. Wir waren zu der Zeit schon unterwegs, aber wir hörten von dem Kampf.«

»Ja«, sagte Errin leise. »Cairbre hat mir davon erzählt. Die Welt ist verrückt geworden.«

»Nicht die ganze Welt, Errin. Nur die Gabala.«

»Vielleicht schafft Cartain es ja, eine Armee aufzubauen, die stark genug ist.«

»Nein, das wird er nicht«, sagte Sheera hitzig. »Cithaeron ist weit weg. Und außerdem gibt es hier bereits eine Armee. Hast du von Llaw Gyffes gehört? Jetzt ist es an der Zeit, Errin. Nicht in einem Jahr oder in zehn. Jetzt!«

»Aber der Mann ist ein Bauer - das kann nicht dein Ernst sein!«

»Ein Bauer? Ich würde lieber von einem ehrbaren Bauern als von einem verrückten König regiert werden. Aber seine Armee würde noch schneller wachsen, wenn sich Männer wie du mit ihm verbündeten.«

Errin schüttelte den Kopf. »Ich habe schon viele Geschichten über diesen legendären Gattenmörder gehört, aber seine Armee habe ich noch nie gesehen. Aus was für Leuten besteht sie? Mördern, Dieben, Räubern? Würden sie König Ahaks Schreckensherrschaft ein Ende setzen - oder es nur noch schlimmer machen?«

»Als ich ein Kind war«, sagte Sheera, »brach auf unserem Landsitz ein Feuer aus. Unsere Förster haben davor weitere Feuer entzündet, die alles auf ihrem Weg vernichteten. So fand das erste Feuer keine Nahrung mehr und erlosch, das Land war gerettet. Innerhalb weniger Jahre konntest du nicht einmal mehr erkennen, daß es damals zwei Feuer gewesen waren.«

Ubadai trat in die Höhle. »Es sieht nicht gut aus«, sagte er. »das Pferd ist weg, und ich habe Wolfsfährten gesehen. Wir gehen jetzt.«

»Zurück nach Pertia?« fragte Sheera leise.

»Nein«, antwortete Errin. »Wir suchen Llaw Gyffes.«

»Immer besser«, knurrte Ubadai.

- 12 -

Lámfhada lag in einer warmen Ecke der Hütte unter einer dicken Wolldecke, sein Kopf ruhte auf einem bestickten Kissen. Er konnte hören, wie Elodan und Gwydion sich leise unterhielten, aber die Worte verschwammen, als er nach dem Gelb griff. Er wollte unbedingt wissen, welche Farbe sich am Rand seines Gesichtsfeldes näherte. Würde er ein Heiler werden oder ein Zauberer, ein Seher oder gar ein Handwerker? Er schloß die Augen, zog das Gelb an sich und fühlte dessen Wärme. Sein Körper verlor jedes Gefühl für sein Gewicht, und er schien mühelos in einem warmen Meer zu schweben, sich langsam um sich drehend und dabei doch zu dem Glühen über ihm aufsteigend. Oft schon hatte er diesen Bereich erreicht, aber meist blieb er etwas unterhalb und badete nur im Gelb. Heute stieg und stieg er jedoch auf der Suche nach der Farbe seines Lebens. Das Gelb vertiefte sich zu Gold, und er öffnete die Augen und sah, daß der Himmel voller Farben strahlte: Rot, Grün, Weiß, Blau, Schwarz, Violett - und Gold. Sie wanden sich und schwollen an, und er fühlte sich wie auf einem magischen Fluß, hoch über dem Wald wirbelnd. Zuerst war er verschreckt und versuchte umzukehren, aber das Gold brachte ihm innere Ruhe, und so hielt er daran fest.

Und aus der tiefsten, dunkelsten Ecke seines Gedächtnisses kam die Erkenntnis, daß er das Gold schon einmal berührt hatte - als neunjähriges Kind, das von Kummer zerrissen war über den Tod seiner Mutter. Er erinnerte sich an den alten Mann, der auf dem Hügel gesungen hatte und wußte, daß es Ruad Ro-fhessa gewesen war, der Zauberer Ollathair. Aber dicht bei ihm war noch ein Mann, wie ihm einfiel, ein Mann, der den verängstigten Jungen nach Hause geschickt hatte. Doch an seinen Namen konnte sich Lámfhada noch immer nicht erinnern.

Sein unruhiger Flug verlangsamte sich, als er den Waldrand erreichte. Er blickte auf sich selbst hinunter, sah, daß er nackt war und auf einem goldenen Kreis stand. Weit unter ihm waren die Bäume, und er sah einen Hirsch über einen Hügel laufen, von Wölfen verfolgt. Er schauderte und hatte Angst, daß er von dem Kreis fallen würde, und wünschte, der Kreis hätte Wände. Der Kreis verformte sich zu einer Halbkugel, und der Junge ließ sich in einem Thron nieder.

Dies war wundersamer als all seine Träume.

Auf dem Hügel hatte sich der Hirsch dem Wolfsrudel gestellt. Lámfhada beobachtete, wie er den Kopf senkte. Ein Wolf sprang - nur um in die Luft geschleudert zu werden. Ein zweiter Wolf schlich sich von hinten an den Hirsch heran, dann noch einer. Ihre Zähne gruben sich in das Tier, und der Hirsch ging mit zerfetzter Kehle zu Boden. Blut strömte auf die Erde. Lámfhada überfiel eine schreckliche Traurigkeit, und die goldene Halbkugel fiel zur Erde. Von dem Licht erschreckt, rannten die Wölfe davon. Lámfhada kletterte aus der Halbkugel und ging zu dem toten Hirsch. Er war alt, um sein Maul herum war das Fell schon grau. Der Junge kniete nieder und streckte die Hand aus, aber seine Hand glitt durch das Tier hindurch, und er erinnerte sich, daß ja nur sein Geist fliegen konnte. Goldenes Licht flammte aus seiner Hand und erfüllte den Körper des Hirschen. Die Wunden schlossen sich, und die grauen Haare verschwanden. Alte, erschlaffte Muskeln barsten wieder vor Jugend und Vitalität. Der Kopf des Hirsches fuhr hoch, er sprang auf die Füße und war mit einem Satz davon. Die Wölfe kamen wieder näher, aber er war so schnell, daß er einen großen Vorsprung erreichte, während er auf die Zuflucht der entfernten Bäume zulief.

Lámfhada kletterte in die Halbkugel und stieg wieder zum Himmel empor, Freude durchströmte ihn.

Wieder am Rande des Waldes, blickte er über das unter ihm liegende Reich und sah, wie das Rot sich wie ein ferner Sonnenuntergang zusammenballte. Er fühlte die Gegenwart eines anderen und sah, wie ein Mann am Himmel schwebte. Er trug eine rote Rüstung, sein Haar schimmerte weiß im Mondlicht - und doch merkte Lámfhada, als er näherkam, daß der Ritter fast durchsichtig war.

»Wer bist du?« fragte Lámfhada.

Blutrote Augen wandten sich ihm zu, und der Ritter versuchte, näher heranzufliegen, doch das Gold trieb ihn zurück.

»Ich bin Cairbre«, flüsterte der Ritter. »Und du?«
»Lámfhada. Warum bist du hier?«
»Um zu sehen, zu lernen. Gehörst du zu Llaw Gyffes?«
»Ja. Kennst du ihn?«
Der Ritter grinste. »Ich werde ihn kennenlernen ... bald. Seine jämmerliche kleine Armee wird die Macht der Neuen Gabala spüren. Erzähl ihm, daß ich das gesagt habe. Sag ihm, der König wird im Frühjahr mit seinen Soldaten kommen - und niemand kann sich vor den Roten Rittern verstecken.«
»Er würde sich auch nicht verstecken«, sagte Lámfhada. »Er wird dich nicht fürchten.«
»Alle Wesen aus Fleisch und Blut sollten mich fürchten«, erklärte Cairbre, »und jene, die mit mir reiten. Du, Bursche, was ist die Quelle deiner Magie?«
»Ich weiß nicht«, antwortete Lámfhada argwöhnisch. »Ich bin noch neu in den Farben.«
»Es gibt nur eine wichtige Farbe«, fauchte der Ritter.
»Du sprichst vom Rot. Und doch kann es nicht heilen.«
»Heilen? Es kann eine Form schaffen, die keiner Heilung bedarf. Warum rede ich überhaupt mit dir? Hinweg mit dir, Bursche! Ich habe nicht den Wunsch, dich zu erschlagen.«
»Hast du Schmerzen?« fragte Lámfhada plötzlich. »Bist du krank?«
Cairbres Augen leuchteten auf, und er zog sein Schwert aus seiner geisterhaften Scheide und schwang die Klinge gegen die goldene Halbkugel. Doch das Schwert prallte ab, und Cairbres Gesicht wurde noch blasser.
Er ließ das Schwert fallen, das neben ihm schweben blieb. »Töte mich«, sagte er. »Komm schon, Bursche, töte mich!«
»Warum? Warum sollte ich so etwas Schreckliches tun?«
»Schrecklich? Du hast ja keine Ahnung, was das Wort bedeutet. Aber das wirst du, wenn wir im Frühling kommen. Sag Llaw Gyffes, du hättest mich gesehen. Erzähl es ihm.«
»Das werde ich. Aber warum haßt du ihn?«
»Hassen? Ich hasse ihn nicht, Bursche. Ich hasse mich selbst, alle anderen sind mir gleichgültig.« Der Ritter wandte sich ab, und wurde noch durchscheinender, dann drehte er sich urplötzlich wieder um, in strahlendes Rot getaucht. »Ollathair!« rief er. »Du kommst von Ollathair!«

Lámfhada schrak zurück, und eine Mauer aus goldenem Licht schoß zwischen ihnen empor.

Der Ritter begann zu lachen. »Oh, das ist großartig. Geh zu ihm. Richte ihm meine Grüße aus. Cairbre-Pateus schickt seine Grüße!«

Und dann war er verschwunden.

Lámfhada floh zu seiner Hütte und der Sicherheit seines Körpers. Er erwachte erstaunt und fragte sich, ob er seinen Flug geträumt hatte, doch er konnte noch immer die brennenden Augen des Ritters sehen.

Er setzte sich auf. In der anderen Ecke lag Elodan, tief und fest schlafend. Gwydion saß noch immer am Tisch und starrte in seinen Krug. Lámfhada stand auf.

»Kannst du nicht schlafen?« fragte der Heiler.

»Kann ich mit dir reden, Herr?«

»Warum nicht? Sonst haben wir ja nicht viel zu tun.«

»Ich habe meine Farbe gefunden.«

Gwydions Augen strahlten, und er schlug Lámfhada auf die Schulter. »Das ist gut. Ich hoffe, es ist Grün, die Welt braucht Heiler.«

»Es ist das Gold.«

»Es gibt kein Gold, Junge. Du bist immer noch im Gelb.«

»Nein, Herr. Ich schwebte in einem goldenen Boot und sah, wie ein uralter Hirsch starb. Ich habe ihm wieder Leben gegeben, und er stand wieder auf.«

»Pah! Du hattest nur einen Traum - aber es klingt wie ein verdammt guter Traum!«

Lámfhada schüttelte den Kopf. »Warte! Laß es mich nochmal versuchen.« Er schloß die Augen und griff nach den Farben. Das Gelb hieß ihn willkommen, aber von Gold fand er keine Spur.

»Laß dich nicht entmutigen, mein Junge«, sagte Gwydion. »Diese Dinge brauchen Zeit. Was hast du noch gesehen?«

»Ich habe einen Roten Ritter gesehen, der am Rand des Waldes schwebte. Er gab mir eine Botschaft für Ollathair, er sagte, Cairbre-Pateus schicke Grüße.«

Gwydion schrak zurück und wurde leichenblaß.

»Du darfst diese Botschaft nicht ausrichten! Sprich nicht darüber! Denk nicht einmal daran!«

»Das verstehe ich nicht.«

»So soll es auch sein. Vertrau mir, Lámfhada. Sage nichts. Es war nur ein Traum ... ein sehr böser Traum.«

Ubadai kniete neben dem Körper nieder, der quer über dem Pfad lag. Er hatte sechs Beine und war mit schuppiger Haut bedeckt. Der Kiefer war länger als ein Mannesarm und trug drei Reihen von Zähnen.

»So etwas habe ich noch nie gesehen«, erklärte Errin. »Und es hat keinerlei Wunden.«

Ubadai legte eine Hand auf die Brust des Wesens. »Alles Muskeln«, stellte er fest. »Kein Fett. Es ist erfroren.«

»In Furbolg im Zoo gab es viele seltsame Tiere«, sagte Sheera. »Vielleicht hat man einige von der Küste hergeschafft, und das ist entlaufen?«

Ubadai zuckte die Achseln. »Vielleicht. Aber ich bin in den Steppen aufgewachsen, und ich habe noch nie von einer Echse mit sechs Beinen gehört. Wir wollen einen sicheren Platz für unser Lager suchen. Die Sonne geht unter - vielleicht sind es noch mehr Tiere.«

Vorsichtig umgingen sie den Kadaver und setzten ihren Weg auf dem gewundenen Pfad fort. Auf dem Kamm des Hügels wurde der Pfad breiter und gabelte sich nach Osten und Süden. Ubadai sog prüfend die Luft ein. »Dort entlang«, sagte er, nach Osten deutend.

Errin war zu müde und zu verfroren, um zu streiten. Er wuchtete die Satteltasche auf die Schulter und ging weiter.

Nach einem knappen Kilometer machte der Pfad eine Biegung, und vor ihnen lag ein kleines Steinhaus, das sich an eine Felswand schmiegte im Schnee. Davor saß ein alter Mann in ausgebleichten blauen Kleidern. Sein Kopf war rund und kahl, aber ein weißer Bart reichte ihm bis auf die Brust.

»Ist er tot?« fragte Errin, als Ubadai auf den alten Mann zuging.

Der alte Mann öffnete die Augen. »Nein, ich bin nicht tot«, fauchte er. »Ich dachte etwas nach und erfreute mich am Alleinsein.«

»Entschuldigung«, bat Errin mit einer tiefen Verbeugung. »Aber frierst du hier draußen nicht?«

»Was geht dich das an? Dies ist mein Heim und mein Körper. Wenn ihm kalt ist, ist das meine Angelegenheit.«

»Das ist es naturlich, Herr«, pflichtete Errin ihm mit einem gezwungenen Lächeln bei. »Schau, meine Gefährten und ich brauchen eine Unterkunft für die Nacht. Könnten wir dich überreden, uns zu erlauben, die Nacht in deinem Haus zu verbringen?«

»Ich mag keine Gesellschaft«, erwiderte der alte Mann.

»Dann bleib hier draußen im Schnee«, sagte Ubadai. Er wandte sich an Errin. »Warum Zeit an einen alten Narren verschwenden? Laß uns hineingehen.«

»Nein«, widersprach Errin. »Wir werden uns eine Höhle oder etwas Ähnliches suchen.«

Der Alte grinste. »Ich habe meine Meinung geändert«, verkündete er. »Ihr könnt bleiben. Ich nehme an, daß ihr ein Feuer machen wollt. Ich habe kein Holz, ihr müßt welches sammeln. Ich glaube, irgendwo ist noch eine alte Axt.«

Ubadai murmelte ein paar Verwünschungen und ging hinein, kam aber nur wenige Augenblicke später bereits mit der Waffe zurück. Errin verbeugte sich erneut vor dem alten Mann im Schnee.

»Warum hast du deine Meinung geändert?« fragte er.

»Weil ich von Natur aus launisch bin. Jetzt geh und laß mich nachdenken.«

Errin und Sheera betraten die Behausung. Es gab nur einen großen Raum, der ordentlich ausgestattet war, mit einem Bett in der einen Ecke und einem Tisch und zwei Bänken in der Mitte. Die Feuerstelle war kalt und leer, und weder Kochgeschirr noch irgendwelche Lebensmittel waren zu sehen.

»Ich sammle Zunder«, sagte Sheera.

Errin nickte und stellte seine Satteltaschen an einer Wand ab. Das Steinhaus war kalt wie ein Grab, an der nördlichen Wand hatte sich Eis gebildet, wo Wasser durch einen Spalt im Dach eingedrungen war. Er ging zu dem Bett, auf dem nachlässig eine einzige abgenutzte Decke ausgebreitet war. Es gab keine Matratze, nur eine Reihe von Holzlatten.

Errin sah sich um, der Raum wirkte kahl und wenig einladend. Er ging hinaus in die einsetzende Dämmerung, umging die sitzende Gestalt und half Sheera beim Holzsammeln. In der Ferne hörten sie die gleichmäßigen Schläge der Axt. Eine Zeitlang sammelten sie, was sie an abgestorbenem Holz finden konnten, und trugen es dann ins Haus. Sheera zündete ein Feuer an, aber es dauerte schier endlos, bis seine Wärme die grimmige Kälte im Haus vertreiben konnte.

Nach einer Stunde kam Ubadai herein und schleuderte die Axt gegen die Wand. Sein Gesicht war rot und glänzte vor Schweiß. »Ich brauche Hilfe«, murmelte er.

Errin und Sheera folgten ihm zu einer Lichtung, wo er einen toten Baum gefällt und in handliche Stücke zerteilt hatte. Als sie das Holz endlich zum Haus geschleppt hatten, war es dunkel, und im Kamin loderte ein helles Feuer.

Die drei saßen bis tief in die Nacht am Feuer. Errin stand regelmäßig auf, ging zur Tür und starrte in den Mondschein hinaus, wo der alte Mann noch immer saß. Es hatte angefangen zu schneien. Asschließlich ging Errin hinaus und hockte sich vor den alten Mann.

»Entschuldigung, Herr.«

Der alte Mann öffnete die Augen. »Du schon wieder? Was denn jetzt? Ihr habt das Haus - was wollt ihr denn noch?«

»Versuchst du zu sterben?«

»Und wenn schon?«

»Ich .... ich weiß, es ist deine Sache, aber drinnen ist es jetzt warm, und mir wäre wohler, wenn du dich zu uns gesellen würdest. Vielleicht können wir uns unterhalten. Der Tod ist nur sehr selten die Antwort auf etwas.«

»Sei nicht albern, Junge. Der Tod ist die letzte Antwort auf alles. Er ist das Ziel jeder Reise, er bedeutet Frieden und das Ende aller Kämpfe.«

»Ja«, gab Errin zu, »aber er ist auch das Ende von Lachen und Freude, von Kameradschaft, von Liebe. Und vor allem ist er das Ende aller Träume und Hoffnungen.«

»Ach ja, aber für einen Mann ohne Träume und Hoffnungen hält der Tod keine Schrecken bereit. Ist dir schon mal aufgefallen, daß je mehr wir lieben, desto größer unsere Traurigkeit ist? Denn letzten Endes enden alle Dinge. Kein Traum wird jemals völlig erfüllt.«

»Könnte man es nicht andersherum ausdrücken?« meinte Errin. »Je größer unsere Traurigkeit, desto größer auch unsere Freuden. Wie könnten wir das eine erkennen ohne das Gegengewicht des anderen?«

»Beantworte mir dieses, junger Streiter: Wenn ein Mann eine Frau vierzig Jahre lang liebt, sie verehrt, für sie lebt, wie groß ist dann der Schmerz, wenn sie stirbt und ihn allein zurückläßt? Wenn er die Wahl hätte und noch einmal von vorn beginnen könnte, wäre er nicht klüger, die erste Begegnung zu vermeiden und sein Leben ohne Liebe zu verbringen?«

Errin lächelte. »Bedauert ein Mann im Winter den Sommer? Würde er es vorziehen, sein Leben im ewigen Herbst zu verbringen? Das ist kein gutes Argument, Herr. Komm herein und freu dich am Feuer.«

»Das Feuer ist gleichgültig, aber ich komme mit dir.« Der alte Mann stand geschmeidig auf, bürstete sich den Schnee von den Kleidern und folgte Errin hinein. Sheera schlief am Feuer, und Ubadai schärfte die alte Axt. Er sah zu dem alten Mann auf.

»Noch nicht tot, wie?« sagte der Nomade.

»Noch nicht«, gab der alte Mann zu.

Errin schloß die Tür und ging zum Feuer, um die Hände der wohltuenden Wärme entgegenzustrecken. Er zog Umhang und Übertunika aus, so daß er die Wärme am ganzen Körper spüren konnte. »Wie konntest du nur so lange da draußen sitzen?« fragte er den alten Mann.

»Fühl meine Hand«, sagte der Fremde. Errin nahm sie und stellte fest, daß sie wärmer war als seine eigene.

»Unglaublich. Wie machst du das?«

»Er ist ein Zauberer«, sagte Ubadai. »Das hätte ich dir gleich sagen können.«

»Bist du ein Zauberer, Herr?« fragte Errin.

»So etwas Ähnliches. Ich bin der Dagda. Aber ich benutze keine Zaubersprüche - ihr seid hier sicher.«

»Welche Form hat deine Magie?«

»Frag nicht!« fuhr Ubadai ihn an.

»Ich sage die Wahrheit«, antwortete der Dagda, »und ich sehe all die wirbelnden Farben im Kreis des Lebens: die Vergangenheit, die Gegenwart und alle Zukünfte.«

»Du sagst die Zukunft voraus«, meinte Errin. »Kannst du das auch für mich tun?«

»Das könnte ich, Graf Errin. Ich könnte dir alles erzählen, was das Leben noch für dich bereithält.«

»Dann tu es bitte.«

»Nein. Siehst du, ich mag dich.« Er wandte sich an Ubadai. »Aber dir werde ich es sagen, wenn du es wünschst.«

»Pah. Mir nicht. Alle Schamanen sind gleich: Tod, Verzweiflung, Unglück. Du sagst mir nichts, alter Mann.«

»Sehr weise, Ubadai«, sagte der Dagda lächelnd.

»Wirst du mir eine Frage beantworten?« bat Errin.

»Vielleicht.«

»Kann das Böse des Königs besiegt werden?«

»Bist du sicher, daß Ahak böse ist?«

»Siehst du in seinen Taten Gutes?« entgegnete Errin.

»Wir sprechen von dem Mann, der die letzte siegreiche Armee angeführt und erfolgreich ein friedliches Ende der Tage des Großreiches verhandelt hat. Wir sprechen von dem König, der gesetzliche Neuerungen eingeführt hat, um den Armen zu helfen, der eine Sondersteuer erhoben hat, damit Lebensmittel an die Bedürftigen verteilt werden können. Und hast du die kostenlose Medizin für Kranke und Mittellose vergessen?«

»Das habe ich nicht vergessen«, sagte Errin. »Aber ich kann auch nicht das Massaker an den Nomaden vergessen oder die abscheulichen Dinge, die jetzt in der Hauptstadt vor sich gehen.«

»Und was sagt dir das alles?«

»Daß der König böse geworden ist.«

»Das sagt es tatsächlich, Graf Errin. Aber das entscheidende Wort ist 'geworden'. Etwas ist in das Reich eingedrungen und verdirbt alles, das es berührt.«

»Darüber weiß ich nichts«, sagte Errin leise, »aber wo es auch herkommt, kann man es überwinden?«

»Die Antwort muß ja lauten. Die meisten Übel entspringen den Herzen der Menschen. Und alle Menschen müssen sterben - daher stirbt das Böse in ihnen mit ihnen. Aber deine Frage war vielleicht etwas genauer gemeint. Kann dieses Übel rasch vernichtet werden, durch Llaw Gyffes? Die Antwort, so wie wir hier sitzen, heißt nein.«

»Aber könnte sich das ändern?« drängte Errin.

»Es gibt viele Wege der Zukunft, und jeder hat die Gelegenheit, seine eigene zu schmieden. Die Farben verändern sich, die Harmonie ist dahin. Doch, ja, es konnte sich ändern. Siehst du, Erfolg oder Mißerfolg dieser Mission hängen von der Laune eines Diebes und eines Mörders ab.«

»Llaw Gyffes?«

»Nein. Jetzt schlafe, Graf Errin. Morgen werde ich fort sein. Ruht euch aus, bis ihr bereit seid zu gehen, dann reist nach Osten. Dort werdet ihr den Mann finden, den ihr sucht.«

»Und wohin wirst du gehen?«

»Wohin immer ich will«, antwortete der Dagda.

Grunzer stellte verwundert fest, daß er sich nur widerwillig von dem kleinen Mädchen mit den goldenen Haaren trennte, das er aus dem Schneesturm gerettet hatte, aber sobald für die Flüchtlinge Unterkünfte innerhalb der Palisaden gefunden worden waren, kam eine ältere Frau zu ihm, die sich als die Großmutter des Mädchens vorstellte. Das Kind hieß Evai, und Grunzer spürte gleichzeitig Kummer und Dankbarkeit, daß die Kleine weinte, als ihre Großmutter sie zu den provisorischen Hütten brachte, die an der Nordmauer errichtet worden waren.

Er stand in der Tür und sah zu, wie die alte Frau und das Kind sich ihren Weg durch den Schnee bahnten, und winkte, als Evai zurückschaute. Arian sah ihn dort und ging zu ihm.

»Hier wird es eine Weile sehr überfüllt sein«, sagte sie. »Ich glaube, ich mache mich auf den Heimweg.«

»Es kommt noch ein Schneesturm«, sagte er und deutete auf den tiefhängenden Himmel. »In zwei oder drei Tagen wird es sicherer sein zu reisen. Komm herein und trink einen Becher Wein mit mir. Er ist gut. Zehn Jahre alt.« Ohne eine Antwort abzuwarten, ging er wieder in die Halle und schlenderte zu dem flackernden Feuer. Einen Augenblick lang blieb Arian unsicher in der Tür stehen. Aber sie war einsam. Llaw mied sie, und Nuada lebte jetzt mit dem dunkelhaarigen Flüchtlingsmädchen Kartia zusammen. Arian nahm ihren Schaffellumhang ab und ging zum Feuer, wo er ihr einen silbernen Becher mit blutrotem Wein anbot. Sie nippte daran und ließ sich Grunzer gegenüber nieder.

»So eine alte Frau ist doch kein Vormund für ein Kind. Vielleicht überlebt sie nicht mal den Winter«, sagte er, in die tanzenden Flammen starrend.

»Wärst du eine bessere Mutter?«

Seine dunklen Augen richteten sich auf sie. »Spotte nicht über mich, Mädchen«, zischte er.

Sie schluckte schwer. »Es tut mir leid. Ich habe es nicht so gemeint, wie es klang.«

Er zuckte die Achseln, und der Zorn wich aus seinem Blick. »Aber es ist etwas Wahres dran. Ich könnte kein Kind aufziehen, ich wüßte nicht, wie. Aber du könntest es.«

»Ich werde eigene Kinder haben, wenn ich soweit bin.«

»Daran zweifle ich nicht, du hast die Hüften dafür. Aber das habe ich nicht gemeint. Du könntest hierbleiben ... mit mir. Wir könnten das Kind aufziehen - und ein paar eigene. Hier im Wald findest du keine bessere Partie. Ich habe hier alles. Und wenn ich dazu bereit bin, werde ich nach Cithaeron segeln. Und, bei den Göttern, ich werde dort einer der reichsten Männer sein!«

Arian nahm noch einen Schluck Wein, ihre Gedanken überschlugen sich. Wie konnte dieser häßliche Affe nur glauben, daß sie ihn heiraten würde? Der Gedanke, von ihm berührt zu werden, verursachte ihr Übelkeit. Ja, er war stark - und ja, er würde zweifellos reich werden durch Raub und Mord. Aber ein Partner fürs Leben?

»Ich empfinde keine Liebe für dich«, sagte sie schließlich, darauf gefaßt, daß er wütend wurde. Aber seine Antwort überraschte sie.

»Liebe? Glaubst du, sie käme wie ein Pfeil vom Himmel? Nein. Ich habe Männer und Frauen gesehen, die sich nicht liebten, aber zufrieden miteinander lebten. Jedenfalls, Liebe ist etwas, das durch Kameradschaft wächst. Ich liebe dich nicht, Arian, ich begehre dich. Aber das ist wenigstens ein Anfang. Und ich weiß, was du siehst, wenn du Grunzer betrachtest, ich bin ja nicht blind. Ich bin nicht groß und gutaussehend wie Llaw Gyffes oder ein begabter Worteschmied wie Nuada. Aber ich bin stark, und ich werde noch hier sein, wenn sie alle längst tot sind.«

»Nein«, sagte sie. »Ich könnte dich nicht heiraten. Du

sprichst von Begehren als einem Anfang. Ich glaube, da hast du recht ... und ich begehre dich nicht. Dein Reichtum interessiert mich nicht, ebensowenig wie ein Leben in Wohlstand in Cithaeron. Ich wünschte, ich könnte dies weniger verletzend ausdrücken, aber ich bin nicht so gut mit Worten.«

Er nickte, sein Gesicht verriet keinerlei Gefühle. Dann lächelte er. »Für den größten Teil meines Lebens blieb mir all das verwehrt, was ich begehrte. Als ich ausbrach und herkam, beschloß ich, daß mir nie wieder etwas verwehrt werden würde. Ich habe um deine Hand angehalten - wie es ein Mann tun sollte. Aber ich werde dich haben, Arian - mit oder ohne deine Einwilligung. Also denk lieber noch ein paar Tage über meinen Antrag nach.«

»Ich mag es nicht, wenn man mir droht«, erwiderte sie mit funkelnden Augen. »Und wenn du daran denken solltest, mich einfach zu nehmen, denk lieber nochmal gut nach. Ich werde dich töten.«

»Du glaubst, das könntest du?«

Plötzlich lachte sie. »Zerr mich in dein Bett, Grunzer, aber paß gut auf, daß du nie einschläfst.«

»Vielleicht wäre es das wert«, meinte er.

»Das wirst du nie erfahren«, gab sie zurück und stand auf. Sie warf sich ihren Mantel um die Schultern und ging ins Tageslicht hinaus. Der Schnee fiel in dichten Flocken, als sie zu ihrer Hütte stapfte. Unterwegs sah sie, wie zwei Männer das Haupttor öffneten und sich vor einem alten Mann in blaugefärbten Wollkleidern verbeugten. Sein Kopf war kahl, aber ein langer, gegabelter Bart floß ihm bis auf die Brust. Die Wächter wichen vor ihm zurück, und Arian stand wie erstarrt. Der Fremde schien über den Schnee zu schweben, fast ohne Fußspuren zu hinterlassen. In der Mitte des Dorfes blieb er stehen und setzte sich in den Schnee. Einer der Wächter lief zu ihm und brachte Brot. Andere Dorfbewohner kamen aus ihren Hütten und scharten sich um ihn. Erstaunt über diesen Aufruhr, ging Arian hinüber. Llaw Gyffes gesellte sich zu ihr.

»Was macht er da?« fragte Arian, als der alte Mann ungefähr dreißig schwarze Steine vor sich im Schnee ausbreitete.

Llaw grinste. »Du hast schon von ihm gehört, Arian - jetzt

hast du Gelegenheit, ihn zu sehen. Er ist der Dagda. Hast du den Mut, ihm Fragen zu stellen?« Sie sah in seine spöttischen Augen.

»Nach dir«, sagte sie, doch er schüttelte den Kopf.

»Ich habe nicht den Wunsch, die Zukunft zu kennen, und nicht die Fähigkeit, den alten Mann zu befragen. Er weiß alles, bis zum Augenblick deines Todes.«

»Er wird erfrieren, wenn er dort sitzenbleibt«, meinte sie.

Llaw drehte sich um, tippte Arian auf die Schulter und deutete zur Halle hinüber. Grunzer kam mit einem schweren Schaffellumhang herbei. »Das gehört zum Ritual in jedem Dorf, in das er kommt - er wartet darauf, daß der Dorfvorsteher ihn in sein Haus einlädt. Nur sehr wenige würden ihm das verweigern.«

»Warum? Verflucht er sie sonst?«

»Viel schlimmer ... er sagt ihnen die Wahrheit.«

Die Menge teilte sich vor Grunzer, der sich vor dem Dagda verbeugte. Der alte Mann sammelte seine schwarzen Steine ein und tat sie in einen Lederbeutel, dann stand er auf und nahm den Umhang entgegen. Die Menge folgte ihnen, als Grunzer ihn in die Wärme der Langhalle führte.

»Möchtest du eine Kostprobe seiner Fähigkeiten sehen?« fragte Llaw. Arian nickte.

Drinnen war vor einem der Feuer eine freie Fläche geschaffen worden, und der alte Mann setzte sich und breitete seine Steine aus. Er blickte zu Grunzer auf, der den Kopf schüttelte. Die Menge wurde unruhig. Grunzer deutete auf Arian und winkte sie nach vorn. Llaw kam mit ihr, und sie ließen sich vor dem Dagda nieder.

»Du zuerst«, sagte Arian, und Llaw räusperte sich. Der Dagda zeigte die Andeutung eines Lächelns.

»Wähle acht Steine aus«, sagte er mit einer Stimme wie das Wispern des Windes in den Bäumen. Llaw blickte auf die Steine, die flach und meist rund waren, offensichtlich aus einem Flußbett gesammelt. Bedächtig wählte er acht aus, dann drehte der alte Mann einen nach dem anderen um und studierte die verschiedenen Runen, die auf ihnen standen. Seine blassen Augen blickten auf.

»Frag mich nach deinem Leben, Llaw Gyffes.«

Llaw schluckte. »Ich weiß nicht, was ich fragen soll, Dagda«, murmelte er errötend.

»Dann soll ich dir alles sagen?«

»Nein!« wehrte Llaw heftig ab. »Alle Menschen sterben - und ich will weder den Ort noch die Stunde wissen. Sag mir, ob wir ein gutes Frühjahr haben werden, mit viel Wild.«

»Der Frühling wird schön«, antwortete der Dagda mit einem weiteren dünnen Lächeln. »Er kommt früh, und es wird Wild in Fülle geben. Aber du wirst wenig Zeit zum Jagen haben, Llaw Gyffes, denn deine Feinde sammeln sich schon. Und sie werden hier sein, sobald der Schnee schmilzt.«

»Ich habe keine Feinde«, erklärte Llaw.

»Deine Feinde sind schrecklich: furchtbare Männer des Bösen. Sie fürchten dich, Llaw, sie fürchten deine Armee, und sie fürchten deinen Namen. Sie müssen dich vernichten, und sie werden mit leuchtenden Schwertern und dunkler Magie kommen.«

»Dann gehe ich nach Cithaeron. Laß sie nur kommen.«

»Du wirst Cithaeron nie sehen, Llaw Gyffes.«

»Kann ich diese Feinde besiegen?«

»Alle Menschen können eine Niederlage erleiden. Ich sehe zwei Armeen. Möchtest du den Ausgang wissen?«

»Nein. Danke für deinen Rat.«

Der Dagda lächelte und wandte sich an Arian. Er drehte die Steine um und breitete sie mit seinen langen, knochigen Fingern aus. Sie wählte acht aus und wartete.

»Frage, Arian, so werde ich dir antworten.«

»Wird Llaw gewinnen?« fragte sie. Llaw fluchte und sprang auf, aber ehe er außer Hörweite war, erklang die Stimme des alten Mannes.

»Ich sehe ihn leblos auf der Erde außerhalb des Waldes, und ein Dämon wandert über den Hügel; ein roter Dämon mit einem dunklen Schwert.«

»Du dummes Kind«, fauchte Llaw und starrte Arian wütend an. »Ich verfluche dich!«

Er stapfte aus der Halle, und Grunzer kniete neben Arian nieder. »Frag ihn nach uns«, flüsterte er. Mit blassem Gesicht schüttelte Arian den Kopf. »Ich will nichts mehr wissen. Es tut mir leid, Dagda.«

Als sie sich erheben wollte, um Llaw nachzugehen, hielt Grunzer sie am Arm fest. »Frag ihn! Ich werde mich nach dem richten, was er sagt.«

Sie machte sich los und holte tief Luft. »Erzähl mir von Grunzer«, flüsterte sie.

Der Anführer der Gesetzlosen erbleichte.

»Auch er wird im Frühjahr sterben. Ich sehe ein Pferd, ein weißes Pferd - und einen Reiter in schimmerndem Silber. Und ein Kind auf einem Hügel. Die Dämonen sammeln sich, und ein großer Sturm wird über dem Wald niedergehen. Aber Grunzer wird ihn nicht erleben.«

»Was sollen wir tun?« fragte Arian.

»Was immer ihr wollt.«

»Muß Llaw sterben?«

»Alle Lebewesen sterben. Manche gut, manche schlecht.« Er sah zu Grunzer auf. »Möchtest du noch mehr hören, Herr Grunzer?«

»Ich habe dich nicht nach mir gefragt, aber seit Jahren schon wolltest du es mir sagen, du Bastard! Na, ich werde dich überleben. Und wenn dieser silberglänzende Ritter zu mir kommt, werde ich auch ihn töten. Ich glaube dir nicht, Dagda. Es steht nichts in diesen Steinen geschrieben, das ein starker Mann nicht ändern könnte. Ich treffe meine eigenen Entscheidungen.«

»Das tust du allerdings. Denke daran, wenn du dem silbernen Reiter begegnest.« Der alte Mann wandte seine Aufmerksamkeit wieder Arian zu. »Du hast gefragt, was zu tun ist. Ich gebe keine Ratschläge, ich sage lediglich, was ist. Aber ich sehe einen einhändigen Schwerkämpfer und ein Kind der Macht. Ich sehe einen Handwerker, einen Zauberer, der eine schwere Bürde trägt. Sie alle müssen zusammenkommen. Ein Gleichgewicht muß wiederhergestellt werden.«

Arian verließ ihn und machte sie auf den Weg zu Llaws Hütte. Sie wollte sich unbedingt entschuldigen. Sie hatte die Frage gar nicht stellen wollen, sie entsprang nur ihrer Sorge. Sicher würde er das verstehen können?

Aber Llaws Hütte war leer, seine Habseligkeiten waren verschwunden. Sie lief zum Tor hinüber und kletterte die Leiter zur Palisade empor. Frischer Schnee fiel, aber sie konnte noch seine Fußstapfen erkennen, die in die Dunkelheit des Waldes hinausführten.

Llaw Gyffes wanderte bis etwa eine Stunde vor Anbruch der Dunkelheit. Er mußte sich einen Weg durch Schneewehen pflügen, vereiste Hänge hinabrutschen und über zugefrorene Wasserläufe schlittern, aber er war fest entschlossen, so viel Abstand zwischen sich und den Dagda zu bringen wie nur möglich.

Der Mann war eine grimmige Legende im Wald. Niemand wußte, wo er lebte, aber die Geschichten über seine Wanderungen ließen darauf schließen, daß er den Wald am Meer seit mehr als einem Jahrhundert durchstreifte. Einige behaupteten, er sei ein ehemaliger Ritter, andere, er sei ein Priester, aber alle waren sich darin einig, daß seine Worte zweischneidig waren. Und doch verlangten Männer und Frauen danach, ihre Zukunft von ihm zu erfahren - dunkel oder strahlend, voller Freuden oder Qualen.

Als die Dunkelheit einbrach, hatte Llaw ein Feuer vor dem ungestürzten Stamm einer alten Birke entzündet. Er baute sich aus Schnee einen Wall nach Norden, um sich vor dem bitterkalten Wind zu schützen, und ließ sich nieder, um die Nacht im Sitzen zu verbringen.

Verdammt sei das Mädchen! Tod im Frühling ... leblos vor einer Armee von Feinden, die er nie haben wollte. Unter welchem Unglücksstern war er nur geboren? Welchen Gott hatte er so beleidigt, daß sein Leben derart ruiniert wurde? Zuerst Lydia - und das war ein herber Schlag gewesen - und jetzt ein sinnloser Tod.

Die Sterne strahlten hell, und die Temperatur sank. Llaw schürte das Feuer und zog seinen Umhang fest um sich. Er hörte eine ganz leise Bewegung im Gebüsch, zog die Axt aus dem Gürtel und warf sich herum. Etwa fünf Meter von seinem Feuer saß ein riesiger, grauer Wolf, der ihn mit bösartigen Augen anstarrte. Im Licht des Feuerscheins konnte er sehen, daß seine Schnauze weiß war. Er war also alt und von seinem Rudel verstoßen worden. Aus der Größe der narbigen Schultern schloß Llaw, daß er einst der Anführer des Rudels gewesen war, aber wie bei allen Lebewesen hatte ihm das Alter die Stärke genommen, und ein junger Wolf hatte ihn von seinem Platz verdrängt. Llaw griff in sein Bündel, zog ein Stück getrocknetes Fleisch heraus und warf es dem Wolf hin. Das Tier beachtete es nicht. Llaw wandte sich ab und legte noch mehr Holz auf sein Feuer. Als er sich wieder umdrehte, war das Fleisch nicht mehr da, aber der Wolf saß noch an derselben Stelle.

»Stolz, was?« sagte Llaw. »Das ist nichts Schlechtes, weder bei Mensch noch Tier.« Er warf ihm noch ein Stück Fleisch hin, diesmal etwas näher ans Feuer. Wieder wartete der Wolf, bis er wegsah, um das Fleisch zu verschlingen. Es gab nur wenige verbriefte Berichte über Wölfe, die Menschen angegriffen hatten, und Llaw war überzeugt davon, daß er in der Lage war, das Tier zu töten. Seine Axt war scharf, sein Arm stark. Aber er war froh über die Gesellschaft. »Komm, Grauer, wärm dich am Feuer.«

Ein weiteres Stück Fleisch landete vor dem Wolf, aber zu seiner Rechten, so daß es ihn etwas näher an die Wärme brachte. Als er sich dem Bissen näherte, sah Llaw die Spuren eines kürzlichen Kampfes auf den knorrigen Schultern, gezackte Spuren von Reißzähnen liefen tief über seine Flanke. Eine alte Narbe, die ihn humpeln ließ, war deutlich auf dem rechten Hinterlauf zu sehen. »Du wirst den Winter nicht überleben, Grauer. Selbst ein müdes Kaninchen könnte dir davonlaufen, und du wirst keinen Hirsch mehr jagen können. Am besten, du bleibst eine Weile bei mir.« Der Wolf kauerte sich nieder, dankbar für die Wärme und die erste Mahlzeit seit zehn Tagen.

Die Wunde am Hinterbein hatte er sich im Sommer zugezogen, als ein riesiger Braunbär seine Gefährtin angriff. Er hatte das Tier angegriffen und war ihm an die Kehle gesprungen, aber der dichte Pelz hatte verhindert, daß seine Zähne ihr Ziel fanden, und ein Hieb der Bärenpranke hatte ihm die Seite aufgerissen. Seine Gefährtin war gestorben, und seine eigene Wunde hatte lange gebraucht, um zu verheilen. Als sich das Rudel für den Winter sammelte, waren die Herausforderungen gekommen, wie immer, aber er hatte weder die Kraft noch den Willen, ihnen zu trotzen. Vor vielen Tagen hatten sie ihn davongejagt.

Er hatte von Aas und dem gelebt, was andere Fleischfresser übriggelassen hatten. Dann, als seine Kraft fast erschöpft war, hatte er den Mann gewittert und sich darauf vorbereitet, ihn anzugreifen. Jetzt war er unsicher ... aber das Fleisch war gut, das Feuer warm. Er ließ sich müde nieder, die gelben Augen auf den Mann gerichtet, der Hunger jetzt nicht mehr so schlimm.

Llaw suchte in seinem Beutel, er hatte noch drei Stücke getrocknetes Fleisch. Er zog zwei davon heraus und biß in eines. Der Wolf hob den Kopf, und er warf ihm das zweite Stück zu. Diesmal fraß das Tier sofort.

Llaw legte frisches Holz nach und rollte sich dann neben dem Feuer zusammen. Er hatte keine Angst, daß der Wolf ihn angreifen würde. Warum sollte er auch? Hatte der Dagda nicht gesagt, er hätte noch bis zum Frühling?

Er schlief traumlos und erwachte in der Morgenkälte. Das Feuer war bis auf einige Funken heruntergebrannt, der Wolf war verschwunden. Llaw hatte das Gefühl, etwas verloren zu haben. Er setzte sich auf, schauderte und fachte das Feuer wieder an, indem er Zweige nachlegte, die er am Abend zuvor gesammelt hatte. Dann nahm er einen Kupfertopf aus seinem Bündel, füllte ihn mit Schnee und stellte ihn ins Feuer. Als der Schnee geschmolzen war, füllte er Schnee nach, bis der Topf halb voll Wasser war. Dann gab er getrocknetes Getreide hinein und rührte die Mischung, bis sie dick wurde.

Immer noch verfolgten ihn die Worte des Dagda. Seine Feinde sammelten sich, und er konnte ihnen nicht entkommen. Das ließ dem ehemaligen Grobschmied nur eine Möglichkeit. Er würde das versuchen, von dem die Legenden sagten, er hätte es bereits getan. Er würde eine Armee aufstellen. Er würde ihnen den Krieg bringen.

Aber wie? Wie konnte ein Schmied eine solche Armee zusammenbringen?

Er lächelte. »Fang mit einem an, Llaw. Finde einen Mann ... dann noch einen. Der Wald ist voller Rebellen.« Seine Gedanken wanderten zu Elodan, dem ehemaligen Ritter. Der verstand etwas vom Kriegshandwerk. Auch der Zauberer, der Lámfhada geholfen hatte, konnte eine Hilfe sein. Llaw aß den heißen Brei, löschte das Feuer und brach nach Osten auf.

- 13 -

Der Herzog war leicht angetrunken, als er auf der Brüstung saß und über das schneebedeckte Land hinausblickte. Ein eisernes Kohlebecken stand neben ihm, aber die glühenden Kohlen kamen kaum gegen den eisigen Wind an.

In der Ferne konnte er schwach die schwarze Linie des Waldes sehen, und jenseits davon stellte er sich das Meer und die Handelsroute nach Cithaeron vor. Der Morgenhimmel war klar, die Tauben auf dem Turm erwachten und begannen, ihre Kreise zu ziehen. Der Herzog schauderte und hielt die Hände über die Kohlen.

Vor drei Tagen hatte er noch die Hoffnung gehegt, mit dem Sturm des neuen Zeitalters zu reiten. Aber dann war der König mit tausend Reitern gekommen. Die Audienz war kurz gewesen, und als der Herzog in seinen eigenen Saal gerufen wurde, saß Okessa zur Rechten des Königs. Acht dämonische Rote Ritter flankierten den Thron. Der Herzog hatte sich tief verbeugt.

»Dieses Herzogtum macht viel Ärger«, sagte Ahak, Herrscher des Reiches, Hauptmann der zehntausend Lanzen. Der Herzog sah in die rotgeränderten Augen und fand keine Worte, der Schock über das Erscheinen des Königs, weißhaarig und mit aschgrauem Gesicht, hatte ihn völlig verstört. »Nun? Hast du nichts zu sagen, Lehnsmann?«

»Mein Herz ist schwer, daß Ihr betrübt seid, Herr. Vielleicht waren die Berichte unnötig alarmierend. Wir haben alle von nomadischer Herkunft identifiziert, unsere Steuern werden eingetrieben und nach Furbolg geschickt. Wo liegt also das Problem?«

Ahak schüttelte den Kopf und wandte sich an Okessa. »Wo liegt das Problem, fragt er. Ist er so langsam im Denken?« Okessa zuckte die Achseln und lächelte, als der König sich wieder dem Herzog zuwandte. »Wo? Ist dies nicht die Festung, aus der der Rebell Llaw Gyffes entkommen konnte, um seine Armee in diesem verfluchten Wald aufzustellen? Ist dies nicht das Herzogtum, in dem dein eigener Zeremonienmeister - ein Mann, der auf deine Empfehlung hin für Meinen Besuch verantwortlich sein und sich um Meine Person sorgen sollte - zum Verräter wurde?« Okessa beugte sich zum König hinüber und flüsterte ihm etwas ins Ohr. »Ach ja«, zischte Ahak. »Und was ist mit diesem Zauberer Ollathair, der ebenfalls entkommen konnte? Und du siehst nicht, wo das Problem liegt?«

»Mein König, ich kann nicht abstreiten, daß wir einige ... Mißgeschicke erlitten. Aber Llaw Gyffes war lediglich ein Grobschmied, der seine Frau umgebracht hat. Er ist wohl entkommen, aber von denen, die mit ihm entflohen sind, sind alle bis auf eine Handvoll wieder gefangengenommen worden. Und was Errin angeht, so muß ich Okessa tadeln, daß er ihn im Rat provoziert hat. Er war in Sorge um die Frau, die er liebte.«

»Eine Nomadenhündin! Wer weiß, welch üblen Verrat sie ausgeheckt hätten? Ich bin sehr unzufrieden mit dir, Lehnsmann. Aber ich werde mir überlegen, was ich unternehmen werde, wenn ich dein Lehen inspiziert habe. Nun geh.«

Aus seinem eigenen Saal entlassen, war er seitdem noch nicht wieder vor den König gerufen worden. Aber er hatte gesehen, wie andere gerufen wurden. Vor zwei Nächten waren drei junge Frauen aus dem Dorf von einem von Okessas Dienern in den Hof gebracht worden. Eine Stunde später, als der Herzog im Bett lag und nicht schlafen konnte, hatte er einen schrecklichen Schrei gehört. Die Mädchen hatte man seit jener Nacht nicht mehr gesehen, aber der Herzog hatte beobachtet, wie drei Säcke aus den königlichen Gemächern geschleppt und ihr Inhalt hinter den Ställen vergraben wurde. Der Herzog war eine Stunde später in den Hof geschlüpft und hatte die frisch umgegrabene Erde gefunden. Er hatte mit den Fingern gegraben und war auf einen Schädel gestoßen, den er hastig wieder verscharrt hatte.

Am nächsten Tag hatte er sein Pferd für den morgendlichen Ritt über die Hügel satteln lassen, wurde jedoch von seinem Hauptmann in Kenntnis gesetzt, daß Okessa seine Anwesenheit innerhalb der Festung befohlen hatte, für den Fall, daß der König ihn sprechen wollte.

Er war ein Gefangener in seiner eigenen Festung, bewacht von seiner eigenen Truppe.

Es war fast unglaublich, aber das war die Veränderung, die mit Ahak vor sich gegangen war, auch. Der Herzog hatte schon immer gewußt, daß der König ein grausamer Mann war. Vor sechs Jahren hatte es zahlreiche Gerüchte gegeben, daß er befohlen hatte, seinen Onkel zu vergiften, den letzten Monarchen, aber in jenen Tagen war Ahak ein Kraftpaket an körperlicher Stärke gewesen, jung und in seiner Blüte stehend - sein Haar war rabenschwarz, die Augen klar. Einmal, bei einem Bankett, hatte er ein Achtzigliterfaß Wein über seinen Kopf gehoben und es zehn Herzschläge lang so gehalten. Jetzt war er nur noch der Schatten des Mannes, der er einst gewesen war. Und trotzdem, wie alt mochte er sein? Dreiunddreißig? Vierunddreißig? Sicherlich nicht älter.

Als die Kohlen in dem Becken erloschen, kehrte der Herzog in seine Gemächer zurück. Seine Diener brachten ihm heißes Wasser, und mit Hilfe eines silbernen Spiegels rasierte er sich sorgfältig, wobei er feststellte, daß an seinen Schläfen die ersten grauen Haare auftauchten.

Sein Gesicht war lang und hager, die Augen lagen tief und standen über der gebogenen Nase dicht zusammen. Nicht gutaussehend, wie er wußte, aber stark. Er legte den Spiegel hin und rieb sich das Gesicht mit einem angewärmten Handtuch ab.

Rebellen im Wald! Er wünschte bei allen Teufeln, es gäbe eine Rebellenarmee, bereit loszustürmen. Aber alle seine Spione hatten ihm berichtet, daß die Legende von Llaw Gyffes genau das war: ein Märchen. Er lächelte bedauernd. Selbst wenn die Legende wahr wäre und die Armee Mactha überrannte, wäre er immer noch Gefangener. Er war verhaßt, das war eine Lektion, die sein Vater ihn gelehrt hatte.

»Ein Mann kann entweder mit Liebe oder Angst regieren«, hatte er gesagt. »Aber Angst ist stärker.« Und seine Worte hatten sich als wahr erwiesen. Aber jetzt, da der Herzog darauf wartete, wie sein Schicksal sich entwickeln würde, wußte er, daß es keinen einzigen Mann in Mactha gab, der ihm beistünde, und daß nur wenige Tränen vergossen würden, wenn sein Blut flösse.

»Frühstück, Herr?« fragte das Sklavenmädchen, dessen Namen der Herzog nicht kannte.

»Nein.« Er betrachtete das Mädchen. Sie war jung, dunkel und hübsch. Er wußte, daß er irgendwann im Winter mit ihr geschlafen hatte, konnte sich aber nicht genau daran erinnern. Er schlenderte in sein Schlafzimmer. Er war froh, daß er nie geheiratet hatte, er hatte es natürlich irgendwann tun wollen, um einen Erben zu zeugen, aber beschlossen, damit zu warten, bis er fünfzig war. Wenigstens mußte er sich jetzt nicht darum sorgen, daß seine Familie das gleiche Schicksal erleiden könnte wie er.

Er hörte Lärm im Hof und ging zum Fenster. Fünfhundert der schwarzgekleideten Ritter des Königs galoppierten aus dem Schloß, und er beobachtete, wie sie zum Wald ritten.

Er rief seinen Hauptmann. »Wohin reiten sie?« fragte er.

»Soweit ich weiß, hat der König ihnen befohlen, in den Wald einzudringen und die Stärke von Llaw Gyffes' Armee festzustellen.«

»Es gibt keine Armee«, fauchte der Herzog. »Sie werden ein paar Dörfer finden, und sie werden vergewaltigen und morden. Bei allen Göttern! Die Welt ist verrückt geworden!« Der Mann sagte nichts.

Der Herzog winkte ihn hinaus. »Geh«, sagte er. »Geh und berichte, was ich gesagt habe, ich zweifle nicht daran, daß Okessa dich belohnen wird.«

Der Mann verbeugte sich, ging hinaus und schloß die Tür.

Der Herzog hörte, wie der Schlüssel umgedreht wurde ...

Manannan warf die Decken zurück, schob den Arm des Mädchens von seiner Brust und rollte sich aus dem Bett. Er goß sich einen Becher des goldenen Ambria ein und beobachtete den herrlichen Sonnenaufgang über den Bergen. Kraft durchströmte ihn, und er drehte sich um und sah, wie das Mädchen erwachte. Es lächelte ihn an und setzte sich auf.

»Wie fühlst du dich, Herr Ritter?«

Er lachte und ging zum Bett zurück, streichelte ihre Schulter und schob das lange, fließende Haar zurück, um ihren Hals zu küssen. Ihre Haut war von einem hellen Elfenbein, ihr Körper weich. Erregung überflutete ihn ...

Eine Stunde später sah er zu, wie sie ging und legte sich zurück. Sonnenlicht strömte durch das offene Fenster und badete seinen Körper, und Vogelzwitschern drang aus den duftenden Gärten zu ihm herauf.

Manannan trank mehr von dem Elixier, dann badete er und kleidete sich in Gewänder aus blauer Seide. Er wanderte in den terrassenförmig angelegten Garten, schlenderte zwischen den Blumen und den blühenden Bäumen umher. Er fand eine kleine Gruppe von Dichtern, die inmitten der Kamelien saßen und sich sanft mit einer Reihe von Künstlern über die Frage der Schönheit stritten. Eine Weile hörte er zu, doch der ferne Klang von Musik lockte ihn in einen Pavillon, in dem Frauen tanzten.

Und die Sonne schien mit unglaublicher Intensität.

Ollathair hatte recht gehabt. Der Tunnel hinter dem Schwarzen Tor war ein Alptraum, der die Seele eines Mannes zu Eis gefrieren ließ: glitzernde Augen im Dunkel, Angstschweiß auf der Stirn. Aber jenseits davon lag ein Land von unübertroffener Schönheit und eine Stadt, wie Manannan sie noch nie gesehen hatte. Gebäude aus weißem Stein überragten die Landschaft, wundersame Statuen säumten die Straßen, und überall gab es Gärten und Wälder mit blühenden Bäumen.

Am Stadttor hatte ihn Paulus empfangen, ein Dichter und Gelehrter und Ratgeber des Ältestenrates. Der Mann, hochgewachsen und weißhaarig, hatte sich tief verbeugt.

»Willkommen, Manannan. Endlich. Es ist ein Segen für uns, daß du kommst.«

»Du kennst mich?« hatte er gefragt, als er vom Pferd stieg.

»Dich kennen, mein Bester? Samildanach hat von nichts anderem gesprochen. Willkommen in der Tat! Er wird sich freuen, von deiner Ankunft zu hören.«

»Er ist hier? Er lebt?«

»Nicht hier«, antwortete Paulus lächelnd. »Aber ja, er ist sehr lebendig - wie alle deine Kameraden. Sie haben sich entschieden, bei den Vyre zu bleiben und uns in unseren Sorgen beizustehen. Aber du bist müde von der Reise. Folge mir in mein Heim, dort kannst du baden und dich erfrischen.«

Das Heim des Gelehrten war ein Palast von ausgesuchter

Schönheit mit Marmorfassaden, umgeben von Terrassengärten. Junge Frauen kamen heraus, um sie zu begrüßen, und Manannan ließ es zu, daß Kuan zu den Ställen hinter den Gärten gebracht wurde.

»Du hast viele Sklaven«, sagte er zu Paulus, als sie hineingingen.

»Keine Sklaven, Helfer. Diener, wenn du so willst.« Er führte den Einstigen Ritter in eine Zimmerflucht und gab ihm seinen ersten Becher Ambria. Als er trank, spürte Manannan, wie Kraft in seine Glieder strömte.

»Was ist das?« fragte er erstaunt.

»Das ist die Grundlage unserer Zivilisation. Es ist Leben, Manannan. Trink davon, und du wirst nie eine Arznei brauchen, ebensowenig, wie du altern wirst.«

Samildanach und die anderen Ritter waren im Norden unterwegs, wie man ihm sagte, aber sie würden in etwa einem Monat zurückkehren. Zuerst war Manannan beunruhigt und rastlos. Könnte er ihnen nicht entgegenreiten? Paulis gab zu, daß er das könnte, riet ihm jedoch, sich erst ein paar Tage auszuruhen, um seine Kräfte zu sammeln, dann würde er ihm einen Führer mitgeben. Aber die Tage vergingen, und Manannan lernte die Stadt mit den weißen Türmen zu lieben. Sie hatte etwas, das ihm die Seele öffnete: Die Probleme des Reiches schienen so weit weg und die Welt, die er hinter sich gelassen hatte, so entfernt und unbedeutend.

Er badete in duftendem Wasser und stellte fest, daß er nicht essen mußte - ein Trank, und seine Kraft kehrte in Sekunden zurück. Die Menschen hier waren sanft, und er verbrachte einige Tage damit, durch die Bibliotheken und Museen zu streifen und die Gebräuche der Vyre zu studieren. Sie waren kein Kriegervolk, obwohl sie sich einst - der Geschichte zufolge - großer Armeen gerühmt hatten. Jetzt beschäftigten sie eine Söldnertruppe, um ihre Grenzen zu schützen, aber es gab wenig Ärger mit den Nachbarländern.

»Wo ist Samildanach?« fragte er Paulus am vierten Tag seines Aufenthalts.

»Er hilft, einige Leute aus deinem geplagten Land zu retten. Nomaden, glaube ich, nennt man sie. Er hat ihnen ein Tor geöffnet, so daß sie sich bei uns niederlassen können.«

»Das ist sehr freundlich von euch.«

»Es ist nicht nur Freundlichkeit, Manannan. Wir haben hier in den letzten dreißig Jahren unter furchtbaren Plagen gelitten, und es gibt nur noch wenig Menschen, die das Land bestellen und für unsere Befürfnisse sorgen können. Das Land braucht neues Blut. Im Norden haben sich bereits etwa zweitausend Nomaden angesiedelt. Wenn Samildanach zurückkehrt, kannst du vielleicht die neuen Städte besuchen, die sie bauen.«

Am fünften Tag war Manannan sehr unruhig. Er fühlte sich stark wie ein Löwe, aber nervös. Er sprach zu Paulus über sein Gefühl. Paulus lächelte und klopfte ihm auf die Schulter. »Du mußt das verstehen«, sagte der Gelehrte, »das Ambria wirkt in dir, es baut deinen Körper wieder auf und macht ihn stärker als je zuvor. Es sorgt auch dafür, daß du dir deines Körpers mehr bewußt bist. Was du brauchst, ist Gesellschaft im Bett.«

»Ich habe Keuschheit gelobt«, hatte Manannan erwidert.

»Wirklich? Zu welchem Zweck? Der Mensch ist dazu geschaffen, sich zu paaren. Vertrau mir, Manannan.«

In jener Nacht hatte er Draya zu ihm geschickt, und sie war göttlich anzuschauen und ebenso klug, geistreich und charmant. Sie hatten gemeinsam einen Krug Ambria getrunken und sich dann die ganze Nacht geliebt. Und Paulus hatte recht gehabt: Die Spannung in Manannan war verflogen, er fühlte sich entspannt und frisch, eins mit dieser neuen Welt. Nach Draya hatte er Senlis, Marin und andere genossen, an deren Namen er sich nicht mehr erinnern konnte.

Die Freude an all diesen Dingen war fast mehr, als er ertragen konnte.

Die Stadt der Vyre kam Manannans Vorstellung vom Paradies sehr nahe. Sie hatte alles außer einem allmächtigen Gott und, um der Wahrheit die Ehre zu geben, gerade dies machte sie noch besser als das Paradies. Hier gab es keine Richter, das einzige Gesetz schien 'Freude' zu lauten.

Und die Tage vergingen. Manannan las die Bücher der Vyre, lernte ihre Gedichte, besichtigte ihre Gemälde und Skulpturen, liebte ihre Frauen. Der Einstige Ritter war zum erstenmal in seinem Leben zufrieden.

Bald würde Samildanach zurückkehren, und sie würden heimreiten, um Ollathair zu retten, dem Reich wieder zu Recht und Ordnung zu verhelfen und dann hierher zurückzukommen, um den Lohn der Gesegneten zu genießen.

Am sechzehnten Abend schlief Manannan mit diesen Gedanken ein. Er erwachte mitten in der Nacht, zitternd vor Kälte, und griff nach dem Ambria, fand den Krug jedoch leer. Er fluchte und stand auf - er war sicher, daß er noch halbvoll gewesen war, als er einschlief, aber Paulus würde noch mehr haben. Als er aufstand, sah er eine Gestalt im Sessel am Fenster sitzen - mit dem Rücken zum Mondlicht, so daß das Gesicht im Schatten lag.

»Wer bist du?« fragte er. »Egal. Laß mich eben etwas zu trinken holen, dann können wir uns unterhalten.«

»Du brauchst etwas zu trinken, um dich unterhalten zu können?« entgegnete sie. Ihre Stimme war tief und leise. Etwas regte sich in Manannans Erinnerung, jedoch verschwommen wie Frühnebel, und verschwand, als er danach greifen wolte.

»Nein, natürlich nicht. Aber mir ist kalt.« Er ging auf die Tür zu.

»Dann leg dir eine Decke um die Schultern. Du siehst albern aus, wie du so nackt dastehst mit dem Krug in der Hand.«

»Wer bist du?«

»Eine Freundin, Manannan. Die einzige Freundin, die du hier hast.«

»Unsinn. Ich habe hier mehr Freundinnen gefunden als in meinem ganzen Leben zuvor.«

»Komm«, sagte sie, »setz dich hin und laß uns reden.«

»Ich brauche etwas zu trinken.«

»Da ist frisches Wasser«, bot sie ihm an.

»Ich brauche kein Wasser«, fuhr er auf.

»Nein«, gab sie zu, »du brauchst Ambria. Du brauchst den Nektar der Götter. Ist es schon zu spät für dich, Manannan?«

»Sprich nicht in Rätseln, Frau. Ich habe keine Zeit für so etwas, ich habe dich nicht hergebeten.«

»Nein, hast du nicht. Ich habe auch nicht darum gebeten, hier in dieser verfluchten Stadt zu sein. Aber so ist das Spiel des Lebens. Du bist ein Ritter der Gabala, und einst bedeutete das etwas für die Welt. Nur der Stärkste und Edelste konnte davon träumen, die silberne Rüstung zu tragen. Bist du stark, Manannan?«

»Ich war niemals stärker.«

»Dann laß mich dir eine Aufgabe stellen - keine schwierige Aufgabe. Bleib mit mir bis zum Morgengrauen hier sitzen - ohne das Zimmer zu verlassen, bis die Sonne aufgeht. Ist das zu schwierig, Herr Ritter?«

»Was für eine alberne Frage. Natürlich ist das nicht schwierig, aber ich habe nicht den Wunsch, dieses Spiel mitzuspielen. Jetzt laß mich in Ruhe.«

»Der Ruf des Ambria ist stark, nicht wahr? Ich weiß. Ich kann ihm nicht widerstehen. Für mich dauert es schon zu lange, und niemand hat mich vor seinen schrecklichen Eigenschaften gewarnt.«

Manannan schleuderte den Krug von sich. »Verdammt, Frau, hört dein Geschwätz denn nie auf?« Er stürmte auf sie zu und riß sie hoch. Da wandte sie sich ihm zu, und Mondlicht fiel auf ihr Gesicht. Manannan wich zurück, als hätte er einen Schlag erhalten. »Morrigan? Bei allen Göttern, Morrigan?«

»Schön, daß du dich an mich erinnerst.«

»Wie bist du hergekommen?«

»Samildanach brachte mich her. Zehn Tage, nachdem ihr ... sie ... durch das Tor gegangen waren. Er kam in der Nacht zu mir, nahm mich in die Arme und sagte, daß er mich liebe. Er sagte, er würde mir das Paradies zeigen.« Sie lachte grimmig. »Statt dessen kamen wir hierher.«

»Aber ... dies ist doch kein schlechter Ort.«

»Weil sie kultiviert sind und dich gut behandelt haben? Sie haben etwas Furchtbares mit dir gemacht, Manannan.«

»Nein. Ich bin stark, und ich bin glücklich. Was ist daran furchtbar?«

»Und warum bist du hergekommen?«

»Um Samildanach zu suchen.«

»Und mit ihm nach Hause zurückzukehren?«

»Ja.«

»Um gegen das Böse im Reich zu kämpfen, das durch den König und seine Roten Ritter gekommen ist?«

»Ja.«

Morrigan setzte sich und blickte auf den mondbeschienenen Garten hinaus. Eine Zeitlang schwieg sie. Dann sah sie Manannan an. »Die Roten Ritter werden von Samildanach angeführt. Es sind deine Freunde, mein Lieber, sie sind die Ritter der Gabala.«

»Das glaube ich nicht. Paulus sagt, sie sind im Norden und helfen den Nomaden bei der Umsiedlung.«

»Das sind sie wirklich ... oder waren sie. Aber du hast noch nicht alles gehört, Manannan. Die Nomaden kommen zu Tausenden her ... aber nicht, um das Land zu bestellen. Sie sind das Ambria ... die Nahrung für die Vyre. Das ist es, was wir hier sind - Seelentrinker! Das ist die Unsterblichkeit, Manannan. Wir saugen die Essenz des Lebens aus anderen Menschen. Wir sind nicht unsterblich, wir sind lediglich untot. Das ist das Getränk, nach dem dich so gelüstet - falls du es immer noch willst. Geh und hole es dir.«

»Du lügst. Das kann nicht sein. Es kann einfach nicht.«

»Ich will, daß du versuchst, dich an den Mann zu erinnern, der du warst, als du herkamst - an die Träume, die du hattest. Denk an alles zurück, was dir etwas bedeutete. Denk an mich, wie ich einmal war. Du bist verderbt worden, genauso wie Samildanach und die anderen - große Männer, edle Männer, die jetzt ihre Tage damit verbringen, Seelen für Paulus und die Vyre zu sammeln. Sieh mich an, Manannan!«

Plötzlich stand sie auf, packte seine Schultern und entblößte ihre Zähne.

Während er hinsah, wurden ihre Eckzähne zu langen Fängen, spitz und hohl. Er stieß sie von sich.

»Kannst du es nicht sehen?« schrie sie.

»Geh fort von mir! Du bist ein Dämon - du bist überhaupt nicht Morrigan! Hinweg!«

»Es ist zu spät für dich, Manannan«, flüsterte sie, während sie zur Tür ging. »Es tut mir so leid.«

»Warte!« rief er, als sie schon in der Tür war. »Bitte, Morrigan.« Sie drehte sich um. Er schwitzte jetzt, und ihm wurde übel. Er holte tief Luft, ging zurück zum Fenster, setzte sich auf das Fensterbrett und atmete tief die duftende Luft ein. Sie kam zurück ins Zimmer und schloß die Tür hinter sich.

»Ich kann dir nicht glauben«, sagte er leise, »aber ich werde dir zuhören. Und ich nehme deine Herausforderung an, die ganze Nacht hier sitzenzubleiben.«

Sie nickte und setzte sich ihm gegenüber. Ihr Gesicht war blaß, und in ihrem langen, goldenen Haar zeigten sich silberne Strähnen, aber ihre Augen waren so, wie er sie in Erinnerung hatte - dunkel, groß und fast mandelförmig.

»Samildanach brachte mich durch das Schwarze Tor. Überall waren Ungeheuer, Dämonen, aber er hielt sie mit seinem silbernen Schwert in Schach, und wir ritten in die Stadt. Ich konnte kaum fassen, wie schön sie war und war erstaunt, wie man uns begrüßte. Paulus und einige andere hatten ihr Heim für die Ritter geöffnet. Sie gaben uns Ambria, und wir waren glücklich. Niemals zuvor oder seitdem habe ich ein solches Glück empfunden. Und wir haben uns verändert, Manannan, ebenso wie du dich jetzt veränderst. Ich habe versucht, mit dem Ambria aufzuhören, aber ich konnte es nicht. Es klebt an der Seele, verdirbt und ... entstellt. Neue Wirklichkeiten tauchten auf, und wir lernten, daß die Vyre ein sterbendes Volk sind, da ihre Nahrungsquellen versiegen. Bald würde es kein Ambria mehr geben.«

Manannan beugte sich vor. »Wie konnte das geschehen? Gibt es denn keine Menschen in diesem Land?«

Sie lächelte. »Der halbe Krug, den du bei deiner Ankunft bekamst, hat vielleicht fünfzig Leben gekostet. Dies ist eine große Stadt, Manannan. Um sie zu ernähren, braucht es ein ganzes Volk von - sagen wir - geringeren Wesen? Daher die Nomaden. Samildanach und die anderen kehrten ins Reich zurück und nahmen Ambria für den König mit. Sie hatten neue Rüstungen, die magische Kluft der Älteren Vyre, der Kriegerrasse, die zuerst dieses Land eroberte. Sie wurden freundlich empfangen, und der König nahm sie in seinen Rat auf. Aber das Ambria ging zur Neige, und der König lernte - wie auch Samildanach - wie man das Leben aus einem lebendigen Opfer saugt.«

»Das ist es, was so schwer zu glauben ist«, sagte Manannan. »Er war der Edelste von allen.« Er preßte die Hände auf den Magen und stöhnte. »Wo hast du das Ambria hingetan? Ich brauche nur einen Schluck, dann geht es mir besser.«

»Warte! Sei stark. Du wirst schon sehen. Tief atmen, Manannan!«

»Ich kann nicht. Der Geruch aus dem Garten verursacht mir Übelkeit.«

»Das ist es ja, was ich sagen will. Das Ambria verändert die Wahrnehmung. Sieh dich in diesem Zimmer um.« Er tat, wie ihm geheißen. Die weißen Wände wirkten jetzt grauer, und er bemerkte Schimmel über dem Fenster. Die Seidenlaken auf dem Bett waren schmierig und fleckig, und der Raum stank nach Verfall. Er sah wieder Morrigan an und merkte, daß ihre Elfenbeinhaut trocken war, ihre Augen stumpf, die Lippen bläulich verfärbt.

Er schluckte hart. »Aber ist das nun wirklich? Ich weiß es nicht mehr.«

»Es ist wirklich«, flüsterte sie. »Du lebst in der Stadt der Untoten. Du bist in der Hölle, Manannan. Samildanach hat es fast erkannt, aber das Ambria hat ihn bezwungen.«

Manannan sah in den Garten hinaus, wo die steinernen Stufen von Unkraut überwuchert waren. Er kam mühsam auf die Füße. »Gibt es hier irgendwo Wasser?«

»Ja«, sagte sie und holte ihm einen Krug aus dem Vorderzimmer. »Aber sei vorsichtig, es wird dir nicht gut schmecken, denn das Ambria ist eifersüchtig.« Er trank in tiefen Zügen und hustete. »Trink noch mehr«, drängte sie ihn. »Es wird dir guttun.«

Sein Magen begehrte auf, aber er zwang sich, daß Wasser hinunterzuschlucken. »Wir müssen hier raus«, sagte er, »zurück zum Tor.«

»Ich weiß nicht, wie man es öffnet«, erwiderte sie. »Aber Paulus.«

Er stöhnte wieder. »Was geschieht mit mir? Es tut so weh.«

»Du warst dabei, einer von uns zu werden. Jetzt kämpft dein Körper - dein Leben - dagegen an.«

Sein Kopf sackte auf die Schultern, er rieb sich die Augen. »Warum tust du das für mich? Wie kommt es, daß du nicht unter dem Einfluß von Ambria stehst?«

Sie lachte und stand auf. »Nicht unter dem Einfluß, Manannan? Oh, und ob ich das bin. Ich habe den halben Krug getrunken. Wenn ich mich in diesem Zimmer umschaue, sehe ich nur Schönheit - und einen Mann, den ich begehre. Aber ich kann mich erinnern, wie ich mich fühlte, als ich zum erstenmal herkam ... als Samildanach ein Gott für mich war. Ich klammere mich an diese Erinnerung, und ich will nicht, daß du - mein ältester und teuerster Freund - hinausreitest, um Seelen für die Vyre zu sammeln.«

»Hilf mir, mich anzuziehen.« Er sah sich suchend um. »Wo ist meine Rüstung?«

»Wo du hingehst, brauchst du keine Rüstung«, sagte Paulus von der Tür her. Hinter ihm standen mehrere Krieger in schwarzer Rüstung ohne Helme, mit Schwertern in der Hand. »Wir haben dir Unsterblichkeit geboten, Manannan. Jetzt wirst du nur zu unserer eigenen beitragen.«

Die Krieger stürmten vor und ergriffen den Einstigen Ritter.

Paulus schüttelte den Kopf. »Ich dachte, du wärst stark wie deine Brüder. Aber nun kann selbst diese gefallene Frau dich von der Herrlichkeit abbringen, die du hättest haben können. Deine Dummheit beleidigt mich. Schafft ihn weg!«

- 14 -

Nuada war überrascht, als der Dagda ihn nach seiner abendlichen Vorstellung in der Halle zu sich rief. Dem alten Mann war eine Unterkunft in der Nähe der Hütte zugewiesen worden, die Nuada mit dem Mädchen Kartia teilte, und kurz vor Mitternacht war ein Wachtposten zu ihnen gekommen.

»Ich finde, daß du nicht gehen solltest«, sagte Kartia und nahm Nuada in die Arme. »Er ist ein dämonischer Mann, und Grunzer sagt, er hat niemals gute Nachrichten.«

Nuada zuckte dieAchseln. »Ich habe bislang nur sehr wenige echte Seher getroffen, ich kann mir diese Gelegenheit nicht entgehen lassen. Aber ich werde ihm keine Fragen nach dem Tod stellen. Hab keine Angst um mich, Kartia.« Er lächtelte und küßte sie auf die Wange. »Ich bin bald zurück.«

Er ging hinaus in die kalte Nacht und blickte zu den funkelnden Sternen empor.

Zitternd vor Kälte zog er seinen Umhang fester um sich. Der Wächter deutete auf eine offene Tür, durch die er die Glut in einem eisernen Kohlebecken sehen konnte. Er trat ein und fand den Dagda mit überkreuzten Beinen auf einem Ziegenfell sitzend, die Augen geschlossen, die Hände ausgebreitet. Nuada räusperte sich und klopfte an den Türrahmen.

»Tritt ein, Sagendichter. Mach es dir bequem«, sagte der Dagda und öffnete die Augen. Nuada schloß die Tür hinter sich. Es gab weder Stühle noch sonst irgendwelche Möbel, also ließ er sich auf dem Teppich neben dem alten Mann nieder. »Gibt es etwas, das du mich fragen möchtest?« wollte der Dagda wissen.

Nuada grinste. »Nichts, Herr. Ich habe keine Lust, meinen Todestag zu erfahren.«

»Warum hast du dann meiner Bitte entsprochen?« fragte der Dagda und starrte Nuada mit dunklen Augen durchdringend an.

»Um von dir zu lernen, Herr. Ich bin sicher, deine Reisen sind ein Lied wert, und ich würde es gerne singen.«

»Manche Dinge eignen sich nicht für Lieder, mein Junge, und manche Leben bleiben besser im Dunkel der Magie und der Geheimnisse. Aber du interessierst mich. Bist du dir der Farben bewußt?«

»Natürlich«, antwortete Nuada, »obwohl ich nicht besonders gut darin bin. Warum fragst du?«

Der alte Mann strich sich über den gegabelten, weißen Bart, dann stand er auf und legte Holz auf das Feuer in dem Becken nach. Er wirkte älter als die Zeit, doch seine Bewegungen waren geschmeidig, fast flüssig. Seine Hände waren schmal, aber kräftig, und auf den Handrücken waren keine Altersflecken zu sehen.

»Die Farben«, sagte der Dagda, seinen Platz dem Sagendichter gegenüber wieder einnehmend, »sind aus Harmonie geschaffen. Jetzt im Moment, wo wir miteinander reden, gewinnt das Rot immer mehr an Macht über das Reich der Gabala. Überall herrschen die niedrigeren Gefühle vor. Lust, Gier, Selbstsucht herrschen in Furbolg. Von Liebe und Mitleid ist wenig zu sehen. Wie seltsam ist es dann, daß in diesem Wald, der von bösen Männern bevölkert ist, das Rot nicht an Macht gewinnt. Welche Antwort hast du darauf?«

»Ich habe keine Antworten«, sagte Nuada. »Ich bin ein Sagendichter, ich erzähle nur Geschichten nach.«

»Kannst du die Farben in den Menschen sehen?« fragte der Dagda plötzlich. »Kannst du in die Augen eines Mannes sehen und seine Seele erkennen?«

»Nein. Aber ich nehme an, du kannst es?«

Der Dagda grinste. »Ja, ich kann das. Es ist gleichzeitig ein Fluch und eine Gabe. Ich war letztes Jahr auch hier, in diesem Loch von einem Dorf. Das Rot war überall. Jetzt ist es verschwunden, und das Weiß regiert. Wenn auch nur knapp, vergiß das nicht. Weißt du, warum?«

»Du stellst immer dieselbe Frage. Ich kann nicht anders antworten.«

»Du bist die Antwort, Sagendichter. Ich habe dich heute abend beobachtet, wie du ihre Köpfe mit Edelmut und Stärke erfüllt hast - niemanden mehr als die Ratte Grunzer. Du bist der Stein, der in den Teich fällt und Kreise bis ans entfernteste Ufer ausstrahlt. Das ist wirklich eine wertvolle Gabe.«

»Du fängst an, mich zu verwirren«, sagte Nuada. »Willst du damit sagen, daß meine Geschichten die Herzen der Menschen verändern? Das kann ich nicht glauben. Ich gebe zu, daß ich - wenigstens für kurze Zeit - ihren Unglauben aufheben kann. Aber am andern Morgen, wenn sie aufwachen, bin ich nichts weiter als Teil der letzten Abendunterhaltung.«

»Das stimmt nicht, Nuada. Ein Mensch ist ein komplexes Wesen, und seine Seele ist wie ein Schwamm, der Gefühle eher zufällig aufsaugt. Schlage ihn, und er wird zornig, seine Seele rot wie Blut. Nähre ihn, streichle ihn, liebe ihn - und seine Seele wird sanfter, ändert sich. Du erfüllst sie mit Glanz, läßt sie glauben, daß sie besser sein können, stärker. Du zwingst sie, die Macht des Weiß in sich aufzunehmen.«

Nuada überlegte. »Ist das schlecht? Ist das verkehrt?«

»Ganz und gar nicht, es ist schon fast etwas Heiliges. Ein Mann ist, was er weiß. Aber seine Seele verlangt nach allem, was er nicht weiß, denn dort ist alles verborgen, was er werden könnte.«

»Verstehe ich recht, Herr«, meinte Nuada unbehaglich, »daß dieses Gespräch einen bestimmten Zweck hat, den du mir noch nicht erklärt hast?«

»Ja, und ich habe es dir bereits gesagt. Du hast die Wahl, Nuada. Ich kann dir nicht sagen, was du fürchtest, das weiß ich nicht. Du könntest noch fünfzig Jahre leben, oder du könntest in wenigen Tagen sterben. Alles hängt von der Wahl ab, die du triffst. Aber du hast recht, und das bedeutet, daß du das Böse anziehst. Das läßt sich nicht vermeiden. Der König ist wahnsinnig, er hat seine Armee zusammengerufen und ist entschlossen, in den Wald vorzudringen und alle zu vernichten, die hier leben.«

»Warum? Hier gibt es doch nichts - keine Reichtümer, keine Armee und sicherlich keine Bedrohung.«

»Doch, es gibt eine Bedrohung: dich. Während wir hier reden, sitzt der König mit seinen Ratgebern in Mactha. Sie richten ihren Blick auf den Wald am Meer, und sie sehen die Macht des Weiß und des Grün. Das Rot wird zurückgedrängt ... ihre Farbe, ihre Stärke. Sie können das nicht zulassen. Sie fragen sich, weil sie nicht anders können, wie lange es dauern wird, bis das Weiß zurückschlägt.«

»Willst du damit sagen, daß der König und seine Ritter Recht daran tun, einen Dichter zu fürchten? Das ist Irrsinn.«

»Sagte ich nicht, daß er verrückt ist? Alle bösen Menschen sind verrückt, Nuada. Die Frage ist - und das ist der entscheidende Punkt - was wirst du tun?«

»Tun? Was könnte ich schon tun? Ich werde meine Geschichten erzählen und weiterziehen. Im Frühling werde ich in Cithaeron sein.«

Der Dagda nickte. »Das ist eine gute Wahl. Du wirst lange und glücklich dort leben und feine Söhne aufziehen.«

»Das ist gut zu wissen, aber ich sehe in deinen Augen, daß du enttäuscht bist.«

»Ganz und gar nicht«, erwiderte der Dagda scharf. »In der Welt der Menschen gibt es nichts, was mich überraschen oder enttäuschen könnte. Wenn du gehst, wird das Weiß schwinden, und das Rot wird die Vorherrschaft gewinnen. Viele werden sterben - einen schrecklichen Tod. Der Wald wird zu einem Leichenhaus.«

»Und wenn ich bleibe, wird alles friedlich und harmonisch werden? Das glaube ich nicht, Dagda.«

»Da hast du recht. Aber dafür gibt es ein Gleichgewicht im Kampf. Und das Weiß könnte gewinnen - mit deiner Hilfe.«

»Werde ich dann auch noch fünfzig Jahre leben und feine Söhne haben?«

Der Dagda schwieg, und Nuada lachte freudlos. »Das dachte ich mir. Es ist nicht gerecht, daß du mich so unter Druck setzt, ich habe dir nichts getan.«

»Ganz im Gegenteil, junger Mann, du hast viel getan, das mich gefreut hat. Es entsprach nicht ganz der Wahrheit, als ich sagte, daß mich nichts in der Welt überraschen könnte. Ich wandere durch diesen Wald und sehe die Brutalität, die Grausamkeit der Menschen. Es ist mehr als erfreulich mit anzusehen, wie Grunzer sich als Held aufführt, ihn zu sehen, wie er ein goldhaariges Kind liebt. Du hast ihm gutgetan, er wird gut für dich sterben.«

»Ich will nicht, daß jemand für mich stirbt - am allerwenigsten Grunzer. Himmel, ich mag diesen kleinen Mann sogar!«

»Und warum auch nicht?« sagte der Dagda. »Jetzt ist viel Liebenswertes an ihm.«

»Rätst du mir zu bleiben? Willst du mir sagen, daß es meine Pflicht ist, mich dem König und seinen Roten Rittern entgegenzustellen?«

»Es ist nicht meine Aufgabe, dich über deine Pflichten zu belehren, Nuada. Du bist ein Mann - ein guter Mann. Ich bin hier, um dir die Möglichkeiten zu zeigen, die du wählen kannst. Ich werde dich nicht verurteilen, wenn du dich für ein Leben in Cithaeron entscheidest.«

»Nein, aber du wirst gewiß dafür sorgen, daß ich mich selbst verurteile. Spiel nicht mit Worten, alter Mann. Sag mir, was getan werden kann, um das Weiß zu unterstützen.«

»Die Ritter der Gabala müssen wieder reiten.«

»Niemand weiß, wo sie sind.«

»Sie sind beim König«, sagte der Dagda. »Sie sind die Roten Schlächter, die Seelentrinker. Sie sind Vampire, Nuada.«

»Wie können sie dann wieder für das Weiß reiten?«

»Das können sie nicht. Sie sind von dem Übel, das sie auszogen zu vernichten, verschlungen worden.«

»Dann erspar mir die Rätsel!« tobte Nuada. »Wie können die Ritter dann wieder reiten?«

»Es muß neue geben, um das Gleichgewicht wiederherzustellen. Mehr noch, sie müssen die alten Ritter widerspiegeln. Wir hatten acht gute Männer, die böse wurden; du mußt helfen, acht Männer zu finden, die gut werden. Suche Ruad Rofhessa. Er ist der Waffenmeister, er wird Rat wissen.«

»Wo soll ich ihn suchen? Und wieviele Ritter kann ich wohl hier im Wald finden?«

»Einen gibt es hier - du hast ihm den Titel selbst gegeben.«

»Grunzer? Glaubst du, Grunzer könnte ein Ritter der Gabala werden?«

»Ja. Er könnte der erste sein, Nuada. Der erste deiner Ritter dunklen Rufes.«

Ruad wanderte allein über die Bergwiesen, als Lámfhada zu ihm kam. Der Junge hielt sich erst etwas abseits auf und wartete, bis Ruad ihn bemerkte. Der Handwerker wischte den Schnee von einem Felsen, setzte sich, nahm die bronzene Augenklappe ab und rieb sich die Haut. »Es juckt schrecklich, Junge«, sagte er und winkte Lámfhada heran. Er zwang sich zu einem Lächeln. »Was beunruhigt dich? Als ich diesen Morgen erwachte, schien der alte Gwydion sich unbehaglich zu fühlen. War es etwas, was du ihm erzählt hast?«

Lámfhada nickte. »Ich habe fast die ganze Nacht wachgelegen. Gwydion sagte mir, ich hätte einen Alptraum gehabt, aber ich glaube, ich habe meine Farbe gefunden. Es ist das Gold, Ruad. Es sind alle Farben ineinander verwoben.«

»Erzähl mir davon«, bat der Zauberer ernst. Lámfhada berichtete ihm von seinem ersten Flug als Kind, als er gesehen hatte, wie die Ritter durch das Schwarze Tor ritten, und wie er das Wolfswesen mit einem goldenen Blitz vernichtet hatte. Dann sprach er davon, wie er auf einer goldenen Scheibe über den Wald am Meer geflogen war und das Wolfsrudel auseinandergetrieben und den Hirsch wiederbelebt hatte. Aber er schaffte es nicht, von Pateus zu sprechen. Ruad lauschte schweigend, bis der Junge seine Geschichte beendet hatte.

»Ich wußte, daß du Macht hast, mein Junge. Ich konnte sie in dir spüren. Und ich denke noch immer daran, wie die herunterfallenden Federn deines Vogels mitten im Flug kehrtmachten. Das Talent war tief in dir begraben, das ist es immer noch. Aber es wird wieder an die Oberfläche kommen, und beim nächstenmal wird es stärker sein. Du mußt es ertragen. Eine solche Macht wird nicht ohne Grund gewährt. Du wirst sie brauchen.«

Lámfhada stand auf und wandte sich ab. »Ich bin nicht klug, Ruad. Ich weiß nicht, ob ich davon sprechen sollte. Als ich Gwydion von meinem Flug erzählte und was dabei passiert ist, wurde er ganz aufgeregt und beschwor mich, dir nicht davon zu erzählen. Aber ich glaube, er hatte Unrecht. Ich hoffe, du bist mir nicht böse - aber ich habe etwas ausgelassen.« Und langsam, stockend, erzählte Lámfhada von dem Roten Ritter und sah mit wachsender Besorgnis, wie alle Farbe aus Ruads Gesicht wich.

»Pateus? Er sagte, er hieße Pateus?«

»Ja, Herr. Cairbre-Pateus. Wer ist das?«

»Er ist ein Ritter der Gabala, der älteste meiner Ritter. Die Sünde meines Stolzes ist in ihm zurückgekehrt, um mich zu verfolgen.« Ruad sah die Angst in Lámfhadas Gesicht. »Nein, mein Junge, hab keine Angst. Du hattest recht, und Gwydion hatte unrecht - sehr unrecht. Vor einiger Zeit, ehe ich in diesen Wald kam, hatte ich eine Vision von acht Roten Rittern. Tief in meinem Innern wußte ich, wer sie waren, und ich wußte, wer sie anführt. Aber ich wollte es nicht wahrhaben.«

»Was ist mit ihnen geschehen?« fragte Lámfhada und setzte sich wieder neben den Handwerker.

»Sie haben verloren. Ganz einfach. Sie haben das Böse gefunden, und es hat sie besiegt.«

»Wie konnte das geschehen? Sie waren die größten aller Ritter.«

»Ich habe auch keine Antwort darauf, außer daß das Böse nur selten mit Feuer und Hornsignalen kommt. Wenn es das täte, würden sich alle Menschen davon abwenden. Nimm mich zum Beispiel, Lámfhada - ich habe neun gute Männer in ein unbekanntes Land geschickt, voller schrecklicher Gefahren. War das eine gute Tat? Ich habe es nicht für die Welt getan, sondern zu meinem eigenen Ruhm. Ich sagte mir, daß das allein nicht böse war, aber viel Böses ist daraus entstanden. Willst du darüber mit mir diskutieren?«

»Nein, Herr. Aber ich sehe nichts Böses in dir.«

»Nicht? Aber wenn du Samildanach gekannt hättest oder Pateus oder Manannan, hättest du über sie dasselbe gesagt.«

»Was kannst du tun, Ruad? Sind sie so stark wie früher?«

»Wenn Pateus jetzt mit den Farben fliegen kann, ist er stärker als je zuvor. Und nur die Quelle weiß, wie mächtig Samildanach geworden ist. Ich muß nachdenken, Lámfhada, am besten läßt du mich für eine Weile allein.«

Der Junge blieb noch einen Moment stehen und wünschte, er könnte etwas sagen ... etwas tun, um dem Mann zu helfen, der sein Freund geworden war. Aber es gab nichts zu sagen, und so wandte er sich traurig ab. Am Fuß des Hügels fand er Elodan, der Steine auf einen mit Kreide markierten Baum schleuderte. Keins seiner Geschosse kam dem Ziel auch nur nahe, und seine Wurfhaltung wirkte ungelenk.

»Zum Kuckuck damit«, fluchte Elodan. Dann sah er Lámfhada und grinste. »Man darf nie aufgeben, Junge, das ist die Antwort. Das unterscheidet den Menschen von Herdentieren. Das Problem ist nämlich dreifach, verstehst du: Ein Mensch ist entweder rechtsseitig oder linksseitig - mit Auge,

Hand und Bein. Ich versuche, das Zentrum meiner selbst umzudrehen - linksseitig zu werden, wenn du so willst.«

»Geht das denn?«

»Ich bezweifle es, aber solange ich lebe, werde ich es versuchen. Mehr kann ich nicht tun. Ich werde nicht in irgendeiner Hütte sitzen, bis meine Haare grau werden, und davon träumen, was ich einst war. Komm, wir wollen etwas zu essen suchen.« Er warf einen Blick auf Lámfhada. »Was ist, Junge?«

Lámfhada erzählte ihm von seinem Gespräch mit Ruad, und Elodan seufzte. »Das sind schlimme Neuigkeiten. Ich kannte Samildanach. Was für ein Schwertkämpfer! Es ist kaum zu glauben.«

»Ruad sagt, das Böse ist nicht immer häßlich, aber ich weiß nicht genau, ob ich verstanden habe, was er meinte.«

»Ich werde es dir erklären, aber erst wollen wir etwas essen«, sagte Elodan, als sie zur Hütte zurückgingen, vor der die drei goldenen Hunde wie Standbilder saßen. Gwydion war nicht da, als sie kamen, und so stellten sie eine Mahlzeit aus kaltem Fleisch und Käse zusammen, die sie mit kühlem Quellwasser hinunterspülten. Dann schürte Elodan das Feuer und setzte sich dem blonden, jungen Mann gegenüber.

»Vor langer Zeit, als ich noch jung war, sah ich eine Frau, die mein Blut in Wallung brachte. Ich traf sie im Park des Königs, sie und ihre Diener pflückten dort stets Blumen. Sie war schön, aber sie war mit einem Adligen verheiratet, der doppelt so alt war wie sie, und sie war sehr unglücklich. Ich verliebte mich in sie - völlig, hoffnungslos. Ich träumte davon, sie mit auf meine Güter im Norden zu nehmen und eine Familie zu gründen. Aber es konnte nicht sein - nicht, solange ihr Mann lebte. Ich begann ihn zu hassen - obwohl es an ihm nichts zu hassen gab. Nach seinen Maßstäben war er ein guter Mann. Aber wenn ich abends einschlief, träumte ich von seinem Tod. Es konnte nicht recht sein, entschied ich, daß jemand, der so jung und schön war, an einen solchen Mann gefesselt war. Jedenfalls bat ich eines Tages einen Freund von mir, dem Mann meinen Namen zuzuflüstern und ihm zu erzählen, daß ich mich heimlich mit seiner Frau träfe. Der Mann hatte danach keine andere Wahl mehr, als mich zum Zweikampf herauszufordern. Er war zwar alt, aber immer noch sehr gut. Doch seine Jahre haben ihn betrogen - und ich tötete ihn. Und das war eine böse Tat.«

Lámfhada schluckte. »Und was wurde mit der Frau?«

»Sie erbte sein Vermögen und heiratete ihren Liebhaber. Ich war lediglich das Werkzeug für ihre Freiheit gewesen. Aber ich glaubte fest, daß ich im Recht gewesen war. Ich hatte mir eingeredet, er sei böse und grausam, bis ich es schließlich glaubte. Selbsttäuschung, Lámfhada! Deswegen habe ich für Kester gegen den König gekämpft. Ihr Mann war Kesters Sohn. Verstehst du jetzt etwas besser, was Ruad meinte?«

»Ich weiß es nicht genau. Man hört von schrecklichen Dingen in Furbolg, daß Nomadenfamilien massakriert werden. Sehen die Verantwortlichen nicht, daß das böse ist? Es ist etwas anderes, eine schöne Frau zu lieben und ihretwegen ein Duell auszutragen.«

Elodan zuckte die Achseln. »Wir sprachen von Selbsttäuschung. Samildanach liebte das Reich so, wie die meisten Männer eine Frau lieben. Wenn er überzeugt ist, daß die Nomaden dafür verantwortlich sind, daß das Reich an Macht verloren hat, nehme ich an, daß er beginnen würde, sie zu hassen. Aber ich kann nicht für ihn sprechen.«

»Sie glauben, Llaw Gyffes habe eine Armee, und sie kommen im Frühjahr her. Ich glaube, es wird schrecklich.«

Elodan nickte und blickte auf seinen Stumpf herunter. »Selbst wenn ich nicht verkrüppelt wäre, könnte ich nicht gegen die Ritter der Gabala bestehen. Cairbre hat mich so mühelos besiegt wie ich damals den Ehemann. Verdammt sei Llaw Gyffes!« Elodan stand auf. »Ich muß wieder an meine Arbeit. Ich sehe dich später.«

Lámfhada sah ihm nach, räumte dann das Geschirr zusammen und spülte es hinter der Hütte ab. Als er aufblickte, sah er in der Ferne einen Hirsch. Plötzlich hob das Tier den Kopf und suchte eilends Deckung. Lámfhada sah sich suchend nach Anzeichen von Wölfen um ... und entdeckte fünfhundert schwarzgekleidete Reiter, deren Silhouette sich scharf gegen den Himmel abzeichnete.

Während die Reiter das letzte Stück über die schneebedeckten Wiesen herangaloppierten, rannte Lámfhada zurück ins Dorf und schrie dabei so laut er konnte. Die Menschen strömten aus ihren Hütten, sahen die Reiter und liefen auf die Zuflucht verheißenden Bäume zu. Elodan nahm ein Beil und schloß sich Lámfhada an.

»Geh zu Ruad. Sie dürfen ihn nicht in die Hände bekommen«, sagte der verkrüppelte Krieger.

»Was willst du tun?«

»Ich bleibe bei den Nachzüglern.« Einige der Männer hatten sich mit Bögen und Messern bewaffnet, und Elodan brüllte ihnen zu, sie sollten in den Wald laufen: »Bleibt zusammen und bildet auf dem Hügel eine Linie.« In der Gruppe waren vierzehn Bogenschützen, unter ihnen Brion, der Gatte Ahmtas.

»Warum greifen sie uns an?« fragte Brion beim Laufen. »Hier gibt es doch nichts zu holen.«

»Frag sie doch, wenn sie hier sind«, fauchte Elodan.

Die Angreifer galoppierten mit gezogenen Schwertern ins Dorf. Ein alter Mann, langsamer als die anderen Flüchtenden, war der erste, der fiel: Eine Lanze traf ihn hoch im Rükken und riß ihn um. Für einen kurzen Moment zappelten seine Beine noch in der Luft, dann brach die Lanze, und er stürzte unter die herandonnernden Hufe. Ein Kind lief, schreiend vor Angst, aus einer Hütte, die Mutter, schon auf dem Hügel, machte kehrt und rannte zurück, um das Mädchen zu holen. Das Kind wurde zu Tode getrampelt, die Mutter von einem Speer durchbohrt.

Dann waren die Soldaten an den Hütten vorbei und hielten auf den Hügel zu. Elodan ließ die Bogenschützen in einer Reihe Aufstellung nehmen. »Ignoriert die Reiter. Zielt auf die Pferde und bringt sie zu Fall. Das ist die einzige Möglichkeit, den Angriff aufzuhalten. Und schießt erst, wenn ich den Befehl dazu gebe.«

Hastig wurden die Langbögen gespannt und Pfeile auf die Sehnen gelegt. »Zielt!« brüllte Elodan. Die Reiter wurden langsamer, weil es bergauf ging, aber sie kamen noch immer schnell näher. Als sie noch etwa vierzig Schritt entfernt waren, ließ Elodan den erhobenen Arm sinken. »Jetzt!« schrie er. Die Pfeile fanden ihr Ziel in der Mitte der angreifenden Linie, Pferde stiegen und stürzten, aber die Flügel stürmten weiter und näherten sich in einem Halbkreis den Bogenschützen. »Nach links!« befahl Elodan. Die Bogenschützen ließen rasch eine neue Salve von Pfeilen los. Pferde stürzten in den Schnee und warfen ihre Reiter ab. »Jetzt die rechte Seite!« Die Reiter waren schon fast bei ihnen, und zwei der Bogenschützen gaben auf und rannten in den Wald. Elodan beachtete sie nicht, die übrigen schossen erneut aus kürzester Entfernung. »Und jetzt lauft!« rief Elodan, machte kehrt und spurtete auf die Bäume zu. Er hörte ein Pferd dicht hinter sich, und als er sich umschaute, sah er, wie ein Lanzenträger sich tief aus dem Sattel beugte und mit seiner Waffe auf sein Herz zielte. Der verkrüppelte Krieger holte aus und schleuderte mit aller Kraft sein Beil. Es schoß über den Kopf des Pferdes hinweg und grub sich in die Stirn des Reiters, der aus dem Sattel fiel.

Einer der Bogenschützen war gefallen, man hatte ihn regelrecht in Stücke gehackt. Die anderen rannten zu den Bäumen. Elodan fluchte. Sie würden es nie schaffen.

Plötzlich kam ein Hagel von Pfeilen aus dem Unterholz und bohrte sich in die Reiter. Dann noch einer ... und noch einer. Die Schwarzgekleideten machten kehrt und flohen den Hügel hinab.

Llaw Gyffes trat aus dem Wald und ging zu Elodan. »Du bist ein Kerl aus Eisen«, sagte er.

»Das muß ein Kompliment sein - wo es von einem Grobschmied kommt.«

»Ist es auch. Ich habe Blut geschwitzt, als ich sah, wie du diese Schlachtlinie aufgestellt hast.«

»Sie werden zurückkommen, Llaw, und wir haben nicht die Männer, sie aufzuhalten. Aber ich bin froh, daß du gerade zur rechten Zeit gekommen bist.«

»Man braucht auch etwas Glück«, antwortete Llaw. »Ich habe eine Gruppe Jäger aus deinem Dorf getroffen, und sie sagten, du seist hier. Deswegen kam ich mit ihnen. Dann hörten wir das Geschrei und haben in den Büschen Position bezogen.«

»So«, flüsterte Elodan, »der große Held Starkhand hat mich gesucht? Darf ich fragen, weshalb?«

»Ich brauche einen Mann, der etwas vom Krieg versteht.«

»Dann stellst du also doch eine Armee auf! Es wird auch

Zeit, Llaw. Na, der Krüppel hier wird dir helfen - wenn du ihn haben willst.«

Llaw schlug ihm kräftig auf die Schulter. »Dieser Beilwurf war gut. Ich würde sagen, du machst dich.«

»Ich hatte auf das Pferd gezielt«, fauchte Elodan. »Ich habe es verfehlt - um mindestens dreieinhalb Meter.«

»Ich werde es keinem verraten«, versprach Llaw. »Jetzt laß uns zurückgehen. Brion führt die Dorfbewohner in die tiefen Höhlen. Aber wir brauchen Lebensmittel und Feuerholz.«

»Darf ich einen Vorschlag machen?«

Llaw grinste. »Du bist unser General!«

»Laß mir zwanzig Mann hier, und ich bilde eine Nachhut, während ihr schon loszieht.«

»Paß gut auf, Elodan. Ich will dich nicht schon so früh verlieren.«

»Sie haben mit dem Krieg angefangen, mein Freund. Jetzt müssen sie lernen, was das bedeutet.«

Bavis Lan, der Anführer der Angreifer, stieg vor der Hütte, wo die drei goldenen Hunde saßen, vom Pferd. Er ging über die roh gezimmerte Veranda und kniete neben den Standbildern nieder.

»Bei Chera! Sie sind aus Gold«, flüsterte er. Sein Adjutant, Lugas, kam zu ihm und sah schweigend zu, wie Bavis die Statuen untersuchte. »Was ist?« fuhr der Hauptmann ihn an. »Steh nicht einfach so da, Lugas! Berichte!«

Lugas salutierte knapp. »Wir haben achtzehn Pferde verloren, neun Männer sind tot. Acht weitere verletzt. Sollen wir sie in den Wald verfolgen?«

Bavis stand auf. Er war groß und schlank, Mitte vierzig. Er nahm seinen Helm ab und fuhr sich mit der Hand durch das von Silbersträhnen durchzogene Haar. »Nein. Sobald sie unter den Bäumen sind, könnten sie uns mit Leichtigkeit einzeln abschießen. Wir haben heute zwei Dörfer überfallen und ihnen etwas gegeben, worüber sie nachdenken können. Wir lagern hier und ziehen morgen das Tal entlang nach Norden.«

»Jawohl.«

»Was sagst du zu diesen Statuen?«

»Sie sind schön, Hauptmann.«

»Nicht wahr? Ich nehme sie als Geschenk für den König mit nach Mactha.«

Die Tür der Hütte ging auf, und ein untersetzter Mann erschien. Bavis drehte sich um, seine Hand fuhr an sein Schwert. Der Mann war kräftig gebaut und trug eine bronzene Augenklappe, hinter ihm stand ein blonder Junge mit ängstlichem Blick.

»Wer zum Teufel bist du?« fragte Bavis.

»Der Besitzer der Hunde. Ich fürchte, sie sind zu kostbar für einen Dummkopf wie Ahak. Er wüßte sie nicht zu schätzen - sie haben nämlich kein Blut, weißt du.«

»Deine Worte weisen dich als Verräter aus«, schnaubte Lugas und zog sein Schwert.

»Und deine Taten weisen dich als Schlächter aus«, erwiderte der Mann und berührte den Kopf des Hundes, der ihm am nächsten war. »Ollathair«, flüsterte er.

Die Edelsteinaugen des Hundes gingen schlagartig auf, und als Lugas' Schwert hochzuckte, sprang er ihn an, seine Zähne gruben sich in den Unterarm des Offiziers. Ehe er noch schreien konnte, klappten die Kiefer des Hundes zu, Arm und Hand wurden glatt durchgebissen. Lugas sank auf die Knie und starrte entsetzt auf das Blut, das aus seinem Armstumpf quoll.

Der General war wie zu Stein erstarrt. Der Mann mit der Augenklappe ging zurück in die Hütte, gefolgt von seinen drei Hunden. Die Tür schloß sich.

Ein Blitz aus goldenem Licht zuckte durch das offene Fenster. Bavis Lan blinzelte, rannte dann los und trat die Tür ein. Die Hütte war leer.

»Hilf mir!« flehte Lugas. »Bei den Göttern, Hilfe!«

»Einen Arzt!« brüllte Bavis. »Geht den Arzt suchen!«

Oben auf dem Hügel teilte sich die Luft mit einem Lichtblitz, und Ruad erschien, gefolgt von Lámfhada und den Hunden. Das Gesicht des Zauberers war grimmig, seine Hände zitterten. Er drehte sich um und zerrte den blutgetränkten Arm aus der Schnauze des einen Hundes und schleuderte ihn fort.

»Fluch über sie alle!« zischte er.

»Wir sollten die anderen suchen«, sagte Lámfhada leise,

unfähig, den Blick von dem abgetrennten Körperteil im Schnee zu wenden.

Ruad hörte ihn nicht. Er starrte hinunter auf das Dorf und beobachtete, wie Soldaten dem Verletzten zu Hilfe eilten.

»Dafür wirst du bezahlen, Ahak«, schwor er. »Irgendwie läßt Ollathair dich dafür zahlen.« Er machte kehrt und ging rasch auf die Bäume zu, die Hunde trotteten neben ihm her.

Bei Anbruch der Dämmerung erreichten sie die tiefen Höhlen und fanden Gwydion vor, der einen Verletzten versorgte. Im Innern der Höhlen waren Feuer angezündet worden, um die sich die Flüchtlinge scharten. Llaw Gyffes trat zu dem einäugigen Zauberer.

»Bist du der Handwerker?«

»Ja«, antwortete Ruad. Er betrachtete den breitschultrigen, blonden Krieger eingehend, vermerkte die blaßblauen Augen und den rotgoldenen Bart. »Und du bist Starkhand. Ich hoffe, den Namen trägst du zu Recht, mein Junge. Du wirst Stärke brauchen, wenn der Schnee schmilzt.«

»Ich weiß. Der Dagda sprach von der Armee des Königs. Wirst du uns helfen?«

»Ich werde tun, was ich kann. Aber du solltest wissen, daß die Streitkräfte des Königs von den Rittern der Gabala angeführt werden, und sie sind tödliche Feinde.«

Llaw lächelte. »Wenn ich's mir recht überlege, Zauberer, kann ich ebenso tödlich sein. Hab etwas mehr Vertrauen.«

»Mir mangelt es nicht an Vertrauen, Starkhand. Aber die Ritter tragen Rüstungen, die durch Zauber geschützt sind, und Schwerter, die von einer alten Macht gekräftigt sind, und selbst ohne diese Gaben sind ihre Kräfte außergewöhnlich.«

Llaw legte seine riesigen Hände auf Ruads Schultern. »Erzähl mir nichts von ihrer Macht, Zauberer. Widme deine Gedanken dem Problem, wie wir sie besiegen können.«

»Ganz so einfach wird das nicht.«

»Daran zweifle ich nicht. Aber sie leben und atmen, also müssen sie auch sterben können. Such mir einen Weg, wie ich sie töten kann.«

- 15 -

Manannan entspannte sich, als die Wachen seine Arme ergriffen, sein Kopf sank ihm auf die Brust. Plötzlich riß er mit einer heftigen Bewegung seinen rechten Arm los und hämmerte dem einen Wächter seinen Ellbogen rückwärts gegen die Kehle. Der Mann schrie auf und taumelte. Zu dem zweiten Wächter herumwirbelnd, rammte Manannan seinen Kopf in das Gesicht des Mannes. Wieder frei, zog er einen Dolch aus dem Gürtel des Wächters, sprang neben Paulus, packte ihn bei seinen langen, weißen Haaren und riß ihn nach vorn, so daß die Spitze der Klinge an dem faltigen Fleisch seines Halses ruhte.

Die vier übrigen Wächter zogen zwar ihre Waffen, blieben aber verunsichert stehen.

»Schick sie weg«, befahl Manannan, »oder ich setze deinem Leben auf der Stelle ein Ende.«

»Zurück«, schrie Paulus. »Laßt uns allein.«

Die Wächter halfen ihren verletzten Kameraden hinaus und schlossen die Tür hinter sich. Manannan zog Paulus' Kopf zurück und ritzte ihm die Haut auf, so daß ein wenig Blut auf die weiße Tunika sickerte.

»Du wirst mich jetzt zu meiner Rüstung und meinem Pferd bringen«, zischte Manannan, »dann lasse ich dich vielleicht am Leben.« Er warf Morrigan einen kurzen Blick zu. »Kommst du mit mir?«

»Was bleibt mir anderes übrig?«

»Dann bring uns durch die hinteren Wohnungen. Die Wachen sind wahrscheinlich jetzt dort, aber wir marschieren einfach durch sie hindurch.«

Den jammernden Paulus mit sich zerrend, betraten sie den Garten. Der Duft der Blumen war so stark, daß ihnen fast übel wurde. Die schwarzgekleideten Wächter hatten sich dort zusammengefunden, aber sie hielten sich zurück, als Manannan auf Paulus' Anweisungen hin zu den Ställen jenseits einer hohen, weißen Mauer ging. Kuan stand dort, reglos wie ein Standbild. Manannan fuhr mit der Hand über den Rücken des Hengstes, doch das Tier rührte sich nicht.

»Was habt ihr mit ihm gemacht!« wütete der Einstige Ritter.

»Wir haben ihn besser gemacht, als er jemals war«, sagte Paulus, »wie wir es auch mit dir gemacht haben. Warum kannst du das nicht begreifen, Manannan? Wir haben dir großzügig das Geschenk der Unsterblichkeit gemacht!«

Der Einstige Ritter schleuderte den alten Mann gegen die Wand. »Unsterblichkeit? Ihr hättet mich beinahe zu einem der Euren gemacht - einem Seelenfresser.«

»Sei nicht so melodramatisch«, fuhr Paulus ihn an. »Tötest du nicht auch Tiere, um Fleisch zu haben? Wo liegt dann der Unterschied? Oder willst du mir erzählen, daß ein Rind keine Seele hat? Es ist ein Lebewesen aus Fleisch und Blut und Knochen - und ein Mensch ist auch nichts anderes. Wir haben das Elixier des Lebens vervollkommnet. Welches Recht hast du, uns zu verurteilen?«

»Ich werde nicht mit dir diskutieren, Vampir. Das hat keinen Sinn. Wo ist meine Rüstung?«

Paulus führte ihn zu einem großen Raum an der Rückseite der Ställe. Hier hingen auf hölzernen Ständern neun silberne Rüstungen. Manannans Zorn schwoll an, und er schluckte.

»Das ist alles, was von den wahren Rittern übrig ist, die hierher kamen! Die stolzen Männer, die sie trugen, sind tot - so wie du tot bist, Paulus. Du spazierst vielleicht noch im Sonnenlicht herum, aber du bist tot: ein ruiniertes, verdorbenes Etwas.« Er wandte sich an Morrigan. »Sattle Kuan.«

»Die Wachen scharen sich draußen zusammen«, informierte sie ihn.

»Kümmere dich nicht um sie. Sattle mein Pferd.«

»Sie werden uns nicht gehen lassen.«

»Dann schlage ich eine Bresche durch sie. Und jetzt sattle Kuan.«

»Es ist noch nicht zu spät für dich, Manannan«, wisperte Paulus. »Ich war vorhin etwas grob, aber du kannst dich uns noch immer anschließen. Warte und sprich mit Samildanach - er ist dein Freund.«

»Er ist tot, Paulus. Ich spreche nicht mit Toten.« Morrigan

führte den eiskalten Hengst in den Raum, und Manannan ging zu seinem Pferd, Paulus mit sich ziehend. Er reichte Morrigan das Messer. »Wenn er sich auch nur um einen Fingerbreit bewegt, tötest du ihn. Kannst du das?«

»Es wäre mir ein Vergnügen«, sagte sie und setzte Paulus die Klinge an die Kehle.

Er lächelte dünn. »Und wie lange, meine Liebe, kannst du in der Welt aus Blut ohne dein Ambria überleben? Du wirst Nahrung brauchen - und deswegen wird man dich hassen. Sie werden dich vernichten.«

Morrigan sagte nichts, aber der Einstige Ritter sah, wie die Wahrheit ihr Furcht einflößte. Er fand keine Worte des Trostes für sie und ging zu seiner Rüstung.

»Paß auf!« rief Morrigan, und Manannan duckte sich gerade in dem Moment, als eine Lanze auf seinen Rücken zuschoß. Er riß einen Arm hoch und wehrte die Waffe ab, aber der Wächter, der sie geschleudert hatte, trat hinter einem Verschlag hervor und lief mit erhobenem Schwert auf ihn zu. Der Einstige Ritter zog seine eigene silberne Klinge aus der Scheide, die an dem Ständer hing.

»Du kannst es nicht mit mir aufnehmen«, erklärte er dem Wächter. »Sei vernünftig, wenn du am Leben bleiben willst.«

Der Wächter rief etwas Obszönes und stürmte vor. Manannan konterte den ungeschickten Hieb und zog dem Mann die Klinge quer über die Kehle. Der Kopf des Wächters fiel von den Schultern, der Körper sank auf den strohbedeckten Boden. Manannan zog seine Rüstung an, befestigte Brustplatte und Schulterstücke. Sein Magen bäumte sich auf, er zitterte am ganzen Körper, Schweiß rann ihm in die Augen.

»Sei stark, Manannan«, flehte Morrigan. Er zwang sich zu einem Grinsen und ging zu Paulus.

»So, Vampir - die letzte Gelegenheit, dich an dein Halbleben zu klammern. Öffne das Tor zwischen den Welten.«

»Das kann ich nicht. Nicht hier. Die Ungeheuer werden kommen. Es muß Platz sein für den Tunnel.«

»Dann stirbst du hier«, sagte Manannan sanft und drückte sein Schwert gegen Paulus' Bauch.

»Warte!« bettelte der alte Mann. »Ich könnte Ollathair erreichen. Er könnte das Tor öffnen.«

»Dann tu das.«

Paulus nickte und schloß die Augen. Ein Kreis aus goldenem Licht erschien an der gegenüberliegenden Wand und wuchs, und Manannan sah eine Höhle, überfüllt von Menschen, darunter Ollathair, der mit einem großen, bärtigen Mann sprach. Er beobachtete, wie der Zauberer erstarrte und sich umdrehte. Ollathairs Stimme erklang flüsternd in Manannans Geist.

»Quäl mich nicht, Manannan. Verschwinde! Geh zu deinen Brüdern!«

»Ich brauche Hilfe, Ollathair«, sagte der Einstige Ritter laut. »Morrigan ist bei mir. Du mußt das Tor öffnen.«

»Wenn das ein dämonischer Trick ist, wirst du es büßen.«

Manannan schüttelte den Kopf. »Öffne einfach das Tor, Waffenmeister. Ich werde dir antworten.«

»Betrachte es als geschehen«, sagte Ollathair, und die Vision schwand.

Manannan legte sein Schwert auf Paulus' Schulter. »Morrigan, ich glaube, es ist am besten, daß du ebenfalls eine Rüstung anziehst. Nimm die ganz links, sie gehörte einst Pateus, und er war sehr schlank.«

Er sah zu, wie sie aus ihrem Kleid schlüpfte, dann wandte er sich wieder an Paulus. »Ich sollte dich töten«, flüsterte er. »Bei der Quelle, du verdienst es! Aber ich werde es nicht tun.«

»Komm mir nicht mit Moral, Manannan, nur weil meine Ansichten sich von deinen unterscheiden. In deiner kleinen Welt sterben Tausende in Kriegen, durch Krankheiten, Seuchen und Blutvergießen. Ihre Leichen dienen keinem Zweck. Hier gibt es verhältnismäßig wenig Todesfälle, denn bei uns gibt es keine Schwachen und keine Kranken. Mein Volk ist ein kultiviertes Volk.«

»Du lebst vom Tod, Paulus - vom Unglück anderer Menschen. Winseln sie um Gnade, wenn ihr sie tötet? Haben sie Angst, wie du vor einigen Augenblicken Angst hattest? Betteln sie um ihr Leben, wie du es tun wolltest?«

»Ich nehme es an«, gab Paulus zu, »obwohl die Ambria-Gewölbe im Norden der Stadt liegen und ich es noch nie für nötig befunden habe, sie zu besichtigen. Aber in deiner Welt lassen Könige und Fürsten doch auch Menschen töten, oder? Haben sie nicht Sklaven, deren Leben nur von der Laune ihrer Herren abhängt?«

»Es gibt nichts, was einer von uns sagen könnte, um den anderen zu überzeugen«, sagte Manannan. »Du und dein Volk, ihr seid böse, aber für dich ist das nur ein Wort. Ihr werdet vernichtet werden - wenn die Zeit kommt.« Er warf einen Blick auf Morrigan, die die silbernen Beinschienen anlegte, wartete, bis sie ihr Schwert umgegürtet hatte und klopfte Kuan den Hals. »Komm, Großherz, wir reiten nach Hause.«

»Er hört dich nicht«, sagte Paulus. »Der Hengst ist tot. Aber du wirst feststellen, daß er schneller ist als je zuvor, er wird dich nicht im Stich lassen.«

»Lebendig hätte er mich auch nicht im Stich gelassen - und das aus freien Stücken«, erklärte Manannan. »Geh, Paulus. Du bist frei.«

Der alte Mann drehte sich um und fand sich Morrigan gegenüber, die ein Schwert in Händen hielt.

»Was willst du?« flüsterte Paulus. »Er sagte, ich wäre frei.«

»Vielleicht hat er das gesagt«, zischte Morrigan, »aber ich gehöre zu den Vyre, und ich bin böse. Ich bin, was ihr aus mir gemacht habt.«

»Nicht! Bitte. Ich flehe dich an, Morrigan. Ich bringe dir Ambria … ich …«

Ihr Schwert bohrte sich in seine Seite und riß ihm die Eingeweide heraus, und er fiel schreiend zu Boden.

Morrigan lief zu Manannan und schwang sich hinter ihm in den Sattel. »Los!« rief sie.

Der tote Hengst spannte die Muskeln und galoppierte aus dem Stall. Die Wächter warfen sich zur Seite, als das Pferd durch sie hindurchfegte. Pfeile prallten von Manannans Rüstung ab, dann waren sie durch und in freiem Gelände.

Vor ihnen lagen die Bäume und der dunkle, von finsteren Schatten umgebene Eingang zum Tunnel des Tores.

»Warum hast du ihn getötet?« rief Manannan.

»Warum hast du es nicht getan?« gab sie zurück.

Kuan rannte in gleichmäßigem Tempo weiter. Pfeile ragten aus seinem toten Fleisch, und Manannan empfand einen schmerzlichen Verlust und tiefe Traurigkeit. Sie kamen in vollem Galopp in den Tunnel. Alles Licht verschwand, aber als Manannan sein Schwert hochhielt und »Ollathair!« rief, leuchtete die Klinge in einem weißen Licht, das von zahlreichen Augen links und rechts von ihnen reflektiert wurde.

»Die Ungeheuer kommen«, schrie Morrigan, und Manannan blickte sich um und sah ein Rudel riesiger, geduckter Wolfswesen, die sie verfolgten. Er sah wieder nach vorn - der Tunnel war fast zu Ende.

Und noch immer war das Tor geschlossen.

»War das der Feind?« fragte Llaw, als das golden glühende Fenster verblaßte.

»Ich hoffe nicht«, antwortete Ruad. »Das war Manannan. Ich habe ihn durch das Schwarze Tor geschickt, um die Gabala-Ritter zu suchen, und ich muß ihn zurückholen.«

»Aber du hast gesagt, das Böse jenseits des Tores hat sie überwältigt. Wie willst du wissen, daß es nicht auch auf Manannan gewirkt hat? Es könnte ein Trick sein.«

»Wenn es einer ist, wird er - und nicht nur er - das bereuen. Ich bin nicht machtlos. Morgen früh bin ich zurück.« Als Ruad schon auf dem Weg zur Tür war, rief Llaw ihn noch einmal zurück.

»Soll ich dir ein paar Männer mitgeben?«

»Nein. Wenn es eine Falle ist, könnten sie mir doch nicht helfen, und wenn es keine ist, brauche ich sie nicht.«

Der Zauberer wanderte in den Schnee hinaus, froh, der Höhle zu entkommen und der Hoffnung, die sich in Llaw Gyffes' Augen zeigte. Woher sollte der Mann auch die Wege der Magie begreifen? Er war Schmied und wenig gebildet. Soweit es ihn betraf, handelte es sich bei dem Feind lediglich um gewöhnliche Sterbliche. Die Tatsache, daß sie über eine enorme Macht durch das Rot verfügten, berührte ihn nicht. Schließlich stand der große Ollathair jetzt den Rebellen bei.

Finde einen Weg, sie zu töten.

Glaubte Llaw wirklich, daß es so einfach war? Samildanach allein war Ruad Ro-fhessa fast ebenbürtig gewesen - und das war, ehe er durch das Tor gegangen war. Wer wußte schon, welch furchtbarer Dinge er jetzt fähig war? Ruad stapfte weiter zu einem niedrigen Hügel oberhalb der Höhle.

Als Manannan sein Schwert hochhielt und »Ollathair!« rief, leuchtete die Klinge in einem weißen Licht, das von zahlreichen Augen links und rechts von ihnen reflektiert wurde.

Der Wind heulte, und er trat in einen Kreis von Bäumen. Er suchte sich eine geschützte Stelle, sammelte Holz und schichtete es zu einer Pyramide auf. Er brauchte keinen Zunder. Er suchte das Rot, fuhr mit der Hand über einen Zweig, und sogleich sprangen Flammen aus dem Holz, das er auf die aufgeschichtete Pyramide warf.

Eine Weile saß er in Gedanken an alles, was hätte sein können, verloren. Dann straffte er sich und suchte die Ruhe des Weiß.

Bald würde er das Tor öffnen, aber zuerst mußte er nachdenken, planen. Wenn Manannan verändert worden war, verdorben, dann würde Ruad ihn töten. Und Morrigan auch. Wenn nicht, würde er den Einstigen Ritter um Rat bitten und - wonach Llaw ihn drängte - einen Plan entwerfen, wie man sich gegen das Böse Samildanachs verteidigen konnte.

Böse? Er drehte und wendete das Wort in Gedanken. Was bedeutete es? Samildanach war ein Ritter gewesen, dazu verpflichtet, jede Ungerechtigkeit zu bekämpfen. Er hatte das Böse stets gehaßt. Und doch war er jetzt der Mann, den Ruad mehr fürchtete als alle anderen. Und wie sah Samildanach ihn? Böse? War alles nur eine Frage des Blickwinkels? Lediglich eine Frage der Wahrnehmung? Die Ritter der Gabala waren durch die neun Herzogtümer gezogen und hatten Unrecht ausgemerzt - aber sie wurden dabei unterstützt durch ihre Fähigkeiten im Umgang mit Lanze und Schwert, was bedeutete, daß ihre Macht auch der Angst vor ihnen entsprang. Und die Angst war ein Vetter des Bösen.

Ruad schüttelte den Kopf. Jetzt war nicht der richtige Zeitpunkt für solche Überlegungen.

Er stellte sich wieder Manannans Gesicht vor und den schattigen Hintergrund, den er durch das Fenster kurz hatte erkennen können. Etwas war dagewesen, erinnerte er sich, das seine Aufmerksamkeit erregt hatte. Er konzentrierte sich darauf, versuchte, ein scharfes Bild davon zu bekommen. Ein Spiegel hinter Manannan? Nein, kein Spiegel. Ein Krieger in Rüstung? Nein, auch nicht ganz. Es war starr ... leblos... und doch seltsam vertraut.

Denk nach, Mann!

Er schwang sich erneut ins Weiß, reinigte seinen Geist,

befreite sich von Furcht und Zweifel. Nur der schimmernde Gegenstand war wichtig. Alles andere verblaßte. Und dann hatte er es: die verzierten Schulterstücke, die er für Edrin gemacht hatte. Sie hingen auf einem hölzernen Ständer, zusammen mit Edrins silberner Rüstung.

Ruad öffnete die Augen, sein Mund war trocken, sein Herz begann heftig zu kopfen. Er versuchte erneut, Ruhe zu finden, aber das war unmöglich: Die ursprüngliche Rüstung der Gabala-Ritter war in seiner Reichweite, denn wenn Edrins Rüstung dort war, warum nicht auch die anderen?

Er dachte an Manannan. Das Tor mußte bald geöffnet werden, aber noch war Zeit. Er brauchte Kraft und schwebte auf das Schwarz zu, füllte seinen Körper mit Kraft, spürte, wie seine Muskeln anschwollen. Dann suchte er das Rot. Angst überkam ihn, als die Farbe über ihn hinwegspülte - ein so mächtiger Zauber würde weithin spürbar sein. Er mußte rasch handeln, sonst würde Samildanach ihn aufspüren und durch den Nebel reisen, um ihn zu töten. Er stellte sich die Rüstung vor, die er für die Gabala-Ritter gefertigt hatte, die verzierten Helme, die Panzerhemden, Beinschienen und Handschuhe, die silbernen Schwerter, die nie stumpf wurden. Er zog diese Erinnerungen an sich und griff hinaus. Seine Gedanken verschwammen. Wellen von Schmerz überfluteten ihn.

Er hatte es schon einmal versucht, vor sechs Jahren, und war an einer Mauer aus Zauberei abgeprallt. Aber jetzt war die Mauer verschwunden. Er spürte die Nähe seiner Schöpfungen, öffnete sein geistiges Auge und sah Manannan und Morrigan, die Pateus' Rüstung trug, auf das Tor zustürzen.

Rasch griff er wieder hinaus. Dort! In einem großen Raum, sieben Rüstungen und sieben Schwerter. Er kehrte in seinen Körper zurück, behielt den Ort im Gedächtnis und sprach laut die Rufenden Worte. Die Luft knisterte, sein Kopf schmerzte. Er stöhnte und spürte Nässe, als ihm Blut aus der Nase quoll.

Jetzt war es zu spät, um das Ganze aufzuhalten. »Kommt zu mir!« rief er. »Kommt zu Ollathair!« Ein Lichtblitz sprang aus dem Boden vor seinen Füßen und zerstreute sein Feuer. Er wischte sich die Funken vom Schoß und kämpfte sich durch den brennenden Schmerz in seiner Brust. Sein linker Arm wurde merklich gefühllos, und er spürte, wie Panik in ihm aufbrandete. Wenn jetzt sein Herz versagte, wäre alles umsonst gewesen.

Ruhig! Ganz ruhig! befahl er sich selbst. »Kommt zu mir!« flüsterte er.

Glühende Lichter bildeten einen Kreis um Ruad, schimmerten im Mondlicht, durchscheinend, fast durchsichtig. Er sah zu, wie sie sich bildeten und dichter wurden. Er sackte zu Boden und holte tief Luft. Um ihn herum standen, wie geisterhafte Ritter, die Rüstungen der Gabala, und mit ihnen und Ruads eigenen enormen Kräften hatte Llaw Gyffes vielleicht eine Chance. Er kam mühsam auf die Füße.

Er mußte das Tor für Manannan öffnen. Er sammelte seine nachlassenden Kräfte, warf einen Blick auf die acht stummen Statuen und begann den Zauber des Öffnens. Schmerz zerriß ihm die Brust, die Finger der linken Hand wurden taub.

Das Schwarze Tor erschien. Ruad wußte, daß seine Kraft fast erschöpft war, daß er den Zauber nur für wenige Sekunden würde aufrechterhalten können, sobald das Tor erst geöffnet war. Es wäre mehr als tragisch, wenn er es zu früh öffnete ... und doch, zu spät wäre auch nicht besser. Er rief sich die Geschwindigkeit ins Gedächtnis zurück, mit der Manannan in den Tunnel geritten war und schätzte, daß er bald, wenn nicht schon sofort, das Tor erreichen mußte. Und das bedeutete, daß die Ungeheuer des Chaos dicht hinter ihm waren. Er stöhnte, als die Schmerzen schlimmer wurden, und griff sich an die Brust. Sein Atem ging stoßweise, Schweiß rann ihm in die Augen, als er auf die Knie sank und darum kämpfte, sein unregelmäßig schlagendes Herz zu beruhigen. Der Schmerz ließ ein wenig nach. Langsam begann Ruad damit, den Zauber zu vervollständigen.

Ein knirschendes Geräusch kam von rechts. Er drehte sich um und betrachtete prüfend den Kreis. Er blinzelte sich den Schweiß aus den Augen. Alles war jetzt still, das Mondlicht glänzte auf den acht Rüstungen. Acht? Es sollten doch nur sieben sein! Wie von unsichtbaren Händen gezogen, wurde er auf die Füße gestellt und zu der nächsten Rüstung gezerrt. Ruad blickte auf und sah, wie das Visier sich langsam öffnete. Er kämpfte darum, Halt zu gewinnen, aber er war zu entkraftet. Naher und näher kam er, und er konnte nicht mehr tun, als das sich öffnende Visier anzustarren. Das Gefühl, das jemand an ihm zog, ließ nach. Er wollte davonlaufen, konnte aber die Augen nicht von dem gefiederten Helm und der Schwärze darin abwenden.

Der Mond brach durch die Wolken. Silbernes Licht flutete über die Gestalt, und Ruad sah, wie die Rüstung immer dunkler wurde, bis sie tiefrot war.

Zwei blutrote Augen sahen ihn an.

»Zeit zu sterben, Verräter!« sagte Samildanach. Zu spät sah Ruad den Dolch in der behandschuhten Hand. Er drang in seinen Leib und fuhr hinauf bis in die Lungen.

Ruad sank zu Boden ...

Samildanach trat zurück - und verschwand.

Der Zauberer versuchte, sich auf den Bauch zu rollen, aber der Schmerz war grausam. Blut stieg ihm in die Kehle, er versuchte, es wieder runterzuschlucken, mußte jedoch husten, und blutiger Schaum besudelte Bart und Tunika.

Er wußte, daß er nur noch Sekunden zu leben hatte, so ließ er sich zurücksinken und deutete mit dem Arm auf das Tor. »Öffne dich!« zischte er und vervollständigte so den Zauber. Eine große Wärme durchströmte ihn, als er zu den Sternen emporsah, und aller Schmerz verschwand. Er sah noch einmal den Tag, an dem er Waffenmeister geworden war und erinnerte sich an die Freude in den Gesichtern seiner Ritter.

»Mit dir an unserer Spitze werden wir die Welt verändern«, hatte Samildanach gesagt.

»Dafür brauchst du mich nicht, Erster Ritter«, hatte Ruad erwidert.

Die Sterne verblaßten, Schneewolken sammelten sich, und Ruad hörte ein Geräusch wie Meeresbranden. »Ich will nicht sterben«, flüsterte er. »Ich will ...«. Eine große Schneeflocke berührte sein Auge und schmolz zu einer einzigen Träne, die über das Gesicht des Toten rollte ...

Drei der Ungeheuer waren niedergestreckt - eines wand sich quer über dem Pfad und umklammerte den Stumpf seines abgetrennten Arms. Manannan und Morrigan zogen sich bis an das Tor, als eine weitere Schar der Ungeheuer vorsichtig näherkam. Der untote Hengst Kuan stand reglos, die Meute beachtete ihn nicht, sie war nur an lebendem Fleisch interessiert.

Ein riesiges Wesen, größer als ein Bär, ließ sich auf alle viere nieder und stürmte auf Morrigan zu. Sie trieb ihm ihr silbernes Schwert ins Maul und stieß es tief in seine Kehle. Die Wucht seines Angriffs trug das Ungeheuer noch im Tode weiter und hämmerte sie in das Tor.

Manannan hatte keine Zeit, ihr zu helfen. Er schlug nach links und rechts um sich, sein Silberschwert hielt die anderen Ungeheuer in Schach, aber sie wurden wagemutiger und schossen vor und zurück, hieben mit langen, gekrümmten Klauen nach ihm. Ein Riesenwolf duckte sich und kroch in die Schatten zu Manannans Linker. Der Einstige Ritter sah ihn erst, als es zu spät war, er plötzlich sprang und ihn von den Beinen riß, wobei ihm das Schwert aus der Hand glitt. Er rollte sich unter dem Wolf hervor und hieb ihm die gepanzerte Faust ins Gesicht. Sofort waren die anderen Ungeheuer über ihm, rissen an seiner Rüstung, gruben ihre Klauen in seinen Helm, zerrten und fetzten an ihm, auf der Suche nach dem warmem Fleisch unter der silbernen Panzerung.

»Kuan!« schrie er. »Zu mir!« Das untote Pferd bebte. Wieder kam der Ruf, und Kuan wich zurück und schüttelte den großen Kopf. Dann glomm das Licht des Lebens in den ausdruckslosen, grauen Augen auf.

»Kuan!«

Der Hengst spannte seine Muskeln und griff mit hämmernden Hufen an. Die Hinterbeine traten mit furchtbarer Kraft aus. Die Ungeheuer stoben auseinander, und Manannan packte die Zügel und zog sich hoch, dann griff er sich sein Schwert.

Morrigan kam vorsichtig hinter dem gewaltigen Kadaver des Bärenwesens hervor und ging zu ihm. Zuerst war die Meute durch den plötzlichen Angriff des Pferdes verschreckt, doch schon sammelte sie sich wieder, um erneut anzugreifen.

Manannan klopfte Kuan den Hals. »Willkommen daheim, Großherz«, sagte er.

Als die Meute vorschoß, stürmte der Hengst ihr entgegen. Manannan versuchte, ihn aufzuhalten, und sah mit Entsetzen, wie die furchtbaren Klauen den Körper des Pferdes zerfetzten. Ein einzelner Strahl des Mondes beleuchtete die Szene. Manannan fuhr herum und sah, daß das Schwarze Tor sich langsam öffnete, sah dahinter die Sterne seiner eigenen Welt erstrahlen. »Zurück!« schrie er Morrigan zu. Sie brauchte keine zweite Aufforderung und warf sich durch die schmale Öffnung.

»Kuan!« brüllte Manannan, aber der Hengst hörte nicht. Er trat noch immer nach den Untieren, aber seine Wunden waren furchtbar ... schreckliche Furchen und tiefe Schnitte.

»Manannan!« schrie Morrigan. »Das Tor schließt sich!« Noch einen Augenblick verharrte Manannan und beobachtete die letzten Atemzüge seines Hengstes. Dann drehte er sich um und rannte zum Tor. Es flimmerte vor seinen Augen, und er warf sich die letzten Meter hindurch, fiel in den Schnee und rollte sich auf den Rücken. Als er schließlich aufstand und sich umsah, war das Tor verschwunden.

Morrigan berührte seinen Arm. Er fuhr herum und sah den geisterhaften Kreis und die grimmig schweigenden Ritter der Gabala.

»Gerechter Himmel«, wisperte er. Dann sah er die reglose Gestalt Ollathairs und lief zu ihm. Blut hatte seine Tunika und den Schnee, in dem er lag, durchtränkt.

»Sieh nur«, sagte Morrigan. Der Schnee neben Ollathairs Leichnam zeigte Fußspuren, die aus dem Nichts zu kommen schienen.

»Samildanach«, flüsterte Manannan.

Er zog den rechten Handschuh aus und schloß sanft Ollathairs Auge.

»Was nun?« fragte Morrigan. »Welche Chance haben wir noch ohne ihn?«

Der Einstige Ritter fand keine Worte. Vor langer Zeit war Ollathair sein Mentor und sein Freund gewesen. Der Waffenmeister war fast wie ein Vater für sie alle gewesen, und die Ritter hatten ihn verehrt. Er war sanft und weise gewesen, die Farben hatten ihm viele Gaben verliehen. Jetzt lag er leblos im Schnee, getötet von einem Freund.

»Kein passendes Ende für einen solchen Mann«, wisperte Manannan.

»Ich habe kein Mitleid mit ihm«, erklärte Morrigan. »Er hat sein Schicksal selbst bestimmt, als er die Ritter durch das Tor schickte. Laß uns gehen. Es ist kalt.«

Manannan erhaschte aus dem Augenwinkel heraus eine Bewegung und sah, wie eine große Gruppe von Männern mit Fackeln über den Hügel heranmarschierte. Er wartete, bis sie dem Kreis näher waren. Ein hochgewachsener Krieger mit rotgoldenem Bart trat in den Kreis.

»So, du Bastard, es war also doch eine Falle!« sagte Llaw Gyffes und zog die Axt aus dem Gürtel.

»Ich habe ihn nicht getötet«, sagte der Einstige Ritter. »Sieh dir diese Fußspuren an.«

»Verteidige dich!« brüllte Llaw vorwärtsstürmend. Manannan duckte sich unter dem ungelenken Hieb und ließ einen rechten Haken gegen das Kinn des Kriegers krachen. Llaw stürzte, rollte sich aber sofort wieder auf die Füße.

»Genug von diesem Unsinn«, sagte Manannan. »Der Mann war mein Freund.«

Llaw bereitete sich auf einen neuerlichen Angriff vor, aber Lámfhada drängte sich durch die Menge und kniete neben Ruads Leichnam nieder. Als Llaw Gyffes auf Manannan zustürmte, rief der Junge ihm zu: »Sieh dir die Wunde an. Das war kein Schwert, sondern eine schmale Klinge, wie ein Dolch. Und er hat kein Messer.«

Llaw kniete ebenfalls nieder und untersuchte die Wunde, dann sah er zu Manannan auf.

»Ich glaube dir noch immer nicht«, erklärte er, »aber ich glaube, das ist im Moment nicht so wichtig. Der Feind schart eine große Armee um sich, angeführt von Zauberer-Rittern, und wir haben keinen Zauberer mehr, der uns beisteht.« Er wandte sich ab und starrte ins Leere.

Der Einstige Ritter ging zu ihm. »Du wirst lernen, mir zu trauen«, sagte er, »denn ich lüge nicht, und ich bin aufrichtig zu meinen Freunden.«

Llaw lächelte bitter. »Das wird uns sicher sehr nützen! Ich versuche, einen Krieg gegen einen Feind zu planen, den ich nicht besiegen kann. Ich bin kein General.« Er drehte sich um und starrte den Kreis von Gesichtern an, die durch die flakkernden Fackeln erhellt wurden. »Schau sie dir an«, sagte er. »Waldarbeiter, entflohene Bauern und Priester. Kein einziges Kettenhemd unter ihnen. Was sollen wir tun, wenn der Feind kommt?«

»Kämpfen oder fliehen«, antwortete Manannan. »Es gibt nur diese beiden Möglichkeiten.«

»Wir können nicht weglaufen. Gestern kam ein Mann und berichtete, daß die Flotte des Königs im Hafen von Pertia angelegt hat, mit Tausenden von Soldaten. Wir haben keine Rückzugsmöglichkeit mehr, sie werden uns wie Wölfe jagen.«

Manannan schwieg einen Moment. »Sieh dich um«, sagte er schließlich. »Der Wald ist ungeheuer groß - nicht der einfachste Ort für eine Armee, um eine richtige Schlacht zu erzwingen. Laß nicht zu, daß dich das Böse des heutigen Abends verzweifelt. Komm, wir wollen Ollathair begraben und ein paar Abschiedsworte zu seinem Geist sagen.«

Im hinteren Teil des Kreises gab es Bewegung, und Männer traten zurück, um Nuada und Grunzer durchzulassen. Der untersetzte Anführer der Gesetzlosen blickte auf den Toten nieder.

»So«, sagte er, »das ist also der große Zauberer. Na, er war ja eine große Hilfe.«

»Was machst du denn hier?« fragte Llaw. »Liegt das nicht ein bißchen weit weg von deinen üblichen Jagdgründen? Hier gibt es niemanden, den du berauben kannst.«

»Ja, ich finde es auch schön, dich zu sehen, Llaw«, entgegnete Grunzer grinsend. »Aber ich bin hier, wie Nuada sagt, weil das meine Bestimmung ist. Er hat mit dem Dagda gesprochen, und sie haben beschlossen, daß der Held Grunzer den Zauberer Ollathair treffen muß. Nun, ich habe ihn getroffen. Es war zwar nur eine kurze Begegnung, aber so ist das Leben. Morgen früh gehe ich wieder nach Hause.«

»Warte!« sagte Nuada. »Das hat der Dagda nicht gesagt, und das weißt du auch. Aber hier ist weder der rechte Ort noch die rechte Zeit, um darüber zu streiten. Laßt uns diesen Mann begraben, und ich werde ein paar Worte sprechen.«

»Du hast noch nie in deinem Leben nur ein paar Worte gesprochen, Sagendichter«, erklärte Grunzer. Der Gesetzlose betrachtete Manannan prüfend, seine Augen wurden schmal, dann drehte er sich wortlos um und ging durch den Kreis der Männer davon.

Llaw ordnete an, daß Ruads Leichnam zur Höhle gebracht wurde, und die anderen mühten sich damit ab, die Gabala-Rüstungen zu schleppen. Manannan ging wieder zu Morrigan, die während der ganzen Begegnung merkwürdig schweigsam gewesen war.

Der Einstige Ritter starrte in ihr Gesicht. Es sah in dem silbernen Mondlicht krank und blaß aus. »Geht es dir nicht gut, Morrigan?«

»Laß mich in Ruhe«, flüsterte sie. »Ich muß hier weg.«

»Warum?«

»Ich bin müde. Ich muß ... ruhen. Laß mich gehen.«

»Laß uns zu ihrem Lager gehen. Dort kannst du dich ausruhen. Und etwas essen ...« Seine Stimme erstarb zu einem Flüstern. »Das ist es, nicht wahr? Du brauchst das Ambria, oder ... Hör mir zu, Morrigan, du mußt dagegen ankämpfen. Du mußt.«

»Das werde ich auch. Laß mich nur eine Weile in Ruhe, ich muß allein sein.«

»Das ist, was du bestimmt nicht brauchst.«

Sie entwand ihren Arm seinem Griff, ihre Augen funkelten. »Geh weg von mir!« zischte sie, doch er rührte sich nicht.

»Ich weiß, daß du nur Augen für Samildanach hattest«, sagte er sanft, »und ich war nur ein Freund, mit dem du deine Vertraulichkeiten teiltest. Aber ich habe dich geliebt, Morrigan, und ich liebe dich immer noch.«

Einen Augenblick schien die Luft zwischen ihnen elektrisch geladen, Morrigan schien nachzugeben. »Götter des Lichts«, flüsterte sie. »Helft mir!« Er trat einen Schritt vor und nahm sie ungeschickt in die Arme, behindert durch die Rüstung, die sie beide trugen.

»Komm zu mir«, sagte er und schloß sich mit ihr den leuchtenden Fackeln der Kolonne an.

Sobald sie in den Höhlen waren, entledigte Morrigan sich der Rüstung, aß etwas Fleisch und Trockenfrüchte. Dann nahm sie ein paar geborgte Decken und zog sich tief in die Höhle zurück, um zu schlafen.

Viele Männer begleiteten Llaw und Nuada, um am Begräbnis von Ollathair teilzunehmen und um Nuadas Rede zu hören.

Als sie sich langsam auf den Weg zurück in die Höhlen machten, blieb ein Mann hinter den anderen zurück. Er war müde, und sein Knie schmerzte von einer alten Verletzung, als sein Pferd gestürzt war und ihn unter sich begraben hatte. Er hielt inne und setzte sich für eine Weile auf einen umgestürzten Baum. Er rieb sich das Knie, bis der Schmerz nachließ, und wollte gerade wieder aufstehen, als er die Frau sah, die unweit von ihm stand. Sie war jung und blaß und schön, ihr Haar schimmerte silbern im Mondlicht.

»Wir gehen besser zurück«, sagte er. »Es ist kalt hier draußen.«

»Mir ist auch kalt«, sagte sie, setzte sich neben ihn und lehnte ihren Kopf an seine Schulter, ihre Hand ruhte auf seinem Schenkel. »Aber die Höhle ist so überfüllt. Bleib noch ein bißchen hier bei mir.«

Er wandte sich zu ihr und fuhr mit der Hand unter die Decken, in die sie sich gewickelt hatte. Seine Finger glitten über ihre Seite und fühlten das weiche Fleisch. Er konnte kaum glauben, daß sie ihm nicht Einhalt gebot ... seine Hand schloß sich um ihre Brust.

Sie hob ihr Gesicht, und sie küßten sich. Die Kälte war vergessen, als der Mann an ihrer Kleidung herumnestelte.

»Ich kann es nicht glauben«, flüsterte er. »So etwas ist mir noch nie passiert. Was für eine Nacht, daß mein Schicksal sich so wendet.«

Morrigan antwortete nicht.

Und ihre Lippen wanderten zu seinem Hals ...

- 16 -

Lámfhada saß mit Gwydion zusammen und betrachtete den schmelzenden Schnee und die kleinen weißen und gelben Blumen, die sich durch das Eis drängten. Der Himmel war strahlend blau, die Sonne schien über den Bergen. Der alte Mann klopfte dem Jungen auf die Schulter.

»Verzweifle nicht, mein junger Freund«, sagte der Heiler. »Ich weiß, daß viele mir widersprechen werden, aber ich glaube, daß unser Freund jetzt in Frieden an einem weit besseren Ort als diesem hier ist.«

»Er war gut zu mir«, sagte Lámfhada. »Er hat mich mit zu sich nach Hause genommen, er hat mich vieles gelehrt. Und ich habe einen metallenen Vogel gemacht, der fliegen konnte. Er hat mir die Welt eröffnet.«

»Er war ein guter Mann - und er ist einen schlimmen Tod gestorben. Aber das ist nicht das Ende, glaub mir. Du kannst diesen weißen Haaren trauen, ich habe schon vieles auf dieser Welt gesehen, und ich habe viel gelernt.«

Lámfhada schüttelte den Kopf. »Ich habe auch gelernt. Das Böse ist immer stark, es gewinnt immer.«

»Du hast nur einen Teil des Kreises gesehen, Lámfhada - denn das ist es. Gut und Böse jagen sich immer im Kreis herum. Wenn du an der falschen Stelle in den Kreis gelangst, wirst du feststellen, daß das Böse triumphiert. Aber setze deine Reise fort, und du wirst sehen, wie es verliert und wieder gewinnt und verliert ... bis in alle Ewigkeit.«

»Dann kann man also niemals etwas erreichen?«

Der alte Mann kicherte. »Das hängt davon ab, was du darunter verstehst. Zu gewinnen ist nicht wichtig - es ist der Kampf, der zählt.«

»Worin liegt denn der Sinn, gegen das Unmögliche zu kämpfen?«

»Halt diesen Gedanken fest - und denke gut darüber nach, denn darin liegt die stärkste Waffe des Bösen. Was kann ich tun, wo ich doch so klein und schwach bin? Warum sollte ich nicht ein bißchen stehlen, alle anderen tun es doch auch? Warum sollte ich mich bemühen, gut zu bleiben, wenn ich dadurch arm und unbeachtet bleibe? Wie könnte ich die Welt verändern? Doch alle Ideen - gute wie böse - beginnen im Herz eines einzelnen Menschen. Von dort breiten sie sich aus, eine nach der anderen - zwei zu zwei, hundert zu hundert.«

»Du fliegst zu hoch für mich, Gwydion«, sagte Lámfhada, streckte sich und stand auf. »Ich kann dir nicht folgen.«

Gwydion erhob sich ebenfalls. »Ruad war gut für dich und zeigte dir einen Weg, dem du folgen konntest. Du wirst ihn anderen zeigen. Je mehr Menschen deinetwegen diesem Weg folgen, desto mehr hat Ruad erreicht. Sein Tod setzt dem kein Ende. Aber wenn du verzweifelst und einen anderen Pfad einschlägst, wird sein Leben weniger wertvoll. Das ist deine Schuld, mein Freund.«

»Und wie soll ich diesen Pfad entlanggehen, ohne ihn, der mich leitete?«

»Du beginnst damit, daß du allen Haß aus deinem Herzen vertreibst, denn Haß ist auch eine Waffe des Großen Feindes. Wir können ihn nie dadurch besiegen, daß wir seine eigenen Taktiken anwenden. Wir können seine Abgesandten vernichten, aber letztendlich, wenn wir es mit Haß tun, kommen wir langsam, unausweichlich, sehr nahe daran, die Stelle jener einzunehmen, die wir erschlagen haben.«

»Ich bin kein Gelehrter, Gwydion, ich bin ein entlaufener Sklave. Das meiste, was du sagst, ist an mir verloren. Wäre ich älter und stärker, würde ich das Schwert nehmen und Llaw Gyffes folgen. Ich würde jeden Mann töten, der dem König dient.«

Gwydion wandte den Blick ab und schwieg. »Vielleicht wird die Wahrheit dich verändern. Vielleicht auch nicht. Versuche, Frieden zu finden, Lámfhada.« Der alte Mann wanderte den Hügel wieder hinab zu den Flüchtlingen, die ihre Habseligkeiten zusammenpackten.

Lámfhada sah ihm nach, wie er langsam zu den Höhlen ging. Wie konnte er die Männer, die Ruad töteten, nicht hassen? Hatten sie seinen Haß denn nicht verdient? Sein Blick fiel auf die ersten Frühlingsblumen. Wie einfach sie es hatten, dachte er - wenn sie sterben, kehren sie lediglich in die

Erde zurück, in die Wärme ihrer Knospen, bereit, erneut zu wachsen. Bei Menschen war das anders. Der Tag des Goldes kam ihm wieder in den Sinn, und er sah den alten, sterbenden Hirsch und verspürte erneut die Freude, daß er, Lámfhada, die Macht gehabt hatte, ihm neues Leben zu verleihen. Aber diesmal war die Freude durch Kummer getrübt. Seitdem war es ihm nie mehr gelungen, das Gold zu finden - hätte er es gekonnt, hätte er vielleicht Ruads Leben retten können.

Lámfhada schloß die Augen und suchte die sanfte Zuflucht des Gelbs. Er schwebte eine Zeitlang, vergaß die Welt um sich herum, aber Gwydions Worte hallten in seinen Gedanken wider.

"Du beginnst damit, daß du allen Haß aus deinem Herzen vertreibst, denn Haß ist auch eine Waffe des Großen Feindes. Wir können ihn nie dadurch besiegen, daß wir seine eigenen Taktiken anwenden. Wir können seine Abgesandten vernichten, aber letztendlich, wenn wir es mit Haß tun, kommen wir langsam, unausweichlich, sehr nahe daran, die Stelle jener einzunehmen, die wir erschlagen haben."

Niemals während seiner Verbindung zu Ruad hatte der Zauberer von Haß gesprochen. Selbst zum Schluß hatte er Mitleid mit seinen gefallenen Rittern gehabt. »Ich hasse sie nicht«, sagte Lámfhada. »Ich hasse niemanden.« Verloren im Gelb, begann er die ersten Tränen um seinen Freund zu vergießen. Sein Geist schwamm, rollte und drehte sich in den Farben. Zuerst machte es ihm nichts aus, doch dann packte ihn ein Gefühl, das der Panik nahekam, denn er verlor die Orientierung. Er streckte die Arme seiner Geistgestalt aus und konzentrierte sich auf das Gelb, aber alle Farben strömten in schwindelerregender Geschwindigkeit an ihm vorbei.

»Bleib ruhig«, befahl er sich. »Angst ist sinnlos.« Das fließende Kaleisdoskop wurde langsamer, bis er am Rand des Rot schwebte. Er zog sich zurück, überquerte das Schwarz und das Grün, auf der Suche nach dem Gelb und seinem Zuhause. Dann hatte er ein äußerst seltsames Gefühl, und er merkte, daß er nicht allein. war. Aber es gab keine Worte, keine Berührung, nur eine eigenartige Gewißheit. »Sprich zu mir«, sagte er, aber da war nichts, nur kameradschaftliche Wärme, das Wissen um Freundschaft. »Bist du das, Ruad?«

fragte er. »Sag es mir. Zeig es mir.« Die Farben zogen sich vor einem goldenen Strahl zurück, der aufstieg und ihn einhüllte. Auf einer Scheibe aus Gold stieg er durch den Regenbogen und schwebte über den weit unter ihm liegenden Wald am Meer. Dann sah er eine schimmernde Gestalt am Himmel über dem Flüchtlingslager. Er eilte darauf zu und erkannte Cairbre. Der Rote Ritter drehte sich zu ihm um.

»Dein Zauberer ist nicht mehr, und diese Lumpenarmee bereitet uns keine Kopfschmerzen«, sagte der Ritter. »Was für eine Verschwendung von Zeit und Energie.«

»Ich finde, du solltest den Wald verlassen«, sagte Lámfhada. »Du bist hier nicht willkommen.«

Über Cairbres blasses Gesicht huschte die Andeutung eines Lächelns. »Du kannst mich nicht verletzen, Kind. Du kannst mich nicht aufhalten. Ich gehe, wohin ich will.«

»Nicht mehr«, erwiderte Lámfhada und hob die Hand. Eine goldene Kugel bildete sich um Cairbre. Er zog sein Schwert und schlug darauf ein, aber er war gefangen.

»Ohne Ollathair hast du nichts«, tobte Cairbre. »Niemand kann es mit Samildanach aufnehmen.«

»Ich kann!« sagte Lámfhada. »Und jetzt verschwinde!« Die Kugel raste mit beängstigender Schnelligkeit davon, und der junge Zauberer folgte ihr bis zum Waldrand. Hier war die Harmonie der Farben gestört, das Rot schob alles vor sich her. Lámfhada hob die Arme, und eine Mauer aus Gold erschien, bewegte sich nach Westen und Osten und stieg über seinen Kopf nach Norden. Er öffnete die Hand, befahl seinen Fingern, rot zu werden. Als sie es waren, berührte er die Mauer. Brennender Schmerz durchzuckte ihn. Er zog sich zurück, hielt sich die Hand und kehrte in seinen Körper zurück.

Die Roten Ritter würden nicht mehr hinter Llaw Gyffes herspionieren können, und das würde sie beunruhigen. Er wußte nun, was er tun mußte, und schlimmer noch, was ihnen allen geschehen würde. Aber er hatte keine Angst ... denn er war nicht allein.

Manannan überzeugte Llaw von der Notwendigkeit, in ein sichereres Lager auf den hochgelegenen Wiesen umzuziehen, wo sie neue Häuser bauen, und Tag und Nacht jeden beobachten konnten, der sich näherte. Zwei Tage lang marschierten hundertzwölf Flüchtlinge weit hinauf in die Berge, wobei sie an mehreren kleinen Dörfern vorbeikamen. In jedem erhielten sie Lebensmittel und Unterkunft.

Am dritten Tag stieß Elodan mit seiner Nachhut zu ihnen. Sie hatten den Soldaten aufgelauert, als sie nach Norden zogen, und fünf von ihnen getötet, ohne selbst Verluste hinnehmen zu müssen. Schließlich erreichten die Flüchtlinge die Bergwiesen und begannen damit, Bäume zu fällen und den Boden zu bereiten, um neue Heimstätten zu bauen. Das Wetter war ruhig und gemäßigt, aber jeder wußte, daß der Winter noch nicht vorbei war, und die behelfsmäßigen Unterkünfte wurden so schnell wie möglich errichtet, damit sie bei den letzten starken Schneefällen fertig waren.

Llaw Gyffes und Grunzer waren unermüdlich in ihrer Arbeit, säuberten Bäume von Ästen, schleppten Holz über den gefrorenen Boden, organisierten Arbeits- und Jagdgruppen. Elodan nahm seine zwanzig Mann wieder mit in den Wald, wo sie nach Soldaten Ausschau hielten und andere Flüchtlinge zum Hauptlager schickten. Nuada beteiligte sich nicht an den anstrengenden Arbeiten, verdiente sich sein Brot jedoch abends an den Lagerfeuern mit Geschichten und Späßen, Erzählungen und Liedern.

Manannan und Morrigan, ohne ihre Rüstungen, arbeiteten mit den Flüchtlingen. Der Einstige Ritter hatte kein Geschick als Zimmermann oder Baumeister, arbeitete aber hart, um jenen zu helfen, die geschickter waren als er.

In der siebten Nacht nach Ruads Tod war ein neues Dorf fertig, mit mehr als dreißig notdürftigen Behausungen. Elodan war zurückgekehrt und berichtete, daß die Soldaten zwei weitere Siedlungen überfallen hatten und der Blutzoll hoch war. Mehr als hundert Tote hatten sie in der ersten gezählt, aber in der zweiten hatten die Wölfe viele fortgeschleppt, so daß die genaue Zahl dort nicht zu bestimmen war.

Nuada bat um ein Treffen aller Anführer und wählte als Ort dafür eine tiefe Höhle oberhalb der Wiese. Hier entzündete er ein großes Feuer und wartete, daß die anderen eintrafen. Der Heiler Gwydion saß neben Lámfhada und sah zu, wie die anderen kamen. Grunzer kam als erster, kurz, untersetzt und bärtig; er setzte sich mit dem Rücken zur Wand, die Augen auf den Höhleneingang gerichtet. Gwydion stellte fest, daß seine rechte Hand nie weit vom Griff seines Schwertes entfernt war. Llaw Gyffes kam als nächster, zusammen mit dem adlergesichtigen Elodan. Gwydion neigte den Kopf vor dem Ritter, der mit einem angespannten Lächeln antwortete. Dann kam der ehemalige Ritter der Gabala, Manannan, der wieder seine Rüstung trug. Er und Elodan hätten Brüder sein können, denn beide hatten die gleichen adlerhaften Gesichtszüge, beide waren von vornehmer Herkunft. Manannan war etwas kräftiger gebaut, sein Gesicht kantiger, aber in den Augen sah man, wodurch sie sich unterschieden. Elodan hatte die Verzweiflung der Niederlage kosten müssen, den Schmerz des Unterlegenen, und das zeigte sich.

Grunzer sprach als erster. »Nun, Dichter, hier sind wir. Unterhalte uns, denn bei allen Göttern, wir können es gebrauchen.«

Nuada erhob sich. »Heute abend gibt es für euch keine Lieder«, sagte er. Seine violetten Augen glitten prüfend über die kleine Gruppe. »Heute abend entscheiden wir über eine Sache von großer Bedeutung. Wir haben unter uns einen Ritter der Gabala. Dürfte ich ihn bitten, als erster zu sprechen?«

»Was möchtest du, daß ich sage?« fragte Manannan. »Ich bin hier als Mann, nicht als Ritter. Die Gabala-Ritter gibt es nicht mehr.«

»Dann erzähl uns von dem Orden und wofür er stand.«

»Sicher wissen das alle von uns«, meinte Manannan. »Was bezweckst du, Dichter?«

»Hab Nachsicht mit mir, Herr, und erfülle meine Bitte.« Nuada setzte sich.

Manannan räusperte sich. »Die Geschichte ist lang, und ich will euch nicht damit langweilen. Es genügt zu sagen, daß die Ritter Streiter für die Gerechtigkeit in den Neun Herzogtümern waren, frei von Einmischung, und sie unterstanden weder dem König noch den Gesetzen, die er erließ. Sie sind in jedes Schloß gezogen und hatten die Macht, Entscheidungen herbeizuführen, um Streitigkeiten beizulegen. Wolltest du das hören?«

»Zum Teil, Manannan«, antwortete Nuada. »Aber war es

nicht so, daß ihr oft für eure Sache kämpfen oder sogar töten mußtet?«

»Ja, obwohl längst nicht so oft, wie es in den Erzählungen heißt. Hauptsächlich haben wir ... die Ritter ... sie haben die einfachen Leute bei Streitfällen mit den Besitzern des Landes vertreten. Diese konnten ein Urteil durch Zweikampf verlangen, das lag im Rahmen des Gesetzes.«

»Und wozu wurdet ihr gebraucht?«

Manannan lachte nervös auf. »Wozu wir gebraucht wurden? Weil auch die Schwachen jemanden brauchen, der für sie eintritt. Das ist doch nicht schwer zu erraten, oder?«

»Dann ist es also so«, sagte Nuada, »daß die Schwachen ohne die Ritter der Gabala niemanden haben, der für sie eintritt?«

»So ist es«, gab Manannan zu. »Vielleicht wird der Orden eines Tages wieder eingesetzt. Ich hoffe, daß es so kommt.«

»Warum nicht jetzt?« fragte Nuada sanft.

»Jetzt? Aber der Waffenmeister ist tot, die Ritter dem Bösen verfallen - und der König hat die Gesetze geändert.«

»Die Ritter unterstanden niemals den Gesetzen, das hast du selbst gesagt.«

Llaw Gyffes erhob sich. »Worauf willst du hinaus, Nuada? Ich dachte, wir wären hier, um vernünftig zu reden.«

»Das tun wir doch auch, Llaw Gyffes«, erwiderte Nuada. »Wir sind hier, um über eine Wiedergeburt zu sprechen. Die Ritter der Gabala müssen wieder reiten, und das Volk muß davon erfahren. Sie müssen gegen den König und seine Roten Ritter ausziehen.«

»Warum nicht?« meinte Grunzer. »Wir haben schließlich die Rüstungen. Es wird die Moral erheblich stärken, wenn die Ritter an unserer Seite reiten. Mir gefällt die Idee.«

»So solltest du nicht darüber denken«, fauchte Nuada. »Das ist nicht der Sinn der Sache. Die Ritter müssen reiten, jawohl! Aber wahre Ritter, all dem verpflichtet, was die Gabala-Ritter in Ehren hielten.«

»Das ist unmöglich!« rief Manannan. »Glaub mir, Dichter, du hast keine Ahnung, was du da vorschlägst. Hier gibt es niemanden, der es mit Samildanach, Pateus, Edrin oder einem der anderen aufnehmen könnte. Bestenfalls hättest du eine Zirkusnummer, ein Kostümfest. Ich war ein Ritter der Gabala. Ich habe jahrelang für diese Ehre gelernt, und noch Jahre danach meine Fertigkeiten vervollkommnet. In diesem Wald gibt es keinen Mann, den ich nicht besiegen könnte, mit oder ohne Waffe - und ich konnte es nie mit Samildanach aufnehmen. Verstehst du? Es reicht nicht aus, die Rüstung zu tragen und große Pferde zu reiten. Die Gabala-Ritter waren etwas Besonderes.«

»Bitte, laßt mich auch etwas dazu sagen«, warf Gwydion ein, »denn das Gespräch verläuft in die falsche Richtung. Manannan hat Recht, die Ritter waren etwas Besonderes. Nur wenige Menschen haben das verstanden, als sie noch durchs Land zogen. Sie waren eine Kraft, die nicht nur die Armen und die Schwachen unterstützte, sondern die Farben selbst beeinflußte. Sie haben den Hoffnungslosen die Hoffnung wiedergegeben, und jene, die durch Furcht herrschen, die Furcht gelehrt. Sie waren das Gleichgewicht. Für jeden Streit, den sich schlichteten, wurden zehn, zwanzig ... hundert weitere beigelegt, nur weil die Ritter existierten. Doch jetzt - draußen in der Welt - herrschen Verzweiflung, Angst und Schrecken. Wir brauchen die Ritter. Und darin unterstütze ich Nuada. Wir müssen besondere Männer suchen, starke Männer, gute Männer.« Er setzte sich wieder neben Lámfhada.

Grunzer begann zu lachen und erhob sich kopfschüttelnd. »Starke Männer? Gute Männer? Hier? Ich bin ein Mörder und ein Dieb. Ich sage das nicht, um damit zu prahlen, aber ich schäme mich auch nicht dessen, was ich bin. Die Welt ist ein rauher Ort - beobachte den Wolf, der den Hirsch jagt oder den Habicht, der ein Kaninchen schlägt. Ihr wollt heilige Männer in silberner Rüstung? Im Wald am Meer werdet ihr sie nicht finden. Alles, was mich im Moment interessiert, ist Überleben. Eine Armee wird aufgestellt, um uns zu vernichten, und der Zugang zum Meer ist abgeschnitten. Es gibt also nur zwei Möglichkeiten: gewinnen oder sterben. Und ich habe nicht die Absicht zu sterben. Wenn es uns eine Chance gibt, daß wir uns mit diesen hübschen Rüstungen verkleiden, dann sollten wir das tun.«

»Und was sagst du dazu, Llaw Gyffes?« fragte Gwydion.

Der ehemalige Grobschmied legte Holz nach und starrte

in die Flammen. Er stand weder auf, noch schaute er die anderen an.

»Ich neige zu Grunzers Ansicht«, erklärte er. »Die Rückkehr der Ritter wäre ein schwerer Schlag für den König und würde uns zum Zentrum der Rebellion machen. Aber danach würden die Probleme beginnen. Die Menschen würden erwarten, daß die Ritter furchtlos dem Feind entgegenreiten. Könnten wir das tun und dabei überleben? Manannan glaubt es nicht. Ich kann - und will - hier keine Entscheidung treffen. Ich denke, wir sollten abstimmen, und nur, wenn alle dafür sind, sollten wir es so machen.«

Elodan stand auf und hob den rechten Arm, der lederbedeckte Stumpf glänzte im Feuerschein. »Mein ganzes Leben habe ich davon geträumt, daß ich gebeten werde, ein Ritter der Gabala zu werden. Aber man hat mich nie gebeten. Mein Freund Edrin wurde erwählt, ich blieb zurück. Aber schaut euch meinen Arm an, ehe ihr eine Entscheidung fällt. Ich war ein guter Ritter und ein großer Schwertkämpfer, doch ich konnte nicht gegen Cairbre-Pateus bestehen - und könnte es noch viel weniger gegen Samildanach. Du, Grunzer, scheinst stark zu sein. Aber ich könnte dich selbst mit meiner fast nutzlosen linken Hand besiegen. Wie willst du vorgehen, wenn du einem Roten Ritter gegenüberstehst? Wenn dein Körper in der Rüstung steckt, die dir nicht vertraut ist, die durch das Visier dein Blickfeld einschränkt? Und du, Llaw Gyffes, kannst du reiten? Kannst du ein Schlachtroß mit deinen Knien lenken, während du einen Schild hältst und eine Lanze trägst? Und du, Manannan, wie lange hast du gebraucht, um den Streitkolben zu beherrschen, die Handaxt und das Schwert?«

»Zwanzig Jahre«, antwortete Manannan leise. »Und trotzdem bin ich mit der Axt weniger gut als viele andere.«

»Uns bleibt vielleicht noch ein Monat, bevor wir uns Ahaks Armee stellen müssen«, sagte Elodan. »Kein Bauer könnte in dieser Zeit auch nur die Grundbegriffe lernen.«

»Ich habe Schwerter gemacht«, sagte Llaw, »und sie geschwungen, um ihr Gewicht und die Balance zu prüfen. Mein Arm ist stark. Ich kann kämpfen, aber ich akzeptiere, was Elodan sagt ...«

»Du akzeptierst das vielleicht«, tobte Grunzer, »aber ich nicht. Ich brauche keinen besiegten Krüppel, der mir sagt, was ich kann oder nicht kann. Was sagt er denn? Wie alle vornehmen Leute, will er uns glauben machen, daß ein Ritter etwas Außergewöhnliches ist. Ein Dreck ist er! Ein Schwert ist ein Stück Eisen, mit dem du auf einen Gegner eindrischst, bis er am Boden liegt. Stärke, Mut und Willenskraft sind alles, was man dazu braucht. Ich stimme dafür, daß die Ritter zurückkehren.«

Llaw nickte. »Ich stimme auch zu. Manannan?«

Der Einstige Ritter sah die Männer nacheinander an. »Ich stimme zu - unter einer Bedingung. Wenn wir Gabala-Ritter werden, muß sich jeder einer eisernen Disziplin unter dem Ersten Ritter und dem Waffenmeister unterwerfen. Kein Zwist. Völliger Gehorsam. Wenn das klar ist, stimme ich zu.«

»Und ich nehme an, daß du dieser Erste Ritter sein willst?« fragte Grunzer höhnisch.

»Nein, ich könnte diese Rolle nie einnehmen. Es sollte Elodan sein.«

»Warum?« fragte Llaw. »Er wurde nie erwählt - so wie du.«

»Er wurde erwählt«, sagte Manannan leise, »an dem Tag, als er den Dienst des Königs quittierte und gegen Cairbre kämpfte. Ihr könnt mir glauben.«

»Fang jetzt nicht auch noch mit Religion an«, sagte Grunzer. »Das lasse ich nicht zu. Er wurde erwählt, um sich die Hand abschlagen zu lassen, das ist alles.«

»Grunzer hat recht«, warf Elodan ein. »Es wäre unvorstellbar gewesen, einen verkrüppelten Ritter zu haben.«

Manannan schüttelte den Kopf. »Wenn du nicht gewählt wirst, mache ich nicht mit.«

Nuada hob die Hände. »Wir haben acht Rüstungen, also müssen wir acht Männer finden. Grunzer, Llaw, Elodan und Manannan sind vier. Wo nehmen wir die anderen her?«

»Warum immer Männer?« fragte eine Stimme vom Höhleneingang her. Alle drehten sich um und sahen Morrigan, die ans Feuer kam. »Ich kann mit Schwert, Speer und Bogen kämpfen. Ich kann reiten wie ein Zentaur. Fragt Manannan. Jeder Mann, der meine Rüstung will, kann darum kämpfen - und sterben.«

»Wundervoll«, sagte Grunzer. »Unser Anführer ist ein Krüppel, und an unserer Seite reitet eine Frau.«

»Paß auf, kleiner Mann«, zischte Morrigan. »Es ist nicht klug, mich zu beleidigen.«

»Still, mein bebendes Herz«, höhnte Grunzer, aber Nuada fuhr rasch dazwischen.

»Wir werden ein solches Unterfangen nicht damit beginnen, daß wir uns untereinander bekämpfen. Elodan, nimmst du die Wahl zum Ersten Ritter an?«

»Wenn es der Wille aller ist«, antwortete er mit einem Blick auf Grunzer.

Der Anführer der Gesetzlosen zuckte die Achseln. »Warum nicht?«

»Dann nehme ich an. Aber wer wird der Waffenmeister? Du, Nuada?« Ehe der Sagendichter antworten konnte, stand Lámfhada auf.

»Nein«, sagte er. »Ich.«

Llaw Gyffes sah den Jungen scharf an, sagte aber nichts.

Aber Grunzer brach in Gelächter aus. »Wer auch sonst außer einem entlaufenen Sklavenjungen?«

Lámfhada hob die Hände und sah Grunzer in die Augen. »Bitte schweigt, bis ich zu Ende gesprochen habe, Herr«, erklärte er ruhig. »Ich habe bei Ruad Ro-fhessa gelernt, und ich habe meine Farbe gefunden. Ich bin kein Zauberer, aber ich habe die Begabung. Und ich habe den Willen, den Weg zu gehen, den Ruad gegangen ist, und den Wunsch, dieses Übel beendet zu sehen. Und zudem weiß ich, wie ihr eure neuen Ritter erwählen und ihrer auch sicher sein könnt.«

»Wie?« fragte Llaw Gyffes.

»Kommt mit mir.« Der Junge drehte sich um, und sie folgten ihm zu den hölzernen Ständern mit den Rüstungen. »Hier, Grunzer, wähle deine Rüstung.«

Der Anführer der Gesetzlosen wanderte die Reihe der Ständer entlang. »Hier ist keine bei, die mir paßt, man müßte sie ändern.«

»Nimm die, die dich ruft«, riet Lámfhada ihm.

»Was soll das heißen?« fauchte Grunzer. »Ich höre keine Stimmen.«

»Wähle, Grunzer.«

»Gib mir keine Befehle, Bursche!« Er sah sich um. »Diese da - die wird gehen.«

»Dann zieh sie an.«

»Sie wird mir nicht passen, sie ist zu lang und zu eng. Ach, na gut ...«

Grunzer nahm die Brustplatte vom Ständer. Manannan trat vor und half ihm ihn das Panzerhemd und befestigte dann die Brustplatte. Stück um Stück wurde die silberne Rüstung dem untersetzten Gesetzlosen angelegt, bis er im vollen Glanz eines Gabala-Ritters vor ihnen stand. Er betrachtete den Helm und hob ihn hoch. »Na, der wird auf keinen Fall passen«, sagte er. »Seht ihn euch doch nur an!« Er nahm ihn hoch und stülpte ihn sich langsam auf den Kopf, darauf wartend, daß das Metall ihn scheuerte. Der Helm saß tadellos. Er nahm ihn wieder ab. »Ich habe mich also geirrt. Er sah nur zu klein aus.«

»Nein«, widersprach Lámfhada. »Nimm einen Handschuh - nur einen, ohne den anderen zu berühren.« Grunzer gehorchte. Er war schwarz, und über den Knöcheln saßen silberne Kettenglieder. Er sreifte ihn über, und zu seinem Erstaunen paßte er genau über seine kurzen, dicken Finger.

»Jetzt leg ihn neben den anderen und sieh dir beide genau an«, wies der Junge ihn an. Grunzer tat, wie ihm befohlen, und Elodan und Llaw beugten sich vor und sahen, daß der Handschuh, den er übergestreift hatte, kürzer war als der andere, die Finger breiter. »Jetzt den anderen«, sagte Lámfhada, und Grunzer war nicht mehr überrascht, als der zweite Handschuh ebensogut paßte wie der erste.

»Die Rüstungen warten«, erklärte Lámfhada. »Sie werden die neuen Ritter auswählen.«

»Und was ist mit mir?« fragte Morrigan.

»Du bist bereits erwählt, meine Dame, wie alle hier. Aber es werden noch andere kommen. Zwei werden morgen hier eintreffen - und einer wartet noch auf Rettung.«

»Was ist mit dir geschehen, Junge?« fragte Llaw und legte eine Hand auf Lámfhadas Schulter.

Lámfhada lächelte. »Ich bin zu hoch geflogen und habe zu viel gesehen.« Sanft schob er Llaws Hand von seiner Schulter. »Morgen wird Elodan damit beginnen, euch darin zu unterrichten, was es heißt, ein Ritter der Gabala zu sein. Aber ehe er das tut, muß eins völlig klar sein. Wenn die letzte Schlacht vorbei ist, werden einige von euch tot sein. Ich müßt das begreifen und akzeptieren, sonst hat es keinen Sinn, weiterzumachen.«

Die Krieger starrten den Jungen scharf an, aber niemand sagte etwas, bis Manannan vortrat.

»Du hast eine Aufgabe für mich, glaube ich?«

»Ja«, antwortete Lámfhada. »Es tut mir leid.«

»Es muß dir nicht leid tun, Waffenmeister. Es ist lange her, daß die Farben so stark in Bewegung waren. Ich wußte schon, ehe du sprachst, daß du auserwählt bist, ebenso wie ich wußte, daß Elodan uns anführen würde.« Er drehte sich um und sah die anderen an. »Die Gabala-Ritter sind wiedergeboren, und ich verpflichte mein Leben ihrer Sache. Jeder Mann, der dieser Sache Schande bereitet, wird sich vor mir zu verantworten haben. Wir müssen keinen Eid schwören, wir brauchen keine heiligen Reliquien. Aber ihr werdet euch selbst ein Versprechen geben. Von diesem Tage an wird nichts Böses euch berühren, und nichts, was ihr tut, werdet ihr aus Eigennutz tun. Von jetzt an bis zum Ende werden die Ritter die Gerechtigkeit repräsentieren. Ob wir gewinnen oder verlieren, es gibt keinen Kompromiß. Wenn einer unter uns ist, der das Gefühl hat, nicht nach diesen Idealen leben zu können ...« , er sah Grunzer scharf an, »der gehe jetzt. Schaut euch nicht um. Denkt nicht einmal daran, weiterzumachen.«

»Ich werde meinen Teil erfüllen«. versprach Grunzer. »Du mußt mir nicht predigen. Und die Rüstung hat mich erwählt, stimmt's, Junge?«

»Du warst der erste, der erwählt wurde«, sagte Lámfhada. »Nicht wahr, Nuada?«

»Ja«, gab der Dichter zu. »Und jetzt, da ich hier nicht länger gebraucht werde ...«

»Aber du wirst gebraucht«, widersprach Lámfhada.

Nuada schluckte schwer. »Ich bin kein Ritter. Ich kann nicht mit dem Schwert umgehen. Ich ...«

»Du kannst hören, wie die Rüstung dich ruft. Nimm sie.«

»Ich kann nicht! Ich will nicht. Ich ... will nicht hier draußen sterben. Verstehst du?«

»Wir alle verstehen dich«, sagte Llaw Gyffes. »Mach dir keine Sorgen, Sagendichter. Geh zurück ins Dorf.« Nuada nickte und ging ein paar Schritte ... dann blieb er stehen und drehte sich um. Sein Gesicht war geisterhaft blaß, und er starrte die Rüstungen an. Seine Augen schlossen sich, als hätte er Schmerzen, dann öffnete er sie und holte tief und schaudernd Luft. Die anderen sahen zu, wie er vortrat und eine der Rüstungen berührte. Sie schimmerte und veränderte sich. Langsam zog er das Schwert aus der Scheide und hielt es ausgestreckt vor sich. Zackige schwarze Linien schlängelten sich über die Klinge, der Stahl zersprang und fiel zu Boden.

»Was zur Hölle bedeutete das?« flüsterte Grunzer.

»Die Zeit wird es uns verraten«, antwortete Lámfhada mit einem breiten Grinsen.

Als die Morgendämmerung über die Hügel kroch, ging Elodan mit Lámfhada in den hinteren Teil der Höhle. Dort saßen die drei goldenen Hunde von Ruad vor den Rüstungen.

»Wie sind sie hergekommen?« fragte Elodan.

»Ich habe sie gerufen«, erklärte der junge Zauberer. »sie könnten nützlich sein, obwohl ich hoffe, sie nicht einsetzen zu müssen. Du weißt, welche Rüstung deine sein muß?«

»Ja«, antwortete der Ritter und ging auf Samildanachs weiß-silbernen Helm zu. Ein Adler schmückte das Visier, und Filigranarbeiten von ausgesuchter Schönheit überzogen den Helm. Auch die Brustplatte war mit schimmernden Silberstücken geschmückt, ebenso Beinschienen und -stücke.

»Diese Rüstung ist wertvoller als alle meine Ländereien zusammen«, flüsterte Elodan und legte die Hand auf die Rüstung. »Sie ist wunderschön.«

»Trage sie mit Stolz, Elodan.«

»Sie tragen? Ich bin nicht einmal würdig, sie zu berühren.« Er hob seinen Armstumpf. »Und wie sollte ich sie überhaupt anlegen?«

»Ich werde dir helfen.«

Elodan lachte. »Das ist ein trauriger Scherz, Lámfhada. Die Schatten der vergangenen Gabala-Ritter würden vor Scham verbrennen.«

»Das glaube ich nicht, Erster Ritter. Es hat immer schon

mehr dazu gehört, als ein gutes Schwert zu führen, um ein Gabala-Ritter zu sein. Es war doch bestimmt auch eine Frage von Herz und Seele? Du hast mir von der Frau erzählt, die du liebtest, und ihrem Gatten, den du erschlugst. Nichts kann das auslöschen, Elodan. Aber das ist Vergangenheit, also laß sie ruhen. Laß sie begraben sein. Sei nach bestem Vermögen der Erste Ritter. Lehre die anderen und jene, die nach ihnen kommen werden.«

»Ich bin nicht würdig«, wiederholte der Ritter.

»Das ist niemand von uns. Und wir haben nur wenig Zeit, es zu werden. Komm, laß mich dir in deine Rüstung helfen.«

Innerhalb einer Stunde trugen Elodan, Llaw Gyffes, Grunzer, Morrigan und Nuada die volle Rüstung der Gabala. Lámfhada rief den Dichter zu sich und ließ Elodan die anderen unterweisen.

»Was kann ich schon nützen?« fragte Nuada. »Ich fühle mich lächerlich, es ist ein Schwindel.«

»Nein, das ist es nicht«, widersprach Lámfhada. »Das Schwert zerbrach, weil es nicht gebraucht wird. Du wirst kein Krieger-Ritter, Nuada. Es liegt - dank der Quelle - nicht in deiner Natur zu töten. Du wirst unser Herold sein. Du wirst durch den Wald ziehen, in jedes Dorf, und erzählen, daß die Ritter zurückgekehrt sind. Du wirst Männer für unsere Sache gewinnen. Aber mehr noch, du wirst der Harmonie der Farben helfen. Du mußt deine Zuhörer erheben und inspirieren wie noch nie zuvor. Du mußt Hoffnung in ihre Herzen pflanzen. Nimm Kartia mit und Brion. Geht zwei Tage lang nach Norden. Dort findet ihr ein geschütztes Tal und einen Mann, der Pferde züchtet. Kauft Pferde für euch selbst und bittet den Mann, im Laufe der nächsten Woche sieben graue Hengste herzubringen.«

»Sieben Hengste? Hat er so viele übrig?«

»Er hat - und er wird sich von ihnen trennen. Er ist Nomade und heißt Chrysdyn, er ist gerecht, und du wirst den Preis zahlen, den er verlangt.«

Nuadas violette Augen wichen Lámfhadas Blick aus. »Du hast die Zukunft gesehen, nicht wahr?«

»Ja«, gab der junge Waffenmeister zu. »Ich habe alle Zukünfte gesehen. Stell mir keine Fragen, Nuada.«

»Nein, das werde ich nicht.« Der Sagendichter zwang sich zu einem Lächeln. »Du hast einen weiten Weg zurückgelegt, seit ich dich mit dem Pfeil im Rücken im Wald gefunden habe. Ich glaube, du hast eine Wahrheit gefunden, die sich mir mein Leben lang entzogen hat. Ich wünschte, du würdest sie mit mir teilen.«

»Das kann ich nicht, Nuada - nicht, weil es ein Geheimnis ist, sondern weil es keines ist. Und du wirst es entdecken, du wirst wissen, so wie ich weiß. Sei vorsichtig, wo du hinreitest, mein Freund.«

Die beiden schüttelten sich die Hände, und Lámfhada begleitete den Sagendichter zum Höhleneingang.

»Wo ist Manannan?« fragte Nuada plötzlich. »Ich habe ihn heute morgen noch nicht gesehen.«

»Er ist letzte Nacht abgereist. Und dabei fällt mir ein: Chrysdyn hat einen Hengst verloren und wird ihn fast den ganzen Tag suchen. Sag ihm, daß du für das verlorene Pferd bezahlst und daß es in guten Händen ist.«

»Manannan hat es?«

»Ja. Ich habe es ihm gebracht.«

»Ich nehme an, Manannan wird in Gefahr sein?«

»Wir sind alle in Gefahr, Nuada. Aber du hast recht. Manannan reitete in die Brutstätte der Dämonen. Denk an ihn, wenn du unterwegs bist.«

- 17 -

Nachdem sie fünf Tage durch den Wald gewandert waren, war Errin erschöpft, und seine Füße waren wund. Zweimal waren sie gezwungen, sich vor berittenen Spähern des Königs zu verstecken, und drei Tage zuvor waren sie in ein verwüstetes Dorf gekommen, in dem lauter verweste Leichen lagen. Errin konnte den Anblick der Zerstörung nicht vergessen, sie hatte ihn mit Entsetzen erfüllt und ihm Übelkeit verursacht.

Ubadai war durch das Dorf gegangen und hatte nach Spuren gesucht. »Sie sind von Norden und Süden gekommen. Bei Sonnenaufgang. Die Frühstücksfeuer waren frisch angezündet. Die Dörfler konnten nirgends hin. Vielleicht ein Dutzend entkamen nach Osten, aber sie sind auf Pferden hinter ihnen her - sie sind bestimmt eingeholt worden.«

»Ein solches Gemetzel ist doch sinnlos«, sagte Errin. »Was soll damit erreicht werden?«

Ubadai zuckte die Achseln. »Angst. Angst ist eine gute Waffe. Läßt die Menschen dich fürchten.«

»Du kannst eine solche Abschlachterei nachsehen?« fragte Sheera. »Was bist du für ein Mensch?«

»Was bedeutet nachsehen?« wollte Ubadai wissen.

»Es bedeutet«, erklärte Errin, »daß du so etwas verständlich findest.«

»Das tue ich nicht. Ich antwortete nur auf deine Frage - was wird damit erreicht? In den Tagen meines Großvaters ritt der Khan in den Krieg und überfiel die Städte seiner Feinde. In der ersten Stadt warnte er sie: Wenn sie sich ergeben würden, würden sie nur ihr Vermögen verlieren, wenn sie kämpften, würden alle sterben. Beim erstenmal haben sie immer gekämpft. Aber dann hat der Khan alle Gefangenen vor die Stadt bringen lassen und jeden getötet - Männer, Frauen, Kinder - bis auf einen. Den hat er in die nächste Stadt geschickt. Sie haben sich dann mächtig schnell ergeben.«

»Es ist trotzdem furchtbar«, sagte Sheera.

Ubadai breitete die Hände aus. »Es ist das, was die Welt

versteht. Viele Leute fliehen jetzt aus dem Wald. Retten ihre Familien. Das macht die Rebellenarmee kleiner, verstehst du? Und eine kleine Armee ist eine kleineres Problem als eine große Armee. Wir sollten in Cithaeron sein.«

Am Nachmittag des fünften Tages setzte sich Errin neben den Pfad und untersuchte die Sohlen seiner Reitstiefel. Einer war durchgelaufen, der andere an der Naht aufgeplatzt.

»Schau sie dir an«, sagte er zu Sheera. »Weißt du, was die gekostet haben?«

Sie lachte. »Armer Errin! Das Waldleben ist eben nichts für dich.«

»Still!« zischte Ubadai und zog sein Kurzschwert.

»Was ist denn?« fragte Errin.

Drei Männer sprangen aus dem Gebüsch. Errin duckte sich und rollte sich ab. Als er aufsprang und nach seinem Gürtel griff, sprangen ihm zwei weitere Angreifer in den Rükken und brachten ihn zu Fall. Er drehte den Kopf und sah Ubadai kampfbereit mit gezogenem Schwert.

»Nicht kämpfen!« rief Errin. »Steck dein Schwert weg!« Ubadai murmelte etwas Unhörbares und spuckte wütend aus, steckte aber die Klinge weg und erlaubte den Angreifern, seine Arme zu ergreifen. Errin wurde hochgerissen, als eine junge Frau aus dem Gebüsch trat. Sie war groß, hatte honigblondes Haar und trug Tunika und Hosen aus Rehleder.

»Was macht ihr hier?« fragte sie.

»Wir suchen Llaw Gyffes«, antwortete Errin.

Sie lächelte. »Weshalb?«

»Das geht dich nichts an«, erklärte Errin. Sie zog ein gefährlich scharfes Jagdmesser und setzte es ihm an die Kehle. »Andererseits«, fuhr er fort, »frage ich mich, warum wir ein Geheimnis daraus machen sollten? Wir sind hier, um uns den Rebellen anzuschließen.«

»Ich glaube, ihr seid Spione«, sagte sie. »Ihr seid keine Waldleute, sondern Leute des Königs.« Errin gelang ein Lächeln. Der Mann zu seiner Rechten hatte seinen Oberarm fest im Griff, aber sein Unterarm war frei, und er ließ seine Hand vorsichtig an die Gürtelschnalle gleiten.

»Ollathair«, sagte er.

»Was war das?« fragte die Frau. Ihre Stimme war plötzlich

viel tiefer geworden. Der Mann zu seiner Linken zielte zu einem schwerfälligen Hieb auf seinen Kopf, aber Errin duckte sich und rammte seinem Angreifer einen schnellen rechten Haken ans Kinn. Der Mann fiel langsam ins Gras. Errin sprang hoch und ließ seinen Fuß in das Gesicht des zweiten Angreifers krachen, der sich um die eigene Achse drehte und langsam und anmutig zu Boden sank. Die Frau kam heran, ihr Messer zielte auf Errins Bauch, aber er packte ihr Handgelenk, drehte es um und fing das Messer auf, als es ihr entglitt. Er setzte es ihr an den langen Hals und berührte wieder die Gürtelschnalle.

»Wie ich schon sagte«, erklärte er, »bin ich hier, um mich Llaw Gyffes anzuschließen. Wirst du mich zu ihm bringen?«

»Du bist sehr schnell«, sagte sie, hob ihre Hand und schob sanft das Messer von ihrem Hals.

»Ja«, gab er zu. »Aber ich bin kein Spion. Ich heiße Errin.«

»Kann ich mein Messer wiederhaben ... Errin?«

»Natürlich«, sagte er, drehte das Messer um und reichte es ihr. Sie ging zu den am Boden liegenden Männern und kniete neben ihnen nieder. Einer rührte sich.

Errin ging zu Ubadai und Sheera, die noch immer festgehalten wurden. »Würdet ihr so freundlich sein, meine Kameraden loszulassen?« bat er. Ubadai schüttelte die Hände ab und stapfte davon, unterdrückt vor sich hin schimpfend. Sheera nahm Errins Arm.

»Du überraschst mich immer wieder«, flüsterte sie. »Ich bin so froh, daß sie dich nicht geschlagen hat. Das wäre etwas peinlich gewesen.«

Er grinste. »Es macht mir Spaß, dich zu überraschen.«

»Ich bringe den Bastard um!« Errin fuhr herum, als einer seiner früheren Angreifer wutschnaubend auf die Füße kam und ein Messer aus dem Gürtel zog.

»Nein!« rief die Frau. »Wir bringen sie zu Llaw.« Der Mann zögerte, noch nicht überzeugt. Errin schluckte und ließ die Hand am Gürtel.

Der Mann trat vor. Er war groß und hatte einen schwarzen Bart und zornige Augen. »Das werde ich nicht vergessen«, zischte er. »Du und ich, wir werden das klären, hast du mich verstanden?«

»Ich glaube schon«, antwortete Errin. Der Mann nickte, schon sein Messer in den Gürtel und stapfte an ihnen vorbei.

Die Frau kam zu ihm. »Ich heiße Arian, ich bin eine Freundin von Llaw. Wenn ihr mir folgt, bringe ich euch zu ihm.«

Als sie vor ihm herging, wurde Errins Blick von ihren schwingenden Hüften angezogen. »Ich glaube, ich würde ihr überallhin folgen«, sagte er. Doch Sheera lächelte nicht. Errin sah seine Gefährtin prüfend an, sagte aber nichts.

Sie überquerten einen Hügel und blickten auf eine geschäftige Gemeinde hinab. Es wurden noch immer Häuser gebaut, an anderen Stellen schossen Bogenschützen auf improvisierte Ziele. Auf dem Hügel hatte man einige wilde Rinder und ein paar Dickhornschafe zusammengetrieben. Errin blieb stehen, als Licht auf etwas Hellem, metallisch Glänzendem auf dem gegenüberliegenden Hügel aufblitzte. Vier Gestalten in silberner Rüstung schienen miteinander zu kämpfen, aber nachdem er sie ein paar Augenblicke lang beobachtet hatte, erkannte er, daß sie nur übten.

»Wer sind sie?« fragte er Arian.

»Ich habe keine Ahnung. Laß uns Llaw suchen.«

Es schien Errin, daß die junge Frau mehr als überrascht war, zu dem Hügel gewiesen zu werden und den legendären Llaw Gyffes dort in silberner Rüstung vorzufinden.

»Was zum Teufel ...?« begann sie, aber Llaw bedeutete ihr zu schweigen und ging auf Errin zu.

»Ich glaube, wir haben dich erwartet«, sagte er und reichte ihm die Hand.

Errin schüttelte sie. »Wirklich?«

»Unser Waffenmeister sagte, daß heute zwei ankommen würden. Ich schlage vor, du gehst hinauf zur Höhle und sprichst mit ihm.«

»Jetzt gleich?«

»Wenn du nichts Dringenderes vorhast?«

»Nein, überhaupt nicht. Wir können uns später unterhalten.« Errin, Ubadai und Sheera begannen den langen Aufstieg zur Höhle, während Arian bei Llaw blieb.

Als die drei den Höhleneingang erreichten, schlenderte ein Jugendlicher heraus, um sie zu begrüßen. Errin blieb wie angewurzelt stehen, sein Herz sank.

»Was ist los?« fragte Sheera.

»Das ist der Junge, den ich niedergeschossen habe.«

Lámfhada kam ihnen entgegen. »Willkommen, Graf Errin, willkommen im Wald am Meer.«

»Schön, dich wiederzusehen. Kannst du uns den Weg zum Waffenmeister zeigen? Ich würde ja gern bleiben und über alte Zeiten plaudern, aber ...«

»Ich bin der Waffenmeister. Und hab keine Angst vor alten Zeiten. Die Vergangenheit ist tot. Und niemand hier weiß, daß du Jagd auf mich gemacht hast.«

»Ich verstehe. Was soll ich ... sollen wir tun?«

»Hört mir einen Moment zu«, sagte Lámfhada. Verblüfft schwieg Errin. Er hörte Musik in der Ferne und strengte sich an, sie zu hören, aber sie verklang wie das Echo eines Echos.

»Was ist das?« fragte er. Lámfhada schwieg. »Kannst du das hören?« fragte er Sheera. Sie schüttelte den Kopf.

»Ich kann«, sagte Ubadai. »Es ist etwas in der Höhle.«

Errin näherte sich dem Höhleneingang. Der Klang - wenn es denn einer war - war hier lauter. Er schien in den Tiefen seiner Seele zu wispern ... rufend, ihn zu sich lockend. Er wandte sich an Ubadai, der neben ihm stand.

»Du kannst es hören?«

»Ja«, antwortete der Nomade. »Laß uns hier weggehen.«

»Es wirkt eigentlich nicht bedrohlich.«

»Glaub mir«, sagte Ubadai.

»Du solltest auf ihn hören, Errin«, riet Lámfhada. »Wenn du die Höhle betrittst, wird sich dein Leben für alle Zeiten ändern. Schlimmer noch, es kann dir Schmerzen und einen frühen Tod bringen.«

»Er hat Macht. Gehen wir«, sagte Ubadai und griff nach Errins Arm.

»Nein«, widersprach Errin flüsternd. »Ich muß hinein.«

»Warum bist du immer ein solcher Narr?« rief Ubadai, aber Errin schüttelte dessen Hand ab und ging in die Höhle. Sie wurde von Fackeln erhellt, die Schatten tanzten geisterhaft im Dunkeln. Errin ging weiter, bis er vor den drei verbliebenen Rüstungen stand. Er hörte ein Geräusch neben sich. »Es ist die Rüstung, die dich ruft«, erklärte Lámfhada.

»Es ist eine Gabala-Rüstung. Ich kann sie nicht tragen.«

Lámfhada nickte. »Es ist zwar nur wenig bekannt, Graf Errin, aber eine der wichtigsten Tugenden aller Ritter der Gabala war, daß keiner von ihnen je diese Ehre erwarten durfte. Sie zu erwarten, hieß, sie zu verlieren. Und was du gerade gesagt hast, ist schon oft gesagt worden, hundertmal, von jedem Mann, der das Silber trug.«

Errin drehte sich zu ihm herum. »Ich bin Zeremonienmeister, kein Krieger. Keinesfalls ein Krieger!« Er lachte und deutete auf den Gürtel. »Ich trage einen Zauber, der mir Schnelligkeit verleiht. Aber er kommt nicht von mir - nicht von innen heraus.«

»Ich weiß das alles, Errin. Aber du bist erwählt worden.«

»Von wem? Von dir?«

»Nicht von mir. Aber jetzt hast du die Wahl. Du kannst gehen - und niemand wird dich dafür verurteilen.«

»Was ist mit den Männern, denen diese Rüstungen gehören? Was ist mit den wahren Rittern? Angenommen, sie kehren zurück? Kann ich sie dann zurückgeben?«

»Sie sind bereits zurückgekommen, Errin. Sie sind der Feind: die Roten Ritter.«

»Und ich soll ihnen entgegentreten? Cairbre? Ich habe einmal gegen ihn gekämpft. Er ist unbesiegbar, und er hat mir sogar sein eigenes Schwert gegeben.«

»Dann wähle deinen Weg.«

Errin fuhr herum und starrte die Rüstung an. Er versuchte, sich zurückzuziehen, aber seine Gedanken waren voll wunder Erinnerungen: Dianu auf dem Scheiterhaufen, die höhnende, singende Menge, Okessa ... Er streckte die Hand aus, seine Finger berührten das Metall. Wärme durchströmte ihn, und Tränen traten ihm in die Augen.

»Verdammt!« rief Ubadai. »Dieser Narr!« Der Nomade trat vor und schob sich an Errin vorbei. Er ging zu einer der Rüstungen und schlug mit der Hand darauf. »Meine!« zischte er.

»Warum?« flüsterte Errin. »Du mußt mir nicht folgen.«

»Du begreifst nichts«, entgegnete der Nomade. »Eingesperrt in einer Speisekammer, würdest du noch verhungern.«

Der graue Hengst trottete mit hocherhobenem Kopf und aufgestellten Ohren auf die Lichtung. Er sah den wartenden

Mann und näherte sich ihm kühn, sich seiner Kraft bewußt. Der Mann stand auf, rieb dem Hengst die Nase und streichelte dessen Hals. In der Berührung lag Zuversicht.

Manann lächelte. »Du bist nicht Kuan, mein Freund«, sagte er leise, »aber ich denke, du tust es auch.« Er schwang sich auf den Rücken des Hengstes, der plötzlich hochstieg, doch der Einstige Ritter war darauf vorbereitet, und seine Schenkel preßten sich fest an die Flanke des Pferdes. »Ruhig jetzt«, sagte er beruhigend. »Ganz ruhig.«

Ohne Sattel reitend, lenkte er den Hengst den Hügel hinab zu dem verwüsteten Dorf. Mehrere tote Pferde lagen, wo sie gestürzt waren. Manannan glitt auf der dem Wind abgewandten Seite vom Pferd und suchte sich einen Sattel und Zaumzeug aus.

Innerhalb einer Stunde war er auf dem Weg aus dem Wald hinaus und unterwegs zu der fernen Festung Mactha.

Er war besorgt, und nicht nur um sein Leben, obwohl er sich der Gefahr wohl bewußt war. Er dachte an Lámfhada und die neuen Ritter. Nur Elodan brachte die Fertigkeiten und die Ausbildung für diese Rolle mit - und er war verkrüppelt. Der gesetzlose Grunzer war ein Mann voll versteckter Bitterkeit, Nuada hingegen war ein Sagendichter, der niemals zu den Waffen greifen konnte. Und Llaw Gyffes? Manannan mochte ihn, es steckte ein eiserner Kern in ihm. Aber war das genug für einen Ritter der Gabala? Ein Mann konnte Spatzen essen und sich selbst davon überzeugen, daß es Truthähne waren - aber trotzdem blieb die Frage des Geschmacks. Und Morrigan ... arme Morrigan.

Einige Tage lang hatte Manannan die Qualen des Ambriaentzugs erlitten. Für Morrigan mußte dieser Alptraum noch unendlich viel schlimmer gewesen sein. Und doch hatte sie nie geklagt. Aber dann hatte der Einstige Ritter erfahren, daß ein Mann aus Grunzers Gruppe verschwunden war, und Ängste waren in ihm aufgestiegen.

Er erreichte den Rand des Waldes und sah sich um. Irgendwo in diesem riesigen Wald waren die feindlichen Kräfte unterwegs. Manannan wünschte, er hätte mit Elodan und den anderen ziehen können, um sich ihnen zu stellen.

Stattdessen mußte er in die Höhle des Feindes und einen

Zweikampf mit einem Mann austragen, der wie ein Bruder für ihn gewesen war: Pateus, der seinen früheren Namen Cairbre wieder angenommen hatte. Cairbre der Denker, der älteste der Ritter. Cairbre der Freundliche, der immer der erste gewesen war, der die Dorfkinder mit Geschichten unterhalten hatte. Jetzt war er Cairbre, ein Seelentrinker. Es war fast unvorstellbar.

Manannan gab seinem Hengst die Sporen.

Und ritt zum Schloß ...

Der Herzog von Mactha wurde auf das Feld gebracht, und die Menge johlte und buhte. Er trug eine schlichte Tunika aus schwarzer Wolle mit silberner Paspel, dunkelgraue Reithosen und Stiefel, darüber einen kurzen, pelzgefütterten Umhang. Er trug den Kopf hoch und sah weder nach links noch rechts, als er auf den Hinrichtungskarren geführt wurde, der vor dem Pavillon des Königs stand. Er kletterte hinauf und sah seinem Monarchen ins Gesicht. Um den Platz herum waren die neu eingetroffenen Soldaten der Königlichen Armee versammelt, die begierig darauf warteten, die Hinrichtung zu sehen. Der Herzog warf einen Blick auf das Schafott und den gewaltigen Kessel mit kochendem Wasser. Ein Schauer durchlief ihn, und er wandte den Blick ab. Sobald diese Farce von einer Verhandlung vorüber war, würden sie ihn zum Schafott bringen und hängen. Doch ehe er starb, würde man ihn abschneiden und in das kochende Wasser fallen lassen. Dann würden ihm Arme und Beine abgehackt. Hängen, ertränken und vierteilen ... das traditionelle Ende für Verräter.

Der Herzog sah wieder seinen König an. Zu seiner Rechten saßen die acht Roten Ritter, zu seiner Linken der Hohe Seher Okessa.

Okessa stand auf und richtete seine blassen Augen auf den Herzog. »Ihr seid hier vor Eure Edlen und Euren Lehnsherrn gebracht worden, um zu den Vorwürfen des Verrats und der Unterstützung und Beratung von Verrätern Stellung zu nehmen. Wie antwortet Ihr auf diese Anklagen?«

Der Herzog lächelte dünn. »Ich sage, daß sie Unsinn sind. Können wir jetzt mit der Hinrichtung anfangen? Du langweilst mich allmählich, Okessa.«

»Wir werden noch sehen, wie sehr dich das langweilen wird«, fauchte Okessa. »Wir wollen die Zeugen hören.«

Während der nächsten Stunde lauschte der Herzog einer Vielzahl von Geschichten, die seine Diener und Soldaten erzählten: daß er zu Errin gegangen war und ihm angeboten hatte, ihm bei der Flucht zu helfen, daß er den König öffentlich verdammt hatte, daß er seinem ersten Offizier gesagt hatte, wenn der König bei seinem Aufenthalt in Mactha ermordet würde, hätte er als Herzog gute Aussichten, selbst zum nächsten Monarchen ausgerufen zu werden.

Jedesmal, wenn ein Zeuge seinen Bericht beendet hatte, wurde der Herzog gefragt, ob er Fragen hätte. Er hatte keine. Schließlich näherte sich das Ritual dem Ende. Okessa erhob sich erneut und forderte, daß der Verräter sofort seinem Schicksal überantwortet würde. Der König hatte während der ganzen Verhandlung schweigend dagesessen. Jetzt stand er auf. Sein weißes Haar schimmerte im Sonnenlicht, sein blasses Gesicht glänzte vor Schweiß.

»Hat der Gefangene nichts zu seiner Verteidigung vorzubringen?« fragte er. »Will er nicht um Milde zu bitten?«

Der Herzog lachte laut auf. »Ich habe hier gestanden und einen schönen Vormittag vergeudet, mein König, um mir Lügen und Verleumdungen anzuhören. Ich will ihn nicht noch weiter verderben, indem ich die Wahrheit sage. Doch um ehrlich zu sein, ich glaube, es ist ein recht guter Tag zum Sterben. Also wollen wir …«

Seine Worte verebbten, als er ein Pferd herantraben hörte. Der Herzog drehte sich um und sah einen Ritter in silberner Rüstung, der langsam über das Feld ritt. Die Menge war vollkommen still, als der Ritter näherkam.

»Wer bist du?« fragte der König.

»Ich bin Manannan, ein Ritter der Gabala.«

»Das ist eine Lüge. Die Gabala-Ritter sind verschwunden. Du bist ein Hochstapler.«

»Ich sehe Samildanach neben Euch sitzen, Herr. Er wird es bezeugen.«

Der Ritter wandte sich an den Roten Ritter, der aufstand und seinen Helm abnahm. Sein Haar war kurzgeschnitten und weiß, die Augen von einem strahlenden Blau.

»Was machst du hier, Feiger Ritter?« fragte Samildanach. »Bist du gekommen, um denen die Ehre zu erweisen, die dir überlegen sind?«

Manannan beachtete ihn nicht, sondern heftete seinen Blick auf den König. »Ich bin hier, Herr, um für die Sache des Herzogs von Mactha zu streiten und fordere das Recht auf ein Urteil durch Zweikampf.«

»Ein Verräter hat keine Rechte«, kreischte Okessa, doch der König bedeutete ihm zu schweigen.

»Du willst gegen den Ritter Cairbre antreten, den Streiter des Königs in diesem Herzogtum? Ist das klug, Herr Ritter?«

»Wer weiß, Majestät? Aber es würde dem Verfahren sicher eine gewisse Würze verleihen«, erwiderte Manannan.

»Das ist wahr - und es soll nicht heißen, daß der König mit den Bräuchen bricht, die unsere Vorfahren zu den Herren der Welt gemacht haben. Sehr gut. Soll der Kampf beginnen.«

»Es ist Brauch, Majestät, daß ein Pferd für den Angeklagten gebracht wird, denn sollte sich seine Unschuld erweisen, mag er den Wunsch verspüren, vom Ort seiner Hinrichtung zu reiten und nicht wie ein Gefangener zwischen Wächtern zu Fuß zu gehen.«

»So soll es geschehen«, sagte Ahak. »Bist du bereit, für meine Sache zu kämpfen, Cairbre?« fragte er. Der Rote Ritter stand auf und verbeugte sich.

»Wie immer, mein Herrscher.«

Manannan stieg vom Pferd, band die Zügel an den Hinrichtungskarren und wartete, bis ein Pferd für den Herzog gebracht worden war.

»Warum tust du das für mich?« fragte der Gefangene. »Ich kenne dich doch gar nicht.«

»O doch, Herr. Vor langer Zeit haben wir miteinander bei einem Turnier gekämpft, und du hast mich aus dem Sattel gehoben. Aber das ist Vergangenheit. Ich tue es, weil es getan werden muß. Wenn der Kampf vorbei ist, besteige das Pferd und reite wie der Teufel in den Wald.«

»Was wird mit dir?«

»Mit etwas Glück werde ich mit dir reiten.«

»Kannst du Cairbre besiegen?«

»Es gibt immer ein erstes Mal«, antwortete Manannan,

schloß sein Visier und schlenderte zur Mitte des Feldes, wo er sein Langschwert zog und es vor seinen Füßen in die Erde stieß. Cairbre kam langsam die Stufen des Pavillons hinunter und ging zu Manannan. Sein Visier war offen, und Manannan war erschüttert, als er sah, daß sein alter Freund anscheinend seine Jugend wiedergewonnen hatte.

»Überrascht, Manannan? Das solltest du aber nicht sein. Paulus, den du so grausam erschlagen hast, hätte sie auch dir geben können - die Unsterblichkeit, Manannan. Das ist es, was du weggeworfen hast.«

»Ich habe ihn nicht getötet, Pateus, das war Morrigan. Und eine Unsterblichkeit, wie du sie hast, würde ich mir nicht wünschen. Komm, laß uns die Klingen kreuzen und es hinter uns bringen.«

»Ich wünsche deinen Tod nicht, Manannan, aber ich habe keine andere Wahl. Ich werde es kurz machen, das verspreche ich dir.«

»Die Jugend hat dich verändert, Pateus, sie hat dir Arroganz verliehen.« Cairbre lächelte und hob sein Schwert, und Manannan berührte es mit seiner Klinge. Beide Männer sahen den König an.

»Fangt an!« rief er. Cairbres Schwert fuhr herab, aber Manannan parierte den Hieb und ließ seinerseits die Klinge wuchtig gegen Cairbres Seite prallen. Rote Plättchen splitterten, doch das Schwert wurde von dem darunter getragenen Kettenhemd aufgehalten.

Die Menge begann zu johlen und zu jubeln, als die Ritter einander umkreisten. Klirrend prallten ihre Schwerter in der unharmonischen Schlachtmusik aufeinander. Cairbre war behender und schlanker, doch Manannan war kräftig, und seine Verteidigung war sicher. Wieder und wieder krachten die Schwerter gegen die Panzerung, die beide trugen, doch keiner der Kämpfer konnte einen tödlichen Hieb anbringen. Der Kampf ging weiter. Manannan parierte einen Hieb, der auf seine Leiste gezielt war, und holte aus, um Cairbre an der Hüfte zu treffen. Wieder gaben die roten Panzerschuppen nach, und diesmal sickerte Blut durch das Kettenhemd, wo die Glieder ins Fleisch getrieben worden waren. Cairbre drehte sich nach links, um seine Wunde zu schützen, aber

*Die Menge begann zu johlen und zu jubeln,
als die Ritter einander umkreisten.*

Manannan griff erneut an - er täuschte einen Hieb gegen den Kopf an, um seine Klinge dann niedersausen zu lassen, so daß sie Cairbres verwundete Seite aufschlitzte. Diesmal strömte Blut aus der Wunde.

Manannan sprang vor - und mußte einen Gegenschlag einstecken, der ihm beinahe den Helm vom Kopf riß. Selbst verwundet war Cairbre kein Gegner, den man auf die leichte Schulter nehmen durfte. Manannan bewegte sich jetzt etwas vorsichtiger. Cairbre wurde allmählich verzweifelt, und der Einstige Ritter wußte, daß ihr Kampf sich seinem Höhepunkt näherte. Jetzt hatte Cairbre nur noch eine Chance - ein rascher Angriff und ein tödlicher Schlag gegen die Halsplatten. Manannan gab ihm Gelegenheit dazu. Cairbres Schwert blitzte im Sonnenlicht auf. Der Einstige Ritter duckte sich unter der niedersausenden Klinge und rammte sein eigenes Schwert in Cairbres Seite, trieb es immer weiter aufwärts, bis es Cairbres Lungen durchbohrte. Als der Rote Ritter zusammensackte, stieß Manannan ihn auf die Seite und zog sein Schwert heraus. Cairbre versuchte zu sprechen, aber aus seinem Mund quoll lediglich Blut.

In dem betäubten Schweigen, das folgte, stand Manannan auf, ging zu seinem Pferd und schwang sich in den Sattel.

Er verbeugte sich einmal vor dem König und riß sein Pferd auf der Hinterhand herum. Der Herzog sprang vom Wagen in den Sattel seines eigenen Pferdes, und die beiden donnerten im Galopp über das Feld auf den hohen Palisadenzaun zu.

»Haltet sie auf!« brüllte Okessa, und die Menge lief auf sie zu, doch die Reiter erreichten den Zaun mit gutem Vorsprung. Der Herzog beugte sich im Sattel vor, sein Pferd sprang und setzte über das Hindernis. Manannan folgte ihm, verlor jedoch fast das Gleichgewicht.

Dann waren sie auf und davon.

Manannan warf einen Blick zurück. Die Reiter des Königs hatten schnell reagiert, die Jagd war angeblasen.

Bavis Lan hatte genug vom Wald. Seit sechzehn Tagen jagten er und seine Männer Verräter, zerstörten Dörfer und schlachteten die Bewohner ab. Und zu keiner Zeit waren sie auf Spuren einer Rebellenarmee gestoßen. Es war aufreizend, an den langen Ritt zurück nach Mactha zu denken und an den nüchternen Bericht, den er dem König abliefern mußte. Vor zwei Tagen hatten sie den Vorsteher einer kleinen Siedlung gefangengenommen und ihn zu Tode gefoltert. Währenddessen hatte Bavis ihm Fragen über Llaw Gyffes und dessen Armee gestellt. Der Mann hatte nichts gewußt.

Bavis drehte sich im Sattel um und warf einen Blick zurück auf die vierhundertachtunddreißig Männer, die ihm folgten. Nur siebzehn waren während des kurzen Feldzuges getötet worden, unter ihnen auch der junge Lugas, dessen verwundeter Arm durch Wundbrand blau geworden war. Er war vor drei Nächten laut schreiend gestorben. Die leichten Verluste allein sollten genügen, daß der König ihm glaubte: Hier gab es keine Aufständischen.

Die Kolonne kroch langsam durch den Wald und in offenes Gelände hinaus, das vor einer Kette bewaldeter Hügel lag. Hier hob Bavis den Arm und signalisierte Halt zum Mittagsmahl. In dem Moment galoppierten drei Reiter aus dem Wald rechts von ihm. Er beschattete seine Augen mit der Hand und versuchte, die Reiter zu erkennen, er hielt sie für Späher. Als sie näherkamen, sah er, daß sie in das Hirschleder der Waldleute gekleidet waren - und daß jeder von ihnen einen Bogen hielt.

Die Reiter zügelten ihre Bergponies etwa dreißig Schritt vor der Kolonne und schossen. Bavis beugte sich tief über den Hals seines Hengstes, und ein Pfeil traf den Mann hinter ihm in die Kehle. Die drei Angreifer wendeten ihre Pferde und galoppierten zurück in den Schutz der Bäume.

»Erste Turma, ihnen nach!« brüllte Bavis, und sogleich lösten sich sechzehn Reiter aus der Kolonne und setzten im Galopp hinterher. Die großen Pferde der Soldaten waren stärker und schneller als die Ponies, und Bavis konnte sehen, daß der Feind eingeholt würde, kurz bevor er die Sicherheit der Bäume erreichen konnte. Die Waldleute wendeten ihre Ponies und ließen eine zweite Salve von Pfeilen los. Zwei Soldaten wurden vom Pferd geschossen, ein dritter schwankte im Sattel - ein Pfeil steckte in seiner Schulter.

Plötzlich kamen sechs Ritter in silbern schimmernder Rüstung aus dem Wald. Bavis blinzelte. Die Ritter hieben in die angreifenden Lanzenträger, ihre Schwerter funkelten im Sonnenlicht. Pferde stiegen, Männer starben. Der Angriff war zerschlagen.

»Vorwärts!« brüllte Bavis Lan, und die gesamte Kolonne galoppierte auf die Kämpfenden zu. Die sechs Ritter hackten und schlugen sich ihren Weg durch die Erste Turma und ritten zurück in den Wald, ihre grauen Pferde schlugen kaum mehr als leichten Galopp an. Wut erfüllte Bavis. Er zog sein Schwert, stieß einen Schlachtruf aus und jagte davon, um die Verfolgung aufzunehmen. Der Pfad zwischen den Bäumen war breit, und die Ritter hatten nur wenig Vorsprung.

Ein furchtbares, stöhnendes Geräusch kam von rechts, und Bavis fuhr gerade rechtzeitig im Sattel herum, um zu sehen, wie ein gewaltiger Baum hinter ihm umstürzte. Männer wurden aus dem Sattel gefegt, Pferde unter dem fallenden Riesen zerschmettert. Ein zweiter Baum stürzte, dann ein dritter. Panik ergriff die Kolonne, und die Reiter zerrten an ihren Zügeln und versuchten, sich einen Weg abseits des Pfades zu suchen. Pfeile hagelten aus dem Unterholz. Bavis war verloren. Das Krachen der stürzenden Bäume, die erbarmungswürdigen Schreie derer, die sterbend in der Falle saßen, das Chaos des Hinterhalts, führten dazu, daß er nicht mehr klar denken konnte.

»Zurück!« schrie er. »Rückzug!« Aber sie konnten nirgends hin. Ein Pfeil glitt von seiner Brustpanzerung ab und riß ihm die Wange auf.

Er mußte hier weg! Er zerrte an den Zügeln und fand sich den sechs Rittern gegenüber, die kehrtgemacht und sich wieder zum Angriff bereit gemacht hatten. Bavis stieß seinem Pferd die Fersen in die Flanken und verließ den Pfad. Ein Bogenschütze war plötzlich vor ihm, doch er zog dem Mann sein Schwert quer übers Gesicht.

Jetzt hatte er freie Bahn und eilte auf das Sicherheit verheißende offene Gelände zu. Er warf einen Blick zurück und sah, daß ihm ein einzelner Ritter folgte. Sein Pferd stolperte, fand sein Gleichgewicht wieder und stürmte weiter. Das Tier schwitzte stark, und Schaum stand auf seinem Hals, der Angriff bergauf hatte es zuviel Kraft gekostet. Bavis sah sich noch einmal um ... der Ritter holte auf.

»Gütige Götter im Himmel, rettet mich«, flehte er, als sein Hengst über einen umgestürzten Baum setzte und in das offene Gelände hinausgaloppierte. Weit entfernt vom Kampfgetümmel lenkte Bavis sein Pferd auf den Fluß unten im Tal zu. Wenn er es nur bis zum Fluß schaffte, konnte er dem Ritter in dem dichten Unterholz am anderen Ufer entkommen.

Ein weiterer Blick hinter sich zeigte ihm, daß der Ritter den Abstand zwischen ihnen zwar noch nicht verringert hatte, daß er aber immer noch da war - grimmig und tödlich.

Bavis' Hengst preschte durch den Fluß und erklomm mühsam das jenseitige Ufer. Der Ritter war jetzt näher hinter ihm. Bavis duckte sich tief im Sattel, um den tiefhängenden Zweigen auszuweichen. Der Pfad wurde schmaler und gabelte sich. Er brachte sein Pferd zum Stehen und sprang aus dem Sattel, dann schlug er dem Tier heftig gegen den Leib. Es galoppierte davon, und der General warf sich ins Gebüsch. Er hörte, wie der Ritter vorbeikam, dann stand er auf und kämpfte sich tiefer in den Wald vor. Der Hinterhalt war furchtbar gewesen, und er begriff allmählich die schrecklichen Auswirkungen, die dies auf seine Laufbahn haben würde. Seine dreißig Turmas waren völlig vernichtet worden, daran hegte er keinen Zweifel. Der König würde es nicht gerade freundlich aufnehmen, daß seine besten Lanzenträger von einer Bande Bauernlümmel ausradiert worden waren. Bavis setzte sich auf einen großen Stein. Er hatte es vielleicht geschafft, dem Feind zu entkommen, aber sein Leben wäre verwirkt, wenn er nach Mactha zurückkehrte.

Es war alles höchst ärgerlich. Der Erfolg seiner Raubzüge im Wald hatte ihn eingelullt und ihm ein trügerisches Gefühl der Sicherheit vorgegaukelt. Er war überzeugt, daß es keine Rebellenarmee gab. Warum in Teufels Namen hatte er bergauf angreifen müssen?

Seine Gedanken wurden unterbrochen, als eine junge Frau auf die Lichtung trat. Sie war außergewöhnlich schön, mit langem, goldenem Haar, durch das sich seltsamerweise silberne Strähnen zogen.

»Hast du dich verirrt?« fragte sie und ging auf ihn zu. Er war von der sinnlichen Anmut ihrer Bewegungen fasziniert.

»Ja. Woher kommst du?«

Sie kam dicht an ihn heran und streckte die Hand aus, um seinen nackten Arm zu berühren. Ein Schauer reiner Lust durchrieselte ihn, als ihre Finger sein Fleisch streichelten. Sein Mund war trocken, und die Ritter waren vergessen.

Seine Hände machten sich an ihrer Tunika zu schaffen.

Wie seltsam, dachte er, daß ihn selbst in einer solchen Situation die Erregung überkam.

Morrigan schlang einen Arm um seinen Hals und zog ihn zu sich herab.

Elodan wandte sich ab, als Grunzer einem verwundeten Soldaten die Kehle durchschnitt.

»Seid Ihr zimperlich, Herr Ritter?« fragte der Anführer der Geächteten.

»Ja«, gab Elodan zu. »Abschlachten gehörte nicht zu meiner Ausbildung.«

Grunzer lachte. »Wer hätte das gedacht? Deine Strategie war perfekt - nur einer ist entkommen.«

Überall waren die Rebellen dabei, den Toten Rüstung und Schwerter abzunehmen. Dreißig Pferde hatten das Massaker überlebt, sie wurden mit Waffen und Rüstungen beladen und zurück in das Lager hoch in den Bergen gebracht. Elodan ging zu Llaw, Errin und Ubadai hinüber, die auf einer geschützten Lichtung an einem Flüßchen saßen.

Errin sah auf. »Unglaublich«, sagt er. »Du hast gut geplant, Elodan.«

»Ich bin nicht besonders stolz darauf«, antwortete der Erste Ritter. »So viele Tote.«

»Es sind alles Feinde«, erklärte Ubadai. »Ich vergieße keine Tränen für sie.«

»Nein«, flüsterte Elodan, »genausowenig wie Grunzer. Demnächst wird er die Leichen noch nach Goldzähnen durchsuchen.«

Errin grinste. »Es ist nicht leicht, unseren Grunzer zu mögen. Aber er kämpft gut.«

»Zu einem Ritter gehört mehr als das«, fuhr Elodan ihn an. »Das solltest du wissen, Graf Errin. Ich schäme mich, diese Rüstung zu tragen.«

»Sag das nicht«, tobte Llaw Gyffes. »Niemals! Ich weiß, wie

du dich fühlst, aber versetz dich mal an meine Stelle. Ich bin Schmied und Gesetzloser. Soweit es die Geschichte betrifft, bin ich auch noch ein Gattenmörder. Ich weiß nicht, wie man ein Ritter ist - aber ich werde mein Bestes tun, die Rüstung nicht zu entehren. Das ist alles, was ein Mann tun kann. Sei mit diesem Sieg zufrieden, er wird den Männern Mut machen.«

»Ich hoffe, daß es Morrigan gutgeht«, meinte Errin, als sich Schweigen ausbreitete. »Einer von uns hätte mit ihr gehen sollen.«

»Du wirst feststellen, daß sie sehr gut auf sich allein aufpassen kann«, sagte Elodan. »Ich habe sie beim ersten Angriff beobachtet. Sie handhabt ihr Schwert wie ein alter Kämpe, und ihre Größe verrät nichts über ihre Kräfte.«

»Trotzdem ist sie eine Frau«, sagte Errin.

Llaw kicherte. »Verwechsle Frauen wie Morrigan nicht mit den Kurtisanen mit Wespentaille, die du gekannt hast, Errin. Nein - weder sie noch Arian oder Sheera. Sie sind Frauen, mit denen man durch die Berge ziehen kann. Stark.«

»Ich kenne mich mit den Frauen der Berge nicht aus, Llaw. Ich beuge mich deiner Erfahrung.«

Grunzer kam zu ihm, nahm seinen Helm ab und rieb sich das schweißnasse Haar. »Wann essen wir?« fragte er.

»Wie kannst du nur an Essen denken, wenn der Geruch des Todes in der Luft hängt?« fragte Errin.

»Ich denke ans Essen, weil ich Hunger habe. Was hat der Geruch damit zu tun?«

»Da ist die Frau«, sagte Ubadai und deutete auf den Hang. Morrigan ritt auf die Lichtung und stieg vom Pferd. Elodan stand auf und ging zu ihr. Sie hob die Hand und schloß das Visier, das ihr Gesicht verbarg.

»Hast du ihn eingeholt?«

»Ja. Er ist tot.«

»Bist du in Ordnung, Morrigan?« fragte der Erste Ritter.

»Mir geht es gut. Die Sonne ist zu hell für meine Augen, das ist alles. Wann brechen wir auf?«

»Die meisten Männer kehren ins Lager zurück, aber ich hätte gern, daß du und Grunzer nach Westen reitet. Mir wurde gesagt, daß dort, an einem Berghang, ein großes Dorf ist.

Man kann es nur über eine Kettenbrücke erreichen. Einige der Männer sind dort gewesen und behaupten, daß der Anführer Bucklar mehr als zweihundert Krieger hat. Es wäre gut, wenn er hundert von ihnen für unsere Sache erübrigen könnte.«

»Nach Westen?« fragte Morrigan. »Das bringt uns in die Nähe von Pertia. Ich dachte, dort stünden die Truppen des Feindes?«

»Soviel ich weiß. Nehmt euch mit, was ihr an Proviant braucht.«

»Muß es unbedingt Grunzer sein? Warum nicht Errin oder Llaw oder selbst der Nomade?«

Elodan grinste. »Es bringt einige Vorteile mit sich, der Erste Ritter zu sein, Morrigan. Ich will ihn nicht um mich haben, also hast du das Vergnügen seiner Gesellschaft.«

»Vielleicht wird er die Reise nicht überleben«, sagte sie.

Der Herzog stieg vor der Höhle vom Pferd und starrte lange den blonden, jungen Mann an, der sie erwartete. »Was willst du von mir?« fragte er.

Der Junge lächelte. »Ich will nichts, Herr. Ich bitte dich nur, in die Höhle zu gehen und eine Wahl zu treffen.«

»Nein.« Der Herzog wandte sich an Manannan. »Was ist da drin?«

»Eine Rüstung«, antwortete der Einstige Ritter.

»Und ich soll sie tragen? Erwartet ihr von mir, daß ich Seite an Seite mit Bauern und Gesetzlosen kämpfe?«

»Mehr noch«, antwortete Lámfhada. »Wir erwarten sogar, daß du für sie stirbst, wenn es nötig sein sollte.«

»Was für ein Irrsinn! Ich bin dankbar, daß ihr mein Leben gerettet habt, aber ich habe nicht um Hilfe gebeten und fühle mich euch deshalb nicht verpflichtet. Warum sollte ich für eure Sache kämpfen?«

Lámfhada trat einen Schritt vor. »Es gibt keinen Grund, weshalb du das tun solltest«, erklärte er. »Wenn du weiterziehen willst, dann steht dir das frei. Wir werden dir sogar Reiseproviant mitgeben.«

»Und wenn ich für euch kämpfe, was bietet ihr mir dann?«

»Gar nichts«, erhielt er als Antwort.

»Du erstaunst mich, Bursche. Sag mir, Manannan, diese Rüstung, ist sie silbern wie deine?«

»Ja.«

»Ihr bittet mich, ein Ritter der Gabala zu werden? Das kann ich nicht glauben. Fragt irgendeinen Mann, der mir einmal gedient hat, und er wird euch sagen, daß ich ein harter Mann bin, vielleicht sogar grausam. Ich habe gelogen und betrogen und getötet. All diese Dinge habe ich getan, um meine Stellung zu halten - und hätte sich Okessa nicht gegen mich gewendet, würde ich immer noch dem König dienen. Ist das die Art von Mann, von der ihr wünscht, daß sie den silbernen Helm trägt? Wohl kaum.«

»Das war gestern, Herzog«, sagte Lámfhada. »Und jetzt laß die Rüstung wählen.«

»Was meinst du, Manannan? Soll ich in die Höhle gehen?«

»Was spielt meine Meinung für eine Rolle?«

»Du bist ein Gabala-Ritter. Willst du mich als Gefährten?«

»Nein, Herzog. Aber ich bin nur ein Mensch. Die Rüstung verfügt über Magie, und sie wird wählen. Geh in die Höhle.«

Der Herzog strich sich über den dünnen Bart und betrachtete den Höhleneingang. Dann zuckte er die Schultern. »Na schön, ich werde sie mir ansehen. Aber keine voreiligen Hoffnungen, meine Freunde.«

Rasch ging er in die dunkle Höhle und näherte sich der ersten Rüstung. In der Höhle war es kalt, und er zitterte. Zwei flackernde Fackeln beleuchteten die Wände, und auf der Brustplatte spiegelten sich die tanzenden Flammen. Als Kind war er von den Geschichten über die Gabala-Ritter verzaubert gewesen, aber sein Vater hatte sie immer abgetan.

»Narren«, pflegte er zu sagen. »Das Leben ist zu kurz, um es damit zu vergeuden, durchs Land zu reiten und sich in die Streitigkeiten anderer einzumischen. Was spielt es für eine Rolle, wenn ein Bauer einen Hof verliert oder gewinnt? Wen wird das in hundert Jahren noch interessieren?«

Die Worte schienen in den Gedanken des Herzogs widerzuhallen. Er erinnerte sich an das Begräbnis seines Vaters. Niemand hatte auch nur eine Träne vergossen.

»Und wer wird um dich weinen, Herzog Roem?« fragte er sich, dann schüttelte er den Kopf. Was spielte es für eine

Rolle? Tränen für die Toten waren Zeitverschwendung. Die Frage war jetzt ganz einfach: Blieb er und kämpfte oder ging er nach Cithaeron? Jenseits des Meeres, ohne Vermögen, würde er nur wenige Freunde finden. Er wäre gezwungen, sich in den Dienst anderer Rebellen zu stellen, vielleicht als Hauptmann der Wache oder als Kavallerieoffizier bei einem unbedeutenden Stammeshäuptling. Und hier? Hier würde er Seite an Seite mit Bauern und Gesetzlosen kämpfen, Männern ohne Bildung: Männern, die nicht einmal würdig waren, ihm die Hand zu küssen.

Doch hier hatte er zumindest die Chance, seine Stellung wiederzugewinnen und seines Vaters Herzogtum zurückzuerobern.

Er setzte sich auf den kalten Steinboden und starrte die Rüstung an. Welche Siegeschance hatten diese Rebellen - selbst wenn die Ritter wieder auferstanden? Realistisch betrachtet? Gegen Ahaks Legionen, seine Lanzenträger und Späher? Nur eine winzige, wenn überhaupt. Wo lag also die eigentliche Wahl? Leben in Cithaeron oder Tod in der Gabala!

Leben? Ohne einen Raq und ohne Ehre - das war kein Leben.

Was gibt es denn noch, Roem? Du kannst entweder deine Lebensspanne ausleben, verachtet von deinen Mitmenschen, oder gemeinsam mit Männern kämpfen, die du verachtest.

Er stand auf und ging zu der Rüstung, sah sein mageres Gesicht, das sich in der Brustplatte spiegelte. »Zieh einen Mantel über deine Verachtung, Roem«, flüsterte er. »Steh neben diesen Männern und erobere dein Geburtsrecht zurück. Und dann, wenn die Schlacht gewonnen ist, kannst du die Bauern zurück auf den Platz treiben, der ihnen gebührt.«

Er streckte die Hand aus und berührte die Rüstung.

- 18 -

In der Zwischenzeit war die siegreiche Rebellenarmee sicher zu Hause im Dorf hinter der Höhle eingetroffen. Frauen und Kinder strömten herbei, um sie zu begrüßen. Manannan setzte sich auf einen Felsen und sah zu, wie Elodan, Llaw, Errin und Ubadai zur Höhle hinaufritten.

»Es ist schön, dich gesund wiederzusehen«, begrüßte ihn Elodan, während er aus dem Sattel glitt. »Ist eure Mission gut verlaufen?«

»Er ist in der Höhle«, antwortete Manannan.

»Was ist mit Cairbre?«

»Ich habe ihn getötet. Laßt uns nicht mehr darüber reden.«

»Wer ist in der Höhle?« fragte Llaw. »Was war das für eine Mission?«

Lámfhada kam und stellte sich vor Llaw. »Der Herzog von Mactha«, sagte er sanft.

Alle Farbe wich aus Llaws Gesicht. »Was soll das? Der Hurensohn hat mich für ein Verbrechen zum Tode verurteilt, von dem er wußte, daß ich es nicht begangen hatte. Er ist ein Mann des Königs!«

»Nein«, widersprach Manannan. »Ich habe um sein Leben gefochten, der König wollte ihn hinrichten lassen.«

»Was mir zeigt, daß auch ein schlechter König nicht immer irrt. Das ist ein Fehler, aber ich werde ihn richtigstellen. Geh mir aus dem Weg«, sagte Llaw und zog sein Schwert.

»Leg es nieder!« befahl Elodan. »Sofort!«

Llaw fuhr herum. »So? Ihr Adligen haltet wohl immer zusammen, was? Na schön. Was hätte man auch sonst erwarten können?«

»Du irrst, Llaw«, sagte Elodan sanft. »Ich bin der Mann, den ihr gebeten habt, eure Armee zu befehligen. Deine Armee. Aber ich bin auch der Erste Ritter der Neuen Gabala. Wenn die Rüstung ihn wählt, dann gehört er zu uns. Wenn nicht ...« Er zuckte die Achseln. »Dann gehört er dir. Bist du damit einverstanden?«

Llaw trat zurück. »Wenn die Rüstung wählt? Hätte ich gewußt, daß er zu uns stoßen würde, hätte ich mich nie bereiterklärt, sie zu tragen.« Er rammte sein Schwert in die Scheide, stapfte zu seinem Pferd, schwang sich in den Sattel und ritt ins Dorf.

»Danke, Elodan«, sagte der Herzog und trat ins Freie. Die Rüstung funkelte im Sonnenschein.

»Herzog«, sagte Elodan, »willkommen im Orden.«

»Ich bin nicht mehr Herzog. Ich heiße Roem«, sagte er und reichte ihm die Hand. Elodan schüttelte sie. Errin nahm seinen Helm ab und schlenderte herbei.

»Wie ich sehe, haben wir einen guten Koch«, bemerkte Roem. »Wir sind eine Macht, mit der man rechnen muß.«

Arian fand Llaw Gyffes hoch auf dem Südhang in einem Buchenhain, der den Wald überblickte. Er saß an einem kleinen Feuer und starrte in die Flammen. Er hörte sie nicht kommen. Sie setzte sich neben ihn und streckte die Hand aus, um ihn zu berühren, hielt jedoch inne. So wie er in seiner Rüstung eingeschlossen war, hatte es sowieso keinen Zweck.

»Llaw?« flüsterte sie, doch er sah sie nicht an. »Komm, Llaw, sprich mit mir.«

»Es gibt nichts zu sagen. Ich bin verloren, Arian ... verloren.« Sie rückte näher an ihn heran.

»Nein, das bist du nicht. Du bist Llaw Gyffes, der stärkste Mann, den ich je kennengelernt habe. Wie kannst du nur so mutlos sein? Du hast über deine Feinde triumphiert, und deine Armee wächst von Tag zu Tag.«

Er schüttelte den Kopf. »Das spielt alles keine Rolle. Mein Leben war zerstört, als Lydia starb. Und jetzt muß auch ich sterben, wie der Dagda sagte. Und du weißt, was dann geschieht? Nichts. Wenn der König siegen sollte, wird die Welt weiterbestehen wie zuvor. Wenn wir ihn besiegen, wird der Herzog von Mactha - oder ein anderer seines Schlages - herrschen, und die Welt wird sein wie zuvor. Wir ändern nichts mit dem, was wir tun.«

»Was hast du denn erwartet, Llaw? Dahinten im Dorf sind Menschen, die jetzt tot wären ohne dich und Elodan und die anderen. In Grunzers Dorf leben Nomaden, die ohne dich und

Grunzer und Nuada erfroren wären. Betrachte nicht immer nur die Sterne, Llaw. Schau auf die Erde.«

Sie kniete sich neben ihn, ihre Finger nestelten an den Lederriemen seiner Brustplatte. »Was machst du da?« fragte er.

»Komm raus aus diesem ganzen Metall«, befahl sie. »Leg es ab. Dann wandern wir eine Weile durch die Berge, und du kannst die Luft auf deiner Haut spüren.« Er half ihr, legte die Rüstung neben das Feuer und stand auf. Sie strich mit den Händen über seine Arme.

»Ich habe es satt, auf dich zu warten«, sagte sie. »Und erzähl mir nicht, du seist nicht bereit, ich kann es nicht mehr hören. Du bist ein Mann - also hör auf, vor der Vergangenheit davonzulaufen und dich vor der Zukunft zu fürchten. Das Jetzt ist alles, was wir haben. Alles, was wir jemals haben werden.«

»Macht es dir keine Angst, daß ich bald sterben werde?«

»Doch, es erfüllt mich mit Entsetzen«, sagte sie. »Aber es wäre noch schlimmer für mich, wenn du gingest, ohne mich je geliebt zu haben.«

Er schlang die Arme um sie. »Ich liebe dich«, sagte er schlicht. »Du bist nie weit von meinen Gedanken.«

Sie zog ihn neben dem Feuer nieder und küßte ihn, doch er seufzte und drehte sich halbherzig weg.

»Vergiß die Sterne, Llaw«, flüsterte sie. »Vergiß sie.«

Später, als sie eng beieinanderlagen, kam es Llaw vor, als wäre eine Last von ihm genommen worden. Er konnte sich nicht genau an den Moment erinnern, als es geschehen war, oder was es gewesen war, das ihn so niedergedrückt hatte. Er roch das frische Gras und spürte die Frühlingsbrise auf seinem Gesicht. Er hörte die Vögel in den Bäumen und empfand Freude an allem, was da wuchs. Die Welt der Könige und Ritter und Bauern schien zerbrechlich und unwichtig, als Arian sich an ihn schmiegte, ihr rechtes Bein über seine Hüfte geschlungen. Er stützte sich auf den Ellbogen und betrachtete sie. Sie schlief. Er berührte ihre Haut und küßte ihr Haar, und sie öffnete die Augen.

»Ich habe geträumt«, sagte sie.

»Bist du noch immer glücklich?«

»Du Dummkopf«, antwortete sie. Sie stand rasch auf und

lief zum Fluß, und er folgte ihr und sah ihr beim Baden zu. »Komm rein«, rief sie.

»Es sieht so kalt aus.«

»Der große Llaw Gyffes hat Angst vor einem bißchen kalten Wasser? Komm rein.«

Er watete zu ihr ins Wasser und setzte sich. »Gütiger Himmel!« rief er. Sie lachte und spritzte ihm Wasser ins Gesicht. Er packte sie, und zusammen tauchten sie unter.

»Ich gebe auf«, rief sie schließlich, als sie wieder auftauchten. »Ehrlich.«

Er sagte nichts, sondern zog sie in seine Arme. »Du hättest schon längst zu mir kommen sollen«, flüsterte er.

»Das bin ich ja, Llaw, aber du warst noch nicht bereit. Wirst du diesen Tag bereuen?«

»Niemals.«

»Gut. Jetzt zieh dich an und geh zurück zu deinen Rittern - zu allen.«

Seine Miene verfinsterte sich. »Ich kann den Mann nicht sehen. Ich glaube, ich würde ihn töten.«

»Dafür bist du zu stark. Vertrau mir, Llaw. In dieser Hinsicht kenne ich dich, glaube ich, besser.«

Er stand schaudernd auf. Arian nahm seinen Arm und zog sich daran hoch. Sie spürte seine veränderte Stimmung und schwieg, während sie ihm zurück zum Feuer folgte. Er zog sich rasch an und wollte zu seinem Pferd gehen, das er an einer Buche in der Nähe angebunden hatte. Doch auf halbem Weg blieb er stehen und drehte sich um. Plötzlich grinste er. »Wollt Ihr mit mir reiten, meine Dame?«

Sie zog Tunika und Hose über, nahm Stiefel und Messer in die Hand und lief zu ihm.

Er setzte sie im Dorf ab und ritt weiter zur Höhle. Die übrigen Ritter saßen mit Elodan und Lámfhada zusammen. Llaw stieg ab und band sein Pferd an. Niemand sprach, als er sich zu ihnen gesellte und den Herzog von Mactha ansah.

»Ich bin Llaw Gyffes«, sagte er und reichte ihm die Hand.

»Ich heiße Roem. Freut mich, dich kennenzulernen«, erwiderte der andere, ergriff die Hand fest und schüttelte sie.

»Jetzt ist der neue Orden vollständig«, erklärte Lámfhada, »und es ist Zeit, sich auf den Tag des Blutes vorzubereiten.

Nuada trägt unser Banner in alle Dörfer des Waldes. Morrigan und Grunzer suchen Verbündete in der Nähe der Hafenstadt Pertia. Die Armee des Königs ist bald aufbruchbereit. Sie wird binnen zehn Tagen an unseren Grenzen sein, wir müssen bereit sein, uns ihnen entgegenzustellen.«

»Wieviele Männer haben wir?« fragte Roem.

»Knapp zweihundert im Moment, aber ihre Zahl wächst von Tag zu Tag. Nuadas Talent wurde selten besser genutzt.«

»Der König hat zehntausend Mann«, sagte Roem. »Zweitausend Lanzenträger, sechstausend Fußsoldaten, eintausendfünfhundert Bogenschützen und fünfhundert Späher, die sich im Wald auskennen. Ihr könnt sie nicht mit zweihundert Mann aufhalten, nicht einmal mit tausend.«

Elodan hob die Hand. »Es ist nicht wichtig, ob wir eine große Armee haben, nur daß der König glaubt, wir hätten eine. Lámfhada sagt, er hat einen Zauber über den Wald gelegt, den die Seher des Königs nicht durchdringen können. Daher weiß der König lediglich, daß seine fünfhundert Lanzenträger vernichtet wurden. Ich glaube nicht, daß er riskiert, sofort mit seinen Truppen in den Wald einzudringen. Er wird zuerst seine Späher ausschicken und dann langsam vorrücken. Wir müssen diese Späher vernichten.«

»Das klingt vernünftig«, meinte Errin, »aber wollen wir sie solange mit Täuschungsmanövern hinhalten, bis der König an Altersschwäche stirbt? Irgendwo muß es doch zu einer entscheidenden Begegnung kommen.«

»Allerdings, und wir müssen die Gelegenheit erkennen, wenn sie sich ergibt«, antwortete Elodan. »Aber bis dahin müssen wir - als die schwächere Seite - zuschlagen und uns wieder zurückziehen, sie treffen, wo wir nur können. Und sie so glauben machen, daß wir zehn- bis zwanzigmal mehr Truppen haben, als es tatsächlich der Fall ist. Und während der ganzen Zeit wird sich unsere Anzahl vergrößern.«

Llaw ergriff das Wort. »Wir müssen noch etwas berücksichtigen: Vorräte. Wir haben den Wald und das Wild, dazu viele Schafe. Der König hat zehntausend Mann, die er von Süden her versorgen muß. Wir müssen hinter ihren Linien ein Überfallkommando haben. Leere Bäuche sorgen für Unzufriedenheit.«

»Ich werde diesen Trupp anführen«, erklärte Roem. »Es ist mein Herzogtum, und ich kenne alle Straßen. Gebt mir fünfzig Männer, wir werden vom Land leben und sie zwingen, sich Rückendeckung zu verschaffen.«

»Du wirst auf dich allein gestellt sein«, erklärte Lámfhada. »Wir können dir nicht helfen.«

»Hab keine Angst um mich, Waffenmeister. Ich bin noch nicht bereit zu sterben.«

»Gut«, stimmte Elodan zu. »Such dir fünfzig Männer und bilde sie aus. Du hast zehn Tage Zeit.«

»Was machen wir anderen?« fragte Manannan.

»Euer Tag kommt noch«, sagte Lámfhada, ohne die anderen anzusehen.

Morrigan saß unter den Sternen, ihre Erinnerungen waren lebhaft und schmerzlich. Ihre Liebe zu Samildanach schien einem anderen Zeitalter anzugehören, als die Welt noch jung und Unschuld eine Freude war. Ihre sechs Jahre in der Stadt der Vyre hatten diese Unschuld in Blut und Lust und Sittenlosigkeit ertränkt. Sie konnte sich nicht mehr an die unzähligen Männer und Frauen erinnern, die ihr Bett geteilt hatten, oder an ihre Gesichter. Alles, woran sie sich deutlich erinnerte, war der Geschmack von Ambria und die lodernde Kraft, die es durch ihre Glieder strömen ließ. Sie hatte Manannan erzählt, daß Samildanach ihrer überdrüssig geworden war, aber das entsprach nicht ganz der Wahrheit. Angesichts der zahllosen Zerstreuungen der Vyre hatten sie sich auf der Suche nach immer neuen Empfindungen, Vergnügungen und Schmerzen voneinander entfernt.

Jetzt behauptete Manannan, sie zu lieben. Aber er wußte nicht ... er liebte die Frau, die sie einst gewesen war. Sie erschauerte, als der Nachtwind von den schneebedeckten Gipfeln herunterfuhr.

Der General war schnell gestorben, sein Körper war eingeschrumpft, während sein Leben sie erfüllte. Er hatte nicht einmal gemerkt, daß er starb. Sie hatte die leere Hülle aus Haut und Knochen liegengelassen, wo sie war. Wie bald würde sie wieder Nahrung brauchen? In einem Tag? In zweien?

Sie hörte Grunzer neben dem Feuer schnarchen. Abscheulicher kleiner Mann! Du wirst der nächste, versprach sie sich. Aber danach? Manannan? Llaw Gyffes? Oder nur ein weiterer Unschuldiger, wie der Mann mit dem verletzten Knie?

War das Leben so wunderbar, daß sie es nicht ertragen konnte, es hinter sich zu lassen?

Sie kannte die Antwort darauf. Natürlich war es das. Zu sehen und zu hören, zu atmen und zu fühlen - wie konnte irgend jemand ertragen zu sterben?

»Kannst du nicht schlafen?« fragte Grunzer, richtete sich auf und fuhr sich mit den Fingern durch die Haare. »Verdammte Läuse«, knurrte er. »Nichts kann sie vertreiben.«

»Versuch es mal mit gelegentlichem Baden.«

»Was tust du?«

»Ich denke nach.«

»Schläfst du denn nie? Wieso hast du dann überhaupt noch Kraft?«

»Ich ziehe sie aus der Gesellschaft von Männern, Grunzer. Merkwürdigerweise fühle ich mich im Moment ziemlich schwach.«

Er grinste sie an. »Das ist das erste Mal, daß du eine Spur von Humor zeigst, Morrigan. Vielleicht beginnst du sogar, mich zu mögen. Warum fangen wir nicht noch einmal von vorne an? Komm zu mir, ich gebe dir etwas Kraft.«

»Sei auf der Hut, Grunzer. Ich könnte es tatsächlich tun.«

Er gähnte und stand auf. Sie wandte sich ab, als er gegen einen Baum pinkelte. »Wen sollen wir aufsuchen?« fragte er.

»Der Anführer heißt Bucklar. Du wirst ihn mögen, Grunzer - er hat sein Revier so aufgebaut wie du deines, mit Blut und Mord. Ich glaube, deswegen hat Elodan gedacht, du wärst der richtige, um mich zu begleiten. Glaubst du, Bucklar wird Männer schicken, um Llaw zu helfen?«

»Kommt drauf an. Wenn er sich durch den König bedroht fühlt, ja. Wenn er glaubt, er wäre sicher, wird er abwarten - und wenn die anderen Anführer ihre Männer schicken, wird er ihr Land überfallen und seinen Machtbereich ausdehnen.«

»Dann ist es doppelt wichtig, daß er uns hilft. Denn ohne ihn werden sich auch die anderen Anführer zurückhalten.«

»Wohl wahr, meine Dame.« Er begann, in seine Beinkleider zu steigen.

»Ich dachte, du wolltest mich«, meinte Morrigan, stand auf und ging zu ihm.

»Wollte ich auch«, gab Grunzer grinsend zu. »Aber du hast mich ja nicht aufgefordert. Der Morgen graut, wir sollten aufbrechen.«

Samildanach ging zu dem Sarg und blickte in das Gesicht seines ältesten Freundes. Sein Zorn war verflogen, und er spürte eine entsetzliche Leere tief in seinem Innern. Er wußte, daß er Cairbre geliebt hatte wie einen Bruder, aber das war so lange her - vor dem Kreuzzug, vor den Vyre, vor der Morgendämmerung des Neuen Zeitalters. Jetzt suchte er nach dieser Liebe und fand nichts. Alles, was er sah, war ein blasser Leichnam, dessen Hände über der roten Brustplatte gefaltet waren.

Die anderen Ritter kamen heran, stellten sich im Kreis um den Sarg und betrachteten den Toten, und Samildanach sah von einem Gesicht zum anderen. Alle zeigten denselben Ausdruck. Ein Schauer überlief den Ersten Ritter.

»Wir alle wissen«, erklärte Samildanach, »warum unser Bruder gestorben ist. Er hat nicht mehr die Nahrung zu sich genommen, nach der sein Körper verlangte, er war körperlich geschwächt. Ich weiß nicht, warum Cairbre so handelte, wie er es tat, aber es sollte eine Lektion für uns alle sein. Unser Kreuzzug ist heilig. Wir müssen die Zivilisation und die Macht der Gabala wiederherstellen und der Welt die Wunder der Vyre zeigen.« Seine Worte wirkten schal und hallten in dem hohlen Grabgewölbe wider. Wieder sah er Manannan auf den Kampfplatz reiten, in seiner funkelnden silbernen Rüstung.

Sie waren Freunde gewesen …

Freunde? Die Vorstellungen von Freundschaft, Liebe, Bruderschaft wirbelten durch seine Gedanken wie Rauchfetzen, nahe, doch ungreifbar.

»Geht es dir gut, Samildanach?« fragte Edrin.

»Ja. Ich fühle, es sollte Worte geben, die wir über unseren toten … Freund sprechen könnten. Aber mir fallen keine ein.«

»Dann laß uns den Deckel schließen und gehen«, sagte Bersis. »Hier ist es kalt und ungemütlich.«

»Ja«, flüsterte Samildanach. »Schließt den Deckel.« Er wandte sich ab und ging zur Treppe. Er war der größte der Ritter, breitschultrig und schmalhüftig, und selbst in der Rüstung waren seine Bewegungen geschmeidig und sicher. Er führte die Ritter in den Oberen Raum, wo sie an dem ovalen Eichentisch Platz nahmen.

»Es ist Zeit«, erklärte Samildanach, »die Stärke des Feindes einzuschätzen. Der junge Zauberer hat eine Sperre um den Wald gelegt, und jetzt ist der Moment gekommen, sie zu durchbrechen. Gebt mir eure Kraft, meine Freunde.«

Die Ritter senkten die Köpfe, und Samildanach spürte, wie Kraft in ihn strömte. Er stand auf, entfernte sich von dem Tisch, hob die Arme und rief das Rot. Seine rechte Hand fuhr mit einer schneidenden Bewegung durch die Luft, die sich teilte wie ein zerrissener Vorhang. Ein kalter Windhauch wisperte durch den Raum. Samildanach öffnete den Vorhang noch weiter und erblickte den nächtlichen Wald am Meer. Dann trat er durch die Öffnung und schloß sie hinter sich. Er befand sich auf einer Lichtung an einem rasch dahineilenden Fluß. Schweigend machte er sich auf den Weg zum nächsten Hügel und betrachtete prüfend die mondbeschienene Landschaft. Eine Meile nördlich von ihm lag das Dorf von Llaw Gyffes. Samildanach setzte sich mit gekreuzten Beinen ins Gras und schloß die Augen. Sein Geist stieg zum Nachthimmel empor. Als er sich die silberne Rüstung der Gabala-Ritter vorstellte, spürte er die Anziehungskraft ihrer Magie. Er fand sich nahe einer Höhle schweben. Darin brannte leise ein Feuer, er konnte sogar schlafende Gestalten sehen. Er erkannte den Herzog von Mactha und Manannan, die anderen kannte er nicht. Er verließ die Szene und stieg wieder empor. Dieses Mal zog ihn die Kraft weit nach Westen, und er kam in ein Langhaus, in dem eine schimmernde Gestalt stand, umgeben von Scharen von Kriegern. Der Ritter erzählte den Männern von vergangener Herrlichkeit und großen Helden. Seine Stimme war eindringlich, und Samildanach sah, wie die Farben in der Halle aufblühten.

Der hier stellte eine Gefahr dar …

Wieder stieg er auf, reiste nach Osten und Norden. Hier, in einer Senke, fand er Morrigan und einen untersetzten, häßlichen Bauern. Samildanach schrak vor dem Mann zurück. Das sollte der Feind sein? Dies waren die Männer, die jetzt das Silber trugen? Zorn flammte in ihm auf. Seine geistigen Augen wanderten zu Morrigan, deren Schönheit im Mondschein einfach unbeschreiblich war. Er lächelte, als sie eine scharfe Bemerkung zu dem Bauern machte. Wie konnte sie hier sein, mit diesem Gesetzlosen ohne Stand?

Eine Zeitlang durchstreifte Samildanach den Wald, auf der Suche nach Anzeichen für eine größere Truppenkonzentration. Er hatte jedoch nicht die Zeit, den ganzen Wald abzusuchen, und kehrte zu der Höhle zurück. Dort schwebte er im Eingang und konzentrierte sich ganz auf den blonden, jungen Mann, der neben drei goldenen Hundestatuen schlief.

»Komm zu mir«, sagte er leise. »Erhebe dich und komm zu mir.«

Lámfhada regte sich und drehte sich auf die andere Seite. Ein schimmerndes Licht erglühte um ihn, und sein Geist erhob sich aus seinem Körper. Er blinzelte und erblickte Samildanach. Der Ritter bewegte sich ins Mondlicht zurück, Lámfhada folgte ihm, und sie schwebten gemeinsam hoch über die Bäume.

»Wie bist du hergekommen?« fragte der Junge.

»Hast du etwa geglaubt, mich aufhalten zu können?« erwiderte Samildanach. »Dummes Kind. Es ist Zeit zu sterben.«

Plötzlich schwoll Samildanachs Gestalt an, so daß der entsetzte Lámfhada sich wie ein Zwerg fühlte. Krallen wuchsen aus den Fingern des Ritters und schlugen nach dem Jungen. Er warf sich zurück und versuchte voller Panik, das Gold zu erreichen, aber sein Geist war zu sehr von Angst und Schrekken erfüllt, so daß es ihm entglitt. Er versuchte zu fliehen, doch Samildanachs Riesenhand ergriff ihn und hob ihn näher an das ungeheure Gesicht.

»Ich hatte zumindest einen Kampf erwartet, Kind«, sagte der Ritter.

»Und den sollst du auch haben«, sagte eine Stimme hinter ihm. Samildanach fuhr herum und sah eine vertraute Gestalt neben sich schweben.

»Ollathair! Welch angenehme Überraschung.«

»Nicht für mich. Laß den Jungen los.«

»Warum sollte ich? Ein Toter kann mir nichts anhaben.«

»Da hast du allerdings recht. Aber neben deinem Körper steht ein sehr lebendiger Mann und hält dir ein Messer an die Kehle.

Die Gestalt verschwand, und Samildanach lächelte. »Nun, Junge, es scheint, daß du am Leben bleiben sollst - vorläufig.« Er ließ Lámfhada los und eilte davon.

Samildanach öffnete die Augen und drehte sich auf die rechte Seite, sein Dolch zuckte aus der Scheide. In seiner Nähe war niemand, aber neben sich fand er frische Fußspuren.

»Du hättest mich töten sollen, Ollathair - so wie ich dich getötet habe.« Er öffnete den Vorhang der Nacht und trat wieder in den Oberen Raum.

Sobald er am Tisch saß, weckte er die Ritter.

Rasch berichtete er alles, was er gesehen hatte, dann wandte er sich an Edrin und Bersis. »Ich sehe keine wirkliche Gefahr für die Armee des Königs«, erklärte er, »aber es gibt zwei Männer, mit denen wir uns unverzüglich befassen sollten. Edrin, du und Bersis, ihr geht nach Pertia. Dort zeigt ihr dem Befehlshaber das Siegel des Königs. Bersis wird das Kommando über fünfhundert Mann übernehmen und einen Angriff auf diese Festung hinter der Kettenbrücke führen. Morrigan wird dort sein, ich will nicht, daß ihr ein Leid geschieht. Aber bei ihr ist ein Kerl, der mich anwidert. Tötet ihn. Du, Edrin, nimmst fünfzig Mann und gehst in den Westen des Waldes. Such ein Dorf, das sich unter die zwei höchsten Gipfel schmiegt. Dort wirst du von einem dieser neuen Ritter hören. Er ist ein Geschichtenerzähler von großer Macht, und wenn ihm genügend Zeit bleibt, könnte er eine starke Truppe gegen uns aufbringen. Vernichte ihn. Mit allen Mitteln. Hast du verstanden?«

»Ich werde dich nicht enttäuschen, Samildanach. Sei versichert, er wird sterben.«

Lámfhada beobachtete, wie der Rote Ritter in der Ferne verschwand. »Ruad«, flüsterte der Junge. »Bist du noch da?«

»Er war niemals hier«, sagte eine Stimme in seinem Geist. »Kehre jetzt in deinen Körper zurück. Ich werde bald zu dir kommen.«

Lámfhada tat wie ihm geheißen, dann stand er auf, wikkelte eine Decke um sich und ging lautlos an den schlafenden Rittern vorbei. Vor der Höhle setzte er sich auf einen Felsen und suchte mit den Augen das Gelände ab. Nach wenigen Minuten sah er eine hochgewachsene Gestalt, die den steinigen Pfad emporstieg. Sie war in lange Gewänder aus ausgebleichtem blauen Stoff gehüllt und trug alte Ledersandalen. Der Mann war alt und völlig kahl. Ein gegabelter weißer Bart floß über seine Brust, und er stützte sich beim Gehen auf einen schweren Stab. Der Mann blieb vor Lámfhada stehen.

»Ich bin der Dagda«, sagte er, »und du wurdest unter glücklichen Vorzeichen geboren.«

»Danke für deine Hilfe. Warum hast du Ruads Gestalt angenommen?«

Der Dagda zuckte die Achseln. »Es war eine notwendige Täuschung, die Furcht in Samildanach säen sollte. Außerdem«, fuhr er fort und setzte sich neben den Jungen, »kannte ich Ruad Ro-fhessa - und ich glaube, mein Trick hätte ihm gefallen. Wie kommst du zurecht, Lámfhada?«

Der Waffenmeister zuckte die Achseln. »Ich tue mein Bestes. Mehr kann ich nicht tun. Aber ich wünschte, Ruad wäre hier, um mich zu leiten.«

»Das ist zwar verständlich, aber ein Mann ist am stärksten, wenn er auf sich allein gestellt ist. Vergiß das nie. Du hast die Ritter, und ich glaube, die Quelle ist mit dir. Trotzdem wirst du viel erdulden müssen.«

»Das weiß ich alles. Als ich das Gold fand, sah ich alles, was sein könnte, alles, was sein sollte, und alles, was möglich wäre. Was ich nicht entdecken konnte, war, was sein wird. Gute Männer werden sterben, das weiß ich.«

»Alle Menschen sterben, ob gut oder nicht«, sagte der Dagda. »Und ich weiß, was du gesehen hast. Ich war bei dir, als du geflogen bist.«

»Du warst es, dessen Gegenwart ich spürte? Ich hatte gehofft, es wäre Ruad.«

»Sei nicht enttäuscht. Ich habe sehr lange auf dich gewartet.« Der Dagda kicherte. »Genau hundertzweiundvierzig Jahre! Kommt dir das sehr lange vor, Kind? Ja, ich sehe, das tut es. Nun, jetzt sind wir hier, und du hast viel zu lernen.«

»Was meinst du damit ... auf mich gewartet?«

»Auf dich - oder jemanden wie dich. Ruad hätte es dir gesagt, wenn er am Leben geblieben wäre. Du wanderst mit dem Gold, Lámfhada, und das ist sehr selten. Es ist etwas ganz Besonderes. Alle Farben unterstehen dem Gold, und es ist Teil der Großen Harmonie. Wenn die Farben bedroht sind, scheint das Gold. Das Rot schwillt an über dem Reich, aber die es benutzen, verstehen die Harmonie nicht. Sie versuchen, das Rot vorherrschen zu lassen, aber keine Farbe kann für sich allein existieren. Wenn man dem Rot gestattet zu dominieren, verblassen und sterben die anderen Farben. Aber das Rot kann auch nicht allein bestehen. So kommt es, daß jene, die das Rot vordringen lassen wollen, stattdessen alle Magie zerstören. Und ohne Magie hätte die Welt nur eine Farbe: und zwar das Grau - das Grau der Grabsteine, das Grau der Asche. Verstehst du?«

»Nein«, antwortete Lámfhada. »Die Magie wird doch nur von sehr wenigen angewendet. Wie könnte es der Welt schaden, wenn sie nicht mehr wäre? Noch immer würden Bäume wachsen, Blumen blühen. Es würden noch immer Kinder geboren?«

»Nein, das ist nicht der Fall. Alles Leben ist Magie, und alle Menschen spüren das. Sie sehen das Herrliche einer Morgendämmerung und sind erfüllt von einem Gefühl des Wunderbaren. Das ist Magie. Sieh dir den Blick in den Augen einer Mutter an, wenn sie ihr Erstgeborenes in den Arm nimmt und die Nabelschnur durchtrennt wird. Sie versteht Magie. In jenem Moment, für eine kostbare Sekunde, versteht sie. Aber wenn die Harmonie gestört wird - wie jetzt hier im Reich - und die Magie bedroht ist, gibt es nur noch Zynismus und Verzweiflung, und die eher brutalen Gefühle der Menschen brechen sich Bahn. Nein, mein Freund, die Welt braucht die Magie so nötig wie Luft und Wasser.«

»Wer bist du, Dagda? Was bist du?« fragte Lámfhada. »Bist du so etwas wie ein Gott?«

Der alte Mann schüttelte den Kopf. »Ich bin ein Mensch. Nicht mehr, nicht weniger. Vor langer Zeit war ich in den Augen der Welt ein großer Mann. Aber ich entsagte meinem Leben und seinen Reichtümern, denn ich verlangte danach, alle Geheimnisse der Welt kennenzulernen. Ich kam in diesen Wald und traf einen Mann - einen Mann, der siebenundachtzig Jahre auf mich gewartet hatte. Er war der Dagda. Und obwohl seine Geschichte anders war als meine, so wie deine anders sein wird als meine, waren wir doch gleich. Wir waren Glieder einer Kette, die begann, als der Mensch sich zum erstenmal aufrichtete, und die enden wird, wenn die Sterne vom Himmel fallen und die Sonne stirbt ... und vielleicht nicht einmal dann.«

Lámfhadas Mund war ausgetrocknet, er wünschte, dieser seltsame alte Mann würde ihn in Ruhe lassen. Als ob er seine Angst spürte, legte der Dagda ihm eine knochige Hand auf die Schulter.

»Wir - er und ich, du und ich - sind die Verzauberer. Wir beobachten die Farben, wir tragen sie. Wir wandern durch das Land und erhalten das Gleichgewicht. Wo nur Krieg und Pest und Tod herrschen, versuchen wir, das Weiß oder das Grün oder das Blau zu unterstützen. Wo alles Frieden und Ruhe ist, stärken wir das Rot und das Schwarz. Aber am meisten nutzen wir das Gelb, denn wie du jetzt weißt, Lámfhada, ist das Gelb lediglich das Gold in Verkleidung. Und es ist das Gold, das alle anderen Farben erhält.«

»Warum weiß das niemand?« fragte Lámfhada.

»Früher war es bekannt, Junge. Und durch solches Wissen machten sich die Menschen selbst zu Göttern und brachten Unglück über sich. Jetzt überlebt es in Volkssagen und Legenden. Die Sonnenanbeter ahnen das Geheimnis, sie beten die Sphäre des Goldes an, die die Erde ernährt. Denk darüber nach. Alles, was wächst und lebt und atmet, ist von der Sonne abhängig. Und ebenso verhält es sich mit den Farben. Das Gelb ist aus Unschuld und Kinderlachen geboren, genährt von dem Sinn für das Wunder, den die Jungen haben. Wenn seine Zeit gekommen ist, nährt es die anderen. Aber jetzt ist die Wahrheit ein Mysterium geworden, denn so ist es sicherer. Ich hüte das Mysterium. Nun wirst du es hüten.«

»Was verlangst du von mir?«

»Ich? Ich verlange nichts. Ich habe meine Aufgabe erfüllt, wie der Hüter vor mir die seine erfüllt hat. Er war der Dagda ... jetzt bist du der Dagda.«

»Das will ich nicht.«

»Ich wollte es auch nicht. Es ist sehr einsam, Lámfhada. Und doch ist es erfüllend - du wirst es feststellen.«

»Und wenn ich sterbe? Willst du mir etwa erzählen, daß dann die Welt endet? Das glaube ich nicht.«

»Wenn du stirbst, wird ein anderer erwählt. Und du bist nur einer von vielen. Aber du wirst noch nicht sterben. Du hast in keiner der möglichen Zukünfte deinen eigenen Tod gesehen, nur den Tod deiner Ritter. Ich weiß es, denn ich habe auch die Zukunft gesehen. Ich werde dich jetzt verlassen - du brauchst Zeit zum Nachdenken.«

»Wann kommst du zurück, um meine Antwort zu hören?«

Der alte Mann lächelte. »Ich komme nicht zurück. Ich habe alles getan, was von mir erwartet wurde. Jetzt suche ich mir einen Ort. Ich werde die Sterne beobachten und in Frieden sterben und zu den Farben gehen.« Der Dagda zog sich hoch und sah Lámfhada in die Augen. »Du hast dich verändert, junger Mann, seit ich dich das erste Mal vor sechs Jahren auf dem Hügel gesehen habe, als du die Gabala-Ritter in ein Schicksal reiten sahst, das sie nicht verdienten. Und du wirst dich in den langen, einsamen Jahren, die vor dir liegen, noch mehr verändern. Zähle die Tage und die Monate und die Jahre. Eines Tages wirst du in das Gesicht eines Neuen blikken und sehen, was ich sehe. Leb wohl.«

»Ich will das nicht. Das kannst du mir nicht antun«, tobte Lámfhada und sprang auf.

Doch der alte Mann beachtete ihn nicht. Er hatte dieselben Worte schon einmal gehört. Vor einhundertzweiundvierzig Jahren, drei Monaten und acht Tagen. Aber damals war er es gewesen, der sie ausgerufen hatte.

- 19 -

Grunzer zügelte seinen Hengst auf der Kuppe des Hügels und blickte in schweigendem Staunen auf die Kettenbrücke hinunter, die den Abgrund überspannte. Die Brücke bestand aus riesigen Eisenringen, von denen Stangen hingen, die wiederum mit weiteren Ringen verbunden waren. Daran waren Holzplanken befestigt. Die schwankende Konstruktion begann auf dem nördlichen Hang eines bewaldeten Hügels und erstreckte sich über fast fünfhundert Meter bis zu einem steinernen Sims unter einem Fallgitter. »Wie haben sie das nur gemacht?« fragte Grunzer Morrigan, die neben ihm ritt.

»Einige Leute glauben, mit Magie«, antwortete sie, »aber mein Vater hat mir erklärt, daß sie zunächst eine einfache Seilbrücke bauten und sie allmählich verstärkten. Er sagte, es hätte über sieben Jahre gedauert, bis sie fertig war.«

Grunzer wandte seine Aufmerksamkeit der eigentlichen Festung zu. Sie war aus der Flanke des Berges herausgeschlagen und überragte die Klamm wie ein riesiger Zahn. Soweit er sehen konnte, war die Zitadelle von Süden und Westen her uneinnehmbar: Nur die schmale Brücke bildete die Verbindung zum Wald. Die Festung war zum Norden hin von einer Mauer umgeben und brüstete sich mit zwei viereckigen Türmen oberhalb des Fallgitters. Grunzer konnte weder Wachen noch irgendeine Bewegung auf den Mauern sehen.

»Mir gefällt der Gedanke nicht, über diese Brücke zu reiten«, sagte er. »Ich konnte Höhen noch nie leiden.«

»Du wirst merken, daß sie dich problemlos trägt«, erklärte sie und trieb ihr Pferd voran. Gemeinsam ritten sie den Hügel hinab und hielten vor der Brücke, wo Morrigan ihren Helm abnahm und ihn über den Sattelknauf hängte.

»Seid Ihr bereit, Herr des Waldes?« fragte sie grinsend.

Grunzer war blaß, die Lippen zu einer dünnen Linie zusammengekniffen. Er antwortete nicht, sondern gab seinem Hengst die Sporen. Als das Pferd auf die Brücke trat, klappte er sein Visier herunter und schloß die Augen. Morrigan folgte ihm, sie hielt sich dicht am rechten Rand der Brücke und starrte über die Eisenringe in die Tiefe. Die Schlucht war sehr tief, und sie konnte gerade noch das hellglänzende Band eines Flusses erkennen, der dort unten über die Felsen strömte.

Sie richtete ihren Blick auf Grunzer, der stocksteif im Sattel saß und weder nach rechts noch links sah. Die Hufe der Pferde klangen wie Trommelwirbel auf den Holzplanken.

»Genießt du die Aussicht, Grunzer?« rief sie, erhielt jedoch keine Antwort. Lächelnd trieb sie ihr Pferd zu einer schnelleren Gangart an. Die Brücke schwankte beängstigend, als Morrigan Grunzer überholte und zum Fallgitter galoppierte, wo sie ihr Pferd wendete und wartete, während ihr Begleiter langsam seinen Weg fortsetzte. Sobald er wieder festen Boden unter den Füßen hatte, glitt Grunzer aus dem Sattel und setzte sich neben das Gatter. Er nahm den Helm ab und wischte sich den Schweiß aus dem Gesicht.

»Du siehst nicht wohl aus, Herr«, meinte sie.

Seine gemurmelte Antwort war kurz und derb. Morrigan brach in Gelächter aus.

»Mein lieber Grunzer, wie kannst du in Gegenwart einer Dame nur eine solche Sprache führen? Ein Ritter der Gabala sollte immer höflich sein. Wollen wir hineingehen?«

Grunzer stand auf und führte sein Pferd durch den Torbogen. Als sie unter dem Fallgitter hindurchkamen, blieb er stehen und sah nach oben. »Völlig verrostet«, stellte er fest. »Welcher Narr läßt seine Verteidigungsanlagen nur so verkommen?«

»Ich weiß nicht«, antwortete sie sanft. »Vielleicht ist der Mann ein Bauer. Er versteht wahrscheinlich nichts von ritterlichen Dingen. Du könntest es ihm beibringen, Grunzer!«

Seine Augen waren kalt, als er auf sie zuging. »Du scheinst es darauf anzulegen, mich zu ärgern, Weibsstück. Das ist nicht sehr klug.«

»Habe ich dich beleidigt? Oh, das tut mir leid, lieber Grunzer. Vielleicht sollten wir uns einen Kuß geben und uns wieder vertragen?«

»Lieber küsse ich meinem Pferd den Arsch«, schnauzte Grunzer zurück.

»Deine Erfahrung in solchen Dingen ist offenbar größer

als meine - aber mir täte das Pferd leid.« Sie zog an den Zügeln und galoppierte in die Festung. Nichts rührte sich, sie wirkte völlig verlassen.

Sie lenkte ihr Pferd zum Haupttor und hielt vor den Stufen zu den Doppeltüren. Grunzer hielt sich neben ihr.

»Hier ist niemand«, sagte er. »Was zur Hölle ist passiert?«

»Sie sind drinnen«, erklärte sie.

»Woher weißt du das?«

Morrigan schüttelte den Kopf und stieg ab, wobei sie sich überlegte, wie er wohl reagieren würde, wenn sie ihm sagte, daß sie ihr warmes, lockendes Blut spüren konnte. Sie stieg die Stufen empor und hämmerte mit ihrem Panzerhandschuh gegen die Tür.

»Bucklar!« rief sie. »Du hast Besuch.«

Der linke Türflügel öffnete sich knarrend.

»Geh nicht rein!« rief Grunzer und zog sein Langschwert. »Das gefällt mir überhaupt nicht!«

»Dann bleib draußen«, erwiderte sie. Sie trat in das kühle Innere und lächelte die Frau an, die einen gespannten Bogen in Händen hielt. Der Pfeil war auf Morrigans Kopf gerichtet. »Hab keine Angst vor mir«, bat sie. »Ich bin hier mit einer Botschaft von Llaw Gyffes.« Hinter der Frau standen mehrere Kinder, von denen eines einen gekrümmten Dolch in der Hand hatte. Links und rechts bewegte sich etwas in den Schatten, und Morrigan fuhr herum. In der Halle waren etwa zwanzig Frauen. Sie sahen verängstigt aus und wirkten angespannt und abwartend. Dann trat Grunzer ein, grinste und steckte sein Schwert in die Scheide.

»Wunderbar!« sagte er. »Wir sind tagelang geritten, um eine Festung voller Frauen und Kinder vorzufinden. Was glaubst du wohl, wieviele davon sich Llaw Gyffes' Armee anschließen wollen?«

»Wer bist du?« fragte die Frau mit dem Bogen und senkte die Waffe. Morrigan sah, daß der Pfeil noch immer auf der Sehne lag und augenblicklich abgeschossen werden konnte.

»Ich bin Morrigan. Der Affe in der Rüstung ist Grunzer. Wir suchen Bucklar. Die Armee des Königs wird uns bald im Süden angreifen, und wir hofften, Bucklar könnte uns einige Männer zu Hilfe schicken.«

»Nein«, sagte die Frau, »das würde er nicht tun. Er kann es nicht. Wir werden bereits angegriffen. Eine Armee ist von Pertia her in den Wald eingedrungen und hat zwei Dörfer dem Erdboden gleichgemacht. Mein Mann - und fast alle anderen Männer - sind hinter ihnen her.«

»Welch ein Genie«, sagte Grunzer. »Läßt sein Heim unverteidigt. Komm, Morrigan, wir gehen.«

»Du gehst, wenn du willst«, sagte Morrigan, »aber ich habe genug davon, auf der Erde zu schlafen, wo mir die Ameisen in die Rüstung krabbeln. Ich habe vor, die Nacht hier zu verbringen - und ein Bad zu nehmen.«

Grunzer trat einen Schritt auf sie zu. »Ich bin vielleicht kein Ritter von Geburt, Morrigan, aber ich wurde auch nicht als Narr geboren. Dies ist keine Festung, sondern eine Grabstätte. Es gibt nur einen Weg hinaus - und der führt über die Brücke. Und wenn der Feind hier ist, bevor Bucklar zurückkommt, wird jeder hier abgeschlachtet. Ist dir ein Bad das Risiko wert?«

»Du machst dir zuviele Gedanken«, erklärte sie.

»Deine Beleidigungen sind leichter zu ertragen als deine Dummheit«, erwiderte er, machte auf dem Absatz kehrt, verließ die Halle und schwang sich in den Sattel. Sein Helm hing noch am Sattelknauf, und er setzte ihn wieder auf. Was für eine sinnlose Reise, dachte er, als er sich von dem Fallgitter entfernte. Vier Tage in Gesellschaft einer alten Vettel - für nichts. Er schluckte hart, als sein Pferd auf die sanft schaukelnde Brücke trat, und blickte stur geradeaus. Die Bretter unter ihm ächzten und knarrten, die Ketten links und rechts quietschten. Als er sicher auf der anderen Seite angekommen war, lenkte er sein Pferd den Hügel hinauf zum Wald, wo er anhielt, um einen Blick zurück auf die Zitadelle zu werfen. Er wußte, daß Morrigan recht hatte. Er war ein Bauer - und schlimmer noch, ein Mörder und ein Dieb. Wie belustigend mußte er ihr und den anderen Vornehmen erscheinen. Auf dem gegenüberliegenden Hügel nahm er eine Bewegung wahr, und ein Junge kam aus dem Unterholz, neben sich einen kleinen, grauen Hund. Das war ein gutes Alter, dachte Grunzer, und dachte dabei zurück an seine Kindheit, als er mit den Hunden seines Herrn gespielt hatte, und an all die

Sommer, als das Leben noch lang und golden war und die Winter in kaltem Zauber strahlten. Er ginste, als er an das goldhaarige Mädchen dachte, das er aus dem Schnee gerettet hatte. Es wäre schön, es in Cithaeron heranwachsen zu sehen, es tanzen, singen und spielen zu sehen. Warum Zeit mit diesem verdammten Krieg verschwenden? Morrigans Worte klangen ihm wie Peitschenhiebe im Ohr.

"Der Affe in der Rüstung ist Grunzer."

Vor einem Monat noch hätte er sie wegen dieser Worte getötet und sich nichts dabei gedacht.

Plötzlich stob der Junge den Hügel hinunter und rannte auf die Brücke, der Hund immer neben ihm her. Grunzer drehte sich rasch im Sattel um. Über die Straßen kamen etwa dreißig Soldaten, die in Zweierreihen zur Zitadelle marschierten.

Grunzer kicherte. »Dann bade mal schön, Morrigan, meine Süße«, flüsterte er. Auf den Mauern der Festung rührte sich etwas, einige Frauen sammelten sich auf den Türmen, bewaffnet mit Pfeil und Bogen. Die Soldaten marschierten bis zur Brücke, wo sie Halt machten. Sie legten ihr Gepäck ab und banden die daran befestigten kleinen, runden Schilde los. Schließlich scharte der Hauptmann seine Männer um sich und gab ihnen Anweisungen.

»Es würde mich interessieren zu sehen, wie du damit fertig werden willst, Morrigan«, murmelte Grunzer.

Die Soldaten schwärmten auf die Brücke aus und liefen los, die Schilde vor sich haltend.

Grunzer erkannte, daß die wenigen Bogenschützen auf der Brustwehr sie nicht aufhalten konnten. Sonnenstrahlen blitzten auf Morrigans Silberrüstung, als sie mit gezogenem Schwert in Sicht kam.

»Zumindest hast du Schneid«, räumte Grunzer ein.

Als die Soldaten sie sahen, verlangsamten sie ihren Vorstoß. Pfeile prallten von ihren Schilden, Brustplatten und Helmen ab. Ein Mann ging mit einem Pfeil in der Hüfte zu Boden, doch die übrigen liefen weiter.

Morrigan sprang ihnen entgegen, ihr langes Schwert hieb mörderisch durch einen hölzernen Schild und hackte beinahe den Arm ab, der ihn hielt. Der Krieger schrie auf und warf sich zur Seite, weg von der silbernen Gestalt, und fiel dabei seinen Kameraden vor die Füße. Mehrere Männer stolperten über ihn, der Angriff geriet ins Stocken. Morrigans Schwert schlug immer wieder in diesen Nahkämpfen zu, fuhr durch Rüstung, Haut und Knochen. Mehrere Klingen glitten von ihrer eigenen Rüstung ab, aber eine drang bis zu ihrem Fleisch vor. Fünf Männer waren am Boden, ehe die Angreifer ihre Fassung wiedergefunden hatten und Morrigan gezwungen war, Schritt um Schritt zurückzuweichen, auf das breitere Fallgittertor zu, wo sie sie umzingeln und zu Fall bringen konnten.

Grunzer beschloß, so lange zuzusehen, bis sie überwältigt war. Dann hörte er ein Pferd näherkommen. Über die Straße kam ein Reiter ... ein Reiter in Roter Rüstung. Grunzers Augen wurden schmal.

»Arme Morrigan«, dachte er und wollte schon sein Pferd herumreißen und davonreiten, als eine Reihe von Bildern vor seinem geistigen Auge auftauchte: das Kind auf dem Hügel, Morrigan in ihrer silbernen Rüstung, ihr weißes Pferd hinter ihr in dem Torweg, und jetzt der Rote Ritter. Die Worte des Dagda wühlten wie glühende Messer in seinen Gedanken.

"Auch er wird im Frühling sterben. Ich sehe ein Pferd, ein weißes Pferd. Und einen Reiter in schimmerndem Silber. Und ein Kind auf einem Hügel. Die Dämonen sammeln sich, und ein großer Sturm wird über dem Wald niedergehen. Aber Grunzer wird ihn nicht mehr erleben."

Dies war also der Tag. Und jener Reiter würde ihn töten.

Sei kein Narr, schalt er sich. Du bist in Sicherheit. Der Dagda hat Unrecht. Reite davon und schlage deinem Schicksal ein Schnippchen.

Doch dann sah er wieder den Ausdruck in Manannans Augen und das Versprechen, das er allen Rittern abgenommen hatte.

»Zur Hölle mit euch allen!« rief Grunzer. Er schlug seinem Pferd auf die Flanke und galoppierte den Hügel hinab. Der Hengst jagte auf die Brücke und auf die verblüfften Soldaten zu. Grunzers Schwert hackte auf den ersten ein, der in seine Reichweite kam, dann war er mitten unter ihnen und hieb nach allen Seiten um sich. Morrigan, die aus einer Wunde an der Schläfe blutete, bahnte sich einen Weg in das Getümmel, mit beiden Händen ihr Schwert schwingend. Durch die Enge hatten die Soldaten Schwierigkeiten, richtig auszuholen, aus Angst, ihre Kameraden zu verletzen. Grunzer und Morrigan waren in dieser Hinsicht jedoch nicht behindert. Grunzers Schwert fuhr durch den Helm des Hauptmanns, so daß sein Kopf gespalten wurde.

»Zurück!« schrie einer der Soldaten - und sie flohen. Grunzer glitt aus dem Sattel und sah sich um. Zwölf Soldaten waren niedergestreckt. Drei lebten noch, sie bluteten stark. Er tötete sie.

»Wir sind tot«, sagte Morrigan mit kalter und teilnahmsloser Stimme. Grunzer warf einen Blick zurück und sah den Roten Ritter, der langsam über die Kettenbrücke kam. In seiner behandschuhten Faust hielt er ein dunkles Schwert.

»Sprich du für dich selbst«, erwiderte der ehemalige Gesetzlose. »Ich habe noch nie einen Mann getroffen, den ich nicht töten konnte.« Morrigan sagte nichts, wich jedoch zurück, das Schwert entglitt ihrer Hand. Der Rote Ritter näherte sich erschreckend langsam, der untote Hengst trottete vorwärts. Grunzer ritt ihm entgegen und stellte sich dem Ritter in den Weg.

Ein trockenes, metallisches Kichern drang aus dem roten Helm. »Es gehört mehr als nur eine Rüstung dazu, um einen Krieger daraus zu machen, Ritter!« sagte eine Stimme. »Ich werde dich für deine Unverfrorenheit langsam töten. Ich werde dir die Glieder einzeln abschlagen.«

»Ihr müßt immer erst lange reden, was?« zischte Grunzer. »Na, nun habe ich deine Angeberei ja gehört, Blechtrottel, jetzt zeig mal, wie du kämpfen kannst!« Er gab seinem Hengst die Sporen und holte zu einem furchtbaren Hieb auf den roten Helm aus, doch der Rote Ritter neigte sich zur Seite, so daß Grunzers Schwert nur harmlos ins Leere traf. Ein donnernder Schlag traf Grunzers Halsschutz. Sterne explodierten vor seinen Augen, und er versuchte, sein Schwert gegen die Rote Gestalt zu richten, doch wieder und wieder krachte das dunkle Schwert gegen die Gabala-Rüstung. Seine Schulterplatte wurde abgerissen, dann wurde er am Helm getroffen, das Visier fiel ab. Sein Hengst stieg auf die Hinterhand und bewahrte Grunzer so vor einem Stoß, der ihm ins Auge gedrungen wäre. Das Pferd wich zurück, und Grunzer holte zitternd Luft. Der Rote Ritter drang weiter vor, und in diesem Moment wußte Grunzer, daß das Ende gekommen war. Er konnte diesen Mann nicht mit dem Schwert töten.

Der Rote Ritter begann zu lachen. »Was für ein trauriger Tag für die Gabala! Du bist wahrlich der schlechteste Ritter aller Zeiten. Ich hoffe, die anderen sind besser als du. Und jetzt, Bauer, ist es Zeit, dich zur Hölle zu schicken.«

Grunzer sagte nichts, doch als der Rote Ritter angriff, zog er die Füße aus den Steigbügeln und warf sich auf ihn. Das war der eine Zug, den Bersis nicht hatte voraussehen können. Mit blitzschnellen Reflexen schwang der Rote Ritter sein Schwert, das tief in Grunzers Schulter eindrang, ihm das Schulterblatt zerschmetterte und bis in die Lunge hinab fuhr. Grunzer ignorierte die Schmerzen, umklammerte mit seinen kräftigen Armen den Ritter und zog ihn aus dem Sattel. Sie landeten auf den großen Ringen, die die Brücke hielten und schwankten für einen Moment. Grunzers Gesicht war dicht gegen den Helm des Roten Ritters gepreßt, und der ehemalige Gesetzlose sah die Angst in den Augen seines Feindes.

»Jetzt redest du wohl nicht mehr, Schweineschnauze, was?« sagte er. Blut tropfte auf seinen Bart. »Mich zur Hölle schicken, was? Dann kannst du mich gerne auf dieser Reise begleiten!«

»Nein!« schrie Bersis. Doch mit letzter Kraft zerrte Grunzer seinen Gegner über den Rand der Brücke, und die beiden Gestalten stürzten in die Tiefe.

Morrigan lief zur Brüstung und starrte hinab. Die rote und die silberne Gestalt waren noch immer in tödlicher Umarmung aneinandergeklammert, aber jetzt wirkten sie wie Kinderspielzeug, das im Sonnenlicht funkelte. Sie wurden immer kleiner, bis sie schließlich tief unten auf die zerklüfteten Felsen aufschlugen.

Als sie aufprallten, wandte Morrigan die Augen ab. Der untote Hengst stürzte, sein Fleisch löste sich auf, und ein entsetzlicher Gestank wehte zu Morrigan hinüber.

Am anderen Ende der Brücke sammelten sich die Soldaten für einen weiteren Vorstoß. Doch plötzlich erklang ein

Horn, und der Hügel wimmelte auf einmal von Waldbewohnern, die die überraschte Truppe angriffen. Morrigan sah dem Gemetzel nicht mehr zu, sie ging zum Rand des Abgrunds und blickte auf die winzigen Gestalten hinunter.

»Du warst wirklich ein Mann, Grunzer«, sagte sie.

Sheera sah, wie Roem seine fünfzig Reiter aus dem Dorf führte. Zehn Tage lang hatte sie ihn bei den Übungen beobachtet oder sich Gruppen angeschlossen, die Bogenschießen oder Schwertkampf übten. Von Errin hatte sie nur wenig gesehen, und ihre Geduld war fast erschöpft. Sie hatte die Sicherheit Cithaerons aufgegeben, um den Tod ihrer Schwester zu rächen, aber jetzt fühlte sie sich nutzlos und - schlimmer noch - unbeachtet. Sie hatte gesehen, wie Llaw mit Arian in den Hügeln spazierenging, aber nur zweimal hatte Errin sie aufgesucht. Einmal, um zu sehen, ob sie es sich in der primitiven Hütte bequem gemacht hatte, und das zweite Mal, als sie nach einer etwas zu begeisterten Übung mit dem Schwert einen kleinen Schnitt im Oberarm davongetragen hatte.

»Warum mußt du dich in Gefahr bringen?« hatte er sie gefragt, während er die leichte Schnittwunde untersuchte.

»Was ist das für eine Frage?« erwiderte sie. »Gehöre ich nicht auch zu Llaws Armee?«

»Du bist eine Frau«, erklärte er, als ob das ihre Frage beantwortete.

»Ist Morrigan keine Frau? Oder Arian?«

»Das ist etwas anderes. Morrigan ist … seltsam. Arian ist im Wald aufgewachsen. Außerdem kann ich nicht über die anderen bestimmen.«

»Über mich hast du auch nicht zu bestimmen«, tobte sie. »Das einzige, was uns verbindet, ist, daß du meine Schwester getötet hast.«

Jetzt mied er sie völlig, was sie ausgesprochen ärgerte. Einige der Waldbewohner hatten Annäherungsversuche unternommen, aber sie hatte sie mit scharfen Worten zurückgewiesen. Sie hatte den Herzog von Mactha gefragt, ob sie mit ihm kommen und die Proviantzüge überfallen könnte, aber er hatte höflich abgelehnt. Er war von seinem grauen Hengst gestiegen und hatte ihr die Hand auf die Schulter gelegt.

»Ich sage es dir im Vertrauen«, hatte er geflüstert. »Wir werden nicht zurückkommen. Es besteht keine Hoffnung, daß wir lange durchhalten können. Die meisten der Männer, die mit mir reiten, verstehen das. Ich will dich nicht ... in Gefahr sehen, Sheera. Es war schlimm genug, an der ... Verurteilung deiner Schwester beteiligt gewesen zu sein. Verstehst du das?«

»Du ziehst aus, um zu sterben?«

»Ich glaube schon - obwohl ich alles daransetzen werde, diesen Tag hinauszuschieben.«

Jetzt war er weg - wie Llaw, Elodan und Manannan auch. Die Armee des Königs hatte die Grenze im Süden erreicht, und die meisten Ritter waren dorthin gezogen, um die Verteidigung aufzubauen und die Männer vorzubereiten. Schon war die Nachricht gekommen, daß Elodan einigen der Spähtrupps aufgelauert und sie nach kurzem Kampf vernichtet hatte. Von Manannan und Llaw hatten sie noch nichts gehört.

Sheera schloß sich einer Gruppe von Frauen zu einem Mittagessen aus Wild und getrockneten Früchten an, dann nahm sie Pfeil und Bogen und wanderte in die Berge.

Sie war es, die Morrigan zuerst sah, die langsam einen Wildwechsel entlanggeritten kam, gefolgt von Scharen von Kriegern. Sie lief ihnen entgegen.

»Wo ist Grunzer?« rief sie der silbernen Rüstung zu.

»Tot«, antwortete Morrigan, gab ihrem Pferd die Sporen und ritt weiter.

Sheera schloß sich der Kolonne an, die langsam zum Dorf hinunterzog. Es waren mehr als zweihundertfünfzig Männer, und sie erfuhr schon bald, daß sie aus einer Zitadelle im Norden stammten, daß sie bereits eine Schlacht geschlagen und Truppen aus Pertia in die Flucht geschlagen hatten und daß sie sich jetzt Llaw Gyffes verpflichtet hatten. Es schien, daß Grunzer und Morrigan viele ihrer Frauen und Kinder gerettet hatten und daß ihr Anführer, Bucklar, versprochen hatte, die Rebellen zu unterstützen.

Sheera saß mit den Männern aus der Festung zusammen, als Bucklar, Errin und Lámfhada in der Höhle ihr Vorgehen besprachen. Gegen Abend führte der Anführer aus der Zitadelle - ein hochgewachsener, kräftiger Mann mit ergrauendem Haar und einem dreifach gegabelten Bart - seine Männer nach Süden.

Sheera nahm ihren Bogen und schloß sich ihnen an.

Nuada erwachte vom Zwitschern der Vögel. Er öffnete die Augen und sah, wie die Morgendämmerung über die Berge kroch, der Himmel flammte in allen Farben, rosarote Banner durchdrangen jungfräuliches Blau, weiße Wolken jagten vor der Sonne dahin wie Schafe vor einem goldenen Löwen.

Kartias Kopf ruhte an seiner Schulter, ihr rechter Arm lag quer über seiner Brust. Er schmiegte sich in die Decken und spürte die Wärme ihres Körpers.

Dies war Zufriedenheit. Dies war reine Freude. Weit weg von der Schlacht, eine Ewigkeit entfernt von dem Töten und Schlachten, fühlte Nuada wahren Frieden. Kartia murmelte etwas im Schlaf, und Nuadas Hand glitt auf ihre Hüften. Sie öffnete die Augen.

»Ist schon Morgen?« flüsterte sie.

»Es ist ein schöner Tag«, antwortete er. »Ein wahrer Prinz unter den Tagen.« Er zog sie an sich und küßte sie sanft. Eine Stunde lang liebten sie sich ohne jede Hast, dann lagen sie in behaglichem Schweigen beieinander. Schließlich reckte Nuada sich und setzte sich auf. Das Feuer war erloschen, und Brion war nirgendwo zu sehen. Im allgemeinen brutzelte er um diese Zeit ein Kaninchen zum Frühstück oder Tauben oder ein Stück Lamm. Nuada stand auf und ging zu dem Wasserfall, watete hinein und ließ das Wasser auf sich herabregnen. Es war kalt und wunderbar erfrischend.

Der Teich unter dem Wasserfall badete im Sonnenlicht, und die Lichter eines Regenbogens tanzten durch den Vorhang aus Wasser. Das Paradies konnte auch nicht schöner sein, dachte Nuada, als er sich mit seinem Hemd abtrocknete. Kartia ging zu einem Felsen und sprang in den Teich. Nuada beneidete sie darum, daß sie schwimmen konnte. Das war etwas, das er noch lernen mußte. Als er sich zurücklehnte und ihr zusah, wie sie durch das Wasser glitt, wanderten seine Gedanken zu seiner Aufgabe. Bislang hatte er ein Dutzend Dörfer besucht, und in jedem hatten seine Worte zur Folge, daß sich ihm Männer anschlossen. Mehr als dreihundert Männer hatten sich ihrer Sache verpflichtet, aber es hätten noch mehr sein sollen. Viel mehr.

Er mußte zu über zweitausend Kriegern gesprochen haben, schätzte er, und warf einen Blick auf die Rüstung, die auf einer Decke unter einer ausladenden Kiefer stand.

Der Ritter ohne Schwert. Er fühlte sich leicht schuldig. Nicht, weil er nicht kämpfte, sondern weil er froh war, daß er es nicht tat. Er kam sich vor wie ein Heuchler.

"Geht hin und schließt euch Llaw an, all ihr jungen Männer - aber ich nicht. Nein. Ich bin ein Dichter, versteht ihr. Ich schwärme euch etwas vor von Glanz und Glorie und lasse die Maden und die Würmer und die Schmerzen aus."

Er hatte versucht, den Krieg als heilige Sache darzustellen. Gut gegen Böse, Licht gegen Dunkel. Aber hier im Wald war alles Schatten.

»Nuada! Nuada!« schrie Brion. Nuada sprang auf und sah den kräftigen, blonden Mann auf den Teich zulaufen.

»Was ist los?« fragte er und kletterte von dem Felsen, um Brion entgegenzukommen.

»Die Männer des Königs haben das Dorf umzingelt, sie haben alle Leute in der Halle zusammengetrieben.«

»Ganz ruhig. Erzähl mir alles der Reihe nach.«

»Ich bin kurz vor Morgengrauen zurückgegangen. Ich habe nichts für unser Frühstück gefangen, also dachte ich, sie würden uns vielleicht etwas zu essen geben. Als ich näherkam, sah ich die Pferde, daher versteckte ich mich. Sie haben Ramath und alle seine Leute zusammengetrieben. Ich weiß nicht, was sie vorhaben, aber wir müssen hier weg. Wir sind zu nahe.«

»Warum so verängstigt.? Wir haben Pferde. Wir können ihnen sicherlich jederzeit entkommen.«

»Bei ihnen ist ein Roter Ritter, und sie haben dunkle Magie. Du hast so oft gesagt, daß sie böse sind. Wir müssen fort.«

»Ein Roter Ritter? Hier? Warum?«

»Ich weiß nicht«, antwortete Brion. »Ich sattle die Pferde.«

Kartia schwamm ans Ufer und stieg aus dem Wasser. »Was gibt es zum Frühstück, Herr Ritter?«

»Nichts, fürchte ich. Wir müssen aufbrechen. Ramaths

Dorf wurde heute morgen angegriffen, wir sind hier nicht mehr sicher.«

»Armer Ramath«, sagte sie. »Ich mochte ihn gerne.«

»Ich auch. Laß uns jetzt packen.«

Sie packten ihre Bündel und banden sie auf die Pferde. Nuada stieg in die Rüstung, Brion half ihm dabei.

Ein Mann trat auf die Lichtung, und Brion zog blitzartig seinen Dolch.

»Ramath!« grüßte Nuada ihn grinsend. »Du bist entkommen! Gut gemacht.«

Der Mann war hochgewachsen und schlank und trug ein dunkles, poliertes Lederwams. Er ging auf Nuada zu und verbeugte sich.

»Ich bin nicht entkommen, Herr, sie haben mich gehen lassen.« Ramath schluckte und wandte den Blick ab. »Sie wollen dich. Ich muß innerhalb einer Stunde mit dir zurückkehren, oder alle meine Leute sterben. Der Rote Ritter, Herr Edrin, hat versprochen, daß wir in dem Moment frei sind, in dem du dich ergibst.«

»Das kannst du nicht tun!« rief Kartia. »Sie werden dich töten!« Sie wirbelte zu Ramath herum. »Wie kannst du es wagen herzukommen und das von ihm zu verlangen? Wie kannst du nur?«

Nuada zog sie zurück. »Wie ... wie kannst du sicher sein, daß er sein Wort hält, Ramath?« fragte er.

»Das kann ich nicht, Herr. Aber was soll ich sonst tun?«

Nuadas Mund war trocken. Er nahm eine Feldflasche von seinem Sattel und trank einen tiefen Schluck. »Ich habe eine Aufgabe, weißt du«, sagte er schließlich. »Ich muß eine Armee aufstellen, um diese ... bösen Männer zu bekämpfen. Verstehst du? Ich kann nicht ...« Seine Stimme erstarb, als er den Ausdruck der Verzweiflung in Ramaths Augen sah.

»Ich habe drei Söhne, Herr. Alle sind noch keine fünf Jahre alt. Sie sind bei ihrer Mutter und warten darauf, daß die Messer ihnen die Kehle durchschneiden.«

Nuada wandte sich ab. »Hör nicht auf ihn«, flehte Kartia. »Bitte, Nuada. Denk an uns. Denk ...«

Nuada bückte sich, hob seinen Helm auf und reichte ihn Brion. »Behalte ihn. Ich werde ihn nicht mehr brauchen.

Bring Kartia zurück zu Llaw und den anderen. Sag ihnen, es tut mir leid. Ich habe nicht die Kraft, mich zu weigern.«

Kartia ergriff seinen Arm. »Sie werden dich umbringen«, sagte sie. Tränen rannen ihr über die Wangen. »Gütiger Himmel, sie werden dich umbringen!«

Er zog sie ein Stück weg von den anderen, sein Blick verschwamm, als er sie küßte. »Ich liebe dich«, sagte er, »und ich glaube, daß die Freuden dieses Morgens ein Geschenk waren. Ein letztes Geschenk. Ich habe noch nie einen solchen Sonnenaufgang gesehen.« Er zog sie dicht an sich. »Ich weiß nicht, was ich sagen soll. Es gibt keine Worte, Kartia.«

»Laß mich mit dir kommen. Bitte!«

»Nein. Geh mit Brion. Ich werde mich ... stärker fühlen, wenn ich allein bin.«

Er ging zu seinem Pferd und stieg auf. Dann, mit einem tiefen, bebenden Atemzug, gab er ihm sanft die Sporen. Kartia rannte los, aber Brion zog sie fort, als Nuada von der Lichtung ritt. Er wagte es nicht, sich noch einmal umzudrehen. Ramath ritt schweigend neben ihm her, bis sie den letzten Hügel erreichten, dann berührte er Nuadas Hand.

»Ich werde dir nie genug danken können.«

Nuada lächelte, aber sein Mund war zu trocken, um etwas sagen zu können, und er zitterte. Als er das Pferd ins Dorf hinab lenkte, liefen Soldaten herbei und umringten ihn mit ihren Lanzen.

Man befahl ihm, vom Pferd zu steigen, was er tat. Er bebte vor Angst am ganzen Körper und stolperte. Die Dorfbewohner kamen in Scharen, um ihn zu sehen, und bildeten ein Spalier. Er schaute in ihre Gesichter und zog Kraft aus ihrem Mitgefühl. Noch eine Vorstellung, Nuada, sagte er sich. Dafür bist du doch sicher stark genug?

Man führte ihn hinter die große Halle, in der er noch in der Nacht zuvor die Dorfbewohner mit Geschichten von Heldentaten und Mut in Bann gehalten hatte. Was würde er darum geben, Llaw Gyffes und die anderen Ritter den Hügel herabgaloppieren zu sehen, um ihn zu retten. Das würde eine Geschichte abgeben!

Sie brachten ihn zu einem abgestorbenen Baum auf einer Lichtung, wo der Rote Ritter, Edrin, wartete.

»So«, sagte er, »der Geschichtenerzähler kommt zurück. Wo ist dein Schwert, Herr Ritter, und dein Helm?«

»Ich habe kein Schwert.«

»Ich werde dir eins leihen. Dann kannst du wenigstens um dein Leben kämpfen.«

Nuada schüttelte den Kopf. »Nein. Wenn ich dich töten sollte, würden diese Leute nur darunter zu leiden haben. Du hast einen Handel vereinbart: mich für sie. Steh zu deinem Wort.« Er sah die Wut in den Augen des Ritters und wußte, daß er gewonnen hatte. Denn wenn der Ritter ihn im Zweikampf getötet hätte, hätte sich wie ein Lauffeuer in den Dörfern herumgesprochen, daß die neuen Ritter der Gabala schwächer waren als die Roten Ritter des Königs. Er lächelte. »Was jetzt, Herr Ritter?«

»Wenn du zu feige bist, um zu kämpfen, dann wirst du sterben wie ein Verbrecher.«

Soldaten umringten Nuada, seine Rüstung wurde ihm ausgezogen. Dann wurde er zu dem Baum gezerrt, die Arme gegen die rauhe Borke gespreizt. Zwei Soldaten mit Hämmern und langen Nägeln traten nach vorn. Nuada biß die Zähne zusammen, als die scharfen Spitzen gegen seine Handgelenke gelegt wurden. Die Hämmer schlugen zu. Blut schoß aus seinen Armen, als die Nägel durch Fleisch, Sehnen und Knochen in den Baumstamm drangen. Nuada sackte zusammen ... die Nägel zerrten an ihm. Er stöhnte und versuchte, den Kopf zu heben.

Der Rote Ritter nahm einen Bogen und einen Köcher mit Pfeilen und brachte beides zu Ramath.

»Du schießt als erster«, befahl er. »Beweise, daß du ein loyaler Untertan des Königs bist.«

Der Anführer blinzelte. »Ich ... kann nicht.«

»Tu es!« schrie Nuada. »Sonst ist alles umsonst. Sie werden mich ohnehin töten. Nicht du wirst es sein, der mich tötet, sondern sie. Tu es. Ich vergebe dir.«

Ramath nahm den Bogen und legte einen Pfeil auf die Sehne. Rasch spannte er und schoß. Der Pfeil drang in Nuadas Brust. Einer nach dem anderen wurden die Männer des Dorfes aufgerufen, und jeder schickte einen Pfeil in den leblosen Körper, der an den Baum genagelt war.

Schließlich waren alle Pfeile verbraucht, und der Rote Ritter ging zu seinem Hengst. Die Soldaten zogen sich zurück und verließen den Schauplatz. Ramath lief nach vorn und begann, die Pfeile aus Nuadas Körper zu ziehen. Er weinte. »Es tut mir leid, es tut mir leid«, flüsterte er immer wieder.

In diesem Moment kam Lámfhadas Geistgestalt. Er hatte die Höhle verlassen, um den Norden auszukundschaften, und war durch das überwältigende Ausströmen von Gefühlen zu dem Dorf gezogen worden. Er schwebte in der Luft über Nuadas Körper und sah die schrecklichen Wunden, die er trug.

Er erinnerte sich an den Hirsch und steckte seine goldenen Hände in den Leichnam und ließ seine Magie in den Körper fließen. Die Wunden schlossen sich, doch das Leben kehrte nicht zurück.

Ramath und die anderen Männer, die Lámfhada nicht sehen konnten, sahen, wie die Wunden sich schlossen und wichen ehrfürchtig vor dem Baum zurück.

Obwohl er wußte, daß es sinnlos war, gab Lámfhada nicht auf. Mehr und mehr Kraft floß in den Körper - und durch ihn hindurch in den toten Apfelbaum dahinter. Die Äste zitterten, und in einem Augenblick wuchsen Knospen an jedem Ast und Zweig, öffneten sich zu rosa und weißen Blüten, die wie Schnee zu fallen begannen.

Schließlich ergab sich Lámfhada in das Unabänderliche. Nuada Silberhand war tot. Der Waffenmeister stieg empor und floh verzweifelt in die Höhle.

Dann trat Ramath vor und bückte sich, um eine Apfelblüte aufzuheben. Er wandte sich an seine Leute.

»Er sagte, es wäre ein heiliger Krieg. Und ihr alle habt die Zeichen des Himmels gesehen. Wir werden einen Boten in jedes Dorf schicken. Nuada soll seine Armee haben. Bei allen Göttern, das schwöre ich!«

- 20 -

Die Späher des Königs griffen hügelaufwärts an, in einen nachlassenden Hagel von Pfeilen hinein. Doch sie drangen trotzdem vor, und die versteckten Bogenschützen zogen sich zurück. Elodan wartete, bis die Späher die Bäume erreichten, dann hob er sein Horn an die Lippen und blies ein Signal.

Scharen von Kriegern strömten aus ihren Verstecken in den Bäumen und hieben mit Messern und Schwertern auf die Angreifer ein. Elodan zog sein Schwert und galoppierte mitten in das Schlachtgetümmel hinein. Die Späher zogen sich wieder hügelabwärts zurück.

Aus dem Wald auf dem gegenüberliegenden Hügel galoppierten Llaw Gyffes, Manannan und eine Schar berittener Krieger. Die Späher stoben auseinander, aber viele wurden niedergeritten, als sie durch das Tal flüchteten.

Manannan trieb seinen Hengst zu einem wilden Galopp an und ritt mitten durch die flüchtenden Männer. Vor ihm war der Fahnenträger der Späher, der die Flagge des Königs trug, einen Raben auf blauem Feld. Manannan schlug ihn nieder, ergriff die Fahne und hielt sie hoch, so daß alle Verteidiger sie sehen konnten.

Das Donnern von Hufen erfüllte die Luft, und Manannan riß sein Pferd herum. Fünfhundert der königlichen Lanzenträger galoppierten ins Tal.

Der Einstige Ritter schlug sich seinen Weg frei und ritt in den Wald. Einige der Lanzenträger setzten ihm nach, und als er die Bäume erreichte, schleuderte er die Fahne den wartenden Rebellen entgegen und schwang herum, um sich den angreifenden Reitern zu stellen. Es waren fünf. Er hob sein Schwert und hielt auf sie zu. Er duckte sich im Sattel, so daß eine Lanze knapp an ihm vorbeifuhr, und hieb den Reiter aus dem Sattel. Eine zweite Lanze steckte in seiner Brustplatte, und sein Schwert holte aus und fuhr dem Reiter mitten durch die Rippen. Dann war er unter ihnen. Die Angreifer konnten auf die kurze Entfernung ihre langen Lanzen nicht wirkungsvoll einsetzen, so ließen sie sie fallen und griffen nach ihren Schwertern. Es nützte ihnen nichts. Manannan wütete unter ihnen, seine silberne Klinge schlug durch Rüstung und Panzer. Der letzte Lanzenträger versuchte zu entkommen, doch als er sein Pferd herumriß, flog ein Pfeil aus dem Unterholz und drang in die Flanke des Pferdes. Das Tier taumelte und warf seinen Reiter ab. Der Mann stand auf, aber ein zweiter Pfeil traf ihn an der Hüfte. Rebellen liefen herbei, um ihn niederzustrecken.

Manannan lehnte sich gegen den Sattelknauf und sah zu, wie die Lanzenträger ins Tal galoppierten. Llaw Gyffes und die anderen Reiter wichen vor ihnen in die Kiefergruppen zurück, die die Hügel umstanden.

Elodan kam heran und zügelte sein Pferd vor Manannan. »Glaubst du, sie werden uns nachkommen?«

»Nicht, wenn sie bei klarem Verstand sind. Sie können nicht wissen, wieviele wir sind, und Lanzenträger sind hier so nützlich wie ein Holzschwert. Haben wir viele verloren?«

»Etwa ein Dutzend. Gwydion kümmert sich um die Verwundeten. Hast du Morrigan gesehen?«

»Nein, ich dachte, sie wäre bei dir.«

»Sie ist einigen Spähern nach Westen gefolgt«, sagte Elodan. »Vielleicht solltest du sie suchen.«

Manannan nickte. Er ritt einige Zeit, aufmerksam nach Gegnern Ausschau haltend, die sich vielleicht noch im Gebüsch verbargen. Dann hörte er einen entsetzlichen Schrei und zog sein Schwert. Der Hengst scheute, als sie auf die Lichtung kamen, von der der Schrei gekommen war, doch er klopfte ihm auf den Hals und sprach beruhigend auf ihn ein. Das Pferd ging noch einige Schritte weiter und blieb dann erneut stehen. Manannan glitt aus dem Sattel und band es an. Er schob die Büsche beiseite und sah Morrigan, die über einem wild um sich schlagenden Mann hockte. Ihre Zähne waren in seiner Kehle vergraben, und während Manannan zusah, begann der Körper des Mannes einzuschrumpfen.

Der Einstige Ritter sah voller Entsetzen weiter zu, bis Morrigan aufstand und sich das Blut vom Mund wischte. Sie drehte sich langsam um. »Manannan!«

»Zieh die Rüstung aus!« zischte er. »Sofort!«

»Warte!« flehte sie. »Laß mich dir erklären ...«

»Was ich gesehen habe, erklärt alles. Zieh die Rüstung aus, Morrigan, oder ich töte dich auf der Stelle.«

»Du glaubst, das könntest du?« fauchte sie. »Ich habe die Kraft der Vyre.«

»Ich weiß, daß ich es könnte - und du auch. Zieh die Rüstung aus. Sofort. Du entehrst all das, wofür sie steht.«

Einen Moment lang dachte er, sie würde ihn angreifen, aber dann ließ sie ihr Schwert fallen und begann, die silberne Brustplatte zu lösen. Er wartete schweigend, bis sie in einer einfachen blauen Tunika und grauen Beinkleidern vor ihm stand. »Was jetzt?« fragte sie.

»Jetzt verschwindest du hier. Du verläßt den Wald. Falls ich dich je wieder sehen sollte, wirst du sterben. Geh mir aus den Augen.«

»Ich kann nichts dafür!« rief sie. »Ich habe es mir nicht ausgesucht, so zu sein, wie ich bin.« Er antwortete nicht. Sie kam näher. »Manannan, schick mich nicht fort.«

»Wenn du in einer Minute noch hier bist, schlage ich dir deinen widerwärtigen Kopf von den Schultern. Verschwinde endlich!« schrie er. Sie schrak vor seiner Wut zurück und rannte von der Lichtung. Manannan ließ sich ins Gras sinken, seine Hände zitterten. Er war noch immer dort, als Elodan ihn fand.

Der Einstige Ritter berichtete kurz, was er gesehen hatte, und Elodan seufzte. »In gewisser Weise hatte sie recht, Manannan. Sie hat es sich nicht ausgesucht, ein Vampir zu sein, sie wurde dazu gemacht. Aber sie mußte gehen. Willst du mir den Helm abnehmen?« Manannan ergriff den Helm und löste ihn von den Halsplatten. »Danke, mein Freund. Ich fühle mich in Rüstung nutzloser denn je. Du weißt, wenn ich mir selbst überlassen wäre, könnte ich nicht einmal die Brustplatte abnehmen.«

»Du kämpfst mittlerweile schon recht gut«, sagte Manannan. »Das ist doch ein Segen.«

Elodan hob die linke Hand und starrte sie an. »Sie beginnt mir zu gehorchen, aber ich möchte nicht auf einen geübten Kämpfer treffen.« Der Erste Ritter warf einen Blick auf Morrigans Rüstung. »Ich nehme an, wir sollten einen neuen

Ritter wählen.« Manannan schüttelte den Kopf. Er ging zu der Brustplatte, hob sie auf und brachte sie zu Elodan. Auf der Außenseite schimmerte sie wie poliertes Silber, doch innen war sie völlig verrostet. Manannan spannte seine Muskeln an und drückte sie mit aller Kraft zusammen, so daß die Platte knirschte und zerbrach.

Er schleuderte sie von sich. »Die Rüstung ist ein Spiegelbild ihres Träger«, sagte er.

»Warum wurde sie dann überhaupt erwählt?«

Manannan zuckte die Achseln. »Ich weiß es nicht. Aber wir haben Grunzer verloren, und jetzt Morrigan. Ich frage mich, wer wohl der nächste sein wird?«

»Nuada ist auch tot«, sagte Elodan. »Lámfhada erschien mir letzte Nacht im Traum. Der Dichter wurde an einen Baum genagelt. Er gab sein Leben, um ein Dorf zu retten.«

Manannan sagte nichts, sondern stand müde auf. »Komm«, sagte er. »Der Tag ist noch nicht vorüber.« Er setzte Elodan den Helm wieder auf. In Elodans Augen stand Trauer, als er sprach.

»Es muß dir wehtun, Manannan, die Männer zu sehen, die Ritter der Gabala geworden sind: ein Krüppel, der sich nicht allein anziehen kann, ein Dieb, ein Koch, ein Schmied und ein Nomade, der das Konzept der Ritterlichkeit nicht mal begreifen würde, wenn es ihn beißen würde.«

»Du kannst dir nicht vorstellen, Elodan, wie stolz ich bin. Das kannst du dir nicht vorstellen.«

Der König schleuderte den juwelenbesetzten Kelch auf den General, der genau wußte, daß er sich nicht zu ducken hatte. Das Wurfgeschoß traf ihn an der Stirn und riß die Haut auf, aber er blieb steif stehen, als das Blut über seine Wange rann.

»Du Schwachsinniger!« tobte der König. »Du Unfähiger! Meine Truppen werden verhungern, wenn es dir überlassen bleibt, sie zu versorgen. Wieviele Konvois sind in den letzten sechs Tagen zu uns durchgekommen? Wieviele?«

»Einer, Majestät«, antwortete der Mann.

»Einer. Du hattest fünfhundert Lanzenträger, du hast das Land durchkämmt. Und was hast du erreicht? Was?«

»Nichts, Majestät. Wir haben einen ihrer Späher gefangengenommen, der uns erzählte, der Herzog von Mactha würde die Truppen anführen. Unter der Folter verriet er uns ihr Versteck. Aber als wir dort ankamen, war der Herzog weg.«

»Wer war nicht mehr da?« fauchte der König. »Wer?«

»Der Herz... der Verräter Roem, Majestät.«

»Geh mir aus den Augen ... und erstatte Kar-schen Bericht. Du bist nicht mehr General, du wirst die nächste Turma in den Wald befehligen.«

»Jawohl, Majestät. Danke, Majestät«, sagte der Mann mit einer Verbeugung und zog sich rückwärtsgehend aus dem Zelt zurück. Der König wandte sich an Samildanach, der neben dem Thron stand.

»Wie beurteilst du unsere Lage, Erster Ritter?«

»Der frühere Herzog ist ein würdiger Gegner. Seine Überfälle geschehen blitzschnell und sind gut geplant. Er hat mehr als ein Dutzend Konvois ausgebrannt und dabei nur etwa sechs Männer verloren. Er kennt das Land. Was mir weit mehr Sorgen bereitet, sind die Nachrichten über Aufstände in Furbolg.«

»Aufstände? Kleinere Unruhen. Meine Truppen haben sich darum gekümmert«, sagte der König.

»Trotzdem, Majestät, der größte Teil der Armee ist hier bei uns. Sollte es eine Revolte geben ...«

»Eine Revolte? Wieso sollte das passieren? Ich bin sehr beliebt. Nicht wahr, Okessa?«

Der neuernannte Herzog von Mactha senkte den kahlen Kopf. »In der Tat, Majestät. Aber der Erste Ritter tut recht daran, besorgt zu sein - es gibt immer Elemente, die von Neid oder Gier getrieben werden.«

»Was schlägst du vor, Samildanach?«

»Ich glaube, Ihr solltet nach Furbolg zurückkehren, Majestät - mit tausend Lanzenträgern. Damit solltet Ihr aller Probleme Herr werden.«

»Aber ich will diesen Llaw Gyffes und die Rebellen bestraft sehen.«

»Das werdet Ihr, Majestät. Trotz ihrer einfallsreichen Verteidigung ist es jetzt klar, daß sie nicht genügend Leute haben, um einer plötzlichen und entschlossenen Invasion

Einhalt zu gebieten. In zwei Tagen werden die Lanzenträger des linken und rechten Flügels, mit anderthalb Kilometern Abstand, vorrücken und sich in der Mitte treffen. Gleichzeitig werde ich den Hauptteil der Armee hier in den Wald führen. Der Feind wird gezwungen, sich zurückzuziehen.«

»Dann werde ich bleiben, um das mitanzusehen«, erklärte der König.

»Majestät«, fuhr Samildanach fort, »das ist nur der erste Schritt. Sie werden nicht abwarten, um sich auf einen Streich vernichten zu lassen. Die Rebellion wird niedergeschlagen werden, aber es wird Wochen dauern, sie alle zu jagen - und ich fürchte, diese andauernden Verfolgungen im Wald würden euch zu Tode langweilen.«

»Also schön, Samildanach, ich werde deinen Rat befolgen. Aber Llaw Gyffes soll nicht getötet werden, er muß zusammen mit den verräterischen Rittern nach Furbolg gebracht werden, zur Verhandlung und Hinrichtung.«

»So soll es geschehen, Majestät.«

»Und was hast du mit dem Verräter Roem vor?«

»Wir schicken einen Konvoi von Mactha aus - aber diesmal wird nicht nur eine Eskorte dabei sein, sondern zusätzlich auch Lanzenträger, jeweils im Abstand von anderthalb Kilometern im Süden, Westen, Osten und Norden. Er wird uns nicht entkommen. Ich werde selbst mit dem Konvoi reiten.«

»Schick mir seinen Kopf. Ich werde ihn über dem Haupttor der Stadt auf eine Lanze stecken lassen.«

»Das werde ich, Majestät.«

Soldaten umringten den ehemaligen Herzog, der sein Schwert mit beiden Händen schwang und sie in Schach hielt. Ein Krieger rannte nach vorn, doch der Herzog wehrte seinen Hieb ab und ließ seine Klinge über den Hals des Mannes sausen. Knapp einen Kilometer weiter westlich stieg der Rauch des brennenden Konvois wie eine Riesenschlange zum Himmel empor. Roem grinste. Um ihn herum lagen die Überreste seiner Truppe. Seine Männer hatten tapfer gekämpft, waren dem Gegner aber zahlenmäßig weit unterlegen und daher überwältigt worden. Nur Roem hatte in seiner silbernen Rüstung den zahlreichen Hieben standhalten können.

»Kommt schon, ihr Helden«, lud Roem sie ein. »Wer ist der nächste auf dem Pfad zum Ruhm?«

»Ich fürchte, du wirst es sein«, sagte Samildanach und trat in den Kreis. »Ergibst du dich?«

»Du etwa?« fragte Roem zurück.

»Ich glaube nicht. Der König hat mich gebeten, ihm deinen Kopf zu schicken, und ich habe es ihm versprochen. Ich halte meine Versprechen gern.«

»Wirklich? Hast du nicht einst versprochen, den Armen und Bedürftigen zu helfen?«

»Genug der Worte, Roem. Verteidige dich!«

Der einstige Herzog von Mactha war ein guter Schwertkämpfer, doch er war noch nie gegen einen Krieger wie Samildanach angetreten. Mit wachsender Verzweiflung wehrte er die wütenden Angriffe des Roten Ritters ab, aber während seine Kräfte nachließen, spürte er, wie sein Gegner zunehmend stärker wurde. Die dunkle Klinge wirbelte immer schneller. Roem versuchte anzugreifen, aber seine Hiebe wirkten unbeholfen und stillos gegen den Meister, dem er gegenüberstand.

Seine Schulterstücke wurden von einem wuchtigen Streich weggehackt und entblößten das Schulterblatt, dann wurde sein Helm getroffen, das Schwert glitt daran ab und ritzte ihm die Haut an der Schulter auf. Ein zweiter Schlag löste den Helm, und Roem wich zurück. Samildanach folgte ihm nicht.

»Zieh ihn ab, wenn er dich stört«, bot Samildanach ihm an.

Roem ließ sein Schwert ins Gras fallen und nahm den zerbeulten Helm ab.

»Du bist ein bemerkenswerter Kämpfer, Samildanach«, sagte er. »Ich habe nur einmal einen besseren gesehen.«

Samildanach gluckste. »Wenn du je gegen einen besseren Mann als mich gekämpft hast, wieso stehst du dann noch vor mir, Roem?«

»Er hat mit mir geübt. Dich wird er töten, Samildanach.«

»Und der Name dieses großen Helden?«

»Manannan.«

Das Lächeln schwand aus Samildanachs Gesicht. »Der Tag ist noch nicht gekomen, an dem Manannan mich schlagen könnte, und ich bin jetzt stärker und schneller als je zuvor. Ich glaube, du versuchst, mich zu verunsichern, Roem. Ist es nicht so?«

»Du durchschaust mich zu leicht«, antwortete Roem lächelnd. »Doch ich wünschte, ich könnte hier sein, wenn er dich zwingt, das Gras zu seinen Füßen zu küssen.«

»Aber das wirst du nicht«, zischte Samildanach und sprang nach vorn. Roems Schwert fuhr hoch ... doch zu langsam ... die dunkle Klinge durchschlug seinen Hals, sein Kopf fiel herab.

Samildanach steckte sein Schwert in die Scheide und wandte sich von dem Toten ab.

»Sorgt dafür, daß sein Kopf zum König geschickt wird«, befahl er. »Heute noch. Er müßte jetzt schon auf halbem Weg nach Mactha sein.«

Fünf Tage lang tobte ein schweres Unwetter über dem Wald; Flüsse und Ströme schwollen an, machten Pfade und Wege trügerisch, Hügel unbesteigbar. Die Kämpfe wurden spärlicher, und die Armee des Königs war gezwungen, ihren Vormarsch an beiden Flanken aufzugeben. In der Mitte, unter Samildanach und Okessa, drang die Infanterie langsam weiter vor.

Am sechsten Tag klarte es auf, die Sonne schien hell auf das Schlammeer, das das Schlachtfeld bilden sollte.

Samildanach beschloß, noch einen Tag zu warten, bis der Boden wieder etwas fester geworden war, und ritt nach Mactha, um dem König Bericht zu erstatten.

In den Hügeln führten Elodan und Manannan ihre Truppen nach Osten und Westen, wo die vordringenden Flankentrupps auf wenig Widerstand stießen. Lámfhada kam mittags im Lager an.

»Sie haben zweitausend Mann auf jeder Seite«, berichtete er Manannan. »Wenn wir hierbleiben, sitzen wir in der Falle, die Spitzen der Flanken werden vorrücken und uns den Fußtruppen in die Arme treiben. Wir müssen uns zurückziehen.«

»Ich stimme dir zu«, sagte Elodan. »Wir können nicht zulassen, daß sie uns zur Schlacht zwingen, sie würden uns überrennen, da sie uns zahlenmäßig weit überlegen sind.«

»Das sehe ich ein«, meinte Manannan, »aber mir gefällt die Vorstellung nicht, uns zurückziehen zu müssen - und das hat nichts mit Stolz zu tun. Die meisten Männer sind freiwillig hier. Wenn sie glauben, daß wir verlieren, werden sie nach Hause laufen. Bei jedem Schritt zurück wird unsere Armee schrumpfen.«

»Das ist wohl wahr«, gab Errin zu, der mit Ubadai zu ihnen trat. »Wir haben bereits einige Männer von Bucklars Trupp verloren. Zwanzig Mann sind gestern abend nach Hause aufgebrochen, als es aufhörte zu regnen.«

Elodan schüttelte den Kopf. »Ihr sagt, wir können uns nicht zurückziehen, aber Lámfhada sagt, daß wir bald umzingelt und überwältigt werden. Das läßt uns nicht viele Möglichkeiten offen. Wir haben weder die Disziplin noch die Befehlshaber dafür. Wir können nur so kämpfen, wie wir sind. Jeder Vorschlag ist willkommen, Manannan.«

Manannan nickte. »Ich denke, ein kleiner Sieg würde uns zum jetzigen Zeitpunkt sehr dienlich sein. Darf ich vorschlagen, daß wir unsere Stellung ändern und ihre linken Flanke angreifen? So lange der Schlamm noch so tief ist, sind ihre Pferde in ihrer Bewegungsfreiheit beschränkt, das sollte unserer Infanterie einen guten Vorteil verschaffen. Dabei besteht jedoch eine Gefahr. Ihre Fußsoldaten haben dann keinen Gegner, und sie könnten in den Wald marschieren und alle Dörfer von hier bis zu den Bergen überfallen.«

»Das ist wahr«, meinte Elodan. »Und die Männer werden zu Hunderten davonlaufen - sie werden müssen, wenn sie ihre Familien retten wollen.«

»Der Feind leidet unter Nahrungsmittelknappheit«, warf Errin ein. »Sie können nicht allzu weit marschieren, denn sie brauchen Nachschub. Sie können nicht so wie wir vom Land leben. Wir haben die Herden zerstreut und nach Norden getrieben, und noch gibt es kein Getreide.«

»Lebensmittel werden bald kein Problem mehr für sie sein«, sagte Lámfhada leise. »Samildanach hat den Herzog von Mactha erschlagen, und alle seine Männer sind für uns verloren.«

Errin fluchte. Die anderen sagten nichts. Schließlich ergriff Manannan das Wort. »Ich glaube nicht, daß sie heute mit allen Truppen angreifen werden; sie werden abwarten, bis der Schlamm etwas mehr getrocknet ist. Mir scheint, wir haben nur eine Wahl. Wir müssen angreifen und ihr Lager überfallen. Aber es ist ein riskantes Unterfangen, meine Freunde, wir werden hohe Verluste erleiden.«

»Ich bin kein Soldat, Manannan«, sagte Errin, »aber ich habe eine Idee - wahrscheinlich ist sie sehr dumm.«

»Sprich, Errin«, forderte Manannan ihn auf.

Sie hörten schweigend zu, wie Errin seine Gedanken darlegte. Ubadai, der die ganze Zeit nichts gesagt hatte, stand auf und ging davon.

Gegen Abend verließ Okessa sein Zelt, raffte seine langen, purpurnen Gewänder, damit sie nicht schmutzig wurden, und wanderte zu dem Hügel in der Mitte des Lagers. Von hier aus konnte er die ordentlichen Reihen der Zelte und die regelmäßig verteilten Herdfeuer sehen, die langen Tische, um die sich die Männer scharten, um ihre mageren Rationen in Empfang zu nehmen, die Reihen von Pfosten, die rechtwinklig zu den Zelten verliefen, und die Latrinengräben, die auf der windabgewandten Seite des Lagers ausgehoben worden waren. Morgen würde das Ende der Rebellen kommen und der Beginn von Okessas Traum. Schon war er der Herzog von Mactha, und der König hörte auf ihn. Bald würde die Armee der Gabala in die Nachbarländer marschieren und zum Meer ausschwärmen - und zu den Reichtümern von Cithaeron.

Okessa sehnte sich nach dem Tag, an dem ihn der König zum Satrapen eines fremden Reiches machen würde, so daß er selbst fast ein König wäre. Seine zwei Akolyten gesellten sich zu ihm, eine weiße Ziege zwischen sich führend. Sie hoben sie auf den roh gezimmerten Altar, und Okessa schnitt ihr die Kehle durch, öffnete dann die Bauchhöhle und riß die Leber heraus. Er ließ den Kadaver fallen und trug die Leber zu einem der Akolyten, der eine brennende Fackel hielt. Doch das Organ war krank und voller schwarzer Flecken. Okessa schluckte und drehte sich zu dem Akolyten herum. »Hol eine andere Ziege«, befahl er. »Sofort.«

Der Mann nickte, reichte seinem Meister die Fackel und stolperte, durch den Schlamm rutschend, den Hügel hinab.

»Wie steht das Schicksal des Königs, Herr?« fragte der zweite Akolyt beim Näherkommen.

»Ich opfere die Ziege nicht für den König«, log Okessa, »sondern für den Feind.«

Er zeigte dem Mann die blutige Leber, und der Akolyt grinste.

»Morgen wird ein schöner Tag, Herr.«

»Ja«, stimmte Okessa zu. Er ließ die Leber fallen und wanderte auf den Kamm des Hügels. Unter ihm scharten sich die Soldaten um die Lagerfeuer. Von Westen her kam ein Trupp von Lanzenträgern herangeritten, langsam, fast erschöpft wirkend. »Geh zu ihrem Offizier da unten«, rief Okessa. »Sag ihm, er soll mir seinen Bericht persönlich erstatten.« Der Akolyt verbeugte sich und ging den Reitern entgegen.

Die Truppe ritt ins Lager. Einige der Männer stiegen von ihren Pferden und holten Fackeln, andere gingen zu den Pfostenreihen, an denen mehr als fünfhundert Pferde angebunden waren. Okessa sah erstaunt zu, wie drei Reiter ihre Schwerter zogen und die Pferdewächter niederschlugen. Feuer flammte in mehreren Zelten im Westen auf, der Wind trieb die Flammen auseinander. Plötzlich war das ganze Lager in Aufruhr, als Männer von den Herdfeuern zu den Zelten stürmten, um ihre Habseligkeiten zu retten. Der Westwind erfaßte die Flammen und trug sie von Zelt zu Zelt. Aus dem Osten erklang ein Schrei, und als Okessa sich dorthin wandte, sah er, wie die Pferde in den Wald galoppierten, gejagt von einem Dutzend Reitern - nein, nicht gejagt, getrieben! In der Mitte des Lagers herrschte das reine Chaos. Okessa sah, wie Schwerter im Fackelschein aufblitzten und Männer stürzten.

Dann sah er, wie der Trupp in donnerndem Galopp das Lager wieder verließ. Sein eigenes Zelt wurde von den Flammen ergriffen, und er rannte den Hügel hinunter, glitt jedoch im Schlamm aus und kollerte kopfüber, drehte sich und rutschte, bis er am Fuß des Hügels liegenblieb. Seine Gewänder waren ruiniert. Laut fluchend stand er auf und ging ins Lager, wo er feststellen mußte, daß sein Zelt in hellen Flammen stand, seine Bücher und Schriftrollen vernichtet waren.

Ein Offizier lief an ihm vorbei, und Okessa ergriff ihn am Arm, doch der Mann riß sich los und setzte seinen Weg fort.

Dichter Rauch ringelte sich um ihn herum, als er hustend und spuckend vor dem Inferno zurückwich. Im Osten rissen die Männer im Versuch, die Feuersbrunst einzudämmen, die Zelte nieder. Gerade als es schien, daß sie den Kampf gewinnen würden, gab es einen mächtigen Donnerschlag, und Regen fiel in Strömen und löschte Herdfeuer und Fackeln. Die brennenden Zelte zischten, konnten jedoch dem Unwetter nicht standhalten, innerhalb weniger Minuten lag das ganze Lager in völliger Finsternis.

Okessas Wut wuchs, aber es war niemand da, an dem er sie auslassen konnte. Das Unwetter dauerte über zwei Stunden. Als endlich der Mond durch die Wolken brach, suchte Okessa, durchnäßt und verdreckt, den General Karschen auf. Er befahl, die Wachtposten hinzurichten und den Hauptmann der Wache auspeitschen zu lassen.

Bei Morgengrauen sah er den Hinrichtungen zu, aber auch sie verbesserten seine Stimmung nicht.

Wie konnten sie auch?

Er hatte die Zukunft des Königs gesehen.

In Mactha war König Ahak in besserer Stimmung. Die oberen Räume waren warm, es gab reichlich zu essen, und der Abend versprach berauschende Vergnügungen. Er brauchte keine Nahrung, aber was hatte Bedürfnis mit Genuß zu tun? Eine Frau zu nehmen, sie so zu benutzen, wie die Götter es vorgesehen hatten, sie mit neuem Leben zu erfüllen und dann das Leben aus ihr zu ziehen und sich selbst damit anzufüllen. Er hatte nie geglaubt, daß solche Freuden möglich waren.

Er erinnerte sich an den Tag, an dem Samildanach zu ihm gekommen war, mit dem Ambria als Geschenk. Es war unglaublich gewesen. Aber das erste Mal, als er das Leben aus einem anderen Menschen gesaugt hatte ... das war einfach unbeschreiblich. Jetzt hatte er alles. Unsterblichkeit. Macht. Er war König für alle Zeiten. Ewig. Er kostete diesen Gedanken aus.

Er schlenderte zum Fenster und starrte in den Hof hinab. Wo zur Hölle blieb sein Diener? Er hätte inzwischen doch längst ein Mädchen finden können.

Er schenkte sich einen Kelch starken Weines ein und

trank ihn aus. Es hatte eine Zeit gegeben, da Wein ihm wie Nektar der Götter erschienen war. Aber das war vor Ambria gewesen, vor den Freuden der Vyre. Jetzt diente er nur dazu, seinen Appetit anzuregen.

An der Tür klopfte es leise. »Herein!« rief der König.

Die Tür ging auf, und Mahan, sein Diener, trat ein und verbeugte sich. »Herr, falls es Euch recht ist, hier ist eine Frau aus dem Dorf, die die Freuden Eurer Gesellschaft genießen möchte.«

»Bring sie nur herein«, sagte Ahak, legte sich seinen purpurnen Umhang um die Schultern und richtete sich zu voller Höhe auf.

Mahan trat beiseite und ließ die Frau eintreten. Sie war hochgewachsen und schlank, doch mit vollen Brüsten, ihre Hüften waren delikat gerundet. Als Ahak vortrat und ihre Hand nahm, senkte sie den Blick.

»Sei nicht schüchtern, meine Liebe«, sagte Ahak. »Es ist mir eine Freude, meine Untertanen kennenzulernen und mir ihre Sorgen und Nöte anzuhören. Das hilft mir in meiner einsamen Stellung.« Er hob ihr Kinn und wurde mit einem sanften Lächeln belohnt. Er entließ Mahan und führte die Frau zum Fenster. »Willst du etwas mit mir trinken?«

»Wie es Euch gefällt, Herr.« Ihre Stimme war leise und sanft und schürte noch seine Leidenschaft, doch er kämpfte sie nieder, um diesen Augenblick vollends auskosten zu können. Er nahm ihre Hand und führte sie an seine Lippen. Dann zog er sie dicht an sich, und sein rechter Arm legte sich um ihre Taille.

»Du würdest doch alles für deinen König tun, nicht wahr?« wisperte er.

»Ja, Herr.«

Er ließ ihre Hand los und strich mit den Händen über ihren Körper, drückte ihre Brüste, streichelte ihren Bauch. »Du weißt, was ich begehre?«

»Ja, Herr«, sagte sie und löste die Bänder ihres Kleides. Als er es ihr von den Schultern schob, glitt es zu Boden. Er geleitete sie zum Bett, öffnete seinen Umhang und legte die Kleider ab.

Einen Augenblick lang starrte er sie an.

»Sei nicht schüchtern, meine Liebe«, sagte Ahak. »Es ist mir eine Freude, meine Untertanen kennenzulernen und mir ihre Sorgen und Nöte anzuhören.«

»Du kannst dir nicht vorstellen, welche Vergnügungen auf dich warten«, sagte er und schlüpfte neben sie.
»Ich glaube doch, Herr«, erwiderte Morrigan.

Samildanach glitt aus dem Sattel und führte seinen Hengst in den Stall. Dann ging er die Treppe hinauf und stieß die Haupttüren zur Halle auf. Mahan kam, ihn zu begrüßen.
»Wo ist der König?« fragte der Rote Ritter.
»Im oberen Schlafgemach des Herzogs, Herr. Er hat eine Frau bei sich.«
»Dann warte ich«, sagte Samildanach. »Bring mir Wein.«
»Ja, Herr. Es dauert vielleicht länger als üblich, die Frau ist außergewöhnlich schön.« Mahan grinste.
»Außergewöhnlich? Hier in Mactha? Wie erstaunlich.«
»Ja, Herr. Ich glaube, der König hat selten mehr Glück gehabt. Ich fand sie, wie sie vor dem Schloß wartete, sie saß einfach am Straßenrand.«
»Beschreibe sie«, bat Samildanach.
»Hochgewachsen, mit herrlichem blonden Haar. Sie ist noch jung, aber es hat schon silberne Strähnen ...«
»Bei den Göttern!« rief Samildanach. Sein Schwert ziehend, rannte er, zwei Stufen auf einmal nehmend, die Treppe hinauf. Er erreichte den oberen Korridor und lief zum Schlafgemach, doch die Tür war verschlossen. Er trat zurück und warf sich gegen das massive Schloß, die Tür sprang auf. Samildanach stürzte hinein ...
Der gräßlich eingefallene Leichnam des Königs lag auf dem Bett. Morrigan saß nackt auf dem Fußboden, aus den tiefen Kratzern in ihren Handgelenken tropfte Blut, das sich in Lachen zu ihren Füßen sammelte.
Samildanach ließ sein Schwert fallen und ging zu ihr. »Warum?« flüsterte er.
Sie versuchte, ihre Augen auf ihn zu richten. »Warum? Siehst du denn nicht, was ... aus uns geworden ist? Oh, Samildanach! Wir verderben alles, was wir berühren.« Sie sackte zusammen, und er fing sie auf und zog sie an sich. Ihr Kopf fiel gegen seine Schulter. »Ich liebte dich«, sagte sie, »mehr als mein Leben. Und jetzt ... weiß ich nicht einmal mehr, was das bedeutet.«

»Rede nicht so viel. Laß mich deine Hände verbinden, wir können dein Leben noch retten.«

»Da gibt es nichts zu retten. Ich bin schon in der Stadt der Vyre gestorben, als ich eine Untote wurde - genau wie du, mein Liebster.«

»Du verstehst das nicht. Wir bauen uns eine neue Gabala auf ... neu ...«

»Erinnerst du dich daran, daß du mich geliebt hast?«

»Ich erinnere mich.«

»Nicht bei den Vyre, sondern vorher. Im Garten, an jenem Abend, als ihr durch das Tor gegangen seid. Erinnerst du dich?«

»Ja. Das war in einem anderen Zeitalter.«

»Was ist nur mit jenem glorreichen, jungen Ritter geschehen ...?«

»Er ist immer noch hier, Morrigan. Er ist ... Morrigan? Morrigan!« Er ließ sie behutsam zu Boden gleiten und schloß ihr die Augen.

- 21 -

Es dauerte zwei volle Tage, bis die Armee des Königs marschbereit war. Die Infanterie schob sich in geschlossener Schlachtreihe mit vorgehaltenen Schilden durch das langgestreckte Tal. Sie bildeten vier große Rechtecke.

Manannan, Elodan und die anderen Ritter hielten sich nördlich der vorrückenden Armee. Ihre Stimmung war gedrückt. Llaw hatte Späher nach Osten und Westen geschickt, um die Stärke der feindlichen Kavallerie abzuschätzen, und der erste Bericht war rasch eingetroffen. Nahezu zweitausend Reiter drangen von Westen her vor. Aus dem Osten hörten sie nichts.

»Wir müssen uns zurückziehen«, sagte Manannan. »Wir sind zu wenige, um diese Formation aufzubrechen.«

Widerwillig stimmte Llaw zu.

Ein Waldbewohner kam herbeigelaufen, sein Gesicht war gerötet, die Augen strahlten vor Aufregung.

»Llaw! Llaw!« rief er. »Die Lanzenträger sind geschlagen!«

»Was? Was sagst du da?«

»Fünftausend Rebellen, angeführt von einem Mann namens Ramath. Sie haben die Lanzenträger zerschmettert und sind jetzt auf dem Weg hierher.«

»Ramath? Ich habe nie von ihm gehört.«

»Der ganze Wald nördlich von uns brodelt von Neuigkeiten über ein Wunder - es hat mit Nuada und dem Baum des Lebens zu tun. Ich verstehe nicht alles - aber sie sind hier!«

»Wo?« fragte Manannan, und der Mann wies auf die Hügel im Osten, wo bewaffnete Männer aus dem Wald strömten und die Hänge hinunter auf den Feind zuliefen.

»Verdammt!« rief Elodan. »Sie werden in Stücke gehauen werden!«

»Blas zum Angriff!« befahl Llaw. »Wir greifen sie von allen Seiten an.«

»Wenn sie ihre Formation halten, werden wir aufgehalten wie Wasser von einem Damm.«

»Dann bete, daß sie es nicht tun«, sagte Llaw. »Vorwärts!« Er gab seinem Hengst die Sporen, die anderen Ritter folgten ihm, dahinter kamen etwa achtzig Reiter in erbeuteten Rüstungen.

Mitten in der ersten Formation sah Okessa die Angreifer und erbleichte, es waren Tausende. »Zurück! Zurück!« schrie er, und die Formation geriet ins Stocken. Sie hörten die Panik in der Stimme des Herzogs, und dies, zusammen mit den wilden Schreien der angreifenden Horde, ließ ihre Formation aufbrechen, und sie hasteten durch das Tal zurück. Zwei weitere Quadranten lösten sich auf, nur der dritte unter General Kar-schen hielt Stand.

Okessa galoppierte in die Sicherheit der Ebene und ließ die flüchtenden Soldaten weit hinter sich. Er hatte es schon fast geschafft, als eine schlanke Gestalt den Hügel herabkam und einen Bogen spannte. Der Pfeil traf sein Pferd in der Brust, das Tier stolperte, und er wurde über seinen Kopf geschleudert. Er traf hart auf dem Boden auf, rollte sich herum und kam auf die Füße. Er fummelte an seinem Gürtel herum. »Ich habe Geld«, sagte er. »Du kannst alles haben.«

»Du hast meine Schwester getötet«, sagte Sheera und legte einen weiteren Pfeil auf die Sehne. Okessa rannte in die Richtung, aus der er gekommen war ... der Pfeil traf ihn links vom Rückgrat und drang in sein Herz.

Sheera machte kehrt und eilte wieder den Hügel hinauf, doch keiner der Soldaten nahm die Verfolgung auf - sie alle waren vollauf damit beschäftigt zu fliehen. Kar-schen rettete den Tag für die Armee des Königs und erkämpfte einen steten Rückzug das Tal hinab. Hunderte von panikgetriebenen Soldaten, die sich umschauten, sahen die mutige Nachhut des Generals, gewannen ihren Mut zurück und schlossen sich ihnen an. Die Armee erlitt beängstigende Verluste, war aber noch intakt, als die Dämmerung der Dunkelheit wich.

Samildanach und die Roten Ritter kamen gegen Mitternacht, und Kar-schen erstattete ihm Bericht.

»Ich konnte nur wenig tun«, erklärte der untersetzte, allmählich alt werdende General. »Der Herzog geriet in Panik, und die Männer flohen mit ihm. Aber wir haben immer noch eine Armee, und wir haben Verstärkung durch zweitausend

Lanzenträger erhalten. Wenn wir morgen angreifen, glaube ich, daß wir sie überwältigen können.«

»Ich glaube nicht, daß das nötig sein wird«, sagte Samildanach. »Du hast gute Arbeit geleistet, General Kar-schen, sehr gute Arbeit. Ich werde dafür Sorge tragen, daß der König dich belohnt.«

»Seine Majestät ist wohlauf?«

»Ja, er ruht in Mactha.«

Bei Morgengrauen ritt Samildanach ins Tal, wo er anhielt und ein weißes Banner in die Erde steckte. Dann wartete er. Es dauerte länger als eine Stunde, bis ein Ritter in silberner Rüstung zu ihm galoppiert kam.

»Willkommen, Manannan. Wie geht es dir?«

»Ich habe nicht vor, müßige Konversation mit dir zu treiben, Dämon. Was willst du?«

»Wir waren einst Freunde«, sagte Samildanach.

»Das war ein anderer. Sprich oder reite zurück.«

»Na schön. Ich habe dir ein Angebot zu machen. Morgen können wir erneut ins Tal vordringen und unsere Kräfte neu messen. Hunderte von Leben wird das kosten - vielleicht Tausende. Warum entscheiden wir dies nicht wie Ritter? Im Zweikampf?«

»Worum kämpfen wir?« fragte Manannan. »Was bietest du an?«

»Gewinst du, kehrt die Armee des Königs nach Furbolg zurück, und der Wald am Meer ist in Sicherheit. Gewinne ich, entläßt du deine Truppen und lieferst Llaw Gyffes aus.«

»Nein«, widersprach Manannan. »Wenn wir schon vom Ausliefern sprechen, dann kannst du uns Ahak geben.«

»Sehr schön. Keine Auslieferungen, aber du entläßt deine Truppen.«

»Und woher weiß ich, daß du dich an deinen Teil der Abmachung hältst?«

»Ich gebe dir mein Wort als Ritter«, sagte Samildanach, bemüht, seinen Ärger zu zügeln.

»Einst wäre ich daraufhin sogar in die Hölle gegangen. Aber jetzt nicht mehr, Samildanach. Dein Wort ist weniger wert als Schweinedreck. Nein. Ich denke, wir werden es auf eine Schlacht ankommen lassen.«

»Dann bist du also der Erste Ritter, Manannan? Oder der Waffenmeister? Seltsam - ich habe gehört, das wären der Krüppel Elodan und der Knabe Lámfhada. Lauf zu ihnen und unterbreite ihnen mein Angebot. Warte, was sie dazu sagen.«

Jetzt war es an Manannan, kalten Zorn in sich zu spüren, und er holte tief Luft. »Du hast selbstverständlich recht. Das werde ich tun. Und wenn sie deine Herausforderung annehmen, treffe ich dich hier bei Morgengrauen. Glaub mir, Samildanach, ich werde dich besiegen. Das verspreche ich dir.«

»Genug von diesen leeren Drohungen. Bring deinen Herrn meine Botschaft. Ich warte hier auf Antwort.«

Manannan ritt zu den anderen Rittern und Lámfhada zurück, die sich um ein Frühstücksfeuer geschart hatten. Ramath, Bucklar und die anderen Anführer standen in der Nähe. Manannan beschrieb Samildanachs Angebot und machte sofort deutlich, daß er dagegen war.

Lámfhada erhob sich. »Wir dürfen es nicht leichtfertig abtun. Es könnte - wie Samildanach sagt - viele hundert Leben retten. Kannst du ihn schlagen, Manannan?«

»Ja, ich glaube, ich kann es. Aber ich bin nicht sicher.«

»Wir sollten noch einen anderen Punkt bedenken«, warf Elodan ein. »Wenn er verliert und sein Wort bricht, wird es unsere Sache nur stärken. Wenn er gewinnt, können wir uns auflösen und uns vielleicht später wieder neu formieren.«

»Ich glaube, ihr überseht dabei etwas sehr Wichtiges«, sagte Errin sanft. »Wir sind die Ritter der Gabala. Wir können nicht eine solche Herausforderung ablehnen und gleichzeitig den Anspruch auf unseren Titel aufrechterhalten. Samildanach weiß das. Wenn wir uns weigern, werden wir als Hochstapler verschrien, und dann war Nuadas Tod und der aller anderen umsonst. Wie groß das Risiko auch sein mag, wir müssen es eingehen und auf Manannans Fähigkeiten vertrauen.«

Elodan nickte zustimmend. »Danke, Errin. Du hast natürlich recht. Es spielt keine Rolle, ob Samildanach aufrichtig ist. Ich bezweifle, daß er es ist, aber wir müssen gegen ihn kämpfen. Lámfhada, bist du einverstanden?«

»Ja. Reite zurück zu ihm, Manannan. Sag ihm, daß der Zweikampf morgen stattfindet.«

Manannan schüttelte den Kopf und seufzte. »Wie ihr wollt«, sagte er. Er schwang sich in den Sattel und kehrte ins Tal zu Samildanach zurück.

»Morgen, zwei Stunden nach Sonnenaufgang«, erklärte der Einstige Ritter.

»Dann ist die Herausforderung angenommen?«

»Ja. Ich werde hier sein.«

»Du, Manannan?« sagte Samildanach mit einem breiten Grinsen. »Aber so wird es nicht sein. Ich halte mich an die Regeln der Gabala. Ich bin der Erste Ritter des Rot und deshalb werde ich selbstverständlich gegen den Ersten Ritter der Gabala kämpfen.«

»Was ist das für ein gemeiner Trick?« tobte Manannan. »Elodan ist ein Krüppel - wie du sehr wohl weißt.«

»Es ist nicht an mir, die Wahl Eures Anführers zu kritisieren. Aber du kennst die Regel des Schwerts: Meine Herausforderung muß durch den mir Gleichrangigen beantwortet werden. Wenn du mich jetzt allerdings bitten möchtest, meine Herausforderung zurückzuziehen, werde ich über diese Bitte nachdenken.«

»Und sie dann ablehnen?«

»Natürlich. Ich habe die Herausforderung gestellt, sie wurde angenommen. Es wäre niederträchtig von dir, dich jetzt zurückzuziehen.«

»Wie kann jemand wie du ein Wort wie niederträchtig auch nur in den Mund nehmen? Du bist ein Wesen der Dunkelheit, ein Diener von Dämonen. Du hast dich von allem abgewandt, was anständig und heilig ist.«

»Hör auf zu predigen, Manannan. Geh nach Hause ... in dein Schlammloch, und sag Elodan, ich erwarte ihn hier morgen früh zwei Stunden nach Sonnenaufgang.«

Lámfhada saß abseits der Ritter, beobachtete die Sterne und spürte den Atem des Nachtwindes. Unterhalb von ihm in einer geschützten Senke bereitete sich Elodan auf den kommenden Kampf vor. Er war auch allein und kniete im Gebet. Lámfhadas Herz war schwer, und seine Gedanken waren voll düsterer Vorahnungen. Man hatte sie hereingelegt, und jetzt mußten sie die Folgen tragen. Elodan hatte die Nachricht gut aufgenommen, er war aufgestanden und hatte Manannans Zornesausbruch Einhalt geboten.

»Genug, Manannan, mein Freund. Es steht einem Ritter nicht gut an, sich seinem Zorn in aller Öffentlichkeit zu überlassen. Samildanach handelt völlig korrekt, und ich werde dort sein und mich ihm stellen.«

Lámfhada hörte das Rascheln von Fledermausflügeln und sah zu, wie sie auf der Suche nach Insekten am Nachthimmel kreisten. Er schauderte und zog seinen Umhang fester um sich. Im vergangenen Herbst war er ein Sklave gewesen, der verzweifelt versuchte, einen Vogel aus Metall herzustellen. Jetzt war er der Waffenmeister und der Dagda, der Wächter der Farben. Es war alles zuviel, und heute spürte er besonders deutlich, wie jung er noch war.

Vor ihm begann es schimmernd zu glühen, und eine leuchtende Gestalt erschien vor ihm.

Lámfhada sah zu, wie die Vision an Substanz gewann, und wußte nicht, ob er sie ansprechen oder davonlaufen sollte. Als das Gesicht materialisierte, schrak Lámfhada zurück. Er versuchte zu entkommen, doch eine starke Hand ergriff seinen Arm.

»Lauf nicht vor mir weg, Kind«, sagte Samildanach. »Ich will nur mit dir reden.«

»Was willst du?«

»Als du schon fast in meine Falle gegangen warst und meine Hände sich um dich schlossen, habe ich vieles gesehen. Ich sah, wie ein sterbender Hirsch wieder gesund gemacht wurde - und jung. Das ist allerhöchste Macht. Hast du über all das nachgedacht, was du mit dieser Macht tun kannst?«

»Ich werde diese Macht nicht für dich benutzen, Dunkler.«

»Nicht für mich, du Narr! Für ihn«, sagte Samildanach und deutete auf Elodan, der in der Lichtung unter ihm kniete. »Denk darüber nach.«

Er trat einen Schritt zurück und verschwand. Lange Zeit saß Lámfhada da und grübelte über die Worte des Roten Ritters nach. Warum sollte ihm etwas daran liegen, Elodan zu helfen? Was konnte er dabei gewinnen? Lámfhada schloß die Augen und suchte die Farben, stieg rasch zum Gold empor, schwebte über dem Wald und sank dann herab, um hinter dem knieenden Ritter anzuhalten. Er hob die Hände und konzentrierte seinen Willen darauf, alle Macht des Goldes in ihnen brennen zu lassen, dann schleuderte er sie Elodan in den Rücken. Der Ritter erstarrte und stöhnte auf. Lámfhada spürte, wie sich die Hitze aus seinen Händen im Körper des anderen ausbreitete. Plötzlich bog Elodan sich zurück, sein rechter Arm hob sich, und er begann, an der Ledermanschette zu zerren, die den Stumpf bedeckte. Er riß sie herunter. Die Haut des Stumpfes war rosa und blau unterlaufen, sie vertrocknete und schrumpfte. Elodan schrie auf, dann verlor er das Bewußtsein und sank zu Boden. Immer noch ließ Lámfhada seine Energie in den Ritter strömen, und der Stumpf schwoll an wie ein Ballon, verflachte sich zu einer Handfläche, von der neue Gelenke sprossen, aus denen Finger wuchsen. Schließlich zog Lámfhada sich zurück, und Elodan rührte sich und kam wieder auf die Knie. Er starrte auf seine neue rechte Hand und berührte sie prüfend mit den Fingern der Linken.

»Das ist ein Traum«, flüsterte er. »Bei allen Göttern im Himmel, das ist nur ein Traum!«

Lámfhada kehrte in seinen Körper zurück und stand erschöpft auf, als die Sonne über den Bergen aufging. Er ging zu Elodan und fand den Rittern auf Knien, aus vollem Herzen weinend.

Lámfhada suchte Gwydion im Krankenbereich hinter den Kampflinien auf. Der alte Mann ruhte sich auf einem Hügel aus und betrachtete die Sterne. Lámfhada setzte sich neben ihn und erzählte ihm alles, was seit dem Erscheinen des feindlichen Ritters Samildanach geschehen war. Gwydion legte seine Hand auf die Schulter des Jungen. »Und das hat dich überrascht?« fragte er.

»Ja, natürlich. Der Mann ist böse.«

»Ja«, gab Gwydion zu, »er ist böse. Und was sagt dir das?«

»Ich weiß nicht, Gwydion. Deswegen bin ich zu dir gekommen. Steckt dahinter ein verborgener, listenreicher Plan? War es falsch von mir, das zu tun, was er wollte, und Elodans Hand wiederherzustellen?«

Der alte Mann schwieg einen Moment und starrte einen

weit entfernten Stern an. Er strich sich den weißen Bart und deutete dann auf einen Wolf, der sich auf einem anderen Hügel im Mondlicht abzeichnete. »Ist er böse?« fragte er.

»Der Wolf? Nein. Er ist ein Tier, er tötet, um zu leben.«

»Und was macht einen Mann böse?«

»Seine Taten«, antwortete Lámfhada. »Grausamkeit, Lust, Gier - all diese Dinge zeigen, was im Herzen eines Mannes vor sich geht. Samildanach ist ein Mörder und ein Seelentrinker. Seine Taten machen ihn zu einem furchtbaren Wesen.«

»Alles, was du sagst, ist richtig«, pflichtete Gwydion ihm bei. »Und bist du böse?«

»Ich glaube nicht. Ich versuche nur, uns gegen sie zu verteidigen.«

»Aber bist du böser Taten fähig? Hast du nicht einmal gesagt, als Ruad erschlagen worden war, daß du wünschtest, du könntest ein Schwert so führen, um jeden einzelnen Mann des Königs zu töten?«

»Alle Menschen sind des Bösen fähig, Gwydion. Wir alle haben Wünsche, denen wir widerstehen müssen.«

»Und genau das ist der Punkt, mein Junge«, erklärte Gwydion. »Ich habe mit Manannan über seine Reise zu den Vyre gesprochen. Man hat ihm ein Getränk namens Ambria gegeben. Selbst in den wenigen Tagen, die er dort war, hat das Getränk seine Wirkung entfaltet. Es beeinträchtigt und zerstört die Wahrnehmung eines Menschen für das, was richtig und falsch ist. Soweit ich es verstehe, stärkt es das Gefühl für das Selbst. Was Genuß bringt, ist richtig, was begehrt wird, ist notwendig. Kannst du das verstehen? Es ist beinahe auch Manannan geschehen - und er konnte es nicht erkennen, bis Morrigan ihn rettete. Aber täusche dich nicht, Lámfhada. Hätte Morrigan ihn nicht gewarnt, würde er heute mit Samildanach reiten.«

»Was willst du damit sagen? Glaubst du, daß Samildanach nicht böse ist?«

»Natürlich nicht. Nach unserer Auffassung und der aller zivilisierter Menschen ist er ein Dämon. Aber nach seiner eigenen Wahrnehmung ist er noch immer Samildanach, der Erste Ritter der Gabala, der tut, was er als im besten Interesse für das Reich empfindet. Er ist noch immer ein Ritter, es steckt noch immer etwas von seiner Vergangenheit in ihm.«

»Dann meinst du, es ist immer noch etwas Gutes in ihm?«

»Denk an Grunzer: ein Mörder, Vergewaltiger und Dieb. Und doch steckte etwas Gutes in ihm, und Nuada hat es zum Vorschein gebracht. Kein Mensch ist vollkommen - weder vollkommen gut noch vollkommen schlecht. Letztendlich handeln die meisten Menschen aus Eigennutz - und das ist der Boden, auf dem alles Übel gedeiht. Aber die meisten von uns haben - glücklicherweise - die Fähigkeit, uns selbst und unsere Handlungen zu beurteilen. Wir besitzen ein moralisches Gespür, das wie eine Mauer zwischen uns und dem, was Unrecht ist, steht. Um Böses zu tun, müssen wir diese Mauer bewußt überwinden. Doch für Samildanach und die anderen hat das Ambria diese Mauer zerstört und zugleich alles Wissen darum. Sie sind ebenso Opfer des Bösen wie wir.«

Lámfhada schwieg. Eine kühle Brise wehte über den Hang, ihn schauderte. Schließlich sprach er. »Aber wenn Samildanach glaubt, daß alles, was er begehrt, gut ist für das Reich, wie konnte er dann Elodan helfen, der in seinen Augen doch ein Verräter sein muß?«

»Das kann ich dir nicht beantworten, Lámfhada, außer mit einer Hoffnung. Samildanach war ein besonders guter Mensch, gerecht und rechtschaffen, edel an Geist und Gebaren. In jedem Zeitalter hätte man ihn zu den größten aller Ritter gezählt. Ich glaube nicht, daß selbst die finstere Macht des Ambria einen solchen Mann völlig zerstören kann. Elodan zu helfen, war eine gute Tat. Ich hoffe, das bedeutet, daß Samildanach tief in seinem Innern nach der Mauer sucht und sich bemüht, sie wieder aufzubauen.«

»Dann wird er möglicherweise überhaupt nicht gegen Elodan kämpfen?«

»Er wird kämpfen«, sagte Gwydion traurig. »Mit aller Kraft und allen Fähigkeiten, die er besitzt.«

»Und Elodan wird sterben.«

»Hast du mir nicht erzählt, du hättest die Zukunft gesehen, Lámfhada? Du weißt doch sicherlich schon, wie es ausgehen wird.«

»Wenn es nur so einfach wäre, Gwydion. Wenn ich mit

dem Gold fliege, sehe ich so viele mögliche Zukünfte wie Wellen auf einem reißenden Fluß. Aber welche wird es sein?«

»Hast du irgendeine gesehen, in der Elodan gewinnt?«

»Nein, aber ich habe auch keine gesehen, in der ich ihm seine Hand wiedergab.«

»Und jetzt willst du nicht das Gold fliegen?«

»Nein. Ich kann nicht ... will nicht. Ich werde morgen zusehen.«

»Heute«, verbesserte Gwydion und deutete auf den ersten roten Streifen der Morgendämmerung hinter den Bergen.

Samildanach wartete, als die anderen Roten Ritter das Zelt betraten. Edrin, Cantaray, Joanin, Keristae und Bodarch nahmen im Kreis um ihn herum Platz.

»Man wird dir ein Mädchen bringen, Samildanach«, sagte Keristae. »Es ist jung und voller Leben.«

»Und wird es auch bleiben«, erklärte der Erste Ritter. »Ich brauche keine Nahrung.«

»Mit allem Respekt, Herr«, schaltete sich Edrin ein. »Aber ich glaube, du irrst.«

»Glaubt ihr vielleicht, ich brauche Hilfe, um einen Krüppel zu töten?«

»Das ist es nicht, Samildanach. Es ist nur ... du benimmst dich seltsam. Du handelst ähnlich wie unser Bruder Cairbre. Wir haben Angst um dich.«

»Ich werde euch alle bei mir haben«, sagte Samildanach. »Ich werde über die Kraft eurer Seelen verfügen.«

Joanin beugte sich vor. »Ist alles in Ordnung mit dir? Du wirkst sehr beunruhigt, seit du vom König zurückgekommen bist.«

»Beunruhigt? Ja, da hast du recht, Joanin. Ich glaube, wir alle müssen zu den Vyre zurückkehren. Sobald Elodan tot ist und die Rebellen in alle Winde zerstreut sind, gehen wir nach Hause. Jetzt brauche ich eure Kraft für den bevorstehenden Kampf.«

Die Ritter senkten die Köpfe, und Samildanach spürte, wie ihre Seelen in seinen Körper strömten. Vor langer Zeit hätte ihm diese Übertragung viele Gefühle beschert - jetzt spürte er nur noch rohe Macht. Er stand auf und ging zum

Eingang des Zeltes. Die Sonne ging auf. Er warf einen Blick zurück auf die stillen, reglosen Gestalten. Ihr Leben hing jetzt von seinem Geschick ab.

Auf der anderen Seite des Tals saß Elodan mit Llaw, Errin, Ubadai und Manannan zusammen. Lámfhada gesellte sich zu ihnen.

»Ich danke dir für dieses Wunder«, sagte Elodan. »Selbst wenn ich heute sterbe, dann sterbe ich wenigstens als ganzer Mann.«

»Ich freue mich für dich«, antwortete Lámfhada unbehaglich. »Ich hoffe, es war richtig so.«

»Weshalb sollte es das nicht sein?« fragte Manannan. »Es verleiht uns Hoffnung im Kampf gegen den Dämon.« Lámfhada öffnete den Mund, brachte jedoch nichts über die Lippen.

»Sag uns, Manannan«, bat Llaw, »was macht Samildanach jetzt gerade?«

»Er wird sich vorbereiten, so wie wir uns vorbereiten - und er wird als Der Eine den Kampfplatz betreten.« Als er in die Gesichter der anderen sah, wußte er, daß sie nicht verstanden. »Es ist ein mystisches Ritual. Alle seine Ritter geben ihm ihre Seelen, ihre Kraft, ihre Überzeugungen: das Wesen ihres Selbst. Wenn er stirbt, dann sterben sie alle.«

»Und das macht ihn stärker?« fragte Llaw.

»Natürlich.«

»Sollten wir dann nicht dasselbe tun?« schlug Errin vor.

»Ihr wißt nicht, wie - und ich habe nicht jahrelang Zeit, um es euch zu lehren«, lehnte Manannan ab.

Lámfhada stand auf. »Ich kann euch dabei helfen«, sagte er leise. »Ich kann euch miteinander verbinden. Aber es birgt große Gefahr.«

»Tu es«, bat Manannan.

»Nein!« rief Elodan. »Das ist eine Bürde, die ich nicht tragen kann. Meinen eigenen Tod in Kauf zu nehmen, ist eine Sache, aber zu wissen, daß ihr alle sterben könnt? Nein, da mache ich nicht mit.«

»Ich bin bestimmt kein tapferer Mann«, erklärte Errin, »aber die Sache ist wichtiger als das Leben von fünf Männern. Und wenn wir dir Kraft geben können, dann sollten wir das auch tun.«

Elodan sah von einem zum anderen. »Nur, wenn alle einverstanden sind«, sagte er und ließ seinen Blick schließlich auf Ubadai ruhen. »Sprich, mein Freund. Du bist bei unseren Beratungen immer schweigsam. Und doch, als Errin seinen Trupp in das Lager des Feindes führte, hast du darauf bestanden, mit ihm zu gehen. Du schreckst nie vor einer Gefahr zurück. Ich würde deinen Rat schätzen.«

Ubadai grinste. »Wenn ich nein sage, heißt es auch nein?«

»Genau.«

Der Nomade wandte sich an Errin. »Willst du das?«

»Ja!«

»Du auch?« wollte Ubadai von Llaw wissen.

Der Krieger zuckte die Achseln. »Ich weiß zwar nicht, welche zusätzliche Kraft ich geben kann - aber ja, ich bin bereit.«

»Alles Wahnsinn«, sagte der Nomade. »Aber ich bin eben auch verrückt. Wütend verrückt. Laßt uns den Hurensohn gemeinsam töten.«

Lámfhada trat in den Kreis und setzte sich. »Ich möchte, daß ihr euch bei den Händen nehmt«, sagte er, »dann schließt die Augen, und stellt euch Elodan vor.« Lámfhadas Geist verließ seinen Körper. Er hüllte den Kreis in eine glühende goldene Kugel und wanderte zuerst zu Manannan, dann zu Llaw und Errin und schließlch zu Ubadai.

Elodan spürte, wie die Kraft des Einstigen Ritters in einer Welle von Zuversicht in ihn strömte, die schon an Arroganz grenzte. Die Stärke eines Mannes, der nie im Kampf besiegt worden war, floß in ihn hinein. Doch er stand darüber, denn er hatte auch verloren, und in diesem Wissen um Verzweiflung lag Stärke. Llaws Seele kam als nächste und mit ihr die außerordentliche Ausdauer des einfachen Mannes, der ohne Vermögen oder Privilegien geboren war und doch die Fähigkeit besaß, den mannigfachen Gefahren dieser schlechten Zeit zu widerstehen. Wie eine Eiche war Llaw, tief verwurzelt und dauerhaft. Errin folgte. Edelmut des Geistes und der Mut, seine Ängste zu überwinden, strömten aus ihm. Als letzter der Nomade Ubadai, von einer wütenden Loyalität gegenüber dem Herrn, den er liebte und für den er bereit war zu sterben, um ihn zu schützen.

Elodan öffnete die Augen und sah Lámfhada an. »Wohl

getan, Waffenmeister«, sagte er. »Ich danke dir.« Die anderen Ritter lagen rücklings im Gras und atmeten kaum.

Elodan stand auf und erklärte: »Ich glaube, es ist Zeit.«

»Die Quelle allen Lebens sei mit dir, Elodan«, entgegnete Lámfhada.

Elodan ging zu seinem Hengst und schwang sich in den Sattel. Er sah Samildanach, der auf ihn wartete, und hinter ihm die Armee des Königs, die sich über das ganze Tal ergoß.

Der Erste Ritter der Gabala gab seinem Pferd die Sporen und ritt den Hügel hinunter.

Samildanach beobachtete, wie der Erste Ritter der Gabala auf ihn zu galoppierte. Er hatte sich auf den Zweikampf vorbereitet, aber er hatte nicht ahnen können, wie sehr es ihn traf, seine eigene Rüstung an einem anderen zu sehen. Schlimmer noch, er hatte den Eindruck, sich selbst zu beobachten, wie er in die Schlacht ritt. Er erinnerte sich daran, wie stolz er gewesen war, als er zum ersten Mal den silbernen Helm trug.

Bilder überschlugen sich in seinen Gedanken: Morrigan im Garten, Morrigan sterbend auf dem Boden im Schlafgemach des Königs; Cairbre, der ihn Pflicht und Ehre lehrte, Cairbre in dem hellen Sarg; Manannan, der über Ritterlichkeit mit ihm stritt, Manannan, der ihn einen Dämon nannte.

Irgendwo tief in seinem Innern rastete etwas ein, und er schüttelte den Kopf und kämpfte darum, sich von diesen Bildern freizumachen.

Ollathair, der sanfte Ollathair, der über seinen Erfolg lächelte, als der goldene Vogel sich zum Himmel emporschwang; Ollathair, der zu Boden sank mit Samildanachs Messer in den Eingeweiden.

Aufhören! Laßt mich in Ruhe!

Elodan stieg vom Pferd und ging ein paar Schritte nach links, dann zog er sein Schwert und rammte es in den Boden. Überall kamen die kämpfenden Männer der Rebellion aus dem Wald. Schweigend marschierten sie herab und ließen sich gegenüber der Armee des Königs nieder. Samildanach schwang sein Bein über den Sattelknauf und ließ sich aus dem Sattel gleiten.

Töte ihn, dachte er. Kehre zu den Vyre zurück. Dort werden sie sich um deinen unruhigen Geist kümmern.

Die Stimme des kleinen Mädchens, das in sein Zimmer gebracht wurde, als er zum ersten Mal Nahrung brauchte, erklang in seinem Geist: *"Tu mir nichts! Bitte tu mir nichts!"*

»Bist du bereit?« fragte Elodan.

»Ja«, gab Samildanach zurück. »Ich bin bereit.« Jetzt hallte Morrigans Stimme durch seinen Geist:

"Siehst du denn nicht, was aus uns geworden ist? Oh, Samildanach! Wir verderben alles, was wir ... berühren ... Ich liebte dich mehr als mein Leben. Und jetzt ... weiß ich nicht einmal mehr, was das bedeutet."

"Rede nicht so viel. Laß mich deine Hände verbinden, wir können dein Leben noch retten."

"Da gibt es nichts mehr zu retten. Ich bin in der Stadt der Vyre gestorben, als ich eine Untote wurde - genau wie du, mein Liebster."

»Was ist mit dir? Zieh dein Schwert«, sagte Elodan.

Die dunkle Klinge fuhr zischend in die Luft, und Elodan parierte, gerade noch rechtzeitig. Der Kampf begann. Er kämpfte um sein Leben gegen den größten Schwertkämpfer, dem er je begegnet war. Cairbre war mehr als nur begabt gewesen, aber Samildanachs Kunst war erstaunlich. Geschwindigkeit, Gleichgewicht und blitzartige Reflexe machten alle Angriffsversuche Elodans zunichte. Das dunkle Schwert krachte gegen seine Brustplatte, zerschmetterte ein Gelenk und zerfetzte die mit Messing gefaßten Lederriemen. Die Rüstung hing an ihm herab. Elodan duckte sich unter einem schwungvollen Schlag und ließ einen Hieb gegen Samildanachs Schulter folgen, der eine rote Platte losriß. Samildanach taumelte zurück.

"Was ist mit jenem glorreichen, jungen Ritter geschehen?" flüsterte Morrigan aus den Tiefen seiner Seele.

Die dunkle Klinge zuckte vor, doch Elodan wehrte sie mühelos ab und landete einen Gegenschlag, der durch den gewölbten Hüftschutz drang und ihn losriß, so daß er ins Gras fiel. Samildanach griff erneut mit schwindelerregender Schnelligkeit an, sein Schwert traf Elodans Helm. Sterne tanzten vor den Augen des Ersten Ritters, sein Blick verschwamm. Er warf sich zurück und wehrte - mehr durch Glück als Fertigkeit - einen Hieb ab, der ihm den Kopf von den Schultern geschlagen hätte. Samildanach trat vor, um ihn zu töten - und hielt inne.

“Bitte tu mir nichts!” hörte er die Stimme des Kindes aus seinen Erinnerungen.

»Laßt mich in Ruhe!« schrie Samildanach.

Elodan taumelte und holte tief und schaudernd Atem. Sein Blick klärte sich wieder, und er sah, wie sein Gegner zum Himmel starrte. »Laßt mich in Ruhe!«

»Samildanach!«

Der Rote Ritter fuhr herum. »Ich werde dich töten«, rief er, und wieder wurde der Kampf aufgenommen. Elodan wehrte die wütendsten Angriffe ab und landete Gegenschlag um Gegenschlag gegen die Rote Rüstung. Ein großer Riß zeigte sich auf Samildanachs Brustplatte, sein Visier wurde abgehackt. Doch er kämpfte immer weiter. Ein zweiter Schlag löste Elodans Helm, der sich drehte und ihm so teilweise die Sicht nahm. Samildanach stürmte vor, die große Klinge mit beiden Händen haltend; Elodan duckte sich, und das zischende Schwert fuhr über ihn hinweg. Zum ersten Mal aus dem Gleichgewicht gebracht, stolperte Samildanach und ging zu Boden. Rasch ließ Elodan sein Schwert fallen und nahm den zerbeulten Helm ab. Ohne Kopfschutz nahm er seine Klinge gerade wieder auf, als Samildanach auf die Füße kam.

»Du bist nicht ich!« schrie Samildanach. »Du wirst nie ich sein!«

»Das will ich auch gar nicht«, erwiderte Elodan und blickte in die gehetzten Augen des Roten Ritters.

»Niemand von uns ist, was er sein will«, sagte Samildanach. »Und jetzt ist es Zeit für dich zu sterben.« Sein Schwert sauste mit aller Kraft herab, und Elodan fiel auf die Knie, schwang sein Schwert über dem Kopf, um den tödlichen Hieb abzuwehren. Die Klingen schlugen gegeneinander, und Elodans Silberschwert zerbrach eine Handbreit über dem Heft.

Samildanachs Schwert fuhr hoch, seine Augen funkelten freudig triumphierend.

“Was ist mit jenem glorreichen, jungen Ritter geschehen?” Samildanach erstarrte ... und rasch rammte Elodan das zer-

brochene Schwert durch den Spalt in der Brustplatte des Roten Ritters, stieß es tief in seine Brust. Blut quoll aus der Wunde und ergoß sich über Elodans Hand. Samildanach taumelte, doch die dunkle Klinge erhob sich erneut über Elodans ungeschützten Kopf.

Blitzartig sauste sie herab - und hielt zwei Fingerbreit vor Elodans Hals inne. Sie berührte sanft Elodans rechte Schulter, dann berührte sie leicht seine linke. Samildanach sank auf die Knie. In seinem Innern herrschte Aufruhr, und er konnte fühlen, wie die Seelen seiner Ritter darum kämpften, sich aus seinem sterbenden Körper zu befreien. Aber er hielt sie gefangen.

Elodan trat zu ihm. »Warum hast du mich am Leben gelassen?« fragte er. »Warum?«

"Was ist mit jenem glorreichen, jungen Ritter geschehen?"

»Ich starb ... vor ... langer Zeit«, flüsterte Samildanach, nach vorn in Elodans Arme fallend. Der Erste Ritter legte den Toten ins Gras und erhob sich zum lauten Jubel der Rebellen.

Ein kräftiger Mann mittleren Alters kam von der königlichen Armee herbei. Er blieb vor Elodan stehen und verbeugte sich.

»Ich bin Kar-schen. Der Krieg ist vorbei, Herr Ritter. Ich stelle mich selbst - und meine Regimenter - in den Dienst Eurer Sache.«

»Ich habe keine«, sagte Elodan. »Ich bin der Erste Ritter der Gabala.«

»Willkommen daheim«, grüßte Kar-schen.

- Epilog -

Llaw Gyffes nutzte die Gelegenheit nicht, nach Furbolg zu marschieren und die Krone zu beanspruchen, und so kehrte Kar-schen in die Stadt zurück und besetzte den Elfenbeinthron. Errin und Ubadai gaben ihre Rüstung zurück und reisten in Errins Ländereien. Kar-schen gab Errin das Herzogtum Mactha, und der neue Herzog bat Sheera, seine Herzogin zu werden. Sie dachte vier Monate über seinen Antrag nach, dann heirateten sie am letzten Tag des Herbstes im Tempel von Furbolg.

Arian und Llaw wurden in einer schlichten Zeremonie getraut, an der Bucklar, Ramath und die anderen Rebellenführer teilnahmen, danach wanderten sie tief ins Gebirge, um sich ein Heim zu bauen, wo die Luft klar, die Flüsse sauber und die Sterne nah waren.

Lámfhada gab seine Rolle als Waffenmeister auf und wurde der Dagda, der Wächter der Farben. Er durchstreifte den Wald am Meer als Heiler und Seher und wartete vierundneunzig Jahre, elf Monate und drei Tage, um den Mantel an einen überraschten Jungen weiterzugeben, der ihn nicht haben wollte.

Elodan und Manannan ritten durch das Schwarze Tor, um den Nomaden beizustehen, die als Opfer für die Vyre dorthin gebracht worden waren.

Sie kehrten nicht zurück.